ENTERREM NOSSOS OSSOS à MEIA-NOITE

Obras da autora publicadas pela Editora Record

Série Vilões

Vilão

Vingança

ExtraOrdinários

Série Os Tons de Magia

Um tom mais escuro de magia

Um encontro de sombras

Uma conjuração de luz

Série Os Fios do Poder

Os frágeis fios do poder

Série A Guardiã de Histórias

A guardiã de histórias

A guardiã de vazios

Série A Cidade dos Fantasmas

A cidade dos fantasmas

Túnel de ossos

Ponte das almas

A vida invisível de Addie LaRue

Vampiros nunca envelhecem (com outros autores)

Mansão Gallant

A Bruxa de Near

V.E. SCHWAB

ENTERREM NOSSOS OSSOS à MEIA-NOITE

Tradução
Natalie Gerhardt

1ª edição

Galera
RIO DE JANEIRO
2025

PREPARAÇÃO
Flávia de Lavor

REVISÃO
Luciana Aché
Renato de Carvalho

TÍTULO ORIGINAL
Bury Our Bones in the Midnight Soil

CIP-BRASIL. CATALOGAÇÃO NA PUBLICAÇÃO
SINDICATO NACIONAL DOS EDITORES DE LIVROS, RJ

S425e Schwab, V. E.
Enterrem nossos ossos à meia-noite / V. E. Schwab ; tradução Natalie Gerhardt. -1. ed. - Rio de Janeiro : Galera Record, 2025.

Tradução de: Bury our bones in the midnight soil
ISBN 978-65-5981-653-8

1. Ficção americana. I. Gerhardt, Natalie. II. Título.

25-98027.0 CDD: 813
CDU: 82-3(73)

Gabriela Faray Ferreira Lopes - Bibliotecária - CRB-7/6643

Texto revisado segundo o Acordo Ortográfico da Língua Portuguesa de 1990.

Direitos exclusivos de publicação em língua portuguesa somente para o Brasil adquiridos pela
EDITORA GALERA RECORD LTDA.
Rua Argentina, 120 – Rio de Janeiro, RJ - 20921-380 - Tel.: (21) 2585-2000,
que se reserva a propriedade literária desta tradução.

Impresso no Brasil

ISBN 978-65-5981-653-8

Seja um leitor preferencial Record.
Cadastre-se e receba informações sobre nossos lançamentos e nossas promoções.

Atendimento e venda direta ao leitor:
sac@record.com.br

Para aqueles que têm sede...
de amor, de tempo ou simplesmente de liberdade

Enterrem meus ossos à meia-noite,
numa cova rasa, e reguem abundantemente.
No meu lugar, há de nascer uma rosa impetuosa
com suaves e rubras pétalas camuflando afiados e alvos dentes.

MARÍA

(*ANNO DOMINI* 1532)

I

Santo Domingo de la Calzada, Espanha
1521

A viúva chega em uma quarta-feira.

María se lembra do dia porque quarta-feira é dia de banho, e seu cabelo demora uma eternidade para secar depois de ser lavado e penteado. Ela se lembra do dia porque está quente para final de abril e está sentada em uma nesga de sol na extremidade do quintal, chupando um caroço de uma das primeiras cerejas da estação e segurando uma mecha contra a luz para ver se o cabelo está escurecendo ou se só continua úmido.

A mãe de María diz que ela está ficando vaidosa demais, mas é a própria mãe que a obriga a dormir uma vez por semana com argila no cabelo, na esperança de suavizar as mechas chamativas. María acha que não está funcionando. Na verdade, o cabelo dela parece ainda mais brilhante.

Ela não se importaria tanto, a mãe da María, se o cabelo da filha fosse cor de mel, castanho-escuro ou até avermelhado, mas considera aquele tom raivoso de vermelho um mau agouro. Não é uma cor cálida, e sim um tom de laranja aceso, como o de uma chama flamejante, e ela não consegue apagar.

Algo roça na sua canela. É um fio solto na bainha do vestido, e ela terá de pedir à mãe que conserte. A mãe é costureira, de dedos pequenos que fazem linhas perfeitas. O truque da costura, ela sempre diz para a filha, são mãos pacientes e coração paciente, mas María veio ao mundo com a paciência esgotada. Sempre espeta o dedo com a agulha e, com raiva, deixa o trabalho de lado, sem terminar. "Impaciente desde que nasceu", era o que o pai costumava dizer. O que era ótimo para um filho, mas péssimo para uma filha.

María prende o caroço de cereja entre os dentes enquanto puxa a linha, desfiando um pouco mais o coração paciente da mãe, quando os sinos da igreja começam a tocar.

E, de repente, o dia se torna muito mais interessante.

Põe-se de pé e sai descalça para a rua, as saias enrolando-se nas pernas até que as levanta para tirá-las do caminho. Segue para o seu ponto preferido de observação: o telhado do estábulo de Ines, só para descobrir que Felipe já está lá.

— Volte para casa — grita ele, enquanto ela dá impulso para subir em uma carroça e, depois, nas telhas inclinadas do telhado. — Não é seguro.

Apenas três anos os separam, ele tem treze, ela dez, mas Felipe começou a agir como se a diferença fosse insuperável, como se já fosse adulto, e ela, uma criancinha, embora ainda chorasse quando estava triste ou machucado, e ela não chorasse mais desde antes da morte do pai.

— Estou falando sério, María — admoesta ele, que é ignorado enquanto ela semicerra os olhos para protegê-los do sol de fim de tarde ao ver a caravana chegando à cidade.

María não sabe ler nem escrever, mas sabe contar. Deste modo, conta os cavalos que se aproximam — seis, sete, oito, nove — e começa a contar os cavaleiros também, quando uma voz grita para eles.

— *Madre de Dios*. Desçam agora mesmo, antes que quebrem o pescoço.

Felipe se vira, quase escorregando pelas telhas lisas, mas María nem pisca. É só o Rafa, e ela não precisa olhar em sua direção para imaginá-lo perfeitamente, com as mãos na cintura e a cabeça para cima, franzindo a testa do mesmo jeito que o pai deles fazia. Do jeito que o irmão mais velho passou a fazer no decorrer do último ano, desde que assumiu o lugar dele. Como se o pai não passasse disto: ombros retesados, queixo severo e voz grossa. Uma posição fácil de preencher.

— Agora! — ordena ele.

A bravata de Felipe desaparece diante do olhar fulminante de Rafa, e ele logo desce, arrastando-se com cuidado pelas telhas. María se mantém firme, só para provar do que é capaz, mas não há mais nada para ver, a caravana já fez a curva a caminho da cidade, então finalmente obedece, saltando e caindo numa poça que molha as saias. Felipe também está todo sujo, mas Rafa concentra toda a intensidade do olhar raivoso em María, e somente em María.

Antes que a garota tenha a chance de escapulir, ele a agarra pelo ombro.

— Você poderia ter caído.

— Que bobagem — retruca ela. — Eu sairia voando.

— Não estou vendo as suas asas.

— Não preciso de asas. — Ela dá um risinho. — Eu sou uma *bruxa*.

Era só uma brincadeira. Ele a chamou assim na semana anterior, quando chegou em casa e a viu sentada diante da lareira, com o cabelo ruivo despenteado e solto, atenta às chamas.

Mas agora, assim que a palavra sai dos lábios dela, ele levanta a mão e a esbofeteia.

A dor é repentina, quente, mas as lágrimas que brotam são causadas pelo choque e pela raiva, e, por um instante, ela se imagina avançando contra o irmão, fincando as unhas curtas e afiadas nas bochechas dele, a expressão em seu rosto marcada pelas marcas ensanguentadas.

Mas é um tipo selvagem de raiva, e María sabe muito bem que a única consequência seriam as chicotadas, por isso decide que vai encher as botas novas do irmão mais velho com estrume. O pensamento a faz sorrir, o que parece irritá-lo ainda mais.

Rafa balança a cabeça.

— Volte para casa e fique com a nossa mãe — instrui ele, fazendo um gesto com a mão como se ela fosse um gato de rua, algo a ser enxotado.

Rafa segue seu caminho, e Felipe o acompanha em silêncio, uma sombra nos calcanhares dele, os dois garotos seguindo para a cidade para saudar a caravana.

María esfrega o rosto e os observa. Conta até dez e movimenta o caroço de cereja pela boca antes de morder com tanta força que o parte em dois.

Ela cospe os pedaços na terra e vai atrás deles.

Santo Domingo é uma cidade abençoada.

Fica no Caminho de Santiago, a estrada dos peregrinos. María sempre ficava fascinada pelas pessoas que passavam pela via. O pai lhe disse que eles faziam a viagem para se purificarem dos pecados, e, quando era pequena, ela imaginava os pecados como pedregulhos, fardos pesados como roubo, assassinato e agressão, cada um com peso suficiente para esmagar o corpo, abater o espírito. María se maravilhava com o fluxo constante de criminosos, anunciando a própria culpa ao mesmo tempo que tentavam expiá-la.

Foi só mais tarde que a mãe lhe disse que nem todos os pecados eram pedregulhos, que a maioria, na verdade, estava mais para pedrinhas. Era um pensamento maldoso. Um coração ávido. Pesos pequenos como a avareza, a inveja e a ganância (coisas que não pareciam pecados para ela, mas, pelo visto, eram). Mais decepcionante ainda foi quando María descobriu que alguns peregrinos que percorriam o caminho não eram culpados de pecado algum, que não faziam a travessia para expiar o passado, mas sim para assegurar o futuro. Pedir milagres, intervenção divina, ou apenas pavimentar o caminho até a graça de Deus.

Aquilo parecia terrivelmente entediante para María, que passou a se distrair inventando pecados para cada um dos viajantes.

Enquanto a caravana desce na praça da cidade, ela decide que o homem que vai à frente roubou uma vaca de uma família que não teve como sobreviver ao inverno.

A mulher atrás dele afogou um bebê indesejado na banheira e depois não conseguiu mais engravidar.

O homem com a cruz vermelha bordada no manto é um cavaleiro da Ordem, presente para orientar o rebanho, mas María finge que ele tem esposas espalhadas como sementes ao longo da estrada, uma trilha de migalhas de pecados.

O idoso atrás dele orou pela morte da esposa, e suas preces foram atendidas.

O mais jovem matou um homem durante um duelo.

E a mulher de cinza...

A mulher de cinza...

María hesita.

Não é por falta de imaginação, mas é difícil inventar uma história quando não consegue ver as feições da mulher. Ela está coberta por um tecido todo da mesma cor, como uma coluna esculpida em pedra ou um desenho feito na lama. Um fantasma envolto num vestido cinza-escuro, um chapéu cinza com um véu da mesma cor preso à aba, as mãos cobertas com luvas de tecido combinando, apesar do calor no dia nublado. Ela é uma estátua, fria e sem cor, no meio do grupo animado.

María esquadrinha a praça até encontrar Felipe. Ele se volta para ela e dá um suspiro cansado.

— Rafa vai lhe dar uma surra.

— Eu o mordo se ele tentar — rebate ela, arreganhando os dentes.

Felipe revira os olhos e parece decidido a ignorá-la, mas María lhe dá uma cotovelada nos flancos.

— Que foi? — sibila ele.

Ela aponta para a mulher, perguntando por que ela parece tão estranha, e ele responde baixinho que ela parece ser viúva e que deve ser algum tipo de vestido de luto. María franze a testa. Já tinha visto viúvas na estrada antes. Não se pareciam em nada com aquela ali.

Mas Felipe dá de ombros e diz que ela talvez seja francesa.

María franze ainda mais a testa, insatisfeita. Quer olhar mais de perto.

Os sinos pararam de tocar, e agora a cidade segue as atividades normais.

O filho do padeiro chega com pãezinhos, e o dono da estalagem, com peixe salgado e cerveja. A mãe de María se aproxima e oferece seus serviços para remendar rasgos e buracos das roupas de viagem, o que dá uma ideia à menina. María abre caminho em direção ao cavalo da viúva enquanto um homem estende a mão para ajudá-la a desmontar. Ela não carrega nenhum pacote, só uma caixa de madeira que ele solta para ela.

Quando a caixa é balançada, o conteúdo emite o som de sinos. María se pergunta o que tem lá dentro.

Está quase ao lado da viúva, pronta para perguntar se precisa de algum remendo, quando a mulher de cinza se vira para ela. Não consegue ver seu rosto, que está coberto pelo véu pesado, mas já sentiu a intensidade do olhar de Rafa o suficiente para saber que os olhos da mulher a encaram. E María, que acredita não ter medo de nada — nem dos cantos escuros do quintal à noite nem da altura do telhado do estábulo nem das aranhas que se escondem nas pilhas de lenha —, para na hora, sentindo as palavras virarem pedra na garganta.

Ela continua olhando para a mulher estranha, perplexa com a sensação que percorre seu corpo. Sem dúvida em outra situação ela logo a teria ignorado e seguido em frente, mas antes que tenha a chance, as mãos de Rafa a seguram pelos ombros, e então é tarde demais. A viúva dá as costas para ela, e o grupo se dispersa; os cavalos são levados para o estábulo, os humanos entram na estalagem, e María se vê empurrada de volta para casa.

O dia seguinte é quente, claro e sem nuvens.

No fim da manhã, a caravana seguiu o caminho, mas a viúva ficou. O cavalo branco continua no estábulo da estalagem, ao passo que ela permanece no próprio quarto, com as cortinas fechadas. As horas vão passando e, mesmo assim, a viúva não pede água nem vinho, não aceita comida nenhuma, até que as pessoas começam a se perguntar se o que ela quer é se tornar uma santa. Se for por devoção, decerto que é do tipo mais forte. Se for por doença, não querem se envolver.

As horas vão passando, e as fofocas se espalham como uma sombra, e eis o que dizem:

Talvez seja velha.

Talvez seja fraca.

Talvez precise descansar.

Talvez esteja doente.

Talvez a jornada tenha sido custosa demais.

Talvez o calor...

Talvez o sol...

Não há consenso, a não ser que os homens não gostam dela, tratando-a como um problema, uma carga que caiu do cavalo de algum peregrino.

— Que tipo de mulher viaja sozinha? — queixam-se eles.

— Que tipo de mulher fica para trás sozinha?

A resposta é óbvia: *uma viúva.*

Mas há outra palavra que vem longo em seguida, em um sussurro.

(*Bruxa.*)

Só que nenhuma bruxa sairia em peregrinação.

Qualquer que fosse o motivo, os homens se mantêm afastados. Já as *mulheres*... Elas sempre gostaram de uma boa fofoca. Chegam à porta da viúva durante o dia, ficam uma horinha no quarto dela, talvez para lhe fazer companhia, ou por caridade, ou simplesmente para conversar e saber dos lugares por onde ela passou e para onde está indo.

María pensa na caixa de madeira e se pergunta se a viúva está vendendo alguma coisa. É bem comum; os peregrinos agem como formigas, carregando coisas pela estrada, trazendo consigo pedaços de outros lugares na sola dos sapatos.

A mãe estala a língua e entrega à María um cesto com peças recém-remendadas.

Ela não gosta da viúva e anda nervosa desde a sua chegada. Mas quando María pergunta o motivo, ela não diz, apenas se benze, um gesto que desperta o interesse de María enquanto ela pega o cesto e segue para a casa das famílias Baltierra, Muñoz e Cordona.

Ela passa por Rafa no fim do quintal, consertando uma cerca que sempre parece prestes a cair com o vento. Ele a fulmina com o olhar quando ela passa, e María sabe que o irmão está procurando alguma falha. *Melhore a postura, María. Arrume esta roupa, María. Tenha modos, María.* Ela sorri e faz uma mesura ao passar, um gesto que carrega todo o jeito de uma maldição.

O dia amanheceu quente, mas as nuvens logo começam a se acumular no céu e, quando termina de entregar o trabalho da mãe, uma tempestade já está se formando.

Ela aperta o passo, balançando o cesto agora vazio entre os dedos, sentindo o gosto de chuva na língua. Corta caminho pelo bosque, que é como uma rua ao longo da cidade, e se assusta quando uma das árvores parece se deslocar para o lado antes de perceber que não é uma árvore, e sim a viúva.

María para de andar, a respiração presa na garganta.

O rosto da viúva está descoberto, o véu preso na aba do chapéu. María olha para os cachos loiros agora visíveis na altura do pescoço. Olha para as bochechas macias, o queixo pontudo, a curva rosada dos lábios. Não parece doente nem velha nem fraca. Parecia até ser mais nova do que María imaginara. E duas vezes mais bonita.

A caixa de madeira está ao lado dela na grama, a tampa aberta, o conteúdo brilhando sob a luz. María se decepciona ao ver que, lá dentro, há apenas alguns frascos tampados e que nenhum parece ter sangue, penas ou ossos.

A viúva se ajoelha na base de uma árvore, passando os dedos enluvados pelas raízes, e...

— O que você está fazendo? — pergunta María.

A viúva não se sobressalta com o som, sequer ergue o olhar.

Quando fala, sua voz é suave e surpreendentemente baixa, e ela fala castelhano tão bem que María duvida da suposição de Felipe de que seja francesa.

— Estou colhendo ervas.

— Para um feitiço? — pergunta ela, as palavras saindo da boca antes de pensar melhor.

A viúva ergue o olhar, revelando olhos de um tom impressionante de azul, que brilham de divertimento.

— Para um tônico.

María franze o cenho.

— Tônico é o mesmo que feitiço?

— Só para os tolos — responde a viúva. — Você é uma tola, garotinha?

María nega com a cabeça, mas não consegue segurar a pergunta:

— Então você *não* é uma bruxa?

A viúva se empertiga e, por um momento, concentra toda sua atenção, sólida como uma rocha, na menina, antes de voltar o olhar na direção da cidade.

— Tanta superstição em um lugar que acredita que uma galinha assada pode se levantar de um prato de jantar e começar a cantar.

Ela está se referindo à história que tornou o Santo Domingo famoso.

— Aquilo foi um milagre — declarou María.

A viúva parece refletir sobre o assunto.

— E por que um milagre é diferente de um feitiço? Quem pode dizer que um santo não é um bruxo?

Ela diz aquilo de um jeito despreocupado, como se as palavras não tivessem peso algum. E María se vê sorrindo diante daquela blasfêmia absoluta, que levaria Rafa a fazer cara de poucos amigos, e a mãe, se benzer.

— Então você *é* uma bruxa? — A pergunta é feita em tom alegre.

A viúva ri. Não é uma risada de bruxa, que María sempre imaginou que seria como galhos se soltando de uma árvore ou o grasnar de corvos. Não, o riso da viúva é suave, inebriante e pesado como o sono.

— Não — responde com humor na voz. — E isso não é magia. É medicina. — Ela mostra uma pequena erva vermelha, segurando-a entre os dedos enluvados como se fosse uma rosa. — A natureza nos dá tudo de que precisamos.

Pela primeira vez, María nota um leve vestígio de algum outro lugar, os traços de um sotaque que não consegue identificar.

— Existem chás e tônicos para tratar muitas coisas — continua a viúva —, para baixar a febre ou aliviar a tosse. Para ajudar uma mulher a engravidar ou se livrar de uma gravidez indesejada. Para fazer um homem dormir...

O olhar de María pousa no solo entre elas. Ela vê outro caule vermelho e estende a mão para puxá-lo quando a viúva segura sua mão.

Embora estivessem a vários passos de distância.

Embora não tenha visto a viúva se mover.

Ela está ali agora, mais alta do que a menina, uma das mãos enluvadas segurando seu punho.

— Cuidado. Na natureza, a beleza é um sinal de alerta. As mais bonitas costumam ser as mais venenosas.

Mas María já tinha se esquecido da planta. Toda a sua atenção voltada para a viúva.

O sol já se pôs, perdido atrás das nuvens e, de perto, a mulher tem cheiro de figos cristalizados e especiarias de inverno. De perto, suas roupas não são sem graça, a costura é delicada e debruada em fio de prata. De perto, os olhos azuis têm um brilho febril, e sombras marcam os sulcos das bochechas, e María fica imaginando se estava enganada e a viúva realmente estaria doente.

A boca da mulher se contrai, repuxando um dos cantos num sorriso pesaroso. Ela entreabre os lábios rosados, e o mundo se torna pequeno e apertado, como uma respiração presa. María sente o corpo inclinando-se para a frente, embora não tenha se mexido nem um centímetro.

O trovão soa como um galho se quebrando sobre elas, e a viúva afasta a mão.

— Volte correndo para casa — diz ela, enquanto as primeiras gotas de chuva começam a atravessar o dossel das árvores.

E, pela primeira vez na sua vida de teimosia, María obedece. Ela se vira e sai correndo do bosque até seguir pela estrada, como se pudesse ser mais rápida do que a chuva. Não consegue, e acaba totalmente encharcada antes de colocar o cesto vazio ao lado da porta.

A mãe resmunga ao ver as roupas molhadas e a possibilidade de uma gripe quando a faz tirar o vestido e a coloca perto do fogo, temendo que a filha fique doente.

Ela não fica, mas, naquela noite, o *señor* Baltierra morre durante o sono.

Ao amanhecer, a viúva se foi.

Levará dez anos até que María a veja de novo.

II

1529

É um dia no final de outubro, e María está sentada no telhado do estábulo, balançando os pés descalços na beirada. Sabe que Rafa está procurando por ela há quase uma hora. A culpa é dele, pensa, por sempre olhar para baixo, em vez de para cima.

Cantarola e enrola no dedo uma mecha de cabelo vibrante.

De alguma maneira, ela já tem quase dezoito anos.

María sabe que não aconteceu do dia para a noite, que não foi dormir ainda menina e acordou como uma mulher, embora em alguns dias pareça que sim. As estações mudaram em passos hesitantes, transformando-a lentamente numa estranha, o corpo magro demais, sem quadril nem seios, e os traços muito alongados — queixo comprido, rosto fino, testa alta adornada com sobrancelhas fartas. Felipe gosta de dizer que ela parece uma massa de pão que foi esticada demais e não cresceu como deveria.

Mas o *cabelo*...

No fim das contas, os esforços da mãe foram em vão. Não foi intimidado nem escurecido pela lama, e o tempo não lhe conferiu um tom mais comum. Em vez disso, ficou ainda mais vibrante, parecendo até um desafio, ano após ano, e agora parece impregnado de uma luz derretida, bronze líquido derramado em ondas soltas pelas costas. No sol, reluz. À noite, arde como uma lamparina na escuridão.

E se María é alta demais, magra demais e selvagem demais para ser considerada formosa, a singularidade do cabelo fez dela algo ainda melhor. *Impressionante.* Talvez não tenha nada da beleza castelhana em si, mas há algo *inegável* na sua aparência. Uma graciosidade primitiva que faz os homens virarem a cabeça e o cavalo na direção da caça.

María começou a notar seu novo poder à medida que as estações passavam, e os homens da sua própria vila — alguns ainda bem jovens, outros com idade suficiente para serem pais dela — começaram a encará-la.

Notou e logo soube que era preciso fazer alguma coisa a respeito.

Alguém assovia, um som curto e agudo, e ela olha para baixo e vê Felipe com a cabeça voltada para o alto, o rosto ainda sujo do trabalho à sombra do ferreiro.

— Rafa está procurando você — grita ele, usando uma das mãos para proteger os olhos da claridade.

María se recosta nas telhas aquecidas pelo sol enquanto observa uma nuvem passageira.

— Eu sei.

Lá embaixo, Felipe solta um som exasperado.

— María, *por favor* — pede ele em tom queixoso.

Ela suspira e volta a se endireitar.

— Está bem. Está bem — acata ela, pulando pela beirada.

A altura é suficiente para fazer o irmão arfar, nervoso, mas ela pousa como uma gata, afundando os pés descalços no feno.

Felipe a conduz como um carcereiro, uma das mãos nas costas dela, ao empurrá-la em direção à casa. Lá dentro, a mãe está sentada perto da lareira, com a costura no colo. Rafa anda de um lado para o outro, quase cavando um buraco no chão.

Mas o olhar de María se dirige para o estranho sentado à mesa.

O homem é até bonito: de ombros largos e cabelo escuro, barba aparada bem curta e olhos de um tom de castanho-claro que não combina com o restante das feições. E embora seja de tamanho mediano, parece grande demais para a casa estreita e alto demais para o teto baixo, elegante demais para o tapete esfarrapado sob as botas.

— María — começa Rafa no tom de admoestação que sempre acompanha o nome dela —, este é Andrés de Guzmán, visconde de Olivares e estimado cavaleiro da Ordem de Santiago.

Ela imagina, distraidamente, quanto tempo Rafa demorou para decorar aquela sequência de palavras, mas sua atenção está focada no visconde. O manto sobre seus ombros é forrado de pelo preto. O colete, de fino brocado, está preso por fechos adornados com joias. O medalhão da Ordem pende em uma corrente de ouro no pescoço. Reluz como uma pedra preciosa em meio aos cascalhos de um rio.

— Desculpe por tê-lo feito esperar — diz ela, acrescentando um tom ofegante à voz, como se tivesse vindo correndo do outro lado da cidade em vez de atravessar o caminho para casa.

Andrés de Guzmán se levanta da cadeira, faz um pequeno floreio e uma mesura.

— *Encantado, mi señora.*

— Prazer em conhecê-lo, *vizconde* — responde ela, fazendo uma reverência exagerada.

Um momento depois, sente a mão enluvada dele no cotovelo enquanto o visconde a ajuda a se reerguer.

— Ora, ora — comenta ele —, uma mulher não precisa fazer uma reverência tão exagerada para o seu prometido.

O clima na sala fica tenso depois da última palavra.

Mas não María.

Ela é um monte de coisas — teimosa, astuta, egoísta —, mas nunca foi tola. Sabe que nasceu naquele corpo. Sabe que com ele vêm certas regras. A questão nunca foi se ela iria se casar, e sim *com quem*.

Então, no ano anterior, quando os homens começaram a se virar para olhar em sua direção e Rafa começou a se preocupar com o assunto de casamento como se fosse uma ferida, ela olhou à sua volta em busca de opções em Santo Domingo e não encontrou nenhuma. Olhou para a própria vida e a achou pequena demais. Viu a estrada diante dela: não havia curvas nem saídas, apenas um caminho reto e estreito até o fim. Viu isso nas mãos da mãe, rígidas pela idade, que se esforçavam para dar os pontos elegantes — algo que antes era uma atividade tão fácil. Era só uma questão de tempo antes que a própria María tivesse que assumir o trabalho tedioso. Viu isso na esposa de Rafa, Elana, com a barriga redonda com um filho que já tinha começado a embotar a sua beleza e drenar sua juventude. Na noiva de Felipe, Lessandra, prometida a ele há tanto tempo que nunca tinha lhe passado pela cabeça se desviar do caminho. Ambas as mulheres seguiram para o leito nupcial sem nem ao menos olhar em volta para ver se havia outros rumos a serem tomados.

Mas María sempre soube que não foi feita para uma vida comum, casas simples e homens modestos. Se é obrigada a trilhar o caminho de uma mulher, esse caminho terá que levá-la a um lugar novo.

Neste momento, ela olha para o visconde sentado à sua mesa como se não tivessem se encontrado antes.

Como se não o tivesse visto montado à frente da caravana um mês atrás.

Como se ele não a tivesse visto um pouco afastada da multidão e a seguido pela praça até a sombra da igreja.

Como se ela não o tivesse atraído até lá, fingindo inocência quando ele a encurralou, lançando elogios aos seus pés e pressionando-a para ver o que ela poderia dar. O que ele poderia tomar.

Como se ele não tivesse estendido a mão e enrolado uma mecha cacheada da cor de bronze no dedo enluvado.

Como se ela não tivesse visto o desejo nos olhos dele e entendido que poderia usá-lo.

Àquela altura, ela já tinha passado quase um ano entendendo melhor os peregrinos que passavam pelo vilarejo, equilibrando-se no fio da navalha entre ser descarada demais e tímida demais. Aprendeu quando devia sustentar um olhar e quando devia desviá-lo. Quando permitir que um sorriso iluminasse seus lábios e quando abaixar a cabeça.

Quando ser a predadora e quando fazer o papel de presa.

E, naquele dia, na sombra da igreja, ela foi perfeita, ousada o bastante para chamar sua atenção e recatada a ponto de ficar longe do toque dele. Andrés de

Guzmán recuou, compreendendo que se quisesse tocar algo além do cabelo de María, teria de ser como seu marido.

E, então, ele partiu.

Mas aqui estava ele de novo, e o silêncio deve ter se estendido por muito tempo, porque Rafa pigarreia.

— O visconde veio pedir a sua mão — explica ele, como se ela fosse burra demais para compreender o significado da palavra *prometido*.

Eles estão esperando um espetáculo, e é o que María lhes dá.

— Em casamento? — pergunta ela, contraindo o rosto numa imitação de surpresa, com as sobrancelhas arqueadas diante daquela emboscada tão inesperada.

Ela chega a olhar para a mãe, como se pedisse ajuda, mas encontra apenas alívio e resignação no rosto da mulher. Como se um peso tivesse sido tirado dos seus ombros, quando, na verdade, nunca teve de carregá-lo. Com a morte do pai, Rafa se tornou o senhor da casa e, desse modo, a tarefa de casar María é dele. Como Rafa não perde a chance de lembrá-la. *Frequentemente.*

— É um dia feliz — declara a mãe.

— Verdade — concorda Rafa, parecendo tão cheio de si quanto Andrés, cada um convencido de que foram *eles* os responsáveis por este encontro. Como se não tivesse sido ela a organizar o tabuleiro, deixando cada uma das peças na posição certa para que enfim pudessem derrubá-las.

— E se eu recusar? — pergunta ela, só para saborear a surpresa na expressão de Andrés, o choque na de Felipe, o horror na de Rafa.

Ela deixa a pergunta pairando no ar por um momento, antes de começar a rir. O irmão relaxa, o alívio e o constrangimento deixam seu rosto todo corado.

— Queira me desculpar, *mi señor* — pede ele ao visconde, antes de pigarrear outra vez. — María tem um senso de humor peculiar.

O visconde não ri, mas não parece se sentir ofendido. Dirige-se à Rafa, mas sua atenção está concentrada nela.

— Até hoje, María só foi irmã e filha. Mas logo vai aprender a ser uma esposa.

A ligeira ênfase na palavra *aprender*, como um chicote estalando no flanco de um cavalo.

Mas será preciso mais que isso para fazê-la se encolher.

— E então, María? — instiga Rafa, indicando com um olhar firme que ela deveria aceitar o pedido.

E, ao menos desta vez, ela obedece.

María assente, estendendo a mão, e Andrés de Guzmán abre um sorriso arrogante, como se tivesse sido ele a mover a peça e vencido. E, quando ele inclina a cabeça para beijar a pele da mão dela, onde logo haverá um anel de noivado, María imagina a estrada se curvando sob os próprios pés e sorri também.

O visconde volta quinze dias depois, trazendo um outro tipo de caravana.

Várias carroças enchem a estrada atrás do seu cavalo, cada uma guiada por um criado bem-vestido e todas cheias de presentes: tapeçarias elegantes, barris de vinho, frutas cristalizadas, carnes curadas. Uma das carroças está tão carregada de louças e copos que serviria para toda a cidade. Outra chega com galinhas amontoadas de tal maneira que as penas saem pelas frestas e voam como pétalas de dente-de-leão. Uma homenagem ao milagre que trouxera fama a Santo Domingo, embora esperassem que nenhuma delas se levantasse do prato.

Em questão de horas, a praça da cidade é completamente transformada.

Mesas são tiradas das casas e colocadas na praça, todos os fornos são usados para preparar o banquete de casamento.

Na noite anterior, a mãe de María penteara o cabelo dela umas cem vezes, até que brilhasse tanto quanto o fogo na lareira. E, enquanto fazia isso, explicava para a filha o que significava ser uma esposa.

Gentil. Amorosa. Obediente.

Palavras que deixaram María tensa. E, como se a mãe sentisse a apreensão em seu corpo, aproximou-se mais da filha e disse:

— Você há de aprender que é melhor se sujeitar do que ser forçada a isso.

María ficou olhando fixamente para a lareira.

— Por que sou eu que tenho que me sujeitar?

O ar sibilou por entre os dentes da mãe.

— Eu a conheço bem, filha. Sei que você sempre quis mais. E que escolheu uma vida grandiosa para si. Mas não será uma vida fácil. Homens como o visconde tomam o que querem.

Assim como eu, pensou María enquanto o pente sibilava no cabelo dela como água sobre carvão em brasa.

Eles se casaram na escadaria da catedral. Andrés com seus melhores trajes, e María de vestido novo, com a bainha debruada em fios de ouro. Era a roupa mais elegante que já tinha usado e, durante a missa que se seguiu, enquanto o padre faz um longo sermão, ela passa a ponta dos dedos na costura, contando o padrão como se fossem moedas, ao dizer para si mesma que é isso que ela merece.

Que é isso que ela vale.

Por fim, a congregação sai para a praça, o vinho é servido, e a música se mistura com as risadas e os brindes. À saúde do visconde e à dela, e à felicidade do casal.

O novo marido cobre a mão da mulher com a dele, e sempre que fala com ela ou sobre ela, não usa o nome de María. Em vez disso, ele a chama de *mi esposa* — minha mulher —, palavras que a pinicam como lã áspera. Mas María apenas sorri, lembrando a si mesma de que elas são a chave que destrancará as portas para uma vida melhor.

Os pais dele não estavam presentes, embora ele assegure que mandaram votos de felicidade e que ela logo irá conhecê-los. Nesse ínterim, Rafa exibe um ar de superioridade, Felipe está bêbado e a mãe parece melancólica, e María imagina se vai sentir saudades deles quando partir. Tenta conjurar a imagem, esperando sentir alguma coisa, uma tristeza satisfeita, um pesar com a partida, mas não consegue.

E então chega a hora.

Os dois não se demoram nas festividades. Andrés está ansioso para seguir até sua propriedade. A mãe de María chora, com as mãos rígidas unidas e as lágrimas escorrendo silenciosamente pelo rosto. Os irmãos a abraçam, primeiro Felipe, com cheiro de lascas de madeira e fuligem, e depois Rafa, que dá um beijo nas bochechas dela antes de pedir que *seja uma boa esposa.*

Gentil. Amorosa. Obediente.

A esposa de Felipe, Lessandra, sorri e dá tapinhas no rosto dela, mas Elana pega a mão de María, o ardor brilhando nos olhos.

— Não se esqueça de nós, irmã.

María sente os dedos gananciosos da cunhada se aproximando da costura dourada da manga do vestido de noiva. Sabe que ela está tentando lhe arrancar uma promessa.

— Claro que não, irmã — diz ela com um sorriso. — Vou levar vocês no meu coração.

Em seguida, María se afasta, aceitando o braço estendido do marido e permitindo que ele a leve para longe, sem saber, é claro...

Que nunca mais vai ver a família.

ALICE

(*ANNO DOMINI* 2019)

I

Boston, Massachusetts
2019

A casa tem um coração, e ele está batendo.

O baixo vibra através da parede, e Alice se apoia ali — naquela parede, tão deslocada quanto ela, um choque de verde recém-pintado, com luzes decorativas de cima a baixo como florezinhas de neon — e permite que a batida ressoe nas suas costelas. Ela se imagina dentro da barriga de um grande monstro em vez da república lotada de alunos onde está, com uma das mãos segurando o celular e a outra um copo de alguma coisa com cheiro de terebintina.

Todo mundo parece estar se divertindo, então Alice se esforça para ser um espelho, perguntando-se pela terceira ou quarta vez o que está fazendo ali. Lembra-se vagamente de alguém bater na porta do quarto no início da noite, anunciando *Festa na república* e, uma hora depois, ela é arrastada pelas colegas de quarto, Jana, Rachel e Lizbeth, um grupo que ainda não é de amigas, mas também não é de estranhas, unidas umas às outras pela novidade e pelas primeiras semanas na universidade.

Lizbeth é de Kent. A universidade as colocou juntas achando que estivesse lhes fazendo um favor, sem se dar conta do quanto ingleses e escoceses são diferentes. A garota tem um tipo de sotaque *nítido e limpo* (o qual Alice não suporta, porque faz com que o dela pareça *enrolado e sujo* em comparação) e, na verdade, chamou Alice de *rústica* no dia que se conheceram, como se Alice fosse um quadro e não uma garota do outro lado da mesma ilha.

Quanto a Rachel e Jana, uma é de Nova Jersey e outra de Nova York. No dia em que todas se conheceram, Alice levou metade de uma conversa para perceber que o idioma delas também era inglês, pois falavam tão rápido que parecia que alguém tinha tirado todos os espaços entre as palavras. Quando Alice finalmente conseguiu dizer alguma coisa, Rachel deu um gritinho alegre e soltou: "Nossa, você parece um personagem de *Outlander*!", mesmo que o sotaque dela nunca tenha sido tão forte assim. A única coisa que tornou tudo um pouco melhor foi o fato de darem a mesma ênfase às consoantes reduzidas de Lizbeth, dizendo que ela parecia a rainha, e pelo menos Alice seguiu sendo chamada pelo próprio nome, enquanto as outras duas colegas só se referiam a Lizbeth como Queenie agora.

(E como Sua Majestade, mas só quando ela não estava presente.)

Foram elas que a arrastaram até ali. Alice nem gosta de festas, mas está tentando um recomeço e tudo o mais, então permite que a embonequem, e as quatro seguem para a república em grupo, e já estava começando a achar que talvez não seria tão ruim. Mas, quando chegam à porta, elas meio que se separam, e agora Alice está sozinha, apoiando-se na parede verde como se fosse uma âncora ou uma linha de chegada, em vez de um ponto de partida. Se sua irmã Catty estivesse naquela festa, implicaria com Alice por ficar grudada ali, como um mexilhão, a arrancaria da parede e a lançaria de volta às ondas da vida social, mas Catty está do outro lado do oceano, então Alice usa o celular como escapatória e abre o aplicativo de fotos.

Às vezes ela tira fotos, mas costuma só observar. É mais fácil olhar o mundo desse jeito, para assimilar tudo. (Retângulos de dez centímetros feitos de metal e vidro são tão bons quanto um escudo, já que ninguém repara num celular e, quando reparam, simplesmente imaginam que a pessoa está olhando para si mesma e não para elas.)

Na tela, a festa é reduzida a uma imagem em um quadro. Alguém jogou lenços coloridos nas luminárias, e o salão lotado se torna uma mistura de flores multicoloridas. A imagem não tem música, que é transmutada em movimento, um borrão de corpos.

Alice olha pela tela, esquadrinhando o mar de rostos um pouco familiares em busca das colegas de quarto. Não as encontra, mas localiza três cabeças conhecidas na cozinha, servindo bebidas. Não é Jana nem Lizbeth nem Rachel, mas outras garotas do terceiro andar: Sam, Hannah e Elle.

(Embora, para dizer a verdade, Alice não saiba qual é Sam e qual é Elle — não por serem parecidas, mas por estarem sempre juntas, como um par. Quando Hannah as apresentou como "Sam e Elle", ela não apontou quem era quem, e agora parece tarde demais para perguntar.)

Alice segue em direção a elas, contra a corrente, com cotovelos, ombros e quadris batendo nela e, de alguma forma, é ela que sempre diz:

— Desculpa.

— Desculpa.

— Desculpa.

Hannah vê sua aproximação, mas não parece feliz nem acena, e Alice desconfia que é porque a garota tentou puxar papo com ela na primeira semana, falando dos carinhas mais gostosos do terceiro andar. Alice deveria ter dito na hora que era lésbica, mas a última coisa de que precisa é do drama ou dos olhares acusadores, como se ela fosse tentar alguma coisa com qualquer uma delas só por serem mulheres. Mas na época ela apenas deu de ombros e disse que todos eram bonitinhos, fazendo Hannah rir e dizer que Alice devia ter padrões bem baixos por ter poucas opções na Escócia.

Agora que se lembra da conversa, as pernas de Alice se recusam a se mover. A corrente é forte demais e as outras garotas de repente parecem tão longe, e ela está prestes a voltar para o seu lugar perto da parede verde quando alguém esbarra no seu cotovelo. A bebida forte balança dentro do seu copo mas não derrama, a não ser por algumas gotas na calça jeans preta, mas é a desculpa de que precisa para fugir.

Ela volta pelo salão, e lá está a porta da frente, e depois dela a caminhada curta de volta ao pátio, e seria tão fácil simplesmente ir embora, sair dali e voltar para o dormitório Matthews, que provavelmente é um cemitério de quartos abandonados porque é sábado à noite, e todo mundo está aqui, e Alice *sabe* que não deveria ir embora, porque tinha decidido, no dia que saíra de casa, que tudo na Escócia tinha ficado para *trás* e esse é o *agora*.

O momento em que a sua vida vai começar.

Só que já estava ali havia três semanas, e os *agoras* ficavam se acumulando, passando por ela. Havia o agora depois de se despedir no aeroporto, e o agora de depois que o avião decolou e depois que ela aterrissou em Boston, e o agora depois que o táxi a largou no portão mais próximo e depois de puxar as malas até o quarto novo, e o de depois que as aulas começaram e o agora depois que entrou nesta casa. E parece que não existe nenhuma porta mágica, nenhum recomeço, e Alice ainda é a mesma Alice, e talvez seja a música alta demais fazendo seus dentes vibrarem ou o fato de haver uma tempestade ameaçando cair o dia todo, e o ar do lado de fora da república estar tão pesado quanto lá dentro, mas se sente meio tonta, meio enjoada, meio bêbada.

Ela só tinha tomado duas doses no dormitório Matthews, cortesia de Rachel, apenas para se livrar do nervosismo, e obviamente não tinha sido o suficiente porque ainda sente o pânico fazer contagem regressiva no peito, como uma bomba-relógio e...

(Às vezes, quando a própria cabeça fazia seu corpo de refém, Catty segurava o rosto de Alice com as duas mãos, dizendo: "Ei, calma, você só está confusa. Você acha que é pânico, mas está enganada. É animação. Você está se divertindo! Diversão é assim mesmo!")

Diversão é assim mesmo, repete para si agora, dando as costas para a porta e procurando um banheiro.

Um tempo: é tudo de que precisa, um tempo sozinha, uma chance de se recompor. Tem um banheiro no meio do corredor, mas a fila de quatro pessoas a faz continuar seguindo caminho até encontrar um quarto no final com um banheiro privativo. Alice cruza o aposento iluminado apenas pelo abajur da mesinha de cabeceira, sua luz tingida por um lenço roxo sobre a cúpula, e desaparece no banheiro, fechando a porta, uma tábua de madeira formando uma armadura contra o mundo. Por um segundo, ela é envolvida pela escuridão, um breu sólido que envolve tudo, mas então liga o interruptor e pisca sob a luz repentina e branca demais.

E lá está ela, refletida no espelho sujo sobre a pia.

Alice Moore, dezoito anos, e sempre entre uma coisa e outra.

Nem baixa nem alta demais, cabelo mais cinza do que louro, franja crescendo depois de ter sido cortada bem curta no verão, agora caindo nos olhos, que não são exatamente azuis nem verdes nem acinzentados, mas uma mistura incerta, como se cada parte dela fosse indecisa, presa no meio do caminho.

O tipo de aparência com a qual sua vó sempre disse que ela se *acostumaria*, como se sua pele fosse uma roupa que precisava ser ajustada, estilizada e usada da maneira certa... Deveria existir um manual para isso. Afinal, já viu garotas que podem usar qualquer coisa, fazendo tudo parecer natural, simples e chique — ao contrário de Alice, que sempre se sente como se vestisse as roupas de outra pessoa e todo mundo percebesse. Nada serve, mesmo quando é feito sob medida, porque, na verdade, a questão não tem a ver com o tamanho do corpo nem o estilo, mas com o espaço que ocupa no mundo.

Alice se encolhe, é engolida, desaparece. Não, desaparecer seria melhor, pois talvez na ausência de *Alice* pudesse se tornar outra pessoa. Uma das garotas impetuosas, plantadas e regadas dentro do próprio corpo, que lapidavam a própria aparência ou permitiam-se permanecer selvagens. As mesmas garotas que transformavam as sobrancelhas fartas num poder lupino, os lábios pintados em arma.

Alice se inclina para a frente, até o quadril encostar na pia e a respiração embaçar o espelho, desfocando a imagem da garota do outro lado.

Você está se divertindo, diz para o seu coração, que bate em resposta com toda a sua glória ansiosa e estúpida, *não, não, não, não*, e Alice quer arrancá-lo do peito para ser uma versão diferente de si mesma, uma que não seja tão insegura, droga.

O espelho se desembaça, revelando seu rosto.

Ela se maquiara no quarto: rímel, delineador e sombra esfumada. Não se lembra de ter esfregado o rosto, mas deve ter feito isso porque um dos olhos já está borrado, a sombra marcando a bochecha como um hematoma e, em vez de tentar retocar — Alice não trouxe maquiagem nem sequer uma bolsa —, ela borra o outro lado também, tentando fazer as imperfeições ficarem iguais. Pisca quando o delineador cai nos olhos, fazendo-os lacrimejar, arder, mas o resultado é uma faixa escura, como uma máscara. Um disfarce e, por um segundo, só um segundo, parece que outra pessoa olha para ela. Uma versão diferente de si mesma. Se tirasse uma foto agora, não daria para saber nada sobre a mente cheia ou o coração ansioso, tudo o que veria seriam os olhos verde-azulados parecendo mais claros em contraste com a maquiagem escura, o cabelo louro-claro bagunçado pela noite úmida.

Deseja poder trocar de lugar com a garota do espelho. Essa outra Alice, que não se importa, que ocupa o espaço, que não precisa crescer mais.

Se não para sempre, pelo menos por aquela noite.

E talvez sejam as paredes vibrando pelo som do baixo, ou talvez só esteja cansada de ser ela mesma, ou talvez seja toda essa *espera, espera, espera* para a sua vida começar, mas decide se arriscar. Se Catty estivesse aqui, ela inventaria um jogo (não que Catty precisasse de uma desculpa para ser impulsiva, mas Alice gosta de jogos, porque jogos têm regras, e é mais fácil ser corajosa quando há limites, bordas e objetivos).

Então, que assim seja.

O jogo. As regras.

Quando sair do banheiro, Alice vai virar à direita em direção à festa, e não à esquerda, em direção à porta, e será a garota no espelho, o reflexo oposto de si mesma.

Não a Velha Alice, mas a Nova.

A Nova Alice, que entra em vez de sair.

A Nova Alice, que não pede desculpas toda vez que ultrapassa o ar do espaço pessoal de outra pessoa, como se nada pertencesse a ela.

A Nova Alice, que sabe que as batidas do seu coração indicam apenas que o corpo está dizendo para o seu cérebro que ela está se divertindo...

(Além disso, não é para sempre, o tempo se desenrolando como uma via, mas por uma noite, ou só por uma *hora,* e, quando der a hora, ela pode virar abóbora de novo.)

Ela pega o celular e vê que são onze da noite, em ponto.

Uma hora, pensa, e então se inclina e beija o espelho, deixando uma mancha cor-de-rosa claro na superfície. Ela apaga a luz e abre a porta, subitamente corajosa, pronta para aproveitar o tempo que lhe resta...

E é aí que vê a garota na cama.

II

Alice volta imediatamente para o próprio corpo, toda a conversa motivacional esquecida diante do surgimento repentino de outra pessoa, a intimidade da situação, não a onda de estranhos sem rosto festejando lá fora, mas uma única garota sentada sozinha no escuro.

Ela está sentada na beira da cama com um vestido prateado tipo camisola, com o corpo inclinado para trás, se apoiando nas mãos que se afundam no edredom de outra pessoa. As pernas estão cruzadas, e a cabeça voltada para o teto, revelando a pele quente do pescoço. A cabeleira cacheada deve ser castanha, mas parece violeta graças ao lenço que cobre o abajur na mesinha de cabeceira. A primeira coisa em que Alice pensa é que gostaria de tirar uma foto. Talvez por causa do jeito que a luz delineia a garota, traçando as curvas de seu corpo, roçando a coxa no ponto que encontra a bainha prateada do vestido curto.

De repente, Alice percebe que a garota não está mais olhando para o teto, e sim para ela.

("Você está me encarando", dissera com irritação a primeira garota por quem Alice se apaixonou. As palavras foram tão ríspidas que deixaram seu rosto afogueado e a fizeram baixar a cabeça, embora não estivesse fazendo nada disso, não na época. Estava apenas sonhando acordada enquanto olhava na direção errada.)

Alice *está* encarando agora, mas não parece capaz de desviar o olhar.

Tem plena consciência de que se alguém olhasse para ela do jeito que está olhando para esta garota, acabaria se encolhendo, só que não é isso que a garota faz: ela apenas sorri, revelando a covinha numa das bochechas. Então se levanta e, neste momento, os raios de luz parecem desviar para segui-la, como se quisessem continuar tocando nela. Alice não os julga por isso.

A garota caminha na direção dela e não para até estar perto o suficiente para Alice perceber que não é ilusão de ótica; os cachos são, de fato, violeta — perto o suficiente para que veja as sardas que salpicam o rosto queimado de sol da garota, perto o suficiente para traçar com os olhos a curva dos lábios cor de romã, e Alice sente o impulso repentino de beijá-la, e que bênção seria para o seu novo eu. Mas então, os olhos da garota passam por Alice, que percebe que está bloqueando a porta do banheiro.

— Desculpa — gagueja ela, já se esquecendo das próprias regras, mas a garota inclina a cabeça para o lado, como se achasse engraçado, os olhos passeando pelo corpo de Alice como se a tocasse enquanto a voz acaricia seu rosto:

— Pelo quê?

E Alice fica ainda mais constrangida agora e não sabe o que falar, temendo que, de alguma maneira, vá tornar a situação dez vezes pior ao desculpar-se pelo jeito que a encarava, pelo desejo em seu olhar, pelo quase beijo, assim como por bloquear a porta, e, então, ela pode muito bem simplesmente desistir daquele jogo bobo, voltar para o terceiro andar e se esconder debaixo das cobertas, revivendo cada segundo do fracasso desta noite até o fim dos tempos.

Em vez disso, ela dá um passo para o lado e diz:

— Todo seu.

O sorriso que aparece no canto da boca da garota faz Alice pensar que realmente *é* — que esta é a casa dela, assim como a cama e o quarto onde Alice está, mas a garota apenas passa por ela, entra no banheiro e fecha a porta sem acender a luz.

Alice sai logo dali.

Decide que o que acabou de acontecer foi um pequeno contratempo, um início de jogo café com leite, mas, enquanto atravessa o corredor, a Nova Alice está de volta. A música está tão alta que abafa boa parte de suas dúvidas, e sua pele continua fervilhando por causa do breve encontro com a garota violeta, o rosto quente com a lembrança do seu olhar perscrutador, e, embora não estivesse flertando com ela, o peso daquele olhar foi como uma dose de vodca pura e ardente no peito, e esse é o problema, ela decide: a Nova Alice está sóbria demais.

Vê um cara do dormitório dela — segundo ou quarto andar, não sabe ao certo —, segurando um baseado já pela metade, e o pega dos dedos dele e dá um trago. Por um momento, ela está a milhares de quilômetros de distância, sentada num muro baixo de pedra, os calcanhares soltando pedrinhas e lascas de argamassa da estrutura enquanto a mesma música toca repetidas vezes no celular. Ela expira, soltando a fumaça no espaço entre os dois, junto de um "valeu".

O garoto se inclina para ela com um ar sedutor nos olhos vidrados, mas a Nova Alice não está a fim e não fica por lá nem devolve o baseado. Tomou posse dele com a mancha cor-de-rosa na ponta da seda. Leva-o aos lábios de novo, soltando fumaça ao avançar pela sala lotada, e as pessoas não abrem caminho, mas ela se espreme para passar, não mais contra o fluxo, mas seguindo-o ao se encaminhar para a cozinha, onde as garrafas estão alinhadas como vitrais sob as luzes.

Ela pega a mais bonita e se serve de uma dose de uísque cor de âmbar, vira o copo de uma vez só, enche de novo e, quando a Velha Alice se queixa de que destilados nunca lhe caíram muito bem, que tem de terminar um trabalho da faculdade e que não é muito inteligente beber algo de uma garrafa que já está aberta, a Nova Alice vira a segunda dose e descarta o baseado no copo, afogando as duas coisas: a guimba e o protesto.

Uma noite, pensa ela, e as batidas no seu peito se acalmam e entram no ritmo de um relógio: *tique-taque, tique-taque, tique-taque*. E a bebida começa a fazer efeito na mesma hora em que a erva e o calor finalmente se espalham pelo peito dela, e a cabeça fica leve, *e esse é o segredo, não é?*, pensa, *é o jeito mais rápido de se transformar em outra pessoa*.

Alice sai da cozinha, a música deslizando os dedos pelo seu cabelo, o baixo como uma corda em volta de cada osso enquanto segue em sua direção, apoiando-se na parede para se equilibrar até voltar para a pintura verde vibrante com as florezinhas de luz. Ela se inclina e apoia a testa na parede.

A parede dela.

Fecha os olhos, fazendo um casulo contra o barulho, até que se sente afundando na tinta verde, a superfície ficando esponjosa sob as palmas abertas, transformando-se numa massa molenga e absorvendo suas mãos até os pulsos.

Alice se afasta, na expectativa de que a parede a mantenha presa, mas a tinta é só tinta, e ela cambaleia para trás, esbarrando as costas em outro corpo. A mão de alguém a segura e, de algum modo, antes de se virar, Alice *sabe* que é ela.

A garota violeta.

E é mesmo.

O pedido de desculpa está quase saindo de sua boca quando a garota sorri, arqueando uma das sobrancelhas como se soubesse do jogo, e Alice engole a palavra, transformando-a num "E aí?", os lábios se adaptando à mudança de ideia. A mão da garota ainda está no ombro dela, parece bem à vontade ali, e a música está alta demais para se ouvir qualquer coisa que não seja um grito, mas Alice consegue ler as palavras nos lábios cor de romã.

Dança comigo.

Se Alice olhasse em volta, veria que não era um pedido estranho — todo mundo está dançando, aquela parte da casa fervilha numa maré de corpos em movimento —, mas ela não olha para ninguém porque isso implicaria em desviar o olhar da garota violeta, com seus cachos pintados, maçãs do rosto salientes e grande olhos castanhos. Castanhos, a cor mais comum do mundo, mas não há nada de comum neles. São dourados nas bordas, como se uma luz interior estivesse tentando escapar, e mais escuros no centro, tão escuros que daria para desconfiar que as pupilas estavam dilatadas se não conseguisse vê-las também, pontinhos pretos apesar da parca iluminação da festa.

E a Velha Alice talvez se atrapalhasse, talvez tivesse dificuldade com aquela paquera, mas o volume da música elimina a necessidade de respostas tímidas ou comentários engraçadinhos. Tudo que ela precisa fazer é concordar com a cabeça. A mão da garota escorrega pelo ombro dela até a frente da sua camisa, segurando o tecido de algodão a fim de puxar Alice para mais perto.

A música é como uma correnteza, o baixo, uma maré forte, e as duas pulam juntas, e, de perto, a garota não tem cheiro de baunilha nem de xampu de coco nem do perfume floral que pairava no ar mais cedo naquela noite enquanto as colegas se arrumavam no quarto.

Não, ela tem cheiro de terra molhada, ferro fundido e açúcar mascavo.

Elas não chegam a se agarrar, mas se encaixam uma na outra — braço com braço, peito com peito —, uma garota e sua sombra, ou uma sombra e sua luz. Ela já ouviu centenas de músicas e ditados descrevendo como a pessoa certa tem a capacidade de fazer o mundo inteiro desaparecer, mas o mundo ainda está lá, caótico ao redor delas. Só que agora é ruído de fundo, cenário montado, e, pela primeira vez na vida, ela está no centro do palco, atuando para uma plateia de uma única pessoa: a garota violeta.

— Eu sou a Alice — grita ela mais alto que a música, mas logo percebe que é inútil, nem ela mesma consegue ouvir a própria voz.

Mas a outra garota parece conseguir e responde, seu próprio nome perdido na confusão. Alice franze a testa e balança a cabeça, e a garota insiste, pressionando o rosto no de Alice antes de repetir. O nome deveria sair como uma lufada de ar fazendo cócegas no seu ouvido, mas a música escolhe este exato momento para dar uma nota mais baixa, e ela ouve.

Lottie.

Em seguida, a garota baixa a cabeça, os cachos fazendo cócegas no pescoço de Alice, que sente o beijo tocar na pele exposta pela gola aberta da camisa. Alice estremece, sedenta pelo toque, e está prestes a puxar o rosto da garota e dar um beijo nela quando seus ouvidos zunem, com um barulho alto demais, agudo demais. A princípio, ela acha que é algum tipo de nota musical congelada, uma batida prolongada, mas quando a música para, mas o som se eleva e a nota continua, percebe o que é: o alarme de incêndio.

E tudo se desfaz.

As luzes se acendem, e de repente a república é só uma casa, cheia demais, iluminada demais, e Alice olha em volta, mas a garota violeta desapareceu, e as pessoas contra as quais vinha lutando a noite inteira estão seguindo na mesma direção, uma correnteza que a leva para longe, pelo corredor e porta afora até as escadas e então para a rua.

A noite é como a mão de alguém na sua nuca, um toque pesado e incômodo, e ela se sente tonta e desequilibrada, como se o mundo se desvanecesse sob seus pés, os sentidos fora do eixo... É como tirar um cochilo à tarde e só acordar quando já anoiteceu, ou sair de uma daquelas esteiras rolantes, ou ficar deitada por tempo demais sob o céu à noite, vendo as estrelas deslizarem tão devagar que você só percebe quando volta a se levantar.

Alice tenta respirar enquanto meia dúzia de alunos sai correndo pela rua, mas os outros estão bêbados ou chapados demais para tomar decisões rápidas, de modo que continuam na calçada na noite úmida, tentando se livrar do transe. Alice passa os olhos pela multidão tentando encontrar Lottie e seus cachos roxos, mas é lógico que não a localiza.

Alice suspira, ergue o rosto para o céu, e sente a primeira gota de chuva, feito um beijo na bochecha.

Ela arfa, pois já sabe o que vem em seguida, e não dá outra: assim que expira, a umidade cede, e o céu da noite se rasga como uma costura quando começa a chover. Não é a garoa constante com a qual os moradores da região do nordeste norte-americano parecem ser tão acostumados, mas um aguaceiro tão forte que chega a embaçar a luz dos postes.

A noite à sua volta fica repleta de gritos, os alunos se transformando em pássaros pela tempestade repentina. Berram e se refugiam na varanda, em uma tentativa desesperada de continuarem secos, mas o corpo de Alice se move antes de sua mente, afastando-se da casa e seguindo pela rua.

Em segundos, ela está encharcada, o barulho da chuva tão alto nos seus ouvidos que todos os outros sons...

Tudo desaparece...

Os contornos do quarteirão desaparecem...

E, de repente...

Alice está em casa de novo, em Hoxburn, diante do jardim, os braços esticados e os calcanhares afundando na grama encharcada enquanto chove tão forte e está tão frio que provoca um choque nas costelas e o ar fica preso nos pulmões, do jeito que acontece quando você mergulha em um lago gelado, ou entra no Mar do Norte. Catty ensinou a ela que o jeito mais fácil de soltar o ar era gritando, mas Alice nunca conseguia fazer isso, então prende a respiração e fica parada ali, tremendo embaixo da tempestade, sabe que os dentes vão continuar batendo por horas a fio, a ponta dos dedos geladas, e sabe que, para se aquecer, vai ter que se sentar diante da lareira acesa. A verdade é que Alice adora essa parte, de se secar, de se aquecer, a sensação reconfortante de voltar à vida.

Mas não é por isso que ela fica parada na chuva.

É porque há um momento, preso sob o peso do manto da tempestade, quando seu corpo para de lutar, quando todas as vozes dentro dela finalmente silenciam, seus ombros relaxam, os pulmões respiram fundo, a pele fica dormente, e o limite entre a garota e o mundo borra, e ela é purificada.

Vira uma nova pessoa.

Alguém grita e... Alice abre os olhos e...

... o jardim da sua casa desaparece, e ela está parada no meio de uma rua de Harvard, encharcada até a alma, e a noite está cheia de luzes que se aproximam, e demora tempo demais para perceber que são lanternas de capacetes, um monte de bicicletas em algum tipo de corrida noturna, uma horda de metal e vozes gritando para que ela saia do caminho, mas então dedos seguram seus punhos e a puxam de volta para a calçada.

E é Lottie, claro que é Lottie, o vestido prateado derretendo enquanto a chuva encharca o tecido, que gruda na pele dela, a tinta do cabelo escorrendo dos cachos molhados, a tinta violeta sendo enxaguada e descendo pelo rosto feito lágrimas. Alice leva a mão à bochecha da garota, como se quisesse limpar a mancha, mas seus dedos se perdem no caminho quando Lottie se aproxima do toque e fala alguma coisa.

Mas a chuva é um lençol de ruído branco, e Alice não ouve o que ela diz.

E, então, a garota começa a puxá-la pela rua, e *todos* estão andando agora, o pessoal da festa, alguns correndo em direção ao pátio, encolhendo-se debaixo de árvores e toldos numa tentativa de se manterem secos, enquanto outros se resignam à chuva, e Alice está absorvendo tudo como uma esponja, a mão de Lottie ainda fechada em seu pulso, ambas pegas no meio da tempestade.

Em algum lugar, os contornos da noite começam a ficar embaçados, os momentos caem como pontos de costura, os minutos se afogam e, quando ela se dá conta, já estão cambaleando pelo portão aberto mais próximo e subindo a escada do dormitório Matthews, protegendo-se sob o toldo, com o temporal caindo de um dos lados e a construção se elevando do outro, as duas ensopadas e ofegando após correrem da tempestade.

As mãos se separaram, e Alice gostaria que ainda estivessem unidas porque seria estranho agora tentar pegar a mão da garota de novo, não é? Ainda mais quando não havia nenhum motivo para isso... Ou é o que ela acha até Lottie estender a mão e pegar a dela, como se não precisasse de nenhum motivo além da própria vontade, e agora há uma corda entre os corpos das duas, os dedos entrelaçados feito nós, e Lottie se aproxima e Alice se afasta, só que não é como se estivesse recuando, e sim sendo levada, passo a passo, a corda ficando frouxa e se retesando até que as costas dela encontrem a porta do prédio e ela estremeça quando o metal frio toca a camisa molhada, a sensação esquecida um segundo depois quando o corpo da garota pressiona o dela. E Lottie é um pouco mais baixa, com o cabelo agora grudado na pele, mas há algo nela que faz com que Alice tenha a sensação de que está olhando para cima e...

(por que está pensando em altura quando tem um quadril roçando no dela, quando seu coração martela dentro do peito com tanta força que a outra garota deve ser capaz de senti-lo bater, os corpos molhados colados contra a porta?)

... e não é suficiente, ainda há espaço demais, e talvez Lottie sinta o mesmo, porque aproxima o rosto até os cílios tocarem na pele da outra e o nariz roçar no dela e os lábios quase, *quase* se tocarem, e bem ali a outra garota hesita e encontra seu olhar sedento e sussurra:

— Posso?

... como se *este* fosse o momento para ponderação, e Alice quase grita que *sim*, e a outra garota deve ver as palavras tomando forma antes que o som saia completamente, porque sua boca já está lá, sorvendo o *s* com um beijo.

E o beijo... o beijo pelo qual Alice esperava desde que seus corpos se enroscaram em meio às batidas vibrantes da festa, desde que ela se afastara da parede e sentira a mão fria no ombro, desde que vira a garota sentada na cama, no escuro, desde a primeira vez que o táxi a largara na Harvard Square três semanas antes com a vida toda pela frente.

O beijo.

Suave como pétalas de rosas e ao mesmo tempo intenso, e quando dentes roçam seu lábio inferior e seus joelhos ameaçam ceder sob o peso, agradece pela porta atrás de si e pela garota que tem gosto de chuva, mel e desejo.

E o beijo acaba, a boca se afasta, ao passo que Lottie recua, e Alice tenta se mover com ela, mas a mão da garota em seu tronco a mantém junto à porta, delicadamente, mas com firmeza.

— Vamos ficar aqui mesmo ou você pretende me convidar para entrar? — pergunta ela.

E, pela primeira vez, Alice detecta os resquícios de um sotaque inglês, como folhas mortas estalando sob os pés, e espera perder a vontade, mas há algo nesses sons, saindo da boca da garota — a boca que abriu uma porta dentro de Alice, um desejo, uma ânsia, um calor se formando no meio das pernas —, que combina perfeitamente com ela.

— E então? — pergunta Lottie, contraindo os lábios de forma provocante, como se a pergunta não passasse de cortesia, como se já soubesse o que iria acontecer.

E Alice... Alice, sob algum tipo de feitiço... consegue libertar uma das mãos por tempo suficiente para passar o cartão de entrada, puxando a garota pela porta e subindo a escada, despejando gotas de chuva a cada toque, deixando uma trilha de água como numa cena de crime enquanto encontram o caminho até o terceiro andar.

Duas garotas impetuosas e cheias de desejo.

O quarto ainda está vazio e escuro, e Alice não se detém nem para se sentir constrangida com o cômodo estreito que compartilha com Lizbeth, nem com a cama desarrumada, nem com a pilha de roupas no canto, nem com os livros bagunçados na mesa. A noite assumira um foco suave, resumindo-se apenas às duas, e Alice está tremendo, mas Lottie continua firme. Segura de si. O toque estável ao puxar Alice em direção à cama.

Não acendem a luz.

Ela larga o celular de lado, sem olhar a hora.

(Se *tivesse* olhado, veria que já passara muito da meia-noite, e o jogo já acabara de acordo com suas regras, a Nova Alice voltando a ser a Velha. Se tivesse olhado, talvez voltasse ao próprio corpo, com a mente cheia e o coração ansioso, talvez percebesse que a poção mágica das doses de bebida já tinha evaporado e a onda do baseado, passado, deixando apenas *Alice,* a garota de dezoito anos viva e inebriada com o prazer de ser tocada, desejada, enfeitiçada pelo poder da outra garota. Se tivesse olhado, talvez se detivesse. Se tivesse olhado... Mas não olhou.)

Lottie a puxa para perto, e alguma coisa muda. Até aquele momento, sentia que a outra garota estava se divertindo com ela, como se tudo aquilo não passasse de outro tipo de jogo, mas, dessa vez, quando os corpos se encontram, Alice ouve a respiração da outra garota ficar ofegante, um som de desejo que a faz enrubescer e o sangue esquentar, que a faz *desejar.*

(Ela está acostumada a sentir bastante desejo, mas é diferente se sentir *desejada.*)

Dentes roçam seu pescoço, suaves como uma pena acariciando a pele exposta, e então dedos escorregam para entre as pernas de Alice, curvando-se, pressionando a palma na frente da calça jeans molhada. Alice arqueia o corpo para o toque, mas que não chega perto o suficiente porque há...

— Roupas demais — sussurra ela.

A outra garota solta uma risada suave e silenciosa, pesada como um trovão distante enquanto se afasta, e observa Alice tentando se livrar das camadas de roupas ensopadas, que logo descobre como é difícil fazer o gesto parecer sexy. É desajeitada, mas Lottie parece curtir a falta de jeito dela, os olhos sorridentes enquanto Alice luta contra o tecido. A camisa sai fácil, só que a calça jeans está presa, e Alice tenta se livrar dela, rebolando e contorcendo o corpo, mas parece uma capa de salsicha ou uma camada de plástico filme até finalmente ficar sem fôlego, porém livre.

E embora Lottie estivesse tão molhada quanto ela, de algum jeito, não se despe com dificuldade, o tecido apenas cai para revelar a pele nua, e Alice absorve a visão, tirando fotos mentais para substituir as reais que nunca tirou, as que desejava ter tirado.

Um vestido prateado caindo como um espelho aos seus pés, as luzes da rua entrando pela janela, pintando linhas ao longo da pele, a confiança absoluta de uma garota de dezoito anos totalmente nua e encharcada de chuva no meio do seu quarto, os cachos colados ao rosto e pescoço, as fitas de tinta violeta escorrendo como hera por entre os seios e o corpo tipo violão...

(Amanhã de manhã, Alice vai encontrar manchas roxas no tapete barato, como gotas de sangue.)

... e ela espera como uma tela em branco, espera que Alice dê a primeira pincelada, deixe a primeira marca, mas aquilo exige mão firme e vontade forte. Como ela nunca teve nenhuma das duas, é claro que hesita, olhando a cintura da garota, a pele tão suave, macia e queimada de sol, deslizando os dedos pelo rastro tingido de roxo que segue pelas curvas do quadril da garota, mas não se sente muito sedutora, e sim uma criança fazendo pintura com os dedos, e o pensamento a faz querer se encolher dentro de si, então afasta a mão.

Tudo poderia ter terminado ali, mas Lottie pega seu pulso e a leva até a cama, fazendo-a se deitar nos lençóis embolados.

Alice ergue o olhar e, no quarto escuro, a outra garota é apenas uma sombra, leve e próxima, os contornos iluminados, e o centro, escuro. E percebe que Lottie continua esperando. Esperando ser convidada, exatamente como Alice vinha esperando a vida toda. Esperando para sair da cidade pequena, esperando sua vida começar, e aqui está ela, bem aqui na beira de uma cama de solteiro desfeita do dormitório universitário, e a liberdade a deixa tonta e também apavorada... Mas o medo e a diversão podem andar lado a lado, não é?

(Como a vez que Derrick, o namorado de Catty, deu carona para Alice na garupa da moto e a inclinou tanto para fazer uma curva que ela poderia passar os dedos no asfalto, o mundo de repente tão próximo, antes de endireitar a moto e o mundo voltar aos eixos, o coração de Alice ainda disparado, mas não de medo, quer dizer, não só de medo. E sim de *emoção*. E depois disso, sempre que estava no carro do pai, confinada pelas portas e pelo teto, ela abria a janela, colocava o braço para fora e sentia o vento açoitar a pele, relembrando aquela virada, aquela curva inclinada.)

E ali não há carro nem paredes, só o ar livre, e tudo o que Alice precisa fazer é se inclinar mais e mais e mais.

E é o que faz.

Vai se inclinando tanto que parece cair, mesmo que seja a outra garota que está sendo puxada para a cama, para cima dela, a pele tão aveludada, suave como uma pétala e quente onde as duas se encaixam. E todo o seu corpo vibra porque ainda não estão perto o suficiente, Alice hesita como se fosse sua primeira vez...

(Não é... não, essa honra foi para Rebecca Pierce quando as duas tinham quinze anos, e aquilo sim foi cheio de hesitação, risadas nervosas interrompendo a sedução, um emaranhado de braços, pernas e toques inseguros... *Assim? Assim? Assim?* Uma perna pressionada entre os joelhos, esfregando-se em busca de ritmo, antes de desistirem e caírem em uma pilha de cobertores, sem chegarem ao fim, mas exaustas.)

... e ela não se lembra de dizer nada disso em voz alta, mas a garota em cima dela sorri como se tivesse dito, como se Lottie pudesse ver tudo isso estampado no desejo ofegante de Alice, no rosto corado, e a garota manchada de violeta toma sua boca, afundando-a nos lençóis em um beijo que vai pegando o próprio curso, deixando uma trilha que desce pelo maxilar de Alice, pelo pescoço, uma das pernas encaixada no meio das dela numa pressão tão deliciosa que faz suas coxas se contraírem, e o mundo poderia parar bem nesse momento, mas a garota está saindo de cima de Alice, que quer dizer *espera, espera*, sente-se desamparada e estende a mão, tentando segurá-la, cheia de desejo, para puxá-la de volta, mas a outra garota pega sua mão e beija cada um dos dedos antes de colocá-los contra o travesseiro, lançando um olhar que diz *fique aqui*, e Alice obedece, enquanto a garota beija a pele branca entre os seios de Alice, descendo pela barriga, os cachos molhados pintando a pele no caminho.

E Alice... Alice é um quadradinho de chocolate derretendo ao sol, os contornos ficando moles e borrados, e é com isso que ela sonhava quando sonhava com a faculdade, com a liberdade, com a vida, e agora que está acontecendo, fica dividida entre o impulso de segurar o momento na língua ou cuspi-lo antes que possa se dissolver. E, mesmo ali, continua pensando demais, ainda presa em algum lugar dentro da própria mente, até Lottie mordiscar a pele sensível entre suas coxas, e isso é o suficiente para trazê-la de volta, para fazer seu coração quase parar e os membros se contraírem, voltando de uma vez só para o próprio corpo enquanto a boca da garota violeta mergulha no ponto entre suas pernas, ela arfa, o sangue todo vindo à tona, e então Lottie faz um movimento com a língua, e a noite se desdobra, e Alice...

Alice finalmente para de pensar e se desfaz por completo.

LOTTIE

(ANNO DOMINI ?)

I

A garota dorme como se estivesse morta.

O rosto enterrado no travesseiro, o cabelo claro secando colado à bochecha, as pernas e os braços estendidos como raízes, não mais se encolhendo como fez contra a parede, mas bem abertos para preencher o espaço. Os lábios estão ligeiramente entreabertos, os ombros sobem e descem, acompanhando os movimentos do peito.

Lottie fica deitada ali e observa a garota.

Alice — um nome como um sussurro, um suspiro, um som escorrendo por entre os dentes.

Lottie fica olhando, sem piscar, como se ela fosse um pedaço de papel fotográfico, em exposição lenta, absorvendo o ângulo das pernas e dos braços de Alice, o tom de areia seca do cabelo, os beijos que Lottie deixou como migalhas de pão na pele dela.

Ela estende a mão fria e cautelosa, com todo o cuidado para não acordar a garota, e enrosca uma mecha loura no dedo, passa o polegar como um pintor testando a maciez de um pincel, sentindo o cheiro da chuva e do desejo.

Seria mais fácil, como bem sabe, se esquecesse desses detalhes em vez de se agarrar a eles.

Seria mais fácil, mas também mais solitário. E ela quer fazer de conta. Fazer de conta que, quando acordar, o feitiço não vai se desfazer. Fazer de conta que, quando for embora, talvez possa voltar.

Fazer de conta que isso é um início e não um fim.

Lottie fica o maior tempo possível, o que nunca é o suficiente.

Ela se imagina adormecendo, acordando com os braços em volta de Alice, a manhã entrando pela janela. Apesar da hora, não está cansada. Sua pele vibra com uma energia inquieta, um desejo por ar puro, e ela sabe... sabe que precisa ir. Já aprendeu a arrancar de uma vez o que precisa. O perigo está em se demorar; então, antes que a voz lá no fundo da sua mente comece a sussurrar *e se, e se, e se,* Lottie se levanta, deslizando da cama e escolhendo o caminho com cuidado, descalça, pelo quarto bagunçado, pegando suas roupas, peça por peça, e se vestindo no escuro.

Ela é Orfeu, diz para si mesma. Não vai olhar pra trás.

E desta vez, ela quase consegue. Está de costas para a cama, a mão na maçaneta, mas então ouve o suspiro da garota, que se vira enquanto dorme. Lottie olha por sobre o ombro e hesita ao ver Alice, enroscada nos lençóis, um dos braços descobertos, a palma da mão voltada para cima e os dedos dobrados como se dissesse "volte".

Lottie morde o lábio e segue até a mesa, repleta de livros e Post-its. Escreve um bilhete e, antes de ir embora, o pressiona como um beijo no abajur da mesa de cabeceira.

Lottie sai para a noite e suspira, as horas deixadas para trás como roupas abandonadas.

Descalça, atravessa o pátio molhado de chuva, os sapatos pendurados nos dedos, enquanto anda sem pressa, saboreando a hora em que todos dormem — menos ela. A tempestade passou, o peso substituído por algo leve e fresco enquanto caminha por Cambridge. A segunda Cambridge que ela conhece.

Ela rodopia em um cruzamento, vazio àquela hora, levada por uma música tão baixa que não sabe de onde vem ou se está só na sua cabeça. Atravessa a ponte e volta para a área central da cidade, onde a noite parece vazia, mas não está.

Um carro diminui a velocidade quando passa.

Um homem desce a rua na sua direção. Ombros curvados, olhos passeando pelo corpo dela. Os cachos dela estão secando, bagunçados, o vestido curto continua úmido e grudado aos quadris. Ela sabe *exatamente* no que ele está pensando.

Uma garota como você, sozinha à noite.

Vestida desse jeito, você está pedindo.

As mãos dele se contraem nos bolsos, e quando o homem está perto o suficiente para olhar nos olhos dela, perto o bastante para que ela sinta o perigo que ele representa, o *se eu quisesse, bem que eu poderia*. Mas ela não se intimida, não se encolhe. Olha direto nos olhos dele e sorri. E o que quer que ele veja ali é o suficiente para fazê-lo descer da calçada, só para se afastar.

E Lottie segue seu caminho, pensando: *Se eu quisesse, bem que eu poderia.*

A sineta toca em cima da porta quando Lottie entra no mercadinho, o que fica aberto 24 horas, trocando a suavidade das luzes dos postes pela intensidade das lâmpadas branco-azuladas no teto. Passa pelos corredores, pelos biscoitos, caixas de cereal e as garrafas atrás das portas das geladeiras, antes de pedir um café e um folhado.

O café tem cheiro de queimado.

O folhado parece meio duro.

Mas nada disso importa, já que não são para ela.

Ela paga e atravessa os últimos dois quarteirões até o hotel, onde um homem com olhos pesados de sono atrás da recepção a cumprimenta:

— Bem-vinda de volta, srta. Hastings.

— Olá, George.

— Já está muito tarde — comenta ele, sem julgamento no tom, apenas um ar paternal de preocupação.

— Ou muito cedo — retruca ela, deixando o copo de papel e o pacote de folhado no balcão.

— Nossa — diz George —, não precisava trazer nada para mim.

Mas ele sorri, e ela sabe que a exaustão no rosto dele tem menos a ver com os turnos da madrugada que anda fazendo, pelos quais recebe em dobro, e mais com os livros de medicina que estão escondidos atrás do balcão.

Lottie dá boa-noite e sobe a escada, passando os dedos pelo papel de parede enquanto segue para o próprio quarto, o cansaço começando a chegar à medida que a escuridão começa a dar lugar à claridade através das janelas e o primeiro raio cinzento da aurora entra.

Ela tira o minivestido prateado e coloca um roupão antes de afundar no sofá aos pés da cama. Abre a bolsa e pega um livro gasto, segurando-o com cuidado — as pontas estão manchadas, a capa desbotando depois de tantos anos. Folheia até o final do romance e chega às três páginas em branco lá atrás, um excesso de páginas da gráfica; só que não estão mais limpas. Frases em letras pequenas e escuras seguem até a parte interna da folha.

Heather. Olhos verdes como uma garrafa de vidro.
Isabelle. Flores tatuadas no pescoço.
Renee. Cheiro de lavanda e fumaça.

Lottie enfia a mão na bolsa até encontrar uma caneta.

Passa a língua pelos dentes enquanto a ponta da caneta paira sobre a página, o olhar descendo pela lista.

Maddie. Os olhos mais azuis que já vi.
Jess. Sardas iguais a estrelas nas bochechas.
Chloe. Anéis em cada um dos dedos.

A lista continua. Cada encontro resumido a uma única frase, um suvenir, uma imagem, uma recordação.

Ela poderia preencher um diário inteiro com seus pensamentos sobre cada um desses encontros, por mais breves que tenham sido... mas do que adiantaria, a não ser para assombrá-la?

E a lista não é exatamente isso?, sussurra uma voz cruel dentro da sua cabeça. *Uma galeria de fantasmas.*

Mas não é verdade.

Afinal de contas, *aquelas* garotas ainda estão vivas.

Lottie baixa a cabeça e acrescenta o último nome.

Enquanto escreve, permite-se olhar para trás uma última vez, saborear cada momento da noite, revivendo o calor da pele da garota sob seus dedos, a batida impetuosa do coração, a forma como o corpo delas se enroscou nos lençóis baratos do dormitório enquanto Alice sussurrava o nome dela no escuro. Saboreando aquilo do jeito que faria com a última garfada de uma refeição. Um beijo de despedida.

E então está acabado, e tudo que lhe resta é uma linha.

Seis palavras no final da lista.

Alice. Escocesa. Gentil. Sabor de tristeza.

Lottie franze a testa, não para as palavras, mas para o último ponto-final.

Deve ter deixado a caneta parada no papel por um segundo a mais, porque a tinta começa a borrar o ponto, criando pequenas raízes pretas. Ela prágueja baixinho e solta a caneta. Sopra o papel suavemente para secar, estudando as palavras uma última vez antes de fechar o livro, subir na cama luxuosa do hotel e dormir.

MARÍA

(ANNO DOMINI 1532)

I

Andrés lhe deu uma égua chamada Glória.

De pelagem cinzenta salpicada de manchas claras e escuras, do tipo tordilha mosqueada, uma coloração tão marcante e chamativa quanto a dela. No início, María fica entusiasmada com o tamanho do animal e a sensação que tem quando a monta. Tem pouca experiência com cavalos, mas logo as duas parecem se entender. María pode sentir a força do animal fluindo pelos flancos, o desejo de disparar aos trotes, e seu coração acelera ao cogitar permitir, ao sentir o poder da égua em plena exibição. Mas Andrés insiste em manter o cavalo dele ao lado, bem de perto, para segurar as rédeas dela, assim como as dele.

Os criados e as carroças foram enviados na frente, ou seguem logo atrás, ela não tem certeza. Só sabe que viajam sozinhos, a não ser por dois homens a cavalo em seu encalço.

Seguem a um trote sem graça e, com o passar do dia, ela fica cansada e mal-humorada. Andrés não lhe contou nada sobre a travessia, nem a distância nem o tempo de viagem. Então, quando dobram uma curva e María avista a forma de construções numa colina distante, telhados vermelhos agrupados como uvas, ela fica toda animada.

— O que você acha? — pergunta ele.

María fica maravilhada, o olhar atraído para o castelo que se ergue na montanha.

— É *la casona*? — pergunta ela. — A sua propriedade?

O marido solta uma gargalhada, um som alto, com a delicadeza de um machado. Ela logo há de aprender como ele usa bem essa risada e como é sempre cortante.

— Ali é Burgos — explica ele, entre uma risada e outra, como se ela fosse uma boba. — Não, minha esposa, a cidade e o castelo pertencem ao rei. Só vamos fazer uma parada para passar a noite.

María sorri, como se só estivesse brincando. Mas nem precisava. Andrés já tinha dado as costas para ela.

O sol começa a se pôr quando se aproximam, e por toda a Burgos as lamparinas começam a brilhar com uma luz âmbar, primeiro algumas poucas, depois uma centena, até a cidade parecer um leito feito de brasas descendo pela montanha.

De perto, a primeira coisa que ela sente é o cheiro. O cheiro de animais e corpos sujos, suor e estrume misturando-se na estrada movimentada. María franze o nariz. Ela está acostumada com os cheiros da fazenda, mas aquilo é diferente, azedo, próximo e sufocante.

Param em uma estalagem — a melhor da cidade, de acordo com Andrés —, mas María está cansada demais para apreciar o rebuliço que os donos fazem com a chegada do visconde ou com as características da casa em si. Não há muito sentido em saborear o que não é dela.

Andrés pede que a refeição seja enviada ao quarto, pega a mão da esposa e a acompanha até o andar de cima. No aposento destinado a eles a lareira está acesa, e uma cama robusta, com quatro colunas de madeira e uma manta pesada, ocupa o centro do espaço. María precisa usar todo o seu autocontrole para não se jogar nela do jeito que Andrés se joga numa cadeira, tira o casaco e começa a desamarrar os cadarços das botas sujas de lama.

Que estranho, pensa. Ela nunca esteve a sós com um homem que não fosse da família. Sabe que deveria corar e ser recatada, mas fica olhando para ele, como se a presença dele a divertisse. Aquele estranho que não é mais um estranho.

Marido.

Mulher.

Palavras que não combinam, principalmente ali, naquele meio-termo esquisito, um jogo terminado e outro prestes a começar.

María segue até a bacia no canto, com um jarro de água perfumada ao lado. Despeja a água, molha um pano e começa a limpar as horas de montaria, a poeira e o suor da viagem. Ela ouve Andrés se levantar, seu corpo se aproximando dela e, pela primeira vez, sente a coragem se esvair, dizendo para si mesma que é por causa da estranheza do dia, que começou em um lugar e vai terminar em outro.

Não está com medo, diz para si mesma, ainda assim, seu corpo se tensiona ao sentir a presença dele atrás de si, meio que esperando que ele comece a desatar os cordões do vestido. Em vez disso, a mão dele se fecha sobre a dela, pega o pano úmido e assume a tarefa de limpá-la, polindo-a como se ela fosse uma peça de prata.

Está com dor de cabeça, o cabelo preso por tempo demais em tranças ruivas. Como se soubesse, Andrés começa a tirar os grampos, colocando um por um na tigela até o cabelo se libertar, e com isso ele emite um som parecido com um rosnado no fundo da garganta.

— Para você — diz ele.

Ela se vira para o marido e percebe que ele segura algo cintilante, um rubi do tamanho da unha do polegar, brilhando em uma corrente de ouro.

— Um presente de casamento — continua ele, deslizando a corrente para o pescoço dela. O rubi pousa como um beijo entre as clavículas de María, que leva a mão até a pedra preciosa e sorri, levantando o rosto para agradecer ao marido, mas se depara com os olhos dele semicerrados e escuros.

— *Esposa mía...* — começa ele, pegando o queixo dela.

Uma batida à porta.

É a refeição deles. Uma bandeja pesada coberta por uma redoma de metal.

— Deixe aí — ordena ele rispidamente.

O criado assente e coloca a bandeja na mesa perto da lareira e sai em seguida, a porta se fechando atrás dele com um som baixo.

O cheiro de pão fresco e carne assada chega até ela, despertando uma fome repentina e forte, mas quando ela se move em direção à mesa, Andrés a segura pelo pulso.

— Deixe aí — repete o marido, e María sabe, pelo tom da voz e pela intensidade do toque, que a fome dele é por outra coisa.

Quando tira o vestido dela e a leva para a cama, ele não é nada gentil.

Homens assim sempre tomam o que querem.

E, de fato, enquanto ele a pressiona contra a cama, María se sente como uma porta que tivesse sido arrombada. Uma casa invadida. Ela quer lutar, quer empurrá-lo para longe dela. Em vez disso, finca as unhas nos lençóis e morde o lábio até sangrar. Olha para o teto e procura por rostos nas vigas de madeira.

Andrés enrola o cabelo dela nos dedos enquanto a penetra, gemendo até a última estocada que o faz estremecer e relaxar, exausto, com uma das mãos abertas na barriga dela, e a última coisa que diz antes de dormir não é "Eu te amo" ou "Obrigado" nem "Minha mulher", e sim:

— Que seja um varão.

II

Naquela noite, María não dorme.

Fica deitada na cama ao lado do marido, com o corpo dolorido enquanto esfria, levando os dedos não ao ponto dolorido entre as pernas, mas sim ao rubi no pescoço.

Fica deitada ali, presa sob o peso da mão de Andrés e olhando para as vigas do teto, tentando encontrar rostos nas espirais da madeira.

Fica deitada ali e, pela primeira vez em anos, pensa na viúva que visitara a cidade.

"Existem chás e tônicos para tratar muitas coisas", disse ela, "para baixar a febre ou aliviar a tosse. Para ajudar uma mulher a engravidar ou se livrar de uma gravidez indesejada."

María fica deitada ali e ouve o fogo morrer, uma brasa estalando de cada vez, até o quarto ficar tão escuro quanto a noite lá fora e Andrés finalmente virar para o lado. É quando ela se levanta, os passos silenciosos no assoalho enquanto atravessa o quarto, passa pela refeição intocada, coloca o vestido, abre a porta com cuidado e sai do aposento.

Ainda não amanheceu, mas ela encontra o caminho até a cozinha, usando um lampião que pegou no andar de cima e começa a estudar as ervas secas e armazenadas na prateleira. Os frascos tilintam baixinho enquanto analisa os rótulos. Não sabe ler, e mesmo que soubesse, não sabe o que está procurando, mas ainda consegue sentir a mão do marido na barriga, a lembrança daquilo revirando suas entranhas e...

Um arquejo. Ela se vira a tempo de ver uma mulher baixa junto à porta, com uma das mãos segurando uma tigela de massa e a outra se benzendo. A luz ilumina o rosto e o cabelo de María, e ela suspira.

— *Mi señora!* — exclama a cozinheira, assustada. — Achei que fosse um fantasma. — Ela dá um passo à frente, colocando a tigela na bancada. — Algum problema? Está se sentindo mal?

María pensa nas palavras antes de responder:

— Ainda não — responde depois de um momento —, e não quero me sentir.

Uma expressão de compreensão atravessa o olhar da cozinheira, acompanhada pelo desagrado.

— Aqui é uma cozinha — retruca com impaciência —, não uma botica.

María, porém, nunca se deixou intimidar, nem por um tom de voz nem por um olhar. Nem quando criança, nem como mulher e muito menos como viscondessa. O problema dela é antigo, desde que o mundo era mundo, e espera que exista mais de uma cura.

— Cozinhas têm as mesmas ervas — rebate ela, sustentando o olhar da cozinheira. — E são bem mais discretas.

Ao terminar de falar, tira uma moeda do bolso e a coloca na bancada. Mesmo na penumbra, o metal reluz. A cozinheira lança um olhar ávido, depois enfia a moeda no avental e enxota María de perto da prateleira.

A cozinheira se movimenta com rapidez, pegando os frascos corretos com uma certeza que faz María pensar que não é a primeira vez. Ela observa a cozinheira acrescentar pequenas colheradas de cada uma das ervas numa xícara, atiçar as brasas no fogo, colocar a chaleira nas chamas para aquecer até que a fumaça comece a subir antes de tirar a chaleira do fogo, e então derramar a água sobre as ervas, para infusão.

Por fim, ela acrescenta uma gota de mel.

— Para melhorar o gosto — explica ela, entregando o preparo.

Parece querer dizer mais alguma coisa, mas um olhar de María é o suficiente para que mude de ideia. A cozinheira contrai os lábios enquanto ela leva a xícara à boca e bebe.

É amargo e terroso, e o primeiro gole faz seu estômago vazio se contrair, mas ela não para. Toma até a última gota e solta o ar, relaxando os músculos de alívio.

Ela devolve a xícara, mas quando a cozinheira estende a mão para pegá-la, María a agarra pelo punho e a puxa para perto. A cozinheira é baixa, muito mais baixa do que nova viscondessa, que se impõe sobre a outra mulher, afundando os dedos finos na pele envelhecida.

— Se você contar para alguém — sussurra ela em uma voz tão baixa que é quase gentil —, vou voltar e cortar a sua língua.

A cozinheira ergue o olhar, horrorizada. María dá um sorriso antes de soltá-la e voltar para o quarto, onde se deita na cama ao lado do novo marido e mergulha num sono profundo até o alvorecer.

III

O humor de María melhora ao ver o novo lar.

A propriedade dos Olivares pode não ser uma cidade inteira, como Burgos, mas, ainda assim, é um lugar magnífico. O vilarejo se aninha na curva da encosta, e casas menores pontilham as colinas ao redor como ovelhas no pasto. Mas a *casona* se ergue acima de todas as demais, uma construção imponente de pedras altas e telhado vermelho, cercada por um muro de rocha. Os portões estão abertos, e os cavalos passam para o pátio arborizado, onde meia dúzia de criados aguardam para receber o visconde e sua mulher.

Os criados logo entram em ação, esvaziando as carroças. O baú de María é levado por alguém, ao passo que Andrés a ajuda a desmontar do cavalo e pega seu braço.

— Venha, minha esposa — chama ele, levando-a para casa. — Permita que eu lhe mostre tudo.

María sorri e hoje não há necessidade de fingir animação. A casa é maior do que qualquer coisa que já tivesse visto, e o marido parece um pavão, apontando com gestos amplos para os detalhes da abóbada, os desenhos no piso, as pinturas na parede. Sua voz ressoa pelos corredores imensos.

— É sua — diz ele quando passam por uma sala com uma mesa mais comprida do que toda a casa da família dela.

— É sua — diz ele quando atravessam outra sala com um jardim interno, cheio de oliveiras, e sobem um lance de escada.

— É seu — diz ele quando revela o quarto onde ela ficará, a cama arrumada com cobertores que se derramam pelas laterais.

— É tudo seu — diz ele quando a leva até as janelas abertas e faz um gesto para as terras que se estendem além, os estábulos, os pomares, os campos.

María absorve tudo aquilo com olhos sedentos, uma palavra triunfante ecoando na cabeça:

Meu.

Eles jantam juntos no grande salão, cercados por criados dedicados e retratos da família do marido. Os pais dele a olham de cima, com uma expressão austera de dentro das respectivas molduras — uma mulher pequena e sagaz e um homem barrigudo. Os irmãos mais novos, cada um montado a cavalo, as espadas erguidas, apesar de não estarem vestidos para as cruzadas, e sim para a corte. Uma irmã, de rosto redondo, recostada em uma cadeira ao lado de um cão de caça. E, então, claro, o próprio Andrés, orgulhoso com a cruz vermelha da Ordem estampada no peito.

O pintor foi generoso.

O marido é bonito, mas os recursos do artista tornaram o maxilar mais marcado, os membros mais longos, agraciando-lhe com uma estatura digna de divindade.

O verdadeiro Andrés está sentado logo abaixo e bebe com sua boca mortal. Tem um ar relaxado em seu corpo mortal e fala com sua voz mortal, e ela finge que está ouvindo. A comida, quando chega, é suntuosa, e os sentidos de María se perdem entre as peras douradas e cenouras glaceadas, o faisão assado e o vinho tinto. Na maior parte do tempo, o marido parece satisfeito com o som da própria voz. Só uma vez interrompe o discurso e nota o que captura a atenção dela.

— Você tem um apetite e tanto — comenta Andrés, e ela sabe que quer dizer, "apesar da sua forma".

María até pode ser magra, mas não é por falta de apetite. Não, ela sempre sentiu fome. Mesmo quando as colheitas eram boas, o inverno, gentil, e não havia falta de comida em Santo Domingo, de modo que podia comer o quanto quisesse, ela nunca se sentia *cheia*.

A mãe sempre se perguntava para onde ia toda a comida.

O pai, quando estava vivo, gostava de brincar que ela tinha um estômago a mais.

María mastigava hastes de grama no mato, ficava chupando caroços de cereja até virarem pedrinhas sem gosto e, à noite, os pratos todos raspados e os irmãos encostados na cadeira, saciados, e ela continuava querendo mais, desejando que a satisfação durasse mais do que o tempo para saboreá-la.

E eram refeições modestas comparadas a esta.

A mãe a alertara sobre a comida dos ricos, que ficariam revirando no seu estômago se comesse demais. Mas talvez esse fosse o problema durante tantos anos.

Talvez fosse por *riqueza* que seu corpo tanto ansiava, pensa ela, espetando outra cenoura glaceada com o garfo.

O marido aparece de novo naquela noite.

Ela logo descobre que o quarto dele é só dele, enquanto o dela deve estar pronto para ambos. Um preço baixo, María diz para si mesma, em troca de tudo que ganhou.

Ele sobe na cama. Mergulha nela. A respiração quente, a voz suave pela embriaguez do vinho, o corpo pressionando o dela junto aos lençóis... Mais tarde ela encontrará as dobras do tecido marcando sua pele como listras, resultados desagradáveis do peso de Andrés.

O rosto dele se contorce de prazer.

O dela se contrai de dor. María agarra as costas do marido, fincando as unhas na pele, esperando feri-lo, mas aquilo parece estimulá-lo a usar mais força. Novamente, seu olhar foge para o teto, mas as vigas de madeira estão ocultas pelo dossel.

Novamente, o marido enfia a mão no cabelo dela, os punhos puxando mais a cada estocada.

Novamente, assim que termina, ele coloca a mão aberta na barriga dela, como se María não passasse de um receptáculo. Um vaso atraente, à espera de ser preenchido.

Ela resiste ao impulso de se afastar.

Pelo menos dessa vez ele não fica. Por fim, acorda do estupor, se levanta e volta para o próprio quarto.

A cama volta a ser dela.

María toca o lugar entre as pernas e o encontra dolorido, sentindo um calor e uma umidade. Gostaria de ter prestado mais atenção às mãos da cozinheira na estalagem, aos frascos que pegou, ao tônico que preparou. Torce para que faça efeito por mais uma noite. Não se atreve a ir à cozinha do visconde para solicitar uma beberagem. Então, embora não tivesse muita fé em Deus e nunca tivesse clamado por sua intervenção, María fecha os olhos e faz uma prece.

Depois, ela se levanta e se limpa da melhor maneira possível. Olha para os lençóis amassados, a marca do próprio corpo como um fantasma. A cama fede ao suor dele, por isso María arranca os lençóis e os joga no chão antes de se deitar embaixo das cobertas.

Alguém abre as cortinas, deixando o sol forte da manhã invadir o quarto.

Uma voz que ela não conhece fala:

— *Mi señora.*

María geme e cobre os olhos com um dos braços, amaldiçoando o sol, Andrés e quem quer que tenha projetado o quarto voltado para o *leste.*

— *Mi señora* — repete a voz e, dessa vez, María se senta, segurando o cobertor junto aos seios.

Há uma garota no quarto dela.

María pensa em um cervo ao olhar para ela, com o cabelo castanho-amarelado e olhos grandes, um corpo delgado equilibrado em pernas frágeis. Quando ela volta a falar, a voz é suave, baixa e persuasiva. Como se María pudesse se assustar.

— Desculpe acordá-la assim, mas o visconde...

A garota para de falar, como se a mera existência do título tornasse qualquer outra palavra desnecessária. Mas María ainda a está avaliando.

— Quem é você?

— Ysabel — responde a garota, como se o nome significasse alguma coisa. Então, quando fica evidente que não, acrescenta: — Sua criada.

— Ah.

María nunca teve uma criada, mas está determinada a não demonstrar. Sai de baixo das cobertas e fica de pé, vestida com nada além do cabelo ruivo, a luz acariciando sua pele.

Ysabel baixa o olhar, mas María vê o rosto da garota ficar corado enquanto pega um pedaço de tecido e caminha na direção dela. María permite ser vestida, um membro de cada vez, até estar trajada com um vestido que nunca tinha visto antes, então sorri para a costura elegante e o peso do tecido.

Roupas novas para uma vida nova. Um vestido da cor do melhor vinho, entremeado com renda marfim. Botões de bronze captam a luz e brilham como faíscas.

O toque de Ysabel é gentil e firme.

— O visconde a aguarda no salão de refeições — avisa ela enquanto fecha o vestido.

— Já? — pergunta María, olhando pela janela.

Com o canto do olho, vê o rosto de Ysabel, que repuxa os lábios.

— *Sí, mi señora* — responde com voz gentil. — Já é quase meio-dia.

A criada afasta o cabelo da viscondessa para o lado, para fechar um botão ali, e, quando os dedos da garota roçam a pele da nuca, María fica *arrepiada.*

Ysabel se apressa a se desculpar e pergunta se os dedos estão frios demais.

María mente:

— Estão, sim.

Andrés não está no salão de refeições.

Apenas os restos da refeição dele a aguardam, os resíduos no copo que ele usou. Um criado lhe diz que o visconde já se foi.

— Para onde? — pergunta ela, e descobre que o marido tem uma reunião com os vassalos.

A mesa ainda está posta, o banquete aguardando no centro. Então María come sozinha, servindo-se de carne, queijo e frutas, e saboreando a quietude.

O silêncio é um tipo de riqueza, pensa, ao pegar uma pera. A casa de Santo Domingo era tão cheia de vida que estava sempre barulhenta. Aqui, ela consegue ouvir a casca crocante da pera se partindo quando a morde.

Há uma tigela de cerejas pretas no meio da mesa, as frutinhas aninhadas em um tecido. María coloca uma na boca, ergue o olhar e se depara com outra pintura dos sogros, o conde e a condessa Olivares, olhando severamente para ela.

Põe-se de pé, levando as cerejas com ela. Caminha pelos aposentos, como fez com Andrés ao seu lado no dia anterior, mas, dessa vez, permite que a mente divague. Permite que suas mãos passem pelas paredes e mudem as tapeçarias, as cadeiras, os tapetes, deixando que seu gosto cubra tudo como um véu. Pinturas são retiradas, e cortinas se erguem, esculturas se movem e móveis são substituídos, um de cada vez, até a casa começar a combinar com ela.

María sai para o pátio e avalia o restante da propriedade, deliciando-se com a tigela de cerejas, e apesar do vestido justo e dos sapatos apertados, sente-se expandir com as dimensões do seu novo lar.

Um por um, ela vai cuspindo os caroços na palma da mão. As sementes parecem dentes sujos de sangue. Deveria sentir repulsa, mas não sente. Aquela sempre foi a sua fruta favorita. Na verdade, olha para os campos além das muralhas e decide que vai escolher uma área para transformar num pomar de cerejeiras. Então, como não quer esperar, atravessa os portões e passa a hora seguinte cavando o solo próximo ao bosque de oliveiras, enterrando os caroços como se fossem segredos sob seus pés.

Vai demorar, como bem sabe, mas valerá a pena ver as cerejas crescendo como ervas daninhas entre as oliveiras. Ela imagina a surpresa e a irritação de Andrés quando as frutas pretas dela invadirem as verdes dele.

Quando sua mão está toda manchada e a tigela, vazia, ela se deita em um canto sombreado na propriedade e permite que o calor a embale até dormir.

Ela acorda ao som da aproximação do cavalo de Andrés.

María pestaneja, levanta-se ainda sonolenta, limpa a terra do vestido e vai encontrar o marido no caminho.

— *Esposa mía* — chama ele, mas, desta vez, não há gentileza em sua voz, apenas irritação.

Ele desmonta e agarra o braço dela, afundando os dedos com força na manga do vestido.

— O que está fazendo aqui fora? — exige saber, como se a tivesse encontrado no meio de uma cidade estrangeira e não nos campos em volta da propriedade. Ele não espera a resposta, logo a vira em direção aos muros. — Você deve permanecer dentro dos portões.

Deve é uma palavra que sempre deixou María furiosa.

— Por quê? — pergunta ela. — São as suas terras.

E ela se orgulha muito de si mesma por dizer *suas* e não *nossas* ou *minhas*, mas as palavras não são suficientes para acalmá-lo. Um cavalariço logo se aproxima para pegar o cavalo de Andrés, que se vira para ela como se procurasse por algum ferimento.

Ele leva a mão ao rosto dela e o segura com delicadeza.

— Porque você é uma joia. Alguém pode vê-la e ficar ganancioso.

María sente vontade de rir. Não há nada ali além de trabalhadores do campo e, se ela quisesse aquele tipo de homem, teria ficado em Santo Domingo.

— E você pensa tão mal assim de mim?

— Você é o meu mundo — responde ele com alegria enquanto a leva de volta para casa. — E é por isso que a quero só para mim.

Naquela noite, na cama, quando Andrés passa os dedos pelo cabelo dela, puxa com mais força, enrolando as mechas no punho como se fossem rédeas. Ele não solta até chegar ao ápice.

Quando ele deixa o quarto, María joga os lençóis sujos no chão, afasta as cortinas pesadas e abre as janelas para deixar o ar da noite entrar.

E o sol.

De manhã, os primeiros raios de luz entram no quarto, livremente, acordando-a cedo.

Ela não chama a criada, mesmo que todos os vestidos no armário pareçam precisar de mais de um par de mãos, e fica surpresa ao encontrar o próprio baú vazio, todas as peças de roupa da sua antiga vida desapareceram. Escolhe um dos vestidos mais simples e se esforça para puxar as fitas e amarrar o corpete.

Depois segue para a janela aberta, penteando o cabelo enquanto espera Andrés sair a cavalo. Assim que acaba de desembaraçar os fios e está prestes a trançá-los, ouve o portão se abrir e vê o marido partir.

Assim que a poeira baixa, ela vai até os estábulos, encontra um cavalariço e pede a ele que sele Glória.

O cavalariço fica olhando para ela, perplexo ao ver o cabelo solto da viscondessa ou as fitas frouxas às suas costas. Ele enrubesce e diz que não será possível. No entanto, a égua cinzenta está bem ali, piscando os olhos pretos na baia atrás dele.

María passa a mão no pescoço do animal.

— Algum problema?

O cavalariço balança a cabeça.

— Não, *mi señora*. A égua está bem. Mas a senhora não deve montá-la.

María perde a paciência.

— Ela é *minha*.

O cavalariço enrubesce ainda mais.

— Queira me desculpar, *mi señora*. Mas não é seguro. A senhora não conhece essas colinas, e a égua ainda é jovem. A senhora pode se ferir ou cair...

Logo fica claro que ele não passa de um fantoche, repetindo as ordens de Andrés.

— Quer dizer que o *visconde* proibiu?

O cavalariço baixa mais a cabeça.

— Por favor, compreenda — pede ele, e aquelas são as primeiras palavras que não ecoam a voz do marido.

María olha de cara feia para o portão que a separa do seu cavalo.

— O que o visconde disse para você fazer caso eu tente montá-la?

O cavalariço lança a ela um olhar de sofrimento.

— Eu devo machucar o animal.

A manhã está quente, mas agora o ar parece esfriar. A raiva lhe sobe pela garganta, e ela quase consegue sentir os dedos calejados embaraçando seu cabelo.

María engole em seco. Toca o pingente de rubi no pescoço. Obriga o ar a sair dos pulmões e abre um sorriso paciente.

— Não será necessário — diz ela, olhando para o telhado do estábulo e o pedaço de céu azul mais além. O início de um dia sem nuvens. — O clima não está adequado.

O cavalariço suspira de alívio.

— Muito bem, *mi señora* — replica ele, enquanto María se vira e volta para casa, como se tivesse sido uma escolha.

IV

As tapeçarias, as cadeiras, os tapetes.

María caminha pela casa, recitando para si mesma as muitas mudanças que vai fazer, mas logo fica entediada. Sobe para o andar de cima e entra nos aposentos do marido, surpresa ao se deparar com uma versão bagunçada dos seus.

Há uma armadura acomodada num manequim de madeira, o metal polido tão polido que chega a brilhar.

Outro retrato do próprio visconde orna a parede acima da lareira, as mãos do artista tão lisonjeiras a ponto de parecer uma piada. O cabelo de Andrés é representado em um tom de preto lustroso, o queixo firme e forte como pedra.

Uma mesa fica perto da janela, com um trio de livros apoiado atrás. María pega um deles e folheia as páginas. Quando criança, aprendeu a contar usando linhas desenhadas na terra, e sabe escrever o próprio nome, tão comum, mas menos por conhecer as letras e mais por memorizar o desenho. Além disso, não parecia haver motivos para aprender mais.

Agora, sentindo o peso do livro na mão, deseja ter tido motivo para aprender. Dá para perceber que é valioso — com capa de couro, páginas cheias de formas pintadas, as bordas de cada página com uma filigrana dourada —, mas as linhas de tinta ao longo do papel não significam nada além de um desenho bonito para ela.

Devolve o livro ao devido lugar e se vira para examinar a cama.

Uma estrutura com quatro colunas entalhadas cerca o colchão, os travesseiros fofos e cobertores com fios dourados. Ela sobe na cama enorme e se deita, mas quando vira o rosto no travesseiro, sente o cheiro do marido, repentino e forte o suficiente para embrulhar o estômago.

María recua, abandonando a cama e deixando o quarto.

Então sai em busca da criada.

Os criados se assustam ao ver a viscondessa, mas logo fazem uma reverência e abrem caminho, sem dúvida se perguntando se ela está perdida.

Os aposentos deles são simples quando comparados aos cômodos principais da *casona*. As mesmas paredes de pedra, mas sem adornos, os tapetes gastos pelos pés apressados.

María encontra Ysabel na cozinha, com os cotovelos apoiados na bancada, um punhado de cartas de baralho em uma das mãos e um copo de vinho na outra. Em frente a ela, um homem tão velho que o rosto tem mais rugas do que pele coloca as cartas na superfície enquanto a cozinheira o empurra para o lado a fim de servir um pedaço de pão.

Levam um instante para verem María.

Um instante durante o qual os olhos de Ysabel não estão olhando para baixo, e o sol atinge as mechas de luz no cabelo castanho trançado, tingindo os fios de dourado. Um instante em que sua expressão está relaxada, aberta, e ela parece cansada, mas feliz, com uma das sobrancelhas arqueadas e um sorriso irônico brincando nos cantos da boca.

E então ela olha para a porta e...

— *Mi señora!* — exclama Ysabel, quase derrubando o copo.

Ela solta as cartas como se a tivessem queimado, baixa a cabeça e olha para o chão aos pés de María. O idoso dá um passo para trás e faz uma reverência, e a cozinheira para de abanar o pão com o pano de prato e olha em volta como se estivesse tentando encontrar um jeito de fugir. Como não encontra, também fica imóvel.

Por fim, Ysabel arrisca erguer o olhar.

— Queira me perdoar, *mi señora*. Achei que ainda estivesse dormindo. — O olhar dela passa pelo vestido mal fechado, as fitas que María tentou alcançar em vão. — A senhora deveria ter mandado me chamar.

María pensa em sua égua, presa no estábulo, e abafa a fagulha de raiva antes que ela se espalhe. Chacoalha a cabeça como se aquilo não fosse importante.

— O que é isto? — pergunta ela, apontando para as cartas na bancada.

— Nada. — Ysabel se apressa a responder, antes de acrescentar: — Só um jogo.

María se agarra àquilo como se fosse uma corda.

— Me ensine.

— O jogo chama *Chinchón*.

Elas trocaram os aposentos dos criados pelo pátio interno, duas cadeiras diante de uma mesa baixa. Foram necessários vários convites educados, seguidos por uma ordem firme para que Ysabel se sentasse diante de María. Mas agora que estão sentadas, os ombros dela começam a relaxar.

Ela coloca as cartas voltadas para cima.

— Há quatro *naipes*. É assim que são chamados. Copas, ouros, espadas e paus. Cada carta tem determinado número dessas coisas. — Ysabel dá um tapinha nas cartas enquanto aponta para os desenhos. — Três de copas. Quatro de ouros. Cinco de espadas. Seis de paus.

María passa os olhos pelas inúmeras cartas, tentando acompanhar.

— São lindas — elogia ela, passando o dedo na ilustração delicada. — Como você conseguiu?

As bochechas de Ysabel ficam vermelhas.

— Foi um presente. Do conde.

Conde Olivares. O pai de Andrés. María arqueia uma das sobrancelhas.

— Que generoso.

— Sim — responde a criada. Então acrescenta baixinho: — Às vezes ele é.

Ela tira um novo tipo de carta. Dessa vez, um rei segurando uma taça.

— As cartas de valor mais alto são representadas por homens.

María percebe isso na hora. Há homens segurando taças, homens segurando espadas, homens segurando moedas de ouro. Homens segurando lanças.

— Cadê as mulheres? — pergunta ela. E Ysabel ri como se fosse uma piada.

— Nós embaralhamos as cartas — explica a criada, juntando todas em uma pilha. — Para podermos distribuí-las.

Começa a colocar as cartas na mesa, alternando entre María e ela, enquanto explica as regras. É um jogo de combinação. O objetivo é criar uma série do mesmo naipe ou das mesmas cartas em naipes diferentes.

Cada uma delas pega as respectivas cartas.

María examina as dela, tamborilando o dedo discretamente na saia para somar os números nas cartas enquanto a criada organiza as suas na própria mão.

— Como você aprendeu a jogar? — pergunta a viscondessa.

Ysabel ergue o olhar e o baixa de novo. Ela descarta duas cartas e compra outras duas, antes de responder:

— Observando o meu pai.

María estuda a criada, em vez das cartas. Ela pode ser nova em ler cartas, mas sempre foi muito boa em ler as pessoas. Existem duas partes em cada resposta: o que é dito, e o que não é. E isso a faz perceber que Ysabel está escondendo mais do que as próprias cartas.

A moça coloca as cartas na mesa. Assim como María. Demora um pouco para contar e perceber que ganhou. Estava acostumada a vencer, mas Ysabel fica radiante, elogiando-a por aprender tão rápido, e María sente ficar mais quente diante das palavras.

— Mais uma? — oferece ela.

María assente.

Ysabel embaralha e dá as cartas de novo, e María se vê estudando as mãos da garota. O tamanho dos cílios. O jeito de morder o lábio inferior quando está pensando, fazendo a pele rosada ficar rubra sob os dentes.

Dessa vez, María perde.

Pela primeira vez na vida, ela não se importa.

Só quer jogar de novo.

V

Quinze dias se passam de forma bastante agradável.

À noite, María se sujeita às atenções do visconde, mas, durante o dia, fica praticamente por conta própria. Andrés está sempre ocupado, embora ela não saiba ao certo com o quê. Algo relacionado às terras e à direção que o fluxo de dinheiro deve seguir, para cima. Para ser sincera, sempre que ele fala de trabalho, a mente dela começa a vagar, já planejando como vai passar mais um dia depois que o marido sair.

Em teoria, ela *obedece* ao marido, resistindo ao impulso de sair sem companhia e, em vez disso, encontrando formas de se distrair dentro de casa.

Faz as refeições em diferentes aposentos e descobre os detalhes da casa pela forma que a luz se move pelas paredes. Arruma os móveis de maneiras estranhas para atender aos próprios caprichos, cada peça de volta ao devido lugar quando Andrés chega em casa.

E, apesar de se sentir inquieta, pelo menos María não está sozinha.

Sempre solicita a companhia de Ysabel.

No início, procurava desculpas para ocupar o tempo da criada, mas isso logo se prova desnecessário. Ysabel está mais do que feliz de passar o dia do jeito que a patroa achar conveniente. E é o que fazem.

Às vezes, passeiam pela casa inteira, de braços dados, como se estivessem desfilando na frente de pretendentes em vez de estátuas. Outras vezes, se esparramam nos sofás e jogam cartas, ou dançam, descalças, no piso de pedra, alternando-se em quem conduz e quem acompanha. Os outros criados observam tudo, franzindo os lábios em desaprovação, mas María não se importa.

Um dia, veste Ysabel com suas roupas, ignorando os protestos da criada enquanto fecha o botão do decote e prende o cabelo castanho, parando apenas para observar as mechas que se enrolam na nuca.

Quando termina, Ysabel fica de pé, dura feito uma boneca no vestido elegante. E então, por fim, dá uma volta hesitante.

— Como estou?

María fica olhando, porque pode, absorvendo o tecido rubro que envolve o corpo da outra garota, revelando a curva dos seios e a cintura fina. Ela não é deslumbrante como María. Parece muito mais suave, macia e arredondada. Quando María a puxa pelo braço, sente os dedos afundarem, como se a garota fosse feita de pluma.

Ysabel está encantadora, delicada, mas, acima de tudo, parece ser o que ela é.

A filha ilegítima de um conde.

Nunca tocaram nesse assunto, nem precisam. É bastante evidente no formato do rosto de Ysabel, na curva do pescoço, no contorno arredondado dos olhos. Afinal, María é confrontada por aqueles traços todos os dias; o olhar deles saindo de cada quadro, e mesmo que não estivesse cercada pelos membros da família Olivares, já olhou para a cara de Andrés tantas vezes que dava para notar a semelhança. Para entender que nem todos os filhos do conde ganhavam um retrato na parede de quadros da família.

— Então? — insiste Ysabel, com a voz nervosa.

— Você está linda — elogia María. — E parece desconfortável.

Ysabel sorri e admite que está quente demais para todas aquelas camadas e estende os braços enquanto espera ser libertada.

Andrés relaxa em cima dela quando termina.

Ele rola para o lado, mas não faz menção de que vai se levantar. María leva a mão ao pingente de rubi e espera, pensando, com pavor, que ele talvez queira passar a noite lá, na cama dela. O corpo dele esfria depressa, mergulhando logo no sono, enquanto María permanece acordada, deitada ao lado dele, sentindo um latejar dolorido entre as pernas, e decide que, se vai ficar acordada, ele também vai. Sendo assim, vira-se para o marido e pergunta:

— Como é a sensação?

Andrés resmunga alguma coisa no travesseiro, mas não é exatamente uma resposta.

— Como é a sensação? — insiste ela. — Quando você chega ao ápice?

Andrés vira a cabeça no travesseiro, franzindo a testa ao ouvir o questionamento.

— Por que está me perguntando isso?

E talvez o tom impaciente da voz dele devesse acovardá-la, mas não está funcionando.

María se apoia em um dos cotovelos.

— Sou curiosa por natureza. Além disso — acrescenta ela —, quero conhecer melhor o meu marido.

Ele suspira e olha em volta do quarto, como se buscasse refúgio. Como não encontra, responde por fim:

— É uma pressão crescente. E, então, o alívio.

María pondera a resposta.

— E você parece sentir muito prazer, não é?

— Claro.

— Bem — diz ela, sentando-se na cama —, e quanto ao meu?

Andrés olha para ela como se tivesse surgido uma segunda cabeça.

— O seu *prazer*? — indaga ele, consternado.

— Talvez se você me tocasse de outras formas — arrisca ela, subindo os dedos distraidamente até a nuca.

A consternação do visconde aumenta, transformando-se logo em desprezo.

— Este é um ato sagrado — censura ele. — *O seu prazer* não é necessário.

Andrés se levanta enquanto fala, aumentando a distância entre os dois, como se a conversa em si fosse indecente. Como se não tivesse passado a última meia hora enterrado dentro dela.

— Meu corpo foi feito para expelir — prossegue ele. — O seu, para receber. E, se Deus quiser, me dar herdeiros.

Se Deus quiser, pensa María quando Andrés se retira, e começa a se lavar na bacia, esforçando-se para se livrar do trabalho dele.

No dia seguinte, María anuncia que vão fazer um piquenique.

As duas se esgueiram pela despensa da cozinha como ladras. Ysabel enche um cesto de comida enquanto María pega vinho na adega. Juntas, fogem para os recantos do salão voltado para oeste. Os dias estão ficando mais quentes, e as pedras lá são as últimas a esquentar, mantendo o frescor da noite por mais tempo.

Refugiam-se em uma alcova, estendem um cobertor no chão e se fartam de pão, vinho e figos cristalizados. Quando a tigela fica vazia e o banquete termina, María deita-se com a cabeça no colo da outra garota, o cabelo solto se espalhando como um travesseiro de lava derretida sobre a saia simples da criada.

Uma languidez se apodera dela, seus braços ficam moles como mel no calor, e Ysabel acaricia as têmporas de María com a ponta dos dedos, contando histórias de milagres e santos, ao passo que as pedras em volta esquentam à medida que o sol sobe.

Ysabel tem um jeito suave e ofegante de falar, dando a impressão que está sempre prestes a revelar um segredo. É... íntimo. Ela sorri com facilidade, mas quase nunca ri, nunca solta nada além de um risinho abafado, e María faz disso sua missão.

Extrair um som genuíno de Ysabel.

Em certo momento, a criada fica sem palavras.

Em certo momento, um silêncio recai sobre elas.

Em certo momento, María olha para o rosto de Ysabel, observando as sardas nos olhos, a curva dos lábios, o olhar tão demorado que a criada pergunta o que ela está pensando.

E María gostaria de dizer que as mãos de Andrés nunca despertaram tanto calor nela.

De dizer que ainda está faminta, mesmo que a barriga esteja cheia.

De dizer que poderia ficar ali por cem anos. Desde que Ysabel ficasse também.

— A casa é tão silenciosa de dia. — Ela olha para o pescoço de Ysabel, descendo para a linha elegante da clavícula e a curva dos seios. — É como se o mundo estivesse vazio, a não ser por nós duas.

Ela estende a mão como se fosse segurar o rosto de Ysabel, puxá-la para perto. A criada toma sua mão e fecha os dedos, então um belo fogo se acende dentro de María, até Ysabel sorrir.

— Só espere até ter um filho — diz ela.

As palavras são um balde de água fria.

O fogo se apaga dentro de María.

Ysabel continua, alheia.

— Depois disso, não será mais tão solitário.

Mas tudo que María consegue sentir agora é o fantasma do peso da mão do marido na sua barriga.

"Que seja varão."

Engole em seco. Sabe muito bem o que é esperado dela. Viu a barriga de Elana começar a crescer, mês a mês, o corpo inchando enquanto o rosto ficava mais fino.

Mas María não tem a menor vontade de ser mãe. Agora não.

Ela acabou de se casar.

Decerto que deveria ter a permissão para aproveitar um posto antes de ser obrigada a ocupar outro.

Os dedos de Ysabel continuam entrelaçados nos dela, mas o momento passou, a alcova ficou quente demais, e María se solta, a mão caindo no colo como uma fruta madura.

Um dia, María acorda e a casa está um verdadeiro tumulto.

Andrés está no pátio, dando ordens enquanto cavalos passam pelos portões, puxando carroças cheias de móveis e objetos de decoração.

É assim que ela fica sabendo que haverá um banquete.

— Em sua honra, *esposa mía* — diz ele.

E María fica se perguntando por que, se for verdade, é a primeira vez que está ouvindo falar daquilo. Mas ele dá um beijo na mão dela, o bom humor iluminando-o como raios de sol, e, enquanto ela examina a montanha de pacotes, o próprio humor melhora.

Será algo grandioso. Ele convidou nobres, com certeza, mas também plebeus, todos os vassalos de suas terras; será uma celebração para apresentar todo mundo à sua nova esposa. María pergunta o que *ela* pode fazer para preparar a casa, mas ele insiste que tudo está sob controle. Ela só precisa se arrumar e dar boas-vindas aos convidados. E é claro, receber os pais dele, quando finalmente chegarem de León. Ele diz a última parte como se não fosse nada demais. Ela logo vai descobrir que não é bem assim.

O conde e a condessa Olivares chegam pouco depois do meio-dia.

Andrés os conduz para a casa, o pai ao seu lado, a mãe de braço dado com ele. O pai está corado de calor, e a mãe parecendo pálida pelo mesmo motivo.

María fica parada na porta, pronta para cumprimentar os sogros com um sorriso ensaiado, se não modesto, pelo menos benevolente. Contudo eles passam direto, como se ela fosse um fantasma, sem notar sua presença até Andrés os levar de volta na direção da esposa.

— Mãe, pai, permitam que eu apresente... minha mulher.

María os detesta na mesma hora.

Os dois falam como se ela não estivesse presente, ou pior, como se estivesse e sua presença não importasse.

— Vamos ver essa plebeia que você *precisava* ter — declara o conde enquanto seu olhar desliza pelo corpo da nora, como se a estivesse apalpando através do vestido.

Ela se lembra dos homens que passavam por Santo Domingo ao longo dos anos, o jeito que começaram a olhar para ela depois que cresceu e ficou bonita, mas o olhar do conde é descarado, o que a deixa furiosa.

— Sou obrigado a admitir — comenta ele, umedecendo o lábio inferior — que ela tem certo encanto.

— A beleza desbota logo, logo — declara a condessa, que não era nada bonita. Sua visão tinha começado a falhar, deixando-a sempre de olhos semicerrados. — E este *cabelo*!

María olha para o marido, mas ele não sai em sua defesa.

— Vocês devem estar cansados da viagem — desconversa ele, levando os pais até a escadaria. — É melhor descansarem antes do banquete.

Ao anoitecer, a casa está explodindo de gente.

Toda a propriedade está cheia de vida, os aposentos iluminados por tochas enquanto uma procissão constante de cavalos entra pelos portões abertos.

Lá em cima, Ysabel penteia o cabelo de María até brilhar e passa quase uma hora prendendo as madeixas ruivas no alto da cabeça, antes de colocar uma rede de pérolas. Mais de uma vez, María tenta conversar, mas fica evidente que a cabeça da criada está em outro lugar. Considerando os dedos trêmulos ao prender os grampos e a forma como mal responde, María podia muito bem estar falando sozinha, olhando para o próprio espelho.

Nem o vestido consegue animá-la. É extravagante e caro, até esticado na cama, uma pilha de veludo verde exuberante ao lado de inúmeras fitas de seda branca e joias. María é envolta por ele, camada por camada, sentindo o peso do tecido e das pedrarias, apesar do calor sufocante do verão.

Ysabel a ajuda a se equilibrar enquanto calça os sapatos, observando-a de todos os ângulos, e declara que ela está linda, falando naquele tom ofegante que faz María corar.

Ainda assim, quando o marido a encontra na escadaria e diz o mesmo, as palavras não despertam nada nela.

Andrés está vestido com o símbolo da Ordem, a cruz vermelha bordada no pelo branco, e ela se lembra do dia que o viu pela primeira vez, montado na frente da caravana e pensou, *sim, esse serve.*

Ele pega o braço dela e a leva pela escada até o salão lotado, e, enquanto passam, todos se viram para olhar. Os convidados nem tentam disfarçar, fitam María com expressões que variam da curiosidade à admiração, da aprovação ao desejo.

No entanto, pensa ela sombriamente, *não posso sequer montar meu próprio cavalo.*

Mas claro que ela sabe que isso é diferente. *Ele* está aqui, seu marido, de braço dado com ela, como se fossem dois elos de uma corrente. Ela é bonita e está presa a ele, um objeto em exposição.

Andrés a apresenta, mas toda vez que María tenta dizer "olá", "obrigada" ou simplesmente conversar, o marido aperta o braço ou a cintura dela, deixando sua intenção evidente. Ela não está ali para falar. Só para ser vista. Ele nem profere o nome dela nas apresentações, chamando-a apenas de *viscondessa* ou *minha esposa.*

Então María logo compreende: o banquete não é uma homenagem a ela, e sim a ele.

Uma turnê da vitória. Uma celebração da sua conquista.

Depois disso, ela permite que os nomes e rostos passem por ela como água. Não faz sentido tentar lembrar de todos.

Andrés a conduz pelo grande salão, onde mesas foram montadas de ponta a ponta, correndo como se fossem rios por toda a extensão do aposento, repletas de travessas de comida e vinho. Ao fim, uma única mesa, erguida sobre um palanque improvisado.

É ali que María se senta, mas Andrés permanece de pé, a voz trovejando pelo salão ao dar boas-vindas aos amigos e conhecidos à sua casa, convidando-os a compartilhar o banquete de casamento.

As cadeiras são puxadas para trás, todos os convidados se sentam e, em algum lugar, os músicos começam a tocar. A canção alegre se mistura com o barulho de tantas pessoas reunidas em um só lugar.

María se vê entre o marido e a sogra.

Andrés pega a mão da esposa e ergue a taça, e María acha que ele vai fazer um brinde a ela, mas o marido só fez isso para admirar a cor do vinho antes de levá-lo aos lábios. A condessa, por sua vez, fica empurrando a comida com o garfo e não encontra nada de que goste. Comenta que o faisão passou do ponto, que o molho está com muito tempero. Reclama da música que ora está suave demais, ora alta demais e insiste que os instrumentos estão desafinados.

María corta um pedaço de carne e passa os olhos pelo salão.

Os criados da casa receberam permissão para ficar e comemorar, desde que se sentassem com os vassalos e não com a nobreza. Ela demora para localizar Ysabel nos fundos do salão. Ela está usando um vestido melhor, e María fica imaginando quem a ajudou com os fechos que não conseguiria alcançar.

As duas se entreolham.

Neste instante, a mão ossuda de alguém puxa a manga de María.

A condessa não tem mais o que odiar e agora aperta os olhos escuros para olhar, não para o rosto de María, mas para o cabelo ruivo, arrumado com tanto cuidado no alto da cabeça, sob a redinha de pérolas.

— Uma gata morava nos estábulos quando Andrés era criança. — A condessa se aproxima tanto dela que María consegue ver o resto de comida entre os dentes da mulher. — Era uma criatura bem bonitinha, branca e marrom, e meu filho mais novo sempre gostou desse tipo de coisa. Por isso, deixamos que ficasse com ela. Até que um dia a gata apareceu com uma ninhada de gatos de pelagem avermelhada. Uma cor horrenda.

A condessa faz uma pausa, e María pensa em se inclinar na direção dela, baixar a voz e dizer que Andrés não consegue tirar os olhos do seu cabelo, que adora enrolar os fios na mão todas as vezes que fornica com ela.

Em vez disso, pergunta:

— E o que você fez?

— O que precisa ser feito com essas criaturas horrendas. Coloquei os gatos num saco e afoguei todos.

María sabe que as palavras foram ditas com a intenção de diminuí-la, sabe que deve fazer o que se espera dela e fingir se encolher sob o olhar da sogra. Mas não faz nada disso.

— Ah, sim — devolve ela, num tom animado. — Que bom que ainda não estou de barriga. — Ela pega a taça de vinho. — E, quando eu for abençoada com herdeiros, não pedirei que dê banho neles.

A condessa se retrai ligeiramente e, pela primeira vez na noite, María abre um sorriso, escondendo-o com a taça.

Ela acorda tarde no dia seguinte.

O quarto está escuro, as cortinas ainda fechadas. Que estranho que Ysabel não tenha aparecido para abri-las e arrancar a patroa da cama.

María esfrega os olhos para afastar o sono e se veste com uma túnica simples e um robe, o corpo dolorido pelas horas usando o vestido pesado.

Lá fora, o único som vem do trote dos cavalos e do ranger das carroças em retirada. Ela fica maravilhada, enquanto caminha pela casa, que todas as evidências do banquete tenham sido apagadas tão rapidamente. O assoalho já foi lavado, as janelas e portas estão todas abertas, e a casa voltou ao seu estado habitual.

Ela encontra Andrés tomando o desjejum sozinho, o bom humor da noite anterior substituído por uma cara de ressaca, um tônico perto do cotovelo e um pergaminho na mão.

María se senta e olha em volta, aliviada porque o conde e a condessa não estão ali. Pergunta por eles antes de acrescentar:

— Espero que não estejam doentes.

— De modo algum — assegura ele.

O pai saiu para uma caminhada. A mãe prefere fazer as refeições no quarto. Mas ele confundiu a pergunta com preocupação.

— Fique tranquila — continua ele —, você ainda os verá bastante.

María segura o copo com mais força.

— É mesmo?

Andrés deixa o papel de lado. Ela vê o selo vermelho de cera com a cruz indentada.

— Fui convocado para a luta.

— Quanto tempo você vai ficar longe de casa? — pergunta ela, seu humor melhorando de imediato.

Andrés explica que não sabe ao certo, e María assente, já sonhando com a própria independência, como ela vai comandar a casa na ausência dele, como passará os dias quando não houver ninguém a quem obedecer.

— Bem, não se preocupe — ela o tranquiliza. — Vou tomar conta da propriedade.

Um som atravessa o aposento, forte e doloroso como uma bofetada. María leva um tempo para perceber que é o próprio Andrés que está emitindo tal som.

Ele está *gargalhando.*

— Você? Ficar aqui? — O divertimento dele ecoa nas paredes, mesmo depois de ter parado de rir. — Impossível. — Ele cruza as mãos no colo. — Você é uma mulher. Uma esposa. Não pode viver *sozinha.*

María sente as esperanças se esvaírem. Suas visões virarem pó.

— E para onde hei de ir? — pergunta ela.

Ele faz um gesto com a mão, como se a pergunta fosse insignificante.

— Para León, é claro.

Para León. Com o conde e a condessa.

— Se preciso ficar com os seus pais — retruca ela com a irritação se espalhando como uma rachadura —, por que eles não podem ficar *aqui*?

Aqui, onde há espaço para respirar. Onde há cantos sossegados para serem descobertos. Onde há cerejas crescendo escondidas no pomar.

Andrés nega com a cabeça.

— Minha mãe sempre gostou mais da cidade.

Depois de ter conhecido a condessa, é difícil imaginá-la gostando de *qualquer coisa.* María se esforça para entender a situação enquanto ele começa a lhe explicar os detalhes, e fica bem óbvio que já teve tempo de pensar em tudo, embora seja a primeira vez que *ela* ouve falar daquilo.

Ela terá de partir com os pais dele no dia seguinte.

Terá que *morar* com eles.

Fazer companhia a eles enquanto o marido estiver fora e voltar a ser sua esposa troféu assim que ele regressar.

Eles irão compartilhá-la, diz ele, todo alegre, como se ela fosse uma taça a ser passada de mão em mão.

— Não faça essa cara, *esposa mía.* É a melhor solução para todos.

Todos?, pensa ela, lutando contra o impulso repentino de quebrar alguma coisa.

Ela respira fundo. Nem tudo está perdido.

— Pelo menos terei Ysabel comigo.

Mas o marido nega com a cabeça.

— Isso não seria... adequado.

María sente um aperto no estômago.

— A condessa não gosta dela — acrescenta ele, mas há algo mais por trás das palavras. Andrés sabe, ela tem certeza, sobre o pai e Ysabel, a questão da linhagem dela. — Além disso, não há necessidade. Meus pais têm os próprios criados. E você ficará com um deles.

— Eu não quero *um deles* — rebate ela. — Quero a minha criada.

Ele encolhe os ombros e revela:

— Ela já se foi.

María fica imóvel, lembrando-se do quarto escuro, das cortinas fechadas.

— Um dos meus vassalos se interessou por ela durante o banquete — continua ele, distraído. — Ele pediu a mão dela e eu dei.

Deu. Como se ela fosse um vaso bonito. Uma cadeira bem estofada.

— As condições dela serão muito melhores.

A sala parece girar. María apoia as mãos na mesa para se equilibrar. Ela vê um garfo de servir numa bandeja próxima. E imagina quanta força seria necessária para fincar os dentes afiados na cabeça dele.

Em vez disso, leva a mão ao pescoço e segura o pingente de rubi.

— Não se preocupe — diz ele, enquanto as bordas da joia cortam a palma da mão de María. — Logo voltaremos para esta casa, assim que você me der um herdeiro.

Um fio de sangue escorre pelo pulso de María.

Seu marido nem chega a notar.

ALICE

(*ANNO DOMINI* 2019)

I

Quando Alice acorda no dia seguinte da festa, seu primeiro e único pensamento é: o mundo está claro pra cacete.

Os raios de sol atravessam a cortina barata do dormitório, atacando o quarto com adagas de luz branca. Alice senta na cama, e imediatamente se arrepende. Solta um gemido, um som feroz e sofrido, e se deita de novo, tremendo quando o rosto toca o travesseiro úmido. O cabelo molhado deve tê-lo encharcado no decorrer da noite e, mesmo que já esteja seco, o travesseiro de plumas não está, e agora é um bloco pesado e úmido sob o rosto.

Com a cabeça latejando e a boca seca, a ressaca está insuportável.

(A primeira vez que encheu a cara foi com uma garrafa de xerez que Catty roubou no pub e compartilhou com ela no banco de piquenique nos fundos, a bebida descera doce, mas voltara amarga, provocando uma dor de cabeça tão forte que Alice a sentia atrás das pálpebras, mas essa é dez vezes pior.)

Ela leva um minuto para lembrar onde está, outro para lembrar onde estava na noite anterior e mais um para lembrar que não estava sozinha. Vira para o lado, meio com esperança e meio com receio de encontrar a garota de cabelo violeta encolhida ao seu lado da cama, mas não há ninguém ali.

Também não há nem sinal de Lizbeth, sua cama ainda está arrumada, como se ela não tivesse voltado.

Alice pressiona os olhos e tenta raciocinar. Algo espreita logo ali, uma lembrança, só que fora de alcance, algo entre o momento que caiu na cama e o agora, algo que está além da dor de cabeça. Ainda está tentando alcançá-la no escuro quando ouve o som.

Batidas suaves, como dedos tamborilando em uma mesa.

Quando eu era criança, fiquei perdida na floresta, cantarola uma voz sombria, e Alice leva um segundo para perceber que é só o alarme do seu celular, a música que ela programou tocando na prateleira ao lado da cama. Alice toca na tela, desligando o alarme, e então nota o Post-it roxo colado na cúpula do abajur.

Quatro palavras escritas em uma letra cursiva inclinada.

Adeus, Alice.
Beijo, Lottie

E mesmo com o mal-estar que toma conta do seu corpo, sente uma pontada de decepção com aquele bilhetinho patético. Não há nem um *me liga,* um número de celular, nem mesmo um *a gente se vê por aí.* Só *Adeus.* Tão formal. Tão definitivo.

Alice fecha os olhos de novo, e as lembranças da noite voltam como uma luz piscando antes de se firmar; fragmentos de música, chuva, mãos dadas e calor. Se Alice não se sentisse à beira da morte, talvez relembrasse cada instante, não para reviver a parte boa, mas para avaliar os danos. Traçar tudo que disse e fez, tentando decidir se foi ridícula e o que as colegas achariam daquilo. Repassar a cena com a garota na sua cama — *Lottie* — até o prazer do momento amargar, sendo substituído pela vergonha dos sons que emitiu, o abandono completo e vergonhoso de ser aquela outra pessoa, a Alice impulsiva.

Mas o constrangimento exige certa dose de energia, e ela não tem nenhuma. E não importa mais se foi uma idiota, porque a Lottie já foi embora.

E Alice não consegue parar de tremer.

Durante o sono, deve ter chutado o edredom, que agora está embolado aos seus pés. Está nua a não ser pelo lençol áspero enrolado nas pernas e no peito. O tecido de algodão outrora branco está cheio de manchas roxas (os últimos resquícios de tinta de cabelo, um fantasma esvanecido).

Ela vê outra mancha nos lençóis.

Uma inconfundível cor vermelho-amarronzada de sangue seco.

Alice franze a testa e leva a mão entre as pernas, imaginando se o que está sentindo não é ressaca, mas só a pior TPM da história, mas seus dedos voltam limpos. De qualquer forma, a mancha não está borrada nem espalhada. São três gotas perfeitas, como se alguém tivesse usado tinta. Olhar para aquilo provoca uma sensação estranhíssima nela, um tipo de vertigem mental, como se estivesse debruçada sobre um lugar onde deveria haver uma lembrança.

Mas não está ali.

Não há nada em que se agarrar. Nada para se segurar.

Ela afasta o lençol, ainda procurando a origem do sangue, e dá um grito ao ver algumas marcas na pele pálida, antes de tocar numa delas e se dar conta de que não são hematomas nem feridas, mas marcas de beijo. O batom nos lábios cor de romã marcando a coxa, a barriga, a parte interna de um dos pulsos.

Alice estremece, menos pelas lembranças e mais pelo fato de estar nua e com frio, e se sente uma merda.

Olha em volta, procurando alguma coisa ao alcance das mãos, pois pensar em se levantar agora é demais para ela. A velha camisetona que costuma usar para dormir está na cadeira da escrivaninha, e então a agarra, tremendo pelo esforço mínimo enquanto puxa o edredom para cima e se encolhe sob a escuridão abençoada enquanto tenta dormir...

A cabeça lateja...

Como um punho socando uma porta...

Tum... tum... tum...

Até que ela fecha com força...

Tanta força que bate na soleira e...

Alice sai correndo, aos nove anos de idade, toda magrela, com joelhos e cotovelos salientes, os pés descalços escorregando na grama úmida enquanto tenta acompanhar a irmã.

Porque Catty está fugindo.

Não *fugindo* de verdade (porque se Catty estivesse falando sério, teria seguido para a estação de trem e não para a colina no fim do quintal), mas fugindo da casa, do jantar e de Eloise Martin.

Eloise, que entrara na vida delas um ano antes, mudando tudo.

Eloise, que veio de Edimburgo e tem um sotaque tão suave que poderia muito bem ser inglesa, que nunca levanta a voz e que uma vez cometeu o erro fatal de dizer que Catty podia chamá-la "do jeito que quisesse".

Uma oferta que Catty usou e abusou até o pai intervir.

Eloise, que aparentemente tinha sido a namoradinha de infância do pai, muito antes de ele ir para a faculdade onde conheceu a mãe delas. Um fato que tinham acabado de descobrir durante o jantar daquela noite, porque Eloise recebeu amigos de Leith e, enquanto a sobremesa esfriava na bancada, pegou a mão do pai delas e disse que talvez fossem feitos um para o outro, e Catty interpretou que Eloise estava dizendo que a mãe *não* tinha sido feita para ele e que a mãe *deveria* ter morrido, e não, claro que não era isso que Eloise estava dizendo, mas já era tarde, Catty já estava levantando da cadeira. A porta bateu com força e Catty saiu correndo.

Era a segunda vez que ela fugia. A primeira foi quando o pai chegara do primeiro encontro, parecendo quase feliz, como se as luzes finalmente se acendessem de novo em casa, e foi um alívio tão grande — ou foi o que Alice pensou —, mas Catty interpretou tudo como uma traição. Como se houvesse um acordo tácito de que, quando enterraram a mãe, o túmulo voltaria com eles para casa, um buraco de sete palmos na cama, um vazio na mesa, um terreno que permaneceria infértil pelo resto da vida, e o pai, então, quebrara a promessa ao plantar outra coisa lá dentro.

A primeira vez que Catty fugiu, Alice não foi atrás dela, mas só porque estava escuro e a irmã tinha saído antes que Alice conseguisse ver o caminho que seguira. Ela chorara até passar mal e, quando Catty finalmente apareceu na manhã seguinte, Alice a obrigou a prometer — não a *ficar*, mas pelo menos, da próxima vez, a esperar para levar a irmã com ela.

Mas Catty tem doze anos agora, e Alice nove, e é *rápida,* tão rápida que Alice não consegue alcançá-la, a distância entre as duas aumentando mais e mais a cada passo.

— Catty! — grita ela.

(Catty, não Catherine nem Cathy. Alice não conseguia fazer o som de *th* quando era pequena, então saía Catty e, um dia, a vizinha Mary Galford fizera um som de reprovação ao ouvir o apelido, dizendo que aquilo não era adequado. Claro que a irmã foi procurar o significado — *má, levada, malcriada* — e, ao saber disso, declarou alegremente que não atenderia por nenhum outro nome.)

— Devagar! — grita Alice agora enquanto Catty dispara subindo a montanha, mas é claro que ela não espera, não diminui o ritmo, não olha para trás.

— Acelera você — devolve ela.

Acelera, como se fosse fácil, como se ela não fosse três anos mais velha do que Alice.

Três anos não parece muita coisa, a não ser quando se está correndo. Ou quando o assunto da mãe vem à tona, o que não é muito comum, pelo menos não diretamente, mas sempre está por *perto,* como um perigo, um buraco que deve ser evitado, e sempre que chegam até ele, os anos entre elas parecem aumentar.

A diferença entre saudade e memória.

Porque Catty se lembra da mãe.

E Alice, não.

Não é culpa dela... Alice só tinha cinco anos quando Sarah Moore morreu, e as poucas lembranças que tem são apenas borrões, como velhos sonhos.

Eis do que ela se *lembra*: a tristeza que recaiu sobre a casa como um véu, o som do pai chorando com o rosto escondido em um pano de prato quando ela deveria estar na cama, a forma como seus ombros se curvavam sob um peso que ninguém via, mas todos sentiam.

A forma como o ar na casa tinha ficado mais leve depois que ele encontrara Eloise.

Ainda assim, Catty é rápida demais.

Ela chega ao alto da colina e desaparece, e um terror estranho toma conta de Alice, como se ela tivesse atravessado algum portal invisível, um passo longo que a levaria além, para longe de Hoxburn, para longe do mundo. E, quando Alice finalmente chega ao topo, sem ar e com as pernas fracas, está convencida de que Catty já terá desaparecido.

Mas não desapareceu.

Alice a vê, alguns passos do outro lado da colina, recostada no muro baixo de pedras como se fosse uma linha de chegada, que a impede de avançar em vez de se romper.

(As colinas que cercam Hoxburn são salpicadas de ovelhas e dezenas de muros baixos de pedra, que sempre parecem prestes a desmoronar, mas nunca desmoronam, e por muito tempo Alice presumiu que era algum tipo de magia ou imaginou que os muros estivessem fincados muito, muito fundo na terra e por isso nunca caíam, mas agora sabe que um pedreiro passa por todos os muros uma vez a cada estação para consertá-los.)

Alice diminui o passo, ofegante.

Catty está de costas, mas mesmo de onde está, Alice consegue ver como a irmã segura o muro com força, os nós dos dedos brancos. Alice tem certeza de que ela vai quebrar uma das pedras ou um dos dedos, não sabe ao certo qual, e se aproxima, pronta para afastar a mão da irmã dali. Mas Catty ouve a aproximação e solta o muro, esfregando a palma da mão nas bochechas.

— Oi, Magrela — diz ela.

É um velho apelido, do tempo em que elas dividiam um quarto, uma cama, quando Alice gostava de dormir com os joelhos encolhidos junto ao peito e a ponta do osso batia nas costas dela, que colocava um travesseiro entre as duas, reclamando que Alice era magrela.

— Eu precisava respirar um pouco.

Catty se inclina para a frente e apoia os cotovelos no muro. Alice se aproxima devagar, como se a irmã não fosse uma garota, e sim um daqueles cachorros ariscos, sempre prestes a se assustar.

— É melhor aqui fora — acrescenta ela, mesmo que não seja. Está frio, ventando, e o tempo está úmido, e tinha bolo lá em casa, de chocolate com cobertura de baunilha.

Mas Alice apenas assente e concorda:

— É mesmo. — Então passa a mão no muro.

(Este não está na propriedade delas, mas isso não impede Catty de declarar que é dela: "Está vendo aqui, um C gravado numa das pedras?" Eloise explicara para Alice que é porque as pedras vieram de uma antiga igreja antes de a cidade construir a nova, e que a marca é apenas o símbolo do fabricante, mas ela não disse nada disso a Catty, pois não tem mal nenhum a irmã acreditar que é dona do muro.)

Catty balança as pernas no muro, e Alice sobe e se senta ao lado dela, tremendo quando o frio molha a calça jeans. O sol já está baixo no céu, as sombras tornam-se densas em volta delas, mas, lá de cima, conseguem ver a maior parte de Hoxburn, o que não é muita coisa, para dizer a verdade, e a cidade parece ainda menor agora, e meio pitoresca, como se coubesse num globo de neve, ou na palma da mão, e Catty devia estar tendo um dos seus momentos psíquicos porque ergue a mão e estreita os olhos, e Alice consegue imaginá-la segurando a cidade toda bem na palma.

Catty cerra o punho. E o abaixa.

Ela suspira e se deita no muro, como se fosse uma cama, mas é estreito demais para deitarem uma ao lado da outra, então Alice se vira de costas e deita também, de modo que fiquem com o rosto colado.

Irmãs, olhando para o céu que escurecia.

À primeira vista, são parecidas.

Pele clara, cabelo loiro, olhos azuis.

Mas a pele de Alice é mais pálida e queima no verão, ao passo que a de Catty é salpicada de sardas. O cabelo de Alice é de um tom sem vida, ao passo que o de Catty tem cor de manteiga derretida. Os olhos azuis de Alice têm pontinhos cinza e verdes, ao passo que os de Catty são do tom frio e claro das manhãs de inverno.

Não falam sobre o jantar, nem sobre o fato de que foi Eloise quem levantou primeiro quando Catty fugiu, querendo ir atrás dela, mas o pai a segurou pela mão e disse que ela não precisava se preocupar, para deixar a boboca sair.

Elas não falam nada.

Alice suspira, desejando saber o que dizer para que Catty fique feliz, ou pelo menos para que sofra menos. Mas sabe que qualquer palavra *errada* vai piorar a situação. Ainda está procurando o que dizer quando Catty pega o celular, enfia um fone de ouvido na orelha e oferece o outro para Alice. Ela toca na tela e a música começa a tocar. Alice solta o ar.

Ela conhece a música, reconhece pela batida de abertura, que não é bem um tambor, mas sim o som de uma batucada na madeira, um chamado, que sempre a faz pensar no Flautista de Hamelin, despertando o mesmo efeito estranho de atração que faz a pessoa segui-lo. Logo, Catty começa a batucar os nós dos dedos no muro ao ritmo da batida, e Alice sente o próprio coração mudar de ritmo para acompanhar a música.

A música é nua e crua, simples e hipnotizante. A batida nunca aumenta, mas, depois de oito repetições, uma voz feminina entra com um tom assombroso e agudo, provocando um ar de encantamento.

Quando eu era criança / fiquei perdida na floresta
As árvores se abriram para mim / deixando uma trilha perfeita
Só para se fechar atrás de mim / e agora que dei meia-volta
Há tanto tempo venho tentando / encontrar a saída

Elas não acompanham a letra, não é esse tipo de música, nunca apareceria na lista de karaokê de ninguém. Em vez disso, ficam deitadas ali, deixando a canção envolvê-las.

A floresta quer me manter ali / o solo quer me devorar
As árvores querem me abraçar / não consigo encontrar o caminho de casa

A noite está ficando escura / o ar está cada vez mais frio

Estou tão cansada de andar / não consigo encontrar o caminho de casa

A música se desenrola como uma tenda, e não é confortável, algumas pedras soltas se afundam nas costas de Alice, mas é um momento mágico, e ela sabe que é melhor não se mexer e estragar tudo. Está quase acabando mesmo, as batidas ficando mais lentas como um coração cansado enquanto a voz fica mais aguda e mais suave.

A floresta agora é o meu lar / as árvores me abraçam

A voz é apenas um sussurro quando chega ao último verso.

Não estou mais perdida, encontrei meu caminho...

Mas antes da última palavra, Catty toca na tela e a música recomeça. Alice se remexe. A essa altura, o sol já se pôs e as sombras estão cada vez mais densas. Ela está com frio, e Eloise e os amigos já devem ter ido embora, e elas deveriam voltar, voltar para casa, mas, quando Alice fala sobre isso, Catty diz: *tá*.

Diz: *claro*.

Diz: *vamos assim que a música acabar*.

E Alice quer acreditar nela, então fica ali, deitada na pedra fria ao lado da irmã ao passo que a música se se desenrola de novo. Prende a respiração e espera, certa de que se a voz conseguir dizer aquela última palavra, o feitiço vai se quebrar, o mundo, descongelar, e Catty vai concordar em se levantar com ela e voltar para casa.

Mas o final se aproxima novamente, Alice já sabe o que vai acontecer e, de fato, quando a voz chega ao último verso, Catty toca na tela e a música começa de novo. E de novo. E de novo.

Não estou mais perdida, encontrei meu caminho...

Não estou mais perdida, encontrei meu caminho...
Não estou mais perdida, encontrei meu caminho...

Alice bate com a mão no celular, silenciando o alarme um segundo antes de a cantora cantar o restante... *para casa.*

— Puta-merda! — exclama Lizbeth da porta. — Achei que você tivesse morrido.

Alice geme. O sol já se pôs, mas a cabeça dela continua latejando e o maxilar dói como se tivesse cerrado os dentes enquanto dormia.

— O alarme está tocando há um tempão — acrescenta a colega de quarto em tom impaciente. — Eu tive que ir estudar no salão lá embaixo.

Alice franze a testa, a cabeça girando. Sempre teve sono leve e costumava acordar já no segundo verso, mas tinha se enterrado bem fundo e precisou emergir, camada a camada de sono, o pânico crescendo enquanto uma parte distante dela ouvia a letra ao longe, carregando-a até perto do fim.

Olha para a tela agora, tentando entender como ainda são nove horas, até que percebe que são nove horas da *noite* (ela deve ter apertado o botão de configuração de 24 horas quando desligou o alarme antes), o que significa que perdeu todas as aulas e agora tem mais um motivo para se sentir mal.

(Catty sempre matava aula, mas Alice nunca perdia um dia sequer, a não ser que estivesse realmente passando mal, e, mesmo assim, sempre pegava o caderno de alguém para copiar a matéria e não ficar para trás, e agora, tendo começado o primeiro ano da faculdade há apenas três semanas, os professores vão se irritar com ela e... e... e...)

Alice já mergulhou de cabeça na espiral de pânico quando se lembra de que ainda é domingo.

Solta um suspiro estrangulado e deita de novo na cama.

— Sem querer ofender — volta a falar Lizbeth, colocando a mochila no encosto da cadeira, o que nunca é um bom começo —, mas você está com uma cara péssima.

Alice tenta responder, mas a garganta está ardendo, a cabeça, pesada, e a língua é uma massa inútil na boca. Ela precisa tentar duas vezes para soltar, seca:

— Valeu.

— Você está doente? — pergunta ela, mas não há preocupação genuína na pergunta, só uma curiosidade misturada com desconfiança. Ela poderia muito bem estar cutucando Alice com uma vara.

— Eu estou morrendo — responde Alice.

Afinal, ressacas exigem uma boa dose de hipérbole e ela nunca se sentiu tão mal. As palavras saem roucas, deixando um gosto horrível na boca, e Lizbeth começa a arrumar uma bolsa, explicando que não pode ficar doente, com todas as matérias que está fazendo, e que não tem problema nenhum, ela vai ficar com o Jeremy.

(Jeremy, que foi designado para mostrar o campus para Lizbeth quando ela veio visitar na primavera, logo depois de ter sido aprovada, e "ele deve ter se apaixonado", porque mantiveram contato no verão e, agora que estão no mesmo lugar, não se desgrudam mais... "compensando o tempo perdido", como ela gosta de acrescentar, como se ele estivesse na guerra e não estudando biologia.)

O celular escorrega dos dedos de Alice quando ela volta a ter calafrio, e adoraria que houvesse uma chaleira elétrica no quarto, mas ainda não tinha comprado uma, e Lizbeth era uma das raras inglesas que, por algum motivo, preferiam café a chá, e insistia em comprá-lo passado na hora numa cafeteria.

Lizbeth sai apressada, e Alice pensa em voltar a se encolher debaixo das cobertas, mas seu corpo inteiro dói de ter ficado deitada por tanto tempo, e tudo que quer no momento é El. (Ela resiste em chamá-la de *mãe*, mesmo agora, mesmo só em pensamento, o olhar fulminante de Catty zunindo com uma pedrinha na lateral da cabeça.) O pai nunca foi bom em cuidar das meninas quando ficavam doentes, sempre dando tapinhas desajeitados, *já, já passa*, mas El sabia exatamente o que era necessário: uma garrafa de água quente ou chá de gengibre, um dia de cama e um pouco de ar puro.

Ar puro.

A ideia lhe parece melhor do que ficar deitada naquela cama encharcada de suor no quartinho apertado, com o ar abafado. Alice afasta as cobertas e se levanta, arrependendo-se imediatamente do movimento brusco quando as pernas começam a tremer e todo o quarto parece tombar para o lado. Fecha os olhos com força e espera o cômodo voltar ao devido lugar antes de se dedicar à tarefa desafiadora de se vestir.

A calça jeans está embolada no chão, ainda úmida de chuva, e tudo bem, porque só de pensar em vestir algo justo, ela já fica enjoada. Alice remexe as gavetas em busca de uma calça e um blusão oversized, ambos de moletom. Vê o rosto no espelho da porta do armário e faz uma pausa para examinar os vestígios da maquiagem preta do dia anterior em volta dos olhos, fazendo com que parecessem fundos e vazios, a íris clara por causa da febre, o único momento em que ficam de um azul puro. O cabelo secou todo bagunçado, uma confusão disforme, a franja torta, mas ela não tem energia para colocá-lo para trás, os braços pesados demais quando tenta. Ela se contenta em esfregar o rosto com o punho do blusão, e tudo bem.

Alice sai para a sala do dormitório, e deve estar tão mal quanto se sente porque Rachel se assusta ao vê-la e Jana ergue o olhar e comenta:

— Eita, você precisa de um burrito ou de um balde?

O estômago dela fica embrulhado, como sempre acontece quando uma parte dele está com fome e a outra está enjoada, e suas entranhas não conseguem chegar a um consenso sobre o que deve descer e o que deve subir. Então, Alice mantém a boca fechada e nega com a cabeça enquanto segue para o corredor.

Os alunos passam por ela, suas vozes ecoando alto demais na cabeça dolorida, e precisa se apoiar no corrimão duas vezes ao descer a escada. Cada vez que olha para baixo, espera encontrar a trilha que ela e Lottie deixaram na noite anterior.

Mas era água, só água, e já secou a essa hora, deixando apenas Alice, que suspira e abre a porta, na esperança de que um pouco de ar puro clareie seus pensamentos.

MARÍA

(*ANNO DOMINI* 1532)

I

León, Espanha
1531

O telhado é cheio de ângulos estranhos.

Partes com luz intensa e reentrâncias de sombra nas quais se esconder para quem for ousado o suficiente para sair por uma janela aberta e enfrentar a inclinação perigosa.

María sempre foi imprudente.

Já é fim da manhã, e ela está relaxando em um ponto com sombra, as telhas quentes sob os pés descalços. Se ela se inclinasse para a frente e espiasse pela beirada, veria a rua, dois andares abaixo.

Às vezes, quando está entediada, permite que os dedos descalços ultrapassem a borda do telhado, só para sentir a emoção, o risco, mesmo que pequeno, de cair.

— María! — grita a condessa, com a voz aguda.

Um som tão alto e direto que poderia ser confundido com o berro de um pássaro, então ela finge que é e não faz questão de responder. Em vez disso, puxa uma linha solta da manga e começa a enrolá-la no dedo enquanto imagina a megera sentada nos aposentos abaixo do dela, a cabeça voltada para trás enquanto grita para o teto. A impaciência se transformando em raiva cada vez que não é respondida.

María aprendeu a encontrar alegria onde conseguisse.

Já faz quase dois anos desde que foi obrigada a deixar sua propriedade para vir para a cidade lotada de León e ser enterrada viva na casa dos sogros. Dois anos que Andrés veio e partiu pouco mais de dez vezes. Dois anos em que María se tornou ainda mais deslumbrante, a beleza ficando aguda como uma lâmina afiada, ao passo que toda vez que Andrés parte, parece voltar maior, mais flácido, as bochechas mais vermelhas pela bebida. E embora antes tivesse... se não uma atração pelo marido, ao menos sentimentos contraditórios... agora ela se vê *enojada*.

Pelo hálito, fedido e quente contra o pescoço dela.

Pelo toque bruto e desajeitado das mãos e a aspereza da barba.

Pela insistência em enrolar o cabelo dela no punho cerrado como se fosse uma corda, uma rédea. Cada vez mais, pensa em cortar isso. O cabelo. A mão dele. Depende do dia.

Mas o que mais a enoja é como seu olhar *sempre* pousa primeiro e por último na barriga dela.

Até agora, ela teve sorte.

Até agora... mas, na verdade, a sorte sempre acaba. Ela ainda suspira de alívio toda vez que sente aquela dor indicativa dentro de si, seguida pelo início do sangramento. A família se entristece e, quando está sozinha, ela comemora.

— María! — berra a condessa, e dessa vez o som está mais perto, acompanhado pelo som da bengala na pedra.

A condessa deixou o conforto da poltrona para subir a escada.

María suspira, saindo do esconderijo. Volta para o quarto e pega uma costura um pouco antes de a condessa entrar.

— María. — O tom da mulher na porta é de irritação. — Não me ouviu chamar?

Ela ergue o olhar do tecido (só fez dez pontos em meses, não que a condessa saiba disso).

— Quando? Agora? — Deixa a costura de lado e se levanta. — Queira me perdoar, *señora mía* — cantarola ela, aproximando-se da mulher desprezível. — A senhora deve gritar mais alto da próxima vez.

A condessa faz uma cara feia. A visão continuou a piorar, os olhos reduzidos a pontinhos escuros de tanto apertá-los. Mas quando ela acha que a condessa está no escuro de vez, a velha vira a cabeça e faz um comentário sobre o corte ou a cor do vestido de María... seu xale, sua postura, seu cabelo.

Esse último é a obsessão da mulher.

Ela considera a cor ofensiva, feia e impura.

María imagina que saberá quando a mulher realmente ficar cega quando parar de fazer comentários sobre ele. Nesse meio-tempo, a condessa sibilava sempre que María aparecia com o cabelo ruivo descoberto.

— *Modéstia* — censura ela, pronunciando a palavra como se fosse um chicote.

Então, apesar do calor sufocante, María estende a mão para pegar um véu e se demora para prendê-lo em volta da cabeça, enquanto a condessa se remexe, com impaciência, batendo a bengala no tapete.

— A senhora poderia ter mandado uma criada — comenta María, como se não tivesse ouvido os passos atravessando todos os cômodos da casa à sua procura.

— Eu mandei — retruca a condessa em tom cortante. — Elas não conseguiram encontrá-la.

— Que estranho — diz ela, lembrando-se dos passos e da busca frenética dos criados, enquanto oferece o braço para a sogra. Os dedos frágeis se fecham como algemas em torno do pulso dela. Andrés pode ficar longe por semanas, mas os pais assumiram alegremente a tarefa de carcereiros. Eles a mantêm trancada em casa.

María está zangada. Irritada. Mas, acima de tudo, está *dolorosamente* entediada.

Nenhum dos criados sabe jogar cartas, e eles têm tanta coisa para fazer que não há tempo de ensiná-los, correndo de um lado para outro para servirem ao conde e à condessa. Ela recebe algumas visitas periódicas, de amigas, se é que podem ser chamadas assim, jovens esposas e filhas bem-nascidas, escolhidas a dedo pela família do marido. Elas aparecem e a acompanham em um passeio pelo pátio, aquelas garotas chatas, que falam sem parar sobre nada. Ou pior, só falam sobre filhos, a metade acariciando a barriga arredondada enquanto discursam. María desconfia de que a condessa as escolha pela fertilidade, como se a condição pudesse ser contagiosa.

Ela só tem autorização para *sair* junto da condessa, acompanhando a megera para o único lugar que realmente ama: o mercado semanal.

— Ande logo. — A condessa está irritada quando chegam à escada. — Nesse ritmo, vamos ficar só com os restos.

María pensa, por um segundo, em soltar a sogra, talvez até dar um empurrãozinho, mas é um lance curto, só oito degraus. Não é o suficiente para quebrar o pescoço.

Lá fora, a cidade está cheia e suja, gente demais em um espaço tão pequeno.

A rua sob seus pés está escorregadia de sujeira e imundície, e o ar tem cheiro de esterco e argamassa. Isso faz com que sinta saudade dos amplos salões de pedra da *casona*, dos bosques de oliveira e dos pátios espaçosos.

Com certeza, há cantos agradáveis em algum lugar, escondidos como segredos na cidade grande, mas María nunca pode sair para encontrá-los. Então, é isto que lhe resta: uma rua cheia de gente e carroças, e dedos ossudos agarrados à manga do seu vestido como as garras de uma ave, que deixam marcas na pele.

No início, ela não conseguia entender como a sogra podia amar esse lugar, mas logo descobriu. A Condessa Olivares se ocupa de duas coisas: o drama e a fofoca. E o mercado tem essas duas coisas de sobra. Tem tanto do que reclamar — o cheiro, as pessoas, o tempo, só para exemplificar —, e ela vai ao mercado menos pelos vendedores e mais pelas histórias que contam para ela.

A senhora ficou sabendo? A senhora sabia? Sim, o segundo filho também é varão. Não, um cavalariço!

A condessa é um corvo, colecionando fofocas, e os outros pássaros a cercam como pombos com suas oferendas.

Elas chegam ao mercado, e María conduz a mãe do marido por entre as barracas, descrevendo em detalhes o que a mulher não consegue mais enxergar. É o trabalho de uma criada, mas ela vive falando aos quatro ventos, *as criadas nunca fazem nada direito*, e María deseja o ar livre, por mais fétido que seja, por isso se submete ao papel de uma bengala bem-vestida. Não é a vida que imaginou para si mesma enquanto observava os homens a cavalo, tentando escolher qual a levaria embora.

Ela diminui o passo diante da barraca de frutas cristalizadas, salivando pelas ameixas cobertas de açúcar, mas a condessa a leva para longe, insistindo que tal indulgência há de estragar seu humor. E, invariavelmente, o assunto se volta para a ausência de filhos e por que ela não está se esforçando para agradar o marido.

— Nossa semente é forte — insiste a velha cruel.

Então a culpa só pode ser de *María*, não de Andrés, que costuma estar bêbado demais para saber quando está entre as pernas da mulher e não dentro dela. Três estocadas, talvez quatro, antes de espirrar as sementes, por mais fortes que sejam, nos lençóis.

E ela não sente nada além de alívio.

María não tem qualquer instinto maternal, não sente inveja ao ver um bebê nos braços de uma jovem mãe. Todo mundo insiste que é seu *objetivo*, e isso a deixa irritada, a ideia de que a forma do seu corpo determina a forma que sua vida deve ter.

Que sua beleza é algo que ela deve passar para outra pessoa, em vez de manter para si.

Que qualquer coisa que faça florescerá, ao passo que ela deve murchar.

E embora não possa impedir o marido de ir à sua cama, uma coisa é ser dominada, e outra é ser conquistada. A diferença entre uma breve invasão e um cerco longo.

— Eu te disse para não se casar com ela.

As palavras a trazem de volta ao mercado. Às vezes, a condessa, presa na própria névoa, confunde María com o filho, e as reclamações assumem um ar mais ousado.

— Uma mulher dessas é para a cama, não para o casamento, Andrés. Não é de boa linhagem, e aí está a prova. Dois anos se passaram, e o útero dela ainda não lhe deu filhos. Eu te avisei, não avisei? Tem alguma coisa podre...

María deixa a condessa continuar, não faz nada para lembrá-la de que não é o braço de Andrés a que se agarra. Não... Em vez disso, imagina partilhar os *próprios* pensamentos.

— Você sabia — diria ela, toda animada — que às vezes penso no cemitério onde você vai repousar, debaixo de tanta terra e pedra? Isso me deixa tão feliz. E, se por algum azar, eu acabar engravidando, vou levar meus filhos lá para deixá-los brincar em cima dos seus ossos.

Ela sorri sozinha e continua conduzindo a sogra por outra fileira de barracas.

E é então que María vê a viúva.

Não é a mesma que conheceu dez anos atrás. Não pode ser.

Ainda assim.

María tropeça, dá um passo desgracioso para a frente. Ela tenta retomar o equilíbrio; o corpo para tão de repente que a condessa sibila ao seu lado.

— O que houve com você?

María não diz nada, só fica olhando.

A viúva se destaca como uma mancha de tinta diante da barraca, trajada nos mesmos tons pesados de cinza, coberta da cabeça aos pés, apesar do calor. O rosto envolto por um véu, as mãos ocultas por luvas.

María não pensou muito na viúva em todos aqueles anos. No entanto, a visão deste eco inquietante, ali, nos mercados de León, provoca uma estranha tontura. Por um instante, ela volta a ter dez anos e está no bosque de árvores, os olhos azuis da viúva brilhando, a mão enluvada pegando seu pulso. "Volte correndo para casa."

Diante delas, a viúva não compra nada. Apenas passa um pacote para um mercador e se afasta, mesclando-se à multidão.

María quer ir atrás dela, mas a condessa é uma corrente pesada. Esquadrinha as fileiras de barracas.

— Ah! — exclama ela, fingindo interesse. — Que adorável. — Leva a condessa até uma mesa em frente à barraca, explicando que gostaria de encontrar outro lenço. — Algo mais *modesto* — acrescenta ela.

Deixa a mulher olhando os tecidos enquanto se vira para falar com o vendedor, dando-lhe bom-dia.

— Uma mulher estava aqui agorinha mesmo — arrisca ela, depois de cumprimentá-lo. — Vestida toda de cinza.

Por um instante, teme que a figura não fosse uma mulher, mas um fantasma, que ele negará com a cabeça, e ela ficará assombrada pela visão.

Felizmente, porém, o vendedor assente.

— Ah, sim, a viúva.

— Ah, o senhor a conhece? — María fica animada, alguma coisa quente se acende dentro dela pela primeira vez em anos. Esperança. — Eu a vi deixar a luva cair e gostaria de devolver. O senhor sabe onde ela mora?

O vendedor nega com a cabeça, e a frágil chama tremula, até ele acrescentar:

— Mas sei onde você pode encontrá-la.

Ele aponta para uma rua estreita um pouco depois da praça, explicando que a viúva tem uma botica ali.

— María? — chama a condessa.

— Que tristeza — continua o vendedor — enviuvar tão cedo, e ser tão devota, cobrir-se com uma mortalha mesmo o marido tendo partido há mais de um ano. — Há um brilho de desejo nos olhos dele. — Decerto que Deus já está satisfeito agora...

— *María!* — A condessa está irritada, abanando a mão como uma bandeira ao vento.

María pede licença e volta para o lado da sogra.

— Estou bem aqui — sibila ela, esquecendo do seu papel por um momento, enquanto as garras se afundam na sua manga.

O coração dispara enquanto vasculha com os olhos o mercado em busca de uma rua. Uma escapatória. A condessa começa a pedir para retornarem à residência, quando María vê um conhecido colar de pérolas.

— Ah — diz ela, virando a velha para o outro lado. — É a baronesa Artiz!

Ela leva a condessa em direção à outra nobre, que encontrou refúgio sob uma sombra e se abana enquanto a criada faz as compras.

— Condessa! — exclama a baronesa, animando-se. — Já faz tanto tempo.

É só uma cortesia, já que Artiz é uma visitante frequente da casa dos Olivares, e seu gosto pela fofoca é páreo para o da própria condessa.

Como evidência disso, as próximas palavras que saem de sua boca são:

— Você ouviu sobre o filho do *señor* Riva?

María permite que a baronesa tire a condessa de suas mãos, como se fosse um pacote.

— Não, não o mais velho. O filho do meio. Estava para se casar este mês com a primeira filha dos Perez, Sofia, sim, a bonita. Ela é tão doce também. Mas ele fugiu às escondidas com a irmã dela!

A condessa solta um arquejo surpreso, e María escolhe esse momento para interromper.

— *Señora mía* — diz ela com gentileza. — Se não se importa, tem uma loja aqui perto que eu gostaria de visitar.

A condessa se irrita com a interrupção.

— Uma loja?

— Uma botica.

— Ah, céus. Você está doente? — pergunta a baronesa Artiz, franzindo o nariz como se estivesse tentando farejar alguma fofoca.

— Não mesmo — responde María depressa. — É só que eu ainda não fui *abençoada*.

Ela leva a mão à barriga ao terminar de falar, esperando que a condessa deseje mais um neto do que deseja odiá-la. A condessa contrai os lábios, e María percebe que ela está avaliando as opções, mas é a baronesa Artiz quem tem a palavra final.

— Venha comigo — chama a nobre, dando os braços à condessa. — Ainda não cheguei à melhor parte. Venha comigo e eu vou lhe contar *tudo*.

E, quando as duas se afastam, María se sente mais leve do que há muitos anos.

De repente, a condessa vira a cabeça e grita:

— Não demore muito!

As palavras ecoam e morrem sem chegar ao alvo.

María já se foi.

II

Algo em María relaxa quando ela entra na botica da viúva.

É mais fresca do que esperava, um alívio bem-vindo do dia abafado lá fora.

— Feche a porta, por favor. — Ela ouve uma voz suave e melodiosa. — As ervas preferem o frio e o escuro.

María obedece e é lançada numa escuridão desorientadora, uma sombra tão profunda que a impede de enxergar por um momento. Ela pisca e, à medida que os olhos se acostumam, consegue distinguir ramos de galhos pendendo no teto, uma variedade de frascos e recipientes arrumados ao longo das paredes, um pilão de cor clara disposto sobre uma mesa baixa.

O lugar tem cheiro de umidade e aridez ao mesmo tempo. Doce e cítrico, condimentado e terroso.

Tem o cheiro do piso de pedra da alcova oeste da *casona,* do preparo feito pela cozinheira da estalagem, de caroços de cereja na palma da mão.

— Pois não?

María se vira, e lá está ela.

Não uma estranha, mas a mulher que conheceu tantos anos atrás. O véu levantado, revelando o rosto de pele macia e clara, o queixo fino, o cabelo louro em uma trança solta e os olhos de um tom chocante de azul.

Dez anos, e María começa a duvidar de si mesma, a imaginar se está com problemas de memória.

Porque a viúva não envelheceu nada.

É claro que algumas pessoas envelhecem melhor do que outras, mas não deixam de envelhecer. Ela, não. A mulher não mudou nada. Está *exatamente* igual. Como se os anos não tivessem deixado nenhuma marca.

— O que a traz aqui? — pergunta a viúva, e María demora um pouco para perceber que está se referindo à botica e não a *ela* pessoalmente.

Ela pensa na resposta, tentando avaliar se pode confiar na outra mulher. Afinal, testemunhava constantemente o gosto da cidade para a fofoca.

— Um tônico — responde ela, tocando a barriga.

— Ah! — exclama a viúva. — Você quer uma criança ou se livrar de uma gravidez?

María não consegue ocultar a surpresa. Nunca tinha ouvido ninguém falar de um jeito tão direto.

Mas a outra mulher apenas encolhe os ombros.

— Crianças podem ser uma bênção na cama certa. E um tipo de doença na errada. Não se preocupe, sou famosa pela discrição.

María arqueia uma das sobrancelhas.

— Se é famosa por isso, será que é tão discreta assim?

O comentário provoca um sorriso na outra mulher. E talvez seja a contração de sabedoria nos lábios da viúva, ou a firmeza dos olhos azuis, ou talvez apenas a penumbra da botica que arranca a verdade dela.

— Não estou de barriga — declara María — e espero continuar assim.

A viúva não demonstra julgamento nem surpresa, soltando simplesmente:

— Pois muito bem.

Ela contorna o balcão, pegando o pilão e o almofariz. Seleciona diversas ervas e óleos nas prateleiras, e María percebe que não está mais de luvas, suas mãos são longas, esguias e adoráveis. Tão brancas que parecem brilhar na penumbra enquanto ela prepara o tônico. Parece satisfeita de trabalhar em silêncio, mas María não segura a própria língua:

— Sabe, nós já nos conhecemos.

A mão da viúva continua se movendo, mas ela ergue o olhar, exibindo uma ruguinha entre as sobrancelhas louras.

— Tem certeza? — pergunta ela, sustentando o olhar de María, e seus lábios se contraem de novo, como se pensasse em sorrir. — Acho que eu me lembraria de você.

María se surpreende com o calor que sobe ao seu rosto.

— Eu era muito mais nova na época.

— Ah — responde a viúva, enquanto tritura as ervas no pilão.

Ela despeja o conteúdo em uma garrafinha pequena e escura e a fecha com uma rolha.

— Mas *você* não mudou nada.

Novamente, o quase sorriso. Aqueles olhos azuis passeiam pelo rosto de María.

— Como você se chama?

E ela sabe que deveria reivindicar a proteção do marido, apresentando-se como *Viscondessa Olivares*, mas o nome que sai dos seus lábios é o que ela responderia tantos anos atrás.

— María.

— María — repete a viúva, pensativa.

Ela dá a volta no balcão, parando apenas quando estão próximas o suficiente para se tocarem. Estende uma das mãos, e María já está erguendo a dela para pegar a garrafa quando a viúva vira a palma para cima e diz:

— São três *reales*.

María pisca, recuperando os sentidos. Não tem permissão de carregar o próprio dinheiro — não há motivo, insistem os pais do marido, mas ela tinha o hábito de pegar moedas na bolsa da condessa sempre que a encontrava sem ninguém por perto. Agora, tira os *reales* do bolso do vestido e os coloca na palma da mão da viúva, surpreendendo-se pelo toque tão frio.

É como uma compressa em um rosto febril. Ainda assim, María se sente enrubescer.

Neste exato instante, a porta se abre, lançando os raios de luz na penumbra, seguidos pela voz aguda da condessa:

— María.

Ela se vira, e a viúva dá um passo para trás, mergulhando nas sombras atrás do balcão. A condessa não se dá ao trabalho de entrar, ficando parada na soleira da porta, segurando o braço da baronesa, que parece pronta para se livrar do fardo.

— Venha, María. Estou cansada.

A viúva entrega o vidrinho escuro na mão de María.

— Não dura muito — avisa ela, erguendo a voz para a condessa ouvir. — Você vai precisar de um novo a cada quinze dias.

Quando María pega o tônico, interpreta as palavras pelo que são: um convite. Ela se vira para sair. Os raios de sol ardem na porta, o dia lá fora continua quente. Gostaria de ficar ali, no escuro.

A condessa espera, impaciente, mas María olha para atrás.

— Meus agradecimentos… — diz ela, sem completar por não saber o nome da outra mulher.

A viúva já começou a limpar o pilão na mesa. Ela pausa e ergue a cabeça, os olhos azuis como pedacinhos do céu.

— Sou conhecida como madame Boucher. — Ela enfim abre o sorriso, revelando duas pontas lupinas nos caninos enquanto acrescenta: — Mas pode me chamar de Sabine.

III

María não consegue esperar os quinze dias.

A condessa sibila ao ouvir o pedido, resmunga sobre gastar tempo com tônicos que não teriam nenhuma utilidade enquanto Andrés estivesse fora. Foi quando o marido enviou uma mensagem dizendo que logo estaria de volta a León e, desse modo, a sogra permitiu sua saída.

E María entra na bem-vinda escuridão pela segunda vez.

A viúva, Sabine, não parece surpresa ao vê-la, e sim feliz ao se levantar da mesa na qual trabalhava.

— María — diz ela, o nome fácil como uma expiração. É a primeira vez na vida que ela gosta do som.

Sabine desliza em direção a ela, a mão estendida, não para o frasco vazio que María está prestes a lhe entregar, mas para María, para o ombro, o pescoço, o rosto, os dedos frios tocando a pele quente.

— Agora eu me lembro — revela a viúva, olhando nos olhos de María, que não percebe que uma mecha ruiva escapou do lenço até Sabine a enrolar no próprio dedo. — A menina da floresta, que tentou pegar flores venenosas. — A mão dela se demora ali, o cacho em volta do dedo como um anel. — Há quanto tempo foi isso?

— Dez anos.

— Esse tempo todo? — pergunta Sabine.

— E ainda assim — diz María, que só pensou naquilo a semana inteira —, você era uma recém-viúva na época, assim como é agora.

Sabine baixa a mão, o cabelo abandonado enquanto pega o frasco que María traz e se afasta. Ela se pergunta se a mulher ficou zangada, mas quando Sabine olha para ela, há um brilho de divertimento em seus olhos.

— Dois tipos de mulheres têm permissão para viajar por este mundo sozinhas sem serem importunadas: as freiras e as viúvas. E não sou tão próxima de Deus para ser uma freira.

— Então é mentira?

Sabine coloca o frasco na mesa, parecendo pensativa.

— Não, eu já tive um marido. Um dia.

Novamente aquele lampejo de dentes. Um sorriso tão leve e tão impressionante que, quando María o vê, o chão parece se abrir sob seus pés. Ela se inclina na direção de Sabine, um impulso de segui-la ou de cair.

— Como ele morreu? — pergunta ela.

O sorriso da viúva se alarga ainda mais.

— Lentamente.

Sabine. Sabine. Sabine.

María se vê revirando na boca aquele nome, como um torrão de açúcar, entre um encontro e outro. Pensando em como o gosto do nome é estranho e doce.

Sabine Boucher.

É francês, diz ela para María na visita seguinte — e pensar que seu irmão Felipe estava certo tantos anos atrás —, ainda assim, a viúva quase não tem sotaque, seu espanhol sai nativo e limpo.

— Todas as coisas se adaptam com o tempo — justifica ela à guisa de explicação, embora não pareça ter idade suficiente para esse tipo de adaptação.

Sabine. *Sabine.* María procura motivos para repetir o nome em voz alta o máximo que pode. Na terceira ou na quarta visita, finalmente admite o quanto gosta do som.

— María é um nome adorável — retruca a viúva.

A mais jovem solta uma risada. Um som curto e desdenhoso.

— Minha mãe um dia me disse que significa *amarga*.

Sabine puxa uma lavanda do buquê, retorce a flor entre os dedos.

— Também significa *amada*.

María franze o nariz.

— Talvez — rebate ela.

Mas nunca gostou do próprio nome. É tão comum e sem graça, como linho engomado, quando ela sonha com seda. Odeia o som quando a sogra fala, como um puxão forte em uma coleira curta.

Sabine lhe dá um olhar benevolente.

— Um nome é como um vestido. Pode ser por natureza bonito ou comum, mas é a pessoa que o usa o que mais importa.

María pensa nas palavras, olhando através dos potes de ervas, estudando o rosto do outro lado.

— Se nomes são vestidos, o meu simplesmente não me serve.

— Então, dispa-o — diz Sabine em tom alegre, entregando-lhe a lavanda como se fosse uma tocha. — Quem você seria? Que nome combinaria mais com você?

María leva a flor seca ao nariz, sem resposta para a pergunta.

Mas vai pensar no assunto.

O verão se arrasta sobre as brasas.

O dia está quente, a cidade está assando sob o calor de agosto e, dessa vez, María não precisou orquestrar sua escapada. A condessa declara que não tem condições de enfrentar o sol e desistiu da visita ao mercado, preferindo deixar os pés de molho e ouvir as fofocas do conforto de casa. María decerto seria obrigada a lhe fazer companhia, se não fossem os presentes da viúva. Da última vez, voltara com um tônico para abrandar as dores de cabeça da condessa e outro para ajudar o conde agitado a dormir a noite toda, de modo que passaram a considerar as visitas uma atividade adequada.

Claro que María não tem permissão para ir *sozinha*. É enviada na companhia de uma criada, uma carcereira improvisada, mas é surpreendentemente fácil comprar uma hora de paz com uma moeda e algumas ameaças. E ela está munida das duas coisas.

A loja escura lhe dá as boas-vindas quando chega, assim como Sabine.

— Venha — chama a viúva quando María entrega o frasco vazio. — Vou ensinar você a preparar o próprio tônico dessa vez.

María resiste um pouco diante da perspectiva, não por não querer aprender, mas porque a sugestão parece uma porta ameaçando se fechar.

— Decerto que isso não seria bom para os negócios — argumenta ela, tentando manter a voz leve, até brincalhona. — Afinal, se você me ensinar, não terei mais necessidade de visitar sua botica.

Não terei mais necessidade, diz ela, quando o que quer dizer é que não terá nenhum motivo, nenhuma desculpa. Quando o que *quer* dizer é que essas horas roubadas têm sido, em alguns dias, sua tábua de salvação, e em outros, a única coisa que a impede de pular do telhado dos sogros.

Sabine franze os lábios em desaprovação.

— Conhecimento é poder, María. Nunca perca uma oportunidade de aprender. Além disso — acrescenta ela, segurando a tigela de pedra —, ninguém precisa saber que *você* sabe. Pode ser um segredo que partilhamos. Agora, pegue para mim o pote de urtiga da prateleira atrás de você.

María se vira para a estante de madeira e franze a testa. Há vários potes de ervas, os nomes escritos com uma caligrafia apressada e inclinada. Ela fica olhando, como se as linhas curvas fossem se arrumar para fazer algum sentido. Mas isso não acontece.

— Você não sabe ler? — arrisca Sabine, aparecendo ao seu lado.

María cerra o maxilar.

— Não.

Uma palavra simples, quando a verdade é muito mais complexa. Ela abordou o assunto com os sogros durante o jantar, mais de um ano antes, quando o tédio atingiu o ponto máximo. María vinha observando os livros no escritório do conde havia algum tempo, na esperança de se entreter, chegou a antecipar a expressão que surgiu no rosto da condessa e rapidamente acrescentou que gostaria de aprender para poder ensinar aos filhos. Chegou a tocar a barriga para dar ênfase.

Para surpresa de María, o próprio conde aceitou lhe ensinar.

Mas toda vez que ia até o escritório, as mãos dele começavam a se afastar das páginas e a tocar o braço, as costas e a cintura de María. Ele passava a língua nos lábios enquanto pronunciava as letras. Cheirava o cabelo dela quando se aproximava.

Quando ele começou a tentar descer a mão enrugada mais e mais, ela desistiu do objetivo.

— Eu queria aprender — prossegue María agora, olhando para a prateleira da boticária, os rótulos parecendo curvas e cruzes que debochavam dela. — Mas não tive o professor adequado.

— Pois muito bem — diz Sabine, pegando o pote de urtiga na prateleira.

Por um momento, na escuridão, as duas ficam tão próximas quanto tecido trançado. O hálito da viúva é um sussurro frio na nuca de María. A boca, a poucos centímetros da pele.

— Vamos ver se consigo ajudar.

María não é uma aluna paciente.

Perde logo a paciência, e é difícil contê-la.

Sabine a faz desenhar as letras numa camada de areia fina repetidas vezes, até ela conhecer suas formas, antes de lentamente começar a uni-las.

— Que desafio maldito — sibila ela mais de uma vez, passando a mão pela areia com tanta força que a espalha para todos os lados. Uma nuvem que recai silenciosamente sobre o assoalho de madeira.

Mas a viúva apenas traz mais areia.

Semana após semana, as lições são pouco mais do que momentos fugazes, a irritação dela contrastando com a calma inabalável de Sabine, até que, de alguma maneira, as letras unidas se tornam sons e os sons tomam forma.

— A...

Ela lê os sons das letras em um rótulo.

— ... le...

A força de vontade a faz continuar.

— ... crim.

María pisca quando os sons se transformam em uma palavra.

— Alecrim.

Alecrim.

Ela fica feliz ao perceber. É como encontrar as chaves para uma porta fechada na própria casa e descobrir um novo aposento lá dentro.

Sabine segura o rosto da aluna, encantada.

— Você tem uma mente tão perspicaz.

María enrubesce, sentindo o calor subir pelo rosto, mas depois bufa, frustrada, e se recosta na cadeira.

— Nesse ritmo, vou levar a vida toda.

— Existem jeitos piores de se passar a vida — argumenta Sabine, ainda próxima.

María ergue a cabeça e olha nos olhos peculiares da viúva.

Tão de perto, não são azuis, e sim de um tom prateado, que brilha de alguma forma na penumbra da botica. Um palmo de distância separa o rosto delas, e nunca pareceu tão longe, nem tão perto. Por um momento, María pensa em Ysabel, a cabeça curvada sobre a dela, na alcova oeste. Mas desconfia que, se estendesse a mão agora para tocar o rosto da outra mulher, ela não se afastaria. Nem mesmo se os dedos a acariciassem, se o polegar deslizasse sobre os lábios macios, suaves e rosados da viúva.

Mas o momento passa, e María não a toca.

Os dedos se contraem, mas permanecem nas dobras do vestido. Sabine se afasta, e María se sente estranhamente ofegante.

A hora está quase terminando, e ela sabe que deveria se levantar, ir embora e deixar a viúva continuar seu trabalho. Mas, na verdade, não quer fazer isso. Então, ela se deixa ficar ali e fecha os olhos, saboreando o fato de que o calor do verão deu trégua, as pedras da loja refrescando o ar.

Logo o aposento é tomado por um cheiro novo e estranho, quente e amadeirado.

María olha para a Sabine e vê a mulher mexendo alguma coisa em uma tigela em cima de uma chama, o calor contido no recipiente de metal. Observa enquanto ela coloca o conteúdo, que é escuro e espesso como piche, em um copinho.

Sabine volta para a mesa e o coloca diante de María.

— O que é isso? — pergunta ela.

— Um prêmio — responde a viúva. — Por sua dedicação aos estudos.

María examina a mistura. A cor é de madeira polida, a consistência, de sebo e, de acordo com Sabine, se chama *chocolate.*

— Foi um presente — explica ela. — De um cliente agradecido.

María faz um gesto para o único copo.

— Decerto podemos dividir.

Sabine nega com a cabeça.

— É pesado demais para mim — retruca ela, com um tom de tristeza. — Mas seria um crime desperdiçar um presente desses. Vamos — acrescenta ela, e depois, com um pouco mais de suavidade: — Eu gostaria que você apreciasse por mim.

María leva o copo aos lábios e toma um gole.

O líquido escorrega pela língua, amargo e doce ao mesmo tempo, mais denso que o vinho, mais ralo que um suco de fruta, e os olhos se fecham enquanto ela o degusta, saboreando o gosto.

É diferente de qualquer coisa que María já provou. Cobre sua língua, e o sabor se demora na garganta. Ainda assim, logo que engole, deseja não ter feito isso. O gosto se foi e lhe resta a insatisfação e o desejo por mais.

Quando finalmente abre os olhos, depara-se com Sabine observando-a com muita atenção. Os dentes afundados no lábio inferior.

— O que achou? — pergunta ela, com os olhos ardentes na penumbra da botica.

E o que María pode dizer? Com um gole, esvaziou o conteúdo do copinho. E ela adoraria tomar outro. Adoraria tomar em cada refeição. Todos os dias pelo resto da sua vida. E, ainda assim, não seria suficiente.

— Se eu tivesse isso — responde María —, não beberia outra coisa.

Os lábios de Sabine se abrem em um sorriso forçado.

— É estranho, não é? Quanto mais você toma, mais você quer — diz ela.

IV

— Você se sente sozinha às vezes?

É fim de outono agora, e elas estão sentadas à mesa de madeira da botica, María coando as ervas deixadas em infusão por um bom tempo sob o olhar atento da viúva. Acostumou-se à companhia dela nos últimos meses, à beleza arrebatadora, ao toque frio, ao calor que desperta na sua pele. Até mesmo à estranha sensação de que o mundo sai do eixo quando ela está por perto. Acostumou-se à própria liberdade, ao afrouxar das amarras, quando está na companhia daquela mulher.

Mas a imobilidade da viúva é enervante.

A própria María sempre foi agitada, uma parte de si sempre em movimento. Uma perna balançando, o punho girando na articulação, as mãos, a cabeça. Mas, quando a viúva não está caminhando pela botica ou preparando um tônico, ela é uma estátua, apenas os olhos azuis indicam que continua viva. E mesmo eles, às vezes, parecem fixos em alguma coisa muito distante, muito além da penumbra da loja.

Mas, quando María pergunta se ela se sente sozinha, Sabine pisca e volta a si.

— Que pergunta estranha...

— Você acha? — questiona ela. — Você é uma viúva. Está sozinha.

Sabine se inclina para a frente e apoia os cotovelos na mesa. Entrelaça os dedos e apoia o queixo ali, um gesto simples que transforma todo o seu rosto, fazendo com que pareça, de repente, uma garota muito jovem.

— Uma pessoa pode estar sozinha e não se sentir solitária — pondera ela. — Uma pessoa pode se sentir solitária e não estar sozinha.

María torce o tecido sobre uma tigela, observando o óleo escuro gotejar.

— Você nunca pensou em se casar novamente? — indaga María. — Ou ter um companheiro?

Sabine meneia a cabeça, um sorriso charmoso no canto da boca.

— E quem disse que não tenho?

O ciúme percorre a pele de María feito um arrepio. Ela força um sorriso e diz:

— Invejo a sua liberdade.

Sabine não ri, apenas sustenta o olhar de María.

— Pois não há necessidade de invejar, quando você poderia ter isso também.

— Duvido que meu *marido* concorde com isso.

Marido. Uma palavra dita como um fiapo preso ao dente. Quando os dias ficaram mais curtos, Andrés voltara e, dessa vez, parece que vai ficar para o inverno, no quarto dela. Na cama dela. Mas algo tinha mudado.

A beleza dela começou a deixá-lo com raiva, o corpo dela agora era um insulto para ele. Antes Andrés olhava para María com esperança, mas agora seus olhos estavam cheios de impaciência, como se ela não passasse de um receptáculo vazio que não conseguia preencher.

E ele anda determinado.

Seus esforços se tornaram dolorosamente frequentes. María se ocupa a recitar em silêncio os ingredientes do tônico, soletra-os na cabeça, letra por letra, até ele terminar.

— Você poderia dar um filho a ele — sugeriu Sabine, com ar pensativo algumas semanas antes. — Um só, para tranquilizá-lo.

Mas María sentiu o estômago se embrulhar à mera sugestão. Conteve a vontade de gritar e se limitou a negar com a cabeça.

— Não seria o suficiente — respondeu ela, sabendo que dizia a verdade. — São pessoas ávidas. Vão me fazer parir até morrer. Durante o parto, ou até ficar seca por dentro.

Agora ela se remexe na cadeira, fazendo uma careta pela dor constante entre as pernas, e, em frente a ela, à mesa estreita, a postura juvenil da viúva se desfaz, sendo substituída por algo repentinamente mais velho, ancestral. É estranho como Sabine pode mudar tanto e, ao mesmo tempo, tão pouco.

— Você ficou sabendo? — pergunta ela com voz inexpressiva. — Uma doença tem se espalhado um pouco mais ao norte. Uma peste, como dizem. Talvez chegue a León.

María sempre percebeu um traço mórbido no humor da viúva. Ainda assim, o comentário a pega de surpresa. Falar de pragas como se reclamasse do mau tempo.

— Quem sabe? — acrescenta Sabine com um dar de ombros distraído. — A tragédia pode recair sobre o seu marido.

— Como aconteceu com o seu? — solta María.

Meses passados na companhia uma da outra, e Sabine não contou a ela nada sobre sua vida *anterior*. María está curiosa para saber mais, porém, como esperado, a pergunta é recebida com um sorriso enigmático.

Sabine se empertiga um pouco na cadeira.

— Claro — responde ela, passando os olhos pela botica. — Existem *outras* maneiras de se enviuvar. Nem *todas* dependem da sorte.

Os olhos azuis faíscam ao falar, e María pensa no dia que a viúva deixou Santo Domingo, tantos anos antes. Um dia depois que o *señor* Baltierra morreu enquanto dormia.

Estaria mentindo se dissesse que nunca tinha pensado em matar Andrés.

À noite, quando ele está dormindo e ela não consegue pregar o olho, deixa a mente vagar, sua imaginação conjurando as mais variadas maneiras, com detalhes escabrosos. Facas enterradas na pele macia, corpos caindo pelos oito degraus da escada, o fogo pegando nas cortinas e se espalhando por cada um dos quartos.

Não, a pergunta não é se ela é *capaz*; María nunca duvidou disso.

Mas o que ganharia com isso? O que lhe restaria?

O humor parece dançar como uma luz no rosto de Sabine, e María se dá conta... Ela está brincando. Claro que está brincando. E por que não? Não há nenhum mal nisso.

— Pois eu seria uma viúva *muito* atraente — declara ela.

— Sem sombra de dúvidas — concorda Sabine.

— Mas cinza nunca foi a minha cor. Talvez verde-esmeralda ou roxo.

— A cor do luto não importa — argumenta Sabine, se levantando. — O importante é que você seria livre.

— Livre — repete María, a palavra pesada na língua. — Para fazer o quê?

Sabine caminha até a parede, passa os dedos pelos frascos.

— Livre para viver como desejar. Ir aonde desejar. Tomar o que desejar.

A mão dela pousa em um recipiente cheio de flores secas, pétalas macias e brancas como a casca de um ovo.

— Essa é a melhor parte — prossegue Sabine suavemente, pegando uma das flores. — Não há ninguém para segurar você. Ninguém para lhe dizer não. Se você vir alguma coisa que queira...

Ela fecha a mão, esmagando a frágil flor.

— ... é toda sua.

Ela limpa as mãos e se vira para a mesa. María vê a expressão no rosto dela e compreende. Não é um jogo. A viúva não está brincando. Uma sombra passa pelos olhos límpidos, fazendo as bochechas parecerem encovadas.

— Estou ficando farta de León — declara ela. — Acho que não vou ficar muito mais tempo aqui.

María sente o chão instável sob seus pés.

Não, ela quer gritar. *Não vou permitir. Você não pode me abandonar aqui, com ele.*

Segura as palavras antes que saiam, mas Sabine parece ouvi-las.

— Você pode vir comigo, quando eu partir.

Algo se rompe dentro de María. O jeito que Sabine diz aquilo, como se tudo fosse tão simples, apenas uma questão de aceitar, faz sua raiva subir como a bile pela garganta, amarga e quente.

— Não tem graça — retruca María.

Os olhos de Sabine se mantêm fixos nela.

— Nem era para ter.

María cerra os dentes. Tudo bem brincar, sonhar, mas ela está levando tudo longe demais. Qual seria o propósito da sua prisão, do seu sofrimento, se ela acabasse com tudo e fugisse sem nada?

— Diga-me — pede María com raiva —, isso há de ser antes ou depois de eu matar o meu marido?

Sabine lança um olhar de pena para María, que não consegue mais suportar. Ela se levanta, decidindo que já ficou por tempo demais. Andrés deve estar esperando por ela.

Dirige-se para a porta, mas, dessa vez, Sabine a segue.

— Você é jovem demais para ser tão infeliz.

Quando María pega na maçaneta, sente o toque da outra mulher, uma das mãos frias pousando no seu ombro, a outra deslizando pela cintura. O corpo de Sabine roçando no dela, o rosto macio contra o de María. As duas mulheres abraçadas e unidas por um instante.

María leva a mão à barriga, onde encontra os dedos de Sabine abertos, apalpando-a. Tomando posse. Quantas noites sonhou com esse toque, desejando-o com ardor. Agora, luta contra o impulso de se inclinar para trás. De deixar o tecido cinza engoli-la.

"Se você vir alguma coisa que queira..."

— Tudo que você precisa fazer é pedir — sussurra a viúva.

E, em seguida, afasta a mão, e María sente que está sendo empurrada porta afora e de volta à rua.

V

Andrés está à sua espera no saguão.

O piso é de pedra, mas mesmo assim María imagina ver a linha que ele talhou no chão ao ficar andando de um lado para o outro.

— Aí está você, minha esposa — diz ele, abrupto.

O olhar dele pousa no cabelo dela, e María percebe que, na pressa, deixou a botica sem o lenço. E sem o tônico. Pragueja baixinho, mas estampa um sorriso casual no rosto e diz que há uma tempestade a caminho, que o vento forte arrancou seu lenço.

Os olhos dele vão para além de María, para a criada que apareceu atrás dela, designada como sua acompanhante, e ela resiste à tentação de se virar e lançar um olhar fulminante de advertência à jovem. Resiste — e só lhe resta imaginar o que Andrés vê ali, antes que ele a pegue pelo braço e a leve para dentro de casa.

No jantar, o som mais alto é o dos talheres tilintando na louça.

María empurra uma codorna tostada no prato. A comida é do gosto dos sogros, ou seja, sem graça e cozida demais, prova de que o dinheiro não compra bom gosto.

O conde e a condessa tendem a comer em silêncio, mas o marido costuma preferir o som da própria voz. María sabe que suas contribuições não são necessárias e deixa sua mente voltar à botica. Por causa disso, não nota como Andrés está falando pouco até estarem no andar de cima e a voz dele interromper seus pensamentos:

— Você passa tempo demais com ela.

María apenas o encara.

— Com quem? — pergunta com voz delicada.

Ele bufa com impaciência. María nitidamente não estava prestando atenção.

— Com a mulher daquela loja.

Não é a *primeira* vez que ele menciona Sabine — já houve alguns comentários vez ou outra —, mas há uma tensão nos ombros dele, uma sombra nos olhos.

María finge indiferença.

— Ela é *viúva*, Andrés. Uma devota, na verdade — argumenta ela, embora o marido só se voltasse para as coisas divinas quando era da sua conveniência. — Além disso, não faço isso por mim, mas por *nós*.

Nós. Uma palavra que a faz murchar, quase tanto quanto o peso da mão carnuda sobre a barriga reta. A expressão dele se anuvia, e ela sente os degraus sob seus pés virarem vidro. Um passo, a diferença entre ser estilhaçada e a segurança. A mão dele é quente e nojenta, e María se pergunta quando a estrada que escolheu se desviou tanto do curso.

"Dois tipos de mulheres têm permissão para viajar por este mundo sozinhas sem serem importunadas."

A outra mão de María toca o rosto do marido, sentindo os pelos ásperos arranharem a palma enquanto ele se vira para ela.

"E não sou tão próxima de Deus para ser uma freira."

Andrés olha para ela, *através* dela, como se ela fosse uma coisa comum. Como se não a tivesse venerado no dia que se conheceram. Como se ela não o tivesse feito se curvar de desejo.

Eu fui feita para bem mais do que isso, ela quer dizer. Em vez disso, controla a própria expressão, ocultando o nojo e exprimindo a obediência de uma esposa.

— Se você desaprova — diz ela —, então está resolvido. Não a verei mais.

Ele assente, suavizando a expressão. Ótimo. Deixe-o pensar que María é um cavalo que finalmente foi domado.

— Venha — chama ela com um sorriso plácido. — Vamos para a cama.

Ele ronca ao lado dela na cama como um animal.

María está acordada, admirada com a facilidade com que ele cai no sono. E como seu sono é pesado. Ele já brincou mais de uma vez que cai duro feito um morto. Agora, ela se imagina derramando um frasco de veneno leitoso por entre os lábios adormecidos; imagina ouvindo-o relaxar e os batimentos cardíacos diminuírem, o ritmo constante ficando mais fraco até, finalmente, parar.

Imagina o silêncio que preencheria o quarto.

Ela ergue o corpo e se apoia sobre o cotovelo, segura o pingente de rubi no pescoço e observa o rosto adormecido do marido, tentando sentir alguma afeição.

E espera.

Espera até ter certeza de que ele não vai acordar. Em seguida, se levanta no escuro, coloca um robe por cima da camisola e abre a janela. Sai com chinelos nos pés, descendo pelo telhado inclinado do jeito que já fez várias vezes durante o dia. María avalia a altura, e talvez pareça menor no escuro ou talvez simplesmente não se importe.

Ela pula.

Pula e cai, sem peso por um único instante arrebatador, antes de o mundo alcançá-la. Antes de o chão *pegá-la*. Cai de cócoras na rua lá embaixo, os ossos estalando, mas sem se partirem com a força da queda.

María se levanta e olha para o telhado de novo, maravilhada.

Não era uma queda tão grande assim, no final das contas.

Que estranho caminhar sozinha à noite.

De dia, as ruas estão cheias de gente e carroças, e ela precisa se esforçar para caminhar pelo mercado lotado, protegida pelas camadas do vestido e do véu.

Mas agora, no escuro, o ar é fresco e frio, a cidade, vazia e silenciosa, recolhida para o descanso. María saboreia a brisa que passa pelo cabelo solto, encontra a bainha do robe, roça a camisola por baixo dele e imagina se esse é o gosto de... liberdade.

Quando María chega à botica, não vê nenhuma luz de vela pela fresta embaixo da porta nem em quaisquer das janelas. Ela bate, certa de que a viúva está dormindo.

Ninguém atende.

María cerra os dentes enquanto sua mente tenta pensar no que fazer. Agora que fez sua escolha, não pode voltar atrás, não pode voltar para a cama do marido, não suporta nem mais um dia dentro daquela gaiola dourada. Ela bate de novo, pressiona o ouvido contra a porta, tentando ouvir algum sinal de vida lá dentro, mas não ouve nada. Nada. Até que...

— María.

A voz da viúva não vem da loja, mas da rua atrás dela.

Ela se vira e vê Sabine de pé, totalmente vestida, segurando um cesto vazio em um dos braços.

O véu da viúva não está presente, e o luar ilumina o cabelo claro, transformando o louro em prata. O horário não é nada adequado para qualquer uma das duas estar na rua; ainda assim, enquanto o corpo todo de María está vibrando, tenso como cordas esticadas, Sabine parece completamente à vontade no escuro.

A viúva passa por ela e abre a porta.

A escuridão é ainda mais profunda dentro da loja. Densa como fumaça sem a luz da lua nem de uma lamparina. María espera que Sabine acenda uma vela, mas a outra mulher se move pelo espaço como se conseguisse enxergar cada contorno e cada forma. Os olhos de María se recusam a se adaptar ao breu. Ela pisca várias vezes, mas tudo que vê são sombras. Sombras... e Sabine.

— Mudei de ideia — declara María.

Sabine se aproxima, estende a mão, pega uma mecha do cabelo ruivo e o enrola no dedo.

— Foi o que imaginei — murmura ela em resposta. — O que você quer?

María franze a testa.

— Você já sabe.

— Quero ouvir você dizer. — Há um tom aveludado na voz da viúva que faz María enrubescer. — Diga.

E não é tão difícil formar as palavras; vem pensando nelas a noite inteira.

— Quero ser livre. Custe o que custar.

É como se as amarras tivessem se soltado. Por fim, ela sente que consegue respirar.

Sabine se aproxima tanto dela que María acha que vai pressionar os lábios contra os seus. Mas, no último segundo, a viúva para, as bocas a milímetros de distância, que é preenchida com um sussurro:

— Você confia em mim?

A coisa mais fácil do mundo é dizer a verdade.

— Confio.

Na escuridão intoxicante, o sorriso da viúva lampeja. E então, ela desaparece, afastando-se para pegar um frasco na prateleira. De cor, María encontra o caminho até a mesa, agarra o espaldar de uma cadeira e espera, desejando que houvesse luz para que visse como o veneno era preparado.

Mas logo Sabine está de volta e perto o suficiente para sussurrar no seu ouvido.

— Não tenha medo.

María não compreende até sentir a uma dor repentina e cortante.

Ela leva a mão ao pescoço, imaginando que se cortou, mas, em vez de uma faca ou uma ferida, seus dedos encontram o cabelo macio, a cabeça da viúva curvada sobre seu pescoço.

Ainda assim, sob aquela suavidade.

Algo violento, afiado.

Um calor abrasador se espalha pela pele de María, subindo como galhos, descendo como raízes, o pulso começa a martelar em seus ouvidos. Ela fica em pânico e tenta se libertar, motivada por uma necessidade primitiva e repentina, uma certeza antiga e instintiva, de que está em perigo. Mas antes que possa empurrar Sabine, os braços da viúva se fecharam em volta dela, suaves, mas firmes. É uma jaula.

María se debate, mas Sabine parecia ser feita de pedra. Seus dentes — foi o que a perfurou, *dentes* — mergulham ainda mais fundo no pescoço de María, que sente algo se quebrar com a força em seu interior. A cabeça começa a girar, o ar à volta dela fica impregnado com o cheiro metálico de sangue.

Agora a dor diminui, substituída por um desconforto, então María sente sua força se esvair. Ela luta contra a fraqueza que a toma por inteiro, uma batalha perdida, ao passo que a cabeça começa a girar, seu coração é um animal moribundo, batendo inutilmente no peito. O pulso fica fraco, parece perder ritmo no peito.

Não tenha medo, dissera a viúva. Mas, pela primeira vez na vida, é o que María *sente.*

Porque ela não quer morrer.

Não pode morrer.

Ela...

O coração dela fraqueja, vacila, e o mundo recua no ritmo hesitante de seus passos. Uma escuridão absoluta avança, e, dentro dela, María vê sua curta vida se desenrolar diante dos olhos.

É uma garotinha magricela em cima do telhado do estábulo, cuspindo caroços de cereja pela beirada.

Observa as caravanas passarem.

Senta-se perto da lareira enquanto a mãe faz a trança nupcial no seu cabelo.

Deita-se em uma alcova e fica sentada em silêncio durante o banquete de casamento.

Ela é uma pequena chama, apagada antes de ter a chance de arder em brasas.

María vê tudo isso se desenrolar e sua raiva aumentar diante da mediocridade de sua vida e do fim repentino.

Àquela altura, a dor já se foi, e María sente o instante que a boca de Sabine finalmente se afasta, quando os dentes deslizam e se afastam da sua pele.

É como se a última corda de uma marionete tivesse sido cortada. A última gota de força a abandona. As pernas cedem. Ela teria caído, mas Sabine está ali para segurá-la, como se ela não pesasse nada.

Sabine, que vira María nos braços.

Sabine, cujos lábios estão escuros, o sangue descendo como fitas pelo pescoço.

Sabine, que sorri, os dentes manchados de vermelho, como se não tivesse acabado de matar María.

Sabine, que agora toca o próprio pescoço e passa a unha pela pele, rompendo-a. Um sangue escuro se acumula enquanto segura María junto de si e diz:

— Beba.

Beba, diz ela, como se fosse um copo de chocolate.

Beba, diz ela, e María obedece.

O sangue da viúva se derrama pela língua, doce, estranho e ligeiramente pútrido, misturado a terra úmida, solo de folhas, mel e cinzas. E à medida que desce por sua garganta, o coração volta a pulsar no peito, retomando os batimentos lentos, mas constantes. As pernas se tornam fortes o suficiente para sustentá-la. Sua mente começa a clarear.

— Já chega — pede Sabine com gentileza, acariciando o cabelo de María.

Mas está longe disso. Ela finca os dentes no pescoço da viúva, e o sangue que tinha começado a fluir devagar agora sai mais rápido. Um toque frio pressiona o peito de María.

— Já chega — repete Sabine, com uma certa advertência na voz.

As palavras atingem María com uma força surpreendente. Mas não é páreo para sua sede. Ela está sedenta. E então continua bebendo, e o sangue enche sua boca, jorrando dentro dela enquanto se espalha.

— *Pare* — sibila a viúva, mas María não *quer* parar.

Os dentes continuam cravados no pescoço da outra mulher, e agora é Sabine quem luta contra *ela,* presa na jaula do abraço *dela,* e ela é forte, muito mais forte do que María *era.* Mas, a cada segundo que passa, María rouba um pouco mais, até conseguir sentir, no sangue da viúva, o *medo* que sentiu momentos antes.

María não para.

Ela bebe, até a viúva enfraquecer e ficar com o corpo mole.

Bebe, até o sangue parar de chegar aos seus lábios.

Bebe, até Sabine ficar dura e depois imóvel.

Bebe e não percebe que o corpo em seus braços está morto até se quebrar, ruir sob seus dedos e cair sem fazer nenhum barulho no chão.

Ela se sobressalta, como se tivesse acabado de acordar. Fica olhando para o que restou de Sabine Boucher. A botica não está tão escura como pensou no início, e o luar encontra pequenas fissuras, iluminando as cinzas do que era a pele da viúva, as mechas prateadas do que era o cabelo dela, o tecido cinza do vestido, que caiu em uma pilha disforme, misturado com o resto.

Ela estende a mão para tocar a pele ferida no pescoço, arruinado pelos dentes da viúva, só para encontrar o corte fechado, a pele já curada. Fica maravilhada, sem entender o que aconteceu nem o que está acontecendo. Só sabe que a morte esteve perto o suficiente para tocá-la, mas logo foi afastada.

Ainda assim, não se sente realmente longe dela.

María se senta no chão ao lado dos restos da viúva e sente um momento de... não de arrependimento, mas de decepção. Por ter sido abandonada, mesmo sabendo que foi ela que causou aquilo.

Sabe também que há algo de errado. Não, não errado... só estranho. Diferente. Uma parte dela foi arrancada, mas algo novo cresceu bem rápido no lugar, de modo que não sente a ausência.

Algo novo, mas *conhecido,* uma versão dela que estava enterrada havia muito, muito tempo, e acabou de ser regada, cuidada e deixada ali para florescer.

Ela estende a mão e passa os dedos nas cinzas.

Sabe que deveria estar horrorizada.

Mas, quando se levanta, tudo que sente é sede.

VI

María olha para a casa dos Olivares.

Para a janela por onde saiu, o telhado escuro que atravessou, o lugar onde caiu, e não sente a menor vontade de entrar pelo mesmo caminho.

Em vez disso, vai até a porta e bate.

Apesar do horário afrontoso, ela bate com o pesado anel de ferro da porta contra a madeira, quebrando o silêncio da casa. Os criados são os primeiros a se levantar, é claro. Ela os ouve andando de um lado para o outro como ratinhos nas paredes. Quando a porta se abre, deparam-se com uma visão e tanto, a viscondessa do lado errado da entrada, vestida com roupas de dormir e manchadas de sangue.

Arregalam os olhos, em pânico. Que estranho, ela quase consegue sentir o *gosto* de sua preocupação, como açúcar no ar, enquanto a puxam para dentro, perguntando o que tinha acontecido, se ela estava machucada, por onde andara.

— Não foi nada — responde ela.

É a primeira vez que María fala alguma coisa desde que esteve com a viúva, desde a mordida, desde a sede e as cinzas. A voz é e não é dela, é e não é aguda, é e não é estranha. É e não é calma — entremeada com um fio de atrevimento.

Ela dispensa os criados e sobe a escada como se não houvesse nada de errado. Como se não tivesse sido enterrada e renascida na mesma noite. No seu quarto, encontra Andrés, já de pé. Ainda confuso de sono.

Mas a confusão logo se transforma em fúria quando ele nota a janela aberta e a aparência desgrenhada da mulher, em pé ao lado da porta e não ao lado dele na cama.

— O que foi que você fez? — Ele exige saber. — Aonde você foi?

Ela encolhe os ombros e diz que não importa, adorando a raiva que se espalha pelo rosto dele. Ele agarra o braço dela, e ontem esse toque teria sido forte o suficiente para machucá-la, mas hoje não era nada, e María simplesmente observa, curiosa para saber o que ele vai fazer em seguida.

Ele está cuspindo veneno, xingando-a de prostituta, dizendo que vai lhe ensinar o que acontece com uma adúltera, mas o pulsar do sangue dele é mais alto do que a voz, uma batida que abafa todo o resto. É tudo que ela consegue ouvir. Ele a arrasta com força para a cama, a empurra contra o colchão e se deita em cima dela. E é aí que a situação se inverte.

Ela inverte a situação.

Rola e fica por cima, o cabelo vermelho solto, pendendo como uma cortina em volta deles. Dois passarinhos presos no ninho de amor.

— *Esposo mío* — cantarola ela.

Os dedos finos se fechando nos punhos dele, prendendo-os sobre a cabeça. Andrés olha para ela, furioso, perplexo. Tem o dobro do tamanho dela, mas não importa mais. Durante aquela noite, ele se tornou fraco, e ela virou uma rocha.

E agora, nas mãos dela, é ele quem está sendo machucado.

— María — arfa ele, chamando-a pelo nome, finalmente, por menos que ela goste.

María consegue sentir o sangue bombeando nas veias dele, consegue ver o pulsar na têmpora e na lateral do pescoço. A boca começa a doer, e María o agarra pelo cabelo, do mesmo jeito que ele fez tantas vezes com ela, puxando a cabeça para trás para expor a pele do pescoço. A vida dele, bem ali, sob a pele fina, tão perto. Seus dentes espetam o lábio inferior, e ela sente gosto de medo no ar.

O medo dele, é claro. Não o dela.

Tal sensação não existe mais para ela. Junto das cinzas na botica da viúva.

— *María* — implora ele de novo, e tudo que ela consegue pensar é que sempre odiou o próprio nome.

Que o nome nunca combinou com ela. E é quando se lembra do que a outra mulher lhe disse sobre ser livre para viver como desejar. Fazer o que desejar, tomar o que desejar.

"Se você vir alguma coisa que queira..."

E ela viu, não é? Revirou-o na boca centenas de vezes, só para saborear o som. Então, enquanto o marido de María implora para que a esposa pare, ela cola o rosto no dele, bochecha contra bochecha.

— María não existe mais — sussurra em seu ouvido. — Meu nome é Sabine.

Um segundo antes de cravar os dentes no pescoço dele.

A pele se rompe como fruta madura, a vida escorrendo para a língua dela, inundando o paladar. Se o sangue da viúva era pão, o dele é vinho. Intenso, estonteante e doce.

O visconde se debate, gritando de raiva e dor... Que estranho que ela consiga sentir o gosto de ambas as coisas no sangue dele, mas já estava farta da voz de Andrés Olivares. Tampa a boca do marido com a mão e bebe, mais e mais. Quando os batimentos do coração enfraquecem, o dela começa a acelerar, ou é o que parece.

Ela ainda não sabe que o próprio coração deixou de bater. Que o que ela sente agora não é nada além do eco de batimentos roubados, um ritmo emprestado pelo tempo que leva para beber. E que, assim que terminar, vai ser tomada pela sede de novo, não apenas por um gole de sangue, mas sede pelas batidas dentro dela.

Ela não sabe.

Tudo o que sabe é que finalmente se sente viva.

Andrés ficou imóvel debaixo de María, que fita o cadáver dele.

— Quem é um receptáculo vazio agora? — debocha ela, saindo de cima dele, o pulsar já morrendo no peito.

Ela passa por um lampião de ferro, as velas queimando ali dentro, e o derruba, observando o fogo cair no tapete e se espalhar. Pega uma lamparina e passa a chama por uma tapeçaria antes de chegar à ponta de um retrato.

O conde aparece, com o cabelo bagunçado. O rosto é uma máscara de choque e medo. Ela sabe que sua aparência deve estar impactante: os cabelos soltos e o líquido rubro escorrendo pelo corpo.

— María...

Ela empurra o homem para a parede e sorri, mostrando os dentes afiados.

— Não mais.

O sangue dele tem gosto de arrogância e avareza, um pulso que mal chega ao peito dela.

Que decepção.

A condessa sai cambaleando do quarto, apoiando-se na parede e gritando pelos criados, que já devem ter fugido. A mulher do seu filho, sua assassina, sua viúva, fica ali e observa a condessa chegar à escada, vê quando ela tropeça e cai, rolando até se espatifar no térreo.

Ao que parece, oito degraus *são* suficientes para quebrar um pescoço.

O fogo se espalha, lambendo as paredes de pedra da casa dos Olivares.

E, de uma hora para a outra, sua antiga vida arde em chamas.

Quando o fogo for apagado, ela já terá partido.

Quando os guardas da cidade fizerem uma busca nas ruínas para encontrar os corpos, vão descobrir que a viscondessa não estava ali.

Quando os corpos da família forem enterrados, os criados que fugiram vão começar a falar.

Não há motivos para ficar.

Não, ela já estava cansada de León.

A porta do estábulo está trancada, mas com um empurrão firme a madeira se parte em volta das dobradiças de ferro, começando a ceder, e no segundo golpe, enfim se abre. Ela pega o cavalo do marido, já que ele não vai mais precisar do animal.

A imponente montaria está na baia mais afastada, mas, quando ela estende a mão para acariciar seu pescoço, a criatura recua, como se María segurasse um ferro em brasa. Os olhos se arregalam, tomados por um pânico selvagem, e a mulher afasta a mão, maravilhada que o cavalo *saiba,* quando Andrés não percebeu nada. Sabe o que ela *é* agora, e o que deixou de ser. Sabe o bastante para temê-la. Talvez o cavalo tenha apenas sentido o cheiro de sangue, mas ela acredita que ele sinta *outra* coisa: violência, perigo, morte.

De qualquer maneira, o animal bate os cascos no chão, alertando-a para se afastar, e assim a mulher que um dia foi María — tão fácil descartar o antigo nome junto da antiga identidade — deixa para trás o cavalo, o estábulo e a casa em chamas.

E Sabine nunca mais olha para trás.

Alice

(*Anno Domini* 2019)

I

Alice sai para o pátio escuro.

Estava certa, o ar fresco parece uma dádiva. O peso desaparece, a muralha de nuvens baixas substituída pelo ar da noite.

Ela caminha, o corpo relaxando aos poucos, passo a passo, enquanto cruza a praça iluminada pelos postes. O céu está mais azul do que preto, e a brisa passa os dedos por entre as mechas de seu cabelo, roçando a palma fria em seu rosto, e, quando ela respira fundo, o ar gelado chega aos pulmões e sente o gosto do pavimento úmido pela tempestade da noite anterior e das folhas caídas e, por fim, se sente melhor.

De repente, seu estômago começa a roncar.

Uma súbita contração que a faz lembrar-se de que não comeu nada desde bem antes da festa da noite anterior. Ela acha — na verdade, espera — que a dor seja apenas de fome, já está tarde para conseguir um jantar decente no Berg, mas segue para lá assim mesmo, torcendo para encontrar *alguma coisa* que consiga comer.

Entra no salão de madeira escura, com lustres pendendo no teto abobadado. Ao pegar uma bandeja e entrar na fila estreita, sente o apetite despertar de forma repentina e surpreendentemente intensa. Espera sua vez, tentando espantar a dor da coluna enquanto sua atenção se volta para um bando de rapazes de saída.

(Ela sempre pensou neles dessa maneira, um *bando*, fossem homens reunidos de ombros curvados sob o toldo do pub do avô ou garotos disparando por Hoxburn em bicicletas de pneu careca, ou os rapazes que se reuniam na frente da lanchonete passando entre si um baseado e garrafas de bebida em sacos de papel pardo. Tem a ver com a postura deles, virando a cabeça ao mesmo tempo como cães farejando confusão, ou maldades ou uma presa. E toda vez que Catty via um grupinho, dava um sorriso impetuoso e rosnava enquanto passavam e, quando Alice perguntava o que ela estava fazendo, a irmã dava de ombros como se fosse óbvio e respondia: "Estou mostrando os dentes para eles.")

Chega a vez de Alice, que se serve de mingau de aveia numa tigela e coloca mel e frutas secas por cima. Em uma mesa vazia, senta-se no banco com a boca salivando enquanto seu corpo finalmente parece ter se ligado e percebe que não está apenas com fome; está esfomeada, *faminta*. Ela dá uma colherada e é a melhor coisa que já comeu na vida.

Até o momento que engole.

Em algum ponto entre a língua e o estômago, alguma coisa dá errado, há um equívoco de comunicação crucial, e aquela colherada começa a procurar o caminho de volta. Alice se levanta e sai correndo pelo salão, passa pela porta e segue até o arbusto mais próximo, e vomita o suficiente para fazê-la se inclinar para a frente e deixá-la ofegante, trêmula e se sentindo muito mal.

As pernas tremem e a cabeça gira, então ela se agacha, apoiando a testa nos joelhos, esperando que o tremor que percorre seu corpo passe, esperando que o estômago pare de se revirar e que o mundo volte ao eixo. O corpo está travando algum tipo de guerra contra si mesmo. Ela não consegue entender os sinais. O estômago ronca ao mesmo tempo que se revira. Ela tenta engolir e parece que areia desce pela garganta e, se ainda é a ressaca, definitivamente é a pior que já teve.

Alice tenta fazer as contas de quantas doses bebeu na noite anterior, mesmo que, lá no fundo, saiba que não foi isso. Ela passou boa parte do primeiro mês ali ouvindo palestras de adultos cheios de boas intenções, tentando facilitar a transição da vida de alguém que esteve debaixo da asa de alguém para uma vida independente. Histórias de advertência sobre a súbita liberdade e os perigos que a acompanham.

(Como se Alice não tivesse crescido em um lugar onde os adolescentes bebiam bem antes de aprenderem a dirigir.)

Não, isso é outra coisa.

Uma virose estomacal, talvez? Algum tipo de gripe?

Alice ainda está sentada no meio-fio, cheia de pena de si mesma e tentando catalogar os sintomas para o caso de ter que procurar uma clínica, quando sente um movimento — a vibração de um corpo se aproximando —, então ergue o olhar e vê um cara correndo em direção a ela. Fica tensa, assumindo de repente uma postura defensiva, antes de o cara diminuir o passo e ser iluminado pela luz do poste, e ela pensar: *Eu o conheço.*

(Bem, não *conhece* de verdade, mas ele é um daqueles rostos familiares, do tipo que está presente na metade dos grupos de calouros com quem cruzou nos corredores, aulas e festas. Cabelo castanho curto, moletom vermelho e um jeito pomposo de pronunciar as vogais que evidencia que não é de Boston.)

A questão importante, no momento, é que ele parece conhecer *ela*.

— Oi — cumprimenta ele. — Alice, né?

Ela concorda com a cabeça, tentando se lembrar de onde o conhece e, depois de um momento constrangedor, ele diz:

— Colin.

E ele parece um pouco chateado, e ela murmura um "sinto muito", diz que não está se sentindo muito bem, que nunca foi muito boa com nomes e rostos. O que é verdade, mesmo que não tivesse problemas com isso em Hoxburn, onde havia poucos estranhos.

— Aqui. — Ele estende uma garrafinha de água. — Parece que você está precisando.

É um pequeno gesto de gentileza, e ela aceita a garrafinha, que está fechada, então rompe o lacre e toma um gole. A garganta está seca como o deserto e ela está com sede, tanta sede, mas a água não desce. Sente a garganta se fechar tão rápido que quase engasga. Ela não tem escolha, a não ser bochechar com a água e cuspir na calçada.

— Valeu — agradece ela, devolvendo a garrafa.

Ele faz um gesto, indicando que ela podia ficar com a água, mas não vai embora.

— Noite complicada? — pergunta ele, e Alice assente, se levantando.

Ela sente as pernas bambas, a visão entrando e saindo de foco. Ele estende a mão para firmá-la, e Alice está cansada demais para não aceitar.

— Vem comigo — oferece ele. — Vou te levar para casa.

II

São só alguns quarteirões.

É o que Alice acha que responde, junto de um *tô de boa,* mas, sinceramente, as palavras podem muito bem ter ficado presas dentro da própria cabeça, porque Colin ainda está aqui do lado dela, e os dois estão passando por um dos portões, mas, quando ela se vira para ver qual é, dá um tropeço e ele a segura.

— Opa, cuidado — diz ele, com uma risadinha abafada.

Ela não acha a menor graça. O estômago se embrulha, e Alice quer se deitar e só consegue pensar no próprio quarto, na própria cama, e será que ele sabe que Alice mora no dormitório Matthews? Ela disse para ele? É para lá que estão indo?

Ele fala sem parar, e ela fica calada, o maxilar cerrado contra a vontade de vomitar de novo.

Ele elogia o sotaque dela, e ela murmura que o dele também é bonito e tudo o mais, e ele franze o nariz e diz que não tem sotaque nenhum, e ela não sabe se deve rir ou não e, sinceramente, está precisando de toda a sua concentração só para se manter de pé, para ouvir a voz dele além do latejar constante na cabeça.

Ela deveria ter ficado na cama, pensa.

Cambaleia de novo e, mais uma vez, ele a ampara.

— Eu tô bem — murmura ela, embora não esteja.

Alguma coisa está muito errada, e ela tenta se soltar dele nessa hora, de um jeito bem gentil, para que ele não ache que está sendo grosseira, mas ele a puxa para si, o braço em volta da cintura, e ela pensa em dizer a ele que é lésbica, mas não é o momento nem o lugar apropriado, afinal, ele só está ajudando Alice a voltar para casa, então não há motivo para falar nisso, tornar a situação constrangedora. Não quando ele só está sendo legal.

Mas a proximidade dele desperta alguma coisa na garganta de Alice, a dor de cabeça fica mais forte, e ela finalmente para, apoiando-se em um muro frio de tijolos, temendo que, se der mais um passo, suas pernas acabem cedendo ou ela desmaie.

(Ela só desmaiou uma vez na vida toda, quando tinha seis anos de idade e o pai a levou, junto de Catty, para passar as férias no sul da Espanha, e ela não sabia que o sol de lá era forte o suficiente para fazer você ficar doente só de ficar deitada se bronzeando.)

Alice cambaleia de novo, o corpo e a mente se sobressaltando quando Colin a segura, como se ele fosse a única coisa que a mantivesse de pé.

— Ei — fala ele. — Eu te seguro.

E o tom dele é calmo e inegavelmente *gentil*, mas o ar tem um gosto errado, rançoso, um cheiro azedo que deve estar vindo da lixeira atrás do dormitório. Como foi que acabaram do lado errado da entrada? Alice se vira, tentando ver onde está, e a noite parece sair do próprio eixo.

— Não estou me sentindo bem — comenta ela em voz alta, tentando se desvencilhar dele. — Preciso me deitar.

— Com certeza — responde ele. — Claro.

Mas Colin ainda está se colocando entre ela e o mundo, e é quando Alice sente a aspereza do tronco de uma árvore atrás de si, e o peso dele esmagando seu corpo. Por um segundo, acha que ele está tentando mantê-la de pé, em vez de deitá-la, mas então ele enfia as mãos por baixo da blusa dela e tenta forçar um beijo. Alice o morde e sente a pele dele romper sob seus dentes.

Ele recua bruscamente, o sangue se acumulando no lábio inferior dele e na língua dela e, de repente...

A noite se abre...

Se divide em duas...

Como um filme antigo, daqueles em rolo, com um rasgo na película...

A imagem na tela escurece...

E quando volta, a árvore se foi, Colin se foi, e Alice está debaixo do chuveiro do banheiro comunitário, encharcada de roupa e tudo, a água fria lavando o tecido enquanto filetes rosados circulam o ralo em volta dos sapatos dela. O gosto de ferro na boca, o gosto de moedas de um centavo na língua.

Sangue, pensa ela, e, ao mesmo tempo, sabe que não é dela.

(Como pode saber daquilo?)

Ela pressiona a palma das mãos nos olhos, tentando se obrigar a se lembrar do que tinha acontecido, como um flashback. Mas tudo que vê é vermelho. Mais uma lacuna no tempo.

Alice tira as roupas e as deixa largadas como uma sombra empapada no canto do boxe, usa o restinho de sabão em um frasco e se lava até a pele ficar rosada, vermelha, até arder.

E, enquanto faz isso, percebe como está se sentindo melhor. Os dentes ainda estão doloridos daquele jeito chato que se espalha pelo rosto, mas a cabeça parou de latejar, e ela parou de tremer, apesar da água gelada.

Alice fecha o chuveiro e percebe que não tem uma muda de roupa, mas alguém tinha deixado uma toalha para secar em outro chuveiro, então a pega, se enrola e vai até as pias, onde examina o próprio reflexo no espelho, esperando ver a violência — dele ou dela? — escrita nos poros do rosto.

Mas Alice parece estar *bem*.

O que é errado, não é?

Porque ela não deveria estar, não depois do que acabou de acontecer.

Ela não deveria estar bem, não deveria se *sentir* bem.

Deveria estar assustada, mas não está, e sabe que deve ser por causa do choque. Mas o choque vai passar em algum momento, e ela não quer que isso aconteça... não sabe se vai conseguir lidar com o pânico sobrepujando todo o resto. E, então, como se tivesse rompido um selo, tudo volta de um jeito esmagador à sua mente.

A garganta se fecha e seu reflexo fica embaçado, lágrimas surgem nos olhos, e o estranho é que, por um momento, todo o banheiro parece ter sido tingido de vermelho, e as lágrimas começam a escorrer pelo rosto de Alice, que grita, levando as mãos à boca.

Porque ela está chorando *sangue*.

Dois filetes vermelhos escorrem pelas bochechas, como algo saído de um filme de terror. Ela limpa o rosto com a ponta da toalha roubada antes de perceber o erro, o vermelho manchando a toalha clara, o cheiro metálico fazendo seu estômago embrulhar de novo, como se estivesse despertando sua memória e...

... eles estão no chão...

... os dois...

... e é ele que implora para que ela pare...

... e a garganta dele está aberta...

... o agasalho vermelho fica mais escuro e...

... e, então, Alice está sozinha no banheiro, com o cabelo molhado grudado na pele.

Ela o afasta, abre a torneira e joga água fria no rosto até parar de chorar, observando a água rosada escorrer pelo ralo, e depois se obriga a olhar de novo para o próprio reflexo, que olha de volta para ela, assustado, mas ileso.

Ela se aproxima mais, até a ponta do nariz tocar o espelho, perto o suficiente para a respiração embaçar a superfície.

Mas não embaça.

E é assim que Alice descobre que não está mais respirando.

Ela se afasta do espelho, como se tivesse visto um fantasma. Leva as mãos à boca, um gesto de prevenção para o caso de soltar algum grito, mas não emite qualquer ruído.

Ela inspira uma quantidade imensa de ar e depois expira, só para provar que é capaz, mas parece forçado, então tenta prender a respiração, algo que nunca conseguiu fazer muito bem. O pânico sempre surge antes da necessidade de respirar, mas tenta assim mesmo, e conta até trinta, até sessenta, até noventa, mesmo que nunca tenha conseguido prender a respiração até depois de chegar ao quarenta e cinco. Alice espera os pulmões se contraírem, a cabeça começar a girar, o coração disparar e rugir nos ouvidos, mas o único barulho que ouve é a ausência de som, um tipo de ruído branco na cabeça, sem as batidas do coração, sem a reação do corpo à falta de ar nem o pânico percorrendo os ossos, e ela perde a conta de há quanto tempo começou a prender a respiração, e quando procura sua pulsação, não consegue encontrar.

Sente um *vazio* pesado no peito, uma imobilidade tão densa que só existe uma palavra para descrevê-la.

Morte.

Peso morto, ar morto, espaço morto.

O que é ridículo, claro, porque Alice não está *morta* — ela está bem ali, diante do espelho, mas tudo aquilo só coloca um "não" antes da palavra, o que, de certa maneira, é ainda pior, então decide que é outra coisa, algo que a está deixando doente, delirante, até. É isso.

Alice não está *morta*.

Só está tendo uma noite ruim.

É isso que ela diz para si mesma ao sair do banheiro, atravessar o corredor e voltar para o quarto compartilhado, onde Rachel ainda está sentada de pernas cruzadas na poltrona, o notebook equilibrado no joelho.

Se erguesse o olhar, Rachel veria Alice, de olhos arregalados e aterrorizada, enrolada na toalha de outra pessoa, o tecido manchado de sangue, mas ela não olha, só continua digitando enquanto pergunta se Alice está se sentindo melhor, e Alice responde "Claro", ou "Sim", ou "Vou para a cama". Não importa, desde que não seja a risada horrível que tenta escapar de sua garganta.

Ela se refugia no quarto, grata por Lizbeth ter fugido para o quarto de Jeremy, e fecha a porta. Passa a chave e tira a toalha antes de se colocar diante do espelho de corpo inteiro pendurado no armário, usando nada além de uma correntinha fina de ouro em volta do pescoço, a que sempre usa, o pendente balançando como um pedacinho de casa.

Alice fica ali, nua e sozinha, lutando contra o impulso de se esconder atrás dos braços cruzados, pois nunca gostou desse tipo de escrutínio minucioso. É só observar por determinado tempo para que a imagem revele partes problemáticas, cotovelos ossudos e joelhos esquisitos, uma litania de imperfeições. Só que agora ela se examina com o distanciamento frio de uma cena de crime, buscando pistas em vez de lembranças.

Uma marca, uma mordida, alguma evidência de infecção.

Sim, eis uma boa palavra, *infecção*, um termo médico e lógico. Como causa e efeito — se *x*, então, *y* —, uma coisa levando à outra, porque alguma coisa causou isso. Ela está em uma estrada e só precisa voltar pelo caminho por onde andou até encontrar a encruzilhada, o momento que a trouxe até aqui, até ela, até isso.

Alice pensa na noite anterior e em quando acordou de manhã. Ela se lembra das marcas de batom, como hematomas, marcando o pulso, as costelas, o pescoço, mas ela as lavou e agora não resta nada além da pele fria e pálida.

Ela tem cicatrizes, claro, mas são todas conhecidas e comuns. Uma marca prateada no joelho esquerdo por ter apostado corrida com Catty no alto do muro de pedra. Um gancho desbotado no antebraço, depois de cair no terreno cheio de cacos de vidro atrás do pub.

Nada mais.

Aquilo *deveria* ser um alívio, mas não é, porque o fato é que Alice ainda não consegue encontrar o próprio pulso, nem no punho nem no pescoço, as veias completamente imóveis sob a pele. Ela pega o necessaire, tira uma lâmina e a toca com o polegar, observando enquanto a pele se abre e revela uma única gota de um sangue, escuro demais, formando uma bolinha crescente sobre a digital.

Não dói, mas ela faz uma careta ao ver, enfia o dedo na boca por instinto e sente o estômago se *contrair*, os dentes se fincarem subitamente na carne com tanta força que ofega, puxa a mão de um jeito brusco e vê um corte profundo no polegar, onde se mordeu.

Alice olha com um terror fascinado para a profundidade do furo e, então, bem diante dos próprios olhos, a ferida começa a fechar, como um filme passando de trás para a frente, a pele cicatrizando com perfeição. Ela olha para o espelho como se buscasse uma testemunha e fixa o olhar em si mesma bem a tempo de ver a ponta de dois dentes brancos, se encolhendo atrás do lábio superior.

Seu reflexo olha de volta para ela, surpreso.

— Ah! — exclama ela em voz alta para ninguém. — *Puta merda.*

Ela se afasta do espelho e quase cai na gargalhada.

Porque isso é ridículo.

Primeiro, o lance da respiração, depois do pulso, e agora isso. É como um pesadelo, só que ela tem certeza de que está acordada.

Só que tem uma coisa. Alice não é burra. Foi criada com bons livros e péssimos programas de TV e sabe o que aquilo parece, mas também sabe que o que está pensando não *existe*. Não é real, mas ela *é*, e apesar de não saber como fechar essa conta, há uma palavra que se recusa a usar. Não porque não combina, mas porque é absurdo demais sequer pensar nela, só a forma na boca já faz com que um som nervoso suba como ar preso no peito — o lugar onde seu coração não está batendo. Desde que não use a palavra, sequer *pense* nela, ela pode continuar sã, e isso tudo ainda pode ser resolvido.

Alice Moore sempre foi inteligente, tirou as melhores notas em matemática e física, e aquele parece um problema lógico, com certeza, então eis o que sabe até agora:

Ela foi a uma festa.

Voltou para casa com uma garota.

Foi para a cama se sentindo bem.

E acordou doente.

(Não morta.)

(Porque para a morte não há solução, e ela vai encontrar a solução para isso.)

É um problema que ela só precisa resolver.

Ela foi a uma festa.

Voltou para casa com uma garota.

Então se vira e pega o Post-it roxo que está colado no abajur da cabeceira.

Adeus, Alice.
Beijo, Lottie

Alice leva o notebook para a cama. Quando a tela acende, aperta os olhos diante da luminosidade, abaixa o brilho o máximo possível, abre o site da universidade e começa a pesquisar.

Sabine

(*Anno Domini* 1532)

I

Em algum lugar próximo a León, Espanha
1532

Na hora mais escura da noite, pouco antes do alvorecer, Sabine enxerga *tudo*.

A noite, que parecia tão sólida no caminho para a botica da viúva, agora parece fina como teias de aranha ou renda. Como se ela estivesse carregando consigo uma vela com uma chama bruxuleante iluminando cada tijolo e cada viga, iluminando o mundo à sua frente e o que ela deixou para trás.

Sabine segue adiante, deixando León, Andrés e María para trás e, a cada quilômetro, espera que o sonho se esvaia, que a emoção da noite passe, dando lugar à exaustão. Mas não passa.

Ela não dormiu, ainda assim, o corpo não quer descansar. Na verdade, está totalmente desperta.

Até o sol começar a nascer.

Uma sensação estranha toma conta dela quando o céu começa a clarear, uma fadiga profunda, um peso que a faz se arrastar. Um esgotamento que logo se transforma em mal-estar quando o sol aparece e ilumina as colinas. Sabine começa a tremer, mesmo não sentindo frio.

Ela sempre foi forte e saudável, nunca teve uma febre sequer na infância, nenhuma doença, a não ser aquelas que fingira para ser poupada da cama com Andrés. Mas agora, a cada passo, está cansada, tonta e fraca. Quando o sol está a pino, começa a tremer, o corpo dando sinais de alerta, dizendo que há algo de *errado, errado, errado.*

Ainda assim, também está faminta, pois mal tinha comido na noite anterior, com Andrés tão temperamental. Então, quando passa por um bosque de macieiras jovens, as frutas pequenas e verdes, a meses de estarem maduras, ela pega uma e dá uma mordida, saboreando a crocância da fruta antes de sentir o gosto.

Não está apenas verde, mas *estragada.*

Ela tenta engolir, mas não consegue. Seu estômago revira, e o pedacinho que mordeu volta enquanto o estranho zunido fica ainda mais forte: *errado, errado, errado.*

Depois disso, os campos se estendem infinitamente, sem fornecer uma sombra ou um abrigo.

O dia está ficando mais quente, mas o sol não faz nada para diminuir o frio que sente. Na verdade, quanto mais alto o sol, pior ela se sente. Os raios a queimam, fazendo com que deseje sair da própria pele. É quando compreende o véu que a antiga Sabine sempre usava. A penumbra constante da botica. As ervas e flores não eram as únicas que precisavam de frio, umidade e escuridão.

Quando Sabine avista um celeiro de madeira, por mais decadente que seja, sua visão já está ficando embaçada. Ela sente o impulso desesperado de se deitar, cavar a terra e se enterrar ali, sob o mato alto e o solo, só para fugir do sol e seus raios fortes.

Em vez disso, atravessa o campo em direção ao abrigo do celeiro.

Assim que entra, seu corpo estremece de alívio. A sensação de mal-estar retrocede como a maré, mas ainda ouve o zunido onde seu coração deveria estar, dizendo que não está escuro o suficiente, pois o sol penetra entre as telhas velhas e os buracos no telhado.

Ela vê um cobertor áspero pendurado na parede e vai até ele, sobressaltando um jumento em sua baia. Ele começa a se agitar com o mesmo pânico animal do cavalo em León, e o som é como uma pedra batendo na sua cabeça. Ela tem vontade de quebrar o pescoço da criatura, mas, em vez disso, abre a porteira e liberta o animal, que foge, enquanto ela segue para o canto mais escuro do cercado vazio.

Lá dentro, Sabine desaba, se encolhendo na nesga bem-vinda de escuridão entre o feno e a pedra, e cai, como uma pedrinha num poço, em um sono profundo e sem sonhos.

O despertar não é suave e não passa por aquele estágio intermediário entre o sono e a vigília. Em um instante, Sabine está morta para o mundo; no seguinte, está de volta ao celeiro, viva. Acordada.

Mas não está sozinha.

Ela ergue o olhar e vê um homem a alguns metros de distância. Em uma das mãos, ele segura uma corda presa ao jumento. Na outra, empunha um forcado, o cabo de madeira pairando sobre a lateral do seu corpo. Tem a impressão de que ele usou aquilo para cutucá-la.

— Levante-se — comanda ele.

Sabine obedece e cambaleia, sentindo-se fraca, doente, apesar das muitas horas de sono. A porta do celeiro está aberta atrás do fazendeiro, e a luz de fim de tarde invade a construção, fazendo-a semicerrar os olhos. A claridade ainda a deixa tonta.

— Você está ferida? — pergunta ele.

À luz do dia, ela consegue ver as manchas vermelhas na camisola, o tom inconfundível de sangue seco.

Ele vê também, mas nem pisca. Não há traço de medo no rosto dele, e isso a irrita. Apesar da aparência, ele está tão certo da própria segurança, convencido de que ela é a dama, não o perigo. Sabine observa enquanto ele desliza o olhar pela gola desatada, o rubi no pescoço. Por um momento, a atenção dele baixa um pouco mais, pousando na pele exposta que desce em direção aos seios. Um olhar rápido para os pés descalços, os chinelos largados em algum lugar no meio do feno, antes de voltar para o rosto dela. Para o cabelo. Para a joia.

— Você está ferida? — repete ele, mas não há preocupação na voz, apenas um homem tentando avaliar o problema que apareceu em seu celeiro, decidindo se a presença dela é uma inconveniência ou uma oportunidade.

Sabine imagina que poderia chorar, implorar por ajuda, inventar uma história sobre algum patife, encolher-se e bancar o papel de donzela indefesa.

Poderia, mas não é o que faz.

Em vez disso, ela encontra o olhar dele e o sustenta, do jeito que costumava fazer quando as caravanas passavam pela cidade. A atenção dela é uma vara de pescar, o anzol brilhando na correnteza. E de fato ele morde a isca e puxa, sem conseguir desviar o olhar.

— Me diga, *señor* — começa ela, e ali está, aquele novo timbre em sua voz. Um ronronar baixo, quase felino. — Você é casado?

Ela permite que seu olhar passeie pelo corpo do homem, avaliando-o do jeito que ele avaliou o dela. Ele fica vermelho e faz uma cara feia.

— Sou, sim — responde ele, a mão áspera segurando a corda com firmeza.

Sabine dá um passinho para a frente, e mesmo que ele fosse mais delgado do que Andrés era — *era*, que tempo verbal maravilhoso é o pretérito —, o fazendeiro não faz menção de recuar. Claro que não. Afinal, ela não passa de uma mulher, não é? Parcialmente vestida. Sozinha.

Ela ergue os dedos, puxando as fitas da camisola, expondo mais um pouco da pele.

— Onde está a sua mulher? — pergunta ela, sentindo o coração dele acelerar.

— Lá dentro — murmura ele, o ar ficando pesado de desejo. Simples, animalesco e primitivo.

Ela dá um passo e mais outro, até estar bem ali, próxima o suficiente para tocar, para tomar, para ele notar a quantidade de sangue nas roupas dela, o fato de que não está ferida.

— O senhor é um bom marido? — prossegue ela.

A expressão dele se fecha.

— O quê?

— Ela o ama?

— Ela é a minha mulher — responde ele, direto. — Obedece às minhas ordens.

A boca de Sabine evidencia seu desagrado. Os dentes se chocam.

— É mesmo?

O homem apenas assente. Que estranho que ele não consiga sentir o gosto dos pensamentos dela como ela sente o dos dele. Que, quando agarra o braço dela, ele tenha tanta certeza de que é o predador, e ela, a presa.

Quando ele percebe o erro, já é tarde demais.

Ela o empurra contra a porta, cravando os dentes no pescoço dele.

Em algum momento, ele solta a corda do jumento.

Em algum momento, o animal foge pela porta aberta.

Em algum momento, ele usa o forcado e finca as pontas no flanco dela, e o que Sabine sente não é *dor*. Ao menos não como a conhecia. Ela está ciente dos músculos se rasgando, do metal arranhando o quadril, mas não é nada em comparação com a força do sangue que escorre dele e a preenche novamente.

Sabine bebe, esperando que isso vá fazer o chão voltar a ficar firme sob seus pés. O fazendeiro tenta gritar, mas a garganta já está aberta, sua voz não passa de um sussurro. O coração do homem bate no peito dela, um batimento roubado, que morre logo depois dele.

O corpo dele tomba, sem vida, no chão. O dela permanece de pé.

Ela olha para baixo, para as pontas de metal que perfuram seu corpo. Puxa o forcado, que se solta com facilidade, como se fossem dentes. O sangue nas pontas é escuro e grosso e, quando ela o prova com a ponta da língua, o gosto a faz se lembrar da viúva.

Terra e cinza, uma mistura de sal e doce estragado.

Não está viva, mas ainda longe de estar morta.

Sabine deixa o forcado cair ao lado do corpo do fazendeiro e sente a pele do torso se remendar, como se levasse pontos invisíveis, com uma habilidade que María nunca teve, sem deixar nenhuma marca na pele macia. Ela passa os dedos pelo corpo, impressionada com sua nova resiliência. Dá um passo em direção à porta do celeiro, mas sente o chão girar, o mundo balançar.

Ainda está tonta.

Ainda se sente doente.

Ela lança um olhar acusador para a porta aberta, a luz que entra por ali. É mais fraca e mais baixa, agora que o céu está tingido de rosa como um prenúncio do anoitecer, mas a visão ainda a machuca, mais do que o forcado.

Sabine não sabe ao certo, mas *desconfia* de que a doença e o sol estão de alguma forma interligados, então se deita sobre as costas do morto para esperar, tirando pedaços de feno do cabelo solto para passar o tempo. Uma hora depois, quando o sol já desapareceu atrás das montanhas, há um montinho no chão e as mechas ruivas estão penteadas e trançadas às suas costas.

Ela se levanta e sai. De fato, à medida que o dia vai morrendo, seu mal-estar retrocede com ele.

Sabine não respirou — não *precisa* mais respirar, ao que parece —, ainda assim, seu corpo todo suspira de alívio. Fica maravilhada com a mudança.

A cabeça não está mais doendo. As pernas não tremem mais.

Do outro lado do campo, uma janela brilha com luz. A casa da fazenda.

Ela caminha até lá, saboreando a sensação da grama sob os pés descalços. A brisa sussurrando em sua pele.

Não há nem sinal da mulher do fazendeiro, mas a porta está aberta, e Sabine decide entrar.

Mas não consegue.

Ela vai até a entrada, mas seu corpo é impedido de continuar. Não faz sentido, a porta está totalmente aberta, e ela consegue ver tudo lá dentro da casinha, mas, por mais força que faça, não consegue passar. De repente, *ela* se torna o peixe no anzol, presa por um fio invisível.

Sabine sibila diante da nova limitação.

A viúva só falava em liberdade, não mencionou nada sobre *regras*. Ela se vê desejando ter recebido algum tipo de orientação, desejando talvez não ter sugado todo o sangue da mulher. Mas agora não adianta chorar pelo leite derramado. E Sabine não é nenhuma ovelha perdida para precisar de uma pastora. Vai decifrar tudo sozinha.

Ainda está tentando entrar quando, de algum lugar da casa, ouve a mulher chamar o marido. Os passos se aproximam, e ela pensa em partir, em se recolher à escuridão.

Só que, apesar do corpo drenado no celeiro, ainda está com fome.

A esposa do fazendeiro aparece, uma mulher pequena e de olhos cansados, que para diante da porta, nada além do vão aberto e meio passo entre as duas. Ela se sobressalta ao ver Sabine, a surpresa e a desconfiança emanam dela parecendo vapor.

Sabine sustenta o olhar, estudando-a. As roupas da mulher são simples e sem graça, mas pelo menos estão limpas e parece que podem servir nela.

— De onde você veio? — pergunta a mulher do fazendeiro, olhando para o quintal atrás dela e para o celeiro. Talvez à procura do marido.

— Preciso de ajuda — mente Sabine. — Fui roubada.

A mulher olha de volta para ela. Observa o vestido rasgado. Os pés descalços. E, em seguida, o rubi no pescoço. Sabine pragueja baixinho, espera para ver se foi pega na mentira, mas a mulher apenas pergunta se ela está ferida e, ao contrário do fazendeiro, *há* uma pontada de preocupação em suas palavras.

— Não — responde ela. — Mas, se você me der abrigo esta noite, vou providenciar para que seja recompensada. — Ela leva a mão ao rubi, abre o fecho do colar pela primeira vez desde que Andrés o colocou ali. A joia forma um montinho na palma de sua mão.

A mulher procura o marido mais uma vez, os pensamentos tão intensos que Sabine quase os ouve: *Cadê o meu marido? É melhor eu perguntar para ele. Será que ele vai ficar chateado?*

Neste instante, Sabine estende a mão, permitindo que a luz ilumine o rubi, e faz os dedos tremerem por precaução.

— Por favor — pede ela. Uma expressão tão pequena, com tanto peso.

A mulher do fazendeiro engole em seco, as veias do pescoço saltando.

— Tudo bem — cede ela. — Pode entrar.

Assim que as palavras chegam aos seus ouvidos, Sabine sente o gancho se soltar, a pressão ceder. Dá um passo hesitante e, dessa vez, quando seu pé descalço pisa na soleira, não há nenhuma resistência. Nada além de uma porta aberta.

Ela sorri e entra na casa.

— Isso é sangue? — pergunta a mulher do fazendeiro quando o lampião ilumina o vestido de Sabine.

— Não se preocupe — responde ela ao se virar para fechar a porta. — A maior parte não é meu.

II

Sevilha, Espanha
1542

Além dos muros da cidade, os navios flutuam, tranquilamente, na água escura.

Atrás deles, Sabine desce por uma rua estreita, apelidada de Beco do Marinheiro.

É uma parte indecorosa da cidade, em uma hora indecorosa, e uma mulher andando sozinha por ali deve ser indecorosa também. Um corpo à venda. Um corpo atrás de encrenca.

Sabine sorri ao pensar nisso, os sapatos de couro preto, quase novos, ecoando nos paralelepípedos, o corpo envolto não em trajes de viúva, mas em um vestido verde exuberante, um xale em volta dos ombros para protegê-la do frio que sequer sente.

O que sua falecida sogra diria se a visse agora? Sem lenço nem véu, o cabelo preso em um coque, os fios de cobre refletindo o brilho do fogo toda vez que se aproxima de um lampião. Ela é uma chama na escuridão, e a noite está cheia de mariposas querendo seu calor.

Sabine sente os olhares enquanto caminha, acompanhando sua passagem, e fica imaginando se os homens conseguem sentir o desejo dela no ar, do mesmo jeito que ela consegue sentir o deles. Se têm algum instinto animal que os alerta a manterem distância. Ainda assim, ela sabe que não precisa de muito para virar a situação a seu favor: um sorriso simpático, uma piscadinha brincalhona, uma das mãos estendidas em sinal de convite. Mas já estava farta da atenção deles.

Dez anos que ela está livre da vida antiga.

Dez anos para criar esta nova vida, traçar um caminho nas horas entre o crepúsculo e o alvorecer, para crescer, florescer e, embora não tenha sido *fácil*, também não foi difícil. A viúva estava certa. Ela era livre para fazer o que quisesse. Tomar o que quisesse.

E ela queria tudo.

Sabine segue o caminho, dirigindo-se para a escada de madeira no fim da rua, na parte oeste, onde cinco degraus podres são conhecidos pelas mulheres que lá se reúnem todas as noites. Mulheres indecentes. Jovens e velhas, de pele escura e clara, magras e gordas, com a boca pintada e olhos cansados.

Duas estão sentadas na base da escada, passando um copo de vinho de uma para outra enquanto esperam um cliente. O ar em volta delas tem cheiro de pobreza e tristeza e, bem no fundo, um fiapo de esperança.

Há homens também, claro. Muitos, e ávidos por seguir uma mulher até um beco escuro.

Mas Sabine descobriu que prefere muito mais o gosto de outras mulheres. Assim como a pele delas é mais suave, acha o gosto mais doce também. Mais terroso do que metálico. Como caramelo queimado, talvez? É difícil dizer.

Afinal de contas, passaram-se dez anos desde a última vez que sentiu o gosto de qualquer coisa que não fosse sangue.

Em mais dez anos, ela terá sido Sabine por mais tempo do que chegou a ser María. Não sente saudade daquela época da vida, mas do gosto azedo de uma fruta cítrica? Da acidez das cerejas? Do toque picante da mostarda rústica? Dessas coisas, sim, ela sente saudade. Aprendeu do jeito difícil que pode consumir todo o sangue do mundo, mas não pode morder um só pedaço de fruta. E embora agora compreenda o olhar ávido da viúva enquanto deixava o chocolate se demorar na língua, o jeito que ela a observou saborear e engolir, Sabine não vê sentido algum em ficar pensando no assunto. A comida não tem nenhum apelo para ela, a não ser na memória, e, enquanto conseguir se lembrar do gosto, vai ser perseguida por ele, a saudade será como uma pedra no sapato.

É muito melhor esquecer.

— Boa noite — cumprimenta ela, parando ao lado das mulheres na escada.

A mais jovem ergue o olhar, com os olhos meio vidrados pela bebida. A mais velha, por sua vez, faz uma cara feia ao ver a estranha ruiva bem-vestida.

— Pode sair daqui — esbraveja ela. — Este ponto é nosso.

Os lábios de Sabine se contraem de divertimento.

— Não vim aqui para vender a *minha* companhia — argumenta ela, tirando uma bolsinha do vestido. A prata tilinta lá dentro quando ela tira três moedas. — E sim para comprar a de vocês.

É uma boa quantia, mas a mulher mais velha recua, como se tivesse levado um soco. O nojo macula o ar à sua volta, e Sabine sente os dentes se afiarem dentro da boca. Já está dando um passo em direção à mulher sentada quando a mais jovem se levanta do banco.

— Eu aceito.

A garota se levanta e a luz revela um vestido roxo que já desbotou em um tom de cinza. O cabelo sem graça está trançado nas costas e mechas rebeldes se soltam em volta do rosto. O nariz é pequeno e pontudo; os olhos, grandes e alertas. Lembra a Sabine de um coelhinho ou um cervo...

Ou Ysabel.

Não é exatamente igual, claro. A garota é mais baixa do que a criada de María e um pouco mais cheinha também, mas o tom castanho-amarelado do cabelo, o formato do rosto, o modo como os lábios se entreabrem quando não está falando — é o suficiente para despertar algo em Sabine.

Uma cena volta com a lembrança, um piquenique arrumado em uma alcova na *casona*, a cabeça descansando no colo acolchoado por camadas de saia, mas ela afasta as imagens. De vez em quando, sua vida de antes ressurge para assombrá-la. Mas morre um pouquinho mais a cada noite que passa.

— Dinheiro é dinheiro — comenta a garota, dando de ombros. — Que importância tem como o consegui?

A mulher mais velha murmura uma palavra baixinho, e Sabine finge não ouvir. Há de voltar quando terminar. Mas primeiro...

— Venha — chama a garota, puxando-a pela mão em direção ao ancoradouro. Para longe de olhares curiosos.

Sabine permite que a moça a conduza até um vão entre as construções onde as lamparinas não as alcançam. É ali que a coragem da garota desaparece. É ali que ela solta a mão de Sabine e, ao se virar para olhar para ela, começa a brincar com o amuleto em volta do pescoço.

— Nunca estive com uma mulher — admite ela, como se não fosse óbvio. Como se o ar não estivesse repleto da preocupação da garota, sua pobreza, sua incerteza e seu desejo. Um tipo diferente de desejo, claro, um anseio pelas moedas no bolso de Sabine, não pelo toque da mulher. Mas não deixa de ser desejo. — Não sei o que fazer — gagueja ela.

Sabine sorri, sabendo que a escuridão vai esconder seus dentes.

— Não se preocupe — diz ela. — Vou cuidar de você.

Um forte rubor tinge o rosto da garota. Ela é mais jovem do que parecia, o rosto ainda arredondado pela juventude. As mãos seguram de novo o amuleto improvisado no pescoço. Uma simples moedinha de um centavo, achatada e com um V gravado. Um penduricalho feito por ela mesma ou talvez um presente de um amante, a julgar pelo modo que seus dedos sempre tocam o objeto, passando o polegar nervosamente pela superfície.

Quando ela ergue a mão para tocar o amuleto de novo, Sabine segura a mão da garota, que se sobressalta um pouco, assustada pela rapidez, pelo toque, mas não se afasta. Ela relaxa um pouco quando o toque de Sabine muda, os dedos enluvados acariciando a pele da mão da garota, a qual leva aos lábios, depositando um beijo suave na ponta.

O que se segue é um tipo de dança.

Sabine dá um passo para a frente, e a garota dá um passo para trás, uma vez, duas, ficando tensa quando os ombros esbarram em uma parede.

Na escuridão, ela não a notara.

Sabine, sim.

Não há para onde ir, a garota solta um riso trêmulo, os dedos procurando as fitas do vestido.

— Eu devo... Quer dizer, você quer que eu...

Mas ela para de falar quando Sabine avança, fechando o exíguo espaço entre os corpos das duas. Sabine é mais alta que a garota, e ergue o queixo dela até que seus olhares se encontrem.

É uma noite fria, e a respiração da garota sai em forma de vapor no ar.

A de Sabine, não.

— Está tudo bem — murmura ela, envolvendo o rosto da garota com as mãos, sentindo a pulsação acelerar sob a pele. Os lábios parecem tão macios e, por um instante, Sabine pensa em beijá-la como um dia desejou beijar a própria criada. Mas a garota ri, o hálito fedendo a vinho barato, e a ilusão se desfaz.

A mão de Sabine escorrega pela bochecha, passa pelo cabelo e para na nuca da jovem.

— Não fique com medo — diz ela.

Um ar de dúvida aparece nos olhos da garota, um pouco antes de Sabine puxá-la para si e cravar as presas profundamente no pescoço da jovem.

O medo se derrama pela noite enquanto a garota retesa o corpo, arfa de dor e tenta se afastar, mas o outro braço de Sabine envolve sua cintura, mantendo os corpos unidos com força suficiente para sentir o coração da garota batendo no peito. E, então, as batidas não são mais dela.

O silêncio é rompido dentro de Sabine enquanto o pulsar a preenche, começando pela boca, descendo pelo peito, e logo o próprio coração começa a bater. Ela volta à vida, cravando os dentes ainda mais fundo, enquanto o sangue flui e o mundo fica mais vívido.

Um grito abafado escapa da garganta da garota, um som que poderia ser interpretado como prazer, não fosse o terror no ar, os movimentos assustados dos braços. Mas, naquele canto escuro do ancoradouro, naquela hora indecorosa, ninguém aparece.

E então, Sabine bebe e bebe.

Rápido demais, a moça para de lutar.

Rápido demais, o brilho se apaga, e Sabine tira os dentes do pescoço da moça, que cai sem vida em seus braços e, alguns momentos depois, seu próprio coração começa a ficar mais lento, antes de parar completamente.

Tão breve... Tudo acaba tão rápido...

Sabine suspira e recolhe o braço da cintura da garota, soltando o corpo inerte, mas não antes de pegar o pequeno amuleto em volta do pescoço. A moedinha martelada e gravada com a letra V. A garota cai e a corrente arrebenta com o peso.

Sabine passa o amuleto em volta do próprio pescoço, colocando-o no lugar do rubi. O rubi, vendido tantos anos antes, quando ela não tinha mais nada. Receber tão pouco pela pedra foi um crime, mas ficou feliz por se livrar daquilo e romper o último elo com Andrés e María. Vários balangandãs parecidos enfeitavam seu pescoço agora, e mais outros tantos adornavam as mãos e os pulsos.

Seu coração para de bater. É bom ter algo que dure.

Ela olha para o corpo no chão, surpresa por ter visto qualquer tipo de semelhança com Ysabel no cabelo sujo, nas bochechas maquiadas de vermelho. Não sente nem culpa nem tristeza pelo que fez. Considerando a vida pobre da moça, talvez ela tenha feito uma caridade.

Afinal de contas, a morte é um tipo de liberdade.

Sabine volta para a escada podre, desejando dar o mesmo tipo de liberdade para a mulher mais velha, mas encontra só o copo de vinho, agora vazio. Ela suspira e o derruba com o sapato.

A noite é uma criança, e ela toma o caminho mais longo de volta para casa.

Casa, uma palavra que outrora significava algo sólido. Caravanas chegando na praça. Caroços de cereja plantados em segredo no bosque de azeitonas. Pés descalços balançando na beirada de um telhado inclinado.

Agora, sua casa muda quase todas as noites. Quartos ocupados como suvenires de suas matanças, a entrada desimpedida pela morte, os pertences disponíveis para ela, como o vestido verde, a bolsinha de moedas.

Nesta noite, seu destino é a mansão que pertencia a um rico mercador, cuja esposa já tinha morrido havia muito tempo, onde há uma cama macia e cortinas pesadas. Sabine está no meio do caminho, pensando no colchão bem fofo, no jeito que se esparramaria nele, quando três homens aparecem cambaleando pela rua.

Três homens, de braços dados como velhos amigos, já um pouco ébrios, passando uma garrafa de mão em mão. E embora Sabine prefira a vida de mulheres e ainda sinta o gosto do sangue da garota na língua, não é do tipo que desperdiça uma oportunidade. Ela começa a segui-los ao passo que a fome volta a martelar no peito.

Essa é a loucura da fome: está *sempre* presente.

Ela se aquieta ou grita, varia de escopo, de intensidade, mas nunca desaparece. Sabine bebe como se estivesse morrendo de sede, mas poderia muito bem ser um barril cheio de furos, impossível de encher. A vida escorre dela na mesma hora. A fome fica ainda maior e se agarra a ela, mesmo enquanto dorme.

Seus sonhos são vívidos e sanguinolentos.

Às vezes, ela acorda com as presas fincadas no próprio braço, a boca se enchendo com o gosto pútrido e metálico, mas o sangue dela parece não conter nenhum nutriente. Nada além de uma lembrança, o espectro do gosto de outra pessoa.

Diante dela, os três homens entram em uma rua estreita.

Ela faz o mesmo.

Um deles começa a cantar e os outros o acompanham.

Seus passos retumbam nas pedras. As vozes ecoam nas paredes do beco. Eles fazem tanto barulho, e ela, nenhum. Por isso, não notam sua presença. Enquanto os segue, ela se diverte imaginando como os próximos minutos vão se desenrolar. Talvez mate todos os três. Talvez não. Talvez chame a atenção deles só para ver o que vão fazer. Ela poderia esperar até se separarem e abater um por um, ou apenas segui-los, como se fosse um fantasma, saboreando o fato de que a vida deles vai acabar pelas suas mãos.

Sabine ainda está se decidindo quando uma coisa estranha acontece.

Um homem diminui o passo e se afasta, mexendo na frente da calça, tomado por uma vontade repentina de mijar. Ele meio que cambaleia até a parede mais próxima e se apoia, gemendo de alívio enquanto a urina espirra nas pedras.

Mas não há nada de estranho nisso.

Não, são os outros dois.

Enquanto Sabine observa, um deles abandona a fanfarronice ébria com a facilidade de quem despe camadas de roupa no calor, revelando um andar sóbrio e um tipo diferente de ousadia. Entre um passo e o próximo, ele se transforma. O companheiro ao seu lado não repara, mas ela, sim. Observa, extasiada, quando o homem passa a mão pelo cabelo solto, vira-se para o compatriota bêbado e crava os dentes no pescoço dele.

Ela se empertiga, incrédula. Encantada.

Sabine, que foi a vítima de tal ato só uma vez e, desde então, é a agressora, agora se vê como espectadora. Testemunha da intimidade do abraço, a cabeça baixa, a boca colada à curva do pescoço, os braços que se dobram e apertam o corpo do homem como um torno, a ausência arfante de um grito.

Em um piscar de olhos, a cantoria acaba, o fedor de mijo é substituído pelo cheiro de sangue. Ela não consegue sentir o gosto da vida, mas consegue vê-la se esvaindo, a expressão se apagando junto da cor do rosto dele. Sabine sente uma espécie de dor fantasma, como se o próprio coração estivesse parando. Um prazer fantasma também, a própria boca doendo enquanto o estranho bebe e bebe e bebe.

O terceiro homem está distraído, continua cantarolando enquanto fecha a calça e se vira em direção aos companheiros. A melodia morre em seus lábios. Está bêbado demais para entender a cena que tem diante de si, mas o medo é uma sensação primitiva. Impregna o ar à sua volta, e ele tropeça para trás e se vira, os movimentos lentos pela comemoração da noite. Ele cambaleia, e ela consegue ouvir o coração pulsando com uma única palavra de urgência.

Foge. Foge. Foge. Foge.

O homem não o persegue, então *ela* faz isso, ou ao menos é o que quer fazer, mas mal se moveu quando outra pessoa chega até ele primeiro.

Uma mulher.

Ela se afasta da parede do beco como uma sombra que se liberta da noite que a rodeia, a pele escura, o cabelo ainda mais escuro. Sabine não sabe como não a viu antes, mas agora que a viu, não consegue desviar o olhar.

A mulher parece uma boneca. Pequena e curvilínea, com olhos pretos e um cabelo que flutua em volta do rosto como uma moldura de fios cacheados. Ela entra no caminho do terceiro homem quando ele tropeça pela segunda vez, cai e, ao tentar se levantar, ela o puxa para si como se fosse sua amante; a expressão adorável, gentil, doce.

— O que houve? — pergunta ela, o cheiro de violência pesado no ar.

Ele se agarra a ela e balbucia:

— *Diablo.*

O rosto dela, se contorcendo de preocupação, olha para além dele. Para o primeiro homem, ainda se refestelando com o amigo. E depois, além dele, para *ela*. Sabine. Os olhos da mulher brilham de malícia enquanto ela responde:

— Mas, senhor, não há nenhum diabo aqui.

O tom é tão sincero que, por um segundo, o medo dele parece vacilar, dando lugar à confusão, até mesmo esperança, conforme ele se vira para seguir o olhar dela. Ele vê o que a mulher vê. Abre a boca para gritar, mas é tarde demais. Ela já rasgou a pele do pescoço dele. O sangue escorre em um fluxo brilhoso e metálico.

Sabine observa a mulher beber até que o barulho de um corpo caindo, peso morto sobre os paralelepípedos, afasta seu olhar. O homem paira acima do cadáver do bêbado, passando o braço pelo rosto, quando seus olhos se fixam em Sabine.

A boca se abre num sorriso manchado de sangue e, pela primeira vez em dez anos, Sabine *recua*. Um passo — só um passo —, as pernas se movendo, o instinto entrando em ação antes que sua mente tenha a chance de pensar em controlá-lo. Mas, naquele segundo, ele se move, bloqueando a saída do beco, como se ela quisesse *fugir*. Como se aquela coisa que a toma por inteiro fosse *medo*, e não fascínio.

Sabine se irrita com a ideia.

Então se vira a tempo de ver a mulher desaparecer, o corpo em seus braços caindo sem vida na rua. Assim que chega ao chão, a mulher já reapareceu, o rosto a centímetros do de Sabine, os olhos pretos brilhando como vidraças à noite.

— Olá, pequenina sombra. — A voz é suave, estranhamente gentil, a mesma doçura enervante que usou com o homem, tão em dissonância com o brilho descontrolado dos olhos e os dentes afiados. — Por onde você tem andado? — cantarola ela, os lábios manchados de sangue.

Naquele momento, Sabine tem vontade de beijá-la, só para sentir o gosto. E mesmo que consiga ouvir o pensamento dos outros, quando são altos o suficiente, fica chocada quando a mulher se aproxima e sussurra:

— Pode me beijar.

Sabine se empertiga e a mulher ri, um som claro e alegre.

— Ela sabe falar? — pergunta o homem, a voz um retumbar baixo, como um trovão distante, mas que ruge e chega até Sabine, passeando pelo seu corpo.

Antes que a mulher tenha a chance de dizer qualquer coisa, Sabine se vira para ele e responde:

— Ela sabe, sim.

— Ah, Hector. — A mão da mulher acaricia o espaço entre os ombros, um toque que a faz estremecer. — Posso ficar com ela?

Sabine se irrita. Ela ficou desconcertada com a aparição deles, mas não vai permitir que ninguém a domine.

— Não sou um animal de estimação.

— Não — responde o homem. Hector. — Claro que não é. Venha, Renata.

A mulher faz um beicinho demonstrando sua insatisfação, mas não vai embora. Em vez disso, toca o rosto de Sabine, os dedos frios acariciando o rosto e, para o horror dela, seu corpo a trai uma vez mais, dessa vez se inclinando *em direção* ao toque. Aqueles olhos da cor do céu noturno, pretos e salpicados de estrelas, se fixam nela.

— Talvez ainda não seja — diz ela. — Mas posso sentir o gosto do seu desejo.

Sabine tem vontade de afastar a mão da mulher, dizer que ela está errada, que o único *desejo* que sente é aquela sede implacável, uma necessidade por sangue e nada mais.

Mas seria mentira. E Sabine sabe que essa estranha pressente a verdade, por mais confusa que seja. Que ela está feliz, feliz pelo fato de o marido estar morto. Feliz por ele não poder mais ir à cama dela, tomar seu corpo, feliz por não ter que temer uma semente, o útero crescendo, uma criança. Feliz por estar livre de Andrés e da família dele, livre da sua antiga vida, livre da velhice e da doença.

Mas, às vezes, quando Sabine está mergulhando no sono ou despertando, ela tem um sonho, uma vida na qual não partiu de León sozinha naquela noite. E teme ter deixado algo importante na botica escura.

Às vezes, quando ela caminha à noite, Sabine imagina a viúva ao seu lado. E sente uma raiva profunda e fervilhante, pois não parece justo que as duas únicas opções que lhe foram dadas fossem estar viva e presa, ou sozinha e morta. E, não importa quanta vida beba, nada parece aplacar sua outra sede, seu desejo por companhia e...

A mulher roça os lábios nos de Sabine.

A sombra de um beijo, trazendo o gosto de sangue, o ar da promessa.

A sombra de um beijo. Ainda assim, foi o primeiro que ela aceitou, que ela quis, e, se seu coração ainda batesse, agora estaria disparado. Apesar disso, algo se agita dentro dela, e Sabine se vê se aproximar mais, desejando...

— Renata — chama o homem novamente.

E a boca desaparece, e a mulher desaparece, deixando Sabine parada ali, sozinha de novo, lambendo o sangue dos lábios enquanto Renata dá os braços a Hector e encosta a cabeça no ombro dele. Os dois saem do beco, afastando-se dela.

Sabine sente a noite sair do eixo. O chão não parece mais firme.

Esperem, pensa quando eles chegam à saída do beco. Renata olha por cima do ombro, seu sorriso a chamando como se fosse um dedo indicador gesticulando.

Então Sabine a segue.

III

A noite se abre ao redor deles, cedendo feito a pele sob uma adaga.

Os outros dois seguem vários passos à frente, mas, de vez em quando, Renata olha para trás e dá um sorriso de canto de boca para Sabine, como se dissesse: *Que bom que você ainda está aqui.*

E ela está.

Pela primeira vez na vida, ela segue sem protestar, guiada pela curiosidade e mais alguma coisa. Há alguma similaridade com a viúva nos dois, não apenas nos movimentos lânguidos, mas na energia no ar, a mesma aura que chamara a atenção de María naquele dia em Santo Domingo, a atração visceral que sentira no mercado em León.

Não sabe aonde estão indo, se são amigos ou inimigos, se é uma sedução ou uma armadilha. Só sabe que eles são como ela.

É o suficiente para fazer Sabine seguir em seu encalço, mesmo quando eles se afastam da cidade, em vez de se embrenharem nela. Mesmo quando passam pelos portões externos e seguem em direção à baía e à fileira de embarcações que balançam no mar, afundando as botas na areia a cada passo.

Logo chegam a um navio ancorado, flutuando além de uma rampa de madeira, e lá, pela primeira e única vez, ela hesita.

É uma embarcação elegante, com o casco praticamente novo, as velas firmes e pouco desgastadas pelo tempo. Mas ela nunca navegou, sempre achou que um barco fosse um tipo de casa sobre a água, e o convés, uma porta. Ainda assim, quando os dois chegam à beira da rampa, embarcam sem o menor problema. Como se o navio pertencesse a eles. Deve pertencer.

Sabine diminui o passo, à espera de um convite, mas os dois estranhos já sumiram de vista. Então, ela avança, esperando o momento em que será repelida, que sentirá a limitação que sentiu pela primeira vez na casa do fazendeiro, o espaço tornado sólido, mas isso não acontece. O ar é apenas ar. O local onde a rampa encontra o deque, nada além de madeira sob seus pés.

Ela sobe a bordo. Adiante, Hector segue até o leme e Renata enfia os dedos por entre as cordas e começa a girar, a saia esvoaçando em volta das canelas.

— Não é bonito? — pergunta ela, aparecendo de repente ao lado de Sabine. Ela se move como a luz, rápida e silenciosa.

Sabine olha em volta. Não sabe nada sobre navios, mas percebe que é grande demais para duas pessoas. Principalmente pessoas que estão confinadas à noite.

— Não tem mais ninguém aqui? — questiona ela.

— No momento, não — responde Hector, soltando o leme.

Ele atravessa o convés em direção à escada que leva ao interior do navio.

Renata entrelaça o braço no de Sabine, um gesto tão casual, tão íntimo, que ela nem pensa em se desvencilhar, só se deixa levar até a escuridão.

Há um lampião pendurado no teto baixo, embora os olhos de Sabine não precisem de luz para ver que trocaram o mundo exterior por um corredor estreito, com inúmeras alcovas cheias de redes presas entre as colunas e pertences empilhados no chão.

Sabine franze o nariz diante daquele espaço apertado e bagunçado, mas Renata a leva até o fim do corredor, onde uma porta se abre para uma cabine maior.

Um quarto de verdade na proa do navio, a portinhola com vista para a baía. Uma cama, cheia de cobertores. Uma escrivaninha grande, cortinas de veludo e uma cadeira de espaldar alto. Um sofá, no qual Renata logo se esparrama como uma gata.

A atenção de Sabine se concentra nela, no corpo pequeno e curvilíneo, na pele negra e delicada. Hector se dirige à escrivaninha, e Sabine se vira para fechar a porta atrás de si, mas se depara com o próprio reflexo olhando para ela no espelho polido envolto por uma moldura de madeira.

Dez anos, e ela continua deslumbrante como sempre foi, os olhos cor de avelã agora iluminados pela própria luz interior. A pele não perdeu a suavidade, o cabelo não perdeu o brilho. Não envelheceu nada desde a noite em que María morreu e ela virou...

— Sabine.

Ela se vira, assustada ao ouvir o nome vindo dos lábios de Hector.

Tem certeza de que não o dissera a eles.

— Não se assuste — ele a tranquiliza, apoiando-se na escrivaninha. — Algumas mentes sussurram. Outras gritam. A sua é barulhenta. Porém, o que me surpreende é que seu nome é ainda mais alto.

— *Sabine, Sabine.* O nome ecoa de você como um sino — acrescenta Renata, alegremente.

Isso enfurece Sabine, não apenas por ser verdade ou pela invasão, mas pelo fato de que, por mais que tente, tudo o que *ela* consegue ouvir é o som dá água batendo no casco do navio e o ranger da madeira em volta deles.

Sabine se esforça para captar o fluxo de pensamentos dos dois, só para descobrir que de nada adianta.

São trechos idênticos de sombra profunda, os primeiros que seus sentidos aguçados não conseguiram adentrar.

— Não consigo ouvir vocês — comenta ela, tentando em vão esconder seu aborrecimento.

— Você é jovem — declara Hector, levantando um decantador da mesa. — Diferente de nós. Mas pode ficar tranquila que não vou ficar revirando os seus pensamentos. Seria uma grosseria.

Ele pega um cálice e serve um líquido vermelho que escorre da garrafa, espesso demais para ser algo diferente de sangue. O cheiro metálico preenche o ambiente, o ar, a cabeça dela.

— Mas a pessoa que a transformou deveria ter lhe ensinado isso — acrescenta ele, franzindo um pouco a testa ao oferecer a taça para Sabine.

A pessoa que me transformou.

A viúva.

Nada além de cinzas no chão da botica.

— Ela não me ensinou — responde Sabine, olhando para a própria taça. Pensa um pouco sobre aquela noite, sabendo que o que fez foi errado. Consegue sentir o tabu na raiz dos dentes, então, antes que possa refletir ou que eles possam ouvir seus pensamentos, leva o cálice aos lábios, sabendo que o sangue vai clarear sua mente, apagar tudo.

E clareia... Só que não.

Nunca ocorreu a Sabine beber qualquer coisa, a não ser da fonte, mas agora, enquanto o líquido enche sua boca, ela sabe o motivo. Sente o gosto de sangue, com certeza, seu corpo o aceita do mesmo modo, mas é... ralo. Não há o momento da transferência nem o ponto onde a vida deixa de ser de outra pessoa para ser *dela*. Não há pulso roubado nem coração emprestado dentro do peito.

O sangue a alimenta, mas não a sacia.

Ainda assim, ela bebe. Para um pouco antes de a taça ficar vazia, mesmo sabendo que ficaria muito feliz em tomar o cálice inteiro e todo o conteúdo do decantador. Ergue o olhar e vê Hector sentado no sofá, estendendo o braço no encosto. Renata está toda derretida ao lado dele, e Sabine imagina há quanto tempo estão juntos para se encaixarem daquele jeito, ocupando o espaço um do outro.

Ela sente uma onda de inveja no peito.

— Vocês têm sorte de ter um ao outro — diz ela, devolvendo a taça. — Eu sempre estive sozinha.

Hector solta um muxoxo.

— Mas você está enganada — retruca ele, sentando-se na ponta do sofá, e ela percebe que os olhos dele não são escuros como imaginou no início. As pupilas se contraíram, revelando uma mistura de cinza e verde, contornada por cílios espessos. — Os que nascem no solo à meia-noite nunca estão sozinhos.

— Solo à meia-noite? — repete ela, ao ouvir a escolha estranha de palavras.

— Ah, você não sabe...? — Hector se levanta, estende os braços como um ator no palco.

— Ah, céus — murmura Renata, apoiando a cabeça na mão. — Ele adora uma plateia.

Hector finge que não ouviu enquanto afasta o cabelo do rosto e pigarreia.

— Enterrem meus ossos à meia-noite — começa ele, infundindo um ar teatral às palavras —, numa cova rasa, e reguem abundantemente. No meu lugar, há de nascer uma rosa impetuosa — ele se inclina para Renata e segura o rosto dela com ambas as mãos, roçando um dos polegares no lábio inferior — com suaves e rubras pétalas camuflando afiados e alvos dentes.

Ele a beija, e Renata mordisca o lábio dele, até sangrar. Ele passa a língua no corte e sorri, antes de se empertigar e voltar a atenção para Sabine.

— *Nós* somos as rosas que crescem à meia-noite numa cova rasa — explica ele, com os olhos brilhantes como velas acesas. — Nossos espinhos são afiados o suficiente para perfurar. Somos regados pela vida e, com sua generosidade, nossas raízes se aprofundam, nossas flores não são maculadas pelo tempo. Na verdade, ele nos fortalece e nos torna mais nobres. Não somos monstros, não somos maléficos. Somos a flor mais magnífica da natureza.

Renata revira os olhos, de um jeito brincalhão, mas entediada. É um discurso que claramente já ouviu centenas de vezes. Mas Sabine não consegue esconder o fascínio que lhe provoca, a forma como se prende a cada palavra.

— Dão outros nomes para nós, é claro — continua Hector. — Criatura da noite. Bebedor de sangue. Abominação. Vampiro. Mas são termos criados pela língua dos homens. Imperfeitos, incompletos. Carecem de poesia, brutalidade e elegância. Não... — afirma ele. — Nós somos rosas.

Então Hector se senta de novo no sofá, como se estivesse exausto.

— Uma rosa impetuosa — repete Sabine, saboreando as palavras na língua. — Você é um poeta, Hector.

Ele ri.

— Todos nós nos tornamos poetas com o tempo — diz ele, cruzando as pernas. — Mas não sou tão velho assim. Não escrevi esses versos. Aprendi com o meu criador, que aprendeu com o dele. — Ele acaricia o rosto de Renata. — Afinal, é o trabalho de um criador ensinar às suas criaturas.

Ele inclina a cabeça para o lado.

— Me conte, Sabine: o seu criador te ensinou *alguma coisa*?

Uma imagem surge na mente dela. A viúva, na botica, arrancando uma rosa branca e suave do vaso, falando em liberdade, em apropriação, em satisfação dos próprios desejos, enquanto esmagava a flor na mão. A viúva, esfarelando-se sob seus dentes.

— Não — responde ela. — Ela já se foi.

— Que triste — murmura Renata.

— Sim — concorda Hector. — Uma lástima.

Ele beija a têmpora de Renata, mas seus olhos estão fixos em Sabine. E embora tenha dito que não leria seus pensamentos, ela se sente exposta. Não como se estivesse sem *roupas*, mas sem *proteção*, vista de forma nua e crua.

Não, pensa ela, imaginando as portas se fechando com força, não em volta do corpo, mas da mente.

Será que ele consegue sentir o repúdio, a recusa de permitir que entre ali? Ela não tem como saber.

Hector não se encolhe, não franze a testa nem dá qualquer sinal de ter registrado a rechaça. Mas a intensidade do olhar fica mais leve. Desvencilha-se do abraço de Renata, se levanta e dá as costas para as duas enquanto enche o cálice e vai até a portinhola.

— Está na hora de partir — anuncia ele, e Sabine estremece diante da rejeição, presumindo que ele está falando com ela. Até ele se virar de novo e abrir um sorriso devasso, mostrando os dentes. — Sevilha é linda, mas acho que já nos cansamos dela.

Ah, então são eles que estão de partida.

Mas, para surpresa de Sabine, não quer que eles partam. Ou melhor, ela não quer ficar para trás, não quando há tanta coisa que ainda não sabe. E mesmo que não seja o único motivo, que ainda haja uma parte dela que deseja companhia... bem, não é nada em comparação à curiosidade, à vontade de descobrir o que são, como vivem e o que sabem.

Ela permite que os pensamentos ressoem em sua mente, o mais alto possível, na esperança de que sejam ouvidos. E, de fato, Hector assente, dizendo:

— Você pode nos acompanhar.

Renata se senta, repentinamente animada.

— Podemos ensinar para você.

Sabine sorri. Não precisa dizer sim. Renata já está de pé, abraçando-a pela cintura, encontrando o espaço e a melhor maneira de se encaixar.

— Quando nós vamos partir? — pergunta Sabine.

Nós... A palavra soa estranha na boca. Faz tanto tempo que sua vida não estava mais vinculada à de outra pessoa. Uma aliança de casamento, um leito nupcial, um rubi como uma coleira no pescoço. Mas isso é diferente. Não é como estar presa, e sim, unida.

— Hoje à noite — responde Hector, conduzindo-as de volta ao deque.

Sabine passa uma das mãos pelas cordas.

— Não entendo nada de navios — admite ela.

Renata solta uma risada.

— Nem nós.

— Eu naveguei por um tempo — revela Hector. — Mas já faz mais de um século, pelo menos.

Sabine franze a testa.

— Achei que este barco fosse seu.

— E é — confirma ele, desamarrando uma corda. — A partir desta noite.

— Nós matamos a tripulação — acrescenta Renata. O que explicava o tamanho do navio, o número de redes vazias lá embaixo. Ela se inclina sobre o guarda-corpo. — Afundamos os corpos com pedras, mas a água é rasa e a maré está mudando.

— Primeira lição, minha cara Sabine — anuncia Hector, desenrolando a vela. — Você deve estar sempre um passo à frente dos seus mortos. Nunca atrás deles.

IV

Como é estranho, depois de tantos anos sozinha, ter uma companhia constante.

Estranho, mas não horrível.

Naquele primeiro mês, brincaram de ser marinheiros. A maior parte dos dias, navegando a esmo, seguros na escuridão do ventre do navio. A maioria das noites, em terra firme. Passaram por dezenas de portos, ancorando por tempo suficiente para se saciarem e partindo antes que os corpos pudessem ser encontrados ou contados.

De vez em quando, fingiam estar à deriva, içavam uma vela branca e esperavam ajuda, e quando esta chegava, se fartavam e lançavam os corpos ao mar, deixando as embarcações vazias, como cascas de fruta, pelo caminho. E quando se cansaram de navegar, o que ocorre quando o verão se aproxima, encontram o porto mais próximo, vendem o navio e partem em busca de problemas.

Todas as noites parecem encontrar alguma encrenca. Em tavernas e estradas, em praças e estalagens movimentadas. Hector e Renata incluem Sabine no jogo deles, como se tivessem sido criado para três, em vez de dois. Caçam de um jeito tranquilo e matam com displicência. Que divertido era tudo aquilo.

A cada noite a coleção de Sabine crescia. Quando ela caminha, os pingentes e amuletos no pulso e pescoço batem uns nos outros, tilintando como sinos. De vez em quando, um ou outro se solta e cai, desprendendo-se como pedaços de pele. Ela não se incomoda, sabe que haverá muitos outros.

Hector e Renata implicam com ela por causa dos suvenires, mas ela não se importa. Gosta do peso deles, como se fossem uma armadura, gosta de passar os dedos pelos pedacinhos de metal, vidro, cristal e pedra e de se lembrar do corpo ao qual pertenciam, recordando cada uma das mortes.

As estações vão mudando aos poucos, assim como Sabine.

Ela não tinha percebido o quanto ficara séria na solidão, como estava sempre tensa, até as novas companhias começarem a fazê-la se soltar. Eles são tão íntimos, tão físicos, e estendem tal carinho a ela. Espontâneos como são, Hector e Renata a massageiam e a colocam em movimento, como se espantassem o inverno para dar lugar à primavera. Até que Sabine se sente desabrochar.

Desfrutando do toque dos dedos de Renata enquanto deslizam pelas suas costas ou acariciam a ruga que às vezes se forma entre as sobrancelhas. Um toque que faz o calor surgir sob a superfície da pele.

Desfrutando da palma de Hector enquanto ele acaricia seu cabelo ou o rosto. Um toque tão diferente da pegada do marido, firme, mas nunca possessivo. Um toque conhecido e familiar. E, diferentemente do de Renata, não desperta nenhum calor, só uma calidez prazerosa e constante.

Sabine ouviu certa vez que a felicidade faz o tempo passar depressa.

Talvez seja por isso que o primeiro ano passa em um borrão.

Ainda assim, ela sempre vai se lembrar *disto*:

Os três atraídos para a praça pelo som de um violão, as batidas ritmadas de um tambor, a música como um pulsar que os atrai. Seu cabelo ruivo brilhando como uma isca de pesca ao lado da pele cintilante de Renata e do charme de Hector. O ar em volta deles pesado de curiosidade e desejo. Os braços entrelaçados como raízes.

E depois...

O riso de Renata ressoando pelas paredes de pedra, e Hector pegando duas rosas brancas em um arbusto florido, dando um para a sua amada e a outra para ela, enquanto declara que Renata é sua *pétala*, e Sabine, seu *espinho*.

— *Espina mía* — declara ele como um eco de *esposa mía*, minha esposa, o som tão parecido, mas com peso tão diferente.

É uma ironia que, embora *esposa* devesse significar algo mais gentil, nos lábios do falecido marido sempre parecia uma repreensão, um puxão numa rédea curta. E quanto a *espina*...

— É um elogio — explica ele, colocando a rosa atrás da orelha de Sabine. — Nós crescemos no mesmo solo, é verdade, mas alguns de nós murcham ao passo que outros florescem. Com o tempo, você vai aprender — acrescenta ele, pousando os olhos nos pingentes em volta do pescoço dela — qual das duas coisas faz de nós monstros melhores.

Sabine abre um sorriso. Feliz por ser um espinho.

Renata os chama do final da rua, dando voltas irrequietas em volta de um poste de luz, as saias esvoaçantes na brisa.

Suaves e rubras pétalas, pensa ela enquanto Hector se afasta.

Sabine o observa partir enquanto tira a rosa do cabelo, os espinhos agarrando nas mechas e arrancando alguns fios ruivos com eles.

— *Espina mía* — murmura, levando o polegar a um espinho e pressionando até furar a pele e brotar o sangue. Uma gota escorre até o pulso.

— Sabine! — grita Renata, um dos braços entrelaçado com o de Hector e o outro estendido para ela.

Sabine sorri e lambe o sangue da pele.

— Estou indo — responde ela, largando a flor na rua.

V

Córdoba, Espanha
1557

Um por um, os livros vão caindo, atingindo o tapete com um baque.

— Latim. Latim. Grego. Parábolas — murmura Hector, tirando-os da estante.

— O que você está procurando? — pergunta Sabine do sofá baixo em que está deitada, esparramada como musgo pelas almofadas de veludo.

Ele puxa mais um tomo da estante, estudando o conteúdo antes de deixá-lo de lado.

— Alguma coisa que ainda não *li*.

Sabine revira os olhos. Hector e seus livros.

Passaram-se décadas desde a primeira vez que vira os volumes na casa dos Olivares, desde que lera os rótulos dos frascos na botica da viúva. Uma vida inteira e, durante esse tempo, aprendera a decifrar os símbolos bem o suficiente para conseguir entender o que lê. Mas nunca entendeu o gosto de fazer isso por prazer.

Mencionou isso uma vez, dizendo que toda aquela busca parecia tediosa, e Hector perdeu a cabeça, discursando sobre como ela simplesmente ainda não tinha encontrado a história certa, que quando isso acontecesse ela entenderia. Sabine apenas dera de ombros, afirmando que estava satisfeita de se distrair de outras formas.

— De quantas escrituras uma casa *precisa*? — reclama ele, lançando a Bíblia para o outro lado do aposento.

Sabine pode não passar horas lendo textos, mas já passou quinze anos com Hector e Renata e sabe lê-los de trás para a frente. Estudou os dois o suficiente para saber que Renata pode ser tão cruel quanto ardente, sempre desejosa, ao passo que Hector oscila como um pêndulo entre períodos de mau humor e exuberância, entre uma quietude incomum e súbitas explosões de movimento.

Nesta noite, ele está agitado.

Anda de um lado para o outro, senta e se levanta em seguida, um mar revolto, como se estivesse possuído, inflamado.

Está começando a lhe dar nos nervos.

Sabine se esforça para ignorar o comportamento maníaco, voltando a atenção para o teto. Observa as sete vigas que vão de uma parede à outra, cada qual da espessura de uma árvore grande, até encontrar na textura do tronco: um rosto. Os veios são como olhos; a fenda escurecida, como uma boca em desaprovação. O fogo crepita e solta centelhas na lareira, e, com a iluminação bruxuleante, a boca se alterna entre a indiferença e a raiva.

Sabine faz uma careta quando outro livro cai no chão com um baque abafado.

— Ele fica assim às vezes — comenta Renata, entrando pela porta. — Depois de se cansar. — A única evidência do tempo que passou no andar de cima é uma única mancha vermelha no lábio inferior. — Um desejo movendo o outro.

Ao dizer isso, faz um gesto que abrange o salão.

É um aposento elegante em uma casa elegante, feita para a família de seis pessoas que viviam ali e que agora estão jogadas de lado, como roupas descartadas, lençóis pendurados para secar depois de terem sido lavados. Um homem e uma mulher, ambos encostados em uma parede. Outra, deitada no corredor, a trança loira do cabelo passando por baixo da porta. Os filhos agora estão lá em cima, cada um na própria cama.

Sabine nunca teve desejo por presas tão pequenas, mas Renata parecia saboreá-las, gosta de sentá-las no colo como se fossem dela, ninando-as até dormirem, antes de colocá-las na cama pela última vez. *Cada um tem seu gosto*, reflete ela.

Havia seis pessoas no início da noite.

Agora só resta uma.

Um homem, robusto e na flor da juventude, talvez por isso tenha conseguido se manter vivo por tanto tempo, apesar da perda de sangue. Está sentado no chão, os ombros apoiados na lateral de uma cadeira.

Ele a xingou de *puta, demônio, prostituta.* Tantas injúrias saindo da boca ensanguentada, que agora abre e fecha, sem emitir som, enquanto o peito estremece a cada respiração curta. Sabine o teria matado mais rápido se ele não tivesse sido tão grosseiro.

Renata se senta na poltrona acolchoada e pousa a mão no topo da cabeça dele, brincando com os cachos escuros, como se ele não passasse de um bichinho de estimação. Mas os olhos dele fitam o vazio enquanto o coração fraco resiste ao chamado da morte.

Hector finalmente abandonou a busca por livros e agora pega um violino e começa a tocar uma música, parecendo tirar as notas do nada. Os dedos dele mancham o arco.

O rosto no teto sorri. Franze a testa. Sorri. Faz uma careta.

Sabine se empertiga, e o aposento balança do jeito que às vezes acontecia quando estavam no navio. A luz da lareira parece ofuscar sua visão e faz tanto tempo que não se sente tonta ou indisposta que demora um pouco para reconhecer a sensação.

Ela apoia os pés descalços no tapete e declara, com um tom irritado e divertido ao mesmo tempo, que se sente *bêbada*.

— Está no sangue — explica Renata. — O que eles consomem, você consome. Pelo menos até certo ponto.

Hector para de tocar e apoia o violino no joelho.

— Sangue é sangue — diz ele —, ainda assim, é como dizer que comida é comida, seja ela uma verdura ou carne de cervo. — Ele faz um gesto com o arco. — Sim, tudo serve para nutrir, mas não significa que satisfaz do mesmo modo.

— Detalhes... — diz Renata. — Aqui, permita que eu mostre.

Há uma garrafa de Calvados pela metade na mesa lateral. Com uma das mãos, Renata a pega, e, com a outra, cerra os dedos no cabelo do moribundo e puxa a cabeça dele para trás, levando a garrafa aos seus lábios.

— Tome, meu querido — diz ela. — Estou tentando passar conhecimento.

Ele resiste, a garganta se fechando contra a bebida, mas logo é obrigado a engolir. O líquido vence o ar.

— Pense nisso como uma decantação — explica Renata alegremente.

Hector ri e coloca o violino sob o queixo.

— Venha — chama ela, fazendo um gesto para Sabine com a mão livre, que nunca apreciou receber ordens.

Ainda assim, vinda de Renata, a palavra vira uma brincadeira. Na boca de Renata, o som é leve e sedutor, e Sabine cede e vai até ela, o salão balançando sob seus pés.

— Beba — instrui ela, e a ordem é fácil de ser obedecida.

Sabine se ajoelha, leva a boca ao pescoço esticado do homem. A pele se rompe quando a morde, o sangue se derrama e lá está a batida do coração na sua língua, tamborilando no seu peito, a única parte na qual ela sempre se concentra. Mas agora, enquanto bebe, ela vai além disso e encontra, entremeada ao sabor metálico, a doçura pungente de uma fruta invernal.

Sabine se obriga a parar, a se afastar, não porque quer, não, só porque Renata está sussurrando no seu ouvido:

— Bem, que gosto você sentiu?

A cabeça do homem cai sobre o peito, a marca das presas já se apagando. A pele assumiu uma palidez cadavérica, mas, mesmo assim, o coração teimoso continua batendo. Sabine fecha os olhos e engole, o gosto se perdendo, bem como a pulsação.

— Maçã — responde ela, com uma risada ébria e encantada.

Aquela risada, um som tão estranho aos seus ouvidos que parece vir de outra pessoa. Renata sorri e se levanta, puxando Sabine consigo. O salão gira e sai do eixo, a combinação inebriante de sangue e álcool afetando-a, mas Renata a sustenta de pé.

Hector começou a tocar uma canção triste de novo, mas ela insiste para que ele toque algo alegre. Obediente, ele muda para uma música folclórica. E, então, as duas começam a dançar, Renata e Sabine, girando, descalças, pelo tapete, com cuidado para não tropeçar em nenhum cadáver.

É um momento digno de ser preservado para sempre.

Uma leveza que nunca sentiu.

Até Renata a fazer girar rápido demais e soltá-la. Sabine perde o equilíbrio, seus sentidos rápidos tentando mandar uma mensagem para as pernas lentas.

Ela tropeça, não em um corpo, mas em um banquinho de madeira que se quebra quando cai em cima dele. O violino para de tocar quando o banco se parte, estilhaçando sob seu corpo, e uma lasca afiada e grossa se finca nas suas costas.

Sente dor, mas é leve, distante das coisas que já sentiu, e Sabine não dá muita atenção enquanto leva a mão para trás e segura o pedaço de madeira. Ela o puxa, suspirando de alívio e irritação. Afinal, o vestido está arruinado.

Olha de cara feia para a lasca agressora e, ao erguer o olhar, se depara com o rosto contorcido de Hector e vê que Renata levou a mão à boca. Imagens idênticas de choque e terror. Como se um pedaço de madeira pudesse derrubar Sabine.

— O que houve? — pergunta ela, largando a lasca junto do restante do banco. O sangue já tinha estancado, a pele se fechava como se nada tivesse acontecido. — Não foi nada.

— Mas poderia ter sido... — sussurra Renata.

— E por que *eu* deveria temer um pedaço de madeira? — retruca ela, alegre, mas o tom relaxado e leve já tinha se esvaído, sendo substituído por algo pesado.

A expressão de Hector fica ainda mais sombria.

— Às vezes me esqueço de como você sabe pouco — murmura ele, balançando a cabeça.

Sabine se irrita, abre a boca para retrucar, mas, neste momento, o homem no chão reúne suas últimas forças e faz um esforço final e inútil de escapar. Ele se arrasta pelo tapete, mal avançando uma passada antes que Hector se aproxime e use a bota para fazer o homem deitar de costas. Ele se agacha e coloca uma das mãos no peito ofegante do homem, embora sua atenção esteja totalmente concentrada em Sabine.

— O que você tem a temer? — repete ele em tom sombrio. — Permita que eu mostre.

Os dedos dele começam a escavar, mergulhando pela camisa, pela pele. As costelas do homem cedem com um estalo doentio, o cheiro de sangue pesado no ar, a boca aberta em um grito silencioso que morre em algum ponto na garganta dele enquanto Hector arranca seu coração do peito.

O corpo dá um último espasmo e fica imóvel. Hector se levanta, vai até Sabine e deixa o órgão cair no colo dela.

Se ele queria deixá-la horrorizada, fracassou, pois aquilo não a afeta.

Sabine olha para o colo, ergue o órgão sangrento na palma da mão, sentindo o peso. Nunca tinha segurado um coração antes. É pequeno, mas denso e ao mesmo tempo mais leve e mais pesado do que imaginava. Um pedaço de carne inerte, sem vida sem seu hospedeiro.

— Eis a única fonte da nossa fragilidade — declara Hector.

Os dedos dela se contraem em volta do coração, como se desejassem que ele voltasse a bater. Mas o toque é forte demais, fazendo com que um fio de sangue escorra antes de o coração ceder e ficar totalmente destruído. Frágil.

Nada nela deveria ser frágil agora. Ainda assim...

— Se aquela lasca de madeira tivesse se enterrado um pouco mais fundo, você já estaria morta.

Sabine estremece.

— Há outras maneiras de morrer? — pergunta ela, pensando na viúva, se desfazendo em cinzas sobre o vestido dela.

— Sim e não — responde Renata. — Seus ossos vão se refazer. A pele vai cicatrizar. Mas o coração continua mortal. É a fonte da vida e da morte. Se for destruído, removido, arrancado ou drenado de todo o sangue, não há como ser refeito. Quando o coração se acaba, é o nosso fim. Para você morrer — acrescenta ela, hesitante —, uma lâmina ou uma estaca são modos rápidos, uma mordida é gentil, mas o fogo é um jeito ruim de perecer.

Sabine ergue o olhar.

— Por quê?

É Hector quem responde.

— Porque o coração é o *último* a queimar. — Ele pega um pedaço do banco quebrado, uma lasca de madeira do tamanho do antebraço, e o aponta como um dedo. — O fogo, o aço ou a madeira, tanto faz. Destrua nosso coração, e somos destruídos também. Então, sugiro que aprenda a proteger melhor o seu.

Com isso, ele lança a estaca em direção ao peito dela.

Sabine a pega, é claro. Hector sabia que ela pegaria, mas foi por pouco, por muito pouco, e a expressão em seu rosto está cheia de desprezo, o ar tenso como uma corda, e por um segundo, só um segundo, ela tem vontade de se levantar e fincar a estaca sob as costelas dele, só para pôr um fim ao sermão.

É só por um segundo, mas logo Renata se levanta e se interpõe entre os dois.

— Calma, meu amor — diz ela para Hector, embora estenda a mão para Sabine. — Ela não sabia. Mas agora sabe.

Renata continua olhando para o seu *amado* enquanto acaricia o pulso de Sabine, tirando a estaca da sua mão com delicadeza e lançando-a na lareira. A cabeça dela não se vira, mas aquele toque é como um olhar breve e perspicaz, um alerta silencioso.

Em seguida, Renata se afasta, concentrando-se totalmente em Hector. Acaricia suas costas, diz algo em catalão, a língua nativa dele. Com um suspiro, Hector passa os dedos pelo cabelo, deixando flocos de sangue seco no caminho. E quando ele deixa a mão cair ao lado do corpo, o pêndulo volta a balançar, o ar fica mais leve, e ele pega o violino e começa a tocar de novo. Desta vez, não o lamento nem a canção dançante, mas algo animado.

E seria fácil esquecer, acreditar que nada aconteceu, se não houvesse vestígios por todos os lados.

O banco quebrado.

O cadáver dizimado.

O coração frio e sem vida na mão dela.

Mais tarde, ela vai pensar neste momento como uma virada de chave. O início do fim. Mas, por ora, Hector encontra a melodia, Renata volta para a poltrona, e Sabine lança o coração no fogo e o vê queimar.

VI

O inverno se transforma em primavera, a primavera, em verão, e o verão dá lugar, uma vez mais, ao outono. Eles se entrelaçam como ervas daninhas, os três. Ainda assim, há certa ordem. Sabine de um lado, Hector do outro, Renata bem no meio, mantendo-os unidos, mas separando os outros dois.

Sabine e Hector se desentendem de vez em quando, mas ela não é do tipo que recua ou foge da raia. E ele gosta da coragem dela; afinal, Sabine não é uma pétala, mas um espinho, e se Hector consegue sentir o impulso dela de atirá-lo do penhasco mais próximo, bem, isso não parece afetá-lo tanto.

Eles passam os dias em casas que dizimaram, em quartos alugados para homens e mulheres que desaparecem durante a noite. De portas trancadas e cortinas fechadas para bloquear o sol, Hector e Renata dormem juntos na cama de casal. Mais de uma vez, convidaram Sabine para se juntar a eles, mas ela valoriza o próprio espaço e recolhe-se em outro quarto, um refúgio particular.

Mas ela não vai para longe, admitindo, mesmo que só para si mesma, que não se importa com a proximidade, a forma como o silêncio sólido do corpo deles ocupa o espaço.

E, então, certa noite, Renata sai da cama de Hector e se deita na de Sabine.

Renata, cujo toque sempre despertou alguma coisa nela. Cujos dedos a acordam agora, tamborilando como chuva contra a pele dela.

Mesmo ainda sonolenta, Sabine não se afasta. Vira-se em direção ao toque e encontra Renata olhando para ela, os olhos como dois vidros escuros, velinhas queimando atrás deles. Uma pergunta silenciosa. Uma resposta silenciosa. E a boca de Renata toma a dela.

Elas já se beijaram centenas de vezes, mas desta vez é diferente.

Talvez seja a forma como os braços de Renata envolvem seu corpo ou o fato de Hector não estar observando, mas o calor irrompe sob a pele, o coração parece saltitar no peito. Um sorriso dela pressiona junto aos seus lábios, e a boca de Renata começa a descer por seu corpo, deixando uma trilha de beijos pelo pescoço e seios. O roçar dos dentes contra sua pele faz o corpo dela se acender, se iluminar.

A mão de Renata desce e levanta a bainha da camisola até o meio da coxa, depois escorrega para o espaço entre as pernas de Sabine, que a impede de continuar, segurando-a pelo pulso, enquanto sente algo se fechar dentro dela. Um fantasma da antiga rebelião. Portas se fechando contra um cerco iminente.

— Não — nega ela. — Aí não.

Mas quando Renata começa a se afastar, Sabine a segura com mais força, sem querer soltá-la, e Renata permanece ali, tentando ler a expressão do rosto dela no escuro.

— Diga-me — sussurra ela —, o que você quer?

Esse é o problema, não é? Sabine não *sabe*. Ela sabe muitas coisas que *não* quer, mas, mesmo depois de tantos anos, ainda não tinha encontrado as palavras para o que *quer*. O ar deve estar ficando pesado com seus desejos e frustrações, pois Renata muda de posição e leva os lábios de volta aos de Sabine.

— Você me mostra — pede ela. — Eu te acompanho.

Algo se liberta neste momento. Algo se encaixa.

Sabine rola por cima de Renata, pressionando-a contra o colchão — o que desperta a lembrança de Andrés se contorcendo embaixo dela —, mas Renata apenas sorri. Apesar de pequena, não tem nenhuma das fraquezas humanas. Ela possui aquela força pétrea, um espelho da de Sabine, escondida sob a pele macia e os quadris largos.

Renata estende a mão para tocar em Sabine, que balança a cabeça e leva as mãos dela até os travesseiros acima da cabeça.

— Fique assim — pede ela, e é o que Renata faz, os braços erguidos, a ponta dos dedos na cabeceira, o corpo como um mapa à espera de ser desvendado. A imobilidade é um convite à exploração.

Sabine monta em Renata e analisa a maciez do terreno, primeiro com os olhos, que captam cada curva, cada contorno, mesmo no escuro; e, em seguida, com as mãos.

Não tem pressa para explorar, como se tentasse decorar o contorno das clavículas de Renata, do quadril, do umbigo. Até Renata começar a se remexer embaixo dela, não de inquietação, e sim de avidez, arqueando o corpo, e Sabine espalma a mão sobre a barriga dela e a empurra contra o colchão.

— Eu disse para ficar aí — ordena com suavidade.

Renata morde o lábio e sussurra:

— Por favor. — As palavras saem baixo demais para ouvidos humanos. Sussurra: — Eu quero isso. Eu quero você.

Ainda assim, fica claro que ela não vai tomar o que deseja. Que vai permitir que Sabine decida quando e como vai dar a ela. Sabine, que já está criando coragem.

— Quer? — pergunta Sabine também num sussurro enquanto desliza a mão pela barriga de Renata e vai descendo ainda mais entre o corpo das duas, parando no espaço entre suas pernas. Acariciando a pele macia. — Você me quer?

Ela estuda o rosto de Renata, vê as velas se acenderem, a boca se entreabrir, o ar turvo por um desejo que ela não tenta esconder.

— Quero — suplica ela, e Sabine desliza os dedos para dentro.

O corpo de Renata reage na hora, quente e molhado, a cabeça para trás, o pescoço comprido e a boca entreaberta, as presas brilhando na escuridão. A aparência dela traduz a forma como Sabine se sente logo depois de morder alguém. Como se fosse ela que se abrisse.

Ela faz movimentos circulares, e Renata solta um pequeno arquejo e, dessa vez, Sabine não a impede quando a outra mulher ergue as mãos, enfia os dedos no cabelo ruivo e a agarra pela nuca, puxando-a para mais perto.

Sabine toma a boca de Renata com a sua, roçando os dentes no lábio inferior. Não repara que rompeu a pele macia até sentir o gosto de sangue, terroso e doce.

Seus sentidos se aguçam. Seu corpo se torna vivo. E mesmo que não haja ninguém entre as pernas *dela*, sente o próprio prazer aumentar junto com o de Renata.

No leito nupcial, ela não era nada além de um lugar de prazer para outra pessoa, mas enquanto o corpo de Renata se contrai em volta da sua mão, Sabine sente uma *onda* de prazer.

Renata começa a arfar mais alto, e Sabine, certa de que Hector vai ouvir, pressiona a mão livre sobre a boca ofegante da outra mulher, enquanto o seu prazer chega ao ápice e o corpo dela se retesa sob o de Sabine.

Quando relaxa, Renata ri contra a mão dela. Sabine sai de cima de Renata e se deita ao seu lado, achando que a outra mulher vai embora. Mas ela não sai, simplesmente se enrosca em volta de Sabine, como se seus braços fossem raízes, e cai no sono.

Sabine fica deitada ali, presa nos braços de Renata, no seu cheiro, o próprio corpo pesado depois do que fizeram, até que também adormece.

Quando Sabine acorda já é noite, e sua cama está vazia.

Ela se levanta e encontra Renata e Hector dançando em círculos na sala de estar enquanto ele lhe ensina algo chamado valsa.

Sabine se senta na beirada de uma cadeira e trança o cabelo, enquanto observa, com a certeza de que, assim que Hector olhar para ela, vai saber, e a vida que levam deve acabar.

Mas a noite passa, e Hector não menciona nada.

Ele sabe, é claro que sabe. Sabine tem certeza disso.

Não há segredos entre os três. E mesmo que Sabine conseguisse guardar o que aconteceu para si mesma, Renata parece determinada a não esconder nada. Mais de uma vez, sai do lado de Hector e se dirige para o de Sabine, como se estivesse marcando seu lugar ali, passando um dos braços pela cintura dela. Mais de uma vez, ela a beija abertamente. Mais de uma vez, ela a afaga e acaricia. E a cada toque, Sabine se sente mais tensa sob o escrutínio de Hector, até que seu corpo inteiro se contrai, pronto para a briga.

Mas a briga não vem.

Hector apenas sorri e continua sozinho.

Ela não consegue entender. Andrés era um homem tão ciumento. Então, observa-o a noite toda, tentando ler o ar à sua volta, tentando entender o que se passa na cabeça dele, o humor, os pensamentos, tentando sem conseguir, até que, por fim, Hector se vira para Sabine, cheio de irritação, dizendo que é como se ela estivesse batendo à porta e que isso está lhe dando nos nervos.

— Se tem algo para me dizer, diga logo — esbraveja ele.

É um alívio ser confrontada, e ela conta a verdade:

— Eu dormi com a Renata.

Hector não fica de mau humor, não a ataca, não briga, sequer fica com raiva. Apenas inclina a cabeça para o lado.

— E o que que tem? — pergunta ele, confirmando as suspeitas dela.

Ele sabe. Ele sabe e não...

— Você não está com raiva.

Ele dá de ombros.

— E por que eu ficaria com raiva? Porque ela é *minha*? — A boca de Hector se contrai. — Renata não *pertence* a mim, Sabine. Mesmo que esse fosse o caso, a eternidade é um tempo longo demais. Ela é livre para se divertir e fazer o que quiser. Às vezes, isso significa procurar a cama de outra pessoa.

O tom dele não fica sombrio, mas os olhos, sim.

— Você pensou que eu me sentiria ameaçado. Por você. Mas eu sou o *criador* dela, Sabine. Renata nunca vai olhar para você do jeito que olha para mim. Você nunca vai significar tanto para ela quanto eu.

As palavras a atingem como uma bofetada, deixando uma sensação ardida no rosto. Fazem com que se sinta tola e pequena, e com vontade de destruir alguma coisa. Alguém. Mas quem está sendo destruída é *ela*.

Ele balança a cabeça e diz:

— Talvez um dia você entenda o que significa ser importante para outra pessoa. Até lá, lembre-se disto, pequeno espinho — ele sorri, mas seu tom é frio —: você pode até ser o brinquedinho da Renata. Mas eu sou o *deus* dela.

Naquela noite, Sabine pensa em matar Hector.

Em fugir da Espanha.

Em massacrar a cidade inteira e deixar os dois serem descobertos junto com os corpos.

Mas, então, Renata volta para a cama de Sabine, puxa-a para um abraço e faz Sabine prometer que não vai embora. E ela não entende o brilho nos olhos da outra mulher, o peso genuíno do pedido.

— Eu não vou — promete Sabine.

Ela não sente as palavras envolverem seu coração como correntes até outro dia, quando sua cama fica vazia e tenta ir embora, mas descobre do jeito mais difícil que, entre os da sua espécie, as promessas constituem laços *inquebrantáveis.*

Então não tem escolha.

Ela fica.

VII

No ano seguinte, os três assolam a Espanha como uma doença.

Vilas inteiras são reduzidas a cemitérios depois da sua passagem.

Por semanas, os sinos da igreja parecem tocar sem parar, espalhando notícias de morte pelo interior. Eles são monstros meticulosos, tendo o cuidado de não deixar sobreviventes, ninguém que pudesse espalhar a notícia ou dar o alerta. Então, o jogo se repete noite após noite após noite, até que a quantidade de mortes já constitui notícia suficiente e, temendo o contágio, as pessoas começam a ficar em casa.

Naquela primavera, eles se vestem de médicos da peste e chegam antes da destruição que causariam.

No verão, se disfarçam de agentes da Inquisição, a cruz bordada é o suficiente para fazer os olhares baixarem para o chão.

No outono, Hector começa a cismar com igrejas, insistindo que tinha desenvolvido um gosto pelo clero e que só se alimentaria de membros da casa de Deus. Como se o sangue deles fosse abençoado de alguma forma; como se os bancos de igreja fossem melhores do que uma cama macia.

Sabine nunca fora devota, nunca acreditara muito em nada além de si mesma. Ainda assim, acha que é um descuido e uma estupidez atacar um lugar de tanto poder.

Mas Hector não arreda o pé. Ela sempre o achou temperamental, mas há uma nova tensão em seu comportamento, um brilho maníaco que a incomoda, principalmente porque o próprio destino está vinculado ao deles.

Renata não parece se preocupar muito.

— É como uma tempestade — insiste ela. — Vai passar.

Tola, pensa Sabine, mesmo enquanto os segue, com cuidado para evitar o terreno do cemitério da igreja.

A construção em si não tem nenhum poder sobre ou contra eles. É um edifício público, aberto a todos, então não há problema em cruzar a entrada para buscar abrigo ali. São os terrenos do cemitério que precisam evitar.

Sabine aprendeu isso na primeira vez que seguiu em direção às lápides e Renata puxou sua mão, afastando-a dali.

— A morte chama a morte — advertiu ela.

Agora, Hector coloca a mão nas portas de madeira e as abre, levando sua rosa e seu espinho para dentro da igreja.

Sabine examina o piso de mármore lustroso, o teto abobadado, a aparência cavernosa do lugar. É tarde, e a nave está escura, a não ser por algumas velas devocionais e um lampião junto ao altar, cuja luminosidade incide na cruz, formando sombras.

Hector passa por um candelabro escuro e o derruba de propósito, quebrando o silêncio com o som alto.

O eco se espalha, e logo depois uma porta se abre e um padre aparece, descabelado, mas desperto, ajeitando a batina enquanto se aproxima, olhando de um para o outro. Seu olhar pousa primeiro no cabelo ruivo de Sabine, com mechas que descem pelos ombros como serpentes, depois para a pele escura de Renata, enfeitada com fios de ouro e, por fim, para a túnica de Hector, roubada de um Templário.

— Meus filhos — diz ele, o ar à sua volta anuviado de confusão. — O que os traz à casa de Deus?

— Chegamos atrasados para a missa? — pergunta Renata com um tom de deboche na voz.

O padre olha pelas janelas, o sol posto há muito tempo.

— Aconteceu nas horas canônicas — explica ele. — Fiquem à vontade para voltar amanhã.

Ele começa a se virar quando Hector pigarreia.

— Mas, padre, eu pequei — declara, levando a mão ao peito, o símbolo da cruz ali. — E é um peso que trago no coração.

O padre volta a olhar para ele. Hesita e depois faz um sinal para o confessionário. Um armário com duas portas e duas câmaras separadas. O padre entra primeiro, e Hector o segue. Sabine se encosta em uma coluna, cutucando as unhas, enquanto Renata dança pela nave. Dentro do confessionário há uma luta silenciosa. Um arquejo abafado. E momentos depois, Hector reaparece, vestindo as roupas do padre.

— Que tal? — pergunta ele, alisando a batina branca sobre a túnica, uma mancha vermelha como um beijo no colarinho.

— Profano — responde Sabine secamente, e Renata dá uma risada, o som ressoando como sinos na igreja vazia.

— E agora? — pergunta ela.

Hector sorri e responde:

— Nós esperamos.

Na noite seguinte, os fiéis chegam aos montes.

Sabine conta enquanto entram, do jeito que sempre faz, não importa o número. É importante ser meticulosa, saber quantos havia no começo e quantos devem ficar para trás.

Hoje, os números sobem. Cinco, dez, quinze, vinte. E mais quatro. Duas dúzias de corpos na igreja. Duas dúzias de corações batendo. Duas dúzias de vidas.

Renata tranca as portas. E Hector assume seu lugar no altar. Os três trocam um olhar cúmplice. O ar está pesado, tomado pela sede deles. Renata dá uma piscadinha, e Hector sorri, o bom humor dos dois a banhando como o luar.

Em momentos como aquele, é fácil esquecer que Sabine está acorrentada a eles.

É estranho, mas desde a promessa, a ideia ronda sua mente, como se ela não pudesse encará-la. Quando tenta, sua mente fica em branco. Como se a promessa de não partir tivesse se tornado um desejo, e ela sabe que o desejo não é exatamente dela, mas o sente com a mesma intensidade. Há lapsos, momentos em que se lembra, mas logo passam, antes que Sabine tenha chance de tocá-los e esticá-los mais para alcançar os pensamentos.

Aparecem e desaparecem.

No altar, Hector ergue as mãos e a voz, então dá início:

— *Pater Noster, qui es in caelis...*

Renata tinha razão. Ele gosta mesmo de uma plateia. A vozes murmuram, os corpos se remexem, a confusão sobe feito vapor. Quando a congregação percebe que ele não é o padre da paróquia, já é tarde demais.

O que acontece em seguida é um massacre.

Um terrível banquete. Duas dúzias de corpos em movimento desesperado, como um rebanho de animais assustados. Bichos frenéticos, fugindo aterrorizados. O ar abençoado manchado de vermelho e pânico.

E os três, como lobos, prontos para matar.

A evolução avassaladora da morte transforma Sabine em uma selvagem, fazendo seus contornos se desvanecerem e a mente se apagar. Ela não está bêbada, e sim selvagem. Uma *rosa impetuosa*, pensa ela, a expressão do poema girando na sua cabeça enquanto ataca uma presa em fuga. Seus pensamentos sobre os riscos desaparecem. Ela não pensa em mais nada, apenas em sangue.

Sabine bebe e bebe, com a certeza de que ali finalmente se sentirá saciada, finalmente cheia, finalmente encontrará os limites da sua voracidade. Mas isso não acontece. Em vez disso, a fome parece ficar maior, cada mordida é como um ponto desfeito até a escuridão se transformar em um abismo.

E ela começar a cair.

Em algum momento, os gritos se calam, os batimentos também. Não há mais ninguém tentando fugir.

O silêncio reina sobre tudo, pesado depois do massacre.

Hector se senta em um degrau na frente da nave, a túnica branca tingida de vermelho. Renata se recosta ao lado dele, e Sabine se deita no alto do altar de pedra. A cabeça apoiada no colo de Renata, perdida no sonho ébrio do que acabou de acontecer, as notas sutis de vinho sacramental misturado ao sangue. Tudo parece tranquilo e silencioso, como uma fita que se desenrola. Ela queria ficar ali para sempre.

Mas os corpos já começaram a esfriar.

Então, eles se levantam, deixando a igreja cheia de corpos.

Vinte e quatro.

Sabine sabe. Afinal, contou cada um que entrou. Mas, naquela noite, bêbada de sangue e liberdade, não pensa em contar os corpos antes de saírem da igreja.

Se tivesse contado, notaria que agora...

Há apenas vinte e três ali.

VIII

Na noite em que morrem o mundo está branco.

Nevou em algum momento durante o dia, o suficiente para cobrir a grama morta e salpicar as lápides, deixar brancos os telhados das pequenas criptas que jazem como casas fora do caminho.

Ao longe, chaminés soltam fumaça e as janelas estão todas fechadas, corpos se encolhem contra o frio do inverno. É quase o dia mais curto do ano e a escuridão chega cedo, caindo pesadamente enquanto seguem pela estrada até a igreja que os aguarda com a promessa de outro massacre.

Hector e Renata seguem à frente, de braços dados, enquanto Sabine caminha mais atrás, o capuz sobre o rosto para se proteger do frio que roça a pele sem jamais se manter ali.

Ela passa pelos ramos baixos de uma árvore ao mesmo tempo que uma brisa sopra uma camada fresca de neve dos galhos. Para, estende a mão exposta e observa os flocos caírem sem derreter na sua pele. Sente uma estranheza no ar, pensa ela, mas não consegue identificar o que é. Um silêncio profundo que poderia ser simplesmente a neve.

Ela baixa a mão.

Renata e Hector estão bem mais adiantados agora, ou melhor, ela ficou para trás. Eles já estão chegando à igreja. Sabine está prestes a seguir adiante quando algo a faz olhar por cima do ombro.

Não há nenhum movimento nem som repentino, nenhum alerta no ar, apenas a sensação sutil do olhar de alguém. Ela fita a retaguarda e vê uma janela com as cortinas abertas. Um rostinho pressionado junto ao vidro embaçado.

Uma criança a observa.

Sabine inclina a cabeça de um jeito inquisitivo. A criança leva o dedo indicador aos lábios. Seus olhos passam por ela. Voltam-se para a igreja.

É o único alerta que recebe.

Ela se vira ao ouvir o som das portas de madeira se abrindo para dentro, vê Renata e Hector entrarem na igreja vazia. Só que não está vazia. Vozes irrompem lá dentro, gritando, não de medo, mas de fúria, e o corpo de Sabine dá um único passo para a frente antes do bom senso a fazer recuar. Por um instante, ela fica imóvel, presa entre duas forças: o fato de não poder abandonar Hector e Renata e a ciência de que não pode salvá-los do que os aguarda dentro da igreja.

Em vez disso, Sabine corre para o lado, para a sombra da árvore. Pressiona o corpo junto ao tronco e vê a multidão sair — dez, vinte, trinta homens — empunhando tochas, forcados, lanças e correntes, com Hector e Renata se debatendo entre eles. Aros de metal envolvem os pulsos, as pernas e o pescoço deles. O ar da noite fica denso como a fumaça com o súbito rompante de raiva e violência. Gritavam *diabo, demônio, monstro.*

Sabine vê as pessoas forçando Hector a ficar de joelhos. Ele se levanta de novo, derrubando seus captores, lutando com sua força sobre-humana, mas é derrubado novamente, com lanças enfiadas nas canelas e nos ombros, as correntes apertadas e enroladas.

Um homem enfia uma lança no flanco de Renata, que grita, mais de fúria e medo do que de dor, os olhos vasculhando a noite, a mente totalmente aberta, chamando por Sabine antes de enfiarem um capuz na cabeça dela.

Sabine assiste a tudo, tensa.

Não tem como abandoná-los, nem mesmo agora, mas fica imóvel, paralisada pelo som da madeira arranhando a pedra conforme caixões são arrastados pelo caminho diante da igreja.

Três caixões. Não dois, e *esse* detalhe é o suficiente para ela entrar em ação. Afasta-se do tronco da árvore e sai correndo, não na direção da cidade, cujas portas estão abertas, mas do cemitério que fica ao lado da igreja.

Um passo entre os túmulos, dois, e, de repente, ela arqueja e desaba no chão congelado como se tivesse sido empalada. Sabine se vira para trás, esperando encontrar um agressor, mas não há ninguém ali. Ainda assim, é tomada de dor. Mais forte que o forcado ou o banco de madeira, uma dor que aperta seu frágil coração como um punho fechado.

Ela avança aos tropeços, o corpo mais fraco, as mãos trêmulas à medida que a pele começa a se enrugar.

A morte chama a morte, Renata alertara.

Renata, que está sendo enfiada em um caixão enquanto Sabine arrasta os pés, fraca, pelo chão.

Renata, que lhe mostrou como um corpo pode desabrochar nas mãos certas, como a companhia certa pode ser bem-vinda — isso quando ainda era uma escolha. Antes de enganar e acorrentar Sabine a ela e a Hector com uma promessa.

Hector, que está lutando e bradando maldições enquanto é trancado em um caixão. Um fim horrendo, que Sabine se recusa a compartilhar.

Ela obriga o corpo a continuar, apesar da sensação pior que a luz do sol, a visão ficando embaçada enquanto abre caminho até a cripta mais próxima. Ela tateia o trinco congelado e empurra a madeira podre, tropeça ao entrar na tumba, ofegante, os pulmões contraindo-se, em busca do ar que esqueceram de que não precisam mais, e se deixa cair contra a porta.

Sente que há um corpo com ela na cripta. Um corpo há muito morto, pensa, só pela idade do túmulo, mas a morte chama a morte, e o corpo chama o dela, a laje de pedra entre os dois não lhe oferece muito alívio. Ela imagina o cadáver podre se levantando, estendendo a mão e tentando puxá-la para baixo.

Depois de tudo que passou. De tudo que enfrentou.

Sabine se encolhe contra a pedra, pressiona as mãos sobre os ouvidos.

Não há janelas na cripta, mas consegue ouvi-los chamando por ela. Consegue ouvir as vozes da multidão engolirem a de Hector e Renata, consegue ouvir o barulho e o atrito, o balanço dos martelos cravando pregos na madeira.

E, então, algo mais.

O estalido e o crepitar do fogo sendo aceso, abrindo caminho pelas tábuas de madeira.

Depois disso, Sabine para de ouvir.

E permite que o mal-estar a envolva como o sono.

Os homens vigiam os caixões incendiados até o amanhecer.

E, por isso, Sabine permanece escondida na cripta.

Ela divaga em seu estado febril, encolhida naquele chão de pedra, morrendo, mas não morta. Enfraquecida pelo sol e doente pela fome e pelo solo do cemitério. Ora está ali, ora em outro lugar. De volta a Santo Domingo, empoleirada no telhado do estábulo e cuspindo caroços de cereja na cabeça dos irmãos. Mas, quando se recosta para olhar as nuvens, encontra Andrés pairando sobre ela, seu peso expulsando o ar dos pulmões, esmagando-a sob seu corpo, da mesma forma que ela esmaga a viúva em seus braços, uma delas se transformando em cinzas, e a outra, em pedra.

Ela fica delirando até que, em algum momento, volta a si.

Está começando a escurecer. O sol se pôs. As vozes sumiram. De algum jeito, encontra forças para se levantar e cambalear para fora da cripta, mas as pernas cedem, e ela cai com as mãos abertas no chão congelado. A morte a chama.

Tenta ficar de pé, só que não consegue, e é tomada por uma vontade de rir ou se enfurecer só de pensar que sobreviveu por tanto tempo para ser derrotada pela *terra*.

Não pode ser. Afinal, o coração continua dentro dela. Não foi destruído nem arrancado, não foi drenado nem estraçalhado, então, diz para si mesma que vai sobreviver. De alguma maneira. Se ao menos conseguisse se levantar... Mas as pernas se recusam a ouvir, a obedecer sua mente. Ela se senta, como se tivesse criado raízes no solo dos mortos.

Dali, Sabine consegue ver a igreja.

Os caixões no terreno diante da construção, reduzidos a cinzas.

É uma forma horrível de perecer, como bem sabe. Afinal, o coração é o último a queimar.

Ela sentiu o momento em que Renata morreu. Sentiu o elo entre as duas se partir. Sentiu a promessa quebrada e retirada. Não está mais presa. Ainda assim, continua ali, sem conseguir partir.

E Sabine estava cansada.

Pela primeira vez na vida, acha que está cansada demais para continuar.

A terra parece tão fofa. Ela se imagina afundar ali.

Enterrem *meus ossos*, pensa enquanto o corpo desaba, uma das bochechas pressionada no solo, como se estivesse ouvindo algo debaixo dele. E ali está. Bem ali. O som ritmado de um coração. Ela fecha os olhos e fica ouvindo, ao passo que o som se aproxima mais e mais e...

— *Señora?*

Ela abre os olhos e se depara com um garoto, a voz ainda começando a engrossar, as pernas compridas pela adolescência tardia.

— Está tudo bem?

Sabine se esforça um pouco e consegue se sentar.

— Não — responde com uma voz rouca e inexpressiva.

Ele se ajoelha ao lado dela.

— Quem a senhora perdeu? — pergunta ele, confundindo-a com alguém que perdeu um ente querido e está tomada pela dor.

Sabine olha para as cinzas ainda fumegantes diante da igreja e responde:

— Todo mundo.

— Venha — chama o garoto, oferecendo uma das mãos. — A noite está fria demais para o luto.

Ela encontra o olhar dele. O garoto tem uma expressão de bondade no rosto e o ar à sua volta vibra de preocupação.

— Você tem razão — diz ela, tomando a mão dele, mas quando o garoto tenta puxá-la para cima, ela o puxa para baixo, contra si, fincando as presas até o osso.

O sangue jorra na boca de Sabine, o coração jovem batendo valente no peito dele. E, depois, no dela.

Assim que para de beber, Sabine tem força o bastante para chegar aos portões do cemitério e sair, com dificuldade, do reino da morte. Assim que os pés dela pisam na trilha, o cemitério perde o poder e sua força volta por completo. Os sentidos se aguçam, o mundo volta a ficar firme e a noite ao seu redor se ilumina, novamente nítida para ela.

Ela olha uma última vez para os restos diante da igreja, contraindo a boca num ligeiro sorriso.

Hector e Renata podem estar mortos, mas Sabine não está.

Ela acabou de ressuscitar. Sozinha, mas viva.

A neve começa a cair de novo, cobrindo o cadáver ainda fresco enquanto ela se vira e some na escuridão.

ALICE

(*ANNO DOMINI* 2019)

I

A garrafa se espatifa em milhares de cacos.

Catty tem treze anos, Alice, dez; as duas estão no terreno de cascalho atrás do pub do avô. O taco de beisebol apoiado no ombro de Catty enquanto ela posiciona outra garrafa no tronco cortado que ninguém se preocupou em tirar quando estavam fazendo o estacionamento.

(Não que isso os tenha impedido de cortar o restante da árvore, e Alice nunca entendeu por que não terminaram o serviço ou deixaram a árvore intacta. Isso a deixa triste toda vez que vê o toco.)

Alice está sentada com as pernas cruzadas no capô do carro de alguém enquanto assiste à irmã entrar em ação de novo. Ela balança o taco e a garrafa se estilhaça com o impacto, o som agudo e nítido como um sino, e Alice faz uma careta, embora já soubesse o que aconteceria, aquele tipo de contração automática do rosto, pois é um desses sons que indicam problemas. É uma pedra lançada por uma janela da cozinha, uma caneca de cerveja derrubada de um balcão, um par de óculos esmagados por um passo descuidado, uma garota extravasando o coração partido com um taco de beisebol.

Catty coloca outra garrafa no toco.

Uma tacada. Um estalo. Por um breve e lindo segundo, o pó de vidro fica suspenso no brilho das luzes do poste, brilhando como névoa antes de cair. Alice olha por cima do ombro, pronta para ver a porta se abrindo, para *alguém* aparecer e dizer que elas tinham que sair dali, mas o jogo continua...

(*qual* jogo não importa, em geral é rúgbi ou futebol, mas ela já tinha visto sinuca, dardos, críquete, desde que a TV estivesse sintonizada em algo que lhes desse uma desculpa para erguer o copo para a tela e gritar em comemoração ou resmungar em desaprovação)

... e ninguém aparece.

Catty pega outra garrafa no engradado perto da porta dos fundos do pub.

E mesmo que estivessem fazendo algo de errado, ninguém as impediria, porque são as "meninas do Harry". Harry é o apelido de Harold Moore, o *dono* do pub Port of Call.

(Ela sempre achou um nome besta para um pub, levando em conta que Hoxburn não ficava perto do mar e não poderia ser um porto para nada, e os únicos barcos que chegavam, como o avô gosta de dizer, eram os homens que ficam ancorados no bar e os turistas que passam por ali. Mesmo que *turista* seja uma palavra bastante cortês, uma vez que Hoxburn é o tipo de lugar por onde as pessoas passam a caminho de outro lugar. A caminho de um lugar melhor.)

Antes de a avó partir, Alice a ouviu dizer que as cidades podiam morrer do mesmo jeito que as pessoas. A única diferença é que, às vezes, as pessoas têm uma morte rápida, e os lugares costumam demorar a morrer. Mas Alice imagina que, se Hoxburn morrer, os pubs serão os últimos a sucumbir.

Pubs, no plural, porque há dois na cidade.

(Engraçado como Hoxburn só tem um posto de gasolina, um mercado e uma lavanderia, mas *dois* pubs, o Port e o Maudlin. Eles têm a decência de ficar em pontos opostos da rua principal, não de frente um para o outro como oponentes em um duelo e, nos dias que um está fechado, dá para encontrar o dono bebendo no outro, para mostrar que não há nenhuma rivalidade entre eles.)

Catty se prepara de novo, enquanto xingamentos escapam por entre seus dentes feito vapor.

— Filho da puta, *saco de merda* fedido — solta ela cheia de ódio, as palavras escolhidas como pedras preciosas e seu sotaque ainda mais marcado, do jeito que meu avô fala sempre que turistas ingleses entram no pub.

Ela dá outra tacada, a garrafa se espatifa na luz.

Para ser bem sincera, Alice ficou muito surpresa quando Catty e o primeiro namorado fizeram um mês de namoro, mais ainda quando completaram três. Will era dois anos mais velho, tinha quinze anos, e ela treze, o que tinha certo charme, mas, fora isso, ele era... *sem graça*. Uma chama fraca em contraste com a tocha intensa da irmã, por isso presumiu que seria Catty quem partiria o coração dele, mas foi ele quem beijou uma garota do quinto ano, e a notícia se espalhou, como sempre acontece, e ali estão elas, a irmã destruindo garrafas enquanto Alice fica olhando para o brilho que deixam nos cascalhos.

Catty coloca outra garrafa. A bunda de Alice está ficando dormente, então ela desce do capô do carro, os cascalhos do piso do estacionamento estalando quando pisa neles, e Catty confunde o gesto como um desejo de participar e oferece o taco para a irmã.

— Pode ir — diz ela. — Tente acertar.

A mão de Alice reage antes do cérebro, pegando o objeto só porque Catty o estendeu para ela. Afinal, esse é o poder das irmãs mais velhas, o impulso de aceitar tudo que elas têm a oferecer.

A garrafa está esperando no toco, com um dedinho de cerveja choca no fundo. Ela flexiona os dedos no taco, tentando invocar um pouco da paixão da irmã, mas não sente a menor vontade de dar a tacada.

— Imagine alguém que você odeia — sugere Catty, e Alice consegue ver a irmã abrindo sua lista mental, desde as garotas da escola, passando pelo idiota do Will, até chegar a Eloise, sempre Eloise...

(Eloise, que tinha finalmente se mudado seis meses antes, que não tinha mudado nada na casa durante semanas e que, mesmo quando fez isso, se certificou de perguntar sobre cada um dos itens para ver se tinha algum significado especial, e Catty ficou lá respondendo que *sim, sim, sim* sobre apoios de panela, almofadas e pratos só por despeito.)

Mas a verdade é que Alice nunca sentiu uma raiva intensa o suficiente para ser chamada de ódio. Ah, ela sente várias outras emoções — preocupação, pânico, tristeza e medo —, mas só fazem com que queira se agarrar às coisas o máximo possível, mantê-las junto de si. Não entende o impulso de Catty de quebrá-las.

A irmã a observa, de braços cruzados, enquanto espera. E embora pareça mais irritada do que triste, Alice se lembra bem da expressão no seu rosto logo que Catty chegou em casa, antes de perceber que ela estava no sofá, antes de perceber que estava sendo observada, antes de ver Alice, enquanto o sofrimento se transformava em raiva.

Quando achava que estava sozinha, ficou sentada ali, parecendo pequena, triste e magoada, e pensar em Catty sofrendo... em alguém a fazendo sofrer... *isso* deixa Alice com raiva. *Isso* acende um fogo no seu coração, um calor ardente que se espalha pelo peito, ombros e braços, que ela levanta para acertar a garrafa; o impacto provoca uma vibração nos punhos quando o vidro explode. Seu coração quase para, sente uma emoção quando quebra, uma adrenalina quando estilhaça, uma risada nervosa que escapa tipo o vapor de uma chaleira.

Chovem cacos de vidro nos cascalhos, e Catty comemora, segurando a irmã pelos ombros.

— *Sláinte!* — brinda ela, a raiva substituída por orgulho.

Agora, estão juntas nisso. A distância entre as duas diminuiu, suas vidas se dobraram feito uma folha de papel.

E Alice quer fazer isso de novo.

Enfia a mão no engradado, os dedos se fechando no gargalo, só para perceber, tarde demais, que está quebrado, afiado. Ela sente a dor na hora, imediata e intensa, e ofega, afastando a mão como se tivesse sido picada, o sangue se aglomerando na palma. Um som escapa, metade grito e metade choro, e Alice sabe que o corte não é profundo, sabe que a mão e a cabeça costumam sangrar muito, mas sente a pulsação na ferida aberta, a dor que irradia e a visão do sangue fazem seus olhos ficarem marejados.

E, então, Catty está ao seu lado, segurando seu pulso, virando o corte em direção à luz, do jeito que Eloise faz quando examina uma farpa, e Alice sabe que ela está procurando por um caco de vidro, mas não há nenhum. Nenhum brilho nem nada.

Catty leva a mão da irmã até o rosto.

E passa a língua no sangue.

E, como num passe de mágica, Alice esquece a dor e a substitui pelo nojo.

— Eca! — grita Alice.

Mas Catty começa a rir e lambe os lábios.

— Hum...

Alice balança a cabeça.

— Que nojo.

Catty dá de ombros.

— É só você — diz ela. — E o que quer que exista dentro de você também existe dentro de mim. Somos feitas da mesma coisa.

Ela oferece a mão de Alice do mesmo jeito que ofereceu o taco, como se fosse uma oferenda, um segredo, algo a ser compartilhado, e Alice fica olhando, observando uma nova linha se formar no corte. O sangue é brilhoso e preto como o petróleo no escuro. Ela consegue sentir o cheiro de ferro quando aproxima a palma do rosto, o odor de moeda enferrujada.

E essa é uma lembrança, então Alice sabe o que vai acontecer em seguida.

Sabe que, apenas por um segundo, pensa em lamber a mão, mas não lambe, franze o nariz e limpa o sangue na calça jeans, e Catty apoia o taco no toco, tira a faixa que prende o cabelo e a enrola em volta do corte, e elas voltam juntas para casa.

Foi isso que aconteceu.

Mas não é o que acontece agora.

Agora, Alice não se mexe. Fica parada ali, a mão a meio caminho da boca, enquanto Catty observa, os olhos escuros e os lábios manchados de vermelho, e a noite em volta delas fica mais nítida e mais turva ao mesmo tempo, até que o pub não passa de um borrão, mas o sangue na sua mão parece tão vívido que vê a luz do poste refletida nele. A gota vira um filete que escorre pelo punho, brilhando como o vidro nos cascalhos, e a visão daquilo não a enoja mais.

Parece lindo, colorido como um doce.

E Catty diz:

— Experimente.

E sua boca fica cheia d'água, os dentes começam a doer, e ela sente uma contração de fome no estômago, e Alice quer levar a mão aos lábios...

Mas não consegue...

É como se o ar tivesse virado pedra ou foi ela que virou...

E não consegue se mexer...

Não consegue diminuir a distância entre a mão e a boca.

Ela se esforça tanto que o corpo inteiro treme...

E parece que vai se quebrar até que...

— Puta que pariu!

A voz de Rachel a arranca do sono.

E de repente, Catty desaparece, assim como o pub, o estacionamento, o taco de beisebol e o sangue, e tudo que fica é a fome, o maxilar de Alice doendo enquanto o estômago se contrai.

Rachel xinga de novo, tão alto que Alice acha que está parada ao lado da cama, só que, na verdade, está bem longe, do outro lado da suíte. Ainda assim, Alice consegue ouvi-la arrancando os lençóis da cama que fica a dois aposentos de distância, enfiando-os no saco da lavanderia enquanto continua resmungando.

Alice cobre a cabeça com o travesseiro e pressiona com toda força para bloquear o som. Até ficaria preocupada em se sufocar por acidente, mas parece que isso deixou de ser uma possibilidade.

As cortinas estão fechadas, mas a luz ainda atravessa as frestas, e Alice queria se enterrar na cama, encontrar o caminho de volta para Hoxburn, mas é segunda-feira de manhã, e ela tem aula, e Rachel ainda está resmungando.

Ela se obriga a se levantar, abre a porta bem a tempo de ver a colega de quarto arrastando o saco de roupa suja pela sala que dividem.

— Qual é o problema? — pergunta com a voz rouca.

Rachel chuta o saco e murmura:

— Odeio quando a menstruação chega antes da hora.

E Alice deveria ter ficado no quarto porque agora consegue sentir o cheiro, o sangue nos lençóis, e suas entranhas se contraem com força. Os dentes ficam afiados dentro da boca, e ela só tem tempo de fechar a porta antes que Rachel erga o olhar.

Alice estremece e se encosta na porta, mas a ínfima parede de madeira não é suficiente, o sangue continua ali, o sonho também, e antes que entenda o que está acontecendo, ela morde a própria mão. O sangue que escorre pela sua boca tem um gosto doce e esquisito, como mel rançoso, mas a ajuda a se acalmar um pouco.

— Está se sentindo melhor? — pergunta Rachel pela porta, e Alice se obriga a relaxar o maxilar e observa os furinhos da mordida se fecharem como se voltasse no tempo. Engole o próprio sangue e consegue mentir entre dentes:

— Tô... um pouco melhor.

— Quer que eu traga alguma coisa para você?

Rachel deve estar encostada na porta porque Alice pode jurar que consegue escutar o coração da outra garota batendo feito um punho na porta antes de responder que não.

Ainda bem que Rachel e o lençol sujo se vão, e Alice escorrega pela porta até se sentar no chão. O notebook está esquecido aos pés da cama, com o Post-it colado na tela.

Ela pressiona as palmas das mãos nos olhos.

Na noite anterior, Alice não encontrou nenhuma Lottie no diretório da escola, mas, na Escócia, Lottie é um apelido comum para Charlotte, e encontrou doze alunas com esse nome registradas ao longo dos quatro anos. Cada uma tinha uma foto, mas nenhuma era *ela*. (Claro que nem tinha passado pela cabeça de Alice perguntar se Lottie era uma estudante, pois, naquela hora, sua mente estava vazia, e a boca, ocupada.)

Depois de chegar a um beco sem saída, passou várias horas vasculhando as redes sociais em busca de fotos da festa. Havia muitas, embora a maioria fossem cliques inclinados de corpos sob luzes neon, ou selfies bem próximas, ou fotos artísticas de partes isoladas de corpos, e Alice estava quase começando a desconfiar de que Lottie não estava lá, que não era real, e que talvez só estivesse enlouquecendo de vez. Mas então a encontra.

Estava quase amanhecendo quando acha a foto. Apenas uma, e nela o rosto de Lottie tinha sido captado de perfil, os cachos cor de violeta roçando as bochechas enquanto abria um sorriso que mostrava a covinha e o canto de um dos olhos castanhos. Mas é ela. Alice sabe, sem sombra de dúvida, pois, mesmo através da tela, inclinou-se em direção à outra garota e teve de desviar os olhos antes que batesse com a cara no celular.

Alice salvou a imagem na galeria e, depois disso, caiu no sono.

Mas agora está acordada, e parece uma pista tão fraca. Ainda não sabe o que fazer, como transformar uma única foto sem foco em uma garota de carne e osso que possa lhe explicar o que está acontecendo, que possa contar a ela *por que* está acontecendo, e há uma voz na sua cabeça que diz que não vai fazer diferença, que já está *feito*, que não importa até onde vá nem aonde já chegou, não há como fugir...

Aula.

É isso. Alice precisa ir para a aula.

Claro, isso parece um pouco ridículo agora, levando em conta tudo o que está acontecendo, mas ela sabe o quanto é fácil ficar para trás e o quanto é difícil se recuperar. Ela se levanta de novo, coloca uma calça jeans limpa e, nessa hora, sente o aroma do sabão em pó de Lizbeth subindo das gavetas, sente os resquícios do perfume que Jana passou atrás da orelha antes da festa, sente o próprio cabelo roçar no rosto, o farfalhar do algodão enquanto se ajusta à pele e a calidez do pingente de ouro sobre o peito, as sensações tão intensas que chegam a ser avassaladoras.

Alice ouve um coração bater e ofega enquanto pressiona uma das mãos no peito, o alívio transbordando como lágrimas, até perceber que os batimentos não vêm de seu peito. É a batida familiar de oito tempos, e logo a voz começa a cantar:

Quando eu era criança, fiquei perdida na floresta

Alice procura o celular embaixo das cobertas e interrompe a música e a pulsação, voltando para o mais absoluto silêncio. Só que não está silencioso *de verdade*, não é? Porque, se prestar atenção, consegue ouvir os passos no corredor e o ranger dos canos dentro das paredes e o som baixo de alto-falantes tocando em algum lugar no pátio.

Tantos sons juntos, sobrepostos, emaranhando-se dentro da sua cabeça.

Alice vai até a janela, estudando as frestas de luz entre as cortinas. Ela morde a parte interna das bochechas e estende a mão, deixando o sol tocar na ponta dos dedos, preparando-se para tostar a mão em um forno quente, pronta para recolhê-la se a pele começasse a queimar.

Mas não queima.

É uma sensação estranha, com certeza, como formigas subindo pelas mãos, uma tontura indicando que há algo de errado, como uma vertigem. Ela se prepara e abre as cortinas, fazendo uma careta ao ver a claridade que provoca uma pontada de dor atrás dos olhos, como o início de uma enxaqueca.

Mas ela não pega fogo.

Alice: 1, lenda popular: 0, pensa ela enquanto fecha as cortinas, fazendo o quarto voltar a uma quase penumbra.

Quase, pois mesmo com as cortinas fechadas, consegue enxergar tudo com nitidez, desde as letras pequenas no livro didático aberto na mesa até os vincos no lençol e os anéis e as pulseiras de prata que adornam a árvore de joias de Lizbeth.

(Todas de verdade, não bijuterias, como Alice bem sabe, pois a colega de quarto fez questão de dizer, enquanto desfazia as malas, que a pele dela tinha alergia a outras ligas metálicas, por isso não podia usar nada além de prata pura ou ouro de verdade, e ainda fez uma piadinha sobre seu corpo ter um gosto refinado.)

Agora, Alice toca com um dos dedos de leve numa das pulseiras e espera sentir uma queimadura. Dessa vez, não sente nada diferente. Na verdade, não sente absolutamente nada.

Alice: 2.

E talvez seja por se sentir encorajada pelos dois pontos a seu favor ou, talvez, porque a primeira aula seja de economia e um dos alunos na sua seção more na república (e pode ser que conheça a garota da foto salva no celular), mas Alice calça os sapatos, pega um par de óculos escuros de Lizbeth na escrivaninha e sai.

No meio do pátio, ela se arrepende.

Mesmo de óculos escuros, o sol é de lascar, e embora a luz do dia não a *queime*, estende-se como uma mão quente e úmida na sua nuca, fazendo Alice se lembrar de quando a família navegou em mar aberto. As ondas estavam altas, e ela passou uma hora vomitandc pela amurada do barco, e é assim que se sente agora, tonta, com o estômago subindo pela garganta, só que desta vez ela é o barco, a garota enjoada e o mar, os três ao mesmo tempo.

Quando chega ao portão mais próximo, as pernas estão bambas e, quando finalmente cambaleia para a segurança do prédio, ela se apoia na parede, esperando o mal-estar passar.

Um fluxo constante de alunos lota o corredor, todos de fones de ouvido e cabeça baixa; um daqueles lembretes sinistros de que a sua vida é pequena e o mundo, enorme, e mesmo quando parece que vai desabar, só está caindo em cima de você. Para o restante das pessoas, tudo continua como sempre.

O cheiro de café chega até Alice vindo do quiosque. A garganta parece uma lixa, e ela se afasta da parede e pede um café preto e sem açúcar, torcendo para marcar c terceiro ponto no jogo de Alice contra a lenda popular. Dá um gole curto e cauteloso, então estremece de alívio quando não sente o líquido voltar.

Mas o gosto está esquisito.

Ela coloca um, dois, três pacotinhos de açúcar, mas é como jogar um spray de purificador de ar em algo podre. O resultado é só uma segunda camada tóxica, que gruda na língua e, depois disso, ela desiste e joga o conteúdo do copo fora, sentindo ainda mais sede quando chega ao auditório de economia.

O salão está enchendo, e ela examina a multidão crescente até finalmente localizar o cara da república e conseguir se lembrar do seu nome (Sam) um pouco antes de chegar onde ele está sentado.

— Oi — cumprimenta Alice.

Ele ergue o olhar e abre um sorriso, e ela pode jurar que consegue sentir o interesse dele crescer antes de enfiar o celular na cara dele.

— Estou procurando essa garota — diz ela, e os ombros dele se curvam antes mesmo de olhar para a tela.

Ele nega com a cabeça e murmura:

— Foi mal, nunca vi.

— Ela estava na festa.

Ele dá de ombros.

— Assim como metade da turma. — Franze os lábios. — Não pegou o número dela?

Alice sente a irritação crescer no peito, mas o professor pigarreia e todo mundo se senta. Ela se acomoda num lugar vago e fica olhando para o rosto na tela, imaginando se *deveria* distribuir panfletos pelo campus, perguntando: *Você viu esta garota?*

Enfia o celular no bolso, tira o notebook da mochila e tenta se concentrar na voz do professor...

(tão alta que consegue ouvir os ecos de cada fala)

... as anotações dele parecem gritar no quadro branco...

(Era sempre tão claro assim?)

... enquanto as imagens, os cheiros e os sons à sua volta se avolumam...

(o ruído das canetas, o som das teclas nos notebooks, a garota mascando chiclete duas fileiras à frente, o cara balançando o joelho quatro cadeiras ao lado, os celulares vibrando nas mochilas no chão, o suor e o cheiro adocicado no ar, intensificados pelo estresse, a falta de sono e uma boa dose de cafeína)

... até que tudo fica exagerado demais e ela enfia os fones de ouvido, coloca um ruído branco para tocar, esperando abafar o barulho das pessoas e da sala, mas o resultado é parecido com o do café no quiosque...

(uma coisa em cima da outra, juntando-se ao barulho em vez de cancelar os sons)

... e Alice está tentando se concentrar na aula, mas não consegue, porque há seis corpos próximos a ela, um de cada lado, dois na frente e dois atrás, e consegue ouvir seis corações batendo em seis peitos...

(consegue sentir o cheiro — o gosto? A *sensação*? — do sangue dentro daqueles órgãos)

... e tem o cara ao lado dela que fica rolando a cabeça de um lado para o outro, alongando o pescoço, e sua boca fica seca, e ela foca os olhos ali, e os dentes começam a doer e Alice não se dá conta de que está fincando os dedos na mesa até ouvir um estalo e olhar para baixo, esperando ver uma unha quebrada, mas, na verdade, vê lascas da madeira.

Alice se levanta.

Dezenas de cabeças se viram para ela, só que pela primeira vez na vida ela não se importa com o que os outros estão pensando. Sai para o corredor, entra no primeiro banheiro que vê pela frente e se apoia na pia.

Seu reflexo a encara do espelho e tem a pachorra de parecer que nada tinha mudado, e fodam-se os dois pontos a seu favor, foda-se o jogo de Alice contra a lenda popular, será que ela não tinha direito a uma recompensa estética? Cadê a beleza que deveria compensar o horror do que estava acontecendo? A pele imaculada, o cabelo perfeito, o glamour e a elegância?

A única coisa que Alice vê são as olheiras profundas. Os olhos ainda têm a mesma cor indefinida, que não é azul nem verde nem cinza, mas aquele tom indeterminado, e se agora *há* um brilho febril por trás deles, não chega a compensar todo o resto.

O fato de que, mesmo naquele cômodo ladrilhado, ainda consiga *ouvir* o som dos corpos através das paredes, os corpos vivos, que respiram, comem e riem, enquanto o dela simplesmente não emite a porra de som nenhum, e o fato de que é ridículo e errado que sinta um aperto no peito, como se não conseguisse respirar, embora não precise mais de ar, e que o coração pareça querer pular do peito, embora não esteja batendo, fazem com que Alice tenha vontade de gritar, mas ela não consegue fazer isso; mesmo agora, não quer fazer uma cena. Então só abaixa a cabeça e joga água no rosto, dizendo a si mesma que vai ficar tudo bem, mesmo sabendo que é mentira.

Ainda está curvada sobre a pia quando ouve a porta se abrir, o som de botas no piso do banheiro e a voz aguda de Hannah:

— Não vai me dizer que ainda está mal.

Alice levanta a cabeça para o espelho, olha para si mesma, e não para Hannah, se concentra nas gotas finas de água que escorrem pelo rosto, queixo e pescoço.

Hannah cruza os braços sobre o peito.

— Bebeu muito na festa da república?

— Demais — responde Alice, tentando dar um sorriso, mas acabando com uma careta.

Ela tenta se endireitar, mas o corpo parece tenso, fraco e faminto.

— Cólica — acrescenta ela, se apoiando na pia de novo.

Hannah enfia a mão na bolsa e tira um frasco de comprimidos.

— Quer um remédio?

Ela dá um passo em direção a Alice ao dizer isso, e seu perfume é sufocante, uma nuvem de baunilha e pêssego que pesa no ar, e é como se Alice tivesse lambido um sabonete. Mas, além do cheiro, *sob* o cheiro, ouve uma pulsação ritmada. Sente o cheiro metálico do sangue.

A garganta se fecha. Ela não se mexe.

Hannah sacode o frasco.

— E aí? — pergunta ela com impaciência.

Alice se afasta da bancada, se vira, estende a mão para o frasco, ou essa é a intenção, mas, quando começa a se aproximar da outra garota, parece não conseguir parar, a distância entre as duas diminui até Hannah pressionar o frasco contra o peito de Alice. Ela olha para baixo, vê os próprios dedos se fecharem em volta dos de Hannah, os comprimidos aninhados como uma boneca entre as mãos delas.

— Valeu — agradece Alice.

E é nessa hora que ela deveria se afastar, mas parece incapaz de reunir forças para isso. Alice sente o pulso pela pele da outra garota, o calor do seu corpo, imagina como seria se aquecer com aquela pequena chama de uma vida.

— Hmm... pode ficar — diz a outra garota, tentando soltar a própria mão.

Mas Alice não permite. Seu *corpo* não permite. Ela nem pode culpá-lo; seus ossos doem, assim como os músculos e tendões, a cabeça dói até a ponta dos dentes, o tipo de dor que aqueles comprimidos não podem aplacar, mas talvez Hannah possa. Como o Colin, no pátio, na noite anterior. Alice se lembra de como se sentiu melhor depois.

Ela olha para o rosto de Hannah, os olhos pretos semicerrados em um estado de confusão que Alice jura ser capaz de sentir. A linha fina do delineador, as sobrancelhas arqueadas, os lábios comprimidos, uma força que antes faria Alice se encolher, constrangida.

Alice, que se senta no fundo da sala de aula porque odeia a sensação de ser observada ou *vista*.

Alice, que fica pelos cantos das festas para não ser o centro das atenções.

Alice, que não sabe como ocupar o espaço sem se desculpar por isso.

A mesma Alice encara Hannah e sustenta o olhar, presa como a mão sob a sua. E está certa de já ter visto algo a respeito de persuasão numa dessas séries de TV, só não faz ideia se é verdade ou não, mas Hannah continua parada ali, com o rosto corado.

Fique, pensa Alice. *Fique aí mesmo.*

Ela vai chegando mais perto, diminuindo a distância entre as duas, as mãos ainda unidas entre seus corpos, os dentes cada vez mais afiados, a boca começando a doer, e Hannah fica olhando para ela, os lábios entreabertos, os olhos arregalados, e está funcionando, Alice não consegue acreditar que está funcionando...

E é neste exato momento que para de funcionar.

Hannah pestaneja e dá um passo para trás; o ar entre as duas fica repleto de nojo.

— Eca, não! — exclama ela com irritação, afastando-se. Alice a solta e o frasco de remédio cai, rolando pelo chão, esquecido sob uma cabine, enquanto Hannah franze o nariz e declara: — Eu não sou *sapatão.*

A palavra retumba das paredes.

Cada uma das sílabas agressivas.

(Alice se lembra da primeira vez que um garoto a chamou disso, como se tivesse dado uma bofetada nela, a sensação de queimação no rosto e a ardência nos olhos, o jeito que Catty passou direto por ela e quebrou o nariz dele, o que foi pior ainda. Depois, as duas voltaram em silêncio para casa. Alice tentou conter as lágrimas antes de finalmente perguntar: "Por que você bateu nele?", e Catty rebateu: "Por que você não bateu?" Elas não disseram mais nada até chegarem à escada na frente de casa, quando Catty se virou, pegou-a pelos ombros e disse: "Quando o mundo te der um empurrão, você empurra de volta.")

A palavra ecoa pelo banheiro.

Alice sente o rosto afogueado de novo, mas dessa vez não é de vergonha.

E sim de raiva.

Raiva de todas as Hannahs do mundo, convencidas de que a pior coisa que uma garota como Alice pode sentir é desejo, mas também daquela Hannah em particular, por olhar para Alice e ver um monstro, só que não o monstro que imagina.

O tipo de raiva que fez Catty usar o taco de beisebol para quebrar todas aquelas garrafas no estacionamento.

Alice agora entende por que a irmã estava sempre quebrando as coisas.

Porque a raiva precisa ser extravasada, não engolida.

Ela olha para Hannah, com um sorrisinho frio nos lábios.

— Do que foi que você me chamou? — Ela se ouve perguntar, mas não reconhece a inflexão da própria voz.

Aquilo é uma novidade.

Cortante.

E talvez Hannah não tenha sentido sua tentativa lamentável de persuasão, mas sentiu *isso*, Alice tem certeza ao ver o rosto da garota se contrair enquanto dá um passo para trás e depois mais outro, até os ombros baterem no secador na parede, e Alice sente o gosto do medo dela, da mesma maneira que sentiu a ameaça que emanava do cara da noite passada, a violência que os cercava como fumaça. Ela ouve o coração disparado de Hannah, o que faz seus dentes doerem e, nesse momento, quer que Hannah dê meia-volta e *corra*.

Não para que possa fugir.

Mas para que Alice possa persegui-la.

Só que Hannah não se move e, depois de um segundo, um minuto, uma hora, o mundo se acalma, e Alice sente que se acalma também, e a realidade volta com toda a força. Então ela passa pela garota e sai do banheiro antes que se perca de novo.

II

Alice sai para a luz forte.

Faz uma careta enquanto coloca os óculos escuros roubados, protegendo os olhos e resistindo à tentação de voltar direto para o pátio, para o dormitório e a segurança da penumbra atrás das cortinas fechadas, só porque isso não resolveria o problema premente da fome... ou é sede? Ela não sabe como chamar (porque parece um pouco das duas coisas). A boca está seca, o estômago, vazio, e todo o seu corpo parece ecoar como um lugar oco.

Um copo à espera de ser cheio.

Ela poderia continuar fingindo que talvez alguma comida ou bebida fosse capaz de aliviar a sensação de vazio, mas, até agora, apenas uma coisa parece ajudar... um ponto para o lado da lenda popular que poderia muito bem mudar o restante do jogo, porque é a que mais importa.

Alice precisa de sangue.

Só de pensar nisso faz com que a garganta pareça ainda mais seca e de repente repara quantos alunos seguem pelo mesmo caminho, as batidas de seus corações invadindo a cabeça dela. Mas a noite anterior tinha sido um erro, um erro que quase voltou a cometer com Hannah, e esta é a sua vida nova. Não quer estragar tudo.

Sendo assim, Alice se vira e sai do campus.

Afasta-se ao máximo dos prédios, das ruas arborizadas e dos rostos que está começando a conhecer tão bem a ponto de reconhecer. E de ser reconhecida.

Ela caminha, mantendo-se sob a sombra das ruas até chegar perto do rio, continua seguindo pelas margens arborizadas e vai andando até que cada passo parece irradiar um cansaço por todo o corpo. Os ligamentos estão rígidos, os ossos doloridos, e ela tenta pensar para onde pode ir: um cinema, talvez, um lugar escuro, mesmo que não seja exatamente um lugar privado; não é perfeito, mas, no momento, nada é.

Alice se senta em um banco na sombra e apoia a cabeça nas mãos.

Se ao menos soubesse o que, ou quem, está procurando.

Ela se lembra de uma série popular de TV na qual um cara (como sempre) é um serial killer que só mata pessoas ruins, encontrando uma maneira moral de alimentar seu impulso de ferir, de matar, e, ao se levantar, tenta descobrir o que torna uma pessoa tão ruim assim para merecer esse tipo de coisa. E é nesse exato momento que passa por uma obra e escuta assovios em sua direção.

Ela vê três homens agachados perto das engrenagens de uma máquina, um deles ainda com os dedos enfiados na boca e, pela primeira vez na vida, em vez de tentar parecer menor e curvar os ombros enquanto aperta o passo, Alice diminui o ritmo, coloca os ombros para trás e se vira para olhar para eles. Não sorri, não fala nada, só fica olhando, mas eles devem ter percebido *alguma coisa* porque se afastam, baixam a cabeça e se encolhem, o que faz com que ela se sinta bem — ou faria se não estivesse com uma sede do caralho.

Se fosse só um em vez de três...

Mas isso lhe dá uma ideia.

Alice olha para si mesma, de camiseta, jeans preto e tênis de cano alto, desejando ter escolhido algo mais sugestivo, mesmo sabendo que isso não faz diferença. Que o simples fato de *ter* um corpo de adolescente, não importa como esteja vestida, é o suficiente para justificar a atenção de um homem.

Ela solta o cabelo do rabo de cavalo e começa a andar mais devagar, esquece uma década de avisos enquanto baixa a guarda, pensando: *olhem para mim, me vejam aqui, me desejem*. Parte dela se sente uma idiota, mas o restante está sedento demais para se importar. Ela vai até o final do quarteirão e para ali, com os dedos na alça da mochila. O sol é encoberto por uma nuvem, e ela estremece de alívio.

Dá meia-volta e começa a caminhar pela mesma rua.

Está no meio do caminho quando o vê.

Sente a sua presença, na verdade. Um cara de meia-idade, vestido com um bom terno, girando a chave do carro no indicador enquanto segue em direção a um sedã todo polido. E eis a questão: Alice provavelmente não o teria notado se ele não tivesse olhado para ela primeiro. Encarado, na verdade, do jeito que alguns homens fazem, como se olhar fosse parte do jogo, pois, na cabeça deles, todas as garotas estão implorando para serem notadas.

Então, sim, ele a está encarando, com a cabeça inclinada e um sorriso enviesado, os olhos passeando pelo seu corpo de um jeito que deixa o seu estômago embrulhado, aquele velho medo familiar cresce dentro dela, o alerta soando em cada pedacinho da pele até ficar gravado ali. Alice se obriga a retribuir o sorriso, levanta os óculos escuros e os posiciona no alto da cabeça (mesmo que a claridade seja brutal) e mordisca o lábio de leve enquanto se aproxima dele.

— Com licença, senhor?

Paquerar garotas é um jogo longo e demorado de desejo e dúvida, de colocar só a pontinha dos dedos dos pés na piscina antes de finalmente se atirar de cabeça, seja por um momento de fraqueza ou exasperação.

Mas Catty sempre me disse que os caras eram mais fáceis.

É só deixar que acreditem que estão no controle.

Por um momento, quando chega bem perto dele, ela se preocupa que o homem olhe para ela e veja o que os operários da obra viram. Que ele se afaste e desapareça. Mas a única coisa que aquele cara emana é confiança.

Ele tem certeza de quem é o predador e a presa naquela situação.

— Sim, querida? — pergunta ele.

A Velha Alice diz: *Não. Há algo errado, saia já daí.*

Mas a Nova Alice pergunta:

— Você pode me dar uma carona?

O ar à sua volta tem gosto de açúcar queimado, e ela faz uma anotação mental de que o cheiro intenso parece combinar com arrogância e desejo.

— Claro — responde ele enquanto a olha de cima a baixo, bem devagar, como se desse pinceladas. — Para onde?

Alice engole em seco, sente seu antigo eu voltar para sabotá-la, mas morde a parte interna da bochecha até sangrar e então se lembra do que deseja. Do que precisa.

— Bem — começa ela, tentando suavizar a voz, um segredo partilhado entre os dois. — Para onde você pode me levar?

E enquanto as palavras saem de seus lábios, precisa se esforçar para não revirar os olhos, pois aquilo nunca vai dar certo, era melhor ter apostado na persuasão de novo. Mas o sorriso dele se alarga, como se Deus tivesse lhe dado um presente. Como se tudo fosse fácil demais.

— Pode entrar — indica ele, abrindo a porta do carro para ela.

Alice se acomoda no banco de couro, e a porta se fecha, a lataria do carro e o insulfilme escuro bloqueiam boa parte do sol. Sua mente clareia e a visão fica mais nítida e, por um momento, Alice solta um suspiro do mais puro alívio.

O homem entra, liga o carro e trava as portas. Alice se retesa, os dedos procurando a maçaneta por instinto, e precisa lembrar a si mesma de que vai ficar tudo bem. Que não precisa ter medo, porque nada de ruim vai acontecer.

Pelo menos não com ela.

Recosta-se no banco de couro enquanto o motor ruge e o carro entra no tráfego, e a mão do homem encontra seu joelho, e manda a própria mente ir para outro lugar.

E é o que faz.

Parte por parte...

Até o carro sumir...

Até o homem sumir...

Até a mão dele sumir e...

Ela está voando na bicicleta, os cascalhos estalando sob os pneus.

Mais à frente, o cabelo de Catty balança enquanto ela corre, seu cabelo loiro cortado um pouco acima do ombro com a tesoura da cozinha, as pontas pintadas de um vermelho vibrante. Ela já tem catorze anos e é *rápida*, uma corredora do time de atletismo da escola, o único esporte que consegue fazer porque não envolve trabalho em equipe nem conversa fiada, mas não é por isso que está correndo agora.

Alice pedala mais rápido, tentando se aproximar.

Ela tem onze anos, é bem mais baixa que Catty e ainda está esperando pelo estirão que todo mundo vive prometendo, aquele que vai transformá-la em algo mais, só que ainda não tinha acontecido, por isso, quando a irmã saiu correndo, teve o bom senso de pegar a bicicleta, o único jeito de alcançá-la agora.

E *precisa* alcançá-la.

Porque, dessa vez, Catty está fugindo *dela*.

Não está se dirigindo para a colina atrás da casa, mas para a estrada que leva para fora da cidade. Para longe, muito longe. E é tudo culpa da Alice.

Mesmo que não seja, não totalmente, alguma parte tem que ser do pai e de El...

(El, a quem Catty insiste em chamar de *Eloise*, mesmo que já faça três anos. Eloise, como se fosse uma visita, uma hóspede indesejada, ou pior, uma invasora, uma impostora, uma usurpadora, um vazamento de gás, um veneno lento.)

... mas foi *Alice* que sorriu e abraçou El ao receber a notícia que ela estava grávida. Alice que cometeu o erro de dizer "Parabéns" e "Que notícia maravilhosa" e depois piorou ainda mais as coisas ao acrescentar a palavra *mãe* no final, e mesmo que parecesse certo, percebeu que tinha sido um erro assim que pronunciou a palavra, tentou segurar a sílaba atrás dos dentes, mas já era tarde demais, Catty deu um passo para trás como se tivesse levado um soco e saiu correndo.

Alice a alcança de bicicleta, diminui a velocidade e solta:

— Por favor, eu não queria dizer aquilo.

Mas a irmã aumenta a velocidade, os tênis batendo no chão e os olhos azuis agora avermelhados por causa do frio do inverno e da raiva.

(Catty só chora quando está com raiva.)

— Volta para casa, Magrela — ordena ela, irritada. A palavra *casa* sai tão cortante que chega a machucar.

Alice faz uma careta.

— Desculpa — pede ela, mas sente e não sente muito, sua cabeça está confusa.

Afinal, Eloise não deixa de ser sua mãe, a única de que se lembra, a única que deixa bilhetinhos nos seus bolsos e prepara o almoço e a abraça quando está triste, doente ou com medo.

E Catty é a que vai embora.

A que foge.

Elas chegam ao limite da cidade, e Catty continua, Alice pedalando em seu encalço até Hoxburn ficar para trás, desaparecer de vista e Alice começar a se preocupar que a irmã não vai parar, quando algo dentro de Catty parece finalmente se partir. Ela para de correr, se agacha, enfia as mãos no cabelo...

E *grita*.

Um lamento sobrenatural que ressoa pelas colinas, deslizando no mato e no musgo. Um som violento e visceral que teria arrancado os vizinhos de casa se elas ainda estivessem na cidade. Se não estivessem em uma área rural que abafava tudo.

Catty grita até não restar mais ar nos pulmões e então seu corpo parece ficar vazio e ela se senta na grama, com os joelhos junto ao peito. Alice larga a bicicleta, mas não vai até a irmã, ainda não, porque consegue sentir a raiva que ela emana, como gases de combustível à espera de um fósforo.

Naquela semana, na aula de química, aprenderam a apagar uma chama, não com água, mas com uma manta à prova de incêndio que ficava atrás da mesa do professor, observando-o desenrolar a manta e a deixar cair, abafando o fogo, e Alice gostaria de poder fazer a mesma coisa com o temperamento de Catty, gostaria de poder cair em cima da irmã e abafar aquele fogo. Mas não pode. Então senta-se na grama a alguns metros de Catty, que fica olhando para algum ponto ao longe.

— *Grávida*.

Ela cospe a palavra por entre os dentes como se fosse um caroço de melancia.

Alice morde o lábio e tenta entender o que realmente incomoda Catty: a ideia de ficar em desvantagem numérica, ou o pai ter encontrado outra pessoa ou o fato de alguém na casa finalmente ter um *motivo* para chamar Eloise de *mãe.* (Uma parte meio traidora de Alice acha que seria legal ter um irmãozinho.) Mas claro que Alice não pode dizer nada disso, então não fala nada, só afunda os dedos na terra gelada e imagina que está criando raízes, as ramificações crescendo até conseguir encostar em Catty sem tocá-la de verdade.

O silêncio paira pesado e frio sobre as duas, até Catty dizer:

— Nós temos mãe.

Alice responde:

— Eu sei.

— Não precisamos dela.

E Alice repete:

— Eu sei.

E tenta não pensar em Eloise enrolando uma toalha seca nos ombros dela na semana anterior, depois de terem se molhado na chuva.

Catty tira um cigarro do bolso do agasalho de moletom, roubado do maço do pai, embora ele tenha dito a Eloise que tinha parado de fumar quando ela foi morar com eles. Também pega uma caixa de fósforo, surrupiada do pub do vovô, e são necessárias três tentativas para ela conseguir acendê-lo com um sibilar. Catty leva a chama até a ponta do cigarro e traga, sem tossir, só prende a fumaça antes de deixá-la escapulir por entre os dentes.

Alice franze o nariz, mas Catty estende a mão, e é como se fosse uma oferenda sagrada. Quase tão bom quanto dizer: *Eu te desculpo,* mas também: *Somos nós e eles,* e Alice está tão aliviada por ainda fazer parte do *nós* que pega o cigarro e traga até a ponta brilhar de vermelho e uma chaminé inteira parecer inundar seus pulmões. Ela tosse e tosse e quando finalmente consegue parar, está tonta e não sabe se é pela fumaça, pela nicotina ou pela falta de ar, e Catty fica batendo nas suas costas, coloca a ponta entre os lábios e olha para o céu repleto de nuvens.

— Você se lembra dela, não lembra?

Há um tremor em sua voz, e Alice se dá conta de que ela não está zangada, e sim com medo de ser a única que lembra.

Alice assente, mas a verdade é que não lembra, não.

Ela sabe que a mãe era uma jornalista, do tipo que viajava pelo mundo todo. Há fotos dela no mural de Catty: a mãe lendo numa praia em San Diego; tomando chá numa confeitaria em Tóquio; sorrindo, de olhos fechados, debaixo de uma árvore de bordo em Boston.

(Essa última sempre foi a favorita dela, por causa das folhas. Não sabia que podiam ficar daquele tom de amarelo, uma copa de cor tão viva que parecia um borrão.)

Ela sabe dessas coisas, mas não tem lembranças para acompanhá-las, e as poucas que tem são como saquinhos de chá usados vezes demais, até perderem todo o sabor e restar apenas água turva. Alice gostaria de se lembrar da cadência do riso da mãe, do cheiro do xampu, do que ela dizia quando as colocava na cama.

Um avião corta o céu, deixando uma trilha fina tipo giz. Catty o observa passar.

— Lembra quando ela nos contou sobre a viagem para a Nova Zelândia?

Alice assente.

— Lembro — mente ela. — Mas me conta de novo.

E Catty olha para ela...

Alice vê um sorriso triste em seus lábios enquanto Catty respira fundo e...

A mão do homem aperta o joelho de Alice.

Um apertãozinho que a arrasta de volta ao próprio corpo.

Faz com que deseje sair da própria pele.

Ele sorri, e Alice imagina se ele consegue sentir o medo dela do jeito que ela sente o desejo dele, se isso é um dom predatório.

Já cruzaram a ponte, as ruas de Boston passam como um borrão, e tudo que Alice quer é que isso acabe logo, enquanto se pergunta para onde estão indo. Como se lesse os pensamentos dela, o homem franze os lábios secos e diz:

— Você está muito longe de casa.

Alice estremece, pensando que o homem sabe onde ela estuda, até que ele arrisca:

— Escócia?

É claro, ele só estava se referindo ao sotaque dela.

Alice assente.

— Eu precisava de um recomeço.

Antes e depois. Ontem e hoje.

— É mesmo?

Ela odeia aquela tentativa forçada de conversa fiada. Cada palavra parece um esforço tremendo. Mas logo ele entra na garagem de um prédio residencial. Estaciona e solta o cinto de segurança, e Alice espera que destrave e abra a porta para ela de novo, a leve até um apartamento minimalista com vista para o porto.

Em vez disso, o homem se vira para ela e aguarda, como se ela devesse saber o que acontece em seguida, só que Alice não sabe, e isso faz com que ele pareça gostar ainda mais da situação. Ele pega a mão dela e a leva até a virilha, e ela não consegue nem pensar *nisso*, a repulsa é tão forte que a faz entrar em ação.

Alice engole em seco e sobe pelo apoio de braço entre os dois até chegar ao colo dele. De perto, ele tem cheiro de dinheiro e ostentação. Metal caro, perfume demais e, sob tudo isso, desejo, necessidade e sangue. Ela consegue sentir a rigidez dele através das camadas finas demais do terno, e ele começa a sussurrar uma torrente de "boa menina", "isso", "assim" e "Você gosta disso?".

Ela não gosta.

A única coisa de que *gosta* é que ele está embaixo dela, a cabeça inclinada para trás enquanto Alice encaixa o próprio peso contra o corpo dele, expondo a pele do pescoço, a única parte pulsante dele que realmente importa para ela, que estimula a única parte dela que reage: os dentes se afiando dentro da boca, crescendo e espetando o lábio inferior.

Alice se inclina para a frente, mas antes que alcance o pescoço, ele levanta a cabeça e olha para ela, a mão esquerda alisando a coxa dela e a outra se colocando entre os dois corpos para abrir a calça.

Ele começa a descer o zíper, mas ela coloca a mão sobre a dele.

— Espera — pede ela, e o pânico em sua voz o faz estreitar os olhos, a irritação evidente no rosto.

— Não vai bancar a tímida agora — alerta ele, afastando a mão dela. — Qual é o problema? Quer que eu insista mais um pouco?

Ele a agarra pelo cós da calça, puxando-a contra si, os dedos descendo pela frente do jeans dela enquanto usa a outra mão para libertar o próprio pau, e o carro é pequeno demais, o espaço apertado demais, e Alice não tem como recuar, então se debruça sobre ele e puxa a alavanca de reclinar o banco na lateral do assento, o encosto cede, e eles caem para trás. Então, naquele instante de desequilíbrio, finca os dentes no pescoço dele.

O sangue jorra na sua boca como um sopro de ar depois de passar tempo demais embaixo d'água e, dessa vez, o mundo não desaparece, não há lapso de tempo, só Alice e o sangue derramando na língua e escorrendo pela garganta, o fluxo descendo enquanto o homem se debate, a golpeia no rosto e chuta a buzina. Ele tem o dobro do tamanho dela e é forte, mas Alice é muito mais e continua bebendo, os batimentos dele se tornam seus, uma batida pesada, e é como se as luzes se acendessem dentro dela, que volta a se sentir melhor e se dá conta de que está tudo bem de novo, à medida que o coração dele bate dentro do peito dela.

Ele a agarra pelo ombro em uma tentativa de tirá-la de cima de si e finalmente fica aterrorizado (o que confere uma ótima nota de sabor na língua dela). Ela afunda ainda mais as presas, cerrando o maxilar até sentir a cartilagem, ouvir o grito dele vibrando nas cordas vocais, fazendo seus dentes vibrarem como um diapasão.

Alice não o solta.

Continua bebendo até o corpo amolecer, cada tendão relaxado, bebe até a pulsação do homem diminuir e começar a falhar. Uma canção que chega à última estrofe. Bebe até que, finalmente, ele fica flácido, sem vida, no assento embaixo dela, e seus dentes o soltam instintivamente, o maxilar afrouxando no instante que o pulso se arrasta para a parada final.

E mesmo assim, os batimentos roubados continuam no peito dela, por tanto tempo que chega a pensar que talvez seu coração vá continuar batendo.

Mas, por fim, também para.

E ela mergulha novamente no silêncio.

Alice olha para o corpo debaixo do seu, de olhos arregalados e vazios, a boca entreaberta, e espera que o choque pelo que fez passe, espera que a onda de terror chegue numa enxurrada.

A repugnância. A culpa.

Mas a verdade é que tudo que sente agora é alívio. Porque a sede finalmente passou. A dor de cabeça desapareceu. E mesmo que o batimento cardíaco também tenha parado, sente-se viva de novo. Ressuscitada.

À medida que os segundos passam, Alice entende que não está bem.

Aquilo não é algo que vai passar, como uma doença ou uma tempestade.

O que quer que tenha acontecido com ela não vai ter volta.

Ela sai de cima do corpo e volta para o banco do carona, os arranhões no rosto já curados. Ao seu lado, o pescoço do homem exibe uma ferida sangrenta. Mas, enquanto observa, a pele começa a cicatrizar, deixando apenas algumas gotas de sangue no colarinho da camisa.

Ela se obriga a estender os braços em direção a ele, tirando a carteira do bolso da calça, pega três notas de vinte dólares e sai, com cuidado para não deixar impressões digitais nem na carteira nem na maçaneta (já assistiu a muitas séries de investigação).

Quando a porta se fecha, ela vê o próprio reflexo no vidro escuro.

E, pela primeira vez, nota a mudança.

Não há nenhuma beleza repentina. Pele imaculada ou cabelo brilhoso.

Mas a Alice que olha de volta para ela é inegavelmente nova.

SABINE

(*ANNO DOMINI* 1532)

I

Veneza, Itália
1679

Faltam duas noites para o Carnaval, e a cidade está em polvorosa.

Carroças passam pelas ruas estreitas e obstruem as pontes. As rodas das carruagens batem nos paralelepípedos, passando pelas ruas e casas, as vozes se elevam no ar enquanto as tendas são montadas e as *piazzas,* arrumadas.

O barulho coletivo é mais do que suficiente para ocultar o som da garota lutando contra Sabine.

Ela acabou de chegar, acompanhando o fluxo de pessoas de Verona. As cidades, como logo descobriu, são um terreno perfeito para a caça. Lugares tão movimentados que algumas mortes quase sempre passam despercebidas. Mesmo assim, é cuidadosa. Nunca deixa mais corpos do que é capaz de contar.

Os dedos de Sabine pressionam a nuca da garota enquanto os dentes mergulham cada vez mais fundo em seu pescoço. Costumava dizer para não terem medo, mas isso foi há muito tempo, antes de descobrir o quanto apreciava o gosto do medo.

Pungente e agridoce.

Em seus braços, a garota para de se debater.

O coração começa a enfraquecer, antes de falhar e finalmente parar. Sabine suspira e a solta, vendo-a cair no canal, a água respingando quando o corpo mergulha com um som suave, que é abafado pela comoção em uma ponte ali perto.

Uma fita de seda azul está na sua mão, que soltou do cabelo da garota enquanto bebia. Sabine enrola o tecido em volta do dedo, saboreando os últimos ecos das batidas do coração no próprio peito.

— *Quanta avventata* — diz uma voz atrás dela.

Quanta imprudência.

Ela se vira e se depara com um homem que nunca viu antes, encostado ao muro de braços cruzados. À primeira vista, é um cavalheiro, com roupas ricas e feitas sob medida para o corpo de ombros largos e quadris estreitos. Os olhos são de um cinza profundo, como lascas de ardósia, o cabelo preto bem penteado, o bigode curvado como um segundo sorriso.

Ela não o ouviu chegar. Um mistério, até ele repuxar o canto dos lábios, exibindo uma presa afiada.

Ah, pensa ela.

Não é o primeiro da sua espécie que conhece desde Hector e Renata. Havia um homem com o cabelo branco como a neve em Barcelona. Uma mulher magra e tensa como uma corda em Atenas. Uma dupla de irmãs em Marselha. Os mais velhos, Sabine não conseguiu ler, mas as irmãs eram mais jovens, a curiosidade delas tão evidente quanto a fumaça de um cachimbo no ar. E Sabine sabia que, se fizesse um gesto com o dedo, como Renata fizera naquela noite, tanto tempo atrás, elas a seguiriam.

Mas não fez.

O tempo das amizades já tinha passado. Nas raras ocasiões em que desejava companhia, ela a encontrava e, depois, o sangue ficava mais saboroso pelo tempo compartilhado.

Mas Sabine prefere caçar sozinha.

Então, toda vez que seu caminho cruza com o dos outros, mantém a distância. E, toda vez, sente a presença deles muito antes de vê-los.

Mas aquele ali a pegou de surpresa.

E não parece ter a intenção de partir.

— *Posso aiutarla?* — pergunta ela.

Posso ajudá-lo? O italiano escapa pelos lábios. Já disseram que ela fala bem o idioma, quase como uma nativa. Não é difícil de aprender, quando se tem tempo. E Sabine tem tempo de sobra.

Os olhos dele passam por ela e se fixam no canal. O corpo da garota desaparecendo na água.

— É uma grosseria bagunçar a casa de outra pessoa — declara ele.

Sabine olha em volta.

— Pois não vejo casa alguma.

Casualmente, o homem descruza os braços e desencosta do muro, empertigando-se para exibir todo o seu tamanho.

— De fato, não se vê quatro paredes — retruca ele. — Nem um telhado. Nem uma porta. Mas não se engane. Você está na *minha casa*.

Ele vai se aproximando ao dizer isso e, a cada passo, uma coisa estranha acontece.

Sabine sente que está recuando. Não por escolha nem por medo. O ar à sua volta fica mais pesado e se solidifica, aquela barreira reveladora de quando tenta cruzar uma porta sem ser convidada.

O homem dá mais um passo, e Sabine é empurrada para trás até sentir a rua sumir sob seus pés, a água se agitando contra as paredes do canal lá embaixo.

A indignação cresce dentro dela, assim como o fascínio.

— Como? — pergunta ela, as botas se equilibrando na beirada.

O estranho não responde, apenas olha para o céu, como se observasse as nuvens iluminadas pelo luar. Em seguida, dá as costas para ela e começa a seguir pela rua. O ar fica mais leve, e Sabine dá um passo cuidadoso para se afastar da beirada, quando o ouve dizer:

— *Venga.*

Venha.

Ela ri, um som frio que desliza pelos dentes, e está prestes a dizer para onde ele pode ir sozinho, quando o homem olha para trás com um sorriso quase caloroso e acrescenta:

— Não foi um convite.

Uma mão, invisível como a porta, e tão firme quanto, se planta entre seus ombros, e ela sente o corpo avançar antes que a mente consiga pensar em resistir.

É quando Sabine compreende que, apesar do jeito relaxado, ele é *velho*.

Velho o suficiente para que ela não o ouvisse chegar.

Velho o suficiente para reivindicar a rua e o ar à sua volta.

Velho o suficiente para fazê-la andar como uma marionete.

A compreensão faz sua pele se arrepiar com um tipo primitivo de medo. Faz tanto tempo desde a última vez que ela se sentiu uma presa, e detesta essa sensação, tem vontade de dilacerar o estranho dos pés à cabeça e fugir dali.

Mas, acima de qualquer coisa, Sabine quer entender.

Saber como ele fez aquilo. Para que possa fazer também.

No momento que começa a andar por vontade própria, a mão desaparece. Mas ainda a sente, pairando atrás de si como um contorno. Sabe que, se parar, ou se virar, ou tentar partir, estará ali para impedi-la.

Então não para, não se vira nem tenta partir.

Ela o alcança e caminha ao lado do homem em vez de atrás dele.

Para um transeunte, pareceriam um casal feliz e bonito, a caminho de casa. Sabine, com seu vestido elegante, o cabelo como uma cortina solta de cobre derretido. E ele, com os ombros largos e os dedos entrelaçados às costas.

Alguns homens passam pelo outro lado do canal e, quando veem Sabine e o estranho, um deles grita, erguendo a garrafa em uma mistura de cumprimento e brinde.

— *Don Accardi!*

O homem ao lado dela sorri e acena, desejando a eles uma boa-noite.

— Don *Accardi?* — pergunta ela enquanto seguem caminho. — É o seu nome?

— É como sou conhecido em Veneza — responde ele. — Mas pode me chamar de Matteo. E como devo chamá-la? — pergunta ele de forma cortês.

— Por que a pergunta? Tenho certeza de que é forte o suficiente para arrancar o nome da minha mente.

Matteo dá de ombros.

— Talvez. Mas seria uma grosseria da minha parte.

— Ah, *isso* seria uma grosseria? — sibila ela. — Por outro lado, me obrigar a segui-lo...

Ele estala a língua.

— Sou uma companhia tão repulsiva assim? Foi você que veio à minha casa...

— Não é *sua*... — interrompe ela enquanto atravessam a praça.

— ... e jogou um corpo no meu canal...

— Corpos são encontrados boiando na água todos os dias.

— O mínimo que pode fazer é ser uma convidada decente — continua ele, guiando-a por uma esquina — e me acompanhar...

— Eu nem sei para onde estamos indo.

— Para a minha casa.

Sabine arqueia uma das sobrancelhas.

— Achei que Veneza inteira fosse a sua casa.

E eis aquele sorriso esquisito e afável de novo. Como se aquilo fosse muito divertido para ele. Os dois passam sob um arco e entram em um pátio cercado por colunas, com glicínias florescendo nos cantos.

— Chegamos — declara ele, parando finalmente.

Sabine olha para a frente. E depois para cima. Estão diante de uma construção que mais parecia um *palazzo* do que uma casa. Três andares, a fachada ornamentada como a de uma igreja.

— Você mora sozinho? — pergunta ela. — Ou há outros como você?

Matteo parece sopesar as palavras antes de responder.

— Não há mais ninguém como nós aqui.

— Me deixe adivinhar... Você os enxotou daqui.

— Não. — Uma pausa. — Só alguns.

As botas ecoam suavemente nas pedras do pátio enquanto ele se aproxima da porta de entrada, que, por si só, é suntuosa, de ferro forjado formando um meio círculo na parte de cima e filamentos desenhados como raios de sol.

A porta se abre ao seu toque e ele entra, mas, quando Sabine faz menção de segui-lo, seu corpo é repelido bem na soleira, e ela se vê presa ali, sem poder avançar ou recuar. Cerra os dentes, perdendo o bom humor.

— Você me trouxe até aqui — diz ela — só para me deixar na porta?

Matteo levanta um dos ombros e estala a língua.

— Ah... Era o que eu temia.

— Você pretende me deixar entrar?

— Eu até deixaria, mas não posso.

E antes que Sabine tenha a chance de retrucar sobre o absurdo de reivindicar a cidade toda como lar, mas não a casa onde mora, Matteo levanta a voz:

— Alessandro? Temos uma convidada.

Um momento de silêncio, seguido pelo som de passos descalços, e um segundo homem aparece no final do corredor. Elegante e jovem, com o cabelo loiro-mel emoldurando o rosto, os olhos de um tom deslumbrante de azul-celeste, mas é o *vermelho* que chama a atenção dela. Os dedos estão cobertos de carmesim, a cor mancha os braços, a túnica, deixa gotas na forma de sardas em uma das bochechas.

— Eu o interrompi? — pergunta Matteo.

A resposta de Alessandro é um dar de ombros lânguido.

— Não — responde ele. — Só estava limpando os pincéis.

Então é por isso que ele está assim. Não é sangue. *Tinta.*

Enquanto caminha em direção a eles, Sabine nota duas coisas.

Ele é bonito de um jeito feminino.

E é inegavelmente humano. Ela consegue ouvir as batidas suaves e ritmadas do coração, consegue sentir a cautela tomando conta do corredor.

— Você trouxe alguém perdido para casa? — pergunta ele, ao mesmo tempo que Sabine murmura:

— Ah, você tem um bichinho de estimação.

Matteo olha de um para o outro e dá uma risada.

— Alessandro Contarini, esta é a...

Ele para de falar, esperando que ela se apresente.

— Sabine.

A boca dele se contrai.

— Que estranho — retruca ele.

— É?

— Já conheci uma Sabine antes.

As palavras são uma lasca de gelo entre os ombros dela, mas, por sorte, ele parece satisfeito em parar por ali.

— Vamos logo — apressa ele, tirando a capa. — Deixe-a entrar.

A atenção de Sabine passa para o humano no vestíbulo. O mascote de Matteo.

— Sim — ronrona ela, passando os dedos pelo ar, onde param como se tocassem na madeira. — Isso mesmo, me deixe entrar.

O jovem, *Alessandro*, a estuda.

Não do jeito que um rato observa um gato, mas como um artista analisa um objeto, decidindo a melhor forma de retratá-lo. Ele faz uma reverência, estendendo uma das mãos em um floreio.

— Você é bem-vinda aqui.

Assim que as palavras saem dos lábios dele, o obstáculo se esvai e, com um único passo, Sabine está no vestíbulo e o imprensa contra a parede mais próxima. O sangue flui sob a pele dele, e ela ainda está se decidindo se vai rasgar seu pescoço ou usar a vida dele para chantagear quando Alessandro se solta e aparece bem atrás dela, de forma fluida como uma flâmula ao vento.

Quando ela se vira, há dois objetos de aço contra sua pele, o primeiro é uma lâmina sob o queixo, o segundo é uma pistola logo abaixo das costelas. Sabine olha das armas para os olhos azuis-celestes, tão cheios de vida.

Matteo nem se mexeu. Continua parado, assistindo a tudo, divertindo-se.

E tão casualmente como quando avançou sobre ela, Alessandro dá um passo para trás, guardando as armas num coldre às suas costas. Sabine é obrigada a admitir que está impressionada. Ou, no mínimo, intrigada.

— Bem — diz seu anfitrião —, agora que já se conheceram...

E, com isso, ele entra na casa, deixando que os dois o sigam.

Sabine acompanha Matteo até a escadaria palaciana, que desemboca em um grande salão, repleto de portas abertas. Ele faz um gesto para a primeira à direita.

— Este aposento tem a vista mais extraordinária de todas.

Ele os conduz até um salão de pé-direito alto e piso de mármore, iluminado por um candelabro ornamentado. Uma janela enorme com diversas vidraças ocupa uma parede inteira, e quadros ocupam todas as demais, alguns retratos, algumas cenas do cotidiano, e embora Sabine nunca tenha se interessado muito por arte, pode ver o talento no movimento do pincel, a luz que parece se acender atrás da tela.

Alessandro aponta para a mancha vermelha na frente da camisa, pede licença para ir se limpar, enquanto Sabine segue para as janelas. Seu anfitrião estava certo em relação à vista. Dali, Veneza parece se estender aos seus pés. Ao mesmo tempo, se virar a cabeça, mesmo que só um pouco, pode ver o reflexo de Matteo no vidro, o bom humor sumiu do seu rosto.

— Eu estava falando sério, Sabine. Este é o meu lar. E não vou permitir que você cause problemas por aqui.

Ele avança enquanto fala:

— Se quiser ficar, pode fazer isso como minha convidada, e serei um anfitrião gracioso. Mas você vai viver como eu vivo e respeitar as minhas regras. Não haverá emboscadas na escuridão nem vítimas tiradas da rua e atiradas no canal. Vou ensiná-la a saborear cada alma que tomar. Como reivindicar espaços e dominar a mente dos outros, como seduzir, encantar e se disfarçar. Como ser a última pessoa em quem alguém pensará quando os corpos começarem a desaparecer.

Ele pousa a mão no ombro dela.

— Vou ensiná-la a *viver* melhor do que jamais viveu.

Sabine permite que seu olhar volte para a água, as pontes, as construções esculpidas da cidade como pinturas sombreadas em contraste com o céu, algumas janelas iluminadas pela luz de velas mesmo àquela hora.

— Um discurso interessante — retruca ela, seca. — Mas e se eu recusar a sua proteção?

Matteo suspira e estende a mão até tocar no vidro da janela. Diante deles, os primeiros raios de sol começam a tingir o céu.

— Então é melhor partir agora para estar na estrada a caminho de Roma ao alvorecer.

Não há esperança nem ameaça na voz. Como se não lhe importasse o caminho que ela tomaria, só que tomasse uma decisão. Como se a escolha fosse dela. E é, até certo ponto, a mão espectral tinha desaparecido das suas costas, e Sabine sabe que, caso decida partir, não haverá nada para impedi-la.

Matteo se afasta quando uma silhueta aparece na porta.

Alessandro ressurgiu, vestido com uma túnica limpa aberta no pescoço, sem manchas de tinta nas mãos e no rosto, a pele em tons de rosa por ter sido esfregada. Matteo vai até ele e lhe dá um beijo gentil no ombro, um gesto tão simples e, ao mesmo tempo, tão íntimo.

Tão diferente de Sabine, que só encontrava a forma dos seus próprios impulsos no escuro e achava que aquele era o único lugar onde uma verdade como a dela poderia viver. Que era algo para ser escondido. Ainda assim, aqueles dois homens estão juntos, e ela não precisa da habilidade de ler os pensamentos de Matteo para saber que há muito mais do que o desejo puro e simples entre os dois. É evidente na maneira que a expressão do seu anfitrião se suaviza, que seu olhar se demora no outro homem.

Amor.

Tão terrível e infindável quanto a sede.

Imagina como seria sentir isso.

— Boa noite, Sabine — diz Matteo, distraidamente, enquanto ele e Alessandro vão para o corredor. Mas a voz dele, por mais suave que seja, chega aos ouvidos dela: — Se decidir ficar, a casa é grande. Tenho certeza de que há de encontrar um quarto que a satisfaça.

Instantes depois, ela ouve uma porta pesada se fechar e uma fechadura ser trancada.

E fica sozinha ali.

Isso não é nada. Já está sozinha há cem anos e conseguiu se sair bem, recusou todas as oportunidades, quando apareceram, de se juntar a outros iguais a ela. Ainda assim, fica parada junto à janela, observando o alvorecer chegar enquanto pensa no que fazer.

Ficar, partir ou enfrentá-lo. Deveria partir, é claro. Ela *está* curiosa, mas não é mulher de baixar a cabeça para as regras de outras pessoas. Ainda mais de um homem. E quem ele é para exigir isso *dela*? Arrastá-la até ali e lhe dar um ultimato?

Mas o *ar*... no final das contas, é o ar que a faz decidir. A forma como se curvou em volta dela na rua, como ficou sólido feito uma porta. A forma como foi obrigada a recuar de uma soleira que nem *existia*, a não ser pela força de vontade e pelo poder dele. Sabine quer saber como Matteo fez aquilo.

Vou ensiná-la, dissera ele, e ela vai cobrar.

E depois vai fazer o que bem entender.

Afinal, ele não exigiu nenhum juramento dela, nenhuma promessa. Além disso, reflete ao se virar de costas para a vidraça e atravessar o elegante salão, passando os dedos pelas cortinas, as molduras e as paredes pintadas, acabou de chegar em Veneza e não tem nenhum lugar para ficar. Pelo menos, nenhum tão bonito como este.

Ela encontra três quartos, além daquele que está com as portas trancadas e com um coração humano batendo lá dentro, e escolhe o maior ao final do corredor. As paredes são pintadas com videiras e ladeadas por filigranas douradas, as cortinas grossas o suficiente para bloquear todos os resquícios de luz. Uma cama de quatro colunas parece brotar do chão, a madeira escura se elevando no alto em um tipo de cobertura. É extravagante. Ornamental.

Exatamente do seu gosto.

Sabine tira as botas e permite que os pés descalços acariciem o tapete macio, beijem o piso de mármore. Uma leve nuvem de poeira se eleva à sua volta quando afunda na cama elegante, mas ela não se importa. Quando o sol nasce, não está na estrada para Roma, mas enterrada nos lençóis elegantes e sonhando com portas que se abrem sob seu toque.

II

Os raios de sol a arrancam do sono.

Por um instante, Sabine está em outro lugar, deitada no canto de um celeiro, encolhida embaixo do banco de uma cripta, antes de o quarto tomar forma à sua volta. Além da cama, o sol inclemente força passagem por uma brecha entre as cortinas, que não estão completamente fechadas.

Ela se levanta, praguejando baixinho contra a luz invasora enquanto vai até a janela. Descobre que não é tão cedo nem está tão claro quanto pensou, que o que achou que fosse o sol do meio-dia era, na verdade, o sol de fim de tarde, descendo no céu e cintilando na superfície da água. Uma ou duas horas até o crepúsculo.

Fecha as cortinas, suspirando quando a escuridão volta a reinar. Mas não adianta voltar para a cama agora que já acordou.

Em vez disso, Sabine decide explorar o quarto.

Afinal, apesar da escuridão, seus olhos conseguem enxergar todos os detalhes. Os entalhes das colunas da cama. As linhas cor-de-rosa no piso de mármore. Um espelho de mão e uma escova. Um sofá baixo de veludo. Uma presilha tipo pente cravejada de pedras preciosas. O friso dourado das heras pintadas e, escondidas ali, um par de folhas douradas que se transformam em maçanetas. Um armário, disfarçado para se camuflar na parede.

Lá dentro, encontra alguns vestidos, cada um dobrado com cuidado e embrulhado em papel. Pacotes em tom de âmbar, esmeralda e violeta. Ela os retira, passando os dedos pelas camadas de saias de seda, com a costura perfeita e rendas na bainha. Tudo feito com elegância, embora um pouco fora de moda.

Ainda assim, Sabine veste o que ela achou mais bonito: um corpete com saias do tom arroxeado de um hematoma recente. Coloca a presilha de pedras preciosas no cabelo e troca a segurança do quarto escuro pela luz fraca no corredor do lado de fora.

De dia, a casa parece ainda mais grandiosa.

E silenciosa, os sons da cidade abafados pelas paredes grossas, mas pode sentir a presença dos homens ali; um deles pesado, sólido e silencioso, o outro pensante, respirando, agitando o ar como um tremor simplesmente por estar vivo.

Ela se move em direção ao segundo, está no meio da escadaria quando ouve o atrito suave de uma espátula de pintura, o sussurro de um pincel, o suspiro revelador da respiração. O bichinho de estimação de Matteo. Encontra-o em uma sala que talvez tenha sido um pequeno salão e que agora é seu estúdio.

Alessandro está sob a luz de fim de tarde, a atenção concentrada na tela. Da porta, Sabine não consegue ver o que ele está pintando, mas vê a palidez da pele, o rosto encovado, as veias como fitas azuis no pescoço.

— Veio duelar comigo de novo? — pergunta ele, sem virar a cabeça. — Suponho que seja um bom treino para mim.

Sabine cruza os braços.

— Você tem sentidos aguçados para um mortal.

— Eu sei — responde ele, mergulhando o pincel. — Mateusz é um bom professor.

— *Mateusz?* — repete ela, o nome estranho e pesado na língua. — Achei que o nome dele fosse Matteo.

Um encolher de ombros. Um sorrisinho íntimo.

— Ele é os dois. Mas Mateusz veio primeiro. É o nome que ele tinha na Velha Polônia. Mas, se você perguntar, ele vai dizer que pertence a outro homem. A outra vida. — O pincel de Alessandro se move como uma extensão da própria mão, passando pela tela. — Além disso, a maioria dos venezianos não consegue pronunciar. Mas eu aprendi porque gosto da sonoridade. E gosto mais ainda de ver como o rosto dele se modifica ao ouvi-lo. Como uma pedrinha atirada num lago.

— Então ele prefere Mateusz?

Alessandro ri.

— Não, ele odeia. Fica louco da vida. Mas, às vezes, isso também pode ser divertido.

Sabine repuxa os lábios, bem-humorada.

— Como você sabia que era eu, e não Matteo?

— Ele faz barulho — responde ele. — Eu sei que é de propósito, para me deixar tranquilo. Mas eu saberia, mesmo se não fizesse. Ele tem certa aura. Você também tem, mas a sua é...

— Mais fria?

— Não. Apenas diferente.

Ele olha para ela pela primeira vez e prende a respiração. A tristeza fica estampada em seu rosto e irradia à sua volta.

— Ah — diz ele. — Vejo que encontrou as roupas da minha irmã.

Sabine passa uma das mãos pela saia, imaginando se é o vestido que o entristece ou apenas as lembranças.

— Ela morreu?

Ele assente de um jeito discreto com a cabeça.

— Três invernos atrás. De modo que receio que estejam um pouco fora de moda. — Ele se recompõe. — Mas é claro que ficaram ótimas em você.

O olhar dele volta para a tela, como se quisesse dispensá-la, mas ela não se dá por vencida. Entra no aposento e se senta em uma cadeira encostada à parede, onde o sol não a alcança, enquanto Alessandro começa a misturar outra cor na paleta. Daquele ângulo, consegue ver a tela e fica surpresa ao ver o próprio rosto olhando para ela.

Não é uma representação perfeita, já que ele a pintou de cabeça. Mesmo assim, captou mais de Sabine do que ela esperava. O jeito que movimenta os olhos, o brilho por trás deles, os contornos levemente desbotados, como se estivesse emergindo das sombras.

— É só um exercício — comenta ele. — Posso fazer muito melhor se você posar para mim.

Sabine sabe que ele está se referindo a outra ocasião. Ainda assim, enquanto se ajeita na cadeira, ele começa a olhar para a tela e de volta para ela, fazendo pequenos ajustes no maxilar, na tez, na inclinação da cabeça.

Há algo de propositalmente impreciso na forma que Alessandro pinta, como se o espírito fosse mais importante do que os detalhes. Camadas de cores transformam, se misturam, contrastam; e Sabine observa, totalmente fascinada. Pelo trabalho, pela forma como ele se perde na tela.

O homem baixou a guarda, o ar à sua volta não está impregnado de medo, desejo, violência ou qualquer uma das coisas que Sabine se habituou a esperar dos humanos. Apenas uma intenção calma. Um foco constante. Se prestar atenção, pode ouvir o ritmo suave do seu coração, e ela está com fome, e ele está parado bem ali, e quando faz uma pausa para limpar o pincel, ela diz em tom distraído:

— Se eu quisesse matá-lo, você acha que poderia me impedir?

Ele mergulha na tinta um pincel pequeno e faz uma pausa, como se estivesse pensando no assunto.

— É difícil saber do que se é capaz até que algo se torna uma questão de necessidade. Mas espero não ser obrigado a descobrir.

Ela o observa, perplexa, não pela arrogância das palavras, mas pela sua ausência.

— Você não tem medo.

Os vívidos olhos azuis encontram os dela do outro lado do aposento.

— Da morte? — pergunta Alessandro. — Ou de você?

Sabine arqueia uma das sobrancelhas.

— Considere que somos a mesma coisa.

Ele cantarola, pensativo.

— Não tenho medo da morte nem o impulso de ficar cara a cara com ela. Na verdade, gosto muito de viver.

Sabine apoia o queixo na mão.

— Contudo, você ainda é um mortal. Matteo se recusa a torná-lo igual a ele?

— Não mesmo — responde ele em tom alegre. — Ele já me ofereceu diversas vezes. Mas eu sempre recuso.

Ela franze a testa.

— Se você gosta tanto de viver, por que rejeita o dom da vida?

Ele argumenta:

— Será que é vida se não existe morte para contrabalançá-la? Ou é a brevidade que a torna tão bela?

As palavras saem de um jeito tão ensaiado que ela tem certeza de que ele já disse isso antes.

— Além do mais — continua Alessandro, levantando uma das mãos para o sol que banha o canto do aposento —, de que serve um artista sem a sua luz?

Sabine fita o belo jovem, confusa.

— Você diz isso agora, quando ainda é jovem e a vida parece não ter fim. Mas um dia sua beleza vai desaparecer, seu corpo vai ficar flácido...

— E meus ossos serão enterrados no jazigo da minha família — completa ele, voltando a atenção para o trabalho. — E se Deus quiser, algo bom vai crescer dali, mas não serei eu.

Sabine balança a cabeça, exasperada.

— Não se dê ao trabalho — diz Matteo na porta, e embora tenha acabado de acordar, parece pronto para tomar a cidade de assalto, com suas roupas bem-feitas, botas lustrosas, um broche de esmeralda na gola da capa. — Ele consegue ser muito teimoso quando quer.

Alessandro abre um sorriso para ele.

— Ainda assim, você me ama.

— Ainda assim, eu te amo. — Matteo volta a atenção para Sabine. — Fico feliz de ver que ainda está aqui.

— Bem — diz ela, dando de ombros. — Eu estava cansada e já era quase de manhã.

— De fato — responde ele, e felizmente não a obriga a fazer nenhum juramento e declarar que vai viver de acordo com a sua lista de regras. — Queira me seguir.

Pelo menos não há nenhuma mão às suas costas para empurrá-la, nenhuma força de vontade a não ser a própria. Sabine se levanta, deixando o pintor continuar o trabalho, e segue Matteo pelo corredor.

— Seu mascote parece um pouco indisposto.

Ele faz um gesto com a mão, desconsiderando o comentário.

— Ele insiste que pinta melhor depois que fui alimentado. Alega que isso o torna mais leve por dentro. Que tranquiliza sua mente e permite que os dedos assumam o controle.

Sabine não consegue esconder a surpresa.

— Você bebe o sangue dele?

— Quando ele permite.

— Ainda assim, não toma o coração dele.

— Não, Sabine — diz ele com impaciência. — Isso se chama moderação.

Ela revira os olhos.

— Que chatice.

É neste momento que percebe que Matteo não a está levando para a escadaria nem para os aposentos adjacentes, mas para a porta da frente, no fim do corredor. Ela diminui o passo.

— Ainda está claro lá fora.

— E mesmo assim — insiste ele, levando a mão à maçaneta de ferro —, nós vamos sair.

Antes que tenha a chance de protestar, a porta se abre e ela é atacada pelo sol. Raios alaranjados saltam da água, provocando uma dor lancinante na cabeça. Ela tenta recuar para a segurança da casa, mas Matteo está ali, com um braço em volta da sua cintura enquanto a obriga a caminhar para o ancoradouro de madeira, até a gôndola lá embaixo. Há um homem na proa, apoiado no mastro.

— Por quê? — rosna ela, cerrando o maxilar para conter o enjoo e a tontura que a tomam por inteiro enquanto Matteo a faz descer os degraus até a embarcação à sua espera.

— Porque — começa ele com um tom ligeiramente tenso na voz — algumas coisas fazemos por prazer, e outras por um objetivo.

Um fino dossel foi erguido na parte de trás da gôndola, mas pouco os protege do sol poente. Ainda assim, ela se encolhe sob a sombra exígua enquanto Matteo instrui o gondoleiro a pegar a rota para San Polo, dizendo que gostaria de dar um passeio com a amiga.

Em seguida, junta-se a ela embaixo do dossel, soltando um suspiro baixo enquanto se senta diante dela. Sabine fecha os olhos, o desconforto equiparando-se com a raiva de ser submetida àquilo.

— Um passeio? — pergunta ela. — Isso é mesmo necessário?

Matteo responde em voz baixa para que só ela ouça:

— É importante ser vista para que você seja considerada parte da cidade. Quando as pessoas começam a desaparecer, os primeiros suspeitos são os estranhos.

A dor irradia das têmporas até os dentes, e Sabine mal consegue pensar em alguma coisa, muito menos no aviso de Hector sobre deixar corpos pelo caminho. Mas, depois de um momento, ela lembra.

— É por isso que você parte antes que sejam encontradas.

— Uma boa estratégia — retruca Matteo —, se você estiver satisfeita em passar toda a sua vida fugindo. Mas por que fugir quando se pode criar raízes e crescer?

Como se quisesse provar seu argumento, ele acena para um casal que passeia na calçada. Troca algumas cortesias com um cavalheiro em cima da ponte antes de passarem pelo refúgio de um túnel. Sabine tem vontade de se fundir ao arco de pedra úmida. O único consolo é o fato de o crepúsculo já estar próximo. Mas Matteo nem pisca quando voltam para a luz.

— Como consegue suportar isto? — pergunta ela entre dentes.

— Sou velho — responde ele sem rodeios. — Tive muito tempo para aprender os meus limites.

Por todos os lados, a música e o riso reverberam no ar, as ruas estão cheias para a primeira noite do Carnaval, mas os canais estão lotados também. As gôndolas passam tão próximas que quase se tocam, as vozes se espalhando como uma névoa à sua volta.

Desesperada para se distrair do desconforto provocado pelo sol, Sabine continua falando:

— O que é a velhice para aqueles que não envelhecem?

— Ah, mas nós envelhecemos, sim — contradiz Matteo. — Talvez não apareça no brilho do nosso cabelo, na maciez da nossa pele, na força dos nossos ossos. Mas não se engane. *Todas* as coisas são tocadas pelo tempo, e nós não somos exceção.

Sabine franze a testa.

— Não me sinto mudada.

— Você ainda é jovem — rebate ele.

Ela ri. Não sente a passagem do tempo, mas já tinha vivido muito mais do que um humano viveria. Matteo nota o ar de dúvida da convidada e faz um gesto para a cidade agitada.

— Para eles, a idade se faz sentir em décadas. Para nós, é o trabalho de séculos. E não é medida em rugas ou cabelos brancos. Enquanto os outros apodrecem por fora, nós apodrecemos por dentro. — Ele bate com os nós dos dedos no peito. — Vamos ficando ocos, pouco a pouco, à medida que o que nos tornava humanos morre. Nossa bondade. Nossa empatia. Nossa capacidade de sentir medo e amor. Uma por uma, essas coisas se esvaem, até que tudo que nos resta é o desejo de caçar, ferir, nos alimentar, matar. É assim que morremos. Nós nos tornamos descuidados por causa da fome. Convencidos de que somos imortais até que alguém ou alguma coisa prove que estamos errados.

Fazia décadas que Sabine não pensava em Hector. Agora, pensa nele pela segunda vez no mesmo *dia*. De pé no altar da igreja, o sorriso malicioso na boca manchada de sangue, a túnica roubada salpicada de vermelho. Renata assegurando-a de que era só uma fase temperamental que logo passaria. Os sons que os dois emitiram quando foram acorrentados e queimados dentro dos caixões.

— Você disse que é velho — retoma ela, forçando a mente a voltar à gôndola. — Contudo, ainda parece ter sentimentos.

Ele dá um sorriso pesaroso.

— É só uma questão de tempo.

Por fim, o sol desliza por atrás das construções e o mal-estar vai embora com ele. Sabine se sente desabrochar.

— Ora, vejam só. — Matteo se inclina para a frente, presunçoso, pousando um dos cotovelos na beirada da gôndola. — Você sobreviveu.

Ela lhe lança um olhar de advertência. Matteo apenas ri, embora ela consiga distinguir certa tensão em volta dos olhos e no franzir dos lábios, que logo desaparece.

— Nenhum de nós é imune à natureza da decadência, Sabine. Mas acredito que os efeitos possam ser... adiados. Com o devido controle. — O olhar dele se fixa nos pingentes pendurados no pescoço dela. — Você mata com muita frequência e facilidade.

Ela dá de ombros, passando o polegar por um dos suvenires.

— O que posso dizer? Sinto muita sede.

— Talvez — arrisca ele. — Tenho certeza de que é o que *parece*. A sede vive dentro de todos nós. Para alguns é como um balde vazio. Para outros, um poço sem fundo. E, no fim das contas, pouco importa se a sensação é leve ou avassaladora, essa verdade a levará à loucura ou à serenidade. — Ele se inclina para ela. — Não há como preencher o vazio. Você nunca vai se saciar. Pouco importa se beber um jarro ou drenar uma cidade inteira. A sede nunca vai diminuir.

Matteo se recosta, apoiando os cotovelos na beira da gôndola, mas sem tirar os olhos de Sabine. Ele a observa com seu olhar cinzento, como se ela fosse feita de vidro e ele pudesse enxergar dentro dela, chegando até aquela noite frenética em que quase se perdeu, o massacre na igreja. Como se soubesse o que aconteceu lá, que quanto mais ela se alimentava, mais vazia se sentia. Que a sede nunca esmoreceu, em vez disso, se abriu como um abismo tão grande que quase a engoliu também.

— Você precisa aprender a dominá-la — afirma Matteo. — Ou é ela que vai dominar você.

Sabine leva a mão até os amuletos no pescoço.

— Deixe-me adivinhar — devolve ela. — Sua intenção é me ensinar a como fazer isso.

O barco para diante da casa de novo. O anfitrião se levanta.

— Sim — confirma ele, oferecendo a mão para ela. — E quem sabe? Talvez você venha a gostar.

III

À noite, Veneza se transforma.

A Piazza San Marco, a maior praça da cidade, com sua colunata de arcos, estava tomada por alegres foliões. Bufões e acrobatas, engolidores de fogo e músicos. Tochas bruxuleavam por todos os cantos, carruagens iam e vinham, o vinho derramado formava poças no chão. As pessoas se debruçavam nas janelas, de braços abertos, atirando uma chuva de pétalas secas na multidão. As roupas comuns foram abandonadas, trocadas por fantasias ornamentadas e absurdas.

Era um espetáculo diferente de tudo que Sabine já tinha visto.

Para os sentidos humanos, a cena deve ser uma festa. Para ela, é uma cacofonia. Tantos corpos imprensados uns contra os outros, o ar anuviado de desejos e intenções, os rostos cobertos por máscaras. Algumas adornadas com plumas, outras com chifres, chapéus de três bicos sobre uma armação de gesso ou porcelana. Alguns sorrisos forçados ou carrancas aparecem pela multidão, mas a maioria é estranhamente impassível, os lábios pintados unidos como se guardassem um segredo ou segurassem o sorriso.

A máscara de Sabine cobre seu rosto, dourada e branca, emoldurada por plumas peroladas de pavão. Ao seu lado, Matteo optou por penas negras de um corvo. Alessandro caminha do outro lado dele, a máscara enfeitada com a plumagem imaculada de um cisne.

Um bando de pássaros desencontrados que se juntaram às festividades.

Sabine analisa a multidão como um convidado que chega a um banquete. Está morrendo de sede. Ela está *sempre* sedenta, óbvio, mas não tinha se alimentado desde a noite anterior, quando foi interpelada por Matteo no canal, e o tempo que passaram sob o sol a deixou com uma sensação de vazio. Não importa, pensa ela, logo resolverá isso. É só uma questão de escolher. São tantos foliões ali que, decerto, um ou dois não farão falta.

Mas Matteo se mantém ao seu lado como um carcereiro, a mão invisível pairando às suas costas. Se tivessem ficado na praça lotada, talvez pudesse se livrar dele, mas Matteo a leva para o outro lado, até o Palazzo Ducale, entrega um cartão com borda dourada a dois criados, vestidos dos pés à cabeça de branco, que indicam que podem entrar.

Assim, trocam um Carnaval por outro.

Ali, as roupas são bem mais elegantes, as máscaras ornamentadas com ouro de verdade em vez de tinta, os foliões e malabaristas substituídos por acrobatas que rodopiam em aros suspensos entre os candelabros enquanto a música ecoa nas paredes de pedra.

Os criados passam pelo salão usando máscaras com as fases da lua e carregando bandejas com taças de prosecco borbulhante, enquanto as pessoas dançam no meio do aposento. Alessandro cochicha algo no ouvido de Matteo e se afasta para se juntar aos foliões.

Quando Sabine insiste que pode ficar sozinha, sugerindo que ele acompanhe o amado, a expressão de Matteo fica sombria.

— Algumas coisas são malvistas — rebate ele — mesmo no Carnaval.

Em vez disso, passa o braço pelo dela, sugerindo que deem uma volta pelo salão. Está menos cheio do que a praça lá fora, mas não muito, por isso caminham pelos cantos enquanto os foliões pulam, rodopiam e riem no centro. Seus rostos podem estar escondidos atrás das máscaras, mas Sabine sente o cheiro da riqueza, o gosto de ostentação no ar, junto do cheiro inebriante do vinho, sabe que se mordesse qualquer um deles, ela se sentiria imediatamente embriagada.

O pensamento faz com que os dentes se afiem dentro da boca.

— Escolha um deles — começa Matteo, a voz baixa para só ela ouvir. — Vou te propor um jogo.

— Um jogo?

— Você pode perseguir sua presa, caçá-la, seduzi-la, aprender muito ou nada sobre ela...

O humor de Sabine melhora enquanto a sede aumenta.

— ... mas não pode tirar a sua vida até a quaresma.

O bom humor dela se estilhaça, e ela solta uma risada irritada.

— Até a *quaresma*? — debocha ela. Faltam *dez* dias ainda.

— Anime-se — retruca ele. — Existem outras formas de saciar a sua sede. De satisfazer seus impulsos. Direcione a própria fome e extraia prazer não apenas do momento da morte.

Seus olhos de ardósia brilham atrás da máscara e, pela primeira vez, ela vislumbra algo mais sombrio ali, compreende que não importa o quanto ele desempenhe o papel de cavalheiro, também tem um monstro dentro de si.

Ainda assim. Dez dias? Sabine nunca passou mais do que uma ou duas noites sem se alimentar. Ela nega com a cabeça.

— É tempo demais. Eu vou morrer de sede.

— Como é que você sabe? — questiona ele. — Já tentou?

— E por que eu tentaria? — pergunta ela, apontando com a cabeça para a multidão ali. — Quando há tanto para desfrutar?

A mão de Matteo aperta um pouco mais a manga do vestido dela.

— Porque cada corpo que cai no canal causa uma ondulação. E tenho certeza de que você não vai morrer de sede. Já fiz isso uma vez. Juro que levou *muito* mais do que quinze dias. E aprendi uma lição importante.

— Qual?

— Nós precisamos beber bem menos do que imaginamos.

Sabine franze os lábios.

— Desejo e necessidade são coisas diferentes.

Matteo estala a língua.

— Então você se recusa a jogar?

— Eu tenho escolha?

— A estrada para Roma está sempre aberta.

Ela franze a testa, observando a multidão quando a música termina e outra começa, dessa vez mais rápida e mais alegre do que a anterior. Os foliões rodopiam, e ela vê um vislumbre de penas brancas um pouco antes de se afastarem.

— O que Alessandro acharia do seu jogo?

— Ele é o meu companheiro, não uma presa. Como tal, há certos impulsos que não compreende e não pode satisfazer.

Eles deram uma volta completa no salão e estão de volta ao ponto em que começaram.

— Por mais interessante que pareça — responde Sabine —, eu nunca fui muito fã de jogar pelas regras dos outros.

— Ora, mas o mundo é governado por elas. — Ele aproxima a cabeça, fazendo as penas pretas tocarem o rosto dela. — A diferença é que *jogos* têm prêmios.

O interesse dela desperta.

— Ah, é? E o que eu ganharia?

— Além do conhecimento de que tal feito é possível? — Ele cantarola baixinho, como se estivesse pensando no assunto. — Se você conseguir chegar até a Quaresma, vou te ensinar a reivindicar qualquer lugar e torná-lo seu.

Sabine franze os lábios. Pelo menos é um prêmio que vale a pena.

— E se eu perder?

— Então não aprende nada — devolve ele com frieza. — Mas você não parece ser uma perdedora.

Ele está certo, é claro.

— Pois muito bem — diz Sabine, olhando para a multidão. — Que comecem os jogos.

Outra volta pelo salão, e cada um escolheu seu alvo.

Matteo selecionou um homem parecido com ele em termos de compleição, com ombros largos e maxilar quadrado, embora o cabelo escuro que aparece pela máscara branca tenha alguns fios grisalhos.

Sabine escolhe uma mulher de cintura fina e curvas amplas, uma cascata de cachos pretos descendo pelas costas. Todo o rosto está coberto por uma máscara branca, com um lírio dourado brotando em um dos lados.

Que tentador é caminhar até a mulher, com uma desculpa qualquer, atraí-la para um canto escuro. Contudo, não pode se apressar. São nove noites entre hoje e a quaresma.

Entre Sabine e a vitória.

Então, ela dança. Primeiro com Alessandro e, depois, com Matteo, sempre de olho no lírio branco. Vê o momento que a mulher se vira e sai do salão, antes de ser engolida pelo enxame de fantasias na escuridão, e é naquele instante que o jogo começa a parecer empolgante e impossível.

Sabine demora três noites para ver a máscara de novo no meio da multidão do Carnaval.

Três noites, enquanto a sede se tornava uma batida crescente sob a pele, na ausência evidente de uma batida de verdade. O espaço imóvel no peito. *Ela deseja. Deseja. Deseja.* É difícil pensar em qualquer outra coisa, então não pensa em nada. Em vez disso, passa três dias e três noites com a imagem da presa na cabeça como uma cereja na boca. Do mesmo jeito que fazia um século antes, quando ainda era uma menina chamada María, quando a estação estava chegando ao fim e quase não havia mais frutas, e ela deixava a cereja dissolver na boca, resistindo ao impulso de morder.

Naquela época, nunca conseguia esperar muito.

Agora, Sabine morde a parte interna da bochecha e sente o gosto agridoce do próprio sangue. E continua.

Três noites, três festas diferentes até que, por fim, vê a máscara com o lírio dourado, emoldurada por aquele cabelo preto, e o alívio é tão intenso que Sabine precisa se controlar para não correr até ela, agarrá-la pelo braço antes que ela desapareça de novo.

Mas ainda faltam seis noites até a quaresma, então, ela a observa. Nota o jeito como a mulher segura a taça, o jeito como ergue a máscara para tomar um gole de vinho, revelando o contorno de um rosto redondo e uma bochecha com covinha. O jeito que para diante dos artistas, totalmente absorta, como se a apresentação fosse exclusivamente para ela. O jeito que conversa educadamente com as pessoas ao seu redor, e ainda assim não pertence a nenhuma delas.

Sabine observa e nota que a presa se retira, logo após a meia-noite.

E, dessa vez, não fica só observando a mulher partir.

Ela a segue. Tira os sapatos e caminha descalça pelas ruas de paralelepípedos, em silêncio, no encalço da mulher. E o jogo poderia ter terminado naquela hora, a sede dela tão aguda, tão grande, mas um grupo de bêbados cruza entre as duas e, quando Sabine consegue passar por eles, a mulher está entrando pela porta de uma casa escura.

E, então, Sabine volta para a casa de Matteo sozinha.

Na quarta noite, ela não vai para a celebração, volta para a mesma rua e espera. Já é quase meia-noite quando vê a porta se abrir e o lírio dourado aparecer sozinha na escuridão. Sabine baixa a cabeça, espera a mulher se aproximar antes de se agachar e xingar baixinho o próprio sapato.

— Ah, céus! — exclama o lírio, parando ao lado dela. — Parece que o seu salto quebrou.

Sabine finge irritação, como se não tivesse sido ela mesma a quebrar o salto. Dá um suspiro e arranca a própria máscara como se precisasse de ar. O lírio arfa.

— O seu cabelo. — O tom é de admiração. — Que cor magnífica! Você pintou para o Carnaval?

Sabine nega com a cabeça, mas a mulher já está estendendo a mão para pegar uma mecha, e a pele dela também tem cheiro de lírio, as veias pulsando nos pulsos. As duas estão a sós, e ela está bem ali, e a mente da Sabine fica totalmente em branco por causa da sede, sua força de vontade se estilhaçando sob o peso do próprio desejo. A única coisa que a impede é o fato de que tem certeza de que Matteo vai descobrir. Vai sentir o cheiro do fracasso nela. E Sabine se recusa a lhe dar essa satisfação. Ela cerra o maxilar e decide resistir pelas noites que restam até a quaresma.

E como se debochasse da sede dela, o lírio dourado aponta para uma casa próxima e diz:

— Estou hospedada bem ali. É melhor entrar comigo. Decerto que posso encontrar algo que sirva em você.

Sabine quase ri. Ela está tornando tudo tão fácil. Fácil demais. Precisa de toda a sua força de vontade para negar com a cabeça e tirar o sapato arruinado.

— Obrigada, mas está tudo bem. Eu não moro muito longe daqui.

Ela pega os sapatos e então deseja boa-noite à mulher que vai matar.

Ao alvorecer, quando Sabine se deita na cama, sonha com a sua presa, as partes que já viu até agora: os pulsos finos, a covinha na bochecha, o pescoço esguio e macio. Imagina o jeito que a pele clara se rasgará sob seus dentes. O som do coração da mulher batendo dentro do peito dela.

Sabine acorda mais sedenta do que nunca.

Ela para diante do espelho do corredor e examina o próprio reflexo, convencida de que vai se deparar com uma imagem de desnutrição. Espera ver o rosto encovado, os olhos fundos, a pele se enrugando em volta dos ossos como aconteceu naquele cemitério, tantos anos antes.

Mas, de alguma maneira, exibe a mesma aparência de sempre.

Ou seja, sem nenhuma mudança.

Nesse meio-tempo, Matteo parece ocupado com os próprios desafios.

Para ser justo, ele concordou em se abster do sangue de Alessandro, e a cor logo voltou ao rosto do jovem artista, embora seu *humor* piore a cada dia. Não é só o fato de não conseguir pintar — além disso, Matteo parece ter abandonado o quarto do casal.

— Pensei que você fosse a imagem do autocontrole. — Ela alfineta o anfitrião ao vê-lo sair de outro quarto.

Matteo ergue o queixo.

— Controle é se conhecer bem o suficiente para saber os próprios limites. — Ele lança um olhar para a escadaria. — Melhor evitar a tentação.

Como se tivesse sido ensaiado, a porta do estúdio bate lá embaixo.

Sabine revira os olhos e solta:

— Parece até que é ele quem está morrendo de sede.

IV

Na quinta noite, Sabine vê sua presa passeando com um homem.

Um homem que fede a gula e cobiça, dirigindo a atenção para toda a parte, menos para a mulher com a máscara de lírio dourado em seus braços. O humor de Sabine fica sombrio à medida que a sede aumenta. Começa a se perguntar se precisará cuidar dele também.

Mas, na sexta noite, a mulher está sozinha de novo.

Sabine segue o lírio dourado da porta da casa dela até San Marco, observa-a passar por entre a multidão de pessoas e carroças, comprar um saco de frutas cristalizadas e parar diante de uma estátua viva em cima de um pedestal. Uma mulher vestida de marionete, uma máscara de madeira com rosto de fantoche e cordas claras nos pulsos e tornozelos presas a uma estrutura acima da cabeça.

Sua presa claramente tem uma predileção por artistas performáticos.

O lírio deixa uma moeda na tigela e a marionete ganha vida, movimentando-se como se fosse feita de madeira. Sabine não consegue ver a expressão no rosto dela, mas tem certeza de que é um misto de curiosidade e admiração.

Sabine vasculha a praça e também escolhe um artista, vestido de palhaço. Vai até lá e joga na caneca uma moeda, que cai pesadamente com um tilintar, em seguida, ele se levanta e começa a se apresentar para ela.

Ela assiste, fingindo interesse até ouvir um farfalhar de saias, sente o lírio se aproximar e ocupar o espaço estreito ao seu lado. Sabine sorri atrás da segurança da sua máscara de pavão e se vira, fingindo se surpreender ao reconhecê-la.

— Olá de novo — cumprimenta ela, com uma voz doce e alegre. — Encontrei um par de sapatos melhor. — Então, faz um gesto para o palhaço que acabou a apresentação e finge virar pedra de novo. — Não é maravilhoso?

— Realmente! — exclama o lírio. — Fico imaginando como eles conseguem ficar tão parados.

— Eu não faço ideia — responde Sabine. — Mal consigo ficar quieta durante o jantar. — É recompensada com um riso que soa como o badalar dos sinos. Ela se vira na direção contrária à presa, passando os olhos pela praça como se estivesse vendo tudo pela primeira vez. — Será que tem outros?

E, fácil assim, o lírio dourado entrelaça o braço no de Sabine e diz:

— Venha, permita que eu lhe mostre. Tem um maravilhoso bem ali.

Na sétima noite, ela fica sabendo o nome da mulher.

Bianca.

Bianca, cuja voz é doce e aguda e sempre com um ar de riso.

Bianca, que tem vinte e dois anos e acabou de ficar noiva do imbecil com quem Sabine a viu duas noites antes.

Bianca, que parecia animada para se casar, o que foi o suficiente para Sabine ter certeza de que tinha escolhido bem, que faria uma caridade ao lhe poupar dos horrores do leito nupcial e do fardo de ser uma esposa.

Bianca, que não era de Veneza, mas sim de Modena, e, embora o noivo a tenha levado até lá para vivenciar o espetáculo do Carnaval, o sujeito parecia se importar mais com as apostas e os carteados do que com os bailes. Desse modo, Bianca ficava sozinha a maior parte do tempo.

Era tudo maravilhoso, mas, ela era obrigada a admitir, um pouco solitário também.

Que sorte sente por ter feito uma amiga.

Como era grata por ter conhecido Sabine.

Na oitava noite, Sabine está sedenta.

Ainda assim, há um novo tom na sua fome. Uma clareza, um brilho, todos os sentidos aguçados pelo foco único.

Ela fica andando pela casa até escurecer, ansiosa para voltar à caça.

Na nona noite, voltam para Ducale, ela e Bianca, e se empoleiram como pássaros na colunata superior, inventando histórias sobre os foliões lá embaixo. Contam histórias confusas sobre casos sórdidos e tramas de assassinato, as contribuições de Bianca alimentadas pelo amor aos livros, e as de Sabine tiradas das próprias lembranças.

No fim da noite, Bianca insiste que Sabine vá com ela no dia seguinte, e último, para ver a coleção de animais que reuniram na praça, uma caravana de pássaros e macacos, tigres e ursos. Sabine já está dando desculpas quando a mão de Bianca pousa no braço dela, os olhos brilhando atrás da máscara enquanto pede:

— Por favor, diga que virá comigo.

E Sabine acaba dizendo que sim.

Até agora, ela só tinha visto o Carnaval à noite, imaginando-o brotar como cogumelos depois que escurece.

Como é estranho ver as pessoas fantasiadas em plena luz do sol.

O dia traz um novo tipo de tormento: crianças. Elas correm por entre as saias e os cavalos, entre as barracas e as carroças, com os rostos pintados e aos berros.

Sabine gostaria de estar no quarto escuro, segura na própria cama.

A máscara de plumas oferece um pequeno escudo contra a luz, mas ela está cansada, a cabeça lateja por causa da fome e do clarão do sol, mesmo protegida debaixo da sombrinha que Alessandro lhe ofereceu ao sair. Enquanto isso, Bianca abre os braços, toda feliz com a chegada da primavera. O último inverno foi tão rigoroso, diz ela. Tanta chuva e tão pouco sol.

Sabine faz uma careta atrás da máscara e permite que Bianca a leve em direção à multidão e às jaulas dos animais.

Seu humor melhora ao vê-los, presos atrás das grades; são os maiores e mais fortes animais que ela já viu. Um urso se levanta nas patas traseiras e paira acima delas. Um macaco de cara vermelha agarra as grades da jaula com mãos parecidas com as dos humanos. Um pássaro de penas coloridas grasna e se acomoda no poleiro. Mas são os felinos que mais a encantam. Bocas maiores do que a cabeça de um homem e dentes longos e afiados feito garras. Pelos em tons de preto, branco e até cobre, como os cabelos dela.

Sabine se aproxima da criatura de pelos ruivos e vai até a barra da jaula. Em resposta, o leão ruge e recua, como todos os animais fazem quando a veem, pressentindo o perigo.

Atrás da máscara, ela sorri, mostrando os dentes.

Em determinado momento, Bianca se aproxima demais de uma jaula, e o tigre solta um rugido de alerta. Ela dá um pulinho para trás e solta um grito enquanto pega Sabine pelo braço como se tivesse fugido do perigo. Como se não tivesse trocado um predador por outro.

Sabine ri baixinho para si mesma e segura Bianca com mais força.

Dez dias.

Dez dias que parecem ter durado uma eternidade.

E, então, de repente, passou.

De repente, é a última noite do Carnaval, a mais extravagante de todas. É o banquete antes do jejum, toda a cidade mergulhando no próprio prazer. As horas se esvaem pouco a pouco. O céu de Veneza vibra em luzes enquanto os fogos de artifício indicam as últimas horas, as explosões ecoando como trovões e, ao lado de Sabine, Bianca olha para cima e suspira com uma alegria infantil.

É magnífico.

E então acaba.

Os sinos tocam por toda a praça, e Sabine acompanha a amiga de volta para casa. No caminho, Bianca tira a máscara e a pendura pela fita no pulso. O rosto está corado, e os olhos, anuviados pelo vinho. Pousa a cabeça no ombro de Sabine enquanto murmura, sonolenta:

— Queria que isso nunca acabasse.

— Eu também — mente ela.

Se o coração dela fosse capaz de bater, estaria acelerado agora, cheio de expectativa. Em vez disso, há apenas um silêncio contido. O vazio à espera de ser preenchido.

Estão quase chegando à casa de Bianca quando Sabine se desvia do caminho e a leva até um beco entre duas construções. A moça dá risada, o som borbulhante, as pernas bambas por causa da noite de bebida e danças.

Sabine tira a própria máscara, Bianca estuda o rosto dela e estende a mão para enrolar uma mecha ruiva no dedo. O ar à sua volta está cheio de curiosidade e confiança.

Aquilo já tinha acontecido.

Sabine já a matou centenas de vezes.

Deixou sua imaginação se banquetear com o ato inevitável.

Em algumas de suas fantasias, Bianca se debatia.

Em outras, ficava tão surpresa que permanecia completamente imóvel.

Mas em nenhuma delas o noivo da mulher aparece cambaleando na esquina.

Bianca se assusta, virando-se na direção do som, mas Sabine a imprensa contra a parede e leva o dedo aos lábios, certificando-se de sorrir como se fosse uma brincadeira.

Um *jogo*.

O homem passa direto pelo beco estreito sem olhar nenhuma vez para o canto escuro.

E então desaparece.

Sabine abaixa a mão, e Bianca respira fundo, entreabrindo os lábios, talvez para fazer uma piada ou uma pergunta, mas as palavras morrem nos lábios quando Sabine baixa a cabeça e leva a boca ao pescoço dela.

Bianca se retesa de surpresa, e Sabine imagina, por um instante, se ela aceitaria o gesto se fosse só um beijo. Mas o pulso assume uma batida desesperada, a pele, uma barreira tão frágil, e Sabine já esperou demais.

Os dentes afundam na pele.

Bianca solta um arquejo, e Sabine a segura com mais força, o sangue passando pelos lábios, os batimentos pesados na sua língua.

E é uma sensação *deliciosa*.

Cada batida compensando um minuto, uma hora, um dia, os nove dias de espera e as dez noites de desejo, de sede persistente, cada momento agonizante, na esperança de que o autocontrole fosse recompensado. Que tivesse valido a pena suportar todo aquele sofrimento depois que tudo terminasse.

E tinha valido, sim. Pelo prazer inebriante, pela emoção vertiginosa, o sangue da vida entrando e encharcando o corpo de Sabine como águas profundas na terra seca.

Bianca choraminga, e os dentes de Sabine afundam ainda mais na pele, prendendo a presa contra a parede enquanto fecha os olhos e bebe e bebe até não restar mais nada, a não ser um corpo abandonado e uma pulsação roubada martelando no peito.

Uma batida de coração que floresce dentro de Sabine.

E dura por todo o caminho de volta para casa.

V

Matteo chega ao *palazzo* uma hora depois dela.

Sabine está no salão, passando o polegar pela sua recompensa — uma única pétala de tecido pintada de dourado, retirada da máscara de lírio de Bianca — quando ele passa pela porta, as roupas manchadas de vermelho, os olhos sombrios, o bigode sujo de sangue e grudado no rosto. Como se não tivesse apenas drenado o sangue da presa, mas arrancado cada um dos seus membros.

Seu anfitrião não diz nada, apenas desaparece no corredor e entra no quarto provisório. Quando ressurge, meia hora depois, parece tão são e controlado que Sabine começa a duvidar de si mesma. A imaginar se o homem que tinha visto passar pela porta não era outra pessoa.

Suas roupas estão limpas, o rosto, lavado, o ar casual de volta e o sorriso afável estampado no rosto, enquanto ele segue até as janelas enormes e vê as últimas chamas do Carnaval se apagarem.

— Então — começa Matteo por fim, virando-se para Sabine —, você não morreu de sede. — Ele meneia a cabeça. — Conte-me: gostou da caça?

— Foi *divertido* — admite ela, prendendo a pétala dourada em um cordão no pescoço. — Vim cobrar o meu prêmio.

— Agora?

Sabine se levanta.

— Por que esperar?

Ela espera que ele vá adiar, dando algum tipo de desculpa, mas Matteo apenas assente e vai até o centro do aposento, onde para e abre as mãos.

— Tijolos e madeira podem construir uma casa, mas é a *intenção* de um homem que a torna sua propriedade. A convicção de que um lugar, qualquer lugar desta Terra verdejante, pode ser reivindicado por ele. A força de vontade subjacente à palavra *meu*.

Ele desliza as mãos pelo ar antes de continuar:

— Considere este salão. Eu permiti que você entrasse aqui, mas isso não muda o fato de que ele ainda é meu. E se eu decidir que você não é mais bem-vinda...

Matteo mal se mexe, apenas inclina a cabeça de leve ao pronunciar a última palavra, ainda assim, Sabine se vê lançada para trás por aquela súbita força invisível. Ela ofega quando o corpo se move contra a própria vontade, uma sensação horrível, o ar à sua frente se torna sólido e às suas costas parece um peso morto, como ganchos cravados na sua pele.

De repente, ela se vê pressionada contra a parede, esperando que rache e desmorone, os ossos em seu corpo virando pó por causa da força.

— Já entendi o que você quer dizer — rosna ela entre dentes.

No entanto, Matteo simplesmente cruza os braços, e ela percebe que ele não pretende lhe dar as boas-vindas de novo; espera que ela encontre a própria força de vontade para reivindicar o espaço para si ou seja obrigada a sair dali. Sabine tenta se livrar da sensação de pânico e se concentra.

Meu, pensa ela com desespero.

Só que nada acontece.

— Este salão é *meu* — declara ela em voz alta, mas em vão.

Sabine mal consegue pensar diante da força que a empurra, a pressão avassaladora da vontade de Matteo, a expressão de divertimento no rosto dele a enche de raiva. Fecha os olhos com força e se concentra não na casa, nem mesmo no salão, mas no quadradinho de pedra às suas costas, no chão sob os próprios pés. *Este ponto, bem aqui*, pensa ela, *é meu*.

O peso contra ela cede. Os ganchos parecem se soltar. Ela relaxa os ombros de alívio.

— Meus parabéns — debocha Matteo. — Você tomou posse de um espaço que mal dá para um prato de jantar.

E, decerto, quando Sabine tenta dar um passo para a frente, o muro está lá de novo. O maldito processo precisa ser repetido. Ela se concentra no chão diante dos pés e pensa: *Meu*, a palavra um pouco mais forte na sua mente. O ar cede, e ela dá mais um passo.

E mais outro.

E mais outro.

Centímetro a centímetro, cava uma trincheira pelo salão de Matteo até chegar diante dele, perto o suficiente para ver a cera que ele passou no bigode, os filamentos atrás dos olhos, a forma como ele arqueia as sobrancelhas como se perguntasse: *E agora?*

Sabine baixa o olhar, se concentrando no chão sob as botas *dele*, e pensa com toda a convicção possível: *Meu*.

O ar de deboche de Matteo vacila.

Para o prazer de Sabine, a postura dele também. Ela não encostou a mão nele. Ainda assim, ele cambaleia um pouco, como se tivesse sido empurrado, e recua um passo para trás.

Sabine emite um som de prazer. Matteo sorri.

— Muito bem — elogia ele enquanto o ar do salão fica leve de novo. Ele se volta para sair. — Aproveite seu salão.

— Espere — diz ela, fazendo com que ele pare junto à porta. — Você prometeu me ensinar como reivindicar qualquer espaço, não importa o tamanho.

— E ensinei — responde ele com voz cansada.

— E como foi que reivindicou Veneza inteira?

Matteo olha nos olhos dela.

— Do mesmo jeito. — Ele dá de ombros. — Pedra por pedra, um passo de cada vez.

Sabine pensou que fosse o fim.

Que já tivesse vencido o jogo e coletado seu prêmio. Ela considera partir, mas, na noite seguinte, Matteo entra no salão e propõe:

— Vamos jogar de novo?

E, para sua surpresa, as palavras provocam algo dentro dela, uma antecipação crescente diante da perspectiva de um novo jogo.

É mais difícil durante a quaresma.

As máscaras se foram, o véu das comemorações ébrias, removido. A cidade fechada dentro de si novamente, e, como resposta, Matteo a tira de casa, apresentando-a como sua sobrinha e protegida. Uma viúva tão jovem, uma tristeza, ele bem sabe.

Sabine desempenha o papel enquanto seu olhar vagueia por tais reuniões em busca do seu novo alvo. Foi advertida de que nunca deveria escolher os filhos mais velhos de uma família rica nem pessoas conhecidas, qualquer pessoa cuja morte pudesse provocar um escândalo ou uma cena. As regras de Matteo são enfadonhas, mas ela entende o motivo delas, a liberdade que podem lhe dar, e a emoção de poder caçar a olhos vistos.

Certa noite, ele organiza um jantar no pátio do *palazzo*, as portas abertas para o ar de verão. Alessandro desempenha o papel de amigo, exceto na companhia de poucos escolhidos de confiança. E quando a atenção de Sabine não está nos convidados, se fixa em Matteo.

Em como ele fica à vontade entre os mortais.

Como é conhecido e admirado.

Como levanta a taça como se fosse beber e faz a comida desaparecer do próprio prato.

Como se mistura perfeitamente àquele mundo, como se pertencesse a ele.

Duas semanas, ele anuncia quando jogam de novo, depois três, pressionando o limite da sede dela mais um pouco. Cada vez, Sabine espera encontrar o próprio limite, e cada vez fica surpresa e feliz ao descobrir que não existe. Que é mais forte do que imagina.

Cada vítima é uma espécie de cortejo.

Um prelúdio para o prazer.

E ela sente prazer em tudo isso.

De novo, eles jogam. E de novo. E de novo.

Até Alessandro dar um ataque diante da perspectiva de perder o amado para outro jogo, de ser forçado ao celibato que não escolheu e, depois disso, Matteo nem sempre se junta a ela no jogo, mas sempre a premia.

E assim Sabine descobre não apenas como controlar a fome com a caça, mas como controlar a vontade de um humano, tanto para fazer o que ele deseja quanto o que não deseja. Como fechar a própria mente e abrir a de outra pessoa.

As lições de Matteo, distribuídas como prêmios.

No pátio, os convidados em volta da mesa conversam e bebem. Sabine permite que o som a envolva enquanto enrosca um suvenir nos dedos, pensando na última presa.

Com o tempo, os amuletos em volta do pescoço começaram a ganhar um ar especial, cada um deles é uma recordação, não de um momento de morte, mas da lenta perseguição de um mês. Um estranho cortejado a fim de formar uma amizade, para conquistar sua confiança.

O anfitrião encontra o olhar dela do outro lado da mesa. Levanta a taça em sua direção como se fosse fazer um brinde.

— Você nunca hesita? — Quis saber Matteo na noite anterior. — Depois de conhecer tão bem o seu alvo e passar tanto tempo na companhia dele. Você nunca pensa em deixá-lo viver?

Mas Sabine sorri agora, do mesmo modo que fez ao ouvir a pergunta.

Porque a verdade é que conhecê-los nunca a faz hesitar.

Na verdade, é o que torna a morte deles ainda mais doce.

ALICE

(*ANNO DOMINI* 2019)

I

O metal arranha o metal enquanto o trem desliza pela escuridão.

Alice está sentada na cadeira de plástico duro, os dentes cerrados e os braços em volta da mochila no colo. Já tinha pegado sol demais e optou pelo metrô para voltar para o campus. Achou que seria seguro, considerando que era pouco depois das duas da tarde e o vagão estava praticamente vazio, alguns corpos espalhados entre mais de vinte assentos, enquanto a lembrança do coração do homem ainda ecoava no peito.

Não quer pensar nele. Em vez disso, pensa em Lottie. Ou Charlotte. Seja qual for o nome dela. Fica imaginando como é que vai encontrar uma estranha em uma cidade com mais de meio milhão de habitantes, uma garota sobre quem não sabe absolutamente nada além do fato de não ser humana. Se ela fosse uma aluna da faculdade, talvez, mas Alice não acha que seja, o que significa que tudo o que tem é o recado no Post-it e a foto tremida da festa, e não dá para postar essas duas coisas na internet com a legenda: *Vocês conhecem a garota que me matou?*

Alice geme e agarra a mochila com mais força quando o trem para na estação sul. A porta se abre, duas pessoas saem e quatro entram, e ela se vê observando o rosto dos estranhos, como se Lottie fosse de repente voltar à sua vida com a facilidade com que saiu.

Há certa lógica nisso, não?

É claro que as probabilidades são de um para um milhão, mas, se você parar para pensar, quais eram as chances de Lottie conhecer Alice, em primeiro lugar? Quantas vezes pensou em não ir para a festa da república? Mais de uma vez enquanto se arrumava, mais umas cinco no caminho e, mesmo quando já estava *lá*, quantas vezes o caminho se dividiu? Quantas escolhas fez? Se tivesse voltado para casa antes... Se tivesse virado à direita em direção à porta da frente em vez de para a esquerda em direção ao salão... Se a fila do banheiro não estivesse tão grande... E se não tivesse passado por ela e seguido em direção ao quarto? E se nunca tivessem se conhecido? Se nunca tivessem dançado... Se nunca tivesse levado Lottie para casa...

Se... Se... Se... E ela sabe que é um caminho que leva à loucura, mas, quando começa, não consegue impedir que a mente siga por centenas de possibilidades que poderiam ter terminado de outra maneira.

Se... Se... Se... A estrada se abre em tantas bifurcações. Se tivesse sido colocada em outro quarto, se tivesse ido para outra faculdade, se não tivesse partido da Escócia... Ela fez tantas escolhas que poderia muito bem ser uma Alice diferente, vivendo uma vida diferente, e nem consegue mais lembrar por que escolheu aquele caminho, precisa se virar e ir voltando pelas diferentes decisões até encontrar o ponto onde tudo começou.

Probabilidades.

Isso mesmo.

As probabilidades de Lottie entrar naquele vagão enquanto ela está ali são mínimas, quase nulas, mas isso não impede que Alice tenha esperança toda vez que o trem para em uma estação e fixe o olhar nas portas assim que se abrem com um sibilar hidráulico e a busque em todos os rostos que entram.

Mas nenhum deles é o de Lottie.

Alice encontra fragmentos dela — a pele queimada de sol, os cachos castanhos, o lábio inferior arqueado —, mas a pele é de um cara que tem o dobro do tamanho dela, os cachos são de uma garota de dez anos de idade, a boca, de uma mulher da mesma idade que Eloise. São altos ou baixos e grandes ou magros e nitidamente humanos.

As pessoas lotam o vagão com seus batimentos cardíacos que soam como uma percussão de tambores, e agora Alice está com um problema. Achou que seria seguro pegar o trem porque não estava mais com sede.

Mas à medida que o trem segue seu trajeto e entra na Park Street, Charles/MGH, Kendall/MIT e o vagão começa a encher, percebe que a sede não passou de verdade.

A sede é uma sombra fraca de si mesma, um sussurro em vez de um grito, mas, ainda assim, continua *presente*.

Não com *S* maiúsculo como antes, não uma necessidade do tipo *tudo no que Alice consegue pensar, os dentes doendo e a língua pesada, o coração tilintando como se tivesse moedas soltas no peito*, mas uma inquietação silenciosa, um vazio, um poço, e ela não consegue deixar de imaginar o que seria preciso para enchê-lo completamente...

(o que a faz pensar em Catty, que sempre chegava faminta da pista de corrida, o fato de que tudo o que comia parecia desaparecer e ela nunca engordava)

... e isso faz Alice se lembrar da vez que ela e Catty ficaram tão chapadas e a larica dela tinha sido tão forte que esquecia o gosto da comida assim que engolia e simplesmente não conseguia parar de comer.

E Alice se lembra do homem de terno no sedã, se lembra do calor do sangue dele descendo pela garganta, se lembra do gosto de ferro quando a mulher e uma garotinha se sentam perto dela.

E sua sede *explode*.

Volta cortante tipo uma faca, e Alice fica de pé com tanta rapidez que as pessoas se viram para olhar. Pensa em dizer que não está se sentindo bem, mas tem medo do que pode acontecer se abrir a boca, então se apoia na porta mais próxima, fecha os olhos e espera o trem parar de novo. Assim que para na estação central, ela sai, mesmo que seja uma estação antes da sua e o sol pareça um martelo, e a cabeça dela, uma vidraça.

Alice se obriga a subir para a rua, controlando os tremores e a dor de cabeça por alguns quarteirões, atravessando o campus por dentro dos prédios para se proteger do pior. Ela segue adiante com a promessa de um quarto escuro e um edredom pesado para bloquear toda a luz, finalmente chega ao dormitório e ao quarto no terceiro andar, sentindo-se o próprio Odisseu no fim de sua longa jornada, as pernas tremendo e a alma seca.

Tudo em que consegue pensar é na própria cama, na escuridão, mas, no segundo que entra no quarto, Alice percebe que há algo errado.

Lizbeth, Jana e Rachel estão sentadas no sofá, o ar à sua volta impregnado de choque e tristeza e, por um momento, Alice acha que as garotas sabem onde ela esteve e o que fez, que os crimes dela de alguma maneira vieram em seu rastro.

Mas Lizbeth ergue o olhar e franze a testa.

— Você tá usando meus óculos escuros?

— Foi mal — desculpou-se Alice, tirando-os da cabeça. — Pensei que fosse ter enxaqueca.

Ela se aproxima do sofá, onde Jana está sentada ao lado de Rachel, massageando as costas dela.

— O que aconteceu? — pergunta ela.

Rachel ergue o olhar, os olhos vermelhos de tanto chorar, abre e fecha a boca sem dizer nada enquanto mais lágrimas escorrem pelo rosto.

— Você não ficou sabendo? — pergunta Lizbeth. — Encontraram um aluno no pátio.

Ela arqueia as sobrancelhas daquele jeito de se dizer uma coisa sem deixá-la explícita.

Encontraram um aluno *morto*.

Alice sente um nó no estômago; ela estava certa, não estava? Era um dos seus, só não o mais recente, e já devia ter imaginado, sabia que era só uma questão de tempo até encontrarem o corpo.

— Era o *Colin* — conta Rachel, soluçando, e o nome ricocheteia no cérebro dela.

("Vem comigo, vou te levar para casa.")

E então ela lembra por que ele lhe parecia tão familiar, onde o tinha visto antes, com o braço apoiado nos ombros de Rachel na última reunião de alunos.

("Eu te seguro.")

Ela se lembra por que tinha confiado nele a ponto de permitir que a abraçasse e a acompanhasse pelo pátio.

Alice engole em seco.

— E a polícia sabe o que aconteceu com ele? — pergunta ela, sentindo-se meio tonta e enjoada, e talvez fosse por causa do sol, mas sempre mentiu muito mal, o sangue colore suas bochechas (embora não consiga deixar de se perguntar se isso ainda acontece e tenha vontade de levar a mão ao rosto para saber, mas talvez parecesse suspeito, então deixa para lá), e então, para seu alívio, as garotas balançam a cabeça como metrônomos descompassados.

— Não a causa oficial — responde Jana.

— O que significa que foi uma overdose — acrescenta Lizbeth. Rachel faz uma cara feia, e ela logo acrescenta: — Deve ter sido acidental. As drogas hoje em dia são misturadas com só Deus sabe o quê.

Nesta hora, Rachel começa a chorar de novo, as fungadas interrompidas por palavras soluçadas, dizendo o quanto ele era legal com ela, que poderia ser a sua *alma gêmea*, e Alice tem vontade de avançar pelo quarto, pegar Rachel pelos ombros e dizer: *eu te fiz um favor.*

Mas não pode fazer nada disso, então deixa as garotas chorarem e entra na escuridão bem-vinda do próprio quarto, se joga na cama e dorme.

II

Alice acorda quando já escureceu e se depara com a suíte vazia e uma mensagem no grupo de WhatsApp das garotas dizendo que foram à vigília em homenagem a Colin e que poderia se juntar a elas se estivesse com disposição.

E é claro que não está.

Em vez disso, fica sentada sob a proteção das cobertas, olhando para o notebook equilibrado nos joelhos. O Post-it colado no canto da tela.

Adeus, Alice.

Beijos, Lottie.

Os dedos pairam sobre o teclado, como se ela esperasse que ganhasse vida.

O cursor pisca na barra de busca, desafiando-a a usar a palavra, aquela que não quer digitar nem pensar, porque seria como dar um passo para fora do mundo da sanidade, do mundo material e da humanidade, como se o gosto de sangue não estivesse ecoando na sua boca.

Alice respira fundo — sabe que não precisa, mas isso ajuda — e obriga os dedos a pressionarem as teclas, digitando a palavra.

Ela clica em Pesquisar e as duas primeiras páginas de resultados já estão cheias de fantasias e convites para festas por toda a cidade, apesar de ainda faltar um mês para o Halloween. *Criaturas da noite, regozijem-se,* anuncia um site, exibindo capas de colarinho alto e lentes de contato vermelhas. Outro oferece uma variedade de vestidos justos, vulgares e cintilantes. O terceiro, cápsulas de sangue de mentira para perfurar com dentes falsos.

Alice passa as mãos pelo cabelo, acrescenta a expressão *de verdade* na barra e, pela próxima hora, os textos de economia e os problemas que têm de resolver ficam negligenciados na escrivaninha enquanto seu histórico de pesquisa se enche de informações tiradas de ficção mal escrita, e tem plena consciência de que está sentada no escuro com o brilho da tela no mínimo enquanto procura por monstros.

Ou, mais especificamente, lugares onde costumam se encontrar.

Ela acaba em uma comunidade do Reddit que a leva a um fórum que, por sua vez, a leva a uma página tipo a Yelp de boates na área de Boston, e é bem impressionante, considerando que há tão poucas opções culturais em Hoxburn, muito menos de *sub*cultura, só alguns fãs e jogadores de rúgbi e uns punks que pegavam carona para irem a shows nas proximidades, geralmente em Glasgow, mas uma cidade do tamanho de Boston parece ter algo para *todo mundo*, de encontros de BDSM a calabouços e boates góticas, cada um dos lugares cheios de avisos de que o que acontecia ali eram jogos de encenação entre adultos de comum acordo.

Apenas dois dos lugares listados prometem um pingo de esperança. Nenhum dos dois usa a palavra, mas ambos falam sobre *opções alternativas* com uma linguagem ambígua suficiente para fazê-la suspeitar de que *pode* haver algo ali. Afinal, pensa ela, quando a coisa é real, não é necessário sair anunciando. Esconder-se debaixo do nariz de todo mundo e tal.

Um dos lugares nem tem site, apenas algumas fotos publicadas nos últimos meses. Imagens de uma boate escura.

O outro está cheio de promessas e declarações vagas para os perdidos e amaldiçoados, o que parece ser bem dramático, mas o que mais lhe restava?

Não dava para ficar sentada ali, frequentando as aulas e matando homens em carros.

Precisa encontrar respostas.

Precisa encontrar Lottie.

Então, Alice se levanta e se arruma.

O que é mais difícil do que parece. Não sabe que estilo de roupa deve usar, só que é absurdo almejar um estilo totalmente gótico, já que não tem nada de renda ou couro, e uma rápida olhada nas gavetas de Lizbeth confirma que ela também não. Acaba escolhendo uma calça jeans escura e um moletom preto que pegou no armário de Catty e nunca mais devolveu, com estampa de corvo na frente, o desenho desbotado pelos anos de lavagem e mostrando apenas um par de asas já bem apagado.

Ao se encaminhar para a porta, repara que o nível de sede já está aumentando de novo, o que lhe parece mortalmente injusto, considerando o que a última refeição lhe custou. A boate mais próxima, dentre as duas que selecionou, fica em North End, e Alice não confia em si mesma nos vagões fechados do metrô, então pede um carro de aplicativo, usando o dinheiro que tirou da carteira do homem do sedã.

Ela sai pelo portão mais próximo e senta no banco de trás do carro que já a aguardava.

O que acaba sendo uma péssima ideia. O motorista está ouvindo rock dos anos 1980 nas alturas e se recusa a diminuir o volume. Ela consegue sentir o gosto do perfume dele na língua, como se ele tivesse mergulhado no líquido. Crava as unhas nos joelhos e acaba abrindo totalmente a janela, os sons da rua a envolvendo até formar um tipo de ruído branco na sua cabeça.

O carro finalmente a deixa em uma rua que Alice não reconhece, e arranca antes de ela encontrar a entrada da Dark Side (sim, é o nome da boate). Trata-se de uma porta preta em uma parede preta, sem letreiro nem nada a não ser uma marca de mão impressa no aço. Ela encaixa a própria mão na marca, como se a porta fosse se abrir como um segredo, mas nada acontece. A porta está trancada, não há segurança nem fila, nenhum sinal de vida lá dentro, e Alice pega o celular, pesquisa o lugar e localiza um detalhe importante que lhe passou despercebido antes.

A Dark Side não abre às segundas-feiras.

Alice geme e bate com a cabeça na porta fria de aço.

Ela chuta o metal, não com força, ou pelo menos não com força suficiente para machucar o pé, e fica chocada quando vê que deixou uma marca. Chuta de novo, com bastante força, e o metal chega a dobrar. Alice fica maravilhada com o dano antes de se dar conta de que talvez haja alguma câmera de segurança por ali, dá uns passos para trás e sai correndo pelo quarteirão.

Quando está a uma distância segura da porta amassada, diminui o passo e pega o telefone, fulminando a foto desfocada de Lottie por alguns segundos antes de abrir o mapa.

A segunda boate fica a pouco mais de um quilômetro e meio, e com certeza está aberta, mas Alice não consegue suportar chamar outro carro de aplicativo. Além disso, o ar da noite está agradável; na verdade, não apenas agradável, mas exatamente o oposto do que ela sentiu durante o dia, a fraqueza provocada pelo sol, que deixava suas pernas bambas, e as pessoas sempre falam que um lugar muda dependendo do clima, mas ela também sempre se sentia assim em relação ao dia e à noite. Como se fossem dois mundos completamente distintos.

Um cheiro diferente, um gosto diferente, uma energia diferente.

Agora, no escuro, a mente dela se acalma e o corpo relaxa.

Os pensamentos estão claros e as pernas parecem fortes, por isso decide caminhar.

Nunca ande sozinha à noite se for uma garota, é o que dizem.

E não é justo.

Porque é à noite que o mundo fica em silêncio.

À noite, o ar é límpido. A noite é selvagem e acolhedora, e Alice inclina a cabeça para trás, até que tudo o que vê é o céu. Não todo preto, como deveria ser, considerando a hora, mas uma tapeçaria de tons de azul.

Uma cor que sempre vai fazê-la se lembrar...

De dias de verão...

E marcha nupcial...

> No dia que Eloise Martin se casa com meu pai, *tudo* está azul.
>
> El, com seu vestido azul-celeste de verão, meu pai com seu terno azul-escuro, Catty e Alice, ambas de azul-claro, e o bebê Finn, no colo do vovô, usando um macacãozinho da cor dos olhos de Catty (sem o tom de raiva). Do lado de fora da igreja, até mesmo Hoxburn exibe um daqueles raros dias de verão em que a chuva chega e passa antes do meio-dia, levando todas as nuvens consigo.

— Estamos reunidos aqui... — começa o padre na igreja ao lado do cemitério onde minha mãe foi enterrada, e eis a questão: é um dia difícil, sempre seria um dia difícil.

Mas talvez pudesse vir a ser um bom dia também.

Ou talvez Alice seja uma boba por ter essa esperança, porque Catty está caçando briga desde que El entrou na vida delas, e mesmo que eles tenham esperado *anos* para oficializar a união — até depois do nascimento de Finn, até El estar com elas quase pelo mesmo tempo do que a mãe esteve, pelo menos para Alice —, e Catty tenha quinze anos, e Alice, doze, parece que não existe data de validade para o sofrimento.

(E parte o coração de Alice que a felicidade do pai e o sofrimento da irmã andem de mãos dadas, ou pior, que estejam apontados um para o outro, como pistolas ou espadas, e tudo que ela pode fazer é se colocar entre os dois.)

E Catty *fez* uma cena, três meses antes, quando o pai anunciou a novidade. Ela debochou e perguntou por que eles se importavam com o vestido branco e as alianças, já que não esperaram para fazer o que tinham para fazer, e o pai levantara a mão como se fosse bater nela, mas ele nunca foi esse tipo de homem, então a baixou de novo e chamou a atenção da filha por ser grosseira, disse que a mãe ficaria com vergonha, e isso foi o suficiente para fazer Catty fugir para a casa do avô por uma semana.

(E Alice sabe por que ela vai: o avô nunca revida um grito, nunca trata uma briga como uma competição ou um desafio para ver quem berra mais alto, o que provavelmente vem muito a calhar para alguém que administra um pub por tanto tempo quanto ele e tem de lidar com diversos bêbados e doidos.)

Só que, mesmo depois disso, Alice continua pensando, continua tendo *esperança*, de que talvez tudo fique bem, principalmente depois que eles dizem "sim" e do "eu vos declaro marido e mulher", e Catty fica olhando para o chão, mas não se manifesta durante a cerimônia (embora Alice veja os dedos da irmã apertarem o pequeno buquê que receberam e fique feliz porque os espinhos do caule das rosas foram retirados) e, depois disso, o pai relaxa visivelmente, sorri e beija a nova esposa, e mesmo nesse momento Catty segura a língua, e talvez continuasse segurando e passasse todo o dia em um protesto silencioso.

Mas então elas receberam o presente.

Acontece depois dos votos e antes da recepção, na salinha nos fundos da igreja, onde se encontram apenas Alice, Catty e El.

— Um momento só para as garotas — avisou El para o meu pai antes de fechar a porta suavemente para ele não entrar.

Quando estão a sós, ela pega duas caixinhas de veludo azul — um azul tão escuro que parece até preto — e as entrega para cada uma delas. Lá dentro, Alice encontra um enfeite de ouro em uma correntinha. Não é um pingente ou um medalhão, mas sim um pequeno cilindro.

E seu primeiro pensamento é que parece uma bala de revólver banhada a ouro.

Mas o segundo pensamento é que é lindo. A superfície é decorada com florezinhas, o objeto transmite tanta leveza, como se o núcleo fosse oco. Catty franze a testa ao tirar a correntinha com o enfeite da caixa de veludo, e Alice não tinha percebido que poderia ser aberto até Catty encontrar a tampa, os dedos finos virando-a e despejando o conteúdo na mão.

A princípio, parece terra. Fina como areia, mas bem mais escura, e Alice não entende, mesmo quando El diz pela centésima vez que não está tentando substituir a mãe delas.

É só quando ela diz:

— Desse jeito, ela vai estar com vocês, aonde quer que vocês forem.

É só nesse momento que a ficha cai. Alice percebe o que é.

Catty cerra o punho apertando a terra do túmulo, o rosto contorcido de desdém.

Catty, que nunca pegava nada sem distorcer. Ela conseguia pegar um galho de oliveira e transformá-lo em uma vara afiada.

— Isso não é a minha mãe. — Ela está fervilhando de raiva, e seu sotaque fica mais forte por causa do ódio. — Ela não está *lá fora*, apodrecendo na terra. — Bate com o punho cerrado no peito. — Ela não é a merda de um montinho de terra para eu usar no pescoço.

Catty vira o frasco dourado e deixa toda a terra cair antes de sair do aposento, e talvez seja a expressão de sofrimento no rosto de El ou talvez fosse o fato de suas pernas, seu coração, seus ossos estarem cansados de serem puxados cada hora para um lado, mas, pela primeira vez, Alice observa Catty ir.

E não a segue.

Fica parada onde está. Engole o nó que se formou na garganta e segura o pequeno pingente nas mãos, como se fosse algo precioso que poderia sair voando.

— Obrigada, El — agradece ela, com a voz trêmula. — É muito bonito.

Nem é mentira. Alice adorou o pequeno talismã. Não é a *mãe* dela, claro, mas gosta do peso. O objeto preenche o espaço da lembrança.

Ela ergue o olhar e encontra os olhos da madrasta, suaves, castanhos e cheios de sofrimento, e só quer fazer tudo desaparecer.

— Você pode me ajudar a colocar? — pede ela, estendendo a correntinha de ouro, e El enxuga as lágrimas e concorda com a cabeça.

— Claro.

Alice afasta o cabelo, e o toque de El ao passar o metal pelo seu pescoço e o fechar é leve como uma pena. Ela dá um beijo na cabeça da menina e se afasta.

A menina toca o pingente de novo e o esconde por baixo do vestido, onde Catty não pode ver. O ouro se aquece junto ao coração. E, quando ela se volta para Eloise, vê que ela está recomposta.

Quando saem do pequeno aposento, Alice fica chocada ao ver Catty no corredor ao lado do pai, a mão dele no ombro dela e a irmã de braços cruzados.

Alice nunca vai saber o que ele disse para fazê-la ficar, se foi uma ameaça ou uma súplica, mas dá para ver nas fotos do casamento que foram tiradas depois do incidente.

O vazio no seu olhar...
Como uma casa arrumada...
Depois que os moradores já se foram.

Alice toca no colar enquanto caminha, revira o pequeno frasco dourado entre os dedos e o leva aos lábios como costuma fazer quando se sente tão longe de casa.

Ela vira uma esquina e vê a segunda boate.

Pelo menos não está fechada.

A entrada fica no meio de um beco, a porta se abre deixando a luz vermelha banhar a calçada, e o cara lá fora tem mais metal perfurando o corpo do que as tachas que prendem o estofado de uma poltrona.

Ele olha Alice de cima a baixo.

— Você está no lugar certo?

— Não faço ideia — responde ela, levantando o telefone. — Estou procurando esta garota.

O segurança nem olha direito para a tela, só dá de ombros e retruca:

— Talvez você a encontre por aqui. — Ele faz um gesto para a porta, mas quando Alice dá um passo para a frente, o homem estende o braço e bloqueia a passagem dela. — Você trouxe a identidade?

Ela trouxe, mas não adianta mostrar, já que ainda faltavam três anos para completar vinte e um. O momento parece se alongar, a expectativa dele em embate com a necessidade dela. E é nessa hora que a Velha Alice cederia, começaria a se *desculpar*, dizendo que sentia muito e iria embora. Mas a Nova Alice tem uma missão.

A Nova Alice não vai voltar para o campus antes de encontrar uma pista.

Ela se lembra do jeito que sua determinação recaiu sobre Hannah, como só falhou quando ela mesma fraquejou, então sustenta o olhar do segurança, como se fosse um lago onde poderia afundar, e afirma:

— Tenho idade suficiente.

O mundo não estremece com a voz dela. Não há tremores nem vibrações, nenhuma maneira de saber a diferença entre uma simples declaração e algo mais forte. As palavras pairam no ar, e tudo que Alice pode fazer é esperar para ver como sua tentativa vai se desenrolar.

— Tem mesmo? — pergunta o homem, mas sem agressividade nem olhar atravessado, só um ligeiro franzir de testa, como se estivesse tentando ouvir a própria mente assim como a dela.

Alice sustenta o olhar e assente.

— Tenho. Agora me deixa entrar.

Ele pisca e dá de ombros.

— Tá bem — replica ele.

E Alice tem vontade de comemorar, gritar e dar soquinhos no ar porque deu certo, mas receia quebrar o feitiço e talvez não tenha sido feitiço nenhum, talvez ele apenas não se importe, mas, de qualquer maneira, começa a entrar na boate.

Quando está quase lá dentro, ele entra na frente dela de novo.

— Espera — pede ele, e Alice cerra os dentes, esperando problemas, mas ele estende um par de pulseiras de papel, uma vermelha e outra branca.

— O que é isso?

— Aqui todo mundo ou é predador... — ele levanta a pulseira vermelha — ... ou é presa.

Ele coloca a branca no pulso dela sem sequer perguntar o que ela é ou o que quer ser.

Alice revira os olhos e entra.

III

A música a envolve e a soterra.

Uma batida pesada pulsa pela boate, alta demais para ouvir ou pensar.

Para onde quer que olhe, Alice vê corpos pressionados uns contra os outros, a maioria vestida de couro preto, algodão preto e renda preta.

Chalice.

Esse é o nome do lugar.

Parece ter saído de um romance paranormal, veludo escuro escondendo os cantos e espelhos envoltos por tecidos de algodão. Abajures com lâmpadas vermelhas e alcovas nas paredes como cubículos em uma cripta.

Alice percorre a boate lotada em busca de Lottie.

Ela passa por um lugar banhado em luz negra e manchas fluorescentes surgem nas suas mãos de um jeito que a faz desejar correr para o banheiro mais próximo e começar a se esfregar. Mas ninguém parece notar os vestígios dos respingos de sangue na sua pele ou, se notam, pouco se importam.

À sua direita, dois caras se agarram contra a parede, pernas e braços entrelaçados, uma pulseira vermelha, uma pulseira branca, o ar à sua volta pesado e doce, e Alice fica tensa quando as bocas se separam e vê a ponta dos dentes afiados. As presas desaparecem assim que ele enterra a cabeça na curva do pescoço do outro homem.

E talvez — quem sabe? — ela tenha encontrado o lugar certo, onde as coisas são de verdade. A esperança cresce dentro dela, que enfia o dedo sob a pulseira branca e a arrebenta antes de seguir para o bar.

Não há banquetas ali, então apoia os cotovelos no balcão e faz um sinal para a bartender, uma mulher magra com lentes de contato que fazem seus olhos parecerem completamente pretos. Alice desliza o celular com a tela para cima pelo balcão.

— Você viu esta garota? — grita ela sobre as batidas retumbantes.

E talvez fossem as lentes de contato, mas a mulher parece nem olhar para a foto. Ela só nega com a cabeça e pergunta:

— Vai beber alguma coisa? — Aponta para uma placa afixada atrás dela, na qual todas as bebidas têm nomes tipo: Violência, Coração Partido ou Sede.

Alice pede um Coração Partido e recebe um copinho com a dose de alguma coisa que parece sangue, mas tem cheiro de açúcar. O gosto também. Ela sente ânsia e cospe o conteúdo de volta no copo, fecha os olhos e se dá conta de que é uma idiota, que aquele lugar poderia muito bem ser o cenário de uma fantasia urbana para adolescentes, que nada naquelas pessoas ali é real, que é outro beco sem saída e...

— Primeira vez?

Alice abre os olhos e se vira. Por um segundo, pensa que está olhando para Lottie.

A Lottie, apoiando o cotovelo no bar, o sorriso enviesado e os cachos agora pintados de vermelho em vez de violeta. Mas, quando Alice pisca, não é ela, e sim outra garota de cabelo cacheado, a pele é clara demais e os olhos, de um tom bem comum.

Comum, mas bonitos mesmo assim, delineados de preto e com pedrinhas brilhantes nos cantos internos. Há uma pulseira branca num dos pulsos e anéis dourados em cada um dos dedos, captando a luz estranha da boate quando ela estende a mão e roça a ponta do dedo na bochecha de Alice. Uma gota escura mancha a pele da garota, como se ela tivesse furado o dedo em um espinho.

Alice olha para o sangue e franze a testa.

Não tinha percebido que estava chorando.

A garota também olha para baixo, perplexa, e leva o dedo aos lábios, como se fosse lamber o sangue. Mas Alice é tomada pelo temor repentino de que possa fazer algum mal à garota, feri-la, mudá-la, então afasta a mão dela antes que o sangue chegue à língua.

A garota faz uma careta.

— Suas mãos estão geladas.

— Estão?

Ela poderia ter limpado o sangue da pele da garota, mas não faz isso. Não consegue. A simples visão desperta a sede e antes que saiba o que está fazendo, Alice leva os dedos da garota aos lábios e, quando ela não resiste, coloca o indicador na boca e lambe. O sangue dela, que não tem o mesmo gosto, mas ainda assim desperta sua sede feito um sino, e ela não queria morder a garota, mas quando seus dentes passam pela carne macia da ponta do dedo, seu maxilar faz um pequeno ato de desafio e se contrai. Alice mal mordeu, mas sente a pele romper tão facilmente como um pêssego sob uma lâmina.

A garota ofega e dá uma risadinha nervosa.

— Uau, como os seus dentes são afiados! — exclama ela, afastando a mão, mas sem parecer chateada.

Na verdade, as pupilas estão dilatadas, o ar à sua volta cheio de desejo, e ela começa a puxar Alice, afastando-a do bar, dos corpos que se retorcem na pista de dança no meio da boate e da batida pesada, levando-a para o corredor, onde cobre a boca de Alice com a sua e enfia a mão (a que está com a pulseira branca) por baixo da blusa de moletom de Alice, o coração disparado quando leva a boca ao ouvido de Alice e faz um pedido sincero, aos sussurros:

— Me morde.

E talvez seja o seu jeito de falar ou talvez sejam as luzes da boate, banhando o mundo de vermelho, mas Alice sente um alçapão se abrir dentro dela enquanto leva a boca à curva do pescoço da garota e deixa os dentes afundarem ali.

O sangue invade sua boca e se espalha por sua língua. A garota ofega, e o som desperta um tipo mais profundo de desejo. Alice se vira, pressionando as costas dela contra a parede. As mãos adornadas de anéis agarram os braços de Alice, e ela diz alguma coisa que Alice não consegue ouvir, não por cima dos batimentos cardíacos que retumbam em seu peito, e embora tenham se passado apenas algumas horas desde que se alimentou, ela está sedenta, um recipiente quebrado tentando encher mais rápido do que vaza, e se beber o bastante talvez a sede não seja capaz de alcançá-la, talvez seu coração continue batendo, talvez seja o suficiente e...

Alguém puxa Alice para trás.

Ela cambaleia e se endireita bem a tempo de ver as pernas da menina cederem, o corpo escorregando pela parede antes de um cara de cabelo espetado passar por Alice e a segurar.

Alice observa a cena, horrorizada. O que foi que ela fez?

Os batimentos silenciam em seu peito e, no lugar, a boate volta com força total, toda aquela música techno horrível e luzes vermelhas baratas. O cara está levando a garota que não é Lottie para se sentar em uma cadeira enquanto a bartender antipática sai de trás do balcão para perguntar se a moça está bem, e ele responde:

— Sim, ela só foi com muita sede ao pote. Sabe como é, sempre se esquecem de se alimentar.

E Alice continua tonta, sem saber direito o que fez e como tinha se perdido tão depressa, e olha para a garota que queria ser mordida, que agora parece pálida e assustada. Antes que Alice tenha a chance de perguntar se ela está bem, o cara de cabelo espetado a agarra pelo braço e a afasta dali, passando pelos espelhos cobertos e pela multidão vestida de preto, pelos dois caras de antes, que continuam se beijando, só que agora está perto o suficiente para ver as presas de plástico se dobrarem quando o homem com a pulseira vermelha cerra os dentes.

Falso.

Tudo aquilo é falso.

Mas ela...

— Você está no lugar errado — avisa o cara de cabelo espetado enquanto a leva para a porta nos fundos e a tira da boate para o ar silencioso e fresco da noite.

E Alice tem vontade de responder: *Não me diga*. Mas ainda está bêbada de sangue e meio confusa, por isso demora um pouco para entender o que ele disse e o que *não* disse, pois se está no lugar errado, então talvez exista o lugar certo. Ele já está se afastando quando ela o chama:

— Espere! — Ela segura a porta antes que se feche. — E para onde eu vou?

O cara olha para trás.

— Eu vou lá saber.

Mas essa resposta não a satisfaz, e ela insiste:

— Por favor.

Alice pega o pulso do rapaz, que se retesa ligeiramente, ou porque a mão dela está fria ou porque ele sabe, e se os olhos dele encontrarem os dela, vai tentar forçá-lo a dizer, mas ele olha para algum ponto além dela no beco e solta:

— Tente seguir a música.

Ela solta um suspiro exasperado.

— O que você quer dizer com *isso*?

— Não faço a menor ideia. — O cara dá de ombros. — Mas foi isso que me mandaram dizer se gente como você aparecesse por aqui.

As palavras vibram na pele dela.

"Gente como você."

Ou seja, há pessoas como ela em algum lugar.

Ele puxa o pulso e se vira.

— Ei — chama Alice, pegando o celular no bolso. — Você viu esta...

Mas a porta dos fundos já se fechou, bloqueando as luzes vermelhas, abafando a batida da música e deixando Alice no frio.

SABINE

(*ANNO DOMINI* 1532)

I

Veneza, Itália
1709

Os anos passam, e, com isso, Sabine começa a se sentir em casa.

No *palazzo*, sim, mas são apenas paredes e janelas, aposentos e assoalhos. São o anfitrião e o amante dele que tornam o lugar algo mais.

Alessandro, Matteo e Sabine constroem uma vida juntos. Formam um novo tipo de família. Ela posa para o mortal e sua arte, passa longas noites conversando com seu anfitrião, trocando histórias sobre os anos antes de chegarem a Veneza.

Ela e Matteo são tão diferentes e, ao mesmo tempo, tão parecidos.

Alessandro diz que eles são como dois blocos de granito: obstinados e teimosos. Mas está enganado. Não são iguais. Sabine observa Matteo e seu amante mortal, às vezes com inveja, outras, com desdém. E embora entenda as muitas regras dele, também perde a paciência com elas e se vê desejando uma mudança de ares ou ritmo. E, assim, Sabine começa a fazer pequenas viagens para a Toscana ou Roma.

Ela parte com intenção de aproveitar ao máximo uma noite, uma semana ou um mês de liberdade e solidão, a possibilidade de matar quando quiser, só para descobrir que o que mais deseja é a tensão crescente da caça. Que sem o prelúdio o prazer chega e passa rápido demais, deixando-a insatisfeita.

Não que vá admitir o sentimento para Matteo.

Mais de uma vez, ela viaja uma distância maior e, ao retornar, depois de um mês, uma estação ou um ano até, será bem-vinda.

Bem-vinda ao seu *lar*.

Dentro do *palazzo*, o tempo passa, marcado apenas pelos quadros novos pendurados nas paredes, a mudança de estilo no guarda-roupa e as diferenças que aparecem lentamente no rosto de Alessandro, no seu semblante.

Um novo século se inicia, e enquanto Matteo e Sabine continuam exatamente iguais ao que sempre foram — tão imutáveis quanto o *palazzo*, a lagoa e as próprias estruturas de Veneza —, a juventude de Alessandro ficou no passado.

O cabelo outrora dourado ganhou um tom mais claro, a pele agora é tão fina que é possível ver os ossos que cobre. Alguns ângulos ficaram mais acentuados, ao passo que outros se amaciaram com a idade. Ele caminha com uma bengala e, a cada estação, parece apoiar mais o corpo no bastão de madeira polida.

Ele ainda é adorável com sua aparência de boneca.

E Matteo ainda o ama. Uma coisa devastadora.

Ele alega que já fez as pazes há muito tempo com a escolha de Alessandro, sua decadência inevitável, e insiste que ainda terão anos juntos, que até mesmo a vida mortal dura muito mais do que o florescer da juventude. Brinca que sempre será o mais velho dos dois e repete que Alessandro só fica mais elegante com a idade.

É enlouquecedor testemunhar a situação, e Sabine se pergunta se Matteo está mentindo para Alessandro ou para si mesmo, ou se acha que dizer essas coisas as tornam verdade. Se é um poder que possui e ainda não mostrou para ela ou se está simplesmente em negação, recusando-se a aceitar a realidade.

E, então, em certo inverno, o peito de Alessandro começa a doer. Os pulmões chiam na primavera, e Matteo perde a compostura e começa a implorar que o amante reconsidere o acordo que fizeram. Que aceite ser enterrado no solo à meia-noite.

Eles falam em voz baixa, mas Sabine escuta as conversas a alguns aposentos de distância.

Fique comigo, implora Matteo, mas Alessandro não cede. Se não quis ser jovem para sempre, por que escolheria ser velho? A vida é feita para acabar. Não cabe ao homem decidir quando isso deverá acontecer.

Sabine escuta e fica com raiva.

Do que adianta, pensa ela, amar algo que se está fadado a perder?

Se apegar a alguém que não pode se apegar a você.

Isso é culpa do Matteo. Das suas baboseiras. Ainda assim, o sofrimento ecoa dentro dela também. Porque começou a gostar do mascote de Matteo, a apreciar sua companhia, apesar de mortal, a considerá-lo um *amigo*, e sente-se como se tivesse sido lentamente envenenada. Ela não queria se importar com ele, mas se importa e a perda iminente não a entristece.

Na verdade, isso a deixa *furiosa*.

Na última semana, Alessandro passa todos os momentos de vigília sob o sol, o rosto cansado erguido para o céu a fim de captar luz.

Mais de uma vez, Sabine vai até o pátio depois do crepúsculo e o encontra adormecido em uma cadeira de jardim, as pernas finas cruzadas enroladas em um cobertor.

Mais de uma vez, fica atenta para ouvir o murmúrio baixo do seu coração e a respiração fraca, só para garantir que ele ainda não partiu.

Mais de uma vez, pensa em colocar um fim a toda aquela bobagem. Em cuidar ela mesma da questão. Enterrá-lo de vez no solo à meia-noite e permitir ser amaldiçoada. Deixar que Alessandro a odeie, uma vez que ela mesma tinha começado a odiá-lo por lançar essa sombra sobre sua felicidade.

Mas então, seus olhos azuis se abrem, e ele olha para Sabine do jeito que fez na primeira noite, com o olhar aguçado de artista, como se estivesse tentando decidir como retratá-la na tela.

Ele tentou dezenas de vezes em todos aqueles anos, mas, embora ela não tenha mudado, nunca conseguiu captar sua essência. E agora ela sabia que ele nunca conseguiria.

— Veio me fazer companhia? — pergunta ele, com um leve ofegar por trás das palavras.

— Na verdade, vim aqui para duelar. Você bem que está precisando de um treino.

Um riso suave e entrecortado.

— Hoje à noite — retruca ele —, talvez você tenha certa vantagem.

O humor desaparece da voz dela.

— Você é um tolo — sibila ela.

Ele sorri e fecha os olhos.

— Eu sei.

Ela não está presente na noite que ele morre.

Está lá fora, caminhando pelas ruas, incapaz de suportar o som, o coração dele como um relógio que alguém esqueceu de dar corda, as batidas perdendo lentamente o ritmo.

Ela não está presente, mas sabe o que aconteceu no momento que retorna. Não apenas pelo silêncio da casa, mas pelo *ar*, carregado de um sofrimento profundo. Não de Alessandro, mas de Matteo, que manteve a cabeça tão protegida por todos aqueles anos, que sempre foi um livro aberto. Só que agora sua intensa tristeza está esparramada pelo chão, subindo pelas paredes feito tinta. É tudo que Sabine consegue sentir pelo olfato. Pelo paladar.

Ela fica aos pés da escadaria à medida que os minutos se transformam em horas. Já abraçou centenas de humanos enquanto morriam, sentia-os virar um cadáver nos seus braços. Ainda assim, não consegue se obrigar a subir para ver o corpo com os próprios olhos.

Ela dorme no estúdio de Alessandro, cercada por sua arte. Por dois dias e duas noites, Matteo fica trancado no quarto. Até a casa começar a feder a carne podre e a sofrimento. Até Sabine não suportar mais e mandar chamar o médico, que vem levar o corpo embora.

Alessandro Contarini, cinquenta e nove anos e enterrado no jazigo da família.

Nas noites e semanas seguintes, Sabine evita ficar em casa. Deixa Matteo com o próprio sofrimento, certa de que vai passar.

Só que não passa.

Matteo age como se tivesse morrido também. É um espectro. Um fantasma. Abandona o quarto do casal. E se muda para outro. E depois outro.

À procura de uma cama de solteiro, em vez de casal, até que, por fim, desiste da busca e ocupa o salão, puxando as cortinas para bloquear a luz de Veneza antes de cair no sofá.

— Venha — convida ela. — Vamos começar um jogo.

Mas ele não aceita.

Visitas chegam dia e noite para prestar condolências, mas as batidas na porta não são atendidas e as flores são deixadas na escadaria de entrada para murcharem. Ficaram para trás também os passeios de gôndola e as apresentações em público, todos os esforços para manter as aparências.

À noite, Matteo permanece tão imóvel no pátio que é de admirar que as glicínias não comecem a crescer em volta dele. Sabine fica imaginando quanto tempo vai levar para ele morrer de sede.

Naquele ano, o Carnaval chega e passa sem nenhuma máscara, nenhum baile ou jogo, e Sabine perde a paciência com o estado amuado dele. Se ao menos se exaltasse, surtasse, saísse em um rompante pela casa, quebrando os móveis, rasgando as cortinas, destruindo as paredes... *qualquer coisa* que dissipasse a tensão, que colocasse tudo para fora. Em vez disso, ele parece petrificar.

Matteo não come.

Não dorme.

Um mês, e o *palazzo* continua sob o manto pesado da tristeza. E ela não suporta mais.

— Basta — diz Sabine.

— Levante-se — ordena ela.

— Nós vamos sair.

Mas Matteo está perdido dentro de si. E isso é enlouquecedor. Mais um mês assim, uma estação inteira, duas, e Sabine não aguenta mais.

— Você decidiu amar um mortal — prossegue ela, irritada. — Você se recusou a transformá-lo. Sabia que isso ia acontecer. Você sabia e causou isso a si mesmo. Que direito tem de ficar em choque com o luto? De se deixar sucumbir pela tristeza? Se não consegue se livrar desse sofrimento, é melhor se deitar ao lado dele e deixar logo a terra do túmulo enterrar você.

Sabine sabe que está sendo cruel.

E não se importa.

Quando começa, não consegue mais parar. As palavras saem da sua boca como bile. Talvez só estivesse tentando despertar Matteo da tristeza profunda. Talvez precisasse se purificar também.

— *Mateusz* — vocifera por fim.

Isso, pelo menos, provoca uma reação. O nome o acerta como um soco, e ele faz uma careta e se vira para ela, o sofrimento nos olhos tão sombrio e interminável que ela se encolhe.

Porém, ele não diz nada, e Sabine não suporta mais.

Ela vai embora. Passa o inverno em Verona, tentando se livrar da tristeza de Matteo. Observa o ano chegar ao fim e o novo começar com efígies floridas carregadas pelas ruas, o ar repleto de sinos da igreja, fumaça de vela e esperança.

Em fevereiro, Sabine volta para Veneza, sem saber ao certo o que vai encontrar.

Ela se prepara para a ruína que a aguarda dentro do Palazzo di Contarini. Decide que, se for necessário, vai arrastar Matteo para fora de casa. Mas se surpreende ao encontrar as janelas iluminadas, o pátio limpo, as heras recém-aparadas, pensa que talvez Matteo tenha abandonado a casa, vendido e fugido. Mas a porta se abre sob o seu toque e a força de vontade de mais ninguém a encontra na entrada para impedi-la de entrar.

Sabine entra no salão, preparada para a melancolia fétida que deixou para trás, mas não existe mais. O sofrimento de Matteo não paira mais no ar. Ela tira os sapatos, deixando os pés descalços tocarem o piso de mármore, e segue para a escadaria quando então ouve.

Um corpo se virando em uma cadeira.

O estalo de um pergaminho sendo virado.

Sons que chegam aos seus ouvidos, não vindos lá de cima, mas do final do corredor, do último quarto, que era o estúdio de Alessandro, até não ser mais. A porta permaneceu fechada desde o enterro, mas está completamente aberta agora, um brilho suave escapando do aposento.

Sabine para junto à porta, o corpo paralisado ali como se estivesse sendo repelida.

Mas é só a surpresa.

Ao ver Alessandro.

O cabelo loiro caindo no rosto. Os cílios claros e longos contornando aqueles olhos de um tom surpreendente de azul. O corpo relaxado no sofá enquanto os dedos longos folheiam um livro. Alessandro com toda a beleza e a juventude restauradas.

Ele ergue os olhos para ela e sorri, mostrando os dentes afiados.

Mas não é ele. Claro que não é. Alessandro continua morto.

A realidade a atinge como um soco.

— Você deve ser a Sabine — comenta ele, aquele intruso, largando o livro e se colocando de pé.

O pincel tinha sido abandonado, mas o cheiro de tinta permanece em cada uma das superfícies, e o primeiro pensamento dela é que ele não deveria estar ali. Naquele aposento que não é dele.

— Matteo me contou tanto sobre você! — prossegue o estranho com uma alegria frenética e, à medida que o choque dela passa, a impressão da semelhança também se esvai.

É verdade que ele tem alguns traços de Alessandro, mas o resultado é todo diferente. O corpo dele se move em um ritmo diferente.

Quando estava vivo, Alessandro tinha um jeito suave e composto, como se qualquer coisa rápida demais pudesse sobressaltá-lo. A voz do estranho é mais alta e mais grave, os movimentos, repentinos e hesitantes, como se não estivesse acostumado à nova força ou velocidade. Os pensamentos são tão confusos quanto os movimentos, derramando-se à sua volta, nuvens de desejo, interesse e divertimento. E, é claro, sede.

— Ah — diz uma voz à porta. — Vejo que já conheceu o Giovanni.

Sabine se vira e se depara com Matteo, exatamente como na noite que se conheceram, trinta anos antes, vigoroso e saudável, de ombros largos e postura ereta.

O homem emaciado pela tristeza desapareceu. O cabelo que antes estava bagunçado agora está penteado para trás. O bigode, bem cuidado. As roupas amarrotadas foram substituídas por uma calça preta e uma túnica clara com botões de pérola, botas lustradas e um broche de esmeralda no colarinho.

— Acabei de conhecer — replica ela, arqueando uma das sobrancelhas, como se fizesse uma pergunta.

Mas os olhos dele estão neutros, a mente completamente fechada, o ar silencioso à sua volta. Giovanni abraça Matteo pelos ombros, mais como um cachorrinho que quer atenção do que um homem marcando território.

— Nós vamos sair — anuncia Giovanni. — Você tem que vir conosco para podermos comemorar.

— Comemorar o quê? — pergunta ela.

— A sua volta, é claro! Matteo vai parar de ficar tristonho agora que você voltou e estamos todos juntos.

Juntos. Isso não deveria irritá-la, mas irrita.

Matteo entrega um casaco para Giovanni, mas ele o dispensa.

— Deve nevar — insiste ele.

— *E allora?* Não estou com frio.

— Não se trata do seu conforto — retruca ele com o ar de exasperação de um pai explicando as coisas para um filho pequeno. — A questão é a percepção dos outros.

Giovanni suspira e estende os braços. Sabine balança a cabeça, observando com estupefação enquanto Matteo veste seu novo mascote. Observa como ele baixa a cabeça para dar um beijo no ombro de Giovanni, exatamente como fez tantas vezes com Alessandro. Mas aquilo era amor, e isso é outra coisa. Parece o gesto vazio de uma atuação. Um ator desempenhando seu papel.

Giovanni se afasta em vez de se aproximar.

— Estou com tanta sede — declara ele, o bom humor de repente substituído por um mau humor dramático.

— Você acabou de se alimentar — rebate Matteo com ar plácido.

— Isso foi na noite passada! Quando era mortal, eu comia duas vezes por dia, às vezes, três. Decerto que é a mesma coisa.

— Não é, posso lhe assegurar.

— Mas sinto que vou morrer de sede! — declara ele.

Sabine e Matteo trocam um olhar. Um quase sorriso.

Eles saem para o pátio, e Giovanni — Gio, como insiste em ser chamado — entrelaça o braço com o dela enquanto reclama que Matteo tem *regras* demais.

— Tem mesmo — concorda Sabine.

— Não vejo serventia.

— Elas servem para sobrevivermos — afirma Matteo.

— Que entediante! — declara Gio, puxando um ar de que não precisa só para soprá-lo em um suspiro. — Mas a Sabine está aqui agora. E creio que *ela* será mais divertida.

II

— Estou tão aliviada — revela Sabine, algumas noites depois — de vê-lo tão *revigorado*.

Estão de novo na rua, em mais um passeio noturno, as luzes de Veneza brilhando nos postes.

Matteo sorri, mas a alegria não parece sincera.

— É a nossa natureza, não é? Persistir. Continuar quando os outros não conseguem.

— Você parece estar persistindo mesmo. — Ela faz um gesto com a cabeça em direção a Giovanni, que está caminhando na frente, com as mãos nos bolsos e olhando para o céu. — Tenho certeza de que seu novo companheiro ajuda.

O sorriso de Matteo se desvanece e vira uma careta por um instante.

— Pensei que...

— Don Accardi! — exclamam duas mulheres de braços dados que se aproximam deles. — Que bom vê-lo por aqui.

Sabine tenta se lembrar, sabendo que já foi apresentada a elas. Irmãs, recorda, embora não tenha se preocupado em decorar os nomes, já que nunca conseguiria distinguir as duas. Nem na mente nem pessoalmente.

— Já estava começando a achar que você tinha deixado Veneza — comenta uma delas.

— Embora eu não possa culpá-lo — acrescenta a outra.

— O inverno está tão rigoroso.

— Receio que não estava nada bem — revela ele, apesar de ser, como sempre, a imagem da boa saúde.

— Não me diga — retruca uma delas.

— Pois não dá nem para perceber — elogia a outra.

— Realmente, o senhor parece não envelhecer.

— Assim como a senhora, Carmina — responde ele com elegância.

A irmã solta um riso debochado, e Carmina parece amarga ao responder:

— Meu espelho discorda.

— O problema certamente é com o espelho, não com a senhora.

O charme de Matteo é infalível como sempre. Ele se volta para seus acompanhantes.

— As senhoras devem se lembrar de minha sobrinha, Sabine.

— E quem poderia se esquecer de tamanha beleza? — comenta Carmina, a inveja alimentando a própria amargura.

Matteo faz um gesto para o outro lado.

— Permita que eu apresente um novo amigo, Giovanni.

— *Piacere di conoscerla* — cumprimenta Gio animadamente, inclinando--se para beijar a mão enluvada de cada uma delas.

Mas, na segunda, ele se demora, de cabeça baixa, virando a palma da mão dela para cima para expor a parte interna do pulso, as veias por baixo da pele. Sabine sente exatamente o que Gio pretende fazer antes que ele aja. Não que ela vá intervir.

Mas Matteo, sim. Pousa uma das mãos no ombro de Gio, um gesto simples, a não ser pela força do toque.

Gio solta a mão da dama e se empertiga enquanto as mulheres enrubescem e desejam boa-noite. Assim que se afastam, Matteo puxa Gio até que olhe para ele.

— O que foi que eu disse?

Gio levanta as mãos, fingindo se render.

— Mas eu não fiz nada.

— Só porque eu impedi.

Ele revira os olhos azuis, os quais Sabine decidiu que são de um tom muito mais comum do que os de Alessandro. É só a estranha luz neles que os faz parecer tão claros.

— E por que não posso me alimentar delas? — choraminga ele.

— Não caçamos nossos vizinhos — repreende Matteo, em um tom que deixa evidente que é uma discussão recorrente. — Não matamos aqueles cuja morte poderia nos trazer problemas.

— Regras, regras e mais regras — reclama o outro. — Eu não me *importo.*

— Mas deveria. Na verdade, deve.

— E por que importa se o sangue é nobre ou plebeu? Que diferença faz no fim das contas?

Sabine não diz que Gio tem razão, mas nem precisa. Deve estar estampado no seu rosto porque Matteo olha para ela e murmura:

— *Não* comece.

— Você é elitista — declara Giovanni, cruzando os braços.

Sabine ri.

Matteo estende as mãos em um gesto frustrado.

— A questão não é o valor da vida de cada pessoa, mas de quem os outros vão sentir *falta.*

— Qual é a diferença?

— Não seja ingênuo — vocifera ele antes de suspirar e segurar o rosto do novo amante com ambas as mãos.

Sabine observa os dois. Matteo, que acredita que todas as vidas têm valor. E Gio, que parece convencido de que a mesma lógica torna todas as vidas sem valor. Ela se pergunta quem vai ceder primeiro.

No final das contas, é Giovanni. Talvez porque não queira brigar, ou talvez por achar a discussão uma chatice. Um desperdício de uma noite perfeitamente boa. De qualquer maneira, Giovanni murcha e encosta a cabeça na de Matteo.

— *Bene* — murmura ele. — Então, me mostre de quem eu *posso* beber. Estou morrendo de sede.

Matteo relaxa.

Logo depois, começa a nevar.

Uma fina camada que reveste o lampião e forma montinhos sobre as gôndolas vazias.

Matteo e Sabine caminham de braços dados, Gio segue logo atrás. Alguns flocos caem no cabelo de Matteo. O único toque de branco ali.

— As irmãs têm razão — comenta ela. — Quantos anos você deveria ter?

Sabine pergunta isso e não quantos anos ele *tem*, pois sabe que Matteo não vai contar. Ele fazia apenas ligeiras menções sobre sua vida pregressa e, nas raras ocasiões que ela o pressionou, mudara de assunto.

Sabine fica imaginando se Alessandro sabia. Em todo o caso, as histórias morreram com ele. A única coisa que ela sabe é o nome, *Mateusz*, que guarda como um talismã em volta do pescoço, uma moeda que não pode nem trocar nem usar.

— Sei que não posso ficar *como* sou e *onde* estou para sempre — admite ele. — As pessoas começam a notar. E, depois, começam a falar. E então é só uma questão de tempo até que eu tenha de desistir de tudo ou perder a própria vida. Mas vou sentir muita saudade dessa cidade e de todas as lembranças que ela me deu.

Adiante, um casal para no meio de uma ponte estreita, apreciando a forma como a neve cai entre as construções, derretendo ao atingir a água.

Os dois estão de costas, distraídos. Uma refeição fácil. Fácil demais para o gosto deles, mas não de Giovanni. Talvez Matteo pense que a oferta possa dar um fim às reclamações do amante.

Ele se vira para sinalizar sua concordância.

Mas Gio não está ali.

— Merda — pragueja Matteo baixinho, dando meia-volta ao sentir um novo cheiro no ar.

Sangue.

O cheiro a atinge em cheio, metálico e doce. Já se passaram três noites desde a última refeição, e o cheiro desperta uma dor que vai das têmporas aos dentes.

Eles encontram Gio num beco a dois quarteirões de onde estavam, debruçado sobre o corpo de um homem ao lado de uma carroça. Matteo o puxa, mas já é tarde demais.

O homem está caído no chão, os olhos abertos e o pescoço dilacerado, as últimas batidas do coração bombeando um fio de sangue nas pedras debaixo dele.

Duzentos anos, e a visão ainda desperta algo dentro dela. Uma sede impetuosa. A mesma que vê no rosto de Gio, cuja metade inferior está manchada de vermelho.

— Escolhi um plebeu — argumenta Gio, limpando a boca na manga do casaco de que não precisa. Agora que sua sede foi saciada, parece ter recobrado o juízo o suficiente para notar a raiva de Matteo. — Ele estava sozinho... Achei que você ficaria feliz.

Matteo passa a mão no cabelo preto, parece querer atirar o novo amante no canal. Em vez disso, manda Gio sair do caminho e se ajoelha ao lado do corpo.

Sabine cruza os braços e se recosta na parede enquanto observa Matteo tentar arrumar o corpo ao lado da carroça. A maioria das marcas de mordida se fecham depois do fato, mas a ferida no pescoço dessa vítima está tão aberta que nunca vai se fechar na morte. A violência é indelével.

— Cada corpo causa uma ondulação — recita ela.

— Agora não — murmura Matteo.

— Cadê o ultimato de *Gio*? — pergunta ela. — De alguma maneira, duvido que ameace bani-lo. Me diga, é porque foi você quem o criou ou porque dorme com ele?

Matteo se empertiga e pressiona o ponto entre as sobrancelhas.

— Ele é jovem — argumenta ele naquela noite.

— As coisas vão ficar mais fáceis — diz ele na noite seguinte.

— Ele vai aprender.

Mas é claro que nunca aprende.

Sabine caminha pela Terra por tempo suficiente para saber que nem todas as flores crescem saudáveis no jardim.

Algumas florescem e outras murcham.

E algumas poucas precisam ser arrancadas antes de arruinar tudo.

Ela chegou há menos de uma semana quando os primeiros corpos são descobertos. Um comerciante respeitado e sua esposa. Os dois encontrados mortos no pátio da própria casa.

Depois disso, as irmãs, aquelas que encontraram na primeira noite de seu retorno.

As marcas de mordida desaparecem, mas os outros sinais da carnificina de Gio, não.

Sabine não tem como saber como ele era em vida, mas pode imaginar. Afinal, o que cresce no solo à meia-noite não é uma flor diferente, apenas mais forte. Ele é, por natureza, passional e *impulsivo*.

Matteo tenta transformar as regras em jogos, como fizera com ela antes, mas não funciona. Gio não se importa com as recompensas, só em saciar a sede implacável. Não tem paciência para a lenta perseguição de sua presa. Em vez disso, todo mundo que passa por ele se transforma imediatamente numa refeição em potencial.

E ele está provocando enormes problemas.

Cada corpo causa ondulação, e as águas de Veneza logo começam a ficar agitadas.

A notícia de que há um assassino à solta anda de boca em boca e, quando o corpo de um juiz é encontrado pendurado em uma coluna de San Marco, alguns se trancam em casa e outros seguem para a rua. Homens fazem patrulha dia e noite, o ar à sua volta zunindo de desejo por justiça e sangue.

É inevitável. Como subir ao topo de uma montanha íngreme, o vale se estendendo lá embaixo, o conhecimento de que se você decidir descer, é só uma questão de tempo até chegar lá.

Sabine não se surpreende ao chegar em casa certa noite e encontrar Matteo na varanda, olhando para a lagoa. Os ombros tensos, a cabeça baixa. Já sabe o que aconteceu antes que ele diga qualquer coisa.

— Gio está morto.

As palavras chegam aos seus ouvidos e reverberam. Ela espera absorvê-las, busca dentro de si sentimentos de tristeza e horror, mas tudo que encontra é alívio. Sabe que Matteo consegue sentir o cheiro de tal sensação nela e se prepara para seu mau humor. Fica se perguntando se ele vai mergulhar de novo na tristeza. Mas não é o que acontece. Ele apenas balança a cabeça e diz:

— Se os mortais não o matassem, talvez eu mesmo tivesse feito isso.

Uma confissão sombria.

Ele se vira para ela ao dizer aquilo e parece tão... exausto. Como se as noites com Giovanni o tivessem desgastado muito mais do que os séculos sem ele.

— O que aconteceu? — questiona ela, embora pudesse imaginar.

Ele foi flagrado atacando um homem. Encontrado junto ao corpo. Não houve juiz nem julgamento nem sentença. Simplesmente o massacraram bem ali. Atravessaram seu corpo com estacas e cortaram sua cabeça.

Um ato horrendo, mas Matteo o relata com a voz cansada. Ele vai até uma cadeira e se senta, passando a mão pelo cabelo.

— Foi um erro — afirma ele suavemente. — Soube disso no instante que o transformei. Fui egoísta. Estava de luto. Depois que você partiu, finalmente me obriguei a sair. Eu estava caminhando quando o vi e pensei... — Ele para de falar e balança a cabeça. — Você já teve um companheiro?

— De vez em quando arranjo alguém — responde ela, e é verdade. Ela já cedeu a esse tipo de desejo. — Mas só por uma noite.

— Talvez um dia você encontre alguém com quem queira ficar por mais tempo.

— Duvido muito.

Ela não conta a ele que já pensou nisso algumas vezes ao longo dos anos ao observar Alessandro e Matteo. O vínculo entre os dois. A vida que compartilharam. Embora invejasse o que tiveram, o desfecho tinha sido trágico o suficiente para arruinar o desejo.

Ele consegue dar um sorriso triste.

— Só porque ainda não encontrou a pessoa certa.

Ele se levanta devagar, como se estivesse carregando um peso enorme.

— Se algum dia a encontrar, certifique-se de conhecer bem o temperamento da pessoa. Essa vida pode ser uma bênção ou uma maldição. — Ele olha pela janela. Para Veneza. Para as construções iluminadas como velas flutuantes na escuridão. — Esta cidade... Se eu continuar aqui, é melhor me deitar ao lado de Alessandro e deixar logo a terra do túmulo dele me enterrar, como você disse uma vez.

— Somos feitos para muitas coisas. — O tom de Sabine é reflexivo. — Mas a rendição não é uma delas.

Ele assente.

— E é por isso que vou partir.

Sabine tem uma estranha sensação no peito, embora não saiba se é um impulso de ficar com ele ou se afastar. Por tantos anos era ela quem partia e voltava, enquanto Matteo ficava ali, como um porto seguro em Veneza.

— Para onde você vai?

Ele comprou uma passagem para uma viagem de navio. Com destino às Américas.

— Você pode vir comigo — acrescenta ele, embora ambos saibam que ela não irá.

Não é só o tempo a bordo do navio que ela teme. Nem a ideia de passar tantas semanas no mar, presa em um navio sob o sol escaldante, cercada por uma quantidade contada de passageiros, cuja ausência será notada.

É Alessandro, ou pelo menos a sua ausência, a ciência de que ele acompanhará Matteo para onde quer que ele vá, até o fim, como uma sombra ou um fantasma. E Sabine não tem a menor vontade de ser assombrada.

Quando Matteo embarca no navio na noite seguinte, ela sabe que nunca mais vai vê-lo. Enquanto a embarcação se afasta, sente uma ligeira tristeza dentro de si. Uma ondulação. Mas logo desaparece. Ele se foi, e alguma coisa muda dentro dela, arrebenta e desaba, levando embora a onda de tristeza.

"Enquanto os outros apodrecem por fora, nós apodrecemos por dentro."

Sabine desconfia de que já está começando, que uma pequena parte de si mesma morreu exatamente como Matteo disse que aconteceria. Pensou que sentiria medo ou, pelo menos, um incômodo com a perda, mas sente apenas um alívio visceral, como tirar uma peça de roupa em um dia quente demais, a ausência como uma brisa na pele exposta.

Ela expira, sentindo-se mais leve do que há muitos anos.

III

A viúva chega em uma segunda-feira. Uma quinta-feira. Um domingo.

Desce da carruagem em Paris. Atenas. Berlim.

Desce de um barco em Viena. Nas margens de Budapeste. Belgrado.

Segue para lugares ainda mais distantes. Cracóvia. Amsterdã. Argel.

Em um mapa, o percurso se assemelharia a raízes, em plena expansão. Pessoalmente, sente-se à deriva, vagando sem destino, sem começo nem fim.

Viaja sozinha. Ainda assim, seus antigos companheiros continuam com ela. De certo modo.

De vez em quando, ela se aproveita da liberdade dos trajes de viúva enlutada, da proteção do véu. E quando se alimenta, saboreia cada refeição do jeito que Renata lhe ensinou, identificando as notas e as batidas. Quando está viajando, segue a regra de Hector, tendo o cuidado de sempre estar longe dos corpos que deixa. E, quando encontra um lugar para passar uma temporada, uma estação ou um ano, utiliza os ensinamentos de Matteo: ingressa na sociedade antes de escolher sua presa. Acomoda-se em *villas*, mansões, *pieds-à-terre*. Torna-se uma amiga, uma vizinha, um rosto conhecido.

Os anos morrem; ela, não.

De vez em quando, acorda e descobre outro canto de si vazio, algum aspecto que perdeu enquanto dormia. Talvez fosse uma insegurança mínima. Um pedaço de arrependimento. Sabine revira a mente, tentando encontrar o motivo da ausência, como uma língua em busca de um dente caído, mas nunca a encontra.

Isso não a incomoda.

É um tipo bem-vindo de perda.

Ainda mais quando outros impulsos mais intensos preenchem o espaço.

Em Praga, deixa um homem escapar, não para poupá-lo, mas por almejar a perseguição. Pelo prazer excitante de ver alguém fugir. Ele corre como se ela não fosse alcançá-lo. Como se o passo dela não equivalesse a três dos dele. Como se tivesse alguma chance de escapar.

A sede é uma constante. Nunca cessa. Nunca diminui.

Mas, com o passar das décadas, seu prazer pela independência desvanece. A novidade da solidão se perde, e Sabine percebe que se sente sozinha — não *solitária*, seria uma palavra forte demais —, mas talvez anseie por uma companhia.

Alguém para olhar para ela do jeito que Renata olhava para Hector.

Para amá-la intensamente como Alessandro amava Matteo.

Para ser o que a criada de María não foi, o que a viúva poderia ter sido se tivesse sobrevivido tantos anos atrás.

Alguém com quem compartilhar a vida.

Alguém para fazê-la sentir *alguma coisa* além de sede. Ou pelo menos um tipo diferente de sede.

Sabine tem suas presas, é claro, as pessoas que escolhe para seus joguinhos, com quem passa noites, às vezes até semanas, antes do inevitável desfecho. Cada vez mais, começa a imaginar como seria poupar uma delas. Permitir que seja uma companhia em vez de matá-la, torná-la o que Sabine é.

Quando chega o momento, porém, elas gritam, lutam, fogem, e a sede sempre leva a melhor. Talvez, se no último batimento vital olhassem para ela com desejo ou amor, em vez de terror.

Mas isso nunca acontece.

Então, ela segue seu caminho, sozinha.

IV

Londres, Inglaterra
1823

O ar está pesado, mas não chove.

É um entardecer úmido enquanto Sabine desce pelas ruas, protegida da névoa e dos últimos resquícios de luz pela sombrinha, o véu preso no chapéu.

Acabou de chegar, mas já sente grande apreço por Londres.

Trata-se de uma cidade tumultuada e grande e não importa quantos corpos sejam encontrados no Tâmisa, duvida que alguém venha a notar.

Sabine passa a mão em um dos pingentes no pescoço, uma moeda polonesa, e diminui o passo diante de uma vitrine para olhar um vestido da cor de um favo de mel. Seu reflexo paira bem ao lado. Com o cabelo ruivo preso discretamente na altura do pescoço, ela é um espectro melancólico de cinza e preto. A armadura de desolação lhe serve bem para uma mulher que viaja sozinha, mas é obrigada a confessar que sente falta dos vestidos em cores de pedras preciosas que costumava usar. O tom de favo de mel a atrai, iluminado por um lampião ainda aceso dentro da loja.

Sabine olha de um lado para o outro na rua.

Àquela hora, a maior parte do comércio já está fechado.

Ela presume que aquele também esteja, apesar do lampião, mas a porta se abre, e mãe e filha saem, essa última falando sobre renda e a primeira corrigindo a postura da mocinha. Sabine segura a porta quando elas passam e ainda a está segurando quando uma voz dentro da loja a manda entrar e fechar a porta antes que a umidade estrague a seda.

Lá dentro, uma modista de meia-idade está ajoelhada diante de um vestido inacabado, marcando a bainha com alfinetes que tira um por um da boca enquanto conversa consigo mesma. Os ingleses, Sabine notou, costumam fazer esse tipo de coisa, como se o silêncio fosse algo a ser banido para não ter a chance de se instaurar.

— Um instante, por favor — solicita a modista.

Sabine começa a olhar pela loja estreita, considerando as opções. O lugar está cheio de corpos sem cabeça, cada um com um vestido diferente. As cores, todas mais claras do que gostaria, tons pastel de rosa, verde e azul. Aguados, pensa ela, exatamente como o ar de Londres.

Ela passa a mão na cintura enfeitada com fitas, o tecido justo logo abaixo do busto.

Depois de um século de anquinhas e saias armadas, a nova moda parece ter sido feita para escorregar pelo corpo como camadas finas e fluidas. Muito mais de acordo com o seu gosto.

A modista cospe os dois últimos alfinetes na mão.

— Veio buscar um vestido? — pergunta ela, gemendo ao se colocar de pé.

— Não — responde Sabine, puxando uma saia para avaliar o caimento. — Vim para comprar um.

— Pois chegou tarde demais, senhorita — replica a modista, virando-se para ela, mas se interrompe ao ver o vestido escuro e o véu. — Ah, minhas sinceras condolências.

Sabine franze os lábios.

— Sim, é por isso que estou aqui. Creio que já passei tempo demais de luto, e gostaria de usar algo mais alegre.

Uma careta discreta.

— Receio que todos os vestidos da loja já tenham sido comprados.

Sabine deixa a saia escorregar por entre os dedos e faz um gesto em direção ao vestido da vitrine, da cor do favo de mel. Só de olhar, sabe que vai servir.

— Até mesmo aquele?

— *Aquele* está reservado para a filha mais velha de lady Fletcher — informa a modista, como se o nome dela tivesse algum significado.

— Quanto tempo demoraria para fazer um novo?

— Algumas semanas — responde a modista de maneira direta.

Sabine suspira por entre os dentes. Nunca foi uma mulher paciente, e agora que decidiu se livrar da paleta triste do luto, não pode esperar. Considera convencer a modista, mas uma coisa é manipular a mente de alguém para conseguir o que deseja e outra é forçar o caminho, e a mente da mulher está claramente determinada, por isso tenta uma nova abordagem.

— Dinheiro não é problema — ressalta Sabine, pegando a bolsinha de moedas. Mas não há um ar de ganância na modista. Apenas uma energia inquieta.

— Nem para você nem para nenhum membro da alta sociedade — retruca ela, fazendo um aceno com a mão. — Se tivesse chegado um mês antes, talvez. Mas agora, com a temporada prestes a começar...

Sabine franze a testa. Achava que já tinha atingido uma boa compreensão do inglês, mas a conversa estava salpicada de palavras que nunca tinha ouvido antes ou que eram usadas em um contexto diferente.

— Temporada? — pergunta ela. — A senhora não quer dizer estação? A primavera?

A modista passa por ela em direção a outro vestido por finalizar.

— A senhora deve ser recém-chegada a Londres — observa ela. — A temporada acontece quando moças das famílias mais prestigiadas da Inglaterra vêm para a cidade e são apresentadas à corte. Todas as mães da sociedade esperam conseguir um bom casamento para as filhas. — Ela coloca um alfinete em uma manga. — São três meses de chás e bailes, e Deus as livre de ter que repetir um vestido.

O humor de Sabine se ilumina enquanto a mulher fala.

Essa *temporada* parece ser divertida. Uma riqueza de possibilidades. Um lugar perfeito para ocupar seu tempo, sua mente, seu impulso pela caça.

— Sabe — acrescenta a modista, olhando-a de cima a baixo. — Creio que tenho algumas peças da temporada passada que podem servir. — Ela se vira em direção à cortina nos fundos da loja. — Não vai ser da última moda, claro, mas quem não tem cão...

Ela nunca termina o pensamento.

— Que vestido maravilhoso — elogia lady Pollard menos de uma semana depois, quando se senta na saleta de visitas de Sabine.

— Muito obrigada — agradece ela, passando a mão pela saia cor de mel.

Estava certa. Serviu como uma luva.

Assim como Londres.

A primeira coisa que Sabine fez, depois de arranjar uma casa nova — que pertencera a uma velha baronesa que morreu enquanto dormia, ou pelo menos é o que dizem, e não tinha herdeiros vivos —, foi mandar convites para as vizinhas.

Afinal de contas, é importante ser vista.

Três mulheres estão à sua mesa agora, e, ao ouvirem o elogio de lady Pollard, as outras duas fazem um som caloroso de concordância. Sabine sorri e serve o chá na louça de porcelana pintada, grata pelo gosto da falecida baronesa ser tão refinado quanto o seu.

É início de tarde, a luz passa pelas cortinas diáfanas, mas as casas em volta fazem uma barreira contra o sol, as janelas são voltadas para o sul, e Sabine arrumou as cadeiras em uma disposição que garante que a dela permaneça fora do alcance da luz, independentemente da hora.

— Por falar em vestidos — começou madame Harris —, vocês ficaram sabendo do que aconteceu com a modista da rua Earl? Caiu morta na própria loja. Com os alfinetes ainda na boca e mais de dez vestidos por terminar.

— E tão perto do início da Temporada — comenta madame Thatch.

Agora Sabine sabe que, no contexto correto, a palavra é pronunciada com uma ligeira ênfase, como se fosse um substantivo próprio. O inglês é um idioma que varia bastante, mas ela aprende rápido.

Ela contorce o rosto em uma expressão fingida de terror enquanto leva a xícara aos lábios.

— Que perda lamentável.

As mulheres concordam com sons e gestos até que a conversa se volta, invariavelmente, para *ela*.

Afinal de contas, Sabine é uma viúva, apesar do vestido cor de mel. Ela acabou de sair do período de luto, explica. O ar à sua volta fica impregnado de um novo desejo, não por sangue ou comida, mas por *fofoca*.

Quem era o seu marido?

Bem, diz Sabine, ela foi casada com um visconde espanhol chamado Andrés.

Como é fácil mentir quando se pode usar meias verdades.

"Um visconde!", exclamam elas. "Minha nossa. Como ele era?"

E é aqui que a história convida a uma correção. E uma pitada de floreio. Nas mãos de Sabine, Andrés se torna um marido amoroso e gentil, a família conhecida pelo vinho e pela riqueza. E ela, uma filha da nobreza também, criada na Espanha, mas com uma predileção pelos luxos da corte britânica. Eles tinham acabado de se mudar para cá, por vontade dela, na verdade, quando ele veio a falecer. De forma repentina.

Que tragédia, ecoam as mulheres, sentadas ali com as mãos no peito e o chá esfriando.

É claro que ficam horrorizadas. E igualmente extasiadas. A curiosidade exala para o ar, impregnando a sala como fumaça. Querem saber mais. Querem saber de tudo. Mas Sabine deixa o silêncio pesar. Obriga as mulheres a preenchê-lo.

— Você é tão jovem — comenta lady Pollard, pegando a mão de Sabine, que foi aquecida pela xícara de chá que segura.

— E *tão* linda — acrescenta madame Thatch.

— Decerto que há de encontrar outro marido — opina madame Harris.

Sabine faz uma expressão de tristeza amenizada pelo tempo enquanto a mentira sai de seus lábios:

— Ele foi o amor da minha vida. Acho que não desejo encontrar outro.

Murmúrios de compreensão.

— E quanto a sua família? — pergunta lady Pollard.

Sabine balança a cabeça e responde:

— Infelizmente, minha família se foi antes mesmo do meu casamento. E a dele está na Espanha.

— Então, você está sozinha no mundo! — exclama madame Harris, horrorizada.

— Ainda assim — diz Sabine, deixando o olhar se demorar em cada uma das mulheres —, não é como me sinto.

Ela abre um sorriso discreto, mas esperançoso. As mulheres respondem:

— Não se preocupe. — Acenando com a cabeça.

— Vamos apresentá-la à sociedade.

— Nunca vai lhe faltar companhia.

— Você vai se adaptar muito bem aqui.

Sabine dá um risinho atrás da xícara de chá.

— As senhoras são tão gentis.

A Temporada. Que conceito maravilhoso.

A primeira noite é como a abertura do Carnaval em Veneza. Menos libertino, talvez, ou assim parece, mas todos são tão bem alimentados e hidratados, arrumados e bem-vestidos enquanto desfilam por salões de baile. Ela observa, avaliando suas opções. É um banquete de possibilidades, e embora Matteo não esteja ali para jogar, ela define o jogo, as regras, o prêmio.

Nunca escolhe uma das moças que serão apresentadas à corte. Por mais bonitas que sejam, embrulhadas como presentes em tafetá e renda, a voz de Matteo ainda ecoa na sua cabeça. "Nunca aqueles cuja ausência será muito percebida. Aqueles cujas mortes podem resultar em uma catástrofe."

Ainda assim, Sabine não é tão rígida quanto seu velho amigo, e a Temporada é longa — longa demais, pensa ela, para passar sem uma refeição. Cuida da própria sede como uma chama, alimentada apenas o suficiente para manter a fagulha acesa, o calor vivo. Mas o foco de seu entusiasmo, de sua atenção, está na presa.

No primeiro ano, ela se contenta com a criada de uma dama.

No seguinte, uma moça que participou três vezes da Temporada sem arranjar um marido.

Na terceira, uma prima, já casada, que veio de visita.

Mais de uma vez, Sabine chama a atenção de um pretendente, que considera cortejá-la. Mais de uma vez, precisa pausar o jogo para tirar do tabuleiro essa peça indesejada. Mas nunca é satisfatório. Ela se esqueceu do gosto amargo do sangue dos homens, de fruta passada.

Matteo chamaria isso de trapaça, mas não é como se aquilo saciasse a sede dela.

E, então, quando chega o quarto ano, e talvez por já ter criado raízes, depois de se plantar e florescer em solo londrino, Sabine não se contenta mais com migalhas.

Quer um desafio maior.

Afinal de contas, a Temporada está repleta de jovens moças e seus pretendentes. Todos à caça de algo ou alguém. Por que ela não deveria fazer o mesmo?

Talvez anseie o risco tanto quanto a recompensa.

Afinal de contas, o perigo é o que torna o prêmio tão doce.

Ela está no balcão na primeira noite do baile de apresentação, e em vez de buscar nas coxias, como fez nos anos anteriores, permite-se analisar o banquete que passa no salão. Um rio de jovens moças vestidas em todos os tons de creme.

No final do baile, já fez sua escolha.

Uma moça esguia, de cabelo loiro quase branco, rosto corado e olhos azuis que a fazem pensar no companheiro de Matteo, lá em Veneza.

Sabine está animada com a promessa de uma boa caçada.

Mas, no baile seguinte, enquanto procura sua escolhida entre os casais dançando no salão, Sabine a vê pela primeira vez.

Um rosto novo. Vestida de dourado e grudada à parede, como uma trepadeira.

Sua tez não é do tom pálido comumente chamado de rosa inglesa, mas banhado pelo sol, bronzeado. O cabelo castanho é todo cacheado, contido em um penteado trançado, mas claramente tentando escapar das presilhas. Mechas se soltam em volta do rosto em formato de coração. A boca é como uma fatia de pêssego, e os olhos, grandes e faiscando de curiosidade.

— Quem é aquela moça? — pergunta Sabine em tom casual.

Lady Pollard ergue os óculos até o nariz e estreita os olhos em direção ao outro lado do salão.

— Ah — diz ela. — Deve ser a nova protegida de Amelia Hastings.

Sabine fica intrigada.

— Ela não foi anunciada.

— Não, este ano, não — explica lady Pollard. — Dizem que ela é um pouco difícil. Embora eu tenha certeza de que Amelia vai colocá-la na linha. — A voz da mulher fica mais baixa, em um tom de fofoca. — Ouvi dizer que houve um incidente na casa da família. — Ela se aproxima. — Algo envolvendo outra garota.

Sabine finge estar chocada enquanto seu interesse aumenta mais.

— Não me diga...

— Enfim — continua lady Pollard, abrindo o leque —, estou certa de que são apenas mexericos.

A mulher se afasta, mas Sabine fica exatamente no mesmo lugar, a atenção focada nessa nova garota. A outra, de cabelo loiro esbranquiçado e olhos azul-claros, já desaparecendo dos seus pensamentos.

É o seu jogo, afinal de contas.

Pode muito bem mudar as regras.

Ela observa a garota puxar o cartão de dança no pulso como se fosse uma corrente, e embora o salão estivesse cheio de corpos, os pensamentos, uma confusão de sussurros, sua mente parece se estender até ela, o ar à sua volta cheio de esperança, medo e *vida*. Um desejo de ser vista, de ser libertada.

Uma garota adorável.

Um alvo perfeito.

Sabine não tem como saber que aquela noite mudará o equilíbrio da sua vida.

Que aquela garota será o início e o fim de tudo.

ALICE

(ANNO DOMINI 2019)

I

"Seguir a música", disse o segurança da boate, como o coelho branco mais inútil do mundo, e agora ali está Alice, presa no País das Maravilhas.

Não faz ideia do que ele quis dizer nem por que todo mundo nos Estados Unidos sempre fala por meio de enigmas em vez de dizer logo o que ela precisa saber.

Seguir a música, como se fosse uma placa, um nome de rua, como se não houvesse um mar de fontes de barulho sobrepostas em uma cidade como Boston. Músicas escapando de cada bar, cada carro e cada fone de ouvido. Letras de canções lutando por espaço no meio de todos os outros tipos de ruídos, o rugido do trânsito nas ruas, o ressoar do metrô no subterrâneo, e vindo do alto, o som dos rádios vazando de janelas quebradas, as risadas nos restaurantes e a torcida dos esportes na TV e os pneus cantando nas ruas úmidas e o farfalhar das folhas morrendo e centenas de outros sons que convergem para ela, abafando qualquer trilha sonora que talvez pudesse se destacar como música.

Alice caminha e ouve, ou pelo menos tenta, esforçando-se para separar os sons e identificar o fio de alguma música específica no meio de tantos outros, mas como conseguiria identificar uma melodia e encontrar a música que deve seguir quando há centenas de canais tocando nos seus ouvidos? Como conseguiria...

Alice para de andar na hora.

Porque ela ouve.

Algo que definitivamente se qualifica como *música*.

Em um instante está ali e no outro não, mas Alice está atenta agora, realmente atenta. Fica bem parada e inclina a cabeça e, quando faz isso, os sons ressoam em seus ouvidos, alguns ficando mais nítidos e outros abafados, até que capta o timbre baixo de um órgão, acompanhado pelas vozes de um coral. Ela fecha os olhos e se vira devagar até conseguir identificar a direção de onde vem a melodia.

"Seguir a música", disse ele, e é o que Alice faz. Segue-a por dois quarteirões, vira em outro, o som agudo e doce ficando mais forte, mais nítido a cada passo, até ela parar diante de uma igreja.

A porta está entreaberta, uma luz cálida ilumina a escada.

Em um minuto, ela está parada ali no feixe estreito da luz de um poste e, no seguinte, segue em frente, subindo os degraus, então sua mão toca na madeira, a porta range e se abre.

As botas raspam na entrada quando ela hesita, lembrando-se de algo sobre corpos amaldiçoados não conseguirem entrar na casa do Senhor, e de repente teme que, se tentar entrar, será expulsa pelos crucifixos na parede ou incendiada por alguma fúria divina, lançada de novo na escuridão.

Mas quando seu pé avança, o chão é como outro qualquer, os crucifixos não deixam nenhuma marca, e ela está na casa de Deus, intocada e ilesa.

As lendas populares são só lendas mesmo.

Alice marca mais um ponto mental para si mesma enquanto senta em um banco vazio e escuta o coral cantar. Pensa em todas as manhãs de domingo em que sua família passou na igreja, mais porque era a coisa certa a fazer do que por uma questão de fé, todo mundo apenas acompanhando os rituais, e mesmo que Alice nunca tenha sido arrebatada pelos sermões, sempre amou as músicas. A forma como as notas preenchiam o salão, ecoando nas paredes de pedra e nos vitrais, gostava que a família estivesse junta e todas as lembranças daqueles momentos são boas e é por isso provavelmente que não a marcaram.

Apenas uma delas volta à mente de Alice.

Ela descansava a cabeça no ombro de Catty, sua irmã traçando palavras secretas na palma de sua mão com a unha pintada de azul, o esmalte já lascado, e roída até o sabugo: "Prometa. Sempre. Você e eu."

Agora, Alice está sozinha ouvindo o coral acabar de cantar. Imagina que não era essa canção que deveria ter seguido, o lugar que deveria encontrar, mas ainda é difícil se obrigar a levantar. Deixar o banco de madeira e as lembranças.

Mas não pode desistir agora.

Precisa encontrar a música.

Quando o padre vai até o púlpito, Alice se levanta, escapole pelo corredor lateral e sai por uma porta secundária, chegando a um pequeno jardim ao longo da igreja. Algumas lajotas formam uma trilha, e ela só nota as lápides quando as botas tocam no gramado e todo o seu corpo *cede*.

Alice ofega assim que cai e primeiro acha que deve ter tropeçado em alguma pedra ou raiz, mas, quando tenta se levantar de novo, não *consegue*.

Não é um espasmo nem uma câimbra; parece que suas pernas ficaram totalmente dormentes, como acontece quando tem um acesso de riso tão forte que perde as forças. Mas o corpo dela não está dormente e aquilo não tem nada de engraçado. Ela está de quatro, tentando se levantar sem conseguir, os dedos afundando na terra, e então vê, horrorizada, uma palidez cinzenta se espalhar por sua pele, como se algo vital escoasse de dentro dela.

E fica aterrorizada.

O medo que deveria ter sentido, mas não sentiu, quando voltou a si no banheiro, nem quando o motorista do carro se debateu embaixo dela nem quando viu suas presas afiadas no espelho ou quando descobriu que não conseguia encontrar a pulsação, mas cada gota desse medo a atinge agora com uma força descomunal.

Alice ordena que o próprio corpo se levante, mas ele se recusa a obedecer e parece afundar mais na terra. O pânico se acende como uma luz em sua cabeça, que começa a girar, e ela não consegue respirar. Os pulmões se fecharam, e pela primeira vez ela *sente* a ausência do ar no peito, a ausência do sangue no coração, uma necessidade que não consegue suprir. Ela é um corpo em sofrimento e, além disso, sente aquela mesma névoa fluida que sentiu quando ficou ao sol, só que pior, porque naquele momento cada pedacinho do seu ser lhe avisou para sair dali, para buscar a escuridão mais próxima, e agora, só metade dela está lutando. A outra metade já começou a desistir. A *morrer*. A mão fria de alguém no seu rosto, dizendo a ela para desistir, para se deitar, encostar o rosto no solo e permitir que ele a absorva.

A sensação a domina por inteiro e começa a acalmar o pânico, uma névoa tão densa que a impossibilita de ver ou pensar. E seria tão ruim assim? A terra está macia e fria, acolhedora como uma cama, e Alice se sente tão cansada.

Levante-se, levante-se, comanda uma voz que cantarola na sua mente, a mesma que Catty usava antes de arrancar os cobertores e puxar Alice pelos tornozelos, arrancando-a da cama. Só que não tem cobertor nenhum agora. Não tem cama nenhuma. Ainda assim...

Levanta, Magrela. A voz de Catty ressoa mais alta na sua cabeça.

Alice abre os olhos devagar. A visão entra e sai de foco e se mantém apenas o suficiente para que veja o portão do jardim e a rua mais além. Não é longe. É um cemitério bem pequeno, pouco mais que uma faixa à sombra da igreja.

Alice concentra todo o seu foco no portão. Reúne suas últimas forças e toca em uma das lápides para usá-la como apoio para se levantar. Ela se arrasta, cambaleia, mas consegue sair do gramado e chegar a uma pedra da trilha, que parece oscilar sob seu peso, como uma jangada pequena demais, a água escura e profunda batendo por todos os lados, ameaçando virar e derrubá-la de novo. Mas ela está de pé e, de alguma maneira, avança em direção ao portão. As pernas perdem as forças a cada passo até que ela finalmente toca no metal. É velho e enferrujado e range antes de se abrir e Alice sair.

Ela está livre.

Consegue chegar à calçada e curva o corpo enquanto começa a ter ânsia de vômito. Nada sai, mas seus pulmões de repente se enchem de ar, e o coração dá uma única batida teimosa e ela observa a cor, a pouca que lhe resta, subir pelas mãos e pelos pulsos.

Alice olha de novo para o pequeno jardim com suas lápides e pensa, *mas que porra foi essa que acabou de acontecer?* Marca um ponto na coluna adversária, pois parece que o sol não é capaz de acabar com ela, mas um cemitério, sim.

Foda-se, pensa ela, e então, porque não consegue evitar, diz as palavras em voz alta:

— FODA-SE TUDO ISSO!

Do outro lado da rua, uma senhora franze a testa em desaprovação enquanto segue seu caminho e, pela primeira vez na vida, Alice não está nem aí. Seus nervos estão à flor da pele e não consegue encontrar a música que deveria seguir, e se tivesse um taco de beisebol, quebraria todas as lâmpadas da rua. Mas não tem, então se vira e chuta a lata de lixo mais próxima. O metal afunda com a força de Alice, que fica olhando para o dano e sente uma risada crescer no peito, do tipo que é mais um soluço do que humor, um som triste e desolado.

Ela se senta no banco mais próximo e se inclina para a frente, apoiando a testa nos joelhos. Pensa em dar a noite por encerrada e voltar para o dormitório, mas e depois? Começar tudo de novo? Só de pensar em repetir esse dia é o suficiente para fazer com que ela fique no mesmo lugar.

Alice fica ali por uns cinco minutos, talvez dez, e à medida que o medo desaparece e a raiva se esvai, a noite fica mais firme, curvando-se à sua volta como se ela fosse uma pedra em um lago. O ar se agita, trazendo consigo centenas de cheiros, sensações e sons.

Devagar, ela meneia a cabeça e tenta ouvir.

É como abrir uma torneira, o barulho enche seus ouvidos, mas dessa vez não luta contra a maré, tenta deixar os sons se misturarem e a envolverem, tenta boiar em vez de se afogar.

Alice está atenta, ouvindo tudo e nada ao mesmo tempo, e então...

Alguma coisa.

A princípio, acha que é uma ilusão dos sentidos, uma música conjurada por sua mente desesperada, mas quanto mais ouve, mais certeza tem de que é real. Não é uma batida nem uma música lenta, mas o som suave das teclas de um piano, uma melodia que não combina com os sons da cidade. Uma canção.

A esperança cresce, teimosa, dentro dela.

E Alice se levanta mais uma vez.

II

Alice segue a música.

É um fio delicado de notas no meio da sinfonia caótica da cidade, e ela avança com passos cuidadosos, temendo que uma curva errada rompa a corda e interrompa a melodia. Mas, a cada quarteirão, fica mais nítida, mais alta, elevando-se de forma gradual, um mísero decibel de cada vez, até ela entrar em uma rua estreita em Beacon Hill e encontrar um lance de degraus baixos de tijolos que levam a uma porta no subsolo.

Não de metal como a da boate no beco, mas de madeira, pintada de verde.

Um conjunto de luzinhas enfeitam o corrimão de ferro e uma placa pequena presa à parede de tijolos ao lado da porta indica: WHITE THORN BLACK ROAST.

E, parada ali, no meio da escada, a esperança para de enfunar as velas de Alice, pois é obviamente outro beco sem saída. É uma *cafeteria* — ela consegue sentir o cheiro de café tostado da rua e tem vontade de se sentar em um dos degraus e chorar, mas nem isso pode fazer mais sem causar uma cena. Seria melhor dar meia-volta e ir embora, começar a caminhada de cinco quilômetros de volta para a faculdade, mas não consegue se obrigar a ir. As pernas estão paralisadas, não do jeito que ficaram no cemitério, mas pesadas, como se simplesmente tivessem perdido a vontade de obedecer-lhe. Talvez fosse o fato de ter vindo até tão longe e não ter outra pista ou porque aquele lugar lhe parece familiar de uma forma simples e humana, um aceno à garota que ela era antes, aquela que sempre encontrava refúgio no canto de uma cafeteria, com uma xícara de chá, ou talvez fosse o fato de ainda conseguir ouvir a música, escapando suavemente pela porta.

Em todo o caso, Alice dá um passo para a frente, em vez de para trás. Chega ao fim da escada e à alegre porta verde e entra.

Uma sineta soa acima dela quando abre a porta, e ela se vê em um lugar que mais parece uma sala com mobília demais do que um estabelecimento comercial. É acolhedor, uma mistura de móveis descombinados, sofás e cadeiras formando círculos em torno de mesas baixas intercaladas com mesas de quatro lugares e outras fixas no canto. Entre os caras de barba e gorro na cabeça e a garota que bebia um café com leite enquanto mexia no celular, é como se Alice estivesse de volta ao campus.

Como se tivesse entrado ali em um intervalo dos estudos no meio de uma longa noite.

Ela olha em volta; uma pequena, mas desesperada, parte de si mesma ainda em busca de um sinal, uma cortina nos fundos, a promessa de um segundo espaço oculto, mas só há o balcão e a barista atrás dele, uma mulher de meia-idade de cabelo castanho na altura do queixo e óculos cor-de-rosa estilo bibliotecária.

A mulher está falando algo em um tom de voz baixo, sussurrado, conversando com alguém que Alice não consegue ver, ou talvez falando sozinha. De qualquer maneira, sente que está interrompendo alguma coisa, por isso, mesmo que não tenha mais ninguém na fila, aguarda até que a atenção da mulher se volte para ela, com uma expressão de divertimento no rosto como se Alice é que fosse esquisita por estar parada ali.

— Você quer pedir alguma coisa?

Alice hesita, o olhar da barista se afasta e volta, mas a sineta tocou de novo, e agora há duas pessoas atrás dela na fila, e, no fim, pede o cardápio, sentindo-se uma idiota quando a mulher aponta para um quadro negro com as opções escritas à mão bem acima dela. São as opções de sempre, e seu pai sempre diz que não há nada que uma xícara de chá forte não melhore, seja uma gripe, sapatos molhados ou um dia ruim na escola, então é isso que Alice pede, pelo menos a mulher faz tudo certo, com a chaleira fervente e uma colherada de ervas, mesmo que seja servido numa caneca em vez de num bule. Alice a leva até uma mesa no canto e afunda em uma poltrona macia, envolvendo a caneca com os dedos para sentir um calor do qual não precisa, mas que traz um tipo de consolo próprio.

O chá tem cheiro terroso e amargo do jeito que tem de ser, e Alice pensa que talvez — quem sabe? — aquele seja o lugar onde sua antiga e sua nova vida podem se encontrar, uma pequena graça que terá o gosto de casa em vez de podridão, mas a ilusão se desfaz assim que o líquido passa pelos seus lábios e a garganta se fecha para repelir o golinho que tomou.

Ela cospe o chá de volta na caneca, entrelaça os braços e apoia a cabeça na mesa de madeira, decidindo que é um ótimo lugar para desistir. Só quer que a mesa a agarre e a engula do jeito que o cemitério tentou fazer, mas a madeira continua imóvel.

— Tão ruim assim, é?

Alice se obriga a levantar a cabeça e se depara com um cara, talvez um pouco mais velho do que ela, mas não muito. Ele é esguio, quase magricela, com o cabelo louro-acinzentado comprido o suficiente para prender atrás das orelhas. Anéis de prata enfeitam seus dedos, que seguram uma xícara de espresso em uma das mãos e um caderno na outra, e ela está prestes a dizer que não está a fim de papo quando ele pergunta:

— O que você ouviu?

Alice sente o corpo se retesar e franze a testa, insegura.

— O quê?

— Você seguiu a música, não foi? — pergunta ele, como se não fosse nenhum segredo, e o ar se contrai em volta dela, carregado de alerta e esperança.

Ela se empertiga na cadeira, desconcertada pelo jeito despreocupado com que ele faz a pergunta e pela noção de que tinha feito alguma coisa certa e que talvez — quem sabe? — tenha encontrado o que estava procurando.

— Hum, segui — consegue responder.

— E aí? — pergunta ele, levando o espresso aos lábios. — O que foi que você ouviu?

Alice não responde e olha ao redor da cafeteria. Está mais fraco ali, dentro do estabelecimento, mas ainda presente, o som do piano subindo e descendo como as ondas do mar.

— Sei lá. Bach?

O cara balança a cabeça.

— Os jovens de hoje... — comenta ele. — Nem tudo que é bom precisa ser antigo também.

Ele se inclina, apoiando os cotovelos no encosto da cadeira, e sorri sozinho, mas Alice vê a ponta de dois dentes mais afiados do que os outros e tem vontade de se jogar nos seus braços pelo simples alívio de descobrir que não está sozinha.

Mas sua cabeça continua girando, e ela não conhece a etiqueta para esse tipo de coisa e...

— Para sua informação, é Einaudi.

Ela é arrancada dos próprios pensamentos.

— Oi?

— O compositor. — Ele empurra a xícara de chá para o lado e a substitui pelo espresso. — Experimente isso.

O estômago dela se revira ao ver o líquido escuro, a lembrança do café adoçado demais no prédio de economia, mas ela o viu tomar um gole e não pareceu fazer mal a ele, então leva a xícara pequena aos lábios e, nessa hora, sente o cheiro de ferro sob o café. Bebe, sentindo a garganta se contrair uma vez e depois se abrir quando o gosto inconfundível de sangue permeia sua língua e é...

... estranho.

Não há batimentos nem uma explosão no peito, mas a bebida desce, esquentando o caminho, a porta dentro dela se abre para um espaço vazio, como se nunca tivesse bebido o sangue daquela garota no Chalice ou do tarado no carrão nem do cara no pátio. Ela toma todo o conteúdo, em um pouco mais de um gole e, por um instante, o chão sob seus pés parece mais firme e sua mente, mais afiada, mas então a xícara fica vazia, e Alice se sente exausta, com vontade de chorar de novo, embora não saiba dizer se é por frustração, cansaço ou sede.

— Continua com sede? — pergunta ele com um sorriso cansado, uma risadinha escapando como um suspiro. — Pergunta boba, né? Preto e vermelho — acrescenta sem levantar a voz, mas Alice sabe que não está falando com ela agora; e não dá outra, a barista se vira em sua direção e ele ergue dois dedos. Ela assente e começa a trabalhar.

Alice olha para a xícara vazia; sua mente está um turbilhão e parece tropeçar nos próprios pensamentos.

— Esse lugar é mesmo uma...

— Ah, é só uma fachada — explica ele, baixando a voz, por fim. — Mantemos os corpos lá trás. Orgias de sangue nas noites de domingo. A senha desse mês é *abacaxi*.

Alice fica olhando para ele.

Ele a encara de volta.

E então, depois de um momento dolorosamente lento, contrai o cantinho da boca. Ele está debochando dela. De um modo gentil, mas Alice não está para brincadeiras.

— Rá. Rá. Rá — retruca ela, seca, mas o som deve ter soado ainda mais triste porque a expressão dele se suaviza, e ele se senta diante dela.

A barista chega, coloca os dois espressos na mesa e se afasta, movendo os lábios como se estivesse falando sozinha.

— A maioria dos clientes é, de fato, gente normal — diz ele. — Mas é verdade, minhas portas estão abertas para todas as espécies.

Alice fica imaginando o que ele quer dizer com isso enquanto pega a xícara.

— Anjos, demônios, paranormais.

Ela quase se engasga, mas, quando ergue o olhar, lá está aquele sorrisinho debochado e provocador de novo. Como se aquilo fosse um jogo, uma piada. Como se não tivesse passado a noite inteira em busca de provas, quase enlouquecendo. Ele parece sentir a irritação emanar dela, pois o sorriso desaparece, substituído por algo mais sério.

— Ezra — apresenta-se ele, estendendo a mão.

— Alice.

Ela desliza os dedos pelos dele, e o toque parece certo e errado ao mesmo tempo, e leva um instante para perceber o motivo: não há pulso sob sua pele nem calor, nada dele no ar, nenhuma emoção ou desejo preenchendo o aposento como uma fumaça. Ele é um poço de silêncio, um pequeno oásis em meio ao caos, e quando o olhar dos dois se encontra, ela percebe que seus olhos são claros e firmes, como cacos de vidro congelado, mas há bondade neles.

— O que está fazendo aqui, Alice? — pergunta ele em tom gentil.

Ela pisca, lembrando-se da sua noite, da busca. Tira o celular do bolso e abre a foto.

— Estou procurando esta garota — revela, mostrando a tela para ele.

E mesmo agora, Alice está preparada para a decepção, para que ele dê uma olhada ligeira, encolha os ombros e diga que sente muito, mas nunca a viu antes.

Mas não é o que Ezra faz.

Ele olha para a tela e uma ruguinha aparece no meio da sua testa.

— Lottie — murmura ele, meio que para si mesmo.

O jeito que pronuncia o nome, cheio de reconhecimento, faz as mãos de Alice começarem a tremer, a própria voz sai instável quando pergunta entre dentes:

— Você a *conhece*?

Ezra ergue o olhar para ela.

— Conheço. Há um bom tempo.

— Onde ela está? — Alice exige saber, mas a raiva no seu tom de voz o faz franzir a testa e cruzar os braços.

— Por quê? — pergunta ele e, nessa hora, a barreira que ergue para proteger *Lottie* é a gota de água.

— Por quê? — rosna ela. — Porque ela *fez isso* comigo. — A garganta de Alice se contrai em volta das palavras. — Porque ela arruinou a minha vida. Ela me fez ficar assim e simplesmente *foi embora*.

Ezra continua com a testa franzida enquanto balança a cabeça.

— Não parece algo que ela faria.

Alice olha para ele, perplexa, a raiva subindo como bile pela garganta. Tem vontade de derrubar as xícaras da mesa, dizer que *se foda* se aquilo parece ou não algo que ela faria, pois foi exatamente o que fez: roubou a vida de Alice bem quando estava começando.

Mas antes que tenha a chance de explodir, Ezra ergue uma das mãos.

— Me conte o que aconteceu.

A raiva que ela sente faz uma coisa estranha. Endurece.

Catty sempre foi esquentada. Mas agora, Alice sente a raiva *esfriar*. Ficar tão fria a ponto de ferir sua pele, seus ossos, sua garganta, enquanto força as palavras a saírem, enquanto conta a ele sobre a festa, sobre o encontro depois, o bilhete no Post-it e o buraco sem fundo que ficou no lugar de respostas ou explicações.

Alice conta tudo para ele. E Ezra ouve atentamente, de braços cruzados e olhos baixos, até ela acabar, ou até a história chegar ao ponto em que se encontra agora, bem ali, diante dele, e não restar mais nada a dizer.

Ele passa a mão no cabelo.

— Alguma coisa não faz muito sentido, mas não é a sua história. — Ele balança a cabeça. — A Lottie que eu conheço nunca faria uma coisa dessas.

— Pois é — murmura Alice. — As pessoas mudam.

— Verdade — responde ele, baixando a voz como se falasse consigo mesmo: — Todas as coisas murcham no final. — Ele suspira e se debruça na mesa. — Temos que encontrar a Lottie.

— Ótimo. — Alice se levanta. — Vamos.

Ele arqueia uma das sobrancelhas.

— Para onde exatamente?

— Você a conhece. A Lottie. Charlotte. Então deve saber onde encontrá-la. É só me levar até lá.

Ezra balança a cabeça em negativa.

— Não sei onde ela está.

Alice sente a animação começar a se esvair de novo. Até ele dar batidinhas na mesa e se levantar, acrescentando:

— Mas conheço alguém que talvez saiba.

Alice segue Ezra pela cafeteria, passando por sofás e cadeiras até um canto nos fundos, onde uma garota negra com uma camiseta da Boston University está sentada de pernas cruzadas em uma mesa fixa, com um imenso headphone cor-de-rosa cobrindo os ouvidos, escutando rock tão alto que até Alice consegue ouvir. Está digitando rapidamente, com xícaras de espresso vazias e uma pequena pilha de livros de filosofia espalhados em semicírculo na mesa, como se fosse uma barreira que adverte: *Nem vem*.

Ezra apoia o braço na lateral da mesa.

— Melody — chama ele em uma voz cantada.

— Estou estudando — cantarola ela em resposta, sem parar de digitar.

— Preciso de um favor.

— Preciso tirar boas notas.

— Eu não te cobrei pelos últimos três... — Ele olha em direção ao balcão e a barista exibe quatro dedos — ... *quatro* espressos. E estou me sentindo tão generoso que posso até zerar a sua conta. Da semana.

A garota, Melody, suspira, os dedos pairando sobre o teclado até que um se contrai e pressiona uma tecla. A música para de tocar, ela tira os headphones e os deixa em volta do pescoço.

— O que você quer?

Ezra sorri.

— Estou procurando uma pessoa.

— Imagino que essa pessoa não tenha celular...

Ezra nega com a cabeça.

— Acho que não.

Alice observa a conversa, imaginando como é que aquela garota vai ajudá-los a encontrar a Lottie, uma garota que tem cheiro de canela e pão de fermentação natural, cujo coração tem um ritmo constante no peito e que é inegavelmente humana, até que ela alonga o pescoço, estala os dedos e diz:

— Preciso de alguma coisa em que ela tocou.

Nessa hora, Ezra empurra *Alice* para a frente.

Melody a encara.

— Entendi...

— Eu não — responde Alice.

— Mas eu te disse — diz Ezra. — O White Thorn Black Roast atende a uma clientela diversa. A minha cliente favorita, Melody, além de ser fiel, é dotada de uma sensibilidade especial.

Ela revira os olhos e lança um olhar para Alice.

— Ele está dizendo que sou paranormal.

Alice a encara, sem saber se é outra piada. Em sua defesa, foram dias longos e a garota não parece passar seu tempo livre olhando para uma bola de cristal.

— Ora — retruca Melody, sustentando o olhar. — Você também não parece uma vampira.

Alice dá um passo para trás como se tivesse levado uma bofetada. A garota sorri, entretida.

— Sente-se. — Ela olha para Ezra. — Vou precisar de um café grande. Puro. E um pires.

Ele faz um gesto como se estivesse batendo continência e se afasta, com uma das mãos no bolso, enquanto Melody começa a afastar o semicírculo de livros e xícaras.

— Filosofia? — pergunta Alice para quebrar o silêncio constrangedor.

— Eu queria fazer Direito — explica ela. — Mas é difícil quando você já sabe quem é inocente e quem é culpado.

— Você lê mentes? Prevê o futuro? Fala com os mortos?

— Eu não sou médium — responde Melody, fazendo um gesto para a barista, cujos lábios continuam em movimento, parando de vez em quando como se ela estivesse ouvindo alguma coisa. — Não falo com os mortos, a não ser com a companhia com quem falo agora.

As palavras ecoam por Alice como um sino.

— Eu não... — gagueja ela.

— Foi mal — diz Melody rapidamente. — Não quis ofender.

E então Ezra volta, colocando a xícara de café e o pires no espaço aberto entre as duas.

Melody toma um gole e derrama o resto no prato. O líquido preto se espalha de uma ponta à outra, mas não cai pelas laterais, formando uma poça preta e lustrosa.

— Tá bem... — retoma ela, como se estivesse se preparando. — Me dê suas mãos.

Alice hesita.

Não é *só* o fato de que, uma hora antes, ela nem fazia ideia de que paranormais existiam ou que, dois dias atrás, era só uma caloura cujas preocupações eram acompanhar as aulas e tentar fazer amigos. É o fato de que, da última vez que permitiu que uma estranha estrasse em sua vida, ela acordou morrendo (*morta*), e agora sua vida virou de cabeça para baixo, e está sentada numa cafeteria que encontrou ao ouvir uma música suave demais para ouvidos humanos, com uma garota que sabe ler a mente das pessoas, e Ezra fez uma piada sobre anjos e demônios também, e como é que vai conseguir determinar o que é real, o que é certo, o que está acontecendo com ela, quando todas as portas que deveriam ter respostas se abrem para mais perguntas, e quem sabe o que alguém poderia ver se as deixasse entrar na sua mente e...

— Alice. — A voz de Melody é firme, mas gentil, vindo ao mesmo tempo da sua frente e dentro da cabeça dela, chamando-a de volta ao próprio corpo. — Confie em mim. Não vou procurar nada de que não precise. — Ela baixa a voz: — E não dê ouvidos ao Ezra. Ele fala muita merda.

— Eu ouvi isso — murmura ele, encostando em uma coluna ali perto.

Alice consegue abrir um sorriso nervoso antes de engolir em seco e estender as mãos, pousando-as em cima das de Melody. Frio no quente; sente o batimento da outra garota através da pele e cerra os dentes quando sua fome desperta de novo, como uma fera despertando de um sono leve, e força o olhar a focar na superfície preta do café no pires, para onde Melody olha com atenção.

— Tudo bem — tranquiliza-a a paranormal. — Pense na última vez que você a viu.

Alice tenta encontrar o olhar de Melody, mas os olhos castanhos parecem anuviados, fios de fumaça clara cobrindo as íris, o que a faz pensar no quintal de casa, quando a lua estava clara o suficiente para iluminar as nuvens mais baixas de modo que pareciam brilhar, a vozinha de Finn chamando-a da porta e...

— Concentre-se — ordena Melody, apertando a mão dela.

Alice engole em seco, obrigando-se a lembrar. Olha para a superfície preta, refazendo os passos até a pulsação da outra garota se transformar na batida da música que retumba pelas paredes e, então, vê a si mesma saindo do banheiro e entrando no quarto, e lá está ela, como se estivesse esperando a noite toda, só por Alice. Ela se levanta e avança até estar perto o suficiente para um beijo e é quando as mãos de Melody apertam as suas.

As lembranças continuam, ficando turvas na mente de Alice, uma ondulação escura no café preto, antes de Lottie aparecer no seu campo de visão, só que agora a festa acabou, a tinta violeta desapareceu, seus cachos escuros e lustrosos, o minivestido prateado substituído por uma calça preta e uma camisa com estampa preta e branca, um lenço de seda no pescoço. Ela está subindo uma escada em espiral, os pés afundando em um tapete azul e os dedos passando pelo papel de parede também azul, e o coração de Alice dispara quando Lottie olha por cima do ombro, direto para ela, com seus olhos cor de chá forte e um sorriso meio tímido, a covinha em uma das bochechas.

E, naquele momento, Alice tem vontade de avançar sobre ela, agarrá-la e empurrá-la contra a parede, mas não pode. Não é a mente dela nem uma lembrança, e Lottie não está olhando para Alice porque Alice é outra pessoa. Seus dedos se entrelaçam, e a mão que não é a dela é mais escura, com unhas pintadas de um tom outonal de dourado, âmbar e vermelho, e quando Lottie a leva pela escada, faz a única coisa que pode.

Ela segue.

As duas vão subindo e subindo, passam por corrimãos dourados até chegarem ao patamar e seguirem por um corredor, onde Lottie a agarra — não a ela — pela cintura, e a empurra — não a ela — contra a porta com uma risada ofegante, o mesmo som que fez os joelhos de Alice ficarem bambos na noite em que foi morta.

E Alice tenta dizer alguma coisa, tenta dizer "não", tenta dizer "espera", tenta dizer "fuja", mas as duas já estão cambaleando para o quarto, e a última coisa que vê é o número 139 gravado em uma placa dourada, antes que Melody solte as mãos dela e a visão se desfaça, e Alice sinta como se alguém tivesse acabado de bater a porta na sua cara.

Ela se encolhe, voltando para o próprio corpo na mesa da cafeteria, Lottie ainda estampada na sua visão como o flash de uma câmera, repetindo-se toda vez que pisca os olhos. Fica parada ali, presa entre dois lugares, entre duas versões de si mesma, tremendo de raiva.

— E então? — pergunta Ezra, empoleirado em uma cadeira.

Melody esfrega os olhos, como se tentasse despertar.

— Ela está em um hotel.

— Ah, que bom, tem tão *poucos* por aqui.

Alice meneia a cabeça, entrelaça as mãos no colo até os dedos doerem.

— Era azul — lembra ela, tentando afastar o tremor da voz. — A escada. Carpete azul, paredes azuis.

A expressão de Ezra se ilumina, então estala os dedos.

— O Taj.

Alice sente o peito se contrair, não de pânico, mas de esperança.

— Você conhece?

Ele assente, já se levantando.

— Não fica muito longe daqui. Obrigado, Mel.

— Pode contar comigo — murmura ela, empurrando para o lado o café agora frio e colocando os fones de ouvido de novo.

— Sério?

— Não — responde ela secamente, pressionando uma tecla para que a barreira de guitarra e baixo se erga entre os dois.

Alice sente que precisa dizer alguma coisa, agradecer a ajuda, mas Ezra a empurra em direção à porta.

— Não precisa vir comigo — comenta ela, enquanto ele veste um casaco.

— Estou precisando tomar um ar. Além disso — acrescenta ele —, eu estava falando sério. A Lottie que conheço nunca faria uma coisa dessas.

Mas ela fez, pensa Alice enquanto deixam a cafeteria, a sineta tocando atrás deles.

III

Enquanto andam pelo quarteirão, Ezra tira um cachecol xadrez do bolso do casaco e o enrola no pescoço.

Nota que Alice está olhando para ele.

— O que foi? Está frio.

Ela franze a testa.

— Está?

Ela está só de jeans e moletom preto, mas não *sente* frio e percebe que não sente desde que voltou a si no chuveiro, a água fria encharcando suas roupas.

— Não para nós dois — pontua Ezra, fazendo um gesto para um grupo de pessoas encolhidas do outro lado da rua, todas de cabeça baixa contra o vento. — Mas para elas, *sim*.

Alice dá de ombros.

— Eu sou escocesa. Talvez a gente seja mais resistente.

— Talvez, mas o fato é que, quando o inverno de Boston chega, chama atenção quando alguém sai só de moletom e sem gorro. Então é melhor passar despercebido.

Enquanto diz isso, ele puxa o ar e o solta com um pouco de condensação, depois esfrega as mãos como se tentasse aquecê-las. Uma atuação convincente. Deve ter ensaiado bastante e, embora pareça ter uns vinte, talvez vinte e cinco anos, há uma espontaneidade em seus passos, como se ele tivesse tido muito tempo para se acostumar com o próprio corpo.

— Quantos anos você tem? — pergunta ela, questionando-se se era falta de educação perguntar assim que as palavras saem da boca, mas Ezra não parece se importar.

— Sou mais velho do que pareço e mais jovem do que me sinto — responde ele —, especialmente por já estar tanto tempo enterrado à meia-noite.

Alice franze a testa.

— O que é isso?

— Enterrado à meia-noite? Ah, é só parte de um verso.

Ele enfia as mãos nos bolsos e se vira de modo que vai andando para trás enquanto olha para Alice e recita o poema de cabeça:

Enterrem meus ossos à meia-noite,
numa cova rasa, e reguem abundantemente.
No meu lugar, há de nascer uma rosa impetuosa,
com suaves e rubras pétalas camuflando afiados e alvos dentes.

Algo nas palavras faz Alice estremecer, ainda assim, fica revirando-as na boca enquanto Ezra volta a caminhar ao seu lado, entrelaçando o braço no dela.

— Para esquentar — argumenta ele, e ela não se afasta.

Os dois caminham juntos em silêncio, a cabeça de Alice girando, o coração como um peso morto no peito, e toda vez que pisca, vê Lottie gravada na visão.

Lottie olhando para trás e sorrindo.

Como se soubesse exatamente o que está fazendo.

Exatamente quem é.

Alice fecha os olhos com força...

Até a imagem sumir...

E o vento frio assoviar nos seus ouvidos...

E assim como aconteceu quando ela olhou na superfície preta e lustrosa, sua mente vai para outro lugar.

O ar assovia em volta delas, como se a noite estivesse cheia de fantasmas.

Alice sempre teve uma relação de amor e ódio com o Halloween. Quase todos os lugares faziam uma celebração boba, cheios de fantasias e sustos baratos, mas em Hoxburn o feriado ainda mantém um resquício da antiga origem na bruxaria. Um lembrete de que a Escócia era pagã, muito antes de ser cristã, uma terra que ainda celebra a mudança das estações e dos anos com lanternas, sinos e efígies de madeira incendiadas para afastar a escuridão. Lógico que há lanternas em abóboras esculpidas com um sorriso macabro nos degraus das varandas, e fantasmas de papel balançam nas árvores, mas há um ar sombrio nisso, e até mesmo as crianças costumam se fantasiar não de astronautas e fadas, mas de demônios, bruxas e fantasmas, passando por espíritos que vagam pela noite.

Alice está com treze anos, velha para sair batendo de porta em porta e pedindo doces, mas a noite ainda tem certo poder sobre ela. O vento assobia e uiva, e mesmo que os fantasmas sejam apenas crianças cobertas com lençóis e olhos sombrios cortados no tecido, o ar tem cheiro de madeira queimada e folhas mortas, cheio de travessuras, magias e uma boa dose de ameaça e, se estivesse sozinha, isso poderia afetá-la, mas ela não está só.

A irmã está com ela, de braços dados, enquanto caminham pela rua iluminada pela lua. Catty, como uma âncora e uma boia ao mesmo tempo; como uma fogueira, afastando a escuridão para que Alice sinta apenas uma emoção agradável, um tipo divertido de medo, como assistir a um filme de terror no conforto do próprio sofá.

Estão a caminho de uma festa.

É na escola de ensino médio de Catty, para ser justa, mas Alice ainda mal pode acreditar que o pai e El deixaram. Acha que deve ser porque se sentem mal por Catty passar tanto tempo na casa do avô em cima do pub, em vez de na própria casa, desde que o bebê Finn nasceu, mas Catty diz que é porque estão cansados demais para se importar, o que também é verdade, os dois nem estão mais acordados para distribuir doces, só deixaram um balde na varanda e uma placa pedindo às crianças que não batam à porta, ou vão levar uma bronca.

Mas não importa o motivo.

A questão é que o pai e El deixaram.

(Com instruções, é claro, para voltarem antes da meia-noite, e um olhar demorado pra Catty enquanto diziam isso, como se Alice não soubesse ver as horas.)

Alguém destruiu uma lanterna de abóbora na calçada, e Catty chuta um pedaço do que talvez tenha sido um nariz ou um olho pela rua. Enquanto caminham, as irmãs se alternam chutando o pedaço, que vai ficando cada vez menor enquanto rola pelo concreto até não valer mais a pena chutá-lo, e tudo bem, porque já estão quase chegando.

Lá na frente, a escola está iluminada com luzes âmbar, balões laranja pintados para parecer abóboras quicam ao vento. Mas, em vez de ir para a escada, Catty puxa Alice e as duas passam pela escola e seu baile com supervisão de adultos, abrindo um sorriso malicioso para a irmã, como se aquele sempre tivesse sido o plano.

— Aonde a gente vai? — pergunta Alice, tentando dar a entender que a resposta não importa, como se a emoção não estivesse se transformando em um arrepio na espinha.

Catty lança um olhar atrevido que fica ainda mais marcante por causa dos bigodes felinos desenhados no rosto.

— Para uma festa.

As duas ainda estão de braços dados, por isso Alice não tem escolha. Como Catty continua andando, ela também tem que prosseguir, até que a escola não passe de um pontinho de luz lá atrás, os ruídos do centro da cidade também se dissipam, e Hoxburn não é tão grande assim, e já estão saindo das ruas principais e, por um instante horrível, quando se aproximam de Friar's Way, Alice acha que estão se dirigindo ao cemitério.

Mas Catty não faria isso com ela. Não mesmo, muito menos hoje à noite.

Dois anos antes, um garoto da turma de Catty a desafiou a entrar no cemitério, durante o Halloween, é óbvio, e Alice ainda se lembra do rangido horrível do velho portão de ferro, a silhueta da irmã ficando cada vez menor entre os túmulos. Alice contou até setenta e dois antes de Catty sair de novo, com os olhos vermelhos de lágrimas e cheios de raiva.

— O que foi, Catty? — implicou o garoto. — Você viu um fant...

Ele não chegou a terminar a pergunta, pois, assim que ela saiu pelo portão, deu um soco na cara dele. E, no caminho de volta para casa, a mão suja de sangue, Alice não perguntou a Catty o que tinha acontecido, se tinha visto alguma coisa, mas sempre ficou imaginando e não sabe até hoje, se ela ficou triste porque *viu* o espírito da mãe, ali, ao lado do túmulo, ou se ficou triste porque não viu.

E não dá outra: as duas fazem uma curva antes do cemitério e entram numa rua estreita chamada Maple Cres, e Alice acha estranho que morem em uma cidade tão pequena e mesmo assim haja ruas por onde nunca passou.

Logo, outros sons chegam aos seus ouvidos, música bem alta nos alto-falantes vagabundos e vozes entremeadas por gritos e risadas e, então, chegam à casa onde a festa está rolando.

A porta da frente está aberta como uma boca, cheia de dentes prateados formados por bandeiras, o contorno da casa iluminado por luzes alaranjadas, como se estivesse pegando fogo em algum lugar.

Alice aperta mais o braço de Catty, ou pelo menos tenta, mas a irmã se solta e sobe a escada.

Alice a segue.

Lá dentro, a música é mais uma batida do que um som, pesada como um pulsar, a parte da frente está cheia de zumbis, bruxas e diabos, e ela se sente uma boba com seu vestido azul de avental branco, vestida como a Alice do livro de histórias, curiosa e corajosa. Deveria ter vindo de bruxa, mas a outra festa, a da escola, tinha um tema literário, e Catty era o seu Gato de Cheshire. Mas só com os bigodes pintados no rosto e o rabo preso no cós do jeans, sua irmã parece à vontade no meio das outras fantasias.

Enquanto Alice parece uma garotinha que veio sem ser convidada.

Tem um filme de terror antigo passando sem som na TV, e Alice vê um homem com uma serra elétrica atravessar silenciosamente a escuridão enquanto Catty segue direto para uma mesa cheia de garrafas abertas. Por todo o caminho, algo na bolsa dela fazia um barulho de vidro toda vez que batia no seu quadril, e agora Alice sabe o motivo. Catty tira uma garrafa cheia de gim, afanada do pub, e a coloca no bar improvisado, e então, de uma tigela cercada de garrafas vazias de vodca e rum, serve dois copos de ponche e volta dançando até Alice.

— Onde é que a gente está? — grita a menina por cima da batida da música, que chega ao ponto mais alto bem naquele momento, mas consegue ler os lábios de Catty:

— Na casa do Derrick.

Alice tem vontade de revirar os olhos. Derrick. Mas é claro.

Catty o conheceu na escola (se bem que *conheceu* é a palavra errada porque em uma cidade pequena como Hoxburn todo mundo meio que já se conhece), e Derrick é dois anos mais velho e só uma turma à frente, mas toca bateria na banda de um amigo e tem uma tatuagem de bússola no meio do peito, e a única vez que viu Alice a chamou de "pirralha que segue a irmã para todo o lado", então, na opinião de Alice, ele pode ir se foder (que é uma coisa que ouviu Eddie, seu colega de turma, dizer e gosta do jeito que soa, mesmo que apenas na sua cabeça).

— Relaxa! — fala Catty só com os lábios, sem emitir som, entregando um copo de plástico para a irmã.

Alice toma um gole, só para descobrir que é mais água do que o ponche alcoólico que Catty está bebendo enquanto passa os olhos pela multidão.

Fique aqui, diz ela só com os lábios, fazendo um gesto com as mãos. *Eu já volto.*

Então, ela e o copo vazio desaparecem, passando pela porta e entrando em outro aposento, obviamente à procura de Derrick.

Alguém esbarra em Alice, um cara com o rosto pintado de caveira, ainda mais assustador por ter conseguido pintar a boca inteira de preto. Alice cambaleia para trás, pressionando o próprio corpo contra a parede para sair do caminho. E decide ficar bem ali enquanto um trio vestindo capas pretas com capuz passa por ela.

Toma um gole ainda menor da bebida, a queimação doce descendo pela garganta e subindo para a cabeça ao mesmo tempo. Fecha os olhos e se encosta na parede, sente o baixo vibrando na coluna, zunindo pelas costelas, ordena que o próprio corpo relaxe, e começa a prestar atenção à música quando a mão de alguém a traz de volta para a sala, e lá está o rosto com bigodes felinos de Catty, o sorriso torto, os dedos como pulseiras no braço de Alice enquanto a afasta da parede.

— Venha, craca.

Ela leva Alice por uma cozinha, passando por outro esqueleto, uma garota pintada como uma boneca de porcelana e um cara com sangue de mentira escorrendo pelo rosto, e depois sai para a noite fria do quintal, onde a música não é tão estridente e uma fogueira lança uma luz laranja contra o céu escuro.

Alice suspira de alívio, enche os pulmões de ar fresco, enquanto Catty a puxa em direção às chamas.

Há um grupo de adolescentes ao redor da fogueira, conversando e bebendo alguma coisa nos copos de plástico vermelho, a luz refletida no rosto de cada um deles, e, por um momento, nenhuma das duas fala nada. A atenção de Catty desapareceu nas chamas do jeito que acontece quando olha através de alguma coisa e não para a coisa em si, então Alice a imita e fica olhando para o fogo, embora esteja tão quente e forte que chega a fazer suas bochechas arderem. Ela fecha os olhos e consegue ver as cores ainda impressas na vista.

— Vamos dar o fora daqui — diz Catty.

Alice a encara, começando a ter esperança porque acha que Catty está falando da festa, mas ela logo acrescenta:

— Depois que você terminar a escola.

E Alice percebe que ela está se referindo a *depois*. Depois, aquela palavrinha esquisita que pode significar uma hora, um dia, um ano ou nunca, mas não *agora*.

— Para onde? — pergunta Alice.

Catty mantém os olhos fixos na chama.

— Londres. Madri. Tóquio — sugere ela, listando todos os lugares das fotos da mãe. — Que tal os Estados Unidos?

— E como vamos chegar lá? — questiona Alice. — O que vamos fazer?

Catty dá de ombros, como se as perguntas não fossem importantes.

— Você é esperta, Magrela. Consegue entrar em qualquer uma daquelas faculdades grandes e chiques. E eu... Sei lá. Posso ser fotógrafa. Ou fazer drinques. Ser bartender. Ou modelo. A gente sempre ouve histórias de garotas que são descobertas. Isso nunca acontece aqui. Mas por lá, é bem possível.

Ela continua olhando para o fogo, e Alice consegue ver o futuro tomar forma na mente de Catty, iluminando o rosto dela como a luz. Ela inclina a cabeça como se já estivesse em um estúdio elegante, ajeitando o corpo de forma graciosa como se esperasse que alguém tirasse uma foto sua.

É por isso que Catty gosta de Derrick. Ou pelo menos foi o que disse quando Alice perguntou. Ela não afirmou que ele era bonito ou inteligente nem mesmo gentil. Apenas deu de ombros e disse:

— Ele me *vê*.

Como se fosse o *único* ou talvez o primeiro a fazer isso.

Como se Alice não tivesse vindo ao mundo com os dois olhos vidrados na irmã.

Catty percebe que Alice está olhando, então ela imita uma câmera com as mãos e Catty se vira para as lentes imaginárias e dá uma piscadinha. Alice estala a língua e imprime a foto na sua mente, e Catty fica toda alegre, e Alice sorri, até perceber que é porque Derrick apareceu, com um pedaço de plástico cinza preso ao cabelo preto.

Alice inclina a cabeça.

— Tá fantasiado de quê?

Ele baixa o plástico para cobrir o rosto, ocultando a expressão convencida atrás da máscara de lobo, e abre os braços, como se esperasse aplausos.

— Mas espera aí que tem mais.

Abre um guarda-chuva vermelho sobre ele e Catty.

— Tá vendo? Agora nem dá para dizer que somos feito cão e gato.

Alice revira os olhos porque lobos e cachorros nem são a mesma coisa, mas Catty ri, toda feliz, e Alice não consegue deixar de imaginar para quem ela se fantasiou, e nada daquilo lhe cai bem e, como se estivesse lendo seus pensamentos, Derrick leva a mão para trás e mostra uma garrafa de algo azul brilhante.

Ele tira a tampa e dá um gole, depois aponta com a garrafa para Alice como se perguntasse: *Quer um gole?* E ela provavelmente teria negado com a cabeça e franzido o nariz, primeiro por ser o tipo de bebida que o avô nem guardaria nas prateleiras mais baixas do pub, e segundo porque ele tinha acabado de colocar a boca ali. Mas antes que tenha a chance, Catty recusa por ela.

E Alice sabe que não há malícia no gesto, mas o jeito que a irmã faz isso, a expressão em seu rosto, como se ela ainda fosse uma criança que precisava de proteção, faz com que Alice pegue a garrafa da mão de Derrick e tome um bom gole.

Ela quase se engasga enquanto a bebida faz seus olhos arderem e acende um fósforo na sua garganta como se estivesse tomando um gole de chá fumegante.

Derrick assovia, e Catty tira a garrafa da mão dela.

— Eita, devagar — censura ela. E não é uma ironia, levando em consideração todas as vezes que Alice pediu a mesma coisa para a irmã mais velha?

"Devagar, devagar."

Alice não se dá conta de que está rindo até Catty franzir a testa e mandar Derrick buscar um copo de água.

Catty se vira para a irmã e coloca as mãos na cintura.

— O que foi que deu em você?

— Nada — responde Alice, pois como pode explicar o vazio que sente, a forma como quer encolher ou crescer, voltar no tempo para quando as duas eram crianças ou avançar para quando forem adultas, que qualquer uma das opções é melhor do que a sensação de que a distância entre elas não para de aumentar, e Alice não consegue alcançá-la. — Eu...

Ela para de falar. O gole deve ter sido de duas doses, talvez três, mas sua cabeça já está girando. Os sons à sua volta sobem e descem como se estivesse em uma montanha-russa, em vez de pisando firme no gramado.

— Eu quero ser como você — conclui ela.

Alice quer que Catty sorria, que passe os braços pelos seus ombros e diga: "Você é" ou "Somos farinha do mesmo saco" ou alguma bobagem dessas, mas a expressão dela muda, como se alguém tivesse fechado uma cortina.

— Não quer, não — diz ela, segurando o rosto de Alice com as duas mãos. — Não seja como eu, Magrela. Você só precisa ser você.

A fogueira estala. Alice engole em seco.

— Mas eu não sei quem sou.

— Tudo bem. — Catty dá um sorriso. — Você tem todo o tempo do mundo para descobrir. — Talvez seja verdade, mas Alice não consegue parar de pensar que Catty sempre soube exatamente quem é. E então a irmã dá de ombros e conclui: — Mas eu sei quem você é.

E deve ser uma piada ou um truque, mas Alice sente um quentinho no coração.

— Sério?

— Sério — confirma Catty com um brilho no olhar. — Quer que eu te diga?

Alice assente, e Catty se aproxima e leva a boca ao ouvido da irmã, que prende a respiração enquanto ouve Catty começar a falar, mas bem nessa hora alguém joga uma bombinha na fogueira, que explode com um som repentino e retumbante, e então Derrick está de volta, entregando-lhe um copo de água enquanto puxa Catty para longe.

E Alice fica ali, sozinha...

Sem respostas...

Com apenas um zunido no ouvido e...

Ela dá uma topada com o dedão numa parte da calçada desnivelada pela raiz de uma árvore e...

Alice tropeça e seus olhos se abrem, e lá está Ezra, com o braço entrelaçado casualmente no dela, olhando para cima como se apreciasse a noite, mas há certa artificialidade nisso, como se mantivesse os olhos afastados para lhe dar privacidade, e ela não consegue deixar de imaginar se ele, de alguma maneira, sentiu ou ouviu o que estava pensando... Se a mente e as lembranças dela estão transbordando, tingindo o ar à sua volta, e a ideia deixa Alice nervosa, e tem vontade de puxá-las de volta, enfiá-las por baixo da gola da blusa, junto do pingente de ouro, mas ele apenas pigarreia e diz:

— Estamos quase chegando.

Estão perto do Commons, o parque estendendo-se como uma sombra logo adiante.

Ezra se solta de Alice e tira do bolso do casaco um flasque (logo isso!); assim que o abre, ela sente o cheiro de ferro do sangue. A garganta se aperta quando ele toma um gole, seus dentes doem quando ele o oferece para ela. Alice aceita, mesmo sabendo que não saciará sua sede e que poderia esvaziar dezenas de garrafas, que de nada adiantaria, mas não consegue parar de beber e se sente culpada por deixar o recipiente tão vazio antes de devolvê-lo.

Mas Ezra apenas o coloca de volta no bolso do casaco.

— Isso vai pra onde? — pergunta ela, exasperada. — Não importa o quanto eu beba, a minha sede nunca passa.

— Essa é uma das grandes questões. A maior delas é: se você *sabe* que não vai se satisfazer, por que continua bebendo?

— Não é o que temos que fazer? Para não morrermos de fome?

— Morrer de fome é bem mais difícil do que você imagina. Pode perguntar — diz ele, como se conseguisse ouvir o turbilhão dos seus pensamentos, que tropeçam e se embolam uns nos outros. — Tenho certeza de que tem mais dúvidas.

— Quanto tempo dá para ficar sem sangue?

— Alguns ficam meses sem beber. Outros, anos.

— *Anos?*

Ela parece incapaz de ficar um dia sem sangue e não pirar.

Ezra assente.

— É mais fácil a loucura acabar com você do que a sede.

Alice morde o lábio inferior bem de leve. Tem tanta coisa que quer perguntar, tanta coisa que não sabe nem compreende, mas a pergunta que vem à sua cabeça é:

— Por que uma cafeteria?

Ezra dá uma risada, claramente esperava outra coisa.

— A cafeteria é relativamente nova. Antes era um bar. E antes, uma livraria. Na época da Lei Seca era um bar clandestino. Eu vou mudando a cada dez ou vinte anos, para que não se destaque ou termine em algum registro histórico.

— Por que se dar ao trabalho?

Ele considera a pergunta.

— Depois de um tempo, você aprende que é bom ter um objetivo. Além disso, assim não fico solitário. Acabo conhecendo todo tipo de gente.

— Como anjos, demônios e paranormais?

Ele ri.

— Exatamente. E pessoas normais também. Afinal, se eu só atender a um tipo de clientela, vou à falência. Não há muitos de nós.

Nós. A palavra parece um casaco que não lhe cai bem. Ela resiste à tentação de tirá-lo. Em vez disso, pergunta:

— Por que não?

Ezra solta outra lufada de ar.

— Inconstância, talvez. E insensatez.

Ele olha para cima de novo, e ela acompanha o olhar, passando dos prédios para o céu escuro, e fica surpresa por ver *estrelas*. Alice sabe que as estrelas estão sempre lá, mas antes seu brilho era fraco demais ou seus olhos eram mortais demais para enxergá-las, e agora consegue ver todas elas, salpicando o céu como diamantes, e então cria uma nova lista mental para as coisas que talvez não sejam tão ruins assim.

A ausência de medo — isso vai para o topo da lista. Mas logo em seguida ela coloca as estrelas.

Contudo começa a imaginar quantas estrelas veria se estivesse em Hoxburn, só para se lembrar de que, se estivesse lá, seu caminho não teria cruzado com o de Lottie e ainda teria um futuro pela frente, uma vida, um coração batendo, e isso é o suficiente para fazê-la arrancar a lista mental da cabeça bem na hora que Ezra pigarreia de novo.

— Eis algo que você precisa saber: nós nos consideramos imortais, mas não somos. Todas as coisas definham com o tempo. Inclusive nós. Para alguns demora séculos e para outros, apenas uma vida mortal. Mas de um jeito ou de outro algumas partes de nós morrem. As partes que nos tornavam humanos. Até que tudo que nos resta é a sede e a podridão.

Alice engole em seco.

— E o que acontece depois? — pergunta ela.

Ezra se volta para Alice, com os olhos claros, mas brilhantes:

— De um jeito ou de outro, encontramos nosso fim.

— Parece bem sombrio — comenta ela, imaginando se é isso que Ezra acha que aconteceu com Lottie, se é por isso que a acompanha agora.

Para salvar uma velha amiga... ou enterrá-la.

Ela arrasta as botas no chão.

— Você não parece estar apodrecendo, Ezra.

Ele dá um sorriso enviesado.

— Não se deixe enganar. Só estou indo mais devagar do que os demais.

Ela quer fazer tantas perguntas, mas, naquele momento, os passos dele diminuem até parar, o parque Commons de um lado e uma fileira de prédios do outro, então Alice ergue o olhar e se vê diante do Taj Hotel.

De repente, sente as pernas travadas. Sente-se presa à calçada, dividida entre o impulso de entrar e o de dar meia-volta e sair correndo, até lembrar que não pode voltar, não o bastante, não para sua antiga vida, que não existe mais porque Lottie a tirou dela, e isso é o suficiente para fazê-la prosseguir.

Ezra segura a porta, e Alice se obriga a passar pela soleira, atravessando a porta e entrando no hotel.

Lá dentro, o piso de mármore se estende por toda a recepção, e o perfume de flores frescas impregna o ar com um cheiro tão forte que chega a ser nauseante. À direita, há um bar iluminado por velas, e à esquerda, a escadaria, com os mesmos degraus azuis da sua visão com Melody.

Alice segue em sua direção, mas é impedida por um funcionário vestido com um elegante terno preto.

— Posso ajudá-la? — indaga ele, com as mãos erguidas de um jeito que poderia ser interpretado como um sinal de boas-vindas ou um muro intransponível.

Antes que Alice consiga pensar em algo para dizer, Ezra pousa os dedos de leve na manga do funcionário.

— Viemos visitar uma amiga — explica ele, com a voz firme, e se segue um momento de tensão em que o funcionário parece querer se afastar, mas então seus olhos encontram os de Ezra, e ele vê alguma coisa ali que faz toda a rigidez se esvair do corpo.

— Quer que eu a chame?

— Não é necessário — responde Ezra com um ar satisfeito. — Sabemos o caminho.

Ele afasta a mão, mas o efeito parece permanecer, porque o funcionário fica ali parado, como uma marionete à espera que alguém puxe suas cordas.

— Mais alguma coisa, senhor?

Ezra sorri.

— Não, obrigado. Uma noite maravilhosa para você.

As palavras chegam aos ouvidos do funcionário como uma ordem, um feitiço, pois o homem abre um sorriso de prazer genuíno e assegura a Ezra que será, sim.

O funcionário se afasta pela recepção.

— Como foi que você fez isso? — pergunta Alice.

— Convicção — responde ele.

Como se fosse tão simples. Como se Alice não tivesse sofrido com isso a vida toda, como se não tivesse que se esconder em um banheiro e se desafiar a ser um pouquinho mais corajosa só por uma noite, como se a necessidade de uma falsa ousadia não a tivesse levado até ali. Até tudo isso.

— Sabe de uma coisa? — pergunta ele, observando o funcionário sair da recepção e entrar no bar para pedir uma bebida. — Algo que se aprende quando vive tanto quanto nós é que nada é permanente. Quem você era antes não é quem você precisa ser.

Com isso, Ezra faz um gesto com a cabeça em direção à escada.

— Vamos?

Ele a segue, em vez de ir na frente.

Mas ela está feliz por ele estar ali. Uma sombra às suas costas. Um toque firme.

Alice coloca o pé no primeiro degrau, passa os dedos pelo luxuoso papel de parede azul, sente as botas afundarem no macio carpete azul da escadaria.

Houve um momento, quando seu avião sobrevoava o vasto oceano Atlântico, e não havia nada além de azul lá embaixo e azul lá em cima, em que olhou para o ponto entre os dois, sentindo um nó no estômago, e disse a si mesma que seu coração estava disparado pela animação e não pelo medo.

Esta é a sua vida, pensou ela enquanto o avião avançava.

É assim que começa.

São dezoito degraus da recepção até o primeiro andar. Alice conta enquanto sobe, dezoito momentos de antes e depois, do passado e do presente, dezoito chances para avançar ou retroceder. Só que não há mais nada atrás dela, nada à sua frente, a estrada inteira foi apagada e ela quer saber o motivo.

Precisa saber o motivo.

Alice passa por um espelho na escadaria, de moldura dourada e toda trabalhada, e ao fixar o olhar na garota do reflexo, volta ao banheiro na festa da república, a maquiagem borrada, o corpo tenso de nervosismo, tentando fazer um trato consigo mesma, uma aposta, um jogo.

Trocar a Velha Alice pela Nova Alice. Só por uma noite.

Ela toca a superfície vítrea, os dedos não são mais quentes o suficiente para deixar uma marca. Deixa a mão cair e se força a subir, subir e subir até estar diante de um corredor, até estar diante da porta.

Os números gravados na plaquinha dourada, exatamente como tinha visto durante a visão.

139.

Alice olha para o recado pendurado na maçaneta: *Não perturbe.* E nem precisa encostar o ouvido na porta para ouvir os sons, risadinhas suaves, bocas roçando na pele, sussurros de prazer e...

Ela cerra os dentes e bate com o punho na madeira, aguardando o momento poético em que a porta vai se abrir e a garota que entrou na sua vida (e saiu, levando sua vida consigo, como um prêmio) será obrigada a olhar nos seus olhos e descobrir como é quando o passado volta para nos assombrar.

Mas o momento nunca chega.

Os sons de prazer continuam, embora seja impossível que não tenham *escutado* a batida. Alice olha para a porta, incrédula, e Ezra espera que ela tente outra vez, mas parece que já gastou toda a coragem, pois suas mãos pendem ao lado do corpo, sem forças.

Ezra não bate, apenas pigarreia e se inclina em direção à porta.

— Lottie, sou eu. Temos um problema.

E mesmo que não tenha levantado a voz, o movimento no quarto é subitamente interrompido. Alice ouve um sussurro de "Fique aqui", seguido do peso de um corpo se levantando da cama e atravessando, de pés descalços, o espaço até a porta, que se destranca com um clique suave e se abre. E ali está ela.

Lottie.

A mesma garota que estava sentada na beira da cama no escuro, que dançou com Alice cercada por abajures coloridos e a salvou de um monte de bicicletas e que correu com ela na chuva e a fez conhecer o prazer.

Lottie, parada na porta, a blusa desabotoada, os saltos jogados de lado, os cachos bagunçados e o rosto corado como se ainda tivesse um coração batendo no peito.

— Ezra? — pergunta ela. — Como foi que você...

E é aí que finalmente vê Alice.

Ela vê Alice e aqueles olhos castanhos e cintilantes como uma vela se arregalam, e ao menos tem a decência de parecer surpresa. Essa parte sai de acordo com o plano. Mas não o que acontece em seguida, quando Lottie sai para o corredor, pega o braço de Alice, com o rosto consternado de preocupação, e pergunta:

— Alice?

Seu nome nos lábios de Lottie, a voz tão triste e doce, tão carinhosa que a deixa atordoada.

— O que foi que aconteceu? — pergunta ela, como se não conseguisse sentir a ausência de calor, a ausência de pulsação, o silêncio dentro de Alice onde deveria haver som, e a pior parte é que, mesmo agora, *mesmo agora*, Alice sente a atração, como uma força gravitacional, o impulso de buscar o toque de Lottie em vez de se afastar, de ir embora, então permite que o ímpeto a leve para a frente até suas mãos tocarem o corpo de Lottie e empurrá-la com toda a força.

— O que foi que *aconteceu*? — vocifera Alice, e as duas entram cambaleando no quarto. — Você sabe muito bem.

— Char? — chama uma voz num tom sonhador, e outra mulher aparece com a pele quente e as unhas da cor das folhas de outono, usando só um lençol para cobrir o corpo. — O que houve? Quem são essas pessoas?

E Alice não consegue desviar os olhos do fio de sangue que escorre pela lateral do pescoço dela, a ferida em si já se fechando, mas consegue sentir o gosto do pulsar de onde está, como uma moedinha de um centavo na língua.

Lottie... Charlotte... Char, seja lá como ela se chama, vai até a mulher, segura seu rosto com ambas as mãos e fala naquela voz firme que Alice está começando a reconhecer:

— Vá para o banheiro e tome um banho bem demorado. Vou me juntar a você assim que puder.

A mulher assente com um ar sonolento e segue para o banheiro, fechando a porta atrás de si, e Alice sente a tensão aumentar.

— Foi isso que você fez comigo? — pergunta, irritada.

Lottie se vira para ela.

— Não. Eu nunca faria isso.

E ela tem a pachorra de parecer *magoada* diante da acusação. Alice a vê afundar na beira da cama, os dedos trêmulos enquanto ergue a mão para a boca, e parece prestes a chorar, e Alice se irrita porque isso não está certo nem é justo. Cadê o sorriso maldoso, o riso monstruoso, o monólogo de vilã? Lottie não tem o direito de parecer tão magoada quando é a *responsável* por tudo isso.

Ela é o monstro.

— Eu não te persuadi a fazer nada, Alice — insiste ela. — Não foi preciso.

— Mentira.

— Você me queria no seu quarto — lembra ela baixinho, quase que para si mesma. — Era só diversão.

— *Diversão?* — retruca Alice. — Isso foi antes ou depois de me matar?

Lottie estremece.

— Eu *não* te matei — defende-se ela, e Alice a agarra pelos ombros e a obriga a encará-la.

— E como pode me explicar o fato de eu estar *morta*?

Morta. A palavra fica presa na garganta, e ela precisa arrancá-la como uma raiz, deixando um gosto de coisa podre na boca.

Mas Lottie apenas nega com a cabeça.

— Não fui eu.

Ela diz essa parte tanto para Ezra quanto para Alice. Ezra, que está de braços cruzados, encostado no ponto onde o hall de entrada dá no quarto, como se a *sua* opinião fosse mais importante, como se fosse a vida dele que tivesse acabado.

— Não fui eu — repete ela, com as lágrimas escorrendo e deixando manchas vermelhas pelo rosto. — Não foi culpa minha.

— E de quem foi? — Alice exige saber.

Lottie sussurra algo, uma única palavra, baixo demais para que pudesse ouvir.

— O que foi que você disse?

Lottie pigarreia e repete:

— Sabine.

CHARLOTTE

(*ANNO DOMINI* 1827)

I

Londres, Inglaterra
1827

Na casa em Merry Way há dois tipos de sala de estar.

A primeira é de uso constante, com almofadas gastas e lareira suja de fuligem. A segunda é mais um cenário, um lugar para exibir coisas elegantes. Charlotte está na sala do segundo tipo, cada lamparina, vaso e almofada dispostos de um jeito que a faz prender a respiração, pois decerto que a menor brisa seria capaz de estragar tudo.

Ela daria tudo por um livro. Charlotte trouxe uma pilha consigo, é claro, mas foram levados direto para o quarto que lhe foi designado, juntamente do restante dos baús, e ela foi enviada para a sala de visitas.

Charlotte já está aguardando há quase uma hora, as mãos entrelaçadas diante do corpo como uma prisioneira à espera da sentença, o coração martelando de nervosismo. Ela olha pela janela, com saudade do terreno montanhoso de Clement Hall, mas tudo que vê são os tijolos e as pedras de Londres até onde a vista alcança. Aqui e acolá, o ligeiro vislumbre de um gramado ou uma árvore, um pedacinho de natureza sob cerco. Na rua, carroças e carruagens chacoalham, mulheres passeiam protegidas por sombrinhas coloridas, passando por homens com cartolas encaixadas feito chaminés no topo da cabeça. Charlotte já visitou a cidade diversas vezes, embora nunca sozinha, e sempre lhe pareceu grandiosa, apesar de sem graça. Ah, existe muita cor, nos vestidos, nos móveis, nos tapetes, mas cada um deles foi importado, como se para compensar o cenário sombrio.

Mais de uma vez, Charlotte ouve o farfalhar suave de passos atrás da porta da sala e afasta o olhar esperançoso da janela, mas ninguém entra. Ela permanece sentada (na pontinha de uma cadeira perfeita). Ela se levanta (tendo o cuidado de alisar a almofada). Anda de um lado para o outro e se senta de novo. Inquieta, nervosa, desconfortável. Seis horas na estrada de terra e paralelepípedos a deixaram tensa, dolorida e desesperada para esticar as pernas.

Exausta e impaciente, ela se recosta no sofá.

Bem na hora que a porta se abre.

Charlotte se levanta na hora enquanto sua tia entra, tirando as luvas e as entregando para uma criada, junto de um comando firme para que traga o chá. Amelia Hastings, uma espécie aterrorizante da alta sociedade, ao mesmo tempo suave e ríspida, o cabelo claro preso em um coque elegante, e os astutos olhos azuis fixos em Charlotte. Olhos que poderiam desfazê-la, ponto por ponto.

— Tia Amelia — cumprimenta ela, tentando parecer animada ao dar um passo para abraçar a irmã do pai.

Mas não há braços abertos nem um beijo amável no rosto. Em vez disso, Amelia pega as mãos estendidas da sobrinha e as separa, analisando a garota diante de si.

— Ora, ora — diz ela —, você está realmente crescida.

Ela solta as mãos de Charlotte e dá um passo para trás a fim de continuar a inspeção.

— Dezoito anos — reflete ela —, embora não dê para perceber com esse vestido. E esse cabelo — acrescenta —, algum dia já viu uma escova?

— Ah, sim, várias — brinca Charlotte. — Mas levou a melhor sobre todas elas.

Sua mãe teria rido. Seu irmão, gargalhado... Pelo menos é o que teria feito antes do jardim, do livro e de Jocelyn. Tia Amelia não faz nem uma coisa nem outra, apenas franze os lábios e retruca:

— Gracinhas são como o sal, minha querida. Uma pitada é o suficiente.

Charlotte sente o rosto afogueado. Nunca foi boa em esconder as emoções como as outras garotas. Afinal, parecem estar sempre à flor da pele.

E é na pele de Charlotte que Amelia se concentra em seguida.

— Como você está *bronzeada* — comenta ela, estalando a língua de modo discreto, mas revelador. — Decerto que herdou isso da sua mãe.

Charlotte não consegue disfarçar a testa franzida, mas segura a língua e não diz que não é culpa *sua* se a moda atual privilegia um tom tão pálido e doentio. É como se todos os londrinos tivessem recentemente sobrevivido à escarlatina.

Amelia assente para si mesma e diz:

— Há certa beleza campestre em você. — O que Charlotte *quase* considera um elogio, até a tia continuar: — Não se preocupe, posso deixá-la mais refinada.

A criada chega trazendo a bandeja com um bule e quatro xícaras, que tilintam quando a coloca na mesa. Amelia se vira para ela, lançando um olhar severo à criada, e Charlotte aproveita a breve trégua enquanto se prepara para o escrutínio que logo voltará para ela.

— Meu irmão lhe deu muita liberdade para correr e perambular pela propriedade como se fosse um segundo filho. Sua mãe também. Ela vem de boa família, é óbvio, mas sempre foi tão *excêntrica*.

Decerto que há coisas piores para ser, pensa Charlotte, mas não retruca, apenas morde a língua e cerra os dedos em volta do pequeno buquê de flores secas escondido na saia e se lembra das palavras de despedida da mãe.

"Você é o tipo de flor que floresce em qualquer solo."

E, como se ouvisse seus pensamentos, Amelia prossegue:

— A indomabilidade é como uma erva-daninha. Se não for arrancada, domina tudo. Mas não se preocupe. Você está aqui agora e irei colocá-la na linha.

Com isso, senta-se em uma cadeira e faz um gesto para a sobrinha se acomodar também, e ela obedece, com o máximo de graciosidade possível. A tia observa, estreitando os olhos quando as costas de Charlotte tocam no encosto. A garota rapidamente se empertiga.

A tia começa a servir o chá, os gestos delicados, precisos, sem derramar uma gota sequer, e Charlotte está começando a imaginar para quem são as outras duas xícaras quando chegam duas pessoas.

Edith e Margaret. As atuais protegidas de Amelia Hastings. Edith faz lembrar uma tulipa, alta e magra, com a cabeça grande, que fica ainda maior com o penteado do cabelo castanho-avermelhado. Margaret é mais suave e encorpada, uma rosa vermelha. As duas se movem com um tipo frágil de graça, e cada qual faz uma reverência perfeita, como uma flor se curvando no verão, antes de se erguer novamente.

— Encantada — diz Margaret em tom sussurrado.

— Prazer em conhecê-la — afirma Edith com a voz doce como calda.

Ao se sentarem, acomodam-se delicadamente na ponta da cadeira, ajeitando as pernas, as mãos e o queixo como se posassem para um retrato, as costas sem jamais tocarem no encosto. Deve ser tão exaustivo, pensa Charlotte enquanto tenta ficar ainda mais ereta.

— Como você bem sabe, tenho a reputação — continua tia Amelia, acrescentando leite ao chá — de lapidar jovens até se tornarem joias. — Ela coloca a colherzinha de lado, levanta a xícara, só para pausar a meio caminho da boca. — Mas, primeiro, preciso saber com que tipo de pedra estou trabalhando.

Amelia toma um gole, claramente esperando que Charlotte diga alguma coisa. Contudo, se há alguma resposta certa para aquilo, ela não faz a menor ideia de qual seja. Como fica em silêncio, a tia solta um suspiro curto e exasperado e coloca a xícara de volta no pires.

— Minha querida, o que a faz brilhar? — pergunta ela de maneira direta.

Trata-se de uma metáfora inadequada — afinal de contas, de acordo com Amelia, *ela* é que vai fazê-la brilhar. Mas Charlotte entende que precisa responder o que a diferencia dos outros. *Meu coração*, gostaria de responder, mas foi justamente o coração que causou tantos problemas para ela. Em vez disso, responde com uma lista dos talentos esperados. Ela teve aulas de piano, desenho e francês (embora, quanto ao último, admita ter aprendido ao ler romances).

A tia não parece nada impressionada.

— Se eu soubesse — retruca ela —, teria contratado tutores adequados. — Infelizmente, seu pai não me deu qualquer aviso. Sendo assim, vamos encaixar aulas de etiqueta assim que for possível. Ele me disse que você aprende rápido. Bem, a Temporada já começou. Eu não poderia apresentá-la este ano nem se tentasse muito. Mas é melhor assim — acrescenta ela. — Vamos precisar de tempo. Por ora, basta observar Edith e Margaret. Com sorte, talvez consiga absorver o que elas aprenderam.

E então, a tia se levanta, assim como suas protegidas, as xícaras devolvidas à bandeja antes que Charlotte tenha tomado um gole sequer. Ela também se levanta, quase derramando o chá quando a tia passa por ela, só diminuindo o passo para lançar um último olhar severo para a sobrinha.

— Não se preocupe, Charlotte — diz ela, as palavras soando mais como uma ameaça do que uma promessa. — Vamos transformá-la em uma Hastings de verdade.

II

Clement Hall
Duas semanas antes

O riso se elevou pelo jardim como uma brisa suave.

Um gritinho alegre, um vozerio feliz, pés descalços correndo por gramado, pedra, terra e degraus.

Os jardins de Clement Hall eram como uma pintura em andamento, o centro perfeitamente concluído e as bordas ainda se desenvolvendo em um esboço, grupos desordenados de macieiras e canteiros de rosas silvestres. As esculturas da mãe pontilhavam a paisagem, animais de barro escondidos entre os arbustos ou empoleirados sobre os portões, uma coleção de espectadores silenciosos.

Jocelyn chegou ao chafariz primeiro, cortando por um caminho, depois por outro, com Charlotte em seu encalço, as duas correndo uma atrás da outra como os ponteiros de um relógio. Jocelyn soltou uma exclamação surpresa quando Charlotte enfiou a mão na fonte e jogou água nela, avançando para cima da outra garota, que já estava fugindo, desaparecendo por outro caminho.

Ela passou por baixo de uma treliça de madeira e parou de correr, como se atravessasse uma linha imaginária de chegada. Virou-se para Charlotte, que parou ofegante ao seu lado com um sorriso sapeca como se perguntasse: *E agora?*

E, por um momento, as duas ficaram desse jeito, cheias de energia contida, coradas e se entreolhando, cada qual prestes a fazer algum movimento, como se fosse uma garota e o seu reflexo, embora não se parecessem em nada.

Jocelyn Lewis era um estudo de contrastes, seus olhos verdes e cabelo preto emolduravam uma pele tão clara que o menor dos esforços trazia um tom rosado às bochechas. Charlotte Hastings, por sua vez, tinha uma variedade de tons de marrom. Olhos da cor do chá antes de ser misturado ao leite, o cabelo um emaranhado de cachos castanhos, a pele queimada de sol até no inverno e alguns tons mais escura no verão, com sardas salpicadas no rosto o ano todo, como respinguinhos de tinta.

Naquele momento, havia outra diferença crucial.

O diário que estava nas mãos de Jocelyn.

O diário de *Charlotte*.

— Joss — disse ela devagar, estendendo uma das mãos como se chegasse perto de um gatinho arisco. — Devolva-me, por favor.

A pulsação dela acelerou enquanto fazia o pedido; os olhos verdes da amiga faiscavam de malícia enquanto ela abria o cordão de couro.

— E sacrificar um vislumbre da mente brilhante de Charlotte Hastings? — Jocelyn sorriu de um jeito provocador e brincalhão.

Charlotte tinha vontade de se jogar em cima da outra garota. Em vez disso, deu um passo para a frente, mas a amiga deu um passo para trás.

— Jocelyn — advertiu ela, tentando soar séria em vez de totalmente aterrorizada.

— Fico imaginando — ponderou sua melhor amiga. — Será que você escreveu sobre *mim*?

Ao ouvir isso, Charlotte, que conseguia segurar a língua para não contar um segredo, mas não escondê-lo no rosto, cometeu o erro fatal de fazer uma careta. Jocelyn soltou uma risada de alegria e abriu o diário, mas antes que tivesse a chance de ler qualquer coisa, Charlotte se lançou sobre a amiga, que gritou e se virou para fugir e quase chegou à fileira de árvores frutíferas quando Charlotte a pegou pela cintura, e as duas caíram no gramado.

— Como você é impetuosa — disse Jocelyn, rindo.

— Sua ladra miserável — retrucou Charlotte, ofegante e agitada.

O diário caiu alguns metros à frente, com as páginas voltadas para baixo. Nenhuma delas tentou pegá-lo. Ficaram deitadas no jardim, na beira do pomar, as pernas enroscadas, os vestidos sujos, as raízes de uma árvore cutucando as costas de Charlotte, mas valia a pena pela sombra suave e o corpo de Jocelyn ao seu lado.

Jocelyn, cuja mão encontrou a sua, entrelaçando os dedos com os dela no gramado.

— Eu só queria saber o que passa pela sua cabeça.

O coração de Charlotte deu uma pirueta no peito, embora não fosse nada de mais, as duas se conheciam desde que tinham o corpo reto e sem curvas, dormiam juntas e acordavam com as pernas entrelaçadas e o cabelo acariciando a bochecha da outra.

Ainda assim...

As palavras agiram como uma faísca contra a pele já em brasas de Charlotte. Ela se deitou de lado a fim de olhar para Jocelyn.

— Você poderia simplesmente ter me perguntado.

— E você poderia ter mentido.

Charlotte debochou.

— Que calúnia!

Jocelyn se virou para ela, apoiando a cabeça nas mãos.

— Pois muito bem. Então me conte o que escreveu.

Charlotte engoliu em seco, sentindo a garganta se fechar. Seria bem fácil dizer não, pegar o diário e voltar para casa. Mas os olhos verdes de Jocelyn estavam arregalados de expectativa, e as palavras gravadas na sua memória começaram a sair de sua boca.

— *"Às vezes, quando estou com Joss, esqueço-me de quem sou."*

A outra garota ficou vermelha, assim como Charlotte.

— *"Esqueço quem devo ser."*

Charlotte estendeu a mão e colocou uma mecha solta do cabelo preto atrás da orelha de Jocelyn.

— *"E tudo o que sei é que quero..."*

Naquele momento, algo se partiu, se libertou. A boca de Jocelyn encontrou a dela, ou foi a dela que encontrou a de Jocelyn. Não sabia qual das duas tinha acabado com a distância entre o corpo uma da outra, só que o beijo foi mais suave do que jamais sonhara porque era *real*.

Se tivessem parado ali, o beijo poderia ter passado por algo casto, um beijinho entre duas velhas amigas, mas não pararam. Jocelyn arfou, como se o ar estivesse preso na garganta, e o coração de Charlotte batia em uma velocidade desenfreada, a pele quente como se tivesse passado por um arbusto de urtiga, e as mãos... Os dedos de uma das mãos ainda entrelaçados e os da outra agora em busca. Os de Charlotte no rosto de Jocelyn e os de Jocelyn na cintura de Charlotte, apertando o tecido do vestido. Puxando Charlotte para mais perto...

E então, de maneira repentina e firme, para longe.

As bocas se separaram. Charlotte ofegante como se tivesse emergido para respirar, o riso já subindo como bolhas pela garganta, prestes a explodir. Mas não eram mais uma garota e seu reflexo. As bochechas de Jocelyn estavam vermelhas, a respiração, acelerada, mas a expressão era contida, e, quando falou, sua voz soou baixa, tensa e temerosa.

— Não devíamos ter feito isso — sussurrou ela.

Charlotte se encolheu como se tivesse levado um empurrão, mas antes que tivesse a chance de dizer qualquer coisa, outra voz disse:

— Não deveriam mesmo.

James.

O cabelo dele estava despenteado pelo vento, e James carregava um chicote embaixo do braço.

No tempo que o irmão mais velho de Charlotte levou para se abaixar e pegar o diário esquecido, as garotas se separaram rapidamente. Mas já era tarde demais. As duas estavam completamente desalinhadas e com os rostos corados, Charlotte pelo choque e Jocelyn por algo muito pior: vergonha. Ela parecia prestes a chorar.

— James... — começou Charlotte, levantando-se.

Mas antes que tivesse a chance de dizer qualquer outra coisa, viu o pai atravessar a trilha e perguntar para James como a égua estava se ajustando à sela. Ele ficou surpreso ao ver as duas garotas.

— Charlotte. Srta. Lewis. O que estão fazendo aqui?

Jocelyn estava de pé agora, cada fibra de sua atenção fixa na saia e na tentativa de ajeitá-las.

O pai olhou em volta, perplexo.

— Cadê as criadas das duas?

Charlotte se deu conta de que não conseguia falar, o ar parecia ter sido arrancado de dentro dela, e temia que se tentasse inspirar novamente, acabaria sumindo. Como foi que tudo deu tão errado? Alguns instantes antes, ela estava tão cheia de esperança e alegria, e agora nem a melhor amiga nem James lhe dirigiam o olhar. Sabia que precisava ser mais rápida que o irmão para responder, mas, quando tentou, percebeu que não conseguia respirar. No fim das contas, ele foi o primeiro a falar:

— Eu queria mostrar os jardins da mamãe para a Srta. Lewis agora que está em plena floração — mentiu James. — Charlotte teve a gentileza de nos acompanhar.

Foi a melhor desculpa que ele poderia ter dado.

E também a pior.

Aos vinte e um anos, seu único irmão vinha se mostrando reticente em relação ao casamento. Agora, a mera sugestão de uma possível noiva, ainda mais uma jovem tão conhecida e apreciada, fez uma luz se acender nos olhos do pai, que concentrou sua atenção em James e Joss de um jeito que fez o estômago de Charlotte se revirar, despertando um desejo de gritar e se interpor entre o irmão e a amiga em um gesto de posse. Mas ela não era tola e sabia que devia explicações ao irmão.

— Querida, você está bem? — perguntou o pai, e Charlotte reparou que estava tremendo.

Em algum momento, o sol tinha desaparecido atrás das nuvens e parecia que ia chover.

Como o tempo inglês virava de uma hora para a outra!

— É melhor eu voltar para casa — agitou-se Jocelyn. Ela se virou para o irmão de Charlotte. — Obrigada, James. — Mas ignorou a amiga.

Seu irmão assentiu de um jeito sério. O pai estendeu o braço.

— Venha, Srta. Lewis — disse ele. — Permita que eu a acompanhe até a carruagem.

Charlotte observou a amiga ir embora, prendeu a respiração na esperança de que Joss lançasse um olhar para trás, que seus olhos verdes encontrassem os dela, dizendo: *Está tudo bem, está tudo bem entre nós duas.*

Mas ela não olhou.

No momento que sumiram de vista, ela ouviu James tomar fôlego para falar, mas Charlotte não suportaria ouvir nada naquele momento, por isso deu meia-volta e seguiu apressada para casa. Não correu, mas andou o mais rápido que conseguia, sentindo o peito ofegante com as lágrimas reprimidas enquanto passava pela treliça e contornava o chafariz, refazendo o caminho da perseguição, desejando poder voltar no tempo tão fácil assim. Até onde voltaria? Antes da interrupção? Antes do beijo? Ou antes de erguer o olhar do diário e ver Jocelyn do outro lado da manta que estenderam no gramado e a expressão no seu rosto revelar boa parte do que tinha escrito ali?

As primeiras gotas caíram assim que Charlotte chegou na escada dos fundos de Clement Hall, James seguindo-a como uma sombra. Ele a alcançou, é claro, e os dois permaneceram em silêncio enquanto a chuva caía, um aguaceiro repentino, do tipo que só acontecia na primavera.

Os olhos dele encontraram os de Charlotte, que se obrigou a encará-lo. Era parecido com o pai, a pele mais clara do que a dela, os olhos mais escuros e o cabelo ondulado que caía em mechas soltas e elegantes. Por um segundo, pensou que ele se contentaria com um olhar.

Por favor, meu Deus, permita que ele se contente com um olhar.

Mas Deus não estava do lado dela naquele dia.

— Lottie — começou ele, em tom quase gentil.

— Não foi... — disse ela, balançando a cabeça, mas ele a interrompeu.

— Você não é mais uma criança.

Ela deu um riso triste. Três anos os separavam, mas ele enxergava esse tempo como um abismo.

— Você não pode... Quer dizer... você não deve...

James, que nunca tinha dificuldade de falar, parecia não conseguir encontrar as palavras certas. Ela queria se fundir à pedra do chão, ou correr para dentro de casa, fugir pelas escadas até encontrar a segurança do próprio quarto.

Mas ele ainda segurava o diário dela.

O diário incriminatório.

— Foi só uma travessura — mentiu ela, com uma risadinha nervosa. — Nada além disso.

Por favor, acredite em mim. Por favor, acredite em mim.

Mas a expressão em seu rosto mostrava que ele não estava convencido.

— Ainda assim — rebateu ele com cautela —, você já é quase uma mulher adulta, e há certas brincadeiras que não pode mais fazer. — James passou os dedos pelo diário. — Decerto que compreende. Existem regras. Expectativas.

— *Você* não segue essas regras — retrucou ela.

James Hastings, solteiro, relutante em sequer considerar a ideia de tão apegado à própria independência.

Ele arqueou uma das sobrancelhas e devolveu:

— Não somos iguais, Charlotte.

Não havia malícia nas palavras, mas a magoaram mesmo assim.

— Em nível intelectual, talvez. Na teimosia, com certeza. Mas o fato é que você é mulher e eu sou homem. E, sim, isso me concede certas liberdades. De todo modo, um dia serei *obrigado* a tomar uma esposa, assim como você será obrigada a tomar um *marido*.

Marido. Que palavra feia. Uma pedra suja lançada em águas cristalinas, deixando tudo enlameado. Ela tentou em vão impedir que o pensamento ficasse estampado no seu rosto. Talvez tenha sido isso que a condenara no fim das contas.

James estendeu a mão com o diário, mas, quando Charlotte o pegou, segurou-o por mais um momento.

— Tenha cuidado, irmã — alertou ele antes de soltar o diário.

Então desapareceu na casa, deixando-a agarrada ao diário enquanto a chuva caía, pesada como uma cortina, ocultando o jardim.

Naquela noite, Charlotte arrancou as últimas dez páginas do diário e as queimou na lareira. As lágrimas escorriam pelo seu rosto ao ver o papel se enrolar à medida que o fogo devorava cada uma das palavras escritas ali.

Mas quando o fogo arrefeceu e se transformou em brasas, suspirou com certo alívio e disse a si mesma que estava tudo resolvido.

III

Londres, Inglaterra
Primavera, 1827

Charlotte Hastings mal consegue *respirar*.

Embora desconfie que tenha menos a ver com o nervosismo e mais com a forma cruel com que o espartilho fora amarrado. A carruagem passa por um buraco entre os paralelepípedos e as barbatanas do espartilho espetam suas costelas, e agora sabe por que Edith e Margaret se movem com tanto cuidado. Por que a voz delas é tão fraca.

Edith e Margaret estão sentadas diante dela, as mãos enluvadas pousadas cuidadosamente no colo, mais parecidas com bustos romanos do que com garotas, adoráveis e pálidas, envoltas em tons pastel de cetim. De alguma maneira, por mais apertada que esteja a cintura das duas, encontram fôlego para falar, citando nomes que não significam nada para Charlotte enquanto brincam com o cartão de dança enrolado ao pulso.

Charlotte remexe no seu também, revirando o cartão ornado entre os dedos enluvados.

Tia Amelia ocupa o lugar ao seu lado, trajando um vestido de tecido mais firme e grosso e com a gola alta para esconder os seios fartos. Passou os últimos cinco minutos fazendo uma palestra sobre a hierarquia da corte e como é decidida a ordem dos bailes de cada noite. Charlotte presume que a explicação seja para ela, mas está ocupada demais tentando respirar.

Talvez *esteja* um pouco nervosa. Afinal, é a sua primeira vez, e primeiras vezes são sempre assustadoras.

A carruagem passa por outro buraco, e ela faz uma careta, levando a mão à frente do vestido. Foi um presente da mãe, de um tom de dourado tão claro que cintila sob as flores bordadas no peito. Um vestido que a tia declarou ser *aceitável* só porque era tarde demais para arranjar outro, embora não goste do fato de que a cor faça com que a pele da sobrinha pareça ainda mais bronzeada.

Mas Charlotte adora o brilho do tecido, que combina com o trio de pedras preciosas no pescoço, os cachos rebeldes presos por uma redinha de pérolas. Na verdade, quando ela se olhou no espelho do corredor, não sabia se sorria ou se fazia uma careta diante da bela estranha.

Embora duvide que a imagem vá sobreviver ao caminho.

A carruagem está tão quente que sente o cabelo tentando escapar das centenas de grampos que a criada da tia usou para prendê-lo. Os sapatos machucam seus pés e o temor aumenta a cada inspiração do pouco ar que consegue inspirar.

Por fim, a carruagem para e elas descem e, por um momento, Charlotte tenta respirar mais fundo, e, embora o ar de Londres não possa ser considerado fresco, isso alivia os pulmões, que ardem. Fecha os olhos e finge estar na trilha para o jardim, o queixo erguido.

E, então, sente um toque firme nas costas. Tia Amelia a repreende por atrapalhar o caminho e a faz seguir em direção à casa que as aguarda. A música ecoa pelas portas abertas, acompanhada pelo som de risos tão delicados quanto vidro. A efervescência de vozes. O farfalhar das saias. Uma dezena de sons sobrepostos que a alcançam como mãos estendidas para a noite e a puxam para dentro do baile.

Mas quando Charlotte entra no seu primeiro baile *de verdade*, algo estranho acontece.

O coração partido, o medo e a preocupação, que a acompanharam a cada passo, são suplantados por algo novo: um tipo de fascínio e deslumbre.

A casa não é uma casa. É um *país das maravilhas.*

As inúmeras velas acesas lançam um véu de luz dourada que parece envolver tudo e todos. Os pisos de mármore e os castiçais polidos, os vasos e as taças de cristal, as moças vestidas com toda pompa e elegância. As joias que enfeitam o cabelo e o pescoço, as contas bordadas nos vestidos.

Charlotte sempre teve um coração sonhador, olhos de artista e o tipo de imaginação que se desvenda ao menor toque. E nos poucos dias entre sua chegada à casa de tia Amelia e o primeiro baile teve tempo de tentar imaginar como tudo seria com base em cenas de livros que já leu, cosendo-as com retalhos das informações cedidas por Edith e Margaret.

Ainda assim...

Sua imaginação não faz jus à realidade. *Adorável* não é a palavra correta para descrever tal espetáculo. É *deslumbrante*. Extravagante e ornamentado, mais grandioso do que qualquer coisa que já viu. Por um momento, ela se sente tonta, tomada por uma alegria infantil, do tipo que sentiu ao ver um vaga-lume pela primeira vez, iluminado na mão da mãe, ou uma estrela cadente atravessar o céu à noite. A explosão de alegria quando as portas se abrem e, ah, se ao menos Jocelyn estivesse aqui...

As costelas de Charlotte começam a doer sob o espartilho. Os pés latejam dentro dos sapatos. E talvez seja a dor que a traz de volta à Terra, dissipando o encantamento momentâneo e lembrando-a de que ela é só uma garota e o baile é só uma casa, e as duas coisas só estão enfeitadas demais.

Fingindo ser o que as outras pessoas querem.

Em vez de serem quem são.

Clement Hall
Uma semana antes

A carta chegou na hora do desjejum.

Essa sempre foi a refeição preferida de Charlotte, não pela comida, que era bem simples — um bule de chá, uma bandeja de torradas, meia dúzia de ovos moles servidos em pequenas taças de porcelana —, mas pela atmosfera relaxada da família em volta da mesa, juntos e, ao mesmo tempo, separados enquanto cada um seguia seus respectivos rituais matinais em silêncio, os únicos sons vinham do canto ocasional de um passarinho, o tilintar da porcelana, o farfalhar das páginas viradas.

Ela sabia de cor a posição de cada um dos membros da família à mesa como um relógio.

No três, ficava seu pai, concentrando-se na leitura do jornal, um dos semanários vindos diretamente de Londres.

No seis, o irmão fazia anotações às margens de um livro-razão (era aprendiz em um banco).

No nove, a mãe ficava olhando pela janela, a mente em algum cantinho do jardim ou no último bloco de argila.

E no doze, Charlotte se sentava com um romance em uma das mãos e um pedaço de torrada na outra. Dominava a arte de equilibrar as duas coisas sem lambuzar o livro ou errar a boca.

Estava no último capítulo quando o correio chegou, uma única correspondência entregue ao pai. Charlotte não prestou muita atenção enquanto colocava a torrada na boca e lia as últimas páginas de *Os mistérios de Udolpho*, tomada pela mistura de prazer e tristeza que sentia com o fim de um livro.

Deu um suspiro e colocou o livro no colo.

— Já acabou? — perguntou a mãe.

— Você lê tão rápido — observou o pai enquanto quebrava o selo da carta. — Desse jeito, daqui a pouco não terá mais nada para ler.

— Ora, ainda bem que mais livros são escritos todos os dias — retrucou ela, pegando outra torrada.

Era verdade que Charlotte já tinha lido a maioria dos livros da biblioteca de Clement Hall, embora as estantes estivessem cheias de autores como Swift, Diderot e Goethe e ela preferisse as obras de Austen, Defoe e Radcliffe.

Esse último pegou emprestado com Jocelyn.

Jocelyn nunca confiava nas escolhas da amiga, não depois de Charlotte ter lhe presenteado com um exemplar de *Frankenstein*. Jocelyn fora visitá-la no dia seguinte, absolutamente arrasada, dizendo que não tinha pregado os olhos à noite por causa da história assustadora. A partir daquele momento, afirmou que só leria romances.

Como se o amor e o horror não pudessem andar de mãos dadas...

Jocelyn não chegou nem à metade de *Os mistérios de Udolpho* antes de declará-lo "sombrio demais" com suas casas mal-assombradas e fantasmas irrequietos e praticamente atirou o livro em cima de Charlotte, dizendo:

— Você provavelmente vai adorar.

Mal podia esperar para contar a Jocelyn que ela estava certa. Só que Charlotte não a via desde o incidente no jardim, quase uma semana atrás, e sempre que pensava naquilo, seu estômago se contraía dolorosamente. Tinha sido um dia tão perfeito, até deixar de ser. E quando ela tentava se lembrar do beijo (o que fazia repetidas vezes, apesar de tudo), a lembrança sempre vinha com o gosto amargo da expressão no rosto de Jocelyn. Mas sabia que, quando visse a amiga, tudo se resolveria. Tinha que se resolver. As duas poderiam voltar a ser como eram antes.

Se Jocelyn assim quisesse.

Charlotte se deu conta de que estava molhando a mesma torrada no mesmo ovo havia um bom tempo. Percebeu também, ao colocá-la de volta ao prato, que alguma coisa na sala tinha mudado sem que notasse. Que, em algum momento, o pai, o irmão e a mãe pararam os próprios rituais da manhã. Que os pais agora se comunicavam sem palavras e James olhava fixamente para o prato vazio.

— Charlotte — começou o pai em um tom de voz que fez seu coração disparar e a pele formigar. Tinha acontecido alguma coisa. Havia algo errado.

— O que foi? — perguntou ela, olhando em volta da mesa em busca de uma pista e vendo apenas a carta aberta perto do prato do pai. — Alguém morreu?

— Não — disse a mãe com um riso nervoso.

O pai pigarreou e então disse:

— Precisamos conversar sobre a sua educação.

Charlotte relaxou, mesmo que só um pouco. Era uma aluna ávida, ou seja, ocupava-se das lições como alguém que precisava passar por uma longa refeição, comendo bem rápido para poder ser dispensada logo.

— Se você está se referindo ao tutor da semana passada, eu não estava me *escondendo* dele. Só perdi a noção do tempo.

James riu baixinho.

— Não é sobre isso — disse o pai, apontando para a folha de papel. — Tenho conversado com sua tia Amelia. E achamos que seria uma boa ideia você visitá-la...

Por ser uma leitora ávida, Charlotte sabia muito bem que havia linhas e *entrelinhas*, informações ocultas em espaços, pausas e respiros. Tais palavras pairam sobre as frases, tornando-as pesadas com tudo o que ficava implícito.

Sua tia Amelia morava em Londres com o marido. Tiveram três filhas, criadas e casadas, mas a casa deles nunca ficava vazia, graças ao talento da tia para transitar pela corte e o grupo de garotas que passavam por lá a cada Temporada para serem treinadas e apresentadas como suas protegidas.

— Visitá-la? — perguntou Charlotte, odiando a sensação de pavor que parecia apertar seu peito. — Decerto que ela está muito ocupada.

— Eu estava preocupado com isso — respondeu o pai —, portanto, escrevi uma carta para ela. Mas ela me assegurou de que você será bem-vinda.

Será bem-vinda.

O coração dela começou a martelar dentro do peito.

— E por que eu tenho que ir? — perguntou ela, a voz começando a falhar. — Você e a mamãe não se conheceram na corte.

Charlotte já ouvira a história dezenas de vezes: *ele* estava passeando pela propriedade de um amigo no mesmo dia que *ela* fazia uma visita, foi assim que a mãe deixou o mundo do pai de pernas para o ar. Parecia tão romântico. Como se o encontro deles estivesse escrito nas estrelas. Como se fosse destino.

— Mas nós dois fomos apresentados à corte — argumentou a mãe agora. — Não é apenas para encontrar um par. Será bom para você fazer amigas, conhecer outras garotas da sua idade, assim como pretendentes.

— Além disso — acrescentou o pai —, ninguém espera que você encontre um pretendente *nesta* Temporada.

Um pretendente. A cabeça dela começou a girar.

"Um dia, serei obrigado a tomar uma esposa, assim como você será obrigada a tomar um marido."

— Você não será formalmente apresentada à corte — insistiu o pai. — É apenas uma chance de observar e aprender para estar pronta no ano que vem.

Charlotte engoliu em seco.

— Você sempre me disse que isso poderia ficar para mais tarde.

— Verdade, mas o seu irmão me convenceu de que já tinha chegado o momento.

E lá estavam as entrelinhas. O motivo do discurso disfarçado. Charlotte fulminou o irmão com o olhar. James teve a decência de se retrair.

— Eu só disse que seria uma boa ideia. Uma chance de ver como é a vida além dos muros de Clement Hall. Achei que talvez você estivesse ficando entediada.

Como ela poderia ficar entediada com tanto espaço? Com o jardim da mãe e os livros do pai? As conversas com James e a companhia de Jocelyn...

Mas era esse o problema, não era?

"Há certas brincadeiras que não pode mais fazer."

Charlotte sentiu as lágrimas arderem nos olhos.

— Minha nossa, Lottie — acrescentou James com um tom alegre. — Você está agindo como se fosse uma *punição*.

E não é?, quase perguntou com irritação. Mas seria tão inútil quanto perguntar: *Por que agora?* Era óbvio. Talvez o irmão não tenha contado seu segredo, mas é exatamente o que faria se ela o obrigasse. E colocar aquilo em palavras a prejudicaria.

A mãe apertou a mão dela com delicadeza.

— Que empolgante — disse ela — será passar a primavera em Londres.

Uma primavera longe de Clement Hall.

Longe dos jardins.

Longe de Jocelyn.

— Espere só — continuou a mãe com animação —, no final, você vai me escrever implorando para ficar.

Charlotte mordeu o interior da bochecha para não chorar. O irmão desviou o olhar, como se tal possibilidade fosse indigna.

— Está decidido — decidiu o pai, levantando-se.

Ele deu um beijo no topo da cabeça de Charlotte e, apesar da suavidade do gesto, tinha todo o peso de uma porta fechada na sua cara.

IV

Londres, Inglaterra

Em um momento, Charlotte está cercada de pessoas e, no seguinte, está sozinha.

A tia se afasta para se juntar a um grupo de mulheres que conversa perto de um enorme arranjo de flores, e logo Margaret e Edith são tiradas para dançar, e ambas aceitam sem nem olhar para trás. Assim, Charlotte se vê sozinha, no seu primeiro baile, sem acompanhante.

Ah, misericórdia, pensa ela, grata por se livrar do escrutínio constante de Amelia.

Ela pega um copo de limonada e passa de cômodo em cômodo, parando de vez em quando para admirar o esplendor do baile. Mais de uma vez, Charlotte se deixa levar pela grandiosidade de tudo, mas sempre sente que está no caminho ou atrapalhando a passagem, por isso recua até os ombros encontrarem a parede coberta de cortinas. Começa a observar os criados passarem com bandejas de prata, os homens e as mulheres conversarem e dançarem, como se fosse uma peça de teatro, até que...

O olhar dela encontra outra garota, do outro lado do salão.

É a cor do cabelo que atrai o olhar de Charlotte e lhe rouba o fôlego. Ou, na verdade, a *ausência* de cor, os cachos do mesmo tom lustroso de preto dos de Jocelyn. A mesma pele branca como um lírio, tão clara que chega a cintilar em contraste com o tom rosado do vestido.

Ela vira a cabeça, aquele espectro da amiga, e um pouco antes de seus olhos se encontrarem, Charlotte fica convencida de que serão verdes, mas claro que não são. São pretos, e, então, a semelhança felizmente se desfaz. Mesmo assim, não desvia o olhar, nem a outra garota. O momento se estende como uma corda entre as duas e, então, a garota repuxa os lábios num sorrisinho íntimo que faz o rosto de Charlotte ficar afogueado e seu coração acelerar... até perceber que o olhar e o sorriso são dirigidos a outra pessoa. Um jovem que se aproxima e faz uma mesura, chamando-a para dançar. A garota corresponde ao gesto antes de oferecer a mão enluvada e ser levada para o meio do salão.

E Charlotte tem vontade de sumir.

Em vez disso, pega outro copo de limonada e foge, saindo do salão e atravessando a antessala até chegar à segurança das escadas. Está no meio do caminho quando sua pulsação finalmente desacelera e começa a subir mais devagar, uma das mãos segurando o copo, e a outra, o corrimão para se equilibrar.

Solta um suspiro. Dali, pelo menos, pode apreciar o baile em paz, ver os casais dançando no salão lá embaixo. Seu próprio cartão pendurado no pulso, as linhas ainda felizmente em branco.

Fica observando os casais se moverem no ritmo da música, aproximando-se e afastando-se, roçando as mãos, os cotovelos entrelaçados por um instante antes de se separarem. Nas moças, os vestidos reluzem feito raios de sol em um lago. E cada movimento as faz cintilar, a luz das velas iluminando o quadril, as mãos, o colo e os seios.

Charlotte engole em seco e se obriga a olhar para o outro lado.

Para os jovens rapazes, trajados de colete e casaca, o cabelo penteado para trás, as gravatas brancas, cada um deles ali para cortejar e encontrar uma noiva a fim de assegurar o futuro da família.

Ela os estuda, tentando despertar *alguma coisa*. Entender o que as garotas consideram tão atraente no outro gênero. O que faz seu coração acelerar e o rosto enrubescer. Charlotte já leu bastante romances para saber como *deveria* se sentir na presença deles. E embora os mocinhos dos livros já tenham despertado algo nela, os de carne e ossos nunca despertaram.

Ela observa, *querendo* desejá-los do jeito que desejava Jocelyn. Querendo sentir aquela mistura de medo e esperança, uma ânsia pelo seu olhar, pelo seu toque, querendo que o coração disparasse na presença deles.

E quando não consegue, tenta uma nova abordagem: finge que são esculturas e não reais, divide-os nas partes que os compõem e tenta admirar o contorno forte dos ombros, as ondas dos cabelos.

Há certa elegância em alguns deles. Uma postura.

Contudo, quanto mais observa, mais a visão racha, o charme se desfaz como uma miragem até serem novamente reduzidos a um conjunto de braços e pernas desajeitados, queixos protuberantes, a postura tão rígida quanto as das bonecas de papel ou...

— Pôneis saltitando em um espetáculo — diz uma voz atrás dela.

A imagem faz Charlotte rir enquanto toma um gole de limonada. Ela se engasga e limpa o nariz, imaginando a expressão horrorizada de tia Amelia depois de uma semana de aulas de etiqueta. Vira-se para responder à pessoa que acabou de falar com ela.

E seu mundo para de girar.

Mais tarde, quando Charlotte revisitar aquele momento, assumirá ares de algo impossível. Na sua mente, o baile vai parar de repente, a música, silenciar, os corpos paralisados em meio ao movimento, alguns dançando e outros com o copo a caminho da boca, um momento suspenso no tempo de um segundo.

Claro que não é isso que acontece.

Ainda assim, é o que parece.

Como se o tempo partisse ao meio e toda a sua vida se dividisse em antes e depois. E quem sabe o que aconteceria se não tivesse beijado Jocelyn naquele dia na grama — se não tivesse sido mandada para a casa da tia naquele ano —, se não estivesse na escadaria do baile naquela noite...

Mas ela beijou. Ela foi. Ela está.

A mulher ao seu lado é bonita. Ainda assim, *bonita* é um eufemismo.

Ela é alta e esguia, com feições mais parecidas com um busto grego do que uma rosa inglesa. Há uma angulosidade nos seus traços que a diferencia de todas as outras, mas, na verdade, tudo nela se destaca. Está vestida de roxo. Não de lilás, lavanda ou malva, nenhum tom pastel tão em voga naquela primavera, mas um tom bem mais escuro, de ameixa madura ou uva. A pele é clara e macia, e o cabelo... o *cabelo*. Mechas de bronze tão vibrante que poderiam incendiar o ar em volta da sua cabeça.

É alguns anos mais velha do que Charlotte, imagina. Ou talvez seja só impressão. Todas as outras garotas tinham um ar inquieto, como se estivessem sob uma constante brisa nervosa. Mas ela está parada ali, com os braços em volta da cintura, uma das mãos enluvadas segurando o cotovelo enquanto a outra remexe um pingente no pescoço.

Charlotte sabe que a está encarando, mas não consegue se segurar.

E então, o olhar da mulher, que até agora estava fixo nos casais que dançavam lá embaixo, se volta para Charlotte; seus olhos têm um tom que é uma mistura de ocre, dourado e castanho. E lá está aquela sensação que os homens tentam em vão despertar nela, aquela mistura intensa e desconcertante de esperança e medo, do desejo de se aproximar e se afastar ao mesmo tempo. Charlotte não consegue fazer nem uma coisa nem outra, por isso se obriga a voltar a atenção novamente para os casais no salão.

Mas todos os homens se transformaram em potros, com seu trotar esquisito e ritmado.

— Ah, não — geme Charlotte. — Agora tudo que vejo são cavalos.

— De nada — provoca a mulher ao seu lado, e Charlotte detecta um ligeiro sotaque enquanto ela faz um gesto para a multidão lá embaixo. — Bem, vê alguém em que gostaria de montar?

O som que sai de Charlotte é uma mistura de riso e arquejo, tão repentino e alto que algumas pessoas se viram para olhar, e ela quase ouve tia Amelia estalar a língua em algum lugar lá embaixo. Leva a mão à boca, com vergonha, mas a mulher apenas sorri, com brilho de malícia nos olhos.

— Imagino que seja um não — solta ela, passando a mão enluvada pelo braço de Charlotte.

O toque é tão casual, tão familiar, que nem passa pela cabeça de Charlotte se afastar, simplesmente se derrete nos braços da estranha enquanto ela a atrai para o andar de cima.

— Você é nova na cidade.

— É tão óbvio assim?

— Não — responde a mulher —, mas eu sou observadora. Por exemplo — acrescenta ela, fazendo um gesto em direção a um casal aos pés da escada —, *aquela* é a filha mais velha de lady Pendleton, Eleanor. Ela é bonita, mas tão interessante quanto uma pintura. A não ser, é claro, que você *goste* de ouvir alguém falar uma hora inteira sobre cortinas. E ali, ao lado dela, está o irmão, Albert, que já está na terceira Temporada e se recusa a pedir a mão de alguém.

— Ele não se interessou por ninguém?

— Ao contrário. Ele se interessa por todas e não consegue escolher. — Em seguida, ela faz um gesto para um cavalheiro na beira da pista de dança, com o bigode claro como uma mancha de leite sobre o lábio superior. — Frederick Hanover sempre faz promessas que nunca cumpre e já arruinou a pureza de inúmeras pretendentes. É melhor ficar bem longe dele.

Ao contornarem a galeria, diversos convidados acenam animadamente para a mulher ao seu lado. Ela retribui a todos com charme, mas sua atenção nunca se desvia de Charlotte.

— Henry Castle — continua ela, fazendo um gesto para um jovem magro com cachos escuros. — Se beleza fosse riqueza, ele se daria muito bem, mas, pobrezinho, a família está arruinada, e a propriedade, caindo aos pedaços.

Charlotte tenta prestar atenção, mas é difícil notar qualquer coisa além do cheiro de rosas emanado pela mulher de braço dado com ela, o jeito que o hálito dela faz cócegas no seu pescoço.

— Aquela garota ali, vestida de azul — indica ela, fazendo um gesto com o queixo para indicar uma garota parada perto da porta — é Lisbeth Rennick. Ela deveria ter debutado na última Temporada, mas passou sete meses no norte do país, por questões de *saúde*. — Ela faz uma pausa incisiva. — E aquela lá, com cachos loiros quase brancos, é Olivia Finch. Assim que chega, o cartão de dança é todo preenchido. Parece que é tão gentil quanto bonita.

— E *você*? — pergunta Charlotte, sem conseguir segurar a curiosidade.

Seus olhos cor de avelã se arregalam ligeiramente, e ela dá uma risada. Um som suave e baixo.

— Queira me desculpar. Passei direto para a parte em que já somos amigas.

Com isso, ela se afasta e faz uma mesura breve, mas elegante.

— Meu nome é Sabine Olivares.

Sabine.

Esse nome. Charlotte não tem como saber quantas vezes irá pronunciá-lo ao longo dos anos, com desejo, como uma súplica ou uma maldição. Naquele instante, tudo que sabe é que lhe parece peculiar e lindo e que combina perfeitamente com a dona.

Ela se sente um pouco agitada ao se apresentar:

— Charlotte Hastings — diz, inquieta dentro do vestido —, mas a minha família me chama de Lottie.

E eis aquele sorriso outra vez, como um segredo ou uma piada que só ela conhece.

— Primeiro, de desconhecidas a amigas, e agora de amigas a família? Parece que nós *duas* estamos pulando etapas.

Charlotte sabe que está imaginando o tom insinuante da mulher, mas seu coração dispara mesmo assim, e sabe que se passasse por um espelho naquele instante, o rubor estaria evidente como uma evidência nas suas bochechas.

Fica feliz quando Sabine retoma a caminhada ao seu lado. Ainda assim, é estranha a forma como o corpo das duas se encaixa, como se tivessem sido moldados por anos em vez de minutos, e Charlotte se dá conta de que está muito consciente dos pontos nos quais se encontram e se obriga a voltar a atenção para o baile.

— Como você sabe isso tudo a respeito de tanta gente? — pergunta ela ao descerem a escada.

Sua nova acompanhante dá de ombros.

— Olhar aguçado, ouvidos atentos e o dom de passar despercebida.

— Mas decerto que não passa despercebida — contradiz Charlotte. — Como alguém pode deixar de olhar para *você*?

No instante que as palavras saem de seus lábios, Charlotte sente o rosto afogueado e deseja retirar o que disse, não por não serem palavras sinceras, mas justamente por serem. O que há de errado com ela?

Mas Sabine não faz careta, não parece ofendida nem fica vermelha. Só levanta uma das sobrancelhas para demonstrar que a ouviu e continua falando:

— Ah, mas veja só: há algo que me torna invisível.

— E o que é?

— Sou uma viúva.

O coração de Charlotte se aperta no peito de dó por ela.

— Ah — diz ela quando chegam aos pés da escada. — Que tristeza. Sinto muito pela sua perda.

Sabine se inclina para ela, sua voz mal passa de um sussurro.

— Pois eu não.

As palavras são suaves e, ao mesmo tempo, tão chocantes que Charlotte imagina se as ouviu mesmo. Mas antes que tenha a chance de perguntar ou até de parar e analisar a expressão de Sabine, um jovem se dirige até elas. O cabelo cor de mel, o rosto longo e estreito. Charlotte presume que viera atrás de Sabine, mas o rapaz faz uma reverência para ela.

— Srta. Hastings, que maravilha ver um rosto novo na corte. Sou George Preston, de Barrington. Gostaria que me concedesse a próxima dança.

— Você quer dançar comigo? — pergunta ela, com um tom vago de surpresa.

George olha dela para Sabine e de novo para ela.

— Sim, claro. Se houver espaço no seu cartão e se a Sra. Olivares não se importar.

— Não — diz sua nova amiga, e apenas Charlotte percebe um ligeiro tom agudo no fim da palavra, fazendo parecer mais um *relinchar* do que uma palavra, e precisa segurar o riso.

E antes que tenha a chance de pensar em uma desculpa, Charlotte sente a mão de Sabine pousar nas suas costas, dedos leves a empurrando para a frente, em direção à mão estendida de George.

Charlotte não tem escolha a não ser permitir que ele a guie para o salão.

Mais de uma vez, olha para trás, esperando ver que sua nova companheira se foi, mas toda vez que olha, Sabine continua ali, com seus olhos cor de avelã fixos nela, até a música começar e a dança a levar para longe.

V

Clement Hall
O último dia

Charlotte escreveu para Jocelyn, é claro.

Contou sobre a viagem iminente e recebeu como resposta uma única página com a letra caprichada da amiga, desejando-lhe uma primavera agradável. Nenhuma menção ao jardim, nenhuma explicação ou desculpa para se afastar daquele jeito. Uma folha de papel com a metade em branco. Como se nada tivesse acontecido. Ainda assim, se nada tivesse acontecido, ela teria escrito do jeito que sempre fazia quando a conversa voltava para a cidade e a Temporada e teria pedido a Charlotte que retornasse com muitas histórias e muitos presentes. Além disso, teria vindo se despedir.

Mas não veio.

E menos de uma semana depois, quando as tulipas e os jacintos começaram a dar espaço para os botões de rosa, Charlotte Hastings partiu para Londres.

Os baús abarrotados, os cavalos à espera, uma jornada de seis horas por estradas esburacadas.

O pai esperava por ela no vestíbulo para lhe dar um abraço forte, mas breve.

O irmão a encontrou junto à porta, passou os braços pelos seus ombros e disse que a viagem clarearia seus pensamentos. Charlotte não confiava no que poderia responder, então preferiu não falar nada e seguiu em frente, os sapatos pisando no cascalho do caminho, cada passo um protesto baixo, mas sonoro, enquanto suas pernas a levavam para longe de Clement Hall.

A mãe foi a última a se despedir.

— Não quero ir — sussurrou Charlotte.

Foi a primeira vez que se permitiu pronunciar tais palavras, e a voz falhou sob o peso delas.

Lágrimas escorreram pelo rosto.

— Sinto muito — acrescentou ela, tentando enxugá-las.

Mas a mãe a deteve, segurando suas mãos.

— Nunca se desculpe por ser quem você é.

Charlotte entendeu, então, que queimar as páginas do seu diário não adiantara de nada. A mãe já sabia. Ela olhou para o marido e o filho, parados na escada.

— O coração de algumas pessoas está enterrado tão fundo que mal se sabe que está lá, mas você — continuou ela, virando-se para Charlotte —, você sempre usou o seu como uma segunda pele. — Ela acariciou o braço da filha. — Aberto para o mundo. Você sente tudo. O amor e o sofrimento. A alegria, a esperança e a tristeza.

Ela puxou Charlotte junto ao peito, e a filha sentiu o cheiro do jardim. O cheiro de casa.

— Isso vai tornar a sua vida mais difícil — prosseguiu ela contra o cabelo da filha. — E também mais bonita.

Um dos cachos de Charlotte já tinha começado a se soltar do penteado. A mãe estendeu a mão e o prendeu, deslizando a mão até pousá-la na bochecha da filha, a pele suave pelos anos de trabalho com terra e argila.

— O tempo é uma coisa estranha — disse ela. — Passa correndo bem debaixo do nosso nariz. Fecho os olhos e ainda vejo você aos oito anos, subindo nas árvores para pegar as frutas mais altas, empoleirando-se em um galho, ao lado dos passarinhos, para saborear seu prêmio. E, então, eu pisco, e aqui está você, uma moça crescida, e não sei como isso aconteceu. — Os olhos castanhos, da mesma cor dos de Charlotte, cintilam de emoção. — Nós a mantivemos em Clement Hall por tempo demais.

— Mas eu sou feliz aqui — retrucou Charlotte em tom de súplica, esperando que a mãe fosse ceder, que permitisse que ficasse.

Mas a mãe apenas sorriu e negou com a cabeça.

— Você também há de ser feliz lá. Sabe por quê? — Ela tirou algo do bolso, um pequeno buquê de flores secas, aquelas que crescem livremente pelos cantos do jardim. — Porque você é o tipo de flor que floresce em qualquer solo. E quem sabe lá não encontra uma pessoa digna para cuidar desse jardim?

Charlotte fez uma careta ao pensar naquilo, mas a mãe apenas lhe entregou o buquê.

— Além disso — continuou a mãe —, imagine só todas as histórias que vai ter para contar quando voltar. Afinal, não existe arte sem vida para inspirá-la. — Ela dá um tapinha com o dedo na pontinha do nariz de Charlotte. — Então, vá até lá para se inspirar.

Charlotte assentiu, um pouco mais animada ao subir na carruagem.

Era só por uma temporada, disse a si mesma, acreditando que era verdade.

Não tinha como saber naquele momento.

Mas se passariam cinquenta e dois anos até que retornasse a Clement Hall.

VI

Londres, Inglaterra

Charlotte se senta à mesa na manhã seguinte, desejando ter um livro à mão.

Estava com um ao entrar na sala de jantar, mas a tia lhe lançou um olhar fulminante sobre a xícara de chá, declarando ser indecoroso ler quando se tinha companhia à mesa.

— O maior presente — declarou a tia — é a atenção de alguém.

Uma regra que não parece se estender ao tio Alfred, que está sentado à cabeceira, meio surdo e totalmente satisfeito em ser ignorado enquanto lê o jornal matinal. Mas argumentar também é algo malvisto, por isso se contenta em passar manteiga na torrada e ouvir Margaret e Edith, cujas expressões delicadas ruem diante da animação de contar, com vozes agudas de passarinho, sobre o baile da noite anterior, descrevendo cada uma das danças.

Margaret passa uma fina camada de geleia na torrada enquanto anuncia que não ficaria nada surpresa se um pretendente viesse fazer uma visita naquele dia mesmo.

— *Mas já?* — pergunta Edith, sua pose desmoronando por causa da inveja.

A outra garota abre um sorriso presunçoso, mas Amelia arqueia uma das sobrancelhas e diz:

— Nesse caso, é melhor parar de comer e ir se arrumar para ficar apresentável.

Margaret quase se engasga com o pão, tenta engolir da maneira mais discreta possível antes de subir correndo para o quarto.

Tia Amelia se vira para Charlotte.

— Bem, minha querida, o que achou do seu primeiro baile em Londres?

E mesmo que as costelas estejam doloridas e os pés latejando, a verdade é que achou tudo adorável. Mas antes que tenha a chance de responder, Edith a interrompe:

— Ela só dançou uma vez e passou o resto da noite com uma mulher na escada.

A expressão da tia fica desconfiada. Edith dá uma mordida na torrada, e Charlotte torce o guardanapo no colo.

— Verdade — confirma ela. — Sou obrigada a admitir que foi uma noite impressionante, e com Edith e Margaret tão ocupadas, não quis *incomodá-la,* tia Amelia. Sabine teve a gentileza de me fazer companhia.

Ela se prepara para ouvir uma repreensão, mas o rosto da tia se ilumina ao ouvir o nome.

— A jovem viúva Olivares? Ah, mas não vejo nenhum problema *nisso.* Em termos de amizade, decerto que não poderia ter escolhido melhor. Ela é a decência em pessoa.

Charlotte morde a parte interna da bochecha para não sorrir. Há muitas palavras que usaria para descrever a nova amiga, mas *decente* não é uma delas. Não que fosse falar isso para tia Amelia.

— Uma viúva? — pergunta Edith, franzindo o nariz.

— De fato — reitera a tia. — O marido era um visconde espanhol, muito próximo à Coroa. Creio que a família estava no ramo dos vinhos... Ou seria de seda? — Ela meneia a cabeça. — Em todo o caso, eram de boa família, os dois. E recém-casados. Tinham acabado de chegar a Londres quando ele morreu. — Ela estala a língua. — Uma tragédia, ficar sozinha quando se é tão jovem.

— Ela me pareceu bem bonita — observa Edith, de má vontade, como se sua aparência chegasse aos pés da de Sabine. — Por que não se casou de novo?

— Não sou de fazer fofoca — responde tia Amelia em tom ríspido, só para em seguida continuar —, mas ouvi dizer que ele era o amor da vida dela.

Charlotte faz uma careta diante do pensamento, que é logo substituído por outro. Sabine ao seu lado na escada. Um brilho estranho nos olhos quando Charlotte disse que sentia muito pela perda dela, e Sabine sussurrou em seu ouvido: "Eu não."

— Ela me disse que nunca mais vai se casar de novo.

— Que vida triste — comentou Edith.

Mas ela está enganada.

A mulher que Charlotte conheceu no baile da noite passada não lhe pareceu triste nem solitária.

Apenas livre.

A sineta toca e uma criada aparece, anunciando um pretendente para Margaret, e, com isso, o dia entra em ação, o assunto abandonado com os pratos do desjejum, esquecidos por todos, menos por Charlotte.

Três dias depois, ela está no seu segundo baile.

O pavor da primeira noite foi substituído por uma esperança inquieta ao passo que o dourado pálido do primeiro vestido dá lugar a um novo, em um tom ligeiramente mais quente por ordem de tia Amelia — um absurdo Charlotte não ser mais clara do que a seda — e, graças à compaixão da criada que concordou em não apertar *tanto* o espartilho, ela até consegue respirar.

É uma noite agradável e sem nuvens, uma raridade em Londres na primavera, e o baile parece se estender por toda a propriedade dos anfitriões como raios de luz em direção ao jardim atrás da propriedade. Lampiões pendem dos galhos, e velas tremeluzem em suportes afixados nas paredes; o efeito geral é maravilhoso, como se as estrelas tivessem descido do céu para brilhar bem acima da cabeça de cada convidado.

Charlotte encontra um lugar perto de uma parede de heras, satisfeita por ver o baile se desenrolar dali, mas vasculha com os olhos entre os convidados e casais dançando, os rapazes de casaca e as moças de vestido, em busca de um rosto específico e cabelo ruivo bem penteado.

Não vê Sabine chegar.

Mas sente.

Em um instante, a parede ao lado de Charlotte está vazia, e no seguinte, não está mais, seu coração dispara. Mesmo antes de se virar, já sabe que é ela.

Usa um vestido cor de caramelo, o cabelo lustroso. Está encostada na parede, com os braços languidamente cruzados enquanto observa os casais dançarem, como se estivesse ali o tempo todo.

Charlotte fica radiante.

— Eu estava mesmo pensando em você.

As palavras saem de uma vez da boca, o calor tingindo as bochechas de vermelho. Jocelyn teria enrubescido e desviado o olhar, constrangida por ambas. Mas os lábios de Sabine apenas se abrem em um sorriso felino.

— Mas que coincidência, Srta. Hastings, eu também estava pensando em você.

As mesmas palavras, ecoadas de volta para ela, e, ainda assim, Charlotte se sente um pouco tonta. Fica se perguntando se o espartilho não estaria apertado demais no fim das contas.

— Ah — diz ela, finalmente voltando a respirar. — Se vai me chamar de Srta. Hastings, é melhor eu chamá-la de Viscondessa.

A expressão de Sabine esfria.

— Se quisesse que me chamasse assim, eu teria lhe dito.

— Ainda assim — continua Charlotte —, se eu soubesse que você tinha um título...

— Foi em outra vida — corta ela, dando de ombros. — Acredite se quiser — acrescenta ela baixando a voz —, mas já tive mais de uma.

Ela sente um convite ali. Uma porta entreaberta. Mas antes que Charlotte tenha a chance de abri-la, Sabine se anima e acrescenta:

— Além disso, já somos amigas, portanto, não precisamos nos tratar com a formalidade de sobrenomes e títulos estrangeiros. Eu sou simplesmente Sabine.

— Pois muito bem — replica Charlotte, com um sorriso. — Então, você pode me chamar de Lottie.

Mas, para sua surpresa, a outra mulher nega com a cabeça, e ela fica magoada até Sabine dizer:

— Se não se incomodar, prefiro chamá-la de Charlotte.

Ela franze a testa, confusa, e pergunta:

— Mas por quê?

Sabine se vira para ela, com um dos ombros apoiado na parede, e embora as duas estejam de pé, no meio de um baile, aquilo faz Charlotte se lembrar de estar deitada na grama, com o rosto bem próximo do de Jocelyn, os narizes quase se tocando.

Mas *Sabine* não desvia o olhar.

Ela fita Charlotte com seus olhos cor de avelã que não piscam uma só vez e devem ser as velas que fazem com que pareçam estar em brasas.

— Um nome é como a comida — explica ela. — Tem sabor. Alguns são sem graça, outros são intensos, alguns são amargos, e outros, doces. — Ela faz um gesto com o queixo para uma mulher e, logo que ela desaparece, volta-se para Charlotte. — Pense naquela ali. *Mary*. Sem graça como o leite.

— E o que acha de *Margaret*? — pergunta ela, referindo-se à primeira protegida da tia.

Sabine comprime os lábios, como se saboreasse as letras.

— Como chá sem açúcar.

Ela morde o lábio para não sorrir.

— E *Edith*?

Sabine franze o nariz.

— Torrada queimada.

Ela não se contém.

— E *Charlotte*?

O vislumbre de um sorriso surge nos cantos da boca de Sabine. Algo discreto. Mesmo assim, Charlotte parece se inclinar em sua direção.

— Aí está você — declara Amelia, parecendo impaciente, como se Charlotte fosse um xale esquecido em um canto. — Espero que não tenha a intenção de passar a noite toda como uma planta saindo dessa... — A tia nota Sabine e toda a sua postura muda. — Viscondessa! — exclama com animação. — Espero que a jovem srta. Hastings não esteja monopolizando o seu tempo.

O sorriso de Sabine também muda, assumindo um ar ensaiado.

— De modo algum — responde ela. — Sua sobrinha é a boa educação em pessoa. Um exemplo, sem dúvida, das suas lições.

Charlotte vê o humor da tia melhorar com o elogio.

— Palavras gentis, de fato, vindas de alguém que tenho em alta estima.

Sabine ergue o queixo, e Charlotte fica admirada diante da mudança na viúva enquanto a tia e ela trocam gentilezas, o jeito como Sabine assume outra personalidade, o sorriso insinuante e o ar provocador substituídos por uma frieza distante.

Em seguida, tia Amelia puxa Charlotte da parede, dizendo que há alguém que precisa conhecer. Sabine apenas assente, como se não se importasse, e é uma crueldade tão mesquinha e convincente que Charlotte quase se esquiva enquanto a tia a afasta dali.

Contudo, quando olha para trás, Sabine voltou a ser ela mesma, a cabeça inclinada e os braços cruzados.

Uma de suas mãos enluvadas se ergue em um aceno.

Mas, então Charlotte e a tia dobram uma esquina e a viúva desaparece de vista.

Naquela noite, quando a criada solta seu cabelo e a ajuda a tirar o vestido, Charlotte fica revirando o próprio nome na língua, tentando descobrir que gosto tem.

VII

Nos contos de fadas, coisas importantes sempre acontecem em trios.

Três filhos. Três camas. Três caminhos.

A terceira mordida é veneno. O terceiro presente é ótimo. A terceira porta sempre leva de volta ao lar.

Faz sentido então que, quando Charlotte se lembra dessa época, é o terceiro baile que é o mais importante.

Aquele que muda tudo.

O baile daquela noite acontece na mansão em Londres de um lorde, e parece haver um *tema*.

O interior da casa impressionante foi transformado em um jardim florido: um jardim muito bem cuidado, claro, cada folha e pétala no lugar certo, mas os buquês enormes brotam em cada canto e um tecido diáfano verde-claro escorre pelas paredes, bordado com pequenas contas de cristal que captam a luz como orvalho na grama. É uma maravilha de ver, e Charlotte fica surpresa ao descobrir que gostaria de compartilhar aquele cenário, não com Jocelyn, mas com *Sabine*.

Só que não há nem sinal da sua nova amiga.

Charlotte já está no baile há quase uma hora, tempo mais do que suficiente para ser abandonada pela tia e, em seguida, por Edith e Margaret; tempo suficiente para procurar por todos os aposentos e aceitar que a viúva Olivares não está presente. Charlotte finalmente se resigna a passar o restante do baile sozinha quando alguém toca no seu ombro e ela se vira, cheia de esperança, mas se depara com George Preston.

O jovem que havia lhe tirado para dançar três noites antes.

Ele faz uma mesura, o cabelo loiro caindo no rosto, depois se empertiga e abre um sorriso tímido.

— Srta. Hastings — cumprimenta ele um pouco hesitante. — Eu esperava encontrá-la novamente. Posso ter o prazer da sua companhia para a próxima dança?

Ela segura o cartão no seu pulso por puro reflexo, as linhas todas em branco. Está prestes a inventar alguma desculpa quando percebe a tia observando do outro lado do salão, os olhos atentos de interesse, e percebe que é uma armadilha.

— Claro — responde com um sorriso morno ao passo que ele a acompanha até a pista de dança.

As mãos se erguem e se tocam, esperando pela música.

Nos livros que Charlotte já leu todos os homens têm cheiro de couro, madeira ou ar de inverno. Mas não George Preston. Ele tem cheiro de sabão e suor, as mãos pegajosas que ela consegue sentir até mesmo através das luvas. Sente-se grata pelo fato de a dança os manter separados a maior parte do tempo. Mas sempre que seus braços se entrelaçam, ele se apressa a dizer como está feliz por terem se conhecido, como ela é adorável, como dança bem, elogios prontos em um discurso apressado, e ela sabe que deveria se envaidecer com as palavras, a forma ofegante como ele as diz, mas a verdade é que passam por ela como uma brisa.

A música acelera, e Charlotte se esforça para acompanhar, passando de par em par até voltar aos braços do sr. Preston novamente, e quando a música está chegando ao fim agitado, ela a vê.

Sabine, brotando como uma flor selvagem, o cabelo ruivo preso em tranças que formam uma coroa no alto da cabeça, o vestido de um tom de verde musgo. Ela nota o olhar de Charlotte e ergue a taça, o cristal cintilando ao captar a luz. Charlotte quase tropeça, mas George a apoia para não cair.

A música termina e todos os dançarinos aplaudem. Charlotte faz uma reverência apressada para o seu par e agradece, antes de seguir direto para a amiga.

— Aí está você — solta ela, ainda ofegante pela dança. — Eu já estava começando a achar que talvez não fosse aparecer hoje.

— Pois não perderia este baile por nada — responde Sabine.

Contudo, não parece feliz em ver Charlotte. Sua expressão está séria, quase severa, e Charlotte não consegue deixar de perguntar se aconteceu alguma coisa.

Como resposta, os olhos cor de avelã pousam nela, intensos e sem piscar.

— De fato — responde Sabine. — Descobri algo desconcertante... sobre você.

Charlotte sente um nó no estômago. O chão parece virar perigosamente sob seus pés.

— Ah, é?

Mas em vez de continuar, Sabine a pega pelo braço e a acompanha para fora do salão principal, levando-a para a sala ao lado. Ela fecha as portas atrás de si, e o restante do baile é engolido pelos véus de filó e pelas contas de cristal.

Sabine cruza os braços, como se esperasse uma confissão, e Charlotte sente o coração palpitar e empalidece, temendo ter feito algo desagradável ou ter sido invasiva demais.

— O que quer que seja... — começa.

Mas Sabine a interrompe.

— Você não sabe dançar.

O ar escapa dos pulmões de Charlotte como um vapor, e ela se vê rindo de puro alívio.

— Claro que sei.

E sabe *mesmo.*

Ou melhor, ela aprendeu, com James, Jocelyn e Anthony, primo de Joss, os rapazes de casaca e as garotas descalças dançando no chão encerado de Clement Hall. Os quatro se alternando e trocando de par como se fossem mercadoria enquanto o professor tocava piano.

Mas agora, naquela saleta, Sabine balança a cabeça.

— Você só está executando os passos.

— Mas não é esse o objetivo?

A nova amiga estala a língua.

— Talvez, se você se contentar em arranjar um marido sem qualquer bom gosto.

E Charlotte quase revela que ficaria ainda mais feliz se não arranjasse marido nenhum, mas se segura no último minuto, cruzando os braços antes de perguntar:

— E como devo dançar, então?

Sabine estende a mão enluvada para ela.

— Pois vou lhe mostrar.

As palavras causam um arrepio em Charlotte. Não é que não queira aceitar a mão estendida. É o que mais quer, mas não confia em si mesma. Ela morde o lábio e olha em volta.

— Não temos música aqui.

— Claro que temos — retruca Sabine, inclinando a cabeça.

E logo ouve a música passar pela porta, abafada e baixa, mas presente. Os músicos começando a tocar as primeiras notas de uma nova melodia.

Charlotte pousa a mão enluvada na de Sabine, entrelaçando apenas os dedos nos dela.

— Quando você dançar, imagine o vento soprando — começa ela.

Ela se move, e Charlotte a acompanha.

— Uma força contra a qual deve lutar.

Ela gira, e Charlotte faz o mesmo.

— O vento não quer que você chegue ao seu par.

Sabine recua, mantendo Charlotte à distância.

— Mas o vento é a única coisa que a impede, e sem ele…

Sabine, de repente, puxa Charlotte para si.

— … você chega ao seu prêmio.

Charlotte enrubesce e perde o equilíbrio, mas Sabine a segura e diz com segurança:

— Você está tensa demais. Relaxe. Feche os olhos.

Um riso nervoso.

— Vou tropeçar.

Um sorriso provocante.

— Não confia em mim?

E, por mais estranho que pareça, ela confia.

Charlotte fecha os olhos e, depois de alguns passos desajeitados, ela se rende e se deixa levar pelas sensações. Guiada pela mão de Sabine no seu braço, nas suas costas, na sua cintura. Pela voz de Sabine dizendo: "Muito bem" ou "Bem melhor" ou "Assim mesmo". Na ausência da visão, seus outros sentidos se afloram, a pele vibra com a proximidade de outro corpo.

Não um corpo de alguém, mas o de Sabine.

Sabine, com a mão fria e seca, que não tem cheiro de sabão e suor, mas de terra recém-arada e açúcar queimado, ar da noite e fruta madura.

— Agora — diz a professora. — Vamos tentar de novo.

Charlotte abre os olhos, e as duas dançam, abandonando a ordem precisa dos passos, substituindo-a pelo ritmo da música e os caprichos de Sabine ao conduzir Charlotte. Movem-se juntas como se fossem uma garota e sua sombra. Unidas em um instante pelo cotovelo, e, no seguinte, pela ponta dos dedos. Os corpos que brevemente se tocam e se entrelaçam, só para se separarem de novo. E toda vez que isso acontece, Charlotte sente uma corda esticada entre as duas, e é tomada por um impulso quase físico de pegar a mão de Sabine e puxá-la para perto de novo.

— Quando você aprendeu a dançar? — pergunta ela quando entrelaçam os cotovelos.

— Em uma outra vida — responde Sabine quando se enroscam e giram.

— E quantas você teve? — pergunta Charlotte.

— Mais do que a maioria...

A música termina, e elas ouvem os aplausos abafados atrás da porta. Na saleta, Charlotte está a poucos centímetros de Sabine, os braços erguidos, os dedos entrelaçados no espaço entre as duas, e Charlotte não consegue se afastar, então espera que Sabine abaixe a mão. Que rompa o fio que vibra no ar entre elas. Em vez disso, ela mantém a pose, um ligeiro sorriso nos lábios, como se aquilo fosse um teste.

Ou pior: um jogo.

A ideia é o suficiente para fazer Charlotte baixar a mão, dar um passo para trás, alisar a saia e dizer:

— Acho melhor voltarmos, não quero mantê-la longe de nenhum pretendente.

Espera que Sabine concorde com a cabeça e se vire para a porta, mas ela não faz nada disso. Apenas mantém os olhos fixos em Charlotte.

— Infelizmente, nenhum deles é do meu agrado — responde a viúva.

E decerto que é apenas uma tirada inteligente, mas o teimoso coração de Charlotte dispara por um segundo com o pensamento, ou a *esperança*, do que poderia haver por trás de tais palavras.

— Você, por outro lado — continua Sabine —, terá de escolher.

Charlotte sente um aperto no estômago ao se lembrar das mãos suadas de George Preston.

Não quero nenhum deles, pensa ela. *Não quero que olhem para mim. Não quero as mãos deles em mim. Não sinto nada quando me tocam. Não sinto nada quando falam. E, quando danço com eles, não me sinto como me senti agora.*

— Bem — diz ela, pigarreando —, duvido que eu consiga encontrar alguém que conduza a dança tão bem quanto você. — Ela se obriga a se virar em direção à porta, mas seu corpo a trai no meio do caminho. — Por que está me ajudando? — pergunta, voltando-se para trás. — Decerto que há formas mais interessantes de se divertir no baile.

Os cantos da boca de Sabine se contraem em um sorriso.

— Já frequento a corte por tempo suficiente para saber como pode ser horrível. — Ela se aproxima de Charlotte de novo. — Mas também como pode ser agradável com a companhia certa.

Ela estende a mão por um momento, e Charlotte acha que vai acariciar seu rosto e prende a respiração, esperando o momento. Mas a mão passa direto e prende uma mecha solta.

Além da saleta, outra música começa a tocar e chega até elas.

— Então? — pergunta Sabine. — Vamos voltar ao baile?

Charlotte nega com a cabeça.

— Ainda não. Acho que preciso de mais treino.

Sabine sorri.

— Como queira.

E as duas dançam mais uma vez.

VIII

Em Clement Hall, o tempo sempre pegava Charlotte de surpresa.

Um dia, parecia que a primavera tinha acabado de chegar e, no seguinte, o outono tomava conta, o sol não era mais tão quente a ponto de espantar o frio das manhãs.

Londres não é diferente.

Em um momento, abril se estende diante dela e, no seguinte, de alguma maneira, já ficou para trás. Os dias viram semanas e os bailes passam um atrás do outro, uma cadência invariável de obrigações, cada qual acompanhada por um breve repouso. Uma chance de recuperar o fôlego, mandar fazer outro vestido, descansar e se preparar para fazer tudo de novo.

Nesses intervalos, a sala de visitas fica lotada de pretendentes — não para Charlotte, é claro, uma vez que ainda não foi devidamente apresentada —, mas para Edith e Margaret, que precisam entretê-los com sorrisos suaves fixos no rosto enquanto servem chá e falam do clima, de propriedades rurais e passeios pelo parque, como se fosse o suficiente para se construir uma vida.

Charlotte, nesse ínterim, sofre com as aulas de etiqueta, postura, modo de falar e se comportar com graça, tudo acompanhado pela voz irritante de tia Amelia.

— Charlotte, sente-se direito.

— Charlotte, cruze os tornozelos.

— Charlotte, pare de franzir a testa.

A intensidade implacável a faz desejar os espartilhos e grampos, as costelas doloridas, os calcanhares em brasa, as noites em casas desconhecidas. E, claro, a companhia.

— Charlotte, preste atenção.

— Charlotte, você ouviu o que acabei de falar?

— Charlotte, você está *escutando*?

Ela está, mas só porque não tem escolha. Ainda assim, como o pai disse, aprende rápido e, ao fim de um mês, Charlotte se tornou uma boa imitação da garota que deveria ser. Mas é só isso: uma pose, uma farsa. Um faz de conta de uma vida que não deseja.

Mas tudo vale a pena pelas noites com Sabine.

Sabine, com sua perspicácia, seu senso de humor ácido, duas coisas aparentemente ocultas para todos da corte, menos para Charlotte. As duas passam a noite inteira zanzando de braços dados ou com as cabeças próximas em um canto, as vozes abafadas sob o som da música.

Como combinam uma com a outra... Como parece certo estarem lado a lado...

Como é bom ter uma amiga.

E é o que são, Charlotte diz a si mesma: *amigas*. Mesmo que, ao pensar em todos aqueles bailes, do que mais se lembra não são as lindas mansões nem os jovens rapazes de terno elegante que às vezes a tiram para dançar, mas a viúva Olivares e seus muitos vestidos. Feitos para servir perfeitamente, confeccionados dois tons mais escuros do que o das outras garotas. Mel, quando as outras vestem creme. Grená, quando as outras estão de cor-de-rosa. Esmeralda, quando as outras usam verde-água.

Com o tempo, e para sua surpresa, o cartão de dança de Charlotte começa a ser preenchido.

Ela não dá muita importância, afinal, ainda não é o seu ano, então dança com um carrossel de jovens Henry, Philip, George. Sorri e assente e os deixa conduzi-la por todos os passos e se esforça para ser educada sem encorajá-los demais, nunca aceitando uma bebida nem um convite para aproveitar o ar fresco da noite ou passear de braços dados pelo salão. E se enrubesce enquanto dançam, é só por saber que Sabine a observa. Como se sua mão estivesse bem ali, nas costas de Charlotte, para conduzi-la pelo salão.

De vez em quando, Sabine aceita uma dança e embora seu par geralmente acabe afogueado, Charlotte sente uma estranha pontada ao vê-la na companhia de outra pessoa. Uma vez, Sabine chega a sair para a área externa com um jovem bonito, e Charlotte fica chocada com a intensidade do próprio ciúme. Mesmo que ela só tenha se afastado pela duração de uma música para dar uma volta pelo jardim bem iluminado, vê-la se afastar faz com que Charlotte fique com vontade de chorar.

Mas logo Sabine está de volta e entrelaça o braço no dela.

— Como os homens são entediantes... — comenta ela. Então acrescenta com aquele sorrisinho provocante: — Sentiu a minha falta?

Charlotte não quer mentir, então imprime um tom alegre e implicante à própria voz:

— Você não imagina o quanto. Não pode me abandonar de novo.

— Pois não se preocupe — responde Sabine com a suavidade que parece reservar apenas para Charlotte —, prefiro muito mais a sua companhia.

E em um piscar de olhos, a tristeza desaparece.

As palavras fazem com que Charlotte fique radiante.

Não é só a beleza de Sabine ou o seu charme.

É o fato de que, quando ela está presente, o resto do mundo parece sumir. O que cintila de repente se apaga em comparação ao peso da sua presença e à intensidade de sua atenção.

Sabine chega, e o coração de Charlotte dispara.

Seus olhos deixam uma trilha de calor na pele de Charlotte. E, quando Sabine ri, é como o primeiro gole de champanhe, as bolhas subindo direto para a cabeça de Charlotte. Inebriante.

Ela se vê pensando em algo que o pai disse sobre a mãe: que no dia que se conheceram foi como um reencontro. Como se já se conhecessem a vida toda, mas tivessem esquecido, até o momento em que voltaram a se encontrar.

Mas aquilo era amor, e isso é amizade.

Será que você não vê que *só pode* ser amizade?

Ela seria uma tola se estragasse tudo como fez com Jocelyn.

Então diz a si mesma que vai ser suficiente viver a Temporada com Sabine.

Vai ser suficiente passar as noites na sua companhia.

Vai ser suficiente.

Até que...

IX

Ela está na janela quando a carta chega.

Não para de chover há dias e o intervalo repentino das nuvens e a chegada do sol de fim de tarde parece uma verdadeira bênção. Fecha os olhos e se sente mais quente, fazendo com que a parte interna das pálpebras se tinja de um ouro rosado, e é como se estivesse deitada na grama em Clement Hall segurando um exemplar de Blake ou Keats. Os dias de verão feitos para a poesia. Sonhando acordada em verso.

— Charlotte.

Ela abre os olhos e se vira para a tia, parada à porta.

— Saia da janela — repreende ela, estalando a língua. — Você não precisa de mais sol.

Àquela hora, a luz mal chega a aquecer o vidro, mas Charlotte engole uma resposta e volta para o centro da sala. A tia a avalia, observando o cabelo, preso à perfeição, o vestido, de cetim cor de creme, e sem encontrar mais nada para criticar, dá um aceno breve e satisfeito com a cabeça e se vira para sair.

Mas, a caminho da porta, tia Amelia se detém.

— Ah — diz ela, erguendo uma carta. — Já ia me esquecendo. Isto chegou para você.

A cera do selo é de um tom profundo de azul que Charlotte reconhece na hora, já que foi ela quem deu de presente para Jocelyn.

Seu coração dispara.

Jocelyn, que não escrevera desde que Charlotte partira de Clement Hall.

Ela precisa seguir todos os ensinamentos de tia Amelia à risca para não avançar sobre o papel, ficar parada ali com um sorriso educado enquanto pega o envelope e esperar até a tia se retirar para abrir.

Charlotte não nota que as mãos estão tremendo até tentar romper o selo sem estragar a cera e falhar. Não importa. Senta-se no banco, o coração cheio de alegria ao ver a letra cursiva de Jocelyn.

Minha querida Charlotte — é assim que começa e, em um piscar de olhos, está de volta ao jardim ensolarado da mãe, rindo e com os pés descalços nas pedras, Joss de um lado da treliça e Charlotte do outro. As duas sorridentes.

E Charlotte percebe o quanto sente saudades dela.

Minha querida Charlotte...

Ela continua lendo, ávida pela voz de Joss, pelas palavras dela.

Escrevo com boas notícias.

Charlotte acelera a leitura, mas seu olhar tropeça nas linhas que se seguem.

Seu irmão James...

Ela cambaleia.

Eu aceitei...

Tomba para a frente.

Espero que se alegre por nós...

E cai.

Que maravilha quando amigas se tornam parte da mesma família.

Não estão mais na treliça nem deitadas na grama. Joss está de pé, as mãos entrelaçadas e olhando para baixo, com vergonha.

Sua futura irmã.

Uma lágrima atinge o papel, seguida por uma segunda e uma terceira, manchando as últimas três palavras.

Charlotte lê a carta uma segunda vez, e uma terceira. E mais outras tantas, até digerir as palavras, que afundam, se fundem e se espalham dentro dela. Até que o impulso de gritar dá lugar a algo pior. A algo frio, rígido e infeliz.

Não sabe quanto tempo fica parada ali, encarando o papel. Só que, quando finalmente ergue o olhar, o sol já se foi e a tia a está chamando lá embaixo.

O quarto está um breu, ainda assim, ao se levantar, a escuridão a acompanha. Uma névoa horrenda que segue Charlotte pela casa até a carruagem que a aguarda e pela primeira hora do baile, roubando toda a cor e todo o som.

A escuridão finalmente se dissipa um pouco ao ver Sabine se mover em direção a ela, mas nem mesmo a viúva é capaz de espantá-la, e deve estar estampada na sua expressão porque assim que olha para ela, Sabine diz:

— Venha comigo, você não pode ficar assim.

Quando Charlotte dá por si, já está subindo a escadaria.

— Aonde vamos? — pergunta ela, enquanto Sabine a conduz por um labirinto de aposentos, deixando os sons do baile abafados pelas portas e paredes até chegarem a um canto bem afastado da casa e certamente proibido aos convidados.

Sabine se move como se conhecesse o lugar e, quando Charlotte comenta isso em voz alta, olha para a jovem com um ar entretido.

— Que bom. — Uma porta oculta se abre para um escritório particular. — Até porque é a *minha* casa.

As palavras são suficientes para arrancar Charlotte da tristeza.

— *Sua* casa? — Ela ofega, olhando em volta.

Decerto que tia Amelia teria comentado que o baile daquela noite seria na casa de sua amiga, não? Mas talvez ela *tenha* dito. O passeio de carruagem foi breve, e a tia manteve uma conversa constante. Charlotte só não estava prestando atenção.

Ao compreender aquilo, Charlotte é tomada pelo terror e segue em direção à porta.

— Não posso mantê-la longe do seu próprio baile!

Sabine a tranquiliza.

— Assim como acontece com qualquer baile, depois que ganha vida, não é preciso que alguém o faça continuar. Além disso — acrescenta ela, seguindo até um armário em um canto —, algumas noites não foram feitas para a dança.

Ela surge com duas taças de cristal e uma garrafa de xerez. Serve cada uma delas até a boca.

— Agora me diga — pede ela, entregando uma para Charlotte —: o que a fez ficar com um humor tão sombrio?

Charlotte olha para o conteúdo cor de rubi da taça e toma um gole, fica surpresa com a doçura, mas assim que engole, seus olhos se enchem de lágrimas.

Minha querida Charlotte.

Que maravilha.

— Uma amiga vai se casar. — A garganta se fecha, sufocada pelas palavras, e ela sente que vai se engasgar, então vira a taça de xerez, sentindo o calor invadir o corpo. — Estou feliz por ela. — Charlotte se obriga a dizer. As palavras certas, mas soam vazias. — Eu deveria estar feliz por ela.

— Mas não está.

Algo se parte dentro de Charlotte. Ela tenta respirar e sente que vai se estilhaçar em vários pedacinhos.

— Eu achei... Quer dizer, eu tinha a esperança de...

Mas não consegue se obrigar a dizer porque sabe como vai parecer estúpido. Como vai parecer boba. Uma criança com uma paixonite infantil. Ela deveria ter desconfiado no instante que Joss a empurrou, do jeito como o rosto dela se tingiu de vergonha, do fato de a amiga nunca ter escrito. Apesar de tudo, porém, uma parte teimosa de Charlotte ainda se agarrava à esperança, protegendo-a como uma chama de vela na brisa.

Agora balança a cabeça enfaticamente, tentando esquecer tudo aquilo.

— Ah — diz ela, enxugando uma lágrima —, não quero entediá-la.

— Você nunca me entediou — contradiz Sabine, enchendo a taça de novo. — E duvido que algum dia vá me deixar entediada.

O calor da bebida deixa o rosto de Charlotte afogueado. A névoa sombria finalmente começa a se dissolver e sumir.

— Venha — chama Sabine, levando-a até o centro do escritório, onde há duas cadeiras de veludo diante de uma mesa posta.

Sabine se senta em uma delas e, para surpresa de Charlotte, descalça os sapatos. De uma gaveta oculta tira um baralho de cartas, e Charlotte dá risada ao se sentar.

— O que minha tia diria se soubesse que estou trocando pretendentes e bailes por taças de xerez e jogos de carta? — brinca ela.

— A maior dádiva — declara Sabine em uma imitação quase perfeita da rígida Amelia — é uma educação completa. — Começa a embaralhar as cartas com habilidade enquanto pergunta em seu próprio tom de voz: — Então, o que vamos jogar? Bridge, trinca ou uíste?

Elas escolhem uíste, e logo Charlotte tira os próprios sapatos e enfia os pés com meias embaixo do corpo, ao passo que o baile prossegue atrás das muitas portas. Passam a primeira rodada em silêncio, mas, quando Sabine distribui as cartas para a segunda, Charlotte sente os pensamentos começarem a acelerar, a escuridão de volta.

Do outro lado da mesa, Sabine se recosta, segurando a taça em uma das mãos e as cartas na outra. Parece totalmente à vontade. O que é bem natural, já que está na própria casa.

— Eu a invejo. — As palavras escapam; Charlotte não conseguiu engolir o impulso. — Sei que você pagou um preço alto. Mesmo assim, eu a invejo. A sua liberdade. A forma como você vive.

Sabine a encara por cima das cartas.

— Eu me pergunto... O que você faria com a sua liberdade? — Ela deixa as cartas de lado e se inclina na cadeira. — Como viveria sua vida se pudesse fazer o que bem entendesse?

Charlotte baixa o olhar para as cartas.

O aposento tremula e, por um instante, vê-se de volta em Clement Hall.

Agachada para plantar um novo jardim de rosas, os joelhos em contato com a terra.

Sentada à mesa do desjejum na sala de refeições, com um livro em uma das mãos e uma torrada na outra.

Rodopiando descalça pelo piso de parquete do salão.

As cenas vão passando, breves como as cartas sendo embaralhadas, mas em todas elas não está sozinha. Uma segunda silhueta surge no seu campo de visão. Agacha-se ao seu lado no jardim. Senta-se do outro lado da mesa. Faz Charlotte rodopiar em seus braços.

Mas então as cenas desaparecem, apagadas pelo rosto do irmão, que segura o diário dela.

Charlotte balança a cabeça.

— Mas a questão é essa — diz ela, com a visão embaçada. — Não sou dona da minha própria vida e nunca serei. Já sei como tudo vai acontecer.

Daqui a algumas semanas, voltarei para casa e verei minha melhor amiga se casar com o meu irmão. E, no ano que vem, serei obrigada a voltar aqui para ser exibida até que algum estranho se digne a me escolher como esposa.

Charlotte sabe que está sendo emotiva, mas não consegue controlar os sentimentos.

Sabine pega as cartas de volta.

— Você não parece muito empolgada para encontrar um marido.

— Eu não tenho escolha — insiste Charlotte, cada vez mais frustrada. — Para que fingir? O próprio exercício não tem sentido, a não ser magoar.

Sabine dá de ombros.

— Todo mundo tem escolhas. Só precisa fazê-las.

— Você faz com que tudo pareça tão simples...

— Simples? Não. — Sabine joga uma carta na mesa e compra outra. — Mas você não pode *ter* o que deseja antes de *saber* o que deseja. Assim que souber, é só uma questão do que está disposta a fazer para conseguir.

— Bem — retruca Charlotte com um tom de irritação —, nem todas nós temos a sorte de ser viúvas. — Ela leva a mão à boca. — Sinto muito — desculpa-se ela, desejando retirar o que disse. Os olhos voltam a ficar marejados, e ela balança a cabeça, sentindo o rosto afogueado. — Que coisa horrível de se dizer.

Mas Sabine não parece nem um pouco magoada. Na verdade, parece achar *graça*.

— Na noite que nos conhecemos — replica ela, apoiando as cartas em cima da taça ainda cheia de xerez —, sabe o que me levou até você na escadaria? O que me levou de volta todas as noites desde então?

Charlotte nega com a cabeça. Na verdade, não sabe. Nem imagina.

— Meu charme do interior? — brinca ela, embora uma lágrima escorra pelo rosto.

Sabine dá um sorriso contido.

— O jeito como não consegue esconder seus sentimentos. Se não saem pela sua boca, reluzem na sua pele. Preenchem todo o ar à sua volta, tão altos que quase chegam a gritar.

Charlotte enrubesce.

— Sempre fui assim. — Ela ergue a mão para enxugar uma lágrima. — Não consigo disfarçar.

— Nem deveria. — Sabine estende a mão para detê-la de modo que a lágrima escorra livremente pelo rosto. — O mundo vai tentar diminuí-la. Vai ordenar que seja modesta e obediente. Mas o mundo está errado. Você deve sentir, amar e viver com tanta ousadia quanto quiser.

Charlotte cerra os dentes.

— *Dever* não é o mesmo que *poder*. E é o mundo que dita as regras. Não eu.

— Dita mesmo? — Sabine pega as cartas de novo. — Veja só... — acrescenta ela, baixando-as na mesa — parece que ganhei outra vez.

Charlotte olha das suas cartas para as de Sabine. Há cinco ases ao todo.

— Como...

— Não é óbvio? — pergunta Sabine, se recostando na cadeira. — Eu trapaceei.

Ela faz um movimento com os dedos e outro ás aparece nas mãos enluvadas. Ela o coloca de volta ao baralho.

— A melhor parte da sorte é que você pode criar a sua própria. — Ela olha para a porta do escritório. — Minha nossa, parece que o baile está quase no fim.

Charlotte se sobressalta.

— Ah, mas é claro.

Ela se levanta rápido demais e o xerez a deixa tonta, fazendo com que se apoie na cadeira, antes de dizer:

— Já tomei muito do seu tempo.

— Charlotte...

Ela calça os sapatos de maneira atabalhoada e segue para a porta oculta.

— Charlotte, espere.

Ela não viu Sabine se levantar, muito menos atravessar o pequeno aposento, mas, quando a mão de Charlotte toca na maçaneta, Sabine pousa a mão sobre a sua e segura a porta.

Não é o mais perto que já estiveram. Quando Sabine a ensinava a dançar, seus corpos ficavam colados por alguns breves momentos. Mas Charlotte se sobressalta com a proximidade, o espaço mínimo entre o corpo das duas; Sabine parece uma sombra, próxima, mas sem tocá-la.

E talvez seja o xerez ou a conversa sobre liberdade e sorte que a deixou tão afogueada. Ou talvez por saber como seria fácil diminuir o espaço entre elas, exatamente como fez no jardim, com a certeza de que, se fizesse isso, *Sabine* não se afastaria, envergonhada.

Ainda assim, ela não se vira, e permanece voltada para a porta quando Sabine baixa a cabeça e roça os lábios na sua orelha.

— O seu vestido — murmura ela.

É um modelo cheio de detalhes, com dezenas de colchetes descendo pela coluna e o primeiro parece ter desencaixado. Antes que Charlotte tenha a chance de fechar, Sabine tira as luvas.

— É mentira, sabe, que você só tem uma história.

Charlotte prende a respiração enquanto os dedos de Sabine, frios e firmes, roçam na pele exposta entre seus ombros. Leva só um instante para fechar o gancho, mas Sabine não se afasta.

Seu toque se demora e começa a descer pela fileira de colchetes, dedos frios aquecendo a seda por onde passa. Charlotte mordisca o lábio enquanto a mão de Sabine escorrega até a cintura e se abre bem no meio do seu quadril.

Não há nada de casto no toque, o corpo das duas imprensado contra a madeira. Charlotte encosta a testa na porta, ofegante quando Sabine desliza a mão mais para baixo e pousa os lábios na têmpora de Charlotte, que sente o sorriso da mulher se abrir em sua pele.

Em seguida, a voz, escorregando como dedos pelo seu cabelo:

— Quando descobrir o que deseja, venha me contar.

Com isso, sua mão desaparece, assim como o seu corpo, e Sabine passa por Charlotte, o vestido sumindo pela porta e escada abaixo.

X

Uma garota se inclina para servir o chá.

Outra caminha com uma caixa equilibrada na cabeça.

Uma terceira está sentada elegantemente em uma poltrona com um sorriso plácido no rosto.

Charlotte vira as páginas, cada uma delas a própria imagem do decoro.

Sente uma energia agitada na sala à sua volta. Quase uma semana antes, Margaret firmou compromisso com um bom cavalheiro chamado Reginald, e Edith está aguardando um pedido a qualquer momento. A Temporada se encaminha para o fim, e toda a casa adquiriu uma rotina irrequieta, um tipo de esperança ofegante, mas Charlotte sente o peso da apreensão. Está tensa pela iminente viagem que a separará de Sabine, pelo retorno à sua casa para James e Jocelyn e uma vida que não combina mais com ela.

Gostaria de se encolher no sofá, mas tia Amelia a pegou uma vez, logo nos primeiros dias, e agora Charlotte nem se atreve. Em vez disso, senta-se ereta no sofá e finge ler. Como se já não estivesse farta de etiqueta.

Ela vira a página e vê duas mulheres caminhando de braços dados.

"Pôneis saltitando em um espetáculo."

"Vê alguém em que gostaria de montar?"

Charlotte sorri com a lembrança.

Mais uma página, e ali ela vê um homem e uma mulher dançando, os braços unidos em ângulos rígidos enquanto rodopiam.

"Você só está executando os passos."

E ali estão os passos desenhados no papel na forma de pequenas pegadas. Mas ao olhar para os rodopios, a rigidez dá lugar a uma postura mais relaxada.

"Imagine o vento soprando..."

Ela vira a página de novo e de novo, revirando cada ilustração na sua mente até que as linhas deem lugar às lembranças. Não é difícil. Seus pensamentos sempre se voltam para Sabine. Os olhos dela. O cabelo. A boca. As mãos.

Ela vira a página, meio que esperando ver a imagem de duas mulheres jogando cartas, descalças e com uma taça de xerez ao lado.

Charlotte se remexe ao lembrar do último baile. O corpo de Sabine vibrando junto ao seu.

Ela pressiona os joelhos, o desejo se espalhando como fogo.

"Quando descobrir o que deseja..."

Mas Charlotte já sabe.

Ela fica acordada enquanto o desejo a queima por dentro.

Revira-se de um lado para o outro na cama.

Na noite anterior, como não conseguia dormir, sua mão encontrou o caminho até o ponto entre suas pernas, e ela se permitiu fingir que era a mão de Sabine. Quase conseguia sentir o hálito dela no pescoço, a voz dela no ouvido, sussurrando seu nome como se fosse um segredo e...

— Veja só como você está encantadora.

A tia entra na sala, e Charlotte se empertiga ainda mais, tentando conter o rubor que subiu pelo rosto.

— Devo dizer — continua Amelia, tirando as luvas — que eu tinha as minhas dúvidas, mas você se *aprimorou* muito nas últimas semanas.

E é verdade. Charlotte não reclama mais do espartilho apertado nem do sapato desconfortável ou das centenas de grampos que a criada enfia na sua cabeça para domar o cabelo todas as noites. Ela se submete a essas torturas, sabendo que são desconfortos temporários e que vai se livrar deles assim que chegar em casa.

— Obrigada, tia — agradece ela, conjurando o mesmo sorriso educado das ilustrações do livro. — Tive boas professoras.

Amelia absorve o elogio como se fosse um raio de luz e segue até uma mesa redonda, lotada de presentes para Margaret e Edith. Analisa os itens: um buquê de rosas, alguns cartões, uma caixa de frutas cristalizadas e uma travessa de chocolate.

— Na próxima Temporada, os presentes serão para você.

Charlotte abaixa a cabeça para esconder a careta enquanto a tia enfia um chocolate na boca (ela tem um fraco por doces, embora negue, parecendo acreditar que, se o doce é desse tamaninho e pode comer de uma bocada só, não conta).

Bem nessa hora, a campainha toca.

— Finalmente. — Tia Amelia suspira enquanto a casa se agita.

Edith chega e, dessa vez, parece que o tom rosado das bochechas resulta mais do estresse do que dos beliscões para ficar corada. Ainda assim, quando se acomoda no divã e pega um bordado, cada mecha de cabelo está no devido lugar, assim como a mão está firme e o rosto suave como o leite.

Charlotte fecha o livro e se levanta, sem querer testemunhar o pedido de casamento. Já está passando pela porta quando o mordomo chega com a notícia de que o visitante é para *ela*.

A expressão de Edith fica gélida e a de tia Amelia se ilumina de prazer, mas Charlotte apenas ri, pois sabe que deve ser um engano.

Mas então o homem entra e seu sorriso se desfaz.

É George Preston.

George, com quem dançou poucas vezes e conversou menos ainda.

George, que foi um par agradável, uma forma de passar o tempo.

George, que está de pé na sala de estar elegante com um buquê de flores em uma das mãos suadas e o chapéu na outra, um sorriso nervoso no rosto.

Como se não estivesse ali para estragar tudo.

— Srta. Hastings — começa ele, fazendo-a imaginar se sabe o nome dela, até que pigarreia e solta: — Charlotte.

E o som parece errado, duro, bem diferente do ronronar suave de Sabine e, então, para seu absoluto terror, ele começa a falar sobre seus mais profundos sentimentos e que, decerto que não está surpresa, já que sempre demonstrou toda a sua afeição por ela.

Charlotte se sente caminhando para trás, até o braço do sofá a impedir de continuar. Abre a boca, mas se vê sem fôlego. George roubou todo o ar. A sala e todos os presentes parecem tão distantes, as vozes pouco mais que ecos, enquanto ele não para de falar sobre sua certeza de que ela será uma boa esposa e uma boa mãe e que os dois terão uma vida muito feliz.

E tudo que Charlotte pensa é que, se soubesse disso, jamais teria dançado com ele. Se soubesse, teria fugido no primeiro baile. Aquilo não deveria acontecer, não era nem para ela estar *ali*. Só estava fingindo, brincando de faz de conta.

Ela não é um lírio nem uma rosa. Não é uma flor pronta para ser colhida.

Ainda está crescendo, impetuosa, no jardim da família. Não está pronta. Nunca estará. Não é isso que *deseja*.

George finalmente para de falar e todo mundo olha para ela, à espera de uma resposta, e Charlotte finalmente consegue voltar a respirar.

— Se você me der licença — diz ela, alto demais, as palavras atravessando a névoa que a envolve. — Eu só preciso de um pouco de ar.

Ela passa por todos em direção à porta, mas George tenta segui-la.

— Não, não, por favor, fique aqui. Já vou voltar.

E sua tia chama por ela, mas é tarde demais, já está saindo da sala, do vestíbulo e da casa em Merry Way.

Charlotte vê um cabriolé parado na rua, sobe e pede ao condutor que a leve à casa da viúva Olivares.

Dez minutos agonizantes depois, ela chega.

Dez minutos para ensaiar o que vai dizer. Ainda assim, quando já está na calçada, a coragem fraqueja. Ela está diante de uma casa que na noite anterior pareceu tão convidativa, as portas abertas e as janelas iluminadas, uma fileira de lampiões acesos com luzinhas que pareciam mágicas ao longo da entrada. Mas agora parece sombria, ameaçadora, até.

Contudo, a imagem de George, parado na sala de visitas, lhe dá forças para continuar até a porta. Ela bate, mas ninguém atende. O pânico cresce como ervas daninhas pelas suas costelas.

Ela bate de novo.

— Senhorita? — chama o condutor do cabriolé, ainda na rua. — Devo esperar?

Charlotte hesita, incerta, só sabe que não suporta a ideia de voltar, agora não, por isso pega todos os trocados que tem no bolso do vestido e os coloca na mão do condutor. Ela implora por sua discrição, e não importa se foi pelo dinheiro ou pelo pânico nos olhos dela, mas o homem concorda com a cabeça, estala as rédeas e segue caminho.

Charlotte volta para a porta, bate de novo e, dessa vez, quando ninguém atende, vira a maçaneta e descobre que está destrancada. Antes de pensar duas vezes, entra e fecha a porta, esperando encontrar um mordomo, uma camareira ou algum tipo de criadagem. A casa estava cheia de criados na noite anterior.

Mas hoje não há ninguém.

A casa se estende à sua volta, oca, vazia.

— Sabine? — chama ela em tom baixo em um primeiro momento e, depois, em uma voz que ecoa pelo mármore e tremula na madeira. — Sabine!

A casa inteira parece tão vazia, tão silenciosa, que Charlotte é tomada por uma onda repentina de terror, imaginando que Sabine fez as malas e foi embora, abandonando Londres e ela, ou pior, que nunca existiu de verdade, que era apenas um fantasma que a assombrara nos últimos meses, um produto da sua imaginação...

— Charlotte.

A palavra paira no ar como a fumaça, e lá está ela.

Sabine está no alto da escadaria, usando apenas um robe de seda preto, entreaberto para revelar uma camisola clara. O cabelo não está preso em um penteado complexo de tranças e coque; ele desce solto como uma trilha de fogo pela frente do corpo. A visão é tão impressionante que Charlotte se esquece de tudo.

Esquece do terror da última hora, dos acontecimentos que a obrigaram a fugir da sala de visitas da tia, e só pensa nas palavras que disse na primeira noite na escadaria:

"Como alguém pode deixar de olhar para você?"

Sabine desce a escadaria, os pés descalços no mármore. Ela parece abatida, com se tivesse ficado dias de cama, lutando contra alguma doença, mas isso não é possível, pois Charlotte a viu na noite anterior.

— Está se sentindo mal?

Um piscar lento.

— Só estava descansando um pouco — responde ela com voz de sono, embora seja o meio da tarde. Sabine chega aos pés da escada e franze a testa. — O que houve?

E essa simples pergunta é o suficiente para trazer tudo à tona.

Com uma inspiração profunda, ela se lembra.

— *Tudo.* — A palavra sai de Charlotte como um soluço. — Sinto muito. — Ela balança a cabeça. — Sei que agi sem pensar ao vir aqui sem avisar antes... Eu deveria... mas o George apareceu para me visitar. E pediu a minha mão. A minha mão! — Ela começa a tremer e a andar de um lado para o outro enquanto fala. — O que ele disse além disso, não sei. Quando ele abriu a boca, tudo o que consegui ouvir foi meu próprio coração, martelando para fugir dali.

— E então você veio aqui. Até mim. — Sabine parece intrigada, como se fosse uma ideia muito estranha, como se não tivesse sido a única fonte de consolo de Charlotte nos últimos dois meses.

— Sei que é errado aparecer aqui do nada, mas eu não sabia o que fazer nem para onde ir...

Sabine ergue a mão para fazê-la parar de ir de um lado para o outro, e ela estaca de forma tão repentina que é como se a porta de uma jaula tivesse se fechado. E agora não há mais para onde olhar, a não ser para Sabine. Seu olhar é vítreo, e a expressão, indecifrável.

— E você vai se casar com ele?

Charlotte se encolhe ao ouvir a pergunta.

— Eu não fui a todos aqueles bailes por *ele*. Não dancei todas as noites esperando que *ele* me visse. Não fiquei acordada na cama, ansiosa pela companhia *dele*. Eu... Ah, não olhe para mim desse jeito.

— Que jeito?

— Como se eu fosse uma criança tola. Uma garotinha boba que passou a Temporada inteira agarrada nas suas saias. — Pela primeira vez, ela encontra coragem para fitar os olhos ardentes de Sabine, sem desviar o olhar. — Você me disse para procurá-la quando eu soubesse o que quero. Bem, já sei o que quero.

Ela engole em seco. Como é difícil pronunciar tais palavras, mesmo que sejam verdade. Parece que está à beira de um precipício, como se a mais suave brisa pudesse empurrá-la para o chão sólido ou para o abismo.

— Eu quero você.

A mão fria de Sabine pousa no rosto de Charlotte, que prende a respiração, esperando para ver que rumo as coisas vão tomar.

— Quer? — pergunta a viúva em tom ligeiramente cortante, com um desafio na voz que enfurece Charlotte.

— Quero! — exclama ela, a voz ecoando pela casa vazia. — Eu quis você desde a noite que nos conhecemos e a desejei em todos os momentos desde então. Quero a vida da qual você fala, uma vida que não pertence a mais ninguém. Quero sentir, amar e viver com a ousadia que eu quiser. Quero ser como você. — Ela dá um passo, eliminando a distância entre as duas, segura o rosto de Sabine com ambas as mãos e fica chocada com a frieza da pele, mas não se afasta. — Mas, acima de tudo, quero estar *com* você.

A expressão de Sabine fica distante, como se a estranha luz em seus olhos se apagasse.

— Não sei se você está pronta.

Charlotte sente sua segurança fraquejar. Mas, então, uma coisa estranha acontece. A raiva chega para fortalecê-la.

— Como se atreve? Eu estou *aqui*! Acabei de fugir do meu próprio pedido de casamento para abrir o coração para você.

— Você não sabe de muitas coisas.

Charlotte lança um olhar desafiador.

— Eu sei que não há nada que possa me dizer que me faça a amar menos, nada que me faça querer partir. — Ela engole em seco. — Nada, a não ser que *você* não sinta o mesmo por mim. Que não me deseje também. É isso?

Sabine franze a testa.

— Não.

— Então me diga — exige Charlotte.

Sabine comprime os lábios. Pousa as mãos frias no rosto de Charlotte.

— Eu quero você — declara ela, a luz reacendendo atrás dos olhos cor de avelã. — Eu quis você em cada baile, em cada salão, em cada saleta, na multidão ou a portas fechadas. Eu a quis mesmo antes de nos conhecermos.

Charlotte sente como se uma janela tivesse sido aberta para deixar uma lufada de ar fresco entrar.

E Sabine se vira e segue para a escada, mas leva Charlotte consigo. As duas caminharam por diversas casas de braços dados, mas os salões estavam sempre cheios de gente, música e vida. Agora, ao conduzir Charlotte pelas escadas, não há espectadores nem faz de conta. Elas estão juntas. E a sós. Não há luvas, apenas dedos entrelaçados, os de Sabine, gelados, os dela, quentes. Seu coração está disparado dentro do peito, cheio de medo, esperança, desejo e encantamento. Talvez Sabine esteja certa e seus sentimentos sejam tão altos que transbordam de dentro dela, pois a outra mulher olha para trás e sorri como se conseguisse ouvir cada um deles.

Sabine leva Charlotte até um quarto com as cortinas fechadas.

O aposento está mergulhado em uma escuridão tão pesada que, mesmo com a luz do corredor, Charlotte mal consegue enxergar os contornos dos móveis, da cama. Ela se encaminha para a janela, estendendo a mão para abrir a cortina, mas Sabine segura seu pulso.

Ela se vira, a respiração fica entrecortada com a proximidade repentina, o corpo de Sabine colado ao dela como na noite anterior, só que dessa vez estão uma de frente para a outra, a boca a centímetros da de Sabine, o ar entre as duas carregado de desejo. Por fim, Charlotte acaba com a distância e a beija. Os lábios se tocam, e foi nessa parte que Jocelyn se afastou.

Mas Sabine não se afasta.

Em vez disso, corresponde ao beijo, colocando Charlotte contra o vidro coberto pelas cortinas. Ela entreabre os lábios, roçando os dentes no lábio inferior de Charlotte. Uma pontada de dor.

Ela estremece e se afasta, tocando o lábio. Mesmo no escuro consegue ver a mancha na ponta dos dedos antes de Sabine os levar à boca e passar a língua pelo sangue. E sorrir. Não o sorriso íntimo ou repuxar discreto no canto da boca. Ela sorri mostrando os dentes, dois dos quais são mais afiados e longos do que o restante.

Algo passa pela mente de Charlotte nesse momento, algo que é e não é pânico. Algo que é medo e ao mesmo tempo não é.

"Há coisas que você não sabe."

"Todo mundo tem escolhas."

"Só precisam fazê-las."

"Você faz com que tudo pareça tão simples..."

"Simples? Não."

Sabine não solta a mão de Charlotte. Em vez disso, ela a vira, expondo a parte interna no pulso, as veias visíveis sob a pele.

— Você confia em mim?

É tão fácil enxergar o perigo depois que passou... Mas ela é jovem, cheia de angústia e desejo, ambos batalhando no seu peito. E já chegou até aqui.

— Confio.

— Você está com medo — ressalta Sabine, aproximando a mão de Charlotte do rosto.

— Estou... mas não de você.

O sorriso de Sabine se alarga um pouco antes de afundar os dentes no pulso de Charlotte, que ofega e tensiona os músculos ao sentir a dor que atravessa sua carne, seguida pelo impulso repentino e primitivo de se afastar. Mas, para sua surpresa, não faz isso. Ela sabe que é um tipo de teste. A dor se espalha pelo braço, deixando-a tonta e fraca.

Anos mais tarde, quando perguntar a Sabine o que teria acontecido se, naquele momento, tivesse lutado, gritado ou fugido, seu amor vai acariciar seu rosto e dizer:

— Por que pensar em coisas que não aconteceram?

Então Charlotte saberá, com uma certeza sombria, que, de um jeito ou de outro, nunca teria saído viva daquele aposento.

Sabine para de mordê-la, deixando uma estranha dor no lugar, e, quando ela a encara, seus olhos estão iluminados por uma luz que nunca vira antes, velas atrás de um vitral. Como Charlotte podia ter achado que eram *humanos*?

— O que você é? — pergunta por fim, e a boca de Sabine se contrai daquele jeito que já conhece.

— O que eu sou? — repete ela, quase que para si mesma. — Uma viúva.

Ela puxa Charlotte e a gira nos braços como se estivessem dançando.

— Uma rosa impetuosa.

Então a solta de repente, e Charlotte cambaleia e se segura na coluna da cama. Mas, em um piscar de olhos, Sabine está ao seu lado de novo, segurando seu queixo com a mão fria.

— Eu sou livre. — Aqueles olhos acesos feito lamparinas são a única coisa que consegue enxergar na escuridão. — Livre da dor. Livre das regras. Livre da morte. Livre para viver como quero. Livre para fazer o que desejo e ser quem eu quiser. Com quem eu quiser. — Os dedos dela mergulham no cabelo de Charlotte e descansam na curva do seu pescoço. — É isso que *você* deseja, Charlotte?

A resposta sai de forma tão fácil quanto o fôlego.

— É.

É tudo o que ela deseja. Tudo o que sempre desejou.

Os olhos de Sabine pousam no pulso ferido de Charlotte.

— Há um preço — avisa ela, mas, quando Charlotte olha para baixo, percebe que a ferida já se fechou, as marcas da mordida desapareceram, a dor já inexistente.

Sua pele continua sedenta. O coração, ainda disparado.

— Eu entendo — diz ela, mesmo que não entenda, não *consiga* entender. — Eu quero mais. Quero isso. Quero você.

Sabine a puxa para si, roçando os lábios na pele de Charlotte quando diz:

— Lembre-se disso.

E, então, Charlotte é pressionada contra a cama, e Sabine está em cima dela, a mão encontrando o lugar onde a de Charlotte esteve na noite anterior, encontrando o caminho por baixo do vestido, subindo pela coxa e finalmente entre as pernas. O polegar acaricia a umidade ali, e Charlotte geme, o corpo inteiro aceso de desejo.

Ela agarra Sabine, não para empurrá-la para longe, mas para puxá-la para perto, afundando os dedos nos braços da mulher, agarrando-se a ela enquanto o calor se concentra entre as pernas. Arqueia o corpo de prazer, contraindo-se em volta do pulso de Sabine, e toda vez que sua boca roça na pele de Charlotte, beijando o ombro, o colo e os seios, prepara-se para a mordida que não chega. Sabine apenas sorri, deslizando os dedos mais fundo, e quando Charlotte finalmente recupera o fôlego, a palavra que sai de seus lábios é: *por favor.*

E talvez seja só isso, pensa ela. É assim que se toma o que se deseja, que se vive como se deseja, é assim que é ser livre. E então, bem no ápice, a boca de Sabine encontra a curva do pescoço de Charlotte, os lábios se abrem, os dentes roçam a pele.

E ela dá a mordida.

Charlotte estremece, o prazer percorre seu corpo inteiro e, por um instante, é como se tivesse dois corações, um pulsando no pescoço e outro entre as pernas. Mas quando o segundo diminui, começa a sentir a dor, uma sensação intensa que se espalha pelos membros, pelo tronco, até chegar ao coração.

E *dói.*

Bem mais do que os dentes cravados no pulso, porque, dessa vez, Sabine não para. Na verdade, seus dentes mergulham ainda mais fundo, e Charlotte choraminga, a dor não mais disfarçada pelas sombras do prazer. O medo a domina, repentino, instintivo e forte, mas mesmo se quisesse lutar, já seria tarde demais. O coração continua batendo, mas seus membros estão pesados, Sabine parece feita de pedra e o medo começa a se esvanecer, bem como sua visão.

E seu coração... seu coração, que sempre a colocou em apuros, que sente tudo com intensidade demais, que dispara desenfreado, agora fraqueja. Tropeça e cambaleia sem forças até parar. E Charlotte tem a sensação de estar caindo... Não, caindo, não, *afundando.* Afundando pela cama até um lugar calmo, vazio, escuro, como a quietude que antecede o sono.

E tarde demais, percebe que é a morte.

Que está morrendo.

E nem se sente traída.

Foi isso que pediu, não foi?

Afinal de contas, a morte é outro tipo de liberdade.

Pelo menos não está sozinha, pensa.

Sabine está com ela na escuridão.

E, então, ao longe, sente o peso de algo contra a boca e ouve a voz de Sabine, bem distante e, ao mesmo tempo, ao pé do ouvido, mandando-a beber.

Charlotte está cansada demais para mover os lábios, ainda assim, de alguma maneira, obedece, e então o líquido invade sua boca com um gosto terroso, rançoso e doce. Desliza pela língua, desce pela garganta e se espalha a partir daí, enroscando-se no peito e cercando seu coração, que agora começa a bater de novo.

Uma única batida, depois duas, depois três.

A pulsação, tão alta no peito de Charlotte, ecoa como passos em um salão vazio.

Viva, viva, viva, é o que diz.

Antes que o ritmo cesse e a escuridão recaia sobre ela novamente.

Apagando todo o resto.

XI

Charlotte acorda do mesmo jeito que o sol surge no céu: não de uma vez, mas aos poucos.

O mundo surge à sua volta, linha por linha, forma por forma e, a princípio, acha que as cortinas foram abertas, mas, quando olha com atenção, vê que estão fechadas, o quarto ainda mergulhado na escuridão. Ainda assim, consegue ver os pontos da colcha, a estampa do papel de parede.

Uma mudança, não no quarto, mas na sua visão.

E é então que ela lembra. A mão pressionando-a contra a cama, os dentes no seu pescoço. Arfa e se senta na cama, vira-se à procura de Sabine, mas ela não está ali. De repente, a escuridão, por mais fraca que seja, e a imobilidade do quarto lhe parecem ameaçadoras, desconcertantes.

Charlotte se levanta e vai até a janela, abre as cortinas e...

E se encolhe toda.

Está começando a escurecer, o céu tingido por tons de rosa enquanto o sol desaparece atrás dos telhados. Ainda assim, a luz provoca uma dor que parece atravessar sua cabeça e trazer uma onda repentina de tontura. Ela fecha as cortinas com força e recua até encontrar a cama, sua mente está a mil e seu coração...

Seu coração.

Deveria estar disparado no peito. Em vez disso, jaz em silêncio dentro dela, em uma imobilidade nada natural e completamente assustadora. Afinal, corações batem. É isso que fazem. Às vezes, com um ritmo suave e constante, outras, tão alto quanto punhos socando uma porta. Desde que estejam vivos, os corações batem.

Uma palavra surge em meio ao pânico, como um farol em uma tormenta. *Sabine.*

Ela saberá o que está acontecendo. E há de explicar.

Charlotte vai até a porta do quarto e a abre devagar, preparada para ser atingida pela força da luz, mas o corredor felizmente está nas sombras.

— Sabine? — chama ela enquanto procura no andar de cima.

— Sabine? — ecoa sua voz pela escadaria.

Mas, mesmo enquanto procura, Charlotte *sabe* que ela não está ali. De alguma maneira, consegue *sentir* a ausência na casa, como se seus sentidos agora se estendessem além dos limites do próprio corpo e sua mente fosse uma onda que segue para fora, passando por cada aposento, arrebentando nas paredes, nos móveis e no assoalho. Sem encontrar ninguém.

Ainda assim, não consegue suportar a ideia de ficar sentada sem fazer nada, só esperando ser encontrada. Então continua sua busca, passando de cômodo em cômodo, mal acaba de entrar no escritório secreto onde jogaram cartas quando ouve a porta da frente se abrir, um som tão alto quanto estantes de livro caindo no chão, apesar de haver tantas paredes como obstáculo.

Charlotte desce correndo até o vestíbulo enquanto Sabine entra, deixando a sombrinha de lado, e se seu coração ainda batesse, teria parado de novo quando seus novos sentidos veem a mulher à porta, o cabelo agora tão vibrante que poderia incendiar o ar à sua volta, os olhos não mais iluminados por uma chama de vela, mas verdadeiras brasas cor de avelã.

Sabine a fita e sorri, e Charlotte sente um alívio reconfortante, não há outra forma de descrever, a certeza repentina de que vai ficar tudo bem.

Até Sabine dar um passo para o lado e uma segunda silhueta passar pela porta.

George Preston.

Ela sente um nó no estômago, mas ele parece aliviado.

— Ah, graças a Deus! — exclama ele, correndo para ela. — Nós a procuramos por toda a parte. Se a sra. Olivares não tivesse me encontrado...

Charlotte olha para Sabine atrás dele, a sensação de traição e confusão se embaralhando nos pensamentos. *Por quê?*, deseja perguntar, mas George estende a mão.

— Ela pediu que eu viesse imediatamente. Disse que você não está passando bem. — Pega a mão dela e ofega. — Minha querida Charlotte, você está gelada.

Quando ela se tornou sua *querida Charlotte* em vez de srta. Hastings?

Sabine fecha a porta da frente, seu rosto uma máscara de placidez, ao passo que a preocupação de George paira no ar à sua volta como um perfume enjoativo, e Charlotte jura que consegue sentir o *cheiro*. Quando ele estende a mão para tocar em seu rosto, consegue ouvir o sangue *dele* correndo pelas veias do pulso, e o som a deixa tonta. O estômago se revira, a boca fica seca e começa a doer até que ela finalmente entende o que está sentindo.

Fome.

Mais estranha e intensa do que já sentiu em toda a vida.

Sabine sorri daquele jeito felino e íntimo, e o horror toma Charlotte por inteiro quando compreende por que ele foi trazido até ali.

— Não — sibila ela, empurrando George.

E embora fosse mais alto e musculoso que Charlotte, ele tropeça com a força dela e talvez tivesse até caído se Sabine não estivesse ali para segurá-lo.

Ele olha de uma para a outra, confuso, mas Sabine apenas dá de ombros e diz:

— Vou facilitar.

Charlotte não entende até que vê a ponta da lâmina de barbear deslizar como um beijo pelo colarinho dele. Ela arfa enquanto George cambaleia e leva a mão ao pescoço, o sangue se empoçando, vermelho-rubi, entre os dedos.

A ferida é profunda. Não o suficiente para matar, mas ele tropeça, afasta a mão e parece surpreso ao vê-la manchada de vermelho.

— Que diabos...

— Pode continuar — instiga Sabine, parecendo impaciente.

Mas Charlotte nega com a cabeça.

— Ele, não.

— E quem seria melhor? — Ela balança a lâmina de um lado para outro. — Vão pensar que vocês fugiram juntos para se casarem.

George parece não ouvir a conversa. Ele hesita, franze a testa, o sangue escorrendo pela frente da camisa, pingando no piso de mármore, e Charlotte consegue sentir o cheiro, o *gosto*, do jeito que sentia o gosto de açúcar no ar quando era mais nova e se esgueirava pela cozinha enquanto a cozinheira preparava um bolo. Como açúcar, mas totalmente diferente, pensa Charlotte enquanto cobre a boca com as mãos. Ela cerra o maxilar, só para sentir os dentes pontiagudos espetarem o lábio inferior. O gosto do próprio sangue nem se compara ao cheiro do dele. Ainda assim, talvez tivesse sido capaz de lutar contra a própria fome se George não tivesse dado um passo vacilante em direção a ela.

Se não tivesse se aproximado tanto assim.

Se não tivesse colocado as mãos ensanguentadas nos seus braços, encostado o rosto ensanguentado no seu.

Mas é exatamente o que faz. E ela de repente o puxa para si, enterra os dentes no pescoço dele, fazendo com que o sangue escorra pelos seus lábios, então o vestíbulo desaparece, o resto do mundo desaparece quando Charlotte bebe.

Ela bebe, e aquela quietude horrível cessa enquanto o próprio coração começa a bater de novo, o pulso de George acelerando dentro do seu peito.

Ela bebe, e sente-se caindo, afundando, dessa vez não na escuridão, mas na luz. Um clarão explode por trás dos olhos e se estende por cada veia, como o calor dos raios de sol.

Charlotte tenta parar. Tenta de verdade.

Mas sente quando George começa a se debater. Quando ele luta contra ela com todas as forças. E quando as forças o abandonam. Quando as batidas do coração se tornam irregulares, fracas e trêmulas. Quando o ouro líquido começa a descer mais devagar pela garganta.

Mas assim que o mundo ressurge e a traz de volta, Charlotte se vê de joelhos no piso de mármore, com George Preston deitado debaixo dela, imóvel. As batidas do coração começam a diminuir no seu peito, ergue o olhar e vê Sabine pairando acima dela.

— Pronto — diz ela. — Foi tão difícil assim?

Como se não tivessem acabado de matar um homem. E ele *está* morto, sabe disso. Os olhos azuis abertos, vazios, o corte da lâmina nítido no pescoço, mas enquanto olha o lugar onde o mordeu, onde *cravou* os dentes, os furos somem sem deixar vestígio. Sua ação violenta é apagada, como se nunca tivesse existido. E, por um instante, Charlotte acredita — espera — que ele ofegue e volte à vida, exatamente como aconteceu com ela.

Mas os minutos passam, e George Preston continua morto. E, até aquele momento, ela não sabia se acreditava em almas, mas agora não tem mais dúvidas: o corpo se torna algo diferente depois que a vida se esvai. Pesado e, ao mesmo tempo, leve demais. Um receptáculo que *ela* esvaziou.

Um som horrível borbulha dentro dela, uma mistura de riso e soluço, horror, culpa e tristeza, não só por George, mas por ela também, pelo que fez. Não percebe que está chorando até as primeiras gotas pingarem nas mãos. E manchá-las de vermelho. Ela toca no rosto e os dedos ficam úmidos, não de lágrimas, e sim *sangue*. E a pior parte é que precisa conter o impulso de lamber os dedos, pois a sede continua presente. Ela crava as unhas nas saias e na pele, mas não sente nada.

Sabine se ajoelha ao seu lado, e Charlotte abre a boca para perguntar: *O que você fez comigo?* Ou: *O que foi que eu fiz?* Mas a pergunta que sai é apenas:

— O que eu sou?

Sabine se inclina, dá um beijo no rosto dela e responde:

— Você é livre.

Antes que Charlotte possa dizer que não se sente livre, Sabine a ajuda a se levantar e diz para ela subir e encontrar outro vestido.

E é um absurdo, claro, se preocupar com uma coisa dessas agora. Mas é algo em que se concentrar em vez de ficar pensando no corpo de George Preston, no sangue e no próprio coração novamente parado, aquela quietude horrenda de volta ao peito, portanto obedece. Dá as costas para a cena grotesca, sobe a escada correndo e abre o armário de Sabine em busca de uma roupa que vá lhe servir, concentrando-se na seda e no chifon, tentando não ouvir o som do corpo arrastado pelo piso de mármore, tentando não ouvir quando é lançado pela escada do porão.

O vestido que escolhe é de um tom verde invernal.

Charlotte despe o próprio vestido e veste o novo, esforçando-se para abotoá-lo. Quando Sabine chega, está tentando alcançar os últimos botões enquanto evita se olhar no espelho, temendo a imagem que encontrará no reflexo.

— Como se sente? — pergunta Sabine.

Uma pergunta tão simples com uma resposta tão complicada. Horrorizada, é óbvio. Fascinada também. E confusa. Mas o sentimento que fala mais alto é:

— Culpada.

— Não se preocupe. Vai passar.

As palavras são ditas para consolá-la, mas a ideia de que poderia fazer uma coisa dessas sem sentir nada é ainda pior. Dessa forma, tenta se concentrar em Sabine.

As mãos que passam pelas costas de Charlotte, fechando os últimos botões do vestido com dedos firmes. Os lábios que beijam o seu ombro. Os braços que a envolvem pela cintura. Ela se deixa envolver no aconchego tranquilizador e, por um momento, se sente segura.

Por fim, enfrenta o espelho, pelo menos para encontrar o olhar da outra mulher. No caminho, seus olhos passam pelo próprio rosto — como pode parecer tão normal, tão igual ao que sempre foi? — antes de fitarem Sabine.

— O que vamos fazer agora?

— Agora — responde a mulher no reflexo —, nós partimos.

Já está escuro quando saem.

O sol se foi, levando a tontura consigo. No seu lugar, Charlotte se sente alerta, viva e sedenta. Ela tenta tirar esse último pensamento da cabeça, junto da consciência de que não está deixando para trás apenas uma casa e um guarda-roupa cheio de vestidos, mas toda a sua vida.

Ainda não consegue entender o que está acontecendo, então nem tenta. Em vez disso, permite que Sabine a leve até a carruagem que aguarda por elas.

As duas não têm baús nem mudas de roupas, todas as suas posses ficaram na casa em Merry Way, e Sabine também abandona seus pertences.

— É melhor viajar com pouca coisa — argumenta ela.

Ainda assim, quando Charlotte sobe na carruagem, não consegue deixar de olhar para a casa grandiosa e vazia.

— Você não vai sentir saudade?

Sabine se acomoda ao lado dela no banco aveludado.

— Sinto saudade das últimas cerejas da estação. Saudade do chocolate derretendo na minha boca. Saudade da sensação do sol da primavera na minha pele. Não sinto saudade de paredes e portas. — Ela entrelaça o braço no de Charlotte. — Além disso, alguns ficam sempre no mesmo lugar e murcham dentro de suas caixas. Nós arrancamos nossas raízes e buscamos um solo novo para florescer.

— Quantas vezes já fez isso? — questiona Charlotte. — Quantas vidas já viveu?

— Muitas, mas ainda não o bastante — responde ela, enquanto o condutor estala as rédeas.

A carruagem se afasta pela rua, e Charlotte olha para trás; quer dizer, ela tenta, mas Sabine pega seu rosto em um gesto suave, mas firme, um comando silencioso para deixar o passado onde tem que ficar... atrás delas.

XII

Charlotte tinha nove anos quando encontrou um coelho morto.

Quando viu a pobre criatura, era pouco mais que uma bolinha de pelos e sangue. Uma trilha de terror no jardim.

A visão do coelho caído, tão imóvel, o corpinho encolhido para se defender do mundo externo, foi o suficiente para partir o coração de Charlotte. O que não era difícil, pois sempre fora sensível. Assim como o coelhinho, seu corpo mutilado quase sem peso quando o levou para casa.

Em algum momento no caminho, ela começou a chorar e não conseguia mais parar. Ficou parada diante da porta da oficina da mãe enquanto acariciava a orelha fria do coelho, sem saber o que fazer para consertar a situação.

No fim, cavaram um buraco no meio das rosas e enterraram o coelho ali, fundo o suficiente para que nada pudesse desenterrá-lo. E, para se certificar, a mãe fez uma escultura de coelho e a colocou bem em cima. Sempre que Charlotte passava por ali, ela parava, se agachava e acariciava a orelhinha da estátua.

Por semanas, James anunciava que teriam ensopado de coelho para o jantar, mesmo quando não era verdade, e Charlotte sentia a tristeza voltar ao peito.

Como se todos os seus sentimentos vivessem à flor da pele.

Só esperando para sair pelos poros.

Charlotte se lembra do coelho quando a carruagem segue caminho, as rodas passando pelos paralelepípedos e depois pela estrada de terra. Está totalmente desperta, apesar de ser tarde, seu corpo inteiro vibra de um jeito estranho, cada célula alerta. Talvez se tivesse um livro... Mas não tem, por isso sua mente se volta para si mesma, repassando as horas entre o pedido de casamento e a carruagem, as peças da sua vida tombando uma em cima da outra.

Sabine espia pela janela, o olhar perdido deixa evidente que olha além do mundo e não para ele. Ela parece tão calma e serena, ao passo que a mente de Charlotte não para, cheia de perguntas.

O que ela é agora? Há uma palavra para isso? O que significa viver e morrer e voltar a viver, como aconteceu com o monstro em *Frankenstein*? Foi a morte que sentiu na cama de Sabine ou outra coisa? Uma centelha vital apagada, só para ser acesa novamente, e, se foi isso, ainda é a mesma energia vital ou uma nova? E quem transformou Sabine antes que ela transformasse Charlotte? E por que a luz do sol a deixa tonta? E como pode viver, se mexer e pensar sem um coração batendo no peito? E por que sente tanta vontade de beber sangue?

Quando estava com os dentes enfiados no pescoço de George Preston, houve um momento em que a pulsação dele fraquejou, mas não dentro dela, e Charlotte sentiu que fazia a vida dele pulsar, assim como o coração.

Mas então o momento passou, e ele morreu.

E ela não consegue deixar de pensar: qual será a diferença entre os dois? O que a fez continuar viva enquanto ele morreu? Foi o sangue? O coração? A alma?

Ainda não conseguiu encontrar coragem para fazer essas perguntas em voz alta, mas parece que nem precisa. Sabine suspira e pisca, voltando a si antes de comentar:

— Seus pensamentos são altos demais.

Charlotte se sobressalta, surpresa por Sabine conseguir ouvir, ou sentir, o que ela está pensando. Mas por que está estranhando tanto? Afinal, *ela* conseguiu sentir o pânico de George, sua preocupação, seu temor. E não foi a própria Sabine que disse que Charlotte não conseguia guardar os sentimentos só para si?

— O que nós tiramos deles? — pergunta ela. — É apenas sangue ou algo mais?

— E isso importa?

Importa. Claro que importa. A alma é algo inteiro. Tudo ou nada, presente ou não. O sangue é diferente. Sangue existe em quantidade e em vários níveis.

— Bem, importa, sim — retruca ela, mais animada com a ideia. — Se é apenas sangue, então ninguém precisa morrer.

Para sua surpresa, Sabine dá de ombros.

— Talvez não — pondera ela, voltando a olhar pela janela. — Mas aprendi que é sempre melhor terminar o que já começou.

Elas matam o condutor na fronteira de Canterbury.

Bem, *Sabine* o mata, e então Charlotte desvia o olhar, com a mão na boca.

No início, ela observa com um tipo estático de horror, atordoada pelo estranho contraste entre os dois corpos: o contorno elegante dos braços de Sabine, um cobrindo a boca do condutor e o outro em volta do peito, o som dos ossos se partindo com a força dela, a expressão congelada de espanto quando os dentes de Sabine se afundam cada vez mais na pele fragilizada. Charlotte mal consegue suportar a violência, o horror, mas não foi isso que a fez olhar para o outro lado.

Não, foi a forma como a própria boca ficou seca e os dentes começaram a doer, a sede surgindo logo depois da repulsa.

Então Charlotte se mantém de costas para a cena, os olhos fixos na cidade que as aguarda ao longe. Já é quase meia-noite, mas consegue distinguir o contorno das construções, o brilho dos lampiões e das lamparinas a gás, enquanto espera tudo terminar. É tomada de alívio quando, por fim, ouve o baque do peso morto caindo na terra.

Ela se vira, tentando não olhar para baixo. E pensar que passou quase dezenove anos sem se deparar com um cadáver humano, só para ver dois na mesma noite — foi a causa da morte de um deles e é testemunha da do outro. O horror a domina, ameaçando sufocá-la.

— Deveríamos enterrá-lo, pelo menos — sugere ela.

Estão um pouco afastadas da estrada e o solo é macio e úmido, mas Sabine diz que não, pega o lampião ao lado do banco do condutor e o que parece ser uma garrafa de uísque escondida embaixo do assento.

— Gente morta faz com que o solo se torne morto — revela ela, entregando o lampião para Charlotte. — E o solo morto é perigoso.

Ela levanta o corpo do condutor como se fosse um saco de trigo e o joga na carruagem. Esvazia a garrafa sobre ele e descarta o vidro vazio, movendo-se com destreza e agilidade.

— Perigoso? — pergunta Charlotte quando Sabine tira o lampião de suas mãos. — De que forma?

— Poucas coisas podem feri-la agora — explica ela, deixando o lampião escorregar até a ponta dos dedos. — Só a destruição do seu coração dará fim à sua vida. Mas a luz do sol a deixará doente. E a terra de um túmulo a puxará para baixo.

Com isso, Sabine atira o lampião dentro da carruagem de madeira.

O fogo pega na hora e logo se espalha, tão forte que ofusca sua vista, emitindo um calor que atrai Charlotte, hipnotizada pelos novos detalhes das chamas.

Até que Sabine pega a sua mão.

— De todas as formas de se morrer — alerta ela —, o fogo é a pior.

Então puxa Charlotte, afastando-a da carruagem incendiada e guiando-a em direção à cidade.

XIII

Margate, Inglaterra
Uma semana depois

Quando era pequena, Charlotte sempre teve medo do escuro.

Como a maioria das crianças. Mas, ao contrário das outras, isso nunca a impediu de observar as sombras. Em vez disso, sentia uma compulsão perversa, seu olhar sempre se voltava para os lugares onde a escuridão parecia espessa feito cortinas pesadas. Parecia não conseguir se controlar e ficava olhando até a mente começar a lhe pregar peças, conjurando monstros do nada.

Mas agora, quando Charlotte olha para o escuro, encontra uma imensidão de detalhes.

A noite difusa pelo luar e as lamparinas douradas, a luz se curvando e se estendendo além de seus limites, as sombras finas como painéis de vidro. Sua visão é tão penetrante que ela consegue distinguir as telhas dos telhados, as ondulações na madeira. Vê a catedral ao longe, ouve o sussurro da brisa junto dos sinos que tilintam, identifica o cheiro de cerveja no barril vazio e o farfalhar das saias de Sabine alguns metros adiante.

Já é tarde e a maior parte das lojas está fechada, mas, apesar da hora, algumas partes da cidade ainda fervilham de vida, que sussurra do interior de casas escuras. Chama pelas janelas abertas e sai de uma taverna ao longo da rua: as cadeiras arrastadas pelo chão, o tilintar de copos, o burburinho de vozes.

Uma placa indica que a construção é uma pousada, e Charlotte fica imaginando se é ali que vão se hospedar. Sabine parece estar considerando a possibilidade também, até a porta se abrir e um homem sair lá de dentro. Ele segue pela rua, cantarolando, e Sabine não diz nada, mas o segue.

Charlotte a imita.

Mais à frente, o homem tropeça em uma pedra solta, se equilibra e pragueja, caminha por mais um quarteirão antes de parar diante de uma porta velha. Ele se apoia nela enquanto tenta enfiar a chave na fechadura. E bem na hora que consegue abrir a porta, Sabine solta:

— Senhor? — A voz suave e doce como um creme. — O senhor deixou cair isso aqui.

A moeda brilha sob a luz da lamparina.

Ele estreita os olhos turvos de embriaguez.

— Obrigado — diz ele com a voz arrastada. — É muito honesto de sua parte.

Sabine responde com um sorriso perfeito.

— Bem — diz ela —, eu sempre tento ser honesta.

Enquanto responde, ela se aproxima da luz, o lampião banha o cabelo ruivo, e Charlotte jura *sentir* o caos de pensamentos do homem tomando o ar. Curiosidade, confusão e algo um pouco mais sinistro.

— Vocês não deveriam estar sozinhas a essa hora. Duas jovens desacompanhadas — comenta ele, passando a língua pelos lábios.

Ah, pensa Charlotte. É isto: *desejo.*

— Tínhamos a intenção de seguir viagem à noite — explica Sabine. — Mas nosso condutor adoeceu.

Ela dá mais um passo, erguendo a moeda, mas quando a mão dele se fecha sobre o metal, Sabine pousa os dedos enluvados sobre os dele.

— Mas tem razão, está muito tarde para duas jovens andarem desacompanhadas na rua. O senhor deveria nos convidar para entrar.

Qualquer desconfiança se apaga como uma vela, soprada para longe pelas palavras e pela vibração estranha da voz dela. Charlotte não consegue observar a expressão no rosto de Sabine daquele ângulo, mas vê a resistência do homem sumir completamente enquanto os lábios se alargam em um sorriso bobo.

— Venham, podem entrar — convida ele, acendendo um lampião enquanto as leva até uma sala estreita. — Sintam-se em casa — acrescenta, seguindo para a lareira.

— Quanta hospitalidade — comenta Sabine quando ele cutuca um montinho de brasas para que voltem a queimar.

O homem tenta pendurar uma chaleira e se desequilibra, mas Charlotte estende a mão para impedi-lo de cair.

Por cima do ombro dele, Sabine estala os dedos, lançando para Charlotte um olhar significativo e inequívoco.

Beba.

Como se fosse tão fácil assim... E talvez seja. Afinal, a mão de Charlotte ainda está no braço do homem, cujo olhar está vidrado e o hálito, quente. De perto, consegue ver a barba que está começando a crescer e sente o cheiro de sangue sob a pele, o que desperta a sede que parece não ter fim.

Ainda assim, por mais sedenta que esteja, ela hesita.

A expressão de Sabine se torna severa.

— Eu não vou continuar entregando sua comida de bandeja.

Ela fala em voz baixa, mas não o suficiente. O homem se vira.

— O que disse? — pergunta ele, mas logo Charlotte o puxa para si e o morde.

Não é difícil.

A pele se rompe com facilidade, o sangue esguicha e encharca sua língua. Aquela primeira mordida é como um raio de luz dourada, banhando seu corpo frio e imóvel e aquecendo-a de dentro para fora. O homem se retesa sob ela, tentando se libertar, mas não consegue. Charlotte ainda se surpreende com a própria força. Sente a vida deslizar pela garganta e se enraizar no peito. Envolver seu coração, que, por fim, volta a bater.

Então Sabine surge ao seu lado, acariciando suas costas com os dedos, os lábios próximos à orelha.

— Minha rosa impetuosa — sussurra ela, a voz misturada com a pulsação, uma melodia de prazer excepcional.

Charlotte fecha os olhos de novo e se deixa mergulhar.

A sala mergulha com ela, desaparece, enquanto a luz brota por todos os lados. Ela está deitada na grama de Clement Hall, banhando-se do sol de verão, e é tão perfeito, é a própria paz. Este momento, o ouro rosado quando fecha os olhos, sob sua pele.

Até o homem implorar:

— *Por favor.*

Bastam duas palavras e toda a ilusão se desfaz. Um apelo desesperado em uma sala escura, e ela está de volta, o ar impregnado de medo, e todo o horror surge para acompanhá-lo. Charlotte recua, recolhendo os dentes ao soltá-lo.

O homem cambaleia, cai no chão, se levanta de novo, e ela não *o manda* fugir, mas como fica aliviada quando ouve a porta da frente bater e vê o corpo dele sumir, embora seu coração ainda bata no peito dela.

A cabeça de Charlotte está girando, sente as pernas bambas e o rosto quente como se tivesse bebido uma ou duas taças de xerez. Sabine olha de Charlotte para a porta e de volta para ela, com uma expressão de consternação no rosto.

— Ele pediu "por favor" — murmura ela, tentando reprimir um risinho ébrio.

Não tem graça, é claro, mas, por algum motivo, ela quase ri.

Sabine, não.

Ela contrai o maxilar com frieza. Não ergue a voz, nunca faz isso, mas sai da casa em disparada, e Charlotte se acomoda em um banco ao lado da lareira enquanto espera o cômodo parar de girar.

O fogo crepita, mas a casa de repente está tão quieta, tão vazia, que alguma coisa se agita dentro dela. Uma tristeza súbita e horrível, mais intensa do que já sentiu há muitos anos. Os batimentos roubados vão desacelerando no peito e os olhos começam a arder, e ela fica aliviada quando Sabine retorna. Até a mulher largar algo pequeno e ensanguentado no seu colo. E Charlotte demora alguns segundos para entender o que é.

Um coração humano.

— O coração do sujeito que pediu "por favor" — indica Sabine, então atira mais dois para Charlotte. — E os dos outros homens para quem ele já tinha contado.

Charlotte olha, horrorizada, para os três corações, aninhados como corpinhos ensanguentados nas suas saias.

Sabine limpa as mãos.

— Está vendo? — prossegue ela, se sentando no sofá. — É por isso que você sempre precisa terminar o que começou.

Charlotte sente o estômago revirar enquanto se levanta e atira cada um dos corações no fogo. Ela fica ali, ajoelhada diante da lareira, observando os corações queimarem, e Sabine se acomoda entre as almofadas fechando os olhos, sentindo-se completamente à vontade.

Serena. Inabalável. Como se o horror não fosse nem um pouco...

— Basta — intervém Sabine com os olhos ainda fechados. — Não adianta nada remoer as coisas.

Charlotte franze a testa.

— Isso não a incomoda?

— Por que incomodaria? O que é mais natural do que a morte?

— Mas *isso* não é natural. Foi você. — Ela olha para o vestido arruinado.

— Fomos *nós*. — Passa os dedos pelas manchas de sangue na saia. — Como consegue viver assim?

Ela consegue *ouvir* a indiferença na voz de Sabine.

— É bem fácil.

— Não deveria ser — sibila ela. — Eles eram seres humanos.

— Eram comida. — Sabine suspira, exasperada. — Sinceramente, Charlotte, você ficava de luto pelos ovos que comia no desjejum? Pelos frangos na torta?

Charlotte se aproxima dela.

— Não é a mesma coisa.

Sabine se empertiga no sofá, limpando as unhas.

— Não?

— Como pode ser tão indiferente? — explode ela, esperando que a outra mulher fosse revidar, brigar ou levantar a voz.

Em vez disso, ela olha nos olhos de Charlotte com um sorriso quase gentil.

— As pessoas morrem — responde ela. — Toda hora, todos os dias. A maioria morre por acidente, doença, velhice ou alguma bobagem. E sim, algumas morrem pelas nossas mãos. — Ela se levanta e se aproxima de Charlotte. E embora Sabine seja só um pouco mais alta, sempre parece imponente, como se fosse maior do que o próprio corpo. — A morte chega; às vezes é gentil e, tantas outras, cruel, mas raramente é bem-vinda. Contudo, sempre chega. — Sabine pousa a mão no coração dela. — A diferença é que nós fazemos alguma coisa com a morte. Eles perdem a vida, nós a ganhamos.

Charlotte fita aqueles olhos ardentes e sente a raiva vacilar. A culpa e a tristeza se recolhem quando Sabine a toca no rosto.

— Charlotte.

Mesmo agora, o som do seu nome nos lábios de Sabine e a forma como os dedos passam pelo seu cabelo e se fecham na nuca fazem seus pensamentos se esvaírem e o aposento à sua volta desaparecer. Um tipo diferente de calor se acende em seu corpo, e ela o recebe de braços abertos.

— Eu aprecio a sua mente, a sua opinião e a sua curiosidade. — A boca de Sabine roça na dela, os dentes arranhando o lábio inferior, enquanto ela ronrona: — Mas acho que já está mais do que na hora de encontrar outro uso para isso.

Ela leva Charlotte em direção à escada, e Charlotte se deixa ser guiada.

Na lareira, os corações queimam até virarem pó.

Ela dorme e sonha com Clement Hall.

Está no jardim, e a mãe chama seu nome. O pai e o irmão também. A voz deles se enrosca nos arbustos e ecoa pela trilha de pedras. Abre a boca para responder só para descobrir que não tem voz. Tenta ir até eles, mas percebe que os pés estão enraizados. Não importa o quanto se esforce, não consegue falar nem se mexer. Ela está presa dentro de si mesma.

Eles a procuram por toda a parte, mas não a encontram.

Charlotte acorda e se vê entrelaçada, um braço abraçando-a pela cintura, mechas vermelhas envolvendo seu pescoço como erva daninha. Fica admirada ao ver como Sabine parece diferente, relaxada ao dormir, o tom azulado das pálpebras fechadas, a penugem ruiva dos cílios, a curva delicada dos lábios, um pouco antes de se abrirem em um sorriso.

Sabine puxa Charlotte para mais perto, e ela se esquece do sonho. Até mais tarde, quando estão se vestindo e vê uma mesinha próxima à parede, com um pote de tinta e papel.

— Quero enviar uma carta para casa.

Sabine está diante de um guarda-roupa aberto, revirando os vestidos que devem ter pertencido a uma filha, irmã ou esposa. Os movimentos ficam mais lentos, ela comprime os lábios em desaprovação, mas não tenta impedi-la.

Charlotte se acomoda na cadeira e pega a pena, tentando encontrar as palavras certas para tranquilizar a família.

No fim das contas, escreve que lamenta muito por ter fugido daquela maneira.

Escreve que queria ter outro tipo de vida.

Ela olha para Sabine, que rodopia devagar, segurando um vestido branco diante do corpo como se estivesse dançando com um fantasma, e escreve que está feliz e termina prometendo que logo irá visitá-los.

Coloca a carta em uma caixa de correio antes de saírem da cidade, sentindo uma onda repentina de tristeza quando ela some no horizonte e, depois, uma leveza, um sopro de esperança.

É mentira, disse-lhe Sabine, *que você só tem uma história.*

E ela tem razão.

É assim que a primeira história acaba, pensa Charlotte com seus botões assim que posta a carta, levando a jovem srta. Hastings consigo.

E é assim que a próxima começa.

ALICE

(*ANNO DOMINI* 2019)

I

— Pode *parar.*

A voz de Alice é uma faca que corta o ar do quarto de hotel.

Lottie fica calada e o silêncio que se segue é, de alguma maneira, ainda pior. Três corpos e nenhum coração batendo, nenhum movimento, nenhum som, a não ser o sussurro constante e contínuo do chuveiro do outro lado da parede.

Alice está sentada, com os joelhos encolhidos junto ao peito no chão do hotel. Ezra está relaxado em uma cadeira, e Lottie, exatamente no mesmo lugar de quando começou a falar, aos pés da cama, bem na pontinha, a mente e o rosto inescrutáveis, ao contrário de Colin ou Hannah ou o homem do carrão, cujos pensamentos e desejos transbordavam pelo ar como vapor, tão densos que ela conseguia vê-los, sentir seu cheiro e gosto. Mas o que quer que Lottie esteja sentindo agora, descobriu um jeito de guardar para si. Assim como Ezra, a expressão neutra, a mente como uma folha em branco, e Alice sabe que sua cabeça deve estar totalmente aberta, todos os seus medos, sua raiva e confusão tomando o ar do aposento como fumaça, mas não se importa.

Que ouçam o que está pensando, se quiserem.

— A Sabine te seduziu — diz Alice. — É isso? Você se apaixonou por ela, e ela tirou a sua vida. E, de alguma maneira, essa é a sua desculpa? Porque ela te transformou em quem você é? Ela te machucou, e agora você descontou em mim. Tudo não passa de um joguinho cruel?

"Pessoas feridas ferem outras pessoas", não é o que já ouviu centenas de vezes? Mas Lottie balança a cabeça, um gesto lento e mecânico, de um lado para o outro.

— Não — responde ela, esfregando os olhos. — Não, você não está prestando atenção.

— E por que eu deveria estar? — explode Alice, surpresa diante da própria raiva.

Não por sua presença, já que a raiva estava sempre presente, mas por colocá-la para fora. Por anos, ela a guardou como um carvão dentro do peito, um calor abrasador que mantinha bem fundo no coração para que queimasse apenas a ela e ninguém mais. No entanto, não consegue mais segurar, não quer segurar nem deveria. Afinal, de que é que adianta?

— E por que eu deveria me importar com uma história de amor antiga, Lottie? Quero saber por que *você* fez isso *comigo*, não...

Mas, bem nessa hora, alguém bate à porta.

Alice para de falar e todos olham para a entrada, mas é Ezra quem se levanta para atender, e é como se um selo tivesse se rompido. Alice sai do transe, levanta-se do chão com pernas que deveriam estar dormentes, mas estão firmes. Lottie se levanta e escapole para o banheiro. Alice capta o vislumbre da mulher no chuveiro, ainda em transe, com o queixo erguido e os olhos fechados, como se estivesse perdida em uma tempestade particular.

Alice observa e se maravilha com o jeito gentil com que Lottie tira a mulher do chuveiro e a ajuda a vestir o robe branco atoalhado, a ternura com que tira o cabelo molhado de baixo da gola e a senta em um banco acolchoado, agacha-se para que fiquem cara a cara para lhe dizer que ela entrou no quarto errado.

A mulher enrubesce, constrangida, e se levanta depressa com uma expressão confusa no banheiro cheio de vapor. Que tola deve estar se sentindo ao passar por Alice e Ezra para sair do quarto.

E, simples assim, a mulher vai embora, está livre e *continua viva*, e Alice precisa dominar a própria raiva mesquinha.

(Não é justo. Não é justo. Não é justo.)

Mesmo que, no fundo, saiba que nada é justo nesta vida, nem no que se dá nem no que se recebe, e muito menos na sorte. Sabe muito bem que a outra mulher não tem culpa de sair ilesa quando ela não conseguiu escapar.

Ezra está parado diante da porta aberta, conversando com alguém no corredor. A barista, nota Alice, aquela da cafeteria White Thorn Black Roast. Ele estende a mão e pega uma garrafa térmica.

E então a porta se fecha, deixando os três novamente a sós.

Alice se senta no chão e abraça os próprios joelhos de novo, Lottie volta para o seu lugar aos pés da cama e Ezra destampa a garrafa.

— A comida chegou — anuncia ele à guisa de explicação e pega três copos no minibar. — Temos uma longa noite pela frente.

Ele serve o conteúdo viscoso e vermelho e, em algum momento, Alice sabe que vai deixar de ficar tão surpresa ao ver sangue, mas, agora, a visão ainda a atinge como um soco na cara. O choque, a repulsa e, pior de tudo, o desejo, como se o mundo se reduzisse a um ponto minúsculo do tamanho de um copo.

Ezra entrega um copo para Alice e oferece outro para Lottie, que recusa, virando o rosto, como se fosse fácil, como se suas entranhas não se abrissem diante de tal visão, e Alice se lembra do que ele disse, a caminho do hotel, sobre como conviver com a sede, e pensa que talvez — quem sabe? — consiga resistir ao impulso de beber.

Mas Ezra ergue o copo em direção a Alice em um brinde imaginário e discreto e toma tudo, e Alice perde a batalha antes mesmo de começar e, no instante que o líquido toca seus lábios e ela o engole, sente-se um pouco melhor, um pouco mais calma, um pouco mais equilibrada, e tenta fazer a bebida render, mas já acabou e tudo que resta é um sabor na língua e um buraco que parece ainda maior, e gostaria de não ter nem tentado preenchê-lo, pois sabe que, se Ezra encher o copo de novo, ela vai virar outra vez, e odeia Lottie mais do que nunca por tê-la transformado naquilo, e seu pensamento deve ter ecoado pelo quarto porque Lottie pigarreia e encara os dedos entrelaçados no colo.

— Sei que está com raiva de mim e que quer que eu ande logo com a história. — Lottie engole em seco e olha para Alice, com pequenas lágrimas vermelhas grudadas nos cílios. — Mas, para entender o que aconteceu com você, antes precisa entender o que aconteceu comigo.

CHARLOTTE

(*ANNO DOMINI* 1827)

I

Charlotte tem muita coisa para aprender, e Sabine está ali para ensinar.

Como matar, é claro. Mas também como *viver.*

Como viajar, saltitando como uma pedra lançada, sem nunca pousar em um lugar; ou parar e iniciar um padrão de vida. Como estender a caça por semanas e saborear a recompensa ou jogar o jogo em uma única noite. E se Charlotte não consegue sentir prazer na morte, pelo menos Sabine não permite que ela se afunde na tristeza resultante.

E como os primeiros anos são de felicidade, logo viram um borrão.

Não importa para onde vão.

As duas são uma ilha, sozinhas e unidas na vastidão do mundo.

E são felizes.

Talvez seja isso que as torna verdadeiros monstros, o fato de o amor que sentem uma pela outra ser marcado pela violência e pela morte. Ainda assim...

Ainda assim...

Ela não mudaria nada.

À noite, são como duas crianças, livres em um jardim de prazeres, os momentos mais sombrios transformados em um parque de diversão dos sentidos, em um festival, em um baile.

Elas dançam. Bebem. Sonham.

E, de manhã, Sabine puxa Charlotte sob os lençóis e sussurra um poema junto a sua pele, versos sobre o solo à meia-noite, pétalas rubras e dentes afiados.

E, toda vez, Charlotte adormece envolta pelo cheiro da amante. De terra úmida e madeira seca. E, dentro de seu abraço, sente-se segura.

Sente-se em casa.

Como é fácil agora traçar onde o caminho se dividiu, segui-lo até o instante da primeira rachadura. Como foi fácil *antes* fingir que não havia nada de errado.

As duas invadem um castelo alemão vazio, com centenas de aposentos fechados e sem uso, e ali Sabine ensina Charlotte a reivindicar um espaço e tomar posse dele.

Ensina a criar um senso de propriedade usando apenas a própria força de vontade.

Mais tarde naquela noite, quando estão correndo descalças pelos corredores, uma atrás da outra em um pique inventado, Sabine no encalço de Charlotte, ela entra em um aposento vazio e o declara *seu*.

Dança de costas até o meio do cômodo, cantarolando a cada passo: "Isso é meu, isso é meu", exatamente como Sabine tinha acabado de lhe ensinar.

Sabine tenta segui-la, mas é repelida como se o ar tivesse virado pedra.

As duas ficam paralisadas, admiradas com a velocidade com que a mais jovem aprendeu e como consegue manter a amante afastada. Charlotte ri, encantada com a novidade, e Sabine sorri, mostrando os dentes.

— Muito bem — diz ela. — Agora deixe-me entrar.

E Charlotte, tão orgulhosa da nova habilidade, rebate:

— Não.

E é assim que o equilíbrio se desfaz.

Charlotte já viu Sabine irritada, entediada, frustrada e impaciente, mas, até aquele momento, nunca a tinha visto com *raiva*. E fica surpresa não pela raiva, mas pela forma como se assusta. Pela forma como toda a postura de

Sabine muda, o sorriso sumindo do rosto assim que para de achar aquilo divertido. A raiva se acende no seu olhar, como faísca numa pedra.

Charlotte para de brincar e libera o aposento, forçando um sorriso ao dizer:

— Claro, meu amor, pode entrar.

A barreira se dissolve e o cômodo não é mais só dela, e de repente o bom humor de Sabine volta, a ofensa aparentemente esquecida enquanto entra ali.

Charlotte permite que ela a segure, rindo de alívio quando Sabine a imprensa contra o chão.

Charlotte ama Sabine.

Como não amar?

Aquela mulher, que é uma força da natureza, que faz o mundo se curvar diante de si em vez de se curvar para ele. Que olha para Charlotte com um desejo tão sincero e que a toca sem um pingo de vergonha. Que nunca rouba beijos, mas os toma como se já fossem dela.

Sabine, que prova ser uma pessoa zelosa para cuidar do jardim.

E Charlotte, tão ansiosa por ser cultivada.

Tão grata por ter encontrado a mão que a fará florescer.

Por anos a fio, as duas moram em casas roubadas.

Dormem na cama de outras pessoas, as cortinas pesadas fechadas, passam os dias escondidas no escuro. Na maioria das noites, Charlotte se mantém acordada para ver a escuridão dar lugar ao alvorecer e acorda a tempo de ver o sol se pôr de novo, mesmo que seja difícil olhar até mesmo para aqueles raios ainda fracos.

Se soubesse que nunca mais poderia apreciar a luz do dia, teria aproveitado aquela última tarde, saboreado cada um dos tons. Certa vez, Charlotte perguntou se Sabine usava tons de ouro velho, borgonha e azul prussiano por sentir saudade das cores vibrantes do dia, mas Sabine apenas riu e disse que nunca foi tão sentimental assim. Apenas gostava dos tons em contraste com sua pele.

Sabine não é do tipo de mulher de ficar remoendo o que não pode mudar.

Mas Charlotte não consegue ser de outra forma.

Assim como não consegue deixar de sentir a tristeza, a culpa e o peso das coisas que sentia quando ainda era viva, sua nova sede também se expande, encontra a curiosidade de antes e a torna voraz. Ela saqueia as bibliotecas de todas as casas por onde passam, ávida por aprender idiomas, filosofia, ler romances e qualquer coisa que caia nas suas mãos, mas precisa se restringir a pegar apenas um livro de cada casa e deixar o da casa anterior no lugar daquele que tomou.

Na maioria das noites, fica acordada lendo até bem depois do alvorecer, depois deita-se na cama ao lado de Sabine, que a recebe de braços abertos. Mesmo então, apesar do cansaço, Charlotte às vezes fica acordada, a mente repleta de perguntas. Sobre a vida, sobre o tempo. Sobre *elas*. Até Sabine acariciar seu cabelo e pedir que sossegue, como se o volume da mente de Charlotte atrapalhasse seu sono.

Se já pensou nessas coisas algum dia, Sabine nunca disse.

Há tanta coisa que ela não diz.

Charlotte adoraria poder sentir os contornos da mente da amada, ler um resumo das suas ideias, suas esperanças e seus sonhos, mas os pensamentos de Sabine estão sempre bem guardados, e sua mente, fechada. É uma questão de idade, responde Sabine quando ela pergunta, mas Charlotte pode jurar que está sendo deixada do lado de fora. Mais de uma vez, tenta abrir a porta, espiar pelas fechaduras mentais, mas é sempre repelida e recebe um olhar de advertência e nada mais.

São poucas as vezes que Sabine comenta sobre seu passado.

Um comentário distraído deixado como uma migalha no caminho. Charlotte as recolhe com alegria. Um barco ancorado em Sevilha. O Carnaval em Veneza. Uma igreja. Um casal. Um pintor. Um amigo. Porém, quando Charlotte pergunta qualquer coisa, Sabine se retrai e responde: "Não importa mais."

Certa vez, logo no início de sua vida juntas, passam por uma *villa* vazia nas colinas da Espanha, e Charlotte vê Sabine na varanda, olhando o bosque de oliveiras banhado pela noite na planície.

— O que houve? — pergunta ela, suavemente.

Sabine meneia a cabeça.

— Uma lembrança — murmura ela.

Quando Charlotte pede que continue, ela nega com a cabeça, dizendo que não consegue lembrar, e Charlotte percebe que deve ser um lugar onde ela viveu *antes*. Antes de o tempo parar. Antes de Sabine mudar. São os únicos anos sobre os quais nunca fala.

Certa noite, quando estão caminhando de braços dados por uma rua de Paris, Sabine repara na data e casualmente revela que tem vinte anos, mas acrescenta que tem a mesma idade há trezentos anos.

Trezentos anos.

É difícil pensar em uma vida tão longa, a longevidade, a magnitude. Charlotte solta um arquejo surpreso, e Sabine arqueia uma das sobrancelhas.

— O quê?

— Imagine só quantos livros você poderia ter lido!

E Sabine ri, um som adorável e sincero, e Charlotte sente que está se apaixonando de novo por ela.

— Temos que comemorar — diz Charlotte, e Sabine lhe rouba um beijo, assegurando-a de que vão celebrar, sim.

Charlotte vive cheia de perguntas, mas Sabine não parece se incomodar. É verdade que a provoca quando ela pensa alto demais por tempo demais, mas sempre parece se divertir quando Charlotte as expressa em voz alta, como se ficasse encantada com sua curiosidade persistente.

Até Charlotte perguntar se existem outros iguais a elas.

As duas estão caminhando de braços dados, os estranhos à sua volta reduzidos a vultos e sombras pela névoa da madrugada, quando ela pergunta casualmente, quase que para si mesma, quantos de sua espécie existem por aí.

Sabine fica tensa ao seu lado.

— Eu não basto para você? — pergunta ela.

E lá está novamente, uma raiva tão súbita e fria que faz Charlotte estremecer e lutar contra o impulso de recuar enquanto responde:

— Ora. Mas é óbvio que basta. Não é essa a questão.

Sabine a encara, a luz de seus olhos completamente apagada.

Então Charlotte deixa o assunto de lado.

Sabine tinha razão.

Tudo fica mais fácil com o tempo.

Até mesmo matar.

E, se o horror do ato nunca desaparece por completo — toda vez que Charlotte tira uma vida, a culpa aparece para saudá-la —, o sentimento pelo menos passa depressa, desaparece quase tão rápido quanto o batimento do coração no seu peito.

Ela decide logo no início que só vai tirar a vida de homens.

Decide, inclusive, procurar os mais cruéis em pensamento, sentindo a violência no ar, afirmando para si mesma que é um tipo de virtude. Como se uma vida valesse mais que a outra.

Sabine a provoca, dizendo que é como escolher tônica em vez de vinho, que o gosto das mulheres é bem mais doce. Mas Charlotte insiste, mesmo que, no fundo, saiba que não há diferença. Independentemente do gênero, da inocência ou da culpa, a última coisa que esses homens vão sentir é medo. E será pelas mãos dela.

Charlotte diz que não sente prazer no ato, que é um meio e nada mais. Mas não é totalmente verdade. Ela deseja aquele momento ao sol, os batimentos emprestados, a explosão de calor, o poder do sangue. Porém, há mais um aspecto: o que sente quando os homens estão nos seus braços.

Quando eles estão fracos, e ela, forte. Quando eles estão presos.

E ela está *livre*.

II

Hampshire, Inglaterra
1879

É fácil perder a noção do tempo.

Afinal, os dias são diferentes, mas as noites parecem iguais. A escuridão sangra como uma aquarela e o tempo escorre com ela. Um mês se torna um ano. Uma década. Três. Depois quatro.

E, de repente, é quase Natal, e Charlotte desce de uma carruagem, afundando as botas em solo inglês, e ela sabe, mesmo com os dedos de Sabine cobrindo seus olhos como um véu, que está de volta a Hampshire. Ouve a brisa soprando pela grama alta, sente o cheiro do espinheiro e do corniso, a fumaça de bétula na lareira. Sente uma mistura de esperança e medo de que, quando Sabine afastar as mãos, Clement Hall estará diante dela.

Em vez disso, quando tem permissão para olhar, é saudada pela mansão de um estranho, as janelas iluminadas por velas e decoradas com flores. Uma trilha de cascalhos brancos faz a vez de alameda, uma guirlanda de azevinho na porta, o telhado coberto de neve. A casa poderia muito bem ser feita de biscoito de gengibre de tão linda.

— Um presente — revela Sabine, se inclinando para beijar a curva logo abaixo do seu queixo. — Sei que não é a mesma coisa, mas...

Charlotte a interrompe e se joga nos braços da amada.

— É perfeita — diz com cada beijo.

Mesmo depois de tantos anos, Sabine ainda consegue surpreendê-la.

Ela ergue a cabeça, observa o céu azul-cobalto do início de noite, o céu invernal que conhece tão bem, e imagina a que distância fica Clement Hall.

— Um quilômetro e meio, descendo a estrada — responde Sabine. — Achei que você gostaria de sentir um gostinho de casa.

Charlotte assente. Sabine sempre lhe diz para olhar para a frente, nunca para trás, mas, nos últimos anos, vinha desejando exatamente isso.

Um gostinho de casa.

É uma expressão que Charlotte não entende bem até caminharem pelos cascalhos. Até ser obrigada a encarar o fato de que a casa que Sabine escolheu não está vazia.

Ainda não.

Mas Sabine apenas sorri, parecendo satisfeita como uma gata, e Charlotte sabe que não há como voltar atrás. Elas batem à porta, dizendo serem cantoras de Natal. Afinal, é a época de caridade e bondade. E são prontamente acolhidas.

A mulher oferece chá — Charlotte sempre se lembrará disso — e o marido pega o casaco delas, o ar à sua volta tranquilo, sem qualquer desconfiança, impregnado apenas pelo cheiro de pinheiro. Sabine segue a mulher para fora do aposento. Charlotte fica e toma o homem.

Ele não grita, não luta nem suplica.

Ela aprendeu a matar rápido. Uma mordida profunda e forte, deixando-os assustados, mas atordoados demais para lutar. Contudo, prefere fazer isso sem pressa. Disfarçar a violência com algo mais gentil, doce, rompendo a pele só com a pontinha dos dentes. Tirar a vida deles de um jeito tão lento que só reparam que estão feridos quando já é tarde demais.

Então, é isso que Charlotte faz. É o mais delicada possível, permitindo que ele se apoie nela enquanto se delicia com a luz do sol, as batidas do coração, o calor, pelo tempo que pode, e quando não resta mais nada, ela o deita no chão.

Sente as lágrimas escorrerem pelo rosto, enxuga-as enquanto sai em busca de Sabine.

Que estranho, ela não está na cozinha.

A mulher está ali, sentada em uma cadeira, a cabeça descansando nos braços cruzados, como se tivesse caído no sono. Charlotte toca no rosto da mulher, esperando que ela acorde, quando ouve um grito.

Está vindo do andar de cima, descendo pela escada, e Charlotte sobe correndo, ainda sentindo as batidas roubadas no peito, até chegar a um quarto no fim do corredor. E parar.

Do outro lado do quarto, Sabine segura uma menina de camisola contra si. Uma *criança* que não devia ter nem treze anos. Seu pavor, espesso como tinta, está salpicado por todas as paredes enquanto o sangue escorre do seu rosto, pulso e pescoço.

— Sabine — chama Charlotte, mas ela não parece ouvir.

Nos seus braços, a menina se debate e suplica, tentando se libertar. Sabine a solta e a menina se afasta.

— *Socorro!* — grita ela, dando um passo vacilante, depois outro, antes de Sabine capturá-la de novo, puxando-a e tapando sua boca com a mão.

— Quem você está chamando? — ronrona ela. — Todos já estão mortos.

O horror atinge Charlotte em cheio, mais forte do que já sentiu há muitos anos.

— Sabine, *basta* — censura com veemência.

A menina a vê e se debate como um animal, os olhos arregalados e cheios de medo, enquanto Charlotte avança, determinada a pôr um fim àquilo, a pôr um fim ao sofrimento. Mas quando chega perto o suficiente para tentar, Sabine a empurra.

Sabine, que até aquele momento nunca tinha encostado nela, a não ser com desejo e amor. Que nunca deixara uma marca que não fizesse parte do prazer.

A mesma Sabine agora a empurra com força suficiente para derrubá-la. Charlotte cambaleia até a cama, a coluna de madeira atrás dela se quebra com a força. A visão de Charlotte escurece, mas ela se recupera bem a tempo de ver Sabine cravar os dentes no pescoço da menina.

É uma mordida brutal e superficial, feita não para matar, mas para rasgar e ferir.

A menina se debate e a arranha, impetuosa de medo, mas a mão de Sabine é uma jaula inquebrável, e logo a luta esmorece, os movimentos viram apenas espasmos débeis, e os gritos, choramingos. Ela empurra Sabine sem muita força, uma última tentativa desesperada até por fim desabar, a luta e a vida arrancadas de seu corpo.

Charlotte fica parada, perplexa e furiosa, enquanto Sabine finalmente a solta, deixando o corpo cair no chão. Um emaranhado de braços e pernas que não vão mais crescer.

Charlotte olha para a amada...

E se detém.

Ela conhece Sabine mais que o dobro de tempo do que viveu em sua vida mortal. Já passaram cinco décadas juntas. Tempo suficiente para estudar cada faceta de Sabine, aprender os tons de voz que acompanham cada humor, a forma como seus braços ficam relaxados quando está cansada e como fica mais lenta quando está bêbada ou como dança quando está feliz. Mas nunca para, a não ser que esteja dormindo. O jeito que ela se mexe, fala, ama e mata.

Tempo suficiente para saber que aquela *não* é Sabine.

Seus olhos estão escuros e vazios, tão diferentes dos ardentes olhos cor de avelã que Charlotte conhece e ama. É uma estranha olhando para ela. Uma estranha por trás do sorriso de Sabine.

— O que houve, meu amor? — pergunta ela com uma voz sonhadora enquanto passa por cima do cadáver.

— Por que você fez isso? Você não precisava...

— Precisar? Não...

— Você não *deveria*... — rebate Charlotte com irritação.

— Quem disse? — Os olhos escuros se estreitam, frios e zangados. — Você?

Ela estende a mão para Charlotte, que tenta dar um passo para trás, apenas para encontrar a coluna da cama quebrada no caminho.

— Pare — alerta Charlotte com a voz trêmula.

Sabine estende a mão para acariciar seu rosto manchado pelas lágrimas.

— Minha florzinha de coração sensível... — A mão dela passa direto e afaga o cabelo de Charlotte. — Você quer saber por que fiz isso — sussurra ela. — Por que eu a deixei gritar e lutar. Por que alimentei o medo dela. — Ela se inclina, aproximando-se mais, e sorri, mostrando os dentes manchados de sangue. — Eu aprecio o *gosto*.

Ela retorce os dedos, o toque de uma estranha na mão de Sabine, puxando os cachos com força suficiente para doer.

Charlotte faz uma careta, mas não tenta se soltar, só olha nos olhos da estranha e diz:

— *Me solta*.

E seja pela força das palavras ou o nojo e a raiva que Charlotte emana, a estranha pisca e desaparece.

Sabine olha para ela.

A luz se acende novamente por trás de seus olhos.

O corpo recua um pouco, como se tivesse se queimado.

A mão afrouxa, e ela a solta.

— Charlotte — diz Sabine, e pelo menos é a voz *dela* de novo, mas Charlotte não consegue se obrigar a ouvir. No instante que fica livre, dá as costas e vai embora.

Ela sai do quarto, depois da casa, e continua andando, o vestido absorve o orvalho da grama úmida, que gruda em suas pernas com um frio que ela percebe, mas não é capaz de sentir. Continua andando porque não suporta parar, muito menos voltar, mas, em algum momento, as coisas mudam, não está mais fugindo de um lugar, e sim seguindo na direção de outro. O chão cede sob o peso das lembranças. Até que ergue o olhar e ali está.

Clement Hall.

Não a longa alameda da entrada e a fachada grandiosa, mas os jardins que se estendem nos fundos da casa.

Os jardins que ela revisita toda vez que bebe. Na sua mente, permanecem do mesmo jeito, iguais. Porém, mesmo na escuridão, vê a passagem sutil do tempo. O jardim silvestre da mãe fora podado de alguma maneira. Os canteiros onde a geada matara uma planta ou árvore, os lugares onde novas foram plantadas.

Mas, no geral, tudo continua como ela se lembrava.

Seus passos estalam suavemente os cascalhos do caminho ao ver as mesmas treliças cobertas de rosas e arcos de heras, agora sem folhas por causa do inverno. A mesma fonte no centro do jardim, a estátua erguida bem no centro, com dois dedos quebrados da época que ela lançava ferraduras na mão levantada.

O mesmo céu noturno se estende lá em cima, tão amplo como sempre foi, embora as estrelas dispersas agora pareçam uma tapeçaria de luz. Uma estrela cadente passa por ali, e ela tem catorze anos de novo, James está com ela no escuro, montando o telescópio que ganhou de Natal e usando a Estrela do Norte para posicioná-lo enquanto enumerava baixinho as constelações de inverno.

— Órion... Touro... Auriga... Carina... — diz ele, ajustando a lente na estrutura de metal.

É uma noite fria, de céu claro, e seu nariz e seus lábios estão rachados de frio, mas ela não consegue se obrigar a protegê-los no cachecol, pois há tanta maravilha lá em cima, e a qualquer momento a mãe e o pai podem surgir pela porta dos fundos, mandando-os entrar e sair do frio.

Mas, quando Charlotte pisca, ela e o irmão e o telescópio desaparecem e se vê sozinha de novo.

Seu olhar se volta para a casa.

É madrugada e quase todas as janelas e cortinas estão fechadas, mas a luz tênue de uma lamparina aparece entre as frestas, e ela fica imaginando, depois de cinco décadas, que membro da sua família mora ali agora.

O pai decerto já se foi. A mãe também.

Mas e James? Estaria vivo lá em cima, deitado na cama?

Charlotte não consegue se segurar. Sabe que não deveria... Sabine a alertou dezenas de vezes sobre deixar o passado para trás. Mas é a imagem de Sabine que a faz seguir em direção à casa. Afastar-se de uma vida e avançar em direção à outra.

A cada passo, ela diz a si mesma que dará meia-volta. A cada passo, diz que só está se aproximando para sentir os sinais de vida, para distinguir a mente das pessoas lá dentro.

As esculturas da mãe a espiam enquanto ela passa, quase ocultas por uma roseira ou um arbusto.

A raposa. O corvo. O gato.

E o coelho.

Charlotte diminui o passo, para e se abaixa. Passa a mão no barro, sentindo as reentrâncias suaves dos dedos da mãe, o polegar carimbado na parte de trás como se fosse uma assinatura. Está tão distante daquela garotinha que encontrou o cadáver... Mas se sente tão próxima dela.

Ela acaricia a orelhinha de pedra, pensativa, e as palavras de despedida da mãe ecoam em sua mente.

"O coração de algumas pessoas está enterrado tão fundo que mal se sabe que está lá, mas você sempre usou o seu como uma segunda pele. Isso vai tornar a sua vida mais difícil. E também mais bonita."

— Quem está aí?

A voz corta o ar.

Charlotte se levanta e olha ao redor, vasculhando a escuridão até avistar uma pessoa encolhida em uma cadeira no jardim. Ela se repreende, deveria ter ouvido o coração dela. Deveria ter sentido a mente da mortal impregnada no ar. Agora que a vê, não consegue entender como não a viu antes.

A mulher é velha, velha demais para estar lá fora a essa hora, nesse frio. Um xale protege os ombros estreitos, mas as mãos finas estão desprotegidas, entrelaçadas no colo. O cabelo, outrora preto, está grisalho e preso na nuca. Os olhos que um dia tiveram cor de jade agora desbotaram para um tom mais claro.

Mas ainda é Jocelyn.

Sua Joss.

— Sei que você está aí — insiste ela com a voz rouca.

E embora a voz soe bem mais fraca agora, o tom é exatamente o mesmo que usava quando as duas eram jovens e brincavam de pique-esconde. Quando Joss era obrigada a procurar e ficava tão convencida de que Charlotte apareceria de supetão para assustá-la — o que de fato fez, mais de uma vez, só para fazer Jocelyn dar um gritinho de susto.

Charlotte não faz isso agora.

Ela se aproxima devagar, até chegar perto o suficiente para sentir o pulso fraco de Jocelyn e ouvir o emaranhado suave de seus pensamentos. Um murmúrio de tristeza, entremeado de calma e fios contrastantes de pesar, esperança e medo.

Charlotte continua até ficar tão perto que a lua ilumina seu cabelo e rosto, e Jocelyn ergue seus olhos desbotados e a vê — Charlotte, que não envelheceu um dia sequer desde os dezoito anos —, e o sentimento em volta dos ombros magros se agita, mas não de choque ou medo, mas de alívio.

— Ah — exclama ela com um suspiro suave. — É você. — Como se estivessem sem se ver por poucas horas ou dias, e não décadas. Jocelyn se remexe na cadeira. — Veio me assombrar de novo.

Os pés calçados escorregam para a frente e para trás na grama. Um gesto distraído que ela já fazia quando eram jovens.

Charlotte ajoelha-se diante da cadeira de modo que fiquem cara a cara.

A respiração de Jocelyn forma uma fina condensação que se eleva diante do rosto, e, por força do hábito, Charlotte começa a respirar também — ela aprendeu a inflar os pulmões no inverno, a forçar o ar para dentro e para fora, mesmo que não precise.

Charlotte olha nos olhos do seu primeiro amor. Imaginou aquele reencontro milhares de vezes, mas agora não consegue encontrar as palavras certas.

— Joss... — diz com delicadeza.

— Eu sonho com você, sabia? — declara Jocelyn. E depois: — Sonho com a gente.

As palavras são como garras no peito de Charlotte. Fortes como mãos em volta do pescoço. Ela tem vontade de se atirar nos braços da amiga, mas não confia em si mesma, na própria força.

— Sonho com outra vida — continua Jocelyn. — Uma vida na qual não sentisse tanto medo. — Um suspiro. — Eu fui tão covarde, Lottie — murmura ela, e o nome estilhaça alguma coisa no âmago de Charlotte.

As lágrimas que vinha segurando desde o dia que foi mandada para longe escorrem pelo rosto. Para sua surpresa, Jocelyn estende uma das mãos frágeis e pega a gota de sangue.

— Você encontrou alguém corajosa o suficiente para te amar?

A imagem de Sabine gravada quando fecha os olhos. Não como estava hoje à noite, mas como sempre foi, tão orgulhosa, corajosa e vibrante, que era bem capaz de arder em chamas.

— Encontrei — sussurra Charlotte.

— Que bom — diz Jocelyn.

Os olhos dela parecem ficar mais aguçados e os lábios repuxados de um jeito travesso como se tivesse dezoito anos de novo, correndo com o diário de Charlotte nas mãos. Elas entrelaçam os dedos das mãos, uma jovem e outra velha — ambas geladas. Jocelyn a aperta, mas Charlotte não se atreve a retribuir o gesto.

— É tão cruel — comenta Joss, as palavras pouco mais altas que um sussurro. — Em certas noites, você parece tão real.

De repente, uma porta se abre e a luz ilumina os degraus.

Um jovem chama em meio às sombras:

— Vó?

Os passos dele se aproximam ao descerem a escada, e Charlotte se obriga a soltar a mão de Joss, se afastar e se esconder na escuridão do arbusto mais próximo. Ele passa bem perto dela, o cabelo bagunçado do sono e a voz cheia de preocupação. Ela quase solta um arquejo de surpresa.

Meu Deus, como é parecido com James!

Seu coração se enche de esperança, que logo morre quando ela se lembra de quantos anos se passaram, e com certeza, aquele rapaz não se parece em nada com o James de agora. Ele se parece com o James da primavera em que Charlotte deixou Clement Hall. Até mais jovem. O irmão da noite do Natal em que observavam as estrelas.

Charlotte o vê seguir direto para a cadeira e a senhora sentada ali.

— Vó — chama ele, o ar à sua volta cheio de preocupação. — Já é tarde da noite. O que está fazendo aqui fora?

Jocelyn pisca e olha para o jardim, mas não parece surpresa de vê-lo vazio.

— Ah — responde ela, afastando o olhar da escuridão. — Conversando com fantasmas.

Ele franze a testa, e todas as coisas que pensa, mas não se atreve a dizer, anuviam o ar em volta da sua cabeça.

— Venha. Deixe-me colocá-la de volta na cama.

Ele a ajuda a se levantar, chamando sua atenção com carinho por ser tão tarde da noite e estar frio enquanto a conduz pelos degraus até ela ser banhada pela luz do lampião, seus ombros fortes e os dela curvados, o cabelo grisalho parecendo prateado. Charlotte os observa até a porta se fechar e a luz apagar. Escuta atentamente até não ouvir nada além do sussurro do jardim, os próprios pensamentos agitados, o coração imóvel dentro do peito.

E, então, senta-se no gramado, leva os joelhos ao peito, o corpo inteiro tremendo de tristeza.

É tão fácil esquecer como o tempo acaba com as outras pessoas ao passo que ela e Sabine continuam iguais, como insetos em âmbar. É tão fácil e, ao mesmo tempo, tão difícil ver a prova dessa realidade, que a vida continua, implacável em seu ritmo.

Sabine tinha razão.

É por isso que o passado deve ficar onde está. Por isso que só podem seguir em frente, como Eurídice e Orfeu, sem jamais olhar para trás, para não ficarem presas entre os mortos.

Charlotte espera até a escuridão diminuir.

Até os primeiros raios de luz começarem a tingir o horizonte e se lançarem sobre o jardim. Até a dor de alerta se instalar na sua pele e por trás dos olhos.

É só então que levanta e se afasta.

Arranca uma única rosa antes de sair, aninha o botão junto ao peito enquanto volta pelo caminho que a levou até ali. Quando chega à casa roubada, o dia já clareou totalmente, iluminando tudo com sua luz dourada. Sua cabeça lateja, as pernas tremem enquanto ela cruza o último trecho do jardim e cambaleia pela porta até chegar à segurança do vestíbulo escuro.

Charlotte se apoia na parede até a sensação de fraqueza recuar como uma onda na areia. Prepara-se para olhar ao seu redor. Os corpos desapareceram, a única evidência dos crimes da noite anterior são uma parte do piso sem tapete e algumas gotas de sangue na parede.

A casa está silenciosa, mas não vazia.

Ela é dominada por um temor exausto, mas também de um alívio sombrio. Não quer ficar sozinha. Agora não.

Ela sobe a escada e encontra Sabine onde sempre fica, no melhor aposento e na melhor cama.

Mas, apesar da hora, ela não está dormindo.

Em vez disso, senta-se aos pés da cama, em frente à janela. As cortinas estão abertas e ela fica sentada diante da luz da manhã, em penitência. Charlotte faz uma careta, atravessa o quarto e fecha a cortina, mergulhando o aposento de volta à segurança da escuridão.

Sabine relaxa, só um pouco, de alívio. Charlotte se deita, e Sabine se deita ao seu lado, de forma que as duas ficam cara a cara sobre os lençóis. Charlotte olha nos olhos dela. Olhos que conhece tão bem. De um tom de castanho-claro, quase âmbar, brilhantes como uma vela. Não há nem sinal da estranha da noite anterior.

Sabine não pergunta para onde foi, não pergunta nada, só estende a mão para tocar no seu rosto. Charlotte se afasta e, ao ver o sofrimento na expressão da amante, pega a mão da outra mulher e a pousa no seu coração imóvel.

Sabine fala baixinho no espaço mínimo entre os lábios das duas.

— Me perdoe — sussurra ela.

Cinquenta e dois anos, e é o mais perto que chega de um pedido de desculpas. Seus olhos dourados encontram os de Charlotte.

— Não sei o que aconteceu. Não sei por quê. Só sei que não era eu.

E, pela primeira vez, Sabine permite que ela tenha um vislumbre da sua mente fechada, permite que sinta a aura de confusão e medo.

— Por favor, acredite em mim — pede ela, antes de erguer as barreiras de novo.

E esse é o problema da crença.

É como a persuasão, uma correnteza difícil de superar quando vai contra a sua vontade, mas bem fácil quando o fluxo a leva para onde você deseja ir.

E, naquele momento, tudo que Charlotte deseja é acreditar em Sabine.

E é o que faz.

— Tudo bem — aceita ela, acariciando o rosto da amada. — Eu estou aqui.

Sabine relaxa de alívio e deixa uma trilha de beijos no pescoço dela.

O cansaço a cobre como uma onda, e Charlotte se vira para o outro lado, ainda segurando a mão de Sabine. O sono pesa em seu corpo e sua mente, e ela se deixa afundar, está quase dormindo quando Sabine sussurra no seu cabelo:

— Prometa-me uma coisa.

Charlotte solta um "aham", desperta o suficiente para ouvir, mas cansada demais para formar palavras. Sabine se aproxima ainda mais, até seus corpos estarem encaixados e colados um no outro.

— Prometa — começa ela, bem baixinho — que nunca vai me ferir.

Charlotte franze a testa. Não é uma promessa que um amor costume pedir. "Prometa que sempre vai me amar", talvez. Ou: "Prometa que nunca mais vai embora." Mas isso? É um pedido um tanto estranho. Afinal, *ela* nunca tentou machucar *Sabine*.

Não consegue imaginar que algum dia vá fazer algo assim.

Nessa hora, Charlotte não se pergunta por que Sabine pediria uma coisa dessas. Não conhece o poder das palavras. O peso delas. E está cansada. Tão cansada. Então resolve dizer a Sabine o que ela quer ouvir, contanto que isso lhe dê um pouco de paz. Que a deixe descansar.

— Prometo — murmura ela.

Sabine suspira.

E Charlotte mergulha na escuridão.

As duas acordam quando o sol está se pondo.

À noite, já se foram.

Charlotte se sente descansada, e Sabine parece ter se recuperado; comporta-se como de costume e faz com que Charlotte se convença de que o que viu na noite anterior não passara de um pesadelo. Algum tipo de surto, ou quem sabe até uma possessão. A estranha que substituiu Sabine devia ser um espírito ruim, preso à casa.

Portanto, livram-se de ambas.

Seguem, de braços dados, sob o véu da noite. Sabine banhada em beleza, Charlotte, em alívio. Saem daquela propriedade amaldiçoada, deixando os demônios para trás. Charlotte diz a si mesma que está tudo bem. Que sua amada está de volta. Que o perigo já passou.

E por um tempo, pelo menos, ela está certa.

III

Os anos passam e, na maior parte do tempo, as duas são felizes.

Charlotte, que ama tanto que o sentimento parece impregnar seus ossos.

E Sabine, que atende a todos os seus caprichos, presenteia Charlotte com diários quando demonstra que quer escrever, carvão quando deseja desenhar e telas quando decide pintar. Sabine, que fica como uma sombra às suas costas, observando enquanto o pincel traz luz e cor de volta ao mundo. Que leu Charlotte como um livro tantas vezes que já a decorou.

Sabine, que consegue conquistar os estranhos com uma palavra, um olhar, uma inclinação da cabeça, cujo temperamento se inflama tão rápido, mas cuja risada é rara como diamante, e cuja atenção ainda parece iluminar a pessoa por inteiro.

Sabine, que a leva para passear em jardins iluminados pelo luar e museus, que se esconde entre as esculturas como se pudesse ser confundida com elas. Que dança descalça em cada aposento no ritmo de uma música que só ela ouve, e que torna cada noite especial, o que não é pouca coisa depois de tantos anos.

Sabine, que brinca com um dos pingentes que usa no pescoço, olhando para o passado como se revivesse a caçada, a matança, e que às vezes dorme tão profundamente que a assusta, a forma como seu rosto parece encovado, a ausência do movimento reconfortante da respiração faz o descanso se assemelhar à morte, e Charlotte se inquieta, virando-se de um lado para o outro na cama até ela finalmente acordar.

Sabine, que ainda sabe como fazer Charlotte corar, estremecer e se deliciar. Como fazê-la se abrir, beijo por beijo, até ela se entregar. Que às vezes, no calor da paixão, dá uma mordida profunda demais e bebe seu sangue o suficiente para deixá-la tonta, fraca.

E que, uma vez, *apenas* uma vez, segurou Charlotte na cama com tanta força que deixou hematomas nos seus pulsos. E mesmo que as marcas tenham se apagado instantaneamente, na noite seguinte o ar ao redor de Sabine estava carregado de culpa, e fez as pazes contando para Charlotte uma história de sua vida mortal, quando ela se chamava María, e Charlotte achou que fosse um presente, aquele nome. Na noite seguinte, chamou-a por seu nome original, e a expressão no rosto da amada se tornou tão sombria que a deixou assustada.

Tão sombria que a deixou trôpega.

Mas Sabine, Sabine estava ali para segurar Charlotte.

Para apagar suas preocupações com beijos.

Para jurar que nada de ruim aconteceria, desde que estivessem juntas.

Paris, França
1914

E, então, o mundo entra em guerra.

Não pela primeira vez, claro, nem será a última. Mas, dessa vez, é um horror em uma escala que, mesmo no seu século violento, Charlotte nunca tinha visto, conhecido ou sentido. E ela *sente,* não importa para onde vão. O peso de milhares de pessoas assustadas, feridas, enlutadas é demais, mesmo para uma alma calejada e vivida como a dela. Um sofrimento incessante e sem trégua.

Charlotte sempre teve o coração sensível, mas agora parece se despedaçar.

Ela acorda e encontra a fronha manchada de vermelho por chorar durante o sono, enquanto Sabine fica cada vez mais impaciente e irritada.

Charlotte deixa os aposentos que tomam emprestados no crepúsculo e vai caminhar, desesperada para encontrar um fiapo de esperança, escondido feito contrabando no meio da atmosfera terrível.

Para diante de uma gráfica em Paris, observa um homem com as mãos manchadas de preto puxar uma alavanca, fazendo uma resma de papel deslizar em alta velocidade. As manchetes pintadas em letras garrafais, pretas. Um registro dos mortos e dos condenados. O horror mancha a pele de Charlotte como a tinta, a segue de volta para o *pied-à-terre* que tomaram para si, às margens do Sena.

Encontra Sabine apoiada no parapeito de ferro, absorvendo o ar da noite. Sabine, que, de alguma maneira, apesar de tudo, permanece indiferente. Como se a sensação de angústia constante não a tocasse. Como se simplesmente bloqueasse o infortúnio.

Charlotte gostaria de fazer algo para ajudar a causa, mas quando comenta isso com Sabine, sua resposta é uma gargalhada de deboche.

— Quem acha que matou mais ingleses este ano? — pergunta ela. — Você ou a Alemanha?

— Isso não é justo — retruca Charlotte com irritação.

— Mas diga-me: você mantém registro num caderninho?

Charlotte lhe dá as costas, como se quisesse bloqueá-la.

Sabine a segura pelos ombros e se inclina para sussurrar algo no seu ouvido, e Charlotte imagina que será algo suave para acalmar suas angústias, mas quando ela fala, sua voz é dura:

— Essa culpa está ficando cansativa.

Charlotte faz uma careta, desvencilha-se dela e abraça o próprio corpo.

— Pensei que me amasse pelos meus sentimentos.

A frustração aparece na expressão de Sabine. Ela balança a cabeça.

— Vá em frente, se candidate para os serviços médicos. Junte-se ao grupo de enfermeiras. Tenho certeza de que os feridos ensanguentados vão se sentir seguros sob seus cuidados.

— Você está sendo cruel.

Sabine a fulmina com o olhar.

— Estou sendo sincera, Charlotte. Você se agarra ao sofrimento. Apodera-se dele como se fosse seu, como se acreditasse ser a sua obrigação. Como se achasse que, de alguma forma, isso vai mantê-la humana, mas não vai, porque a sua parte humana está *morta.*

Charlotte recua como se tivesse sido agredida fisicamente, a palavra ecoando pelo quarto e na sua cabeça.

O silêncio se prolonga. Então Sabine suspira.

— O sofrimento deles não me afeta, mas o seu, sim.

Sabine a puxa para si, e Charlotte permite, enterrando o rosto no ombro dela, agarrando-se ao cheiro familiar enquanto os dedos compridos acariciam seu cabelo.

— Você está certa — murmura ela. — Amei você, e ainda amo, pelo seu coração. Mas odeio vê-la sofrer. Principalmente quando não adianta de nada.

— O mundo está tão sombrio — sussurra Charlotte. — Tão cheio de morte. Deve haver algo que possamos fazer.

Sabine levanta o queixo de Charlotte com a ponta dos dedos.

— Sim — diz ela. — Nós podemos viver.

IV

1918

As pessoas lotam as ruas.

Riem, choram, dançam e bebem, alegres com a notícia.

A guerra acabou.

O mundo suspira, e fazia anos que Charlotte não se sentia tão leve.

O ar está repleto de esperança, alegria e puro alívio. Charlotte se deixa envolver por tudo aquilo, como um manto, deixa o bom humor penetrar até os ossos.

É ingênua o suficiente para acreditar que o pior já passou e fica maravilhada com a beleza que dá lugar ao terror. A forma desafiadora com que o mundo se recupera e volta ainda mais forte do que antes.

Até Sabine está mais bem-humorada, embora seja difícil saber se é porque os Aliados venceram ou simplesmente porque Charlotte voltou a ser uma companhia agradável.

Há alguma outra coisa.

Sabine às vezes segue o próprio caminho à noite, saindo para caçar sozinha, mas sempre volta com os olhos iluminados e feliz, cantarolando, cheia de vida, e sempre com um presente — um girassol, um pente de prata, uma primeira edição de *Camilla*, pois sabe que esse livro deixa Charlotte encantada.

Essa é a questão. Mesmo depois de todos esses anos, ela *sabe*.

Conhece cada pedacinho da mente de Charlotte.

Cada cantinho do seu coração.

É tão fácil em retrospecto, não é?

Ver as rachaduras. Observar enquanto se espalham.

Mas, no momento, só existe o impulso de remendar cada uma delas.

Aparar as arestas.

E manter a superfície inteira.

V

Londres, Inglaterra
1927

— Feliz aniversário de união, meu amor.

Charlotte está em pé no terraço, observando a noite cair em Londres, quando Sabine chega por trás dela e sussurra as palavras no seu ouvido.

Já estão juntas há cem anos.

Um século.

No papel, a palavra parece tão menor do que o seu valor.

— Vamos comemorar — ronrona Sabine. — Mas primeiro... — Ela vira Charlotte nos seus braços. — Um presente.

Está ali, na palma da mão dela.

Um pequeno pingente de ouro pendurado em uma correntinha. É lindo, mas quanto mais Charlotte olha para o objeto, mais tem certeza de que já o viu antes. Não consegue se lembrar onde nem quando. Isso até ver a letra gravada na frente, que poderia muito bem passar por um C, mas, na verdade, é um G, e que o pingente, na verdade, é uma abotoadura que foi achatada.

Ela fica com uma sensação estranha no estômago, e sabe, mesmo que já tenham se passado cem anos, que aquela abotoadura era de George Preston. Sua primeira presa.

O jovem de olhos azul-claros e cabelo loiro bagunçado, cujo corpo fez um som tão horrível ao cair pelos degraus do porão.

Charlotte olha para o pingente, dividida entre a incredulidade por Sabine ter guardado aquilo por tanto tempo, e o horror diante do fato de Sabine, que a conhecia tão bem, achar que ela gostaria de ter aquilo.

Charlotte sempre achou mórbida a coleção de Sabine. A mania de pegar aqueles suvenires como troféus da matança, ao passo que Charlotte se livra de qualquer evidência, desejando poder se livrar das lembranças também, para que nunca voltassem para assombrá-la.

Charlotte tem vontade de se afastar do presente, atirá-lo pela varanda.

Mas é a celebração delas, e Sabine está de bom humor, os olhos faiscando de felicidade, por isso apenas sorri, grata por ter passado os últimos anos aprendendo a erguer barreiras em volta da mente, a fim de proteger os pensamentos que não são seguros de compartilhar.

Então Sabine acredita quando ela diz que o presente é adorável, quando se vira e levanta o cabelo para a amada colocar o cordão no seu pescoço.

— Aos próximos cem anos — murmura Sabine, e Charlotte estremece quando o colar se assenta, frio e pesado, na sua garganta.

Sabine quer tingir a cidade de vermelho, e é o que fazem.

Quatro corpos largados no Tâmisa antes mesmo que o Big Ben badalasse, indicando uma hora da manhã, e, então, alegres e bêbadas de sangue, acabam na Cavalcade, uma das poucas boates que não apenas não torcem o nariz para a natureza dos seus clientes, mas parece deleitar-se com a sua estranheza. Um lugar onde algumas mulheres usam terno, alguns homens usam maquiagem e ninguém se importa com quem dança com quem ou com quem os frequentadores beijam.

O jazz ressoa no ar, que está carregado de desejo e de gim. Corações pulsando por todos os lados, seus anseios batendo como tambores, e as duas dançam, e Charlotte está tão feliz por não ter feito uma cena por causa do presente, pois estão *felizes*.

Sabine está radiante com um vestido de crepe e renda esmeralda, seus amuletos e pingentes enrolados no pescoço como pérolas, o cabelo ruivo preso sob uma faixa de paetês, enquanto Charlotte está com um vestido cor de creme com franjas um pouco acima dos joelhos que se abrem a cada rodopio.

Elas dançam e, mesmo que já tenham se passado cem anos, movimentam-se como um vento inevitável, e são felizes, apenas as duas, no meio da tempestade.

Até a atenção de Sabine ser atraída para outro lugar.

Charlotte se vira para olhar, imaginando que ela escolheu outra vítima, alguém para aplacar seu apetite insaciável, e se surpreende ao ver que ela está olhando para um *homem*.

Ele é bonito, com a pele e o cabelo pretos, vestido com uma camisa branca imaculada e suspensórios vermelhos, os cotovelos apoiados em um corrimão polido. E quanto mais Charlotte olha, mais entende por que Sabine se sente atraída. Há *alguma coisa* diferente nele — uma imobilidade estranha em meio à agitação da boate, uma sensação de estar fora do tempo e do espaço.

E então, em um piscar de olhos, uma mulher surge ao seu lado.

É uma visão que mescla preto e dourado, o vestido brilhando como a luz em contraste com a pele negra, e a sensação estranha se expande, envolvendo os dois — uma quietude misteriosa, uma graça felina. Se Charlotte tivesse pulsação, com certeza teria disparado, pois é naquele instante que finalmente percebe.

Os estranhos são iguais a ela.

Iguais a *elas*.

O olhar da mulher se fixa no de Charlotte e, nesse momento, a boate parece se abrir, o chão se inclina para a frente, e Charlotte o acompanha. O momento dura uma vida inteira e uma única nota do trompete, e então Sabine está ali, puxando-a para trás, um *não* silencioso na flexão da mão e, quando ela olha de novo, o corrimão está vazio e as duas silhuetas desapareceram.

Charlotte perde todo o ânimo.

Cem anos, separada, sozinha, tendo apenas Sabine como companhia.

Cem anos sem outra confidente ou amiga.

Cem anos de espera, de anseio, e, por fim, eles estavam bem ali. Ela estava tão perto. Charlotte poderia ter pegado a mão da outra mulher. Poderia ter ouvido a voz do homem. Poderia ter perguntado se havia outros.

A perda é tão repentina, tão intensa, mas Charlotte sabe que não deve demonstrar. Não pode permitir que Sabine veja, sinta ou ouça nada. Então se vira, dando as costas para a escada vazia e concentrando-se nela. Permite que a música a afogue, mergulha nas batidas até os músicos pararem de tocar. Até a boate fechar e elas saírem para o ar frio da noite.

E lá estão eles.

Os dois estranhos, parados sob o poste de luz, uma fotografia no meio do barulho e da agitação de West End. Ela, reclinada no banco dianteiro de um conversível, uma elegante piteira de madrepérola entre os lábios; e ele, apoiado na lateral polida do carro, acendendo o isqueiro distraidamente, roçando-o na calça de linho.

Eles são lindos, sim, mas mais do que isso, são *familiares*.

Não é apenas a luz intensa por trás dos olhos nem a ausência silenciosa do coração. Eles parecem em perfeita sintonia, a mesma música tocada em instrumentos diferentes. Ou talvez o mesmo instrumento, tocando músicas diferentes. Charlotte sempre pensou que aquela música, aquela ressonância, fosse algo exclusivo de Sabine. Mas agora compreende. É a natureza deles que traz aquela harmonia de quietude.

Charlotte sente as pernas a levarem adiante, o corpo se inclinando em direção a eles de novo, antes que Sabine dê um único passo, colocando-se na frente dela, como se eles fossem uma ameaça.

A mulher inclina a cabeça, tira a piteira da boca e abre um sorriso, revelando os dentes afiados.

— Ah, aqui estão elas — diz ela, com um tom de riso na voz. — Está vendo, Jack? Eu disse que valeria a pena ficar mais um pouco. Em uma cidade tão grande, não é toda noite que se encontra um amigo. — O sotaque dela engole as últimas letras de metade das palavras.

— Você fala como se nos conhecêssemos. — Sabine meneia a cabeça, o rosto uma máscara de placidez. — Mas não creio que seja o caso.

A mulher continua sorrindo, mas é seu companheiro, Jack, que fala:

— Que falha de nossa parte — intervém ele com um sotaque inglês e uma voz firme. — Permita que eu corrija isso.

Ele faz um gesto para o conversível. Sabine não se mexe, então, Charlotte também permanece imóvel.

— Ora, venham conosco — acrescenta a mulher com um sotaque estranho. — Decerto que não estão pensando em dormir agora. A noite é uma criança. Entrem — convida ela. — Conheço um lugar que fica aberto até o alvorecer.

Charlotte morde o lábio inferior, sentindo-se zunir de animação, vibrando com a mais pura força da curiosidade e do desejo. Ela quer dar um passo para a frente, entrar no carro, mas se lembra de como Sabine ficou zangada quando apenas *perguntou* se havia outros iguais a elas no mundo, por isso se prepara para a recusa.

Em vez disso, Sabine coloca os dedos na base das costas de Charlotte e pergunta:

— Bem, o que acha que devemos fazer?

Charlotte olha para ela, como se fosse um truque, uma armadilha, mas o rosto de Sabine é uma máscara de placidez.

— Esta noite é sua — adiciona ela. — Então, você decide.

Charlotte deveria ter hesitado, agora sabe, no mínimo ter fingido certa relutância. Mas não consegue mais conter a própria animação. Abre um sorriso feliz.

— Vamos com eles — aceita ela, vibrando de esperança. — Vai ser divertido.

Sabine sorri, dá um beijo na testa de Charlotte antes de empurrá-la para o carro.

A mulher bate na lateral do carro com a mão aberta.

— Venham, entrem. Jack, seja um bom rapaz e abra a porta para elas.

O ar noturno sibila e o motor ronca.

O carro corta as ruas de Londres enquanto a mulher, Antonia, dirige. Quando disse seu nome, o sotaque pronunciou quatro sílabas, em vez de três, uma melodia de agudo e grave.

Quando o conversível para em Southwark, apenas o cabelo de Antonia continua no lugar, as ondas pretas e cintilantes se ajustando à cabeça como uma touca. Jack penteia o próprio cabelo com os dedos, mas os cachos de Charlotte ficaram indomáveis no ar da noite, e mechas de cobre escaparam da faixa de paetês de Sabine. Ela tira o ornamento, e seu cabelo se solta.

Antonia estaciona diante de um tipo de armazém, uma das muitas construções da cidade que, à primeira vista, parecem não apenas fechadas, mas lacradas. Abandonadas.

Mas são os anos 1920, as coisas quase nunca são o que parecem.

De fato, Charlotte ouve a música ressoando, vinda por baixo da porta, como se fosse vapor. Os dedos de Sabine se entrelaçam nos dela, enquanto Jack apoia uma das mãos na porta do armazém, olha para as duas e dá uma piscadinha.

Anos depois, Charlotte consegue se lembrar da forma como a porta se abriu para uma luz cor de mel. Mas ainda não consegue definir a *sensação* do lugar.

A graça onírica e lânguida. As cores, como o nascer do sol pouco antes de começar. A promessa de um dia. Imagine um cabaré, só que o ritmo é mais lento, o volume bem mais baixo, fazendo com que tudo fique mais suave e íntimo.

Convidados de todos os gêneros e das mais diversas compleições se reúnem em volta de mesinhas, as cabeças próximas, as vozes baixas, enquanto mulheres vestidas com pouco mais que penas colocadas em lugares estratégicos se contorcem com uma graça felina. Garçons, alguns negros, outros brancos, e todos com ternos elegantes, carregam bandejas de prata entre as mesas, enquanto, no palco, um homem que parecia um galã do cinema mudo com a voz grave acrescenta mais uma fonte de música ao salão.

— Bem-vindos ao Way Down — diz Antonia, seguindo para o centro do clube, como se fosse a dona.

E logo fica evidente que de fato *é*. Alguns clientes erguem a bebida num brinde a ela. Um deles chega a beijar sua mão enluvada. Um garçom pega o casaco dela e a chama de *srta. Antonia*. Outro os acompanha até o melhor lugar da casa, uma mesa elevada em uma plataforma nos fundos.

— Que maravilha — suspira Charlotte, enquanto se acomodam nas cadeiras, voltando a atenção do ambiente para os anfitriões quando Jack se inclina para acender um novo cigarro na piteira de Antonia.

Ela traga, enche os pulmões de fumaça só para soltá-la depois.

— Sei que não adianta de nada — comenta ela, enquanto exala a fumaça pelos dentes —, mas sou obrigada a admitir que gosto da afetação. E Jack diz que pareço sofisticada quando fumo.

— Creio que a palavra que usei foi *sexy*.

— Bem, isso também. Por que não pega uma bebida para nós?

Jack se levanta e se afasta, voltando um minuto depois segurando uma bandeja com uma garrafa e quatro copinhos baixos com a lateral opaca e pintada. Charlotte presume que é uma mera formalidade, mais uma farsa — quantas taças de vinho ou xícaras de chá ela e Sabine não deixaram na mesa, sem beber? —, mas então ele serve e o conteúdo é escuro, espesso e vermelho.

O cheiro de sangue a atinge imediatamente. A pele de Charlotte se contrai e a garganta fica seca, os dentes doendo enquanto a sede faz com que se sinta vazia por dentro, mesmo agora, apesar da noite que teve, dos corpos que deixaram para trás.

Pega um dos copos. O sangue parece tão estranho fora do corpo, tão surreal sem a luta. Ela sente uma faísca de raiva. Se soubesse que tinha essa opção...

Se soubesse que havia uma *escolha*.

— Aos novos amigos — anuncia Antonia, conforme erguem os copos. Todos, menos Sabine. Antonia olha para ela. — Dá azar não brindar, sabia?

Sabine franze os lábios, apontando para os copos.

— Infelizmente, não bebo nada que já tenha sido... — Ela olha a outra mulher de cima a baixo — ... *decantado*.

Charlotte mantém uma expressão de cautela, embora estremeça por dentro. Sabine está sendo *abertamente* grosseira, lançando uma alfinetada, só para ver como vão reagir. E mesmo que Charlotte não consiga ler a mente deles, sente que o ar à sua volta fica afiado como o vidro.

Jack estreita os olhos. Só um pouco.

Mas Antonia apenas sorri, mostrando os dentes.

— Sim — concorda ela. — Realmente alguma coisa se perde, não é? — Ela estala os dedos, e um garçom aparece ao lado dela, um homem de pele clara e cabelo loiro.

— Sim, srta. Antonia?

— Mande Meredith ir ao escritório — ordena ela, sua atenção ainda fixa em Sabine. — Peça que espere lá. — O garçom assente e se retira. Assim que ele se afasta, ela volta o olhar para Jack. — Querido, mostre o caminho para a nossa convidada?

Uma jogada inteligente. Obrigar Sabine a escolher entre a mesquinharia e a sede. Ela hesita por um instante e então se levanta e segue Jack, mas não sem antes dar um beijo intenso em Charlotte, mordiscando o lábio inferior e assegurando-a de que já volta.

Por um instante, quando ela se afasta, Charlotte se vê repentinamente livre, como se a corda entre as duas tivesse esticado o suficiente para se romper. E então se rompe, e Charlotte continua ali, sozinha e inteira.

— Onde estávamos mesmo? — pergunta Antonia. — Ah, sim. — Ela ergue o copo novamente. — Às novas amizades. — Brinda com Charlotte e bebe.

Charlotte vira o copo de leve, franzindo o cenho quando o sangue passa pelos lábios. A primeira coisa que nota é a ausência de pulsação, das batidas do coração. Ainda assim, sente o sangue fluir por ela enquanto engole, o calor se inflamando no caminho.

O mundo não se desfaz nem há um momento ao sol, mas pelo menos sacia a sede. Um alívio breve... e junto com o ferro e a terra, sente um gosto doce no fundo. Gim.

Charlotte não consegue se conter e pergunta em voz alta de quem é o sangue.

— Isso importa? — pergunta Antonia.

— E não deveria importar? — Charlotte olha para o copo vazio, manchado de vermelho. — Durante anos, eu só mordia certo tipo de homem. E mesmo assim, sondava a mente deles, tentando descobrir quem merecia.

Antonia dá mais um trago, os olhos se acendendo com a ponta do cigarro.

— É uma boa ideia — retruca ela. — Mas não funciona.

Charlotte olha para ela.

— Como assim?

— A vida é confusa. As pessoas também. Você pode se enrolar toda, tentando se sentir melhor, ou pode encarar a verdade.

— Que é...

Antonia solta uma nuvem de fumaça.

— Ninguém deveria brincar de Deus. Muito menos nós.

Charlotte sente a tristeza crescer dentro dela parecendo frio, mas Antonia não parece se incomodar com o assunto. Ela apenas cruza as pernas e se inclina, apoiando os cotovelos nos joelhos cobertos por uma meia-calça. De perto, seus olhos são escuros e brilhantes ao mesmo tempo, velas por trás de vidro colorido, os cílios pintados de dourado.

— Agora me diga, Charlotte — pede ela com aquele sotaque arrastado —, de onde você é?

— Hampshire — revela. — E você?

Antonia dá uma risada.

— E eu achando que era evidente. Sou dos Estados Unidos.

Charlotte se anima. Fazia mais de uma década que ela queria ir para lá, mas Sabine se recusava a passar semanas a bordo de um navio. Insistia que tudo que poderiam querer ou precisar estava deste lado daquela imensidão de água. Dizia que a morte por fogo já era ruim, mas que por afogamento seria ainda pior. E então, para provar seu argumento, o *Titanic* zarpou e afundou. Sabine deu uma risada cruel e debochada, e nunca mais tocaram no assunto.

— Ah, os Estados Unidos — comenta Charlotte agora. — Sempre imaginei como é lá.

— Isso depende — diz Antonia, batendo a cinza do cigarro — da cor da sua pele. Imagino que você se daria bem melhor do que eu lá. Isso posto... — A mão fria vai ao queixo de Charlotte. — Aposto que você tem um pouco de melanina a mais. Não muito, é óbvio — acrescenta ela, afastando a mão. Então se recosta, mergulha a ponta do dedo no copo e deixa a gota escorrer de volta. — Mas lá eles contam cada gota.

Charlotte franze a testa e olha para as próprias mãos. Ainda se lembra de tia Amélia franzindo os lábios.

"Como você está bronzeada. Decerto que herdou isso da sua mãe."

"Saia da janela. Você não precisa de mais sol."

No fim das contas, ela não precisava ter se preocupado. A pele de Charlotte, assim como o restante do seu corpo, está preso no tempo, a pele quase atingindo a tonalidade que teria no verão, com as sardas salpicadas para sempre nas bochechas.

— Claro que os tempos estão mudando — prossegue Antonia, dando de ombros. — E eu vou ficar por aqui para ver. Nesse meio-tempo, tenho uma vida boa aqui em Londres. Jack e eu.

— Como vocês se conheceram? — pergunta Charlotte, sedenta por detalhes. — Vocês dois já eram... ou você fez... — Antonia arqueia uma das sobrancelhas, e ela para de falar, sentindo-se insegura. — É falta de educação fazer essas perguntas? Sinto muito. É que eu nunca conheci mais ninguém que tenha sido...

Ela para de falar, sem saber como colocar as palavras.

— O quê? — pergunta Antonia. — Enterrado à meia-noite?

Charlotte se retesa ao ouvir as palavras de Sabine. Afinal, até aquele momento, achava que *eram* de Sabine. Algo que ela havia inventado, um poema pessoal, uma invocação usada no quarto, algo que era só delas.

Ela sente o rosto afogueado, mas Antonia continua:

— Nunca conheceu mais ninguém? Onde essa tal de Sabine tem escondido você? — A voz dela é suave, a pergunta, retórica; mas Charlotte fica tensa mesmo assim, forçando um sorriso.

— Há quanto tempo você e o Jack estão juntos?

— Vamos completar setenta anos agora. E não, não fui eu que o transformei, embora conheça o homem que fez isso. Nós só nos encontramos depois. — Ela olha por cima do ombro de Charlotte e sorri. — Falando em criadores e amor...

Mechas de cabelo ruivo envolvem os ombros de Charlotte quando Sabine e Jack retornam.

Um olhar entre Jack e Antonia, tão sutil e rápido que Charlotte só o percebe porque estava olhando, enquanto Sabine deposita um beijo na curva do seu pescoço. A pulsação roubada ainda ecoa audivelmente no peito, o sangue deixando o rosto dela corado.

— Sentiu a minha falta? — sussurra ela junto à pele de Charlotte.

— Sempre — responde Charlotte quando Sabine se senta ao seu lado.

Jack também retorna ao seu lugar e, por um momento, ninguém fala nada, toda a cena se equilibra no fio de uma navalha, entre a incerteza e o receio.

Mas então Sabine se inclina e serve o copo dos demais, e é como se a mão de alguém alisasse o tecido amarrotado. À medida que copos se esvaziam, são servidos e se esvaziam de novo, o ar fica mais leve à mesa.

As horas parecem voar.

Jack e Antonia terminam as histórias um do outro, a implicância casual entre os dois os aquecem como um banho quente.

Jack e Charlotte falam sobre terem sido transformados em terras inglesas.

Sabine relembra seu começo na sociedade londrina, como ficou sabendo sobre a Temporada graças à vitrine de uma loja e um vestido bonito.

E o tempo todo, Sabine se comporta da melhor maneira, como uma casa com todos os aposentos iluminados. O sorriso charmoso, a graça felina e o mesmo charme magnético que atraiu Charlotte há tantos anos à vista de todos. Ela está radiante e, sempre que lança um olhar na direção de Charlotte, a faz corar diante da intensidade de sua atenção.

A garrafa fica vazia e outra chega para substituí-la, os copos são servidos, e Charlotte bebe mais e mais, até que uma das histórias de Antonia lhe provoca um acesso de riso, e ela não consegue parar. Sabine declara alegremente para o grupo que está na hora de levar Charlotte para dormir.

Não há janelas no Way Down, mas Jack pega um relógio e diz que falta uma hora para o alvorecer. Comprovando a promessa de Antonia, o bar continua servindo os clientes, mas o movimento está claramente menor, apenas algumas mesas ainda ocupadas enquanto os quatro se despedem. Jack dá um beijo em cada lado do rosto de Charlotte enquanto Antonia insiste que precisam repetir a noitada.

Ela aperta a mão de Charlotte, dá um beijo em seu rosto e diz que, não importa a hora, a noite ou ano, ela e Sabine sempre serão bem-vindas ali.

E enquanto seguem para casa, na hora tranquila que antecede o alvorecer, o mais próximo que Londres chega de dormir, Charlotte pousa a cabeça no ombro de Sabine e sorri, convencida de que foi o tipo de noite da qual todos eles se lembrarão.

Uma comemoração perfeita.

— Que noite maravilhosa tivemos — comenta Charlotte quando estão de volta ao apartamento.

Sabine não responde, e é então que ela nota como o aposento mergulhou no silêncio.

Como o ar ficou frio à sua volta.

Não, não, não, pensa Charlotte quando se vira para Sabine e a vê segurando a coluna da cama de dossel com tanta força que a madeira começa a lascar.

— Eu não basto para você? — pergunta ela, e embora sua voz esteja baixa, é cortante e fria como uma lasca de gelo.

Charlotte se empertiga, o relaxamento provocado pelo gim desaparece de repente.

— Claro que é — responde ela, a confusão se misturando com o medo. — Sabine, eu só quis dizer...

— Eu vi o quanto você se alegrou — reclama ela. — Senti como ficou feliz por estar com eles.

"O que devemos fazer?", perguntou Sabine. "Você decide."

Era uma armadilha. Deveria ter desconfiado. E agora...

— Você já se cansou de mim?

Charlotte nega com a cabeça, mesmo que Sabine esteja de costas para ela. Ela se esforça para ficar calma, mas a sente se esvaindo pelos dedos. Não, estava tudo bem. Tudo certo. Ela viu a velha Sabine, aquela por quem se apaixonou.

Ela ainda está ali, em algum lugar, dentro da amada. Só precisa trazê-la de volta.

Charlotte atravessa o quarto e abraça Sabine pela cintura.

— Você é tudo que eu quero — sussurra entre os ombros de Sabine. — Tudo de que preciso. Vamos para a cama.

Sabine não se mexe, não relaxa.

— Por favor — pede Charlotte, enquanto tira o vestido e o deixa escorregar até o chão, numa pilha de contas e seda. — Por favor — repete, enquanto se coloca de frente para Sabine e segura o rosto dela com as mãos e a fita nos olhos, a luz neles bruxuleando e prestes a se apagar. — Vamos para a cama, Sabine.

Por um momento terrível, nada.

E então Sabine se vira, imprensando Charlotte contra a coluna rachada da cama. Ela a beija, com força, os dentes rasgando o lábio inferior de Charlotte.

Ela não tenta se soltar, nem quando o sangue — seu sangue — enche sua boca. Nem quando Sabine a empurra para a cama, segurando seu pulso com uma das mãos enquanto a outra abre as pernas dela. Nem quando arqueia o corpo, oferecendo o próprio pescoço, e Sabine dá uma mordida tão profunda que os dentes afundam até os ossos.

Por que Charlotte fica?

É o mesmo que perguntar: por que ficar em uma casa pegando fogo?

É fácil perguntar isso quando se está na rua, a uma distância segura das chamas.

É mais difícil quando você está lá dentro, convencida de que consegue apagar o fogo antes que se espalhe ou enquanto corre de um cômodo para o outro, tentando salvar o que ama antes que tudo se acabe.

VI

1943

Charlotte caminha entre as barracas fechadas, procurando flores no chão.

Procura no que restou do pequeno mercado improvisado e a maior parte do que vê são caules sem folhas. Botões pisoteados, flores murchas, tortas e perdendo as pétalas.

Antes do início dessa nova guerra, passava as noites vagando pelos corredores vazios das barracas de flores do Covent Garden, cercada pelo cheiro inebriante de peônias e rosas. Mas o Jubilee Hall está servindo de base militar, assim como boa parte de Londres. Para ser mais útil.

Tudo é pior dessa vez.

As sirenes soando, o chão tremendo, a constante névoa de medo.

Mês após mês, os londrinos desaparecem, alguns seguindo para a segurança da zona rural do país, e outros, para o fronte de batalha, enquanto a morte flutua pelo Canal da Mancha e anuvia o ar como a fumaça.

Charlotte detesta estar ali. Tentou diversas vezes convencer Sabine a fugir para o norte, o sul ou o oeste, mas Sabine insiste em ficar em Londres. É mais fácil de caçar, justifica ela, quando tantos desaparecem todos os dias.

Charlotte desconfia que é um teste.

Para ver se ela vai manter a palavra ou se vai procurar Antonia de novo.

Vira a cabeça, voltando os olhos na direção de Southwark enquanto imagina se o Way Down continua de pé. Não tem como saber.

Para de andar, o pé pairando sobre uma rosa quase perfeita.

Um achado surpreendente, considerando o lixo espalhado pelo chão.

Charlotte se ajoelha, juntando a flor às outras que recolheu.

Respira fundo, farejando o ar, e na hora se arrepende. A camada de tristeza e pânico enche seu peito e sua mente, fazendo com que sinta que está perdendo a cabeça. Sabine estava errada. É impossível bloquear tudo isso. Ela bem que *tentou*. Tentou tampar os ouvidos, isolar a mente, mas é impossível. Tudo que consegue fazer é esconder o quanto tudo isso ainda a afeta.

Sabine não tem paciência para a *histeria* de Charlotte — é como chama esse sentimento —, ao passo que Charlotte, por sua vez, mal consegue suportar a pose de Sabine. Nada parece perturbá-la, e sua principal reclamação é que o racionamento faz o sangue ficar sem gosto.

Charlotte ficou olhando para ela quando a ouviu dizer isso. Queria se chocar, mas tudo que sentiu foi tristeza. O que aconteceu com a mulher que a seduziu na escadaria? A que a ensinou a dançar em saletas ocultas, que a ensinou a sonhar, desejar e tomar mais do que a vida lhe dera? A que correu descalça com ela por salões de castelos vazios e que fazia seu coração parecer que nunca tinha parado de bater?

Charlotte se pergunta onde ela está agora.

Estavam juntas mais cedo naquela noite, passeando por uma rua com pouco movimento, enquanto estranhos de ombros curvados passavam apressados, e Charlotte sugeriu que escolhessem alguém juntas. Mas Sabine estava esquisita, distraída, agitada demais, e acabou se afastando, anunciando que ia passear sozinha e encontrar Charlotte em casa.

Charlotte a viu partir e ficou... aliviada.

Está tão cansada de manter as aparências, de fingir que aquela vida solitária não a está desgastando, transformando-a de pedra em pó.

Ela se agacha para recuperar uma peônia pisoteada e leva o buquê improvisado ao nariz. Fecha os olhos e se imagina de novo em Clement Hall.

Uma lembrança de risadas. As cócegas da grama fresca. A voz da mãe e...

Uma sirene de ataque aéreo soa alto, um uivo miserável e assombrado.

Charlotte suspira, levando o buquê ao peito. Olha para o céu, buscando pelos contornos de um avião, e imagina o que aconteceria se ficasse ali e algo caísse. Seu coração sensível seria esmagado ou ela conseguiria se levantar dos destroços?

Começa a caminhar, ignorando os cidadãos que correm em busca de abrigo, o senhor que acena, tentando fazer com que ela siga para o abrigo mais próximo.

Talvez seja a nova cena de pânico, mas Charlotte acelera o passo, de repente ansiosa por voltar para casa, para Sabine.

O apartamento que estão ocupando a lembra da casa em Merry Way, com tia Amelia e suas protegidas — dois andares, grande demais para as duas, ocupado quando os últimos moradores se mudaram para um lugar mais seguro, mais verde e mais afastado do barulho.

Ela chega, as flores em uma das mãos e o chaveiro na outra, e encontra...

Sangue.

Sangue na maçaneta.

Sangue nas escadas.

Sangue, escorrendo como dedos pelas paredes.

A trilha horripilante a leva até o quarto, onde encontra Sabine de pé no meio do aposento, coberta de vermelho dos pés à cabeça. O sangue mancha seu rosto, escorre pelas mãos, faz uma poça sob os pés descalços.

Charlotte recua diante da visão, o assoalho de madeira rangendo sob seus pés. Sabine ergue o olhar, os olhos escuros, as pupilas dilatadas. Abre um sorriso sonhador.

— Ah, aí está você — saúda ela com a voz aérea, gentil demais para ser a da outra pessoa e estranha demais para ser a dela mesma.

— Meu amor — diz Charlotte, esforçando-se para soar gentil. — O que foi que você fez?

Sabine inclina a cabeça para trás e olha para o teto.

— Eles se rasgaram como embrulhos de presentes de Natal. — Os braços pairam ao lado do corpo, como se estivesse na água. — Fitas por todos os lados.

Charlotte estremece.

Não há violência na voz dela, mas isso é ainda pior. Esse monstro tranquilo na pele de Sabine.

Ela tem vontade de dar meia-volta e fugir.

Fugir deste quarto, desta casa, desta vida.

Em vez disso, obriga-se a avançar.

— Venha — chama ela, pegando a mão de Sabine. — Vamos limpar você.

Ela prepara o banho, e desta vez Sabine não se esforça para recobrar o controle. Permite que Charlotte a coloque na banheira, se reclina enquanto a água fica rosada e, depois, vermelha. Ronrona de prazer quando Charlotte lava seu cabelo e tira a gosma vermelha de baixo das unhas, limpando e cuidando do corpo que ama há tanto tempo e conhece tão bem. Permanece dócil enquanto Charlotte enxuga cada pedacinho dela e a leva para a cama, acomodando-a entre os travesseiros.

— Não consigo ouvir seus pensamentos — murmura Sabine, sonolenta. — Estão tão silenciosos. — Ela franze um pouco a testa. — Você está escondendo segredos de mim?

Charlotte nega com a cabeça.

— Não — sussurra ela, mantendo a mente trancada. — Só estou cansada. — Alisa o vinco na testa de Sabine. — Você não está cansada?

— Estou — responde Sabine, afundando nos travesseiros.

Charlotte se aninha ao lado dela, acariciando o cabelo, esperando que a luz volte a brilhar nos olhos da amada. Mas isso não acontece, então começa a sussurrar o poema que Sabine sempre soprava contra sua pele todas as noites ao longo dos anos que passaram juntas:

Enterrem meus ossos à meia-noite,
numa cova rasa, e reguem abundantemente.
No meu lugar, há de nascer uma rosa impetuosa...

Até ter certeza de que Sabine está dormindo.

Então, bem devagar, Charlotte se liberta. Sabine costumava estender a mão para ela toda vez que se movia, mas agora dorme tão profundamente que raramente se mexe depois de pegar no sono. Como se estivesse coberta com terra em vez de cobertores.

Perdida de si, do seu amor e do mundo.

Charlotte se levanta da cama e anda silenciosamente pelo quarto. Há uma lâmina na gaveta de cima da escrivaninha. Com a ponta cega, mais usada como abridor de carta do que como arma, mas vai servir.

Ela se deita na cama de novo e se ajoelha ao lado de Sabine.

Sabine, que mesmo agora parece uma pintura, mechas de cabelo molhado espalhadas pelo travesseiro, os pingentes que coleciona escorrendo entre os seios como raízes. Está tão imóvel que já parece sem vida.

Charlotte engole em seco enquanto ergue a lâmina e mira a ponta metálica em direção ao peito de Sabine.

A arma corta o ar.

E para.

A ponta paira bem ali, a um centímetro do coração, como se tivesse se chocado contra um muro. Charlotte a encara, chocada, cerra os dentes e tenta forçar a lâmina para baixo, os nós dos dedos ficam pálidos ao redor do cabo. Percebe que não é a faca nem o ar que impede o avanço. É *ela*. Seu próprio braço paralisado, o corpo preso no lugar por cordas que não consegue enxergar. Sua mente fica a mil e, com um súbito temor, compreende o que está acontecendo.

Não são cordas.

E sim *palavras*.

Ditas há mais de cinquenta anos, quando Charlotte deixou seu lar pela última vez. *Prometa que nunca vai me ferir.*

Como aquelas palavras pareceram estranhas, mesmo naquela época, enquanto estavam deitadas na cama daquela casa amaldiçoada, depois que a escuridão tomara Sabine pela primeira vez.

Prometa que nunca vai me ferir.

De todas as coisas que Sabine poderia pedir. De todos os juramentos que poderia arrancar dela.

Pareceu tão simples para Charlotte na época.

Foi tão fácil dizer sim.

Mas as palavras se fecham em torno dela agora, as mãos trêmulas enquanto tenta baixar a lâmina os poucos centímetros que faltam. *Não consigo.* Seus olhos ardem de frustração e tristeza. Uma lágrima carmesim escorre pelo queixo e pinga no rosto de Sabine.

Talvez seja o cheiro de sangue que a desperta.

Talvez sejam as barreiras de Charlotte ruindo, seu pânico se espalhando pelo ar.

As pálpebras de Sabine se contraem, e ela abre os olhos. Continuam escuros e insondáveis.

Ela vê a lâmina, ainda parada sobre seu peito, e então Charlotte. E a expressão que surge em seu rosto não é de choque nem de raiva. Em vez disso, repuxa os lábios como se achasse aquilo divertido. Como se fosse outro jogo, e Charlotte tivesse mostrado suas cartas.

Charlotte larga a lâmina e recua para sair da cama e Sabine se senta.

— Minha tola Charlotte — diz Sabine, pegando a lâmina enquanto Charlotte se afasta pelo quarto. Ela equilibra o objeto na mão, a ponta oscilando de um lado para o outro, antes de os olhos escuros e frios olharem para ela. — Por que não volta para a cama?

Mas não há como voltar atrás. Não mais. Então Charlotte se vira e foge.

Ela espera dar um ou dois passos e então os braços de Sabine se fechariam em volta dela, fincariam a lâmina no seu coração. Mas chega à porta do quarto, ao fim do corredor e depois ao fim das escadas e lá fora na rua, e não há rasgo no coração nem morte nem escuridão tomando-a por inteiro, apenas o ar da noite e o eco fantasmagórico das sirenes. Por isso obriga o próprio corpo a continuar avançando, seguindo para bem longe dali.

Charlotte é Orfeu e Sabine é Eurídice.

E ela não olha para trás.

VII

Charlotte segue descalça pelas ruas de Londres, abraçando o próprio corpo enquanto cruza a ponte Southwark só de camisola, o céu clareando a cada passo.

Chega ao armazém pouco antes do alvorecer, agora tremendo tanto de mal-estar quanto de medo, e se apoia na porta, mas está trancada.

Ela bate e ninguém atende. Não há sons de passos lá dentro.

Charlotte encosta a testa na madeira ao fechar os dedos na maçaneta, que cede sob sua força e a porta se abre...

Ainda assim, não consegue entrar.

As pernas presas à soleira, o convite recebido tantos anos antes expirado ou revogado.

Charlotte cambaleia e cai de joelho ali, a cabeça latejando e os ossos doloridos. Está tentando recuperar as forças e a vontade de se levantar quando ouve o som de passos, e Jack finalmente aparece, o cabelo penteado para trás, as mangas da camisa arregaçadas, os suspensórios soltos na cintura. Jack ajuda Charlotte a se levantar, murmurando: "Minha nossa", "Querida" e "Pode entrar".

Assim como eles, o Way Down continua de pé.

As paredes estavam pintadas de outra cor, as mesas arrumadas de outro jeito e o lugar estava vazio àquela hora, mas Charlotte sente a mesma letargia e o mesmo calor de boas-vindas no ar quando Jack a leva até uma mesa fixa. Antonia aparece no alto da escada, tirando os grampos do cabelo, e do que

Charlotte mais se lembrará não é da forma gentil com que cuidam dela, mas da total ausência de surpresa. Passaram-se dezesseis anos, ainda assim, é evidente que estavam esperando por ela.

Antonia traz um xale, mais para consolo do que pelo frio, ou talvez simplesmente pela modéstia. Jack serve um copo, mas quando Charlotte o pega, depara-se com o próprio reflexo macabro na superfície lustrosa da mesa, os cachos selvagens, o rosto manchado de lágrimas de sangue. Que sorte não ter encontrado ninguém no caminho.

Jack e Antonia se sentam diante dela à mesa, esperando a história, então ela começa a contar.

Charlotte se surpreende com a calma em sua voz, que não vacila.

— Eu estava pegando flores...

As flores. Não consegue se lembrar de onde as deixou. Foi na porta da frente, logo que viu o sangue? Ou teria sido no quarto? Sabe que isso não importa mais. Contudo, enquanto ouve a própria voz recontando a história, como chegou em casa e se deparou com Sabine, o banho, a cama, a lâmina que se deteve no ar, sua mente busca freneticamente pelo buquê.

Ela se obriga a voltar ao presente. Jack e Antonia trocam um olhar como se estivessem conversando em silêncio, e Charlotte não consegue deixar de imaginar, com amargura, se eles permitem a entrada um do outro na própria mente. Será que a abrem para o outro entrar e explorar cada cômodo, enquanto ela é obrigada a ficar do lado de fora e fazer suposições?

Se Sabine a tivesse deixado entrar, faria alguma diferença?

Seria forte o suficiente para ficar?

Ou teria fugido antes?

— Sinto muito por ter vindo para cá — lamenta ela. — Eu não sabia mais para onde ir. Mas se coloquei vocês em perigo...

— Não se preocupe com isso — afirma Antonia, fazendo um gesto com a mão. — Esta é a *nossa* casa. Ninguém entra por aquela porta sem permissão.

Charlotte olha para o curto corredor e então uma das sombras parece se destacar, inclinar a cabeça e abrir um sorriso lânguido.

"Minha tola Charlotte, por que não volta para a cama?"

Ela estremece e pisca. Sua mente cansada está pregando peças nela.

— Beba um pouco — diz Jack, empurrando o copo. — Vai ajudar.

Charlotte assente e bebe, saboreia o gosto de algo adocicado sob o ferro ao engolir. Sente um calor se espalhar pelo corpo, seguido por uma suavidade.

— Jack, querido, pode subir. Daqui a pouco eu vou.

Ele assente e se retira, e Antonia desliza no banco estofado ao lado de Charlotte e a convence a se deitar e pousar a cabeça no seu colo.

— Pode relaxar — garante Antonia com seu sotaque arrastado. — Tente descansar um pouco.

Charlotte quer recusar, convencida de que nunca mais vai conseguir dormir, mas os dedos graciosos acariciam seu cabelo, a luz do dia a subjuga e é tomada pela mais absoluta fadiga.

— Por que está sendo tão boa comigo? — pergunta ela quando começa a mergulhar no sono.

A voz de Antonia a segue:

— Nós crescemos juntas neste jardim.

E, de alguma forma, ela dorme.

Felizmente, não sonha.

Acorda ao anoitecer. Não há janelas na boate, ainda assim, Charlotte sabe, a hora ressoa como um sino nos seus ossos. Ela se senta e encontra roupas limpas dobradas em cima da mesa. Um vestido de algodão. Um suéter de caxemira. Um par de sapatos.

Ela entra no banheiro e se veste. Lava o rosto, prende o cabelo, ajeita a expressão até o reflexo no espelho parecer menos com o da garota assombrada à mesa na noite anterior e mais com aquele que conhece há mais de cem anos. Quando entra na boate de novo, alguns garçons já chegaram, o Way Down continua em funcionamento, claro, pois o mundo não parou para mais ninguém além dela.

Antonia reaparece, descendo a escada com um vestido cor de pérola, o cabelo preso em ondas perfeitas e os lábios pintados de vermelho. Jack segue logo atrás, as mãos nos bolsos, e Charlotte sabe que tem de ir embora, mas ainda está criando coragem para se levantar e sair, para enfrentar a cidade — a versão de olhos escuros de Sabine com certeza está lá fora, procurando por ela no escuro — quando Antonia lhe entrega uma passagem de trem para o norte.

É uma gentileza. Ainda assim, há uma verdade sombria naquela passagem, algo que Jack e Antonia não se atrevem a dizer.

Não é seguro permanecer em Londres.

Que irônico, depois de todas as vezes que implorou a Sabine para irem embora.

— Jack vai acompanhá-la até a estação — informa Antonia. — Ele a levaria de carro, mas não há gasolina.

Charlotte nega com a cabeça.

— Não, vocês já fizeram muito por mim. E se Sabine...

"Eles se rasgaram como embrulhos de presentes de Natal."

Antonia abraça Jack pelos ombros.

— Não se preocupe com o nosso Jack — diz ela, dando um beijo no rosto dele. — Ele sabe se defender muito bem, não é?

Jack sorri e tira um chapéu imaginário.

— Será um prazer levar você até lá em segurança.

Antonia olha nos olhos de Charlotte, parece prestes a dizer alguma coisa, mas a porta se abre. Charlotte fica tensa, certa de que é Sabine, mas são apenas os primeiros clientes da noite. E, com isso, Antonia volta seu charme para eles enquanto Jack a acompanha até a escuridão da rua.

Caminham juntos, lado a lado, Jack com as mãos no bolso, e Charlotte segurando o cotovelo dele com força. Está nervosa e tensa, os sentidos em alerta em busca de apoio, a imaginação transformando cada vulto pelo qual passam em uma mulher, e toda mulher em Sabine.

Sabine, com o vestido violeta da noite em que se conheceram, erguendo uma das mãos enluvadas para chamar um táxi.

Sabine, encostada na porta fechada de uma loja, coberta de sangue da cabeça aos pés.

Charlotte fecha os olhos com força até a escuridão explodir em estrelas.

— Sabe — começa Jack —, nós nos consideramos imortais, mas não somos.

Charlotte pisca, obrigando-se a dar atenção a ele.

— Viva por tempo demais, e as coisas começam a apodrecer. — Ele tira a mão do bolso e bate com a ponta do dedo no peito. — Compaixão, afeto, humildade, cuidado. — Uma batida a cada palavra. — Esses sentimentos vão caindo como pétalas, até que tudo o que resta é o caule e os espinhos. A sede e o ímpeto da caça.

Charlotte franze a testa enquanto a mente começa a girar. Seria isso o que estava acontecendo? Sua Sabine nunca foi *gentil*, nunca foi *boa* — ou, se já foi, essas coisas já tinham desaparecido quando se conheceram —, mas sempre teve um tipo feroz de luz, um senso de humor cortante, paixão, inteligência. Quando foi que essas coisas começaram a desaparecer?

Na casa em Hampshire?

Ou no castelo alemão?

— De certa forma, acho que é bastante poético — reflete Jack. — A mortalidade relutante de todas as coisas que nos tornam humanos.

A raiva sobe feito bile pela garganta de Charlotte.

— Queira me desculpar por não achar que a poesia valha o preço — vocifera ela.

Ele assente e não diz nada por um quarteirão, depois dois, mas então as palavras voltam a sair de seus lábios.

— Antonia lhe contou, creio eu, que não foi ela quem me transformou. O nome dele era William. Um nome comum para um cavalheiro incomum. Quando eu ainda era jovem, ele me obrigou a fazer uma promessa. — Ele faz uma pausa e olha para ela. — Como você já sabe, promessas entre a nossa espécie constituem um compromisso inquebrantável.

Charlotte engole em seco e assente.

— Bem, William me fez prometer que, quando deixasse de ser ele mesmo, eu o mataria. E, como não poderia confiar nele para me avisar quando o momento chegasse, eu teria de escolher sozinho. Eu teria de ponderar, pesar e decidir o quanto ele ainda era uma pessoa, a *minha* pessoa, antes de se perder totalmente.

Ela o encara, perplexa, esperando que ele continue o relato.

Mas, como Jack fica em silêncio, não consegue evitar a pergunta:

— E o que aconteceu?

Ao ouvir a pergunta Jack apenas dá um sorriso triste, mas ela consegue ver o sofrimento nos olhos dele, breve como o flash de uma câmera, antes de ele o suprimir e pigarrear.

— A questão é que, quer a morte nos leve de uma só vez ou nos roube pouco a pouco com o tempo, no fim das contas, não existe imortalidade. Alguns de nós apenas morrem mais lentamente do que o restante.

Jack abre um sorriso bondoso, como se tivesse dito aquelas palavras para que ela se sentisse melhor. Mas, quando eles se aproximam de St. Pancras, Charlotte é tomada por um novo temor.

Se é verdade que todos eles estão destinados a definhar e apodrecer, como será quando a humanidade dela começar a desaparecer? Como vai se sentir? Como há de saber? E se isso acontecer de forma tão lenta que nem consiga notar? E se for tão rápido que nem consiga perceber?

Se Jack ouve as perguntas, não responde.

Os dois caminham de braços dados pela St. Pancras, aquele túnel de vidro e aço, danificado e bombardeado, mas, de alguma maneira, ainda de pé.

Ele a leva até a plataforma. O trem já está parado ali. Estranhos circulam por todo o lado, lendo jornais ou bebendo de cantis, alguns em grupos, outros sozinhos. Charlotte estuda cada rosto em busca de um comprido, daquele cabelo ruivo.

Certa, mesmo agora, de que Sabine vai caçá-la.

Isso se já não estiver ali.

Jack entrega a passagem e lhe deseja boa sorte, dando um beijo gelado em cada bochecha.

— Coragem — diz ele. — Você tem um longo caminho pela frente.

E ela não sabe se ele está falando da viagem ou da sua alma.

Jack começa a se afastar, mas para e se vira para ela.

— Ah, quase me esqueci. — Ele tira um cartão do bolso. — Em nome da minha querida Antonia, se um dia for para os Estados Unidos, ela gostaria que você tivesse um amigo.

Charlotte aceita o cartão. Na frente, a imagem de uma rosa preta com espinhos brancos. No verso, a palavra *Boston*. E logo abaixo, escrito com uma letra cursiva inclinada, que devia ser de Antonia, um nome: *Ezra*.

Com isso, eles se despedem, embora Jack diga que ficará na plataforma até o trem partir. Charlotte sobe a bordo. Pela primeira vez em muito tempo, sozinha.

É mentira, diz ela a si mesma enquanto o trem ruge e ganha vida, *que você só tem uma história*.

Ainda assim, enquanto está no vagão do trem, olhando pela janela enquanto a plataforma fica para trás, vazia, a não ser pela presença de Jack, ela jura que consegue sentir Sabine, como um peso do outro lado de uma corda. A corda entre as duas estica o suficiente para se romper quando o trem deixa a estação, ganhando velocidade. Ela espera até sentir o momento do alívio, quando a corda finalmente arrebentar e ela ficar livre.

O momento não chega.

Contudo, nem Sabine.

Charlotte se acomoda, por fim, no assento.

E começa a chorar.

ALICE

(*ANNO DOMINI* 2019)

I

A voz de Lottie vai morrendo.

Está de pé junto à janela, olhando lá para fora, de costas para o quarto e, no reflexo do vidro, Alice consegue ver lágrimas carmesim escorrendo pelo rosto dela. Espera que ela continue, que explique, mas Lottie parou de falar, e Alice olha de Lottie para Ezra, que está sentado ali, de braços cruzados, como se já tivesse ouvido a história antes.

A essa altura, já é muito tarde ou muito cedo, Alice não sabe em que ponto a noite se rompe, deixando de ser uma coisa para virar outra, tudo que sabe é que está ouvindo Lottie falar por horas a fio, passando muito do horário que o hotel se recolheu para dormir, e ela ainda não lhe explicou o *porquê*.

Ela balança a cabeça e se levanta.

— Tudo isso para me dizer que conseguiu fugir?

— Não. — Lottie pisca, se libertando das próprias lembranças enquanto dá as costas para a janela. — Estou tentando te dizer que *não* consegui.

— Quer que eu sinta pena de você? Porque você teve uma namorada tóxica? — Lottie solta um som baixinho, meio soluço, meio riso, mas Alice joga as mãos para cima. — Sinto muito que ela tenha te machucado, mas isso não justifica o que você fez comigo...

— A história ainda não acabou — retruca ela.

— Então pula para a parte que realmente *importa* — esbraveja Alice.

— *Tudo* é *importante* — vocifera Lottie. — As histórias importam, Alice. Quando se vive por tanto tempo, histórias são tudo que você tem.

— Eu também tinha uma história — devolve ela, com raiva. — Antes de você pôr um fim a ela. Eu tinha uma vida. Uma chance de... — A voz dela falha. — Eu tinha um futuro. E agora...

Lottie olha para ela.

— Você ainda tem.

— Ah, vá se *foder*!

Alice não percebe que está avançando para cima de Lottie até Ezra se interpor entre as duas, usando uma das mãos com delicadeza, mas também firmeza, para impedir que Alice siga em frente, como se ela fosse o perigo... afinal, não é amigo dela, mas sim de Lottie.

A guarda de Lottie está baixa, e sua própria culpa e tristeza envenenam o ar, dominando o quarto e Alice, fazendo com que sinta coisas que não quer sentir e não consegue mais suportar. E para quê? Para quê? Não, foda-se tudo isso.

Já estava de saco cheio.

Alice se vira e segue em direção à porta, meio que esperando que um deles a impeça, mas eles nem tentam. Ela abre a porta com tanta força que as dobradiças rangem, sai para o corredor e não para nem ao chegar aos pés da escada nem na recepção de mármore nem nas portas de vidro nem na calçada nem na rua nem na entrada escura do parque Commons.

Não para até os pés encontrarem a grama e, mesmo assim, não consegue se livrar da sensação de que está se afogando. Seu cérebro insiste que precisa de ar, mas os pulmões sabem que não precisa, e o silêncio dentro dela é sufocante e...

— Respire.

Não ouviu Ezra vindo atrás dela, mas ele está bem ali.

— Só respire — continua ele.

Alice o fulmina com o olhar, mas ele apenas dá de ombros.

— Confie em mim, isso vai ajudar.

E Alice não confia nele, quer e talvez até tenha confiado antes de ele a bloquear, mas tinha que fazer *alguma coisa* para acabar com a pressão esmagadora no peito, então fecha os olhos e respira fundo, conta até quatro e solta o ar de novo, do jeito que aprendeu tantos anos antes. Inspira, expira e depois repete, transformando os pulmões em um fole, até os nervos pararem de zunir, a mente se aquietar e o corpo se livrar de todos os sentimentos horríveis que passaram de Lottie para ela.

Respira até sentir a noite se firmar, tanto o chão sob seus pés quanto o céu acima da sua cabeça. Respira até começar a se sentir ela mesma de novo.

— Melhor? — pergunta ele.

Alice apenas assente, temendo que, se parar de respirar, a frágil calma vai se estilhaçar.

— Nosso corpo se apega a certas coisas — explica Ezra. — Velhos hábitos e tudo o mais. Por anos, fumei cachimbo.

Alice olha para ele, tentando imaginar a cena, e a imagem é tão incompatível que quase sorri.

— Não ria — diz ele. — Era algo muito mais comum quando eu era...

Ela nota que ele não gosta de dizer a palavra que descreve o que era antes, da mesma forma que ela não suporta dizer o que é agora.

— A questão é que o tabaco não tinha nenhum efeito em mim, mas havia algo bom na familiaridade, no ritual de preparar o cachimbo e acendê-lo. Uma espécie de lembrança sensorial. A madeira entre os dentes. A forma como isso me acalmava.

Alice continua inspirando e expirando, agarrando-se à segurança do movimento e de como fazia com que se sentisse normal, mesmo que o Commons coberto pela escuridão a lembrasse de que não é. O parque sussurra para ela, as árvores farfalhantes, o bater das asas dos pássaros, os três corpos caminhando pelas trilhas, três pares de pés, três corações batendo. Ela solta o ar de novo e, quando se sente confiante para voltar a falar, pergunta:

— Quando foi que você parou?

— Nos anos 1970. Não combinava mais.

— Sei lá — diz ela, olhando para ele. — Ouvi dizer que está voltando à moda, com os hipsters.

Ezra faz uma careta.

— Não, obrigado. — Ele olha para o parque. — Eu tinha um amigo que amava o cheiro de pão de fermentação natural quentinho, saindo do forno.

Não podia comer, obviamente, mas o cheiro já bastava para fingir que, se ele quisesse de verdade, até poderia comer.

— Ótimo — resmunga Alice. — Vocês ficam com cachimbo e pão fresco enquanto eu fico com ansiedade. Não é justo.

Ezra franze os lábios.

— A questão é que sempre encontramos formas de nos apegar a quem éramos. Na esperança de que isso nos impeça de virar outra pessoa.

Ela engole em seco.

— E funciona?

— Não. Mas, às vezes, amortece o golpe.

Alice cerra os punhos e aperta os dedos até sentir as unhas rasgarem a pele, mas a dor não passa de um espectro.

— Eu queria ser outra pessoa — confessa ela. — Foi por isso que vim para Boston. Na minha cidade, eu era… — *A irmãzinha da Catty,* Alice quase diz. Sempre à sombra dela, sempre atrás dela.

Em vez disso, Alice balança a cabeça.

— Eu queria ser uma nova pessoa. Foi para isso que eu vim, para um recomeço. Mas agora…

— Não é uma sentença de morte, Alice.

Ela o fulmina com o olhar.

— Diga isso para a minha pulsação.

— Tudo bem, se quiser ser pernóstica. Mas eu estou falando sério. O que Lottie disse é verdade. Você pode ter uma vida. Sim, vai ser um pouco diferente do que imaginou. Mas ainda pode ser uma vida. — Ele olha por cima do ombro para o hotel. — Você devia deixá-la acabar de contar a história.

Alice sente a raiva crescer de novo, comprimindo seu coração. Raiva de Ezra por proteger Lottie. Raiva da Lottie, por sorrir para ela no escuro, por correr com ela pela chuva, por fazê-la acreditar que aquela noite poderia ser o início de tudo. Alice cruza os braços, o que só faz com que se sinta como uma criança birrenta, então os descruza outra vez.

— Não vai mudar o que aconteceu. Não vai mudar o que eu sou. O que ela fez.

Ezra assente, como se a entendesse.

— Você tem razão, não há como voltar atrás. Mas isso pode te ajudar a seguir em frente. Aceite um conselho de alguém que tem séculos de vida. Você vai descobrir como alguns sentimentos são pesados, como te puxam para baixo. Raiva e ressentimento são os piores. São como pedras no seu bolso. Quando carrega muitas, você se afoga.

Alice se vira e olha para o hotel do outro lado da rua, as janelas parecendo olhos vítreos, todas escuras, menos uma. Lottie não passa de uma silhueta, a sombra de uma garota, com uma das mãos na vidraça.

Não fui eu, disse ela assim que Alice entrou. *Não fui eu*.

Ela respira fundo pela última vez e se obriga a voltar para o hotel.

Para descobrir como a história termina.

Charlotte

(*Anno Domini* 1827)

I

Roma, Itália
1953

É verdade quando dizem que cidades raramente dormem, mas há uma hora em que *cochilam*.

Um momento perfeito, depois que os bares e boates fecharam e antes que os padeiros acordem. Quando as *piazzas* estão vazias, as avenidas, desertas, os andarilhos são tão esparsos que ela consegue ouvir as batidas do coração de cada um.

Nessa hora, Roma pertence a Charlotte.

Vaga pelas ruas, fingindo que a cidade é um museu e ela é a única visitante. Caminha e se maravilha com o tamanho das construções; as mais novas são delicadas, coloridas e ornamentadas, as mais antigas parecem blocos imponentes de pedra.

Mas as fontes são as preferidas dela.

Visita-as todas as noites, como se fossem amigas. Conhece as inscrições em latim entalhadas no cenário e em suas bases, decorou as diversas imagens, contorcidas em meio à batalha ou surgindo das profundezas ou curvadas sob o peso do divino.

Charlotte chega à Piazza Navona e para, como sempre faz, diante da fonte favorita das três. Olha para Netuno, travando uma batalha com uma criatura das profundezas. Um cavalo e uma ninfa tentando uma fuga frenética. Os três presos, congelados para sempre naquele momento de desespero, o precipício entre a vitória e a derrota.

A noite está tranquila por ali.

As lamparinas a óleo se foram há muito tempo, o brilho amarelado substituído por luzes elétricas que banham os paralelepípedos de um tom de branco azulado. Os únicos sons são o zunido da eletricidade e o borbulhar da fonte. Mas, quando Charlotte se inclina para mergulhar os dedos na água, ouve o som inconfundível de pés descalços.

E seu mundo para de girar.

"Minha tola Charlotte."

Ela foi muito cuidadosa no início, como uma criança depois de queimar os dedinhos.

Todas as noites, por meses, aguçava os sentidos até o limite, cada nervo em alerta. A primeira vez que viu um brilho de cabelo ruivo, todo seu corpo gelou, antes de perceber que era só uma garota de rosto redondo e mechas vermelhas.

Na vez seguinte, foi uma manequim em uma vitrine.

Na terceira, a luz refletida de um poste.

No entanto, à medida que as semanas se transformaram em meses, e os meses em anos, sua mente parou de lhe pregar peças. As sombras se assentaram, as formas se tornaram distintas e, embora Sabine ainda assombrasse os sonhos de Charlotte, era o único lugar onde a encontrava.

Até agora.

Dez anos se passaram — tão longos, tão breves, como poderia acreditar que estava livre? —, e ela sabe o que vai ver quando se virar, então não se vira, não a princípio. Em vez disso, permanece imóvel diante da fonte, mantém os olhos fixos na superfície da água, o rosto apavorado se ondulando à medida que os passos se aproximam.

"Minha tola Charlotte."

E, então, por fim, o som mais bem-vindo do mundo.

Um coração batendo.

Suave e constante, mas inconfundivelmente humano.

O mundo volta a girar e, quando Charlotte se permite olhar, vê uma jovem caminhando em direção à fonte, segurando as sandálias em uma das mãos e um cigarro na outra. As pernas, queimadas de sol e ágeis, em um vestido de verão tão curto que roça em suas coxas. Cabelo cor de mel cortado na altura do queixo, os olhos de um tom deslumbrante de azul — embora depois Charlotte vá se maravilhar com a forma como passam do azul-petróleo para o cinza tempestuoso, dependendo do seu humor.

Tudo em Charlotte relaxa, e ela se vê dando uma risada suave de alívio, enquanto a jovem se senta e passa as pernas pela amurada da fonte, mergulhando os pés descalços na água. A estranha prende o cigarro entre os lábios e joga a cabeça para trás, expondo o pescoço enquanto solta fumaça no ar noturno.

A sede surge no estômago de Charlotte, contrai sua garganta.

— *Lunga giornata o lunga notte?* — pergunta a estranha casualmente.

Charlotte hesita. Só está em Roma há um mês e ainda está aprendendo o jeito cantado de falar do italiano.

— *Mi dispiace* — ela se desculpa. — *Non parlo...*

Nessa hora, a jovem ri e tira o cigarro da boca.

— Só perguntei — diz ela em inglês — se é o fim de uma longa noite ou o início de um longo dia.

Ela tem o tipo de voz que possui um brilho próprio, um sorriso no som, como se estivesse prestes a rir. Uma voz que faz Charlotte se sentir tonta.

— O fim de uma longa noite.

— *Stesso* — revela a jovem. — O mesmo aqui.

Ela oferece o cigarro, e Charlotte aceita, pousando os lábios onde antes estavam os da jovem. Traga e a fumaça não queima, não *faz* nada; afinal, não passa de uma imitação de respiração, mas aprecia a desculpa de compartilhar o espaço com outra pessoa.

Faz dez anos que Charlotte está sozinha. Que é uma estranha entre estranhos. Um fantasma passeando pelo mundo mortal. Houve alguns olhares de passagem, aqui e ali, mas o mais próximo que já chegou de alguém foi com os corpos que tomou, as vidas que foi obrigada a tirar, e o que sentem por ela não tem nada a ver com amor.

Dez anos, e por mais feliz que estivesse por finalmente ser livre, em algum momento, a liberdade azedou, transformando-se em solidão. Ela sente falta do calor da companhia, da leveza de uma vida compartilhada com alguém.

A jovem estende a mão e pega o cigarro de volta, roçando os dedos nos de Charlotte.

— Giada — diz ela, e Charlotte fica esperando que repita a palavra em inglês, mas a jovem apenas ri e bate no próprio peito. — Meu nome.

Charlotte enrubesce.

— Ah, desculpe. Charlotte.

— Ah! — exclama Giada. — Carlotta.

E aquela pequena mudança, do inglês para o italiano, faz com que se sinta rebatizada, nova. Charlotte está marcada para sempre, mas *Carlotta* não passou a última década fugindo de Sabine. Afinal, *Carlotta* nunca pertenceu a ela.

— Não é muito seguro, sabe? — comenta Giada.

Charlotte se empertiga ao ouvir o aviso, como se ela tivesse lido a sua mente.

— Como assim?

Ela cruza as pernas e mexe os dedos dos pés na água.

— Estar aqui fora, no escuro, sozinha.

Charlotte relaxa.

— Eu poderia dizer o mesmo para você.

— Ah — comenta Giada em tom alegre e dando tapinhas na bolsa. — É por isso que carrego pedras.

— Pedras são pesadas — retruca Charlotte. — Seu ombro deve ficar cansado.

— E fica mesmo. Mas quanto mais eu as carrego, mais forte me sinto.

Charlotte olha para Giada — essa jovem estranha e surpreendente — enquanto ela apaga o cigarro. Enquanto tira as pernas da água. Enquanto calça as sandálias, se levanta e fita Charlotte.

— Estou vendo que você não tem nenhuma pedra — observa ela —, então vou te acompanhar até em casa.

E é ridículo, absurdo, mas Charlotte se vê dizendo "sim". Mesmo quando seus dentes arranham o lábio inferior. Mesmo quando a sede chega a fazer com que seu maxilar doa. Mesmo quando ouve as batidas constantes do coração de Giada no peito frágil e as deseja para si, Charlotte sabe que vai morrer de sede feliz, contanto que deixe Giada a acompanhar até em casa.

Por acaso, elas moram na mesma rua.

Não é muita coincidência? Charlotte em uma ponta, Giada na outra. Elas riem — *ela* ri, o som tão repentino e alegre, e parece que algo se solta dentro dela, um grande desenrolar. Àquela altura, a escuridão já está se dissipando, o alvorecer se aproxima, e Giada olha para o céu como se estivesse calculando que horas são e diz que conhece um lugar onde podem tomar café.

— A essa hora? — pergunta Charlotte, e recebe um sorriso e um encolher de ombros.

— Eles gostam de mim lá.

Claro que gostam, ela tem vontade de dizer. *Quem não gosta?*

Se Charlotte fosse uma garota normal, ficaria imaginando se Giada só estava sendo simpática, mas pode sentir o gosto do interesse no ar, como um tempero.

Se Charlotte fosse uma garota normal, teria dito que sim.

Mas não é.

— Não posso — nega ela, mesmo que não seja exatamente verdade.

Afinal, o sol não vai *matá-la*. Ela poderia lidar com a luz do início do dia, sofrer pelo mal-estar à medida que o dia avança, mas seria um peso em volta do seu pescoço, uma mancha na lembrança que quer ter.

Então ela diz "não", e Giada, que não consegue ver nem sentir o gosto da sede de Charlotte no ar, que não consegue sentir seu desejo, sua solidão, sua necessidade, fica um pouco desanimada, o brilho se apagando, até Charlotte sugerir um jantar.

— Hoje — oferece ela. — Por minha conta.

E foi o que bastou para Giada voltar a ficar radiante. O sorriso reluzindo como bronze.

— É melhor avisar que eu como muito — brinca ela com uma piscadinha.

E, com isso, ela se vira e segue seu caminho pelo quarteirão estreito.

— Pode me pegar às oito! — grita por cima do ombro.

Charlotte não consegue disfarçar o sorriso enquanto observa o cabelo cor de mel balançando até Giada desaparecer por uma porta.

A esperança se acende no seu peito e ela pensa: *É isso, é aqui que a minha história começa.*

Charlotte consegue ver tão claramente, mesmo agora.

Giada descendo a escada ao anoitecer, com sandálias brancas e vestido de verão cor-de-rosa. Uma alegria desenfreada enquanto anuncia que planejou uma excursão. Não pelos monumentos de Roma ou pelas ruínas, mas pelas suas comidas favoritas.

Ela leva Charlotte por *piazzas*, pontes e ruas sinuosas, explicando que não podem comer apenas em um lugar, já que cada um tem sua própria especialidade e, dessa forma, à medida que a noite cai sobre Roma, ela leva Charlotte em uma peregrinação: do café sob toldos brancos em Regola até os *arancini* entregues por uma janelinha em Trastevere.

Charlotte é bem treinada na arte de se misturar, passou anos fingindo ser humana e consegue se sair bem na companhia das pessoas. Claro que não passa de uma ilusão, que funciona melhor à distância e rui sob qualquer escrutínio. Felizmente, porém, enquanto Giada come ou bebe, a experiência a toma por inteiro e, quando finalmente ergue o olhar para saber o que Charlotte achou, a xícara está vazia, a comida, remexida.

Giada, nesse meio-tempo, não é fiel à ordem dos sabores, e elas tomam sorvete em Campitelli (a sobremesa vai derretendo no calor do fim da primavera, parecendo se autoconsumir) antes de se sentarem sob os guarda-sóis vermelhos de um bistrô no canto de uma praça em Monti.

Lá, diante de um prato de carbonara, Charlotte enrolando a massa no garfo, descobre que Giada é modelo. Não do tipo que posa para revistas ou desfila em passarelas com as roupas da última moda. Não, ela é uma modelo viva, cercada não por flashes, mas pelo riscar dos lápis.

Ela posa para artistas, às vezes com roupas largas, para que possam captar a luz e as sombras das dobras do tecido. E, mais frequentemente, sem roupas, diz ela, sorrindo, entre uma garfada e outra de massa.

— Sou muito popular.

— Claro que é — diz Charlotte. — Afinal, você é linda.

As palavras escapolem, ainda assim, é *ela* que acaba enrubescendo. Giada apenas sorri e balança a cabeça.

— A beleza é mais importante para a fotografia — explica ela. — Na arte, é melhor ser *interessante*. Mas não... — Ela deixa o garfo de lado. — Eles gostam de mim porque, quando poso, consigo ficar imóvel. Eu realmente não me mexo. Veja.

É difícil imaginar Giada imóvel. No breve tempo que passaram juntas, ela é um objeto em constante movimento. Os pés batendo nas poças das fontes. As mãos segurando nos postes de luz. Até mesmo as mechas cor de mel, na altura do queixo, parecem estar sempre balançando.

Ainda assim, enquanto Charlotte observa, ela fica imóvel. Ela não *diminui* o ritmo, seu corpo simplesmente para. É algo tão repentino, uma imobilidade impressionante, como se a carne tivesse se transformado em pedra. Os dedos de uma das mãos erguidos sobre a mesa no meio de um gesto. A boca ligeiramente aberta, como se estivesse prestes a dizer algo. Os olhos fixos em algum ponto distante sobre o ombro de Charlotte. O efeito é ao mesmo tempo impressionante e perturbador.

Charlotte aplaude, espera que Giada volte a se mover.

Mas ela nem pisca.

Charlotte mergulha os dedos no copo de água e espirra algumas gotinhas no rosto de Giada, na expectativa de que ela vá desviar, rir ou limpar o rosto.

Nada.

Charlotte morde o lábio, pensativa, então estende a mão e passa os dedos pelas costas da mão da outra mulher, traçando as linhas até o pulso. Sente o coração acelerar sob a pele, vê a cor se espalhar pelo rosto de Giada, mas são as únicas partes que respondem. Quando Charlotte acha que nada no mundo será capaz de fazer Giada se mover, o garçom chega, colocando um prato na mesa, e ela volta à vida, aplaudindo, feliz.

— *Seada!* Minha sobremesa favorita — celebra ela, antes de começar uma conversa animada em italiano com o garçom.

Charlotte observa, hipnotizada enquanto toda a energia que tinha sido congelada começa a transbordar. O garçom logo se afasta, e Giada explica que é uma saudação do dono do restaurante.

— São bolinhos, mergulhados em mel — explica ela, antes de colocar um na boca e gemer de prazer.

Um som que mergulha em Charlotte e a aquece de dentro para fora.

— Agora você — diz Giada, empurrando o prato em direção a ela. — Você tem que provar.

Charlotte pega um, o mel grudando nos dedos. Tenta não pensar no quanto sente falta da comida. De vez em quando, ao beber, capta, no sangue, resquícios de sabores antes conhecidos, mas não é a mesma coisa. Sente falta do gosto adocicado e terroso de tomates aquecidos pelo sol, o azedinho vívido das amoras silvestres, o açúcar polvilhado sobre biscoitos. Embora, para ser sincera, já tenha se passado tanto tempo que tem dificuldade de se lembrar, e suas lembranças não são exatamente do gosto, mas de como se sentia, a forma como uma mordida perfeita fazia seu coração se agitar e todo o seu humor melhorar.

Da mesma maneira que Giada está agora, ao lamber o mel do polegar. Os olhos se fecham brevemente para apreciar cada sabor e, naquele instante, Charlotte pega a *seada* e a joga embaixo da cadeira, onde um pombo se apressa para pegar seu prêmio.

Quando Giada volta a si, Charlotte pergunta como ela consegue ficar tão imóvel.

— Eu vou para outro lugar, na minha mente. — Ela pega outra *seada*. — Às vezes para uma lembrança. — Depois, com os olhos brilhando: — Outras, para fantasias.

Ela dá uma piscadinha, coloca outro bolinho na boca e suspira, os braços se soltando como uma calda doce, despertando impulsos conflitantes em Charlotte, mas ela permite que apenas um surja.

— Eu adoraria desenhá-la.

— Ah! — Giada abre um sorriso. — Então, Carlotta também é uma artista. — Charlotte enrubesce ao ouvir o apelido, o brilho nos olhos de Giada, a luz do sol na voz quando ela concorda com a cabeça. — Tudo bem. Na sua casa ou na minha?

II

Charlotte conduz Giada pela escada.

Ainda há ecos do último proprietário — nos móveis, nas panelas e frigideiras —, mas ela se esforçou para tornar o lugar seu. Livros ocupam quase todas as estantes, volumes em latim, francês e inglês, colecionados aos poucos em suas caminhadas noturnas, tirados de caixas de mercados e do lado de fora das lojas. Flores frescas enchem um vaso na mesa estreita da cozinha e na saleta que pintou do seu tom favorito de verde. Um tom de verão, que lembra um jardim, como o gramado de Clement Hall. Às vezes, Charlotte fica acordada, se senta na poltrona do canto e deixa as cortinas abertas, observa a luz do sol banhar o verde e finge que é o mato se movendo ao vento.

É um bom apartamento, mais prático do que opulento, mas era Sabine que buscava o luxo. Charlotte preferia se sentir em casa.

Sabine, se esgueirando como uma sombra, mesmo agora.

Ela balança a cabeça, esforçando-se para banir o fantasma, quando a porta do banheiro se abre e Giada surge apenas com um robe de seda emprestado, amarrado na cintura.

— Onde você me quer? — pergunta ela, repuxando os lábios como se desafiasse Charlotte a dizer: *Aqui, comigo.*

Em vez disso, Charlotte faz um gesto para a poltrona de camurça que arrastou até o centro do aposento, o tecido de um tom profundo de azul noturno.

Giada assente e se coloca ao lado da cadeira, solta o nó do robe e deixa a seda escorregar e se amontoar no chão, expondo suas curvas, a pele nua, tão macia e dourada quanto o mel.

Charlotte contrai o maxilar.

Não se alimenta desde que viu Giada na fonte. Antes disso, na verdade. Duas noites, então. Três?

Sabe, pelos jogos que *elas* costumavam fazer, que é capaz de passar semanas sem uma refeição. Sabe, mas saber disso não facilita as coisas. Sua mente acredita, mas seu corpo não compreende. Os dentes doem e o estômago revira, a garganta seca e o coração imóvel fica desesperado para bater. Cada momento é um ato de força de vontade quando a sede é tão profunda. Um sino badalando na cabeça. Um diapasão contra seus ossos.

Charlotte afasta os pensamentos enquanto Giada se acomoda na poltrona, as pernas e os braços claros contra o veludo azul-escuro.

— Diga-me quando parar — pede ela, oferecendo a Charlotte uma variedade de poses, enquanto muda de posição, tratando a poltrona como a moldura de um quadro, a nova fronteira do seu mundo, a luz a iluminando, as covinhas nas coxas, as montanhas e os vales dos quadris. Se Sabine era o caroço no meio da fruta, Giada é o próprio pêssego. Macia, carnuda e...

— Pare.

E é o que basta. Ela para.

A imobilidade inquietante domina seu corpo. Contudo há algo mais, algo que Charlotte não tinha percebido antes. A energia efervescente continua presente, zunindo sob a superfície, como a água que enche um copo até a boca, dando a impressão de que, a qualquer momento, poderia transbordar.

Não é a imobilidade que torna Giada a modelo perfeita. É isso.

— Você consegue permanecer assim? — pergunta ela.

Só os lábios de Giada se movem para responder baixinho:

— Claro.

Charlotte começa a deslizar o lápis apressada pelo bloco de papel, convencida de que, a qualquer momento, o feitiço vai se quebrar e Giada vai voltar à vida, antes que ela tenha a chance de terminar.

Mas Giada não se mexe nem um centímetro.

Charlotte desenha com mão firme, esboçando as linhas de orientação, alternando o olhar entre o papel e a poltrona, todas as vezes esperando encontrar um ajuste mínimo, mas sem encontrar nenhum. O único movimento é o piscar lento dos cílios. O movimento discreto da respiração.

Sempre gostou de desenhar. Quando era jovem, treinava desenhando as esculturas da mãe. E, posteriormente, desenhava um pedacinho de cada lugar aonde foram juntas, ela e Sabine. Antes de as câmeras se tornarem comuns, era uma maneira de preservar partes da sua vida. Momentos impressos no papel. Lotando um caderno depois do outro. Não guardava todos, apenas o último.

E até mesmo aquele, ela deixou em Londres.

Desenhava Sabine também, claro. Pelo menos tentava. Sabine tinha o tipo de rosto, aqueles ângulos, aquela luz, que parecia ter sido feito para assombrar um artista. Contudo, Charlotte nunca conseguiu retratá-la perfeitamente.

Mas Giada ganha vida sob seu lápis.

Está estirada como um rolo de tecido, as pernas sobre um dos braços da poltrona, o pescoço aninhado no outro, de forma que a cabeça pende para trás, o pescoço exposto, as pontas retas do corte de cabelo roçando o ar como um pincel. O rosto meio de perfil para Charlotte enquanto ela a desenha.

Passam-se dez minutos. Trinta. Uma hora.

— É impossível que você esteja confortável.

Um encolher de ombros ou, pelo menos, o que *parece* um encolher de ombros, já que ela não se move. A sombra de um sorriso, que nem chega aos cantos da boca.

— Você pode me distrair.

O lápis de Charlotte continua sussurrando.

— Como?

Giada cantarola enquanto pensa e sugere:

— Me conte uma história.

Uma lembrança breve e passageira, leve como as asas de uma mariposa: a cabeça de Jocelyn no seu colo, um dos olhos fechados enquanto segura uma folha de carvalho contra o sol para ver os veios em contraste com a luz. "Me conte uma história, Lottie."

— Uma história — ecoa ela, pensativa.

Charlotte conhece milhares de histórias. Contos de fadas e romances, poemas épicos e poemas infantis. Poderia recitar qualquer uma delas de cabeça, ou poderia inventar uma do zero. Mas, por algum motivo, não faz nem uma coisa nem outra.

"Me conte uma história."

Por que decide contar a verdade?

Talvez seja o ângulo tranquilizador do rosto de Giada, o fato de ela ter de virar a cabeça para encará-la. Ou talvez seja o fato de que os últimos dez anos foram, de alguma forma, os mais longos de sua vida. Talvez seja a solidão, o desejo de ser conhecida por alguém, de ser *real* para outra pessoa além de Sabine.

— Era uma vez uma garota que tinha medo de crescer — começa ela enquanto o lápis rabisca o papel. — Quando era criança, ela era gigante, livre, imensa e sem limites. Mas sabia que crescer significava ficar pequena, tão pequena que poderia caber na palma da mão de um homem. Não mais uma pessoa, e sim um troféu, um objeto.

Enquanto fala, Charlotte desenha e, enquanto desenha, as formas começam a se unir no papel, as linhas se juntando, os membros e o torso ganhando vida.

— Ela queria ficar jovem para sempre. Mas seu corpo não a ouviu, nem seu coração. De repente, cedo demais, foi enviada a Londres para observar e aprender a se tornar digna daqueles homens. Para que um deles talvez a escolhesse para si.

Giada faz um som sarcástico.

— Eu sabia que os ingleses eram conservadores, mas não sabia que ainda eram tão retrógrados assim.

— Foi há muito tempo — pontua Charlotte, borrando uma linha com o polegar enquanto continua. — Enfim, alguns homens que ela conheceu até que eram bonitos. Alguns eram até gentis. Mas ao olhar para eles, sabia que eram *pesados*. Sabia que seria esmagada sob o seu peso.

O lápis de Charlotte passa de um sussurro para um sibilar arranhado conforme as linhas ficam mais acentuadas e deliberadas. Ela traça o corpo no papel, sombreia as dobras da cintura, o ângulo do cotovelo, a curva da bochecha, até o rosto ali não ser mais o de uma desconhecida.

— Até que, um dia, ela conhece uma mulher.

Giada solta um gemido de prazer, congelada.

— Uma reviravolta bem-vinda. E como é que *ela* era?

O lápis protela. O aposento sai de foco e, por um instante, Charlotte tem dezoito anos e está na escadaria do seu primeiro baile, uma voz como um segredo no seu ouvido.

— Ela era...

Olhos iluminados como lanternas, cabelo igual ao aço aquecido.

— ... irrecusável.

A mão a afastando da multidão.

— Perigosa.

Dedos mergulhados no cabelo, dentes roçando a pele.

— Sedutora.

— Parece que foi uma época boa — provoca Giada.

Charlotte engole em seco. Quase consegue sentir Sabine espiando como um fantasma por cima do ombro, os dedos acariciando sua nuca enquanto desenha.

— *Foi* uma época boa, no início — prossegue ela, começando a desenhar o cabelo de Giada, as linhas tão lisas como um pincel escorregando. — A mulher tomou tão pouco e deu tanto. Ofereceu sua amizade à garota, ofereceu prazer, ofereceu tudo o que ela queria. E, no fim, tudo o que pediu foi a alma da garota.

Ao ouvir isso, Giada *quase* se mexe.

Um pequeno espasmo de surpresa, uma ondulação na superfície, rapidamente controlada. Charlotte ergue o olhar, esperando encontrar os olhos da outra mulher a encarando, mas Giada ainda não virou o rosto, mantendo-o virado para o canto da sala.

— Um demônio, então?

Charlotte assente.

— Mas de que serve uma alma, na verdade? — pergunta ela, como se não fosse a primeira vez que parou para pensar na questão. Como se não fosse uma pergunta que a perseguiu naquela primeira noite e ainda a persegue depois de todos esses anos. — Ela vive na mente. É uma parte de você que não dá para ver nem tocar. Um prêmio que dizem que precisa ser protegido por tempo indeterminado. É fácil abrir mão de algo tão abstrato quando a alternativa é a liberdade. Quando a promessa é de amor.

O lápis de Charlotte desliza de um lado para o outro, por um momento é o único som na sala, como se *ambas* estivessem prendendo a respiração.

— Ela não sabia na época, mas, na verdade, é a alma que permite que o sol provoque a sensação de calor na pele, é o que confere sabor à comida, é o que faz alguém se sentir completo.

Ela faz uma pausa antes de continuar:

— Ainda assim, a garota disse a si mesma que valia a pena. Afinal, tinha o amor da mulher e aquilo lhe bastava. Sempre bastaria.

O desenho está quase terminado, o máximo possível para um desenho, que é, por natureza, algo incompleto, os contornos sangrando para o espaço vazio. Mas Charlotte sabe que há um momento em que uma obra pode ficar exagerada, quando o artista se excede nos traços.

Charlotte sabe que deve parar, antes de arruinar tudo.

Mas não consegue largar o lápis.

— E então — continua ela —, a mulher ficou doente e seu amor adoeceu também. Murchou e morreu. E a garota ficou sem nada.

O ar à volta de Giada fervilha de interesse. A mente tão aberta, tão desprotegida, inclinada a acreditar ser algo real. E Charlotte sabe que há tempo para mudar de direção, para convencê-la de que aquilo não passa de um conto de fadas.

Até que a lágrima cai no papel.

Uma única gota de vermelho-vivo que escorre pelo rosto de Charlotte e pousa no sombreado na base do pescoço de Giada.

Escorre pela página e, num instante, tudo está arruinado.

Ela ouve o ofegar que Giada solta de súbito, alto como vidro quebrado. Charlotte fecha os olhos e espera pelo choque e pelo medo que sabe que vão anuviar o ar, espera que Giada se levante da poltrona e fuja. Espera e diz a si mesma que não vai impedi-la quando tentar ir embora, e fica imaginando se isso é verdade. Mantém os olhos fechados enquanto ouve o ranger baixo da poltrona, os passos cautelosos de Giada, e percebe que não estão seguindo em direção à porta.

Mas em direção a ela.

Charlotte pisca e vê Giada ajoelhada, nua, diante dela, o ar repleto de cautela, mas também curiosidade. Giada, estendendo a mão para limpar a lágrima de sangue do rosto de Charlotte, e o toque é o suficiente para quebrar o encanto. Charlotte se afasta bruscamente, o bloco de desenho e o lápis caem no chão.

— É melhor você ir embora.

Giada franze a testa.

— É isso que você quer? — pergunta ela.

— Não. Mas... — a voz de Charlotte falha — não é seguro ficar aqui.

— Por quê? — pergunta Giada.

Porque eu gosto de você, ela quase diz. *Porque eu quero você. Porque há muitos tipos de desejo, e eu não sei diferenciá-los. Porque estou com medo. Porque...*

— Porque eu estou com sede.

Charlotte faz uma careta ao falar isso e, pela primeira vez, Giada deve ter visto as pontas gêmeas dos dentes, a forma como perfuram o lábio inferior.

— Eu a levei para tantos lugares — diz ela com ar de divertimento. — Mas nenhum deles era do seu agrado.

Ou seja, ela tinha percebido tudo.

— Sinto muito. Eu só... — Charlotte engole em seco. — Eu queria estar com você. Eu queria fingir que...

Giada inclina a cabeça.

— Quando a garota abriu mão da sua alma — pergunta ela com delicadeza —, quando o sol perdeu o calor e a comida perdeu o gosto, como ela viveu? O que ela comia?

O olhar de Charlotte pousa em Giada, seguindo as veias que percorrem os pulsos, os seios, o pescoço. Não quer dizer, mas do que adianta mentir agora?

— Sangue.

A palavra cai como uma bigorna. Ainda assim, Giada não se afasta, não recua, não se encolhe. Apenas assente, como se estivesse tomando uma decisão particular. Então, para choque e horror de Charlotte, ela ajeita o cabelo para trás, oferecendo a curva macia do pescoço.

— Pode tomar.

— Não. — Charlotte cerra os dentes. — Não posso.

Giada faz beicinho, como se Charlotte fosse uma criança birrenta.

— Por que não?

— Porque... — sibila ela, esforçando-se para ignorar a pulsação martelando sob a pele dela. — Não quero te machucar.

O olhar de Giada encontra o de Charlotte.

— Então não me machuque.

Ela diz isso como se fosse algo simples.

Mas não é.

É?

Na sua mente, ela se vê ajoelhada em um assoalho em Margate, três homens mortos, três corações no colo. Um alerta para sempre terminar o que se começa. Mas era uma regra de Sabine, não dela. E se houver um mundo onde poderia beber sem matar, então Charlotte quer descobrir.

Com cuidado, leva uma das mãos à cintura de Giada, puxando-a para si até a boca encostar na base do pescoço dela, fazendo-a estremecer e a pulsação acelerar sob a pele, e Charlotte sente que está diante de um precipício, resistindo ao impulso de se inclinar para a frente e cair. Resistindo até que Giada leva a mão à nuca de Charlotte, afundando os dedos nos cachos ao sussurrar:

— Tudo bem, eu não vou me mexer.

Charlotte fecha os olhos e morde, com a maior delicadeza possível.

A pele macia se abre como uma fruta, o sangue aquecido pelo sol e doce como o mel. Giada retesa o corpo, e Charlotte acha que ela vai gritar, se afastar e se libertar. Mas não é o que ela faz. Em vez disso, relaxa e descansa o peso nos braços de Charlotte enquanto ela começa a beber.

A luz do sol se acende por trás dos olhos, o calor se espalha por ela enquanto o próprio coração começa a bater, devagar no início, mais rápido e forte depois, e é tão intenso, forte e maravilhoso, que ela quase desaparece.

Mas, então, Charlotte sente a cabeça de Giada cair no seu ombro, ouve o coração começar a desacelerar, e faz a única coisa que nunca fez antes, depois de tantos anos, tantas vidas e tantos corpos perderem a vida nos seus braços, apagados da sua memória, a única coisa que Sabine lhe disse para nunca fazer.

Ela *para.*

Relaxa o maxilar, e os dentes deslizam para fora da carne. Uma fina faixa vermelha escorre pela clavícula de Giada enquanto a pele começa a se fechar na marca da mordida. O coração dispara no peito de Charlotte enquanto Giada suspira contra o seu corpo. Quando ela levanta a cabeça, suas pupilas estão dilatadas e vidradas.

— Viu? — diz ela com a voz arrastada.

Charlotte segura o rosto dela, preocupada de ter bebido muito, tirado sangue demais.

— Você está bem? — pergunta ela, procurando no ar por qualquer sinal de dor ou pânico ou arrependimento. Mas Giada apenas vira a cabeça e sorri.

— *Magnifica.*

Ela se levanta rápido demais e cambaleia. Mas Charlotte a segura para não cair. Giada se apoia nela e cantarola baixinho, como se estivesse pensando.

— Do que você precisa? — pergunta Charlotte.

— Cama — responde ela, sonolenta, e Charlotte a leva até o quarto adjacente e a coloca na cama.

Ela se vira para sair, para deixá-la descansar, mas Giada a segura pela mão.

— Volte — pede ela, puxando Charlotte para cima dela.

Ela desabotoa o vestido com dedos experientes, roçando a pele aquecida pelo próprio coração, o próprio pulso ecoando no peito de Charlotte enquanto o ar à volta de Giada se anuvia de desejo.

Giada, estendida sob ela, o cabelo loiro e curto espalhado como uma auréola no travesseiro, as bocas se encontrando no escuro. O riso de Giada, suave e sussurrante, interrompido pelos beijos de Charlotte.

Ela está tão ciente da maciez de Giada e de como poderia ficar com hematomas, que mantém uma das mãos apoiada na cama enquanto a outra traça suas curvas do mesmo modo que o lápis fez, conduzindo um estudo artístico até a garota começar a se contorcer, impaciente, guiando os dedos dela mais para baixo, com um convite nos lábios.

Charlotte hesita, não por não querer, ela *quer*, mas porque é algo novo. Sabine... ela não quer pensar em Sabine, nem agora nem *nunca*, mas não consegue evitar. Sabine sempre liderou, nunca foi liderada. Ela encarava o prazer como algo a controlar, a dar, e Charlotte só aprendeu a receber.

Agora, com Giada sob as suas mãos, não sabe muito bem o que fazer.

Mas sempre foi uma ótima aluna, e Giada lhe mostra o que quer e como quer, a guia com a respiração, com o arquear das costas, seu prazer ficando denso como a fumaça enquanto se contrai em volta da mão de Charlotte e a morde no ombro quando chega ao ápice.

Depois disso, Giada se vira para ela no escuro, coloca um cacho atrás da sua orelha e lhe dá um beijo na ponta do nariz antes de fechar os olhos. E mesmo que a pulsação já tenha parado no peito de Charlotte, pela primeira vez na vida, ainda consegue ouvi-la, afinal, continua ali com ela, ao seu lado na cama.

III

— Está frio demais para tomar sorvete — declara Charlotte.

— Bobagem — responde Giada, puxando-a em direção à loja, aberta apesar do frio do inverno.

Ela pede uma casquinha de limão, leva uma colherzinha à boca e estremece, meio de frio e meio de prazer, fecha os olhos e mantém o doce na boca até que derreta.

Charlotte balança a cabeça.

Apaixonar-se por Giada foi a coisa mais fácil que já fez.

Não deveria ser, mas é.

Em questão de horas, já estão envolvidas. Em semanas, estão unidas. Os dias e noites tomam certo ritmo. A primeira parte do dia é de Giada e seu trabalho como modelo. A última parte da noite é de Charlotte e suas necessidades. No restante do tempo, as duas ficam juntas.

E, pela primeira vez em anos — *muitos anos* —, Charlotte sabe o que é ser feliz.

Pela primeira vez, sequer sonha com Sabine.

Giada dá mais uma bocada e geme de prazer, e então, como que seguindo uma deixa, um vento gelado sopra na rua e ela ofega, puxando a gola do casaco para cima. Charlotte ri enquanto a puxa para perto, desejando ter um pouco de calor para dar. Em vez disso, tira o cachecol, um acessório que lhe é inútil, pois o frio não a incomoda, e o enrola no pescoço de Giada. Entrelaça o braço no dela, mesmo que só para protegê-la do vento.

Caminham assim por um tempo, de braços dados e cabeças próximas, Giada tomando o sorvete de limão com sua colherzinha de madeira e, pela primeira vez, Charlotte não se sente constrangida, afinal, não é uma visão tão estranha assim: duas jovens andando de braços dados em uma cultura cheia de paixão.

— O que acha? — pergunta Giada, levando a última colherada aos lábios. — Será que isso vai me deixar ainda mais doce?

Charlotte sorri, conduzindo-a para baixo de um toldo.

— Vamos descobrir.

Giada ri, aquela risada alegre, que vem do fundo da garganta, enquanto Charlotte a pressiona contra a parede, os lábios roçando o pescoço.

Bem nessa hora, alguém sibila.

Um som horrível e ríspido.

Um velho para ao lado delas e as fulmina com o olhar. Ele resmunga baixinho, e Charlotte não precisa compreender as palavras para sentir seu peso. Para ver como atingem o rosto de Giada como um tapa. A forma como ela recua, o rosto retorcido de raiva, antes de soltar toda a sua fúria de italiana. A forma como ela se afasta da parede e parte para cima dele, e Charlotte precisa segurá-la pela cintura para contê-la.

— Deixe para lá — avisa Charlotte enquanto ele se afasta, sacudindo os punhos.

— Por quê? — Giada exige saber enquanto ele se afasta, ainda resmungando. Ela se vira nos braços de Charlotte, o rosto contorcido de raiva, uma visão ao mesmo tempo estranha, bela e assustadora. — E por que eu deveria fazer isso? Por que *você* deveria? Por que ele pode se safar de uma coisa dessas?

Porque eles sempre se safam, pensa Charlotte. *Porque é sempre assim. Porque o mundo é assim.*

Mas o mundo deveria estar mudando. Alguns anos, parece que sim, até bem rapidamente. Em outros, o progresso é tão irrisório que mal dá para perceber. E, naquele momento, Charlotte percebe que está tão cansada quanto Giada está com raiva. Mas, ao contrário de Giada, há algo que ela pode fazer.

— Vá para casa — sugere ela. — Daqui a pouco, eu vou.

Giada nega com a cabeça, um pouco de violência nos olhos.

— Quero ficar e assistir.

Mas Charlotte se recusa. Giada fica um pouco emburrada, mas, no fim das contas, vai embora.

Charlotte a observa se afastar até perder o casaco dela de vista.

Depois se vira e atravessa a praça.

— E como foi? — pergunta Giada naquela noite, quando Charlotte se deita na cama.

Ela desliza os dedos pela pele de Giada, e não diz que ele era só um moribundo, com uma mente moribunda, que o sangue dele tinha gosto de vinho barato, que ele nem implorou pela própria vida, que as batidas de seu coração mal retumbaram no peito dela. Que, quando acabou, tudo que sentiu foi cansaço e tristeza.

Uma tristeza que a fez se lembrar de outra vida, dos últimos anos em Londres, nos quais acordava com os travesseiros manchados de lágrimas de sangue e o coração pesado que nem chumbo.

E nunca mais quer se sentir assim.

Em vez disso, Charlotte entra debaixo das cobertas e puxa Giada para si, imaginando se ainda sentiria o gosto de limão e açúcar ou se o sabor já teria derretido, quando Giada solta:

— Quero ser igual a você.

Charlotte fecha os olhos. As palavras não a surpreendem. Nos últimos dias, o ar à volta de Giada estava cheio de perguntas, dúvidas e desejo.

— Não — contrapõe ela. — Não quer, não.

— Quero, sim — pressiona Giada.

— É por causa daquele homem?

Uma seriedade rara toma o rosto de Giada. Os olhos passam do azul para o cinza.

— Não. E sim. É por causa desse mundo e a forma como nos trata. Como esperam que a gente sempre deixe tudo para lá. Então, sim, talvez eu queira saber como é não sentir medo.

E Charlotte não pode culpá-la quando passa a vida inteira carregando uma bolsa cheia de pedras. Mas Giada não compreende que o que está pedindo é ainda mais pesado.

Charlotte nega com a cabeça.

— *Mia Carlotta...* — protesta Giada.

— *Não* me peça isso — implora ela, virando de lado.

— Por que não?

Porque, pensa Charlotte, *não há imortalidade. Porque eu te amo do jeito que você é e não consigo suportar a ideia de mudá-la. Porque eu vi o veneno no seu olhar hoje à noite. Senti a violência no seu corpo, a forma como a paixão se transformou em raiva, e sei que brotaria como algo podre no seu coração.*

Porque tem a Sabine.

— Porque é uma maldição — responde ela. — E eu não gostaria de lançá-la sobre você.

— Maldição — debocha Giada. — Uma palavra usada por aqueles que têm algo que os outros querem. Você chama isso de maldição. Eu chamo de *dádiva.* Permanecer jovem, bela e forte. Viver para sempre.

— Presa à noite.

Ela dá de ombros.

— O sol é superestimado.

— E à sede.

— Eu sou sedenta. — Ela mordisca o ombro de Charlotte. — Estou morrendo de sede.

— Giada...

— E eu te amo — diz ela junto à pele de Charlotte. — Amo você, Carlotta, e não quero que isso termine.

A tristeza e a culpa são como espinhos nas entranhas de Charlotte, e ela amaldiçoa aquele dia, aquele homem e a si mesma. Mas sabe o que deve fazer. Senta-se na cama e se vira para Giada, segura o rosto dela com ambas as mãos.

— Eu também te amo — devolve ela, fitando os olhos da amante, além da luz e para as sombras logo atrás. — Eu amo você — repete, quando o que está nos seus pensamentos é: *Desista disso.*

É fácil fazer uma mente seguir o caminho que quer. Muito mais difícil é fazer o contrário. Sabine sempre foi melhor na persuasão. Mas Charlotte se esforça.

Desista, desista, desista, impõe ela.

E, por milagre, Giada desiste. Ela se deita no colchão no meio das cobertas.

— Tudo bem — cede ela, toda teatral. — Mas espere só para ver. Eu vou ficar velha e feia e você não vai mais me querer.

Charlotte relaxa com o mais puro alívio.

— Jamais — jura ela, deitando-se sobre Giada como um cobertor. — Eu sempre vou querer você.

Sempre, sempre, sempre, pensa Charlotte enquanto a beija, afastando todas as dúvidas.

IV

1959

As janelas estão abertas, e a noite, quente, e Charlotte prepara o jantar.

Está diante da bancada da cozinha no apartamento de um quarto que compartilham há seis anos. Charlotte está com o avental de Giada amarrado na cintura enquanto as mãos seguem uma coreografia que já sabe de cor.

Leva um tomate maduro ao nariz, sente o cheiro de solo e do sol, a acidez terrosa das folhas e, por um instante, apenas um instante, convence-se de que, se der uma mordida, vai sentir todos esses sabores, em vez do gosto de cinzas e podridão. Mas não morde, apenas coloca a fruta madura na bancada, preferindo imaginar, em vez de saber a dura verdade.

Além disso, o jantar não é para ela.

A cebola vai para a panela com um chiado e começa a refogar enquanto ela descasca os tomates e os espreme com força suficiente para tirar as sementes antes de fatiá-los. Acrescenta a linguiça à panela e começa a mexer, sem sentir a mínima tentação pelo cheiro da carne no fogo. Coloca o açafrão e o vinho e, em seguida, os tomates, exatamente como viu Giada fazer dezenas de vezes, com os braços de Charlotte envolvendo-a pela cintura, o queixo pousado no ombro, enquanto ela pronunciava o nome do prato, as palavras deslizando pela língua:

Malloreddus alla campidanese.

Parecia música nos lábios de Giada.

Cento e cinquenta anos na Terra, e a boca de Charlotte ainda produz consoantes, os dentes cortando as palavras como um destaque acentuado. O tempo deveria ter aparado as arestas a essa altura, suavizado seu sotaque, transformando-o em algo suave, ambíguo, mas parece preso em âmbar junto com a sua pele, seus cachos e outros detalhes da sua vida anterior.

Ela aprendeu a ler e a falar italiano, mas a musicalidade do sotaque ainda lhe escapa, ao passo que o de Giada dança, balança, cheio de ondas suaves, um barquinho de papel flutuando em uma banheira.

Malloreddus alla campidanese.

— Qual é o gosto? — perguntou Charlotte na primeira vez que Giada preparou a receita.

Ela deu uma garfada, fechou os olhos e respondeu com um suspiro:

— Tem gosto de casa.

Agora, Charlotte tampa a panela e deixa cozinhar, tentando se concentrar no preparo em vez de na própria necessidade. Ela conta quase tudo para Giada. Tudo, a não ser isto: está sempre com sede.

— Você bebeu o suficiente? — pergunta Giada depois de lhe oferecer o pulso ou o pescoço, e ela sempre diz que sim, quando a verdade é que não existe isso. A sede é um fluxo e um refluxo, mas nunca morre, ela poderia beber, beber e beber até o fim dos dias e jamais conhecer o significado da palavra *cheia*. Ela é um coador, não uma taça, e sim um recipiente cheio de furos. Então diz que sim e sai para um passeio depois que Giada dorme, limpa a bagunça que deixou e finge estar saciada.

O riso ecoa pelas escadas. Giada costuma cantar quando chega em casa, sabendo que Charlotte consegue ouvir através do obstáculo das paredes e dos andares, mas, enquanto entra no apartamento e o som fica mais vibrante, mais sólido, Charlotte percebe que não é uma música. Giada está conversando com alguém, um dos vizinhos lá debaixo, sem dúvida, falando em italiano animadamente, antes de se despedirem e cada um seguir para o próprio apartamento.

Charlotte abre a porta, faz uma pose, usando o avental emprestado, imaginando o riso, o deleite nos olhos de Giada quando chegar ao último andar, já tirando os grampos do cabelo e descalçando os sapatos.

Mas Giada não está sozinha.

Charlotte nunca sentiu vertigem nem o enjoo que as pessoas sentem no mar, porém, ao olhar a mulher de braços dados com Giada, sente algo bem parecido: a perda repentina de equilíbrio, o balanço nauseante de um mundo à deriva.

Sabine.

Sabine, cujo cabelo está solto, comprido e brilhoso o suficiente para incendiar o ar.

Sabine, que segura o cotovelo de Giada, afundando os dedos na pele macia.

Sabine, que dá um sorriso paciente, como um pai ou uma mãe que pegou o filho fazendo arte e está prestes a puni-lo para o seu próprio bem.

— Falando no diabo! — exclama Giada ao ver Charlotte na soleira. — Encontrei sua amiga na rua. Ela disse… *Mi dispiace,* esqueci o seu nome.

— Sabine. — A palavra escapa da boca de Charlotte.

No corredor, Sabine sorri.

Está vestida com uma calça preta de couro, justa como se tivesse sido pintada no corpo, e um casaco da cor de um hematoma recente, as mangas se abrindo amplamente, o tecido todo bordado com contas brilhantes, como se alguém tivesse espatifado um espelho e o colado de volta, cada peça pequena demais para refletir qualquer coisa além da luz. Colares enrolados feito heras no pescoço.

— Isso mesmo! — continua Giada, sem perceber que o ar ficou gelado, o pavor no rosto de Charlotte e o sorriso na boca de Sabine, enquanto a luz se acende e se apaga atrás dos olhos dela.

— Giada — murmura Charlotte baixinho, mas ela não ouve. Está tagarelando, a energia transbordando dela como sempre acontece depois de um trabalho, todo o movimento contido por horas em uma pose, enquanto

Sabine permanece ao seu lado, imóvel como uma estátua, olhando para a frente como se Giada nem estivesse ali.

— Ela me disse que estava de passagem por Roma e que esperava ver você, mas não conseguia lembrar se você morava na nove ou na dezenove...

O pânico dispara por Charlotte como um raio, e ela sabe que Sabine consegue ouvir. Faz tanto tempo que deixou as barreiras caírem. Não havia mais motivos para isso, ou ao menos foi o que pensou.

Pensou que aquele capítulo da sua vida tinha acabado...

Que tola tinha sido!

O cômodo desaparece, e Charlotte se lembra de um inverno em Viena. Um apartamento luxuoso. Um tabuleiro de xadrez feito de mármore, uma das muitas relíquias que deixou para trás. Uma névoa branca do lado de fora, um mês bonito, mas deprimente, e então Sabine a ensinou a jogar. E não importava o quanto Charlotte fosse boa, Sabine sempre era melhor. Sua predileção era perseguir o rei de Charlotte e o encurralar. Mas, quando o alcançava, permitia que escapasse, obrigando-a a fugir pelo tabuleiro.

Xeque, xeque, xeque, repetia ela, até se entediar e terminar a partida.

Charlotte fica olhando para Sabine, da soleira estreita da porta.

É difícil desviar o olhar dela — sempre foi —, mas agora mantém o foco em Sabine porque tem medo de olhar para Giada. Medo de lembrar a Sabine que a outra mulher está ali. Se o coração de Charlotte ainda batesse, estaria disparado. Em vez disso, sente um peso de chumbo no peito, uma estática como a noite antes de uma tempestade.

E, naquele momento, que parecia estar suspenso em um segundo, tudo o que quer é dar um passo para trás, desfazer os últimos seis anos, voltar no tempo até o instante que seu sangue pingou no desenho, o instante que Giada saiu da pose, se levantou, atravessou a sala e tocou no seu rosto, só para pegar os dedos de Giada e mantê-los ali, olhar nos olhos dela e contar como a história terminou. Contar o nome da pessoa que roubou sua alma.

Mas ela não contou e agora não pode contar, e Sabine continua parada ali, como se dissesse: *Sua vez, meu amor.*

— Não é uma coincidência? — pergunta Giada em tom alegre.

O sorriso de Sabine se abre como uma costura.

— Verdade — diz ela, e lá está aquela voz de novo, o som de pedra raspando no amolador, o ronronar impetuoso que costumava desarmar Charlotte por completo. Sabine passa os dedos no cabelo claro de Giada, como se acariciasse uma criança. Ou um bichinho de estimação. — Quem sabe por quanto tempo ficaria vagando por aí?

Giada finalmente repara no avental amarrado na cintura de Charlotte.

— É o meu avental? — pergunta ela, e em seguida: — Estou sentindo um cheiro delicioso!

Ela se vira para Sabine, respirando fundo, e Charlotte sabe que vai convidar a outra mulher para entrar.

— *NÃO* — vocifera Charlotte, e talvez seja a rispidez na sua voz ou o medo em seus olhos, mas Giada finalmente percebe que tem alguma coisa errada. Seu bom humor desaparece e o sorriso se apaga. — Giada — chama Charlotte suavemente, estendendo a mão numa súplica silenciosa.

Venha para cá, depressa, e Giada entende e dá um passo em direção à porta, em direção a Charlotte, em direção à casa delas, mas a mão de Sabine continua no cabelo dela e o aperta assim que ela começa a se afastar, puxando sua cabeça para trás e a fazendo perder o equilíbrio. Giada grita, de choque e dor, enquanto Sabine a abraça e a puxa para si, como se estivessem dançando de rosto colado.

Charlotte avança, dando um passo, depois outro, mas para pouco antes de chegar à porta. Teve o bom senso de reivindicar o apartamento para si, de pisar no assoalho, tocar nas paredes e reivindicar cada metro para si. E agora, a soleira da porta é a única coisa entre ela e Giada, entre ela e Sabine, entre ela e a morte que a aguarda no corredor.

É xeque, não xeque-mate, e as duas sabem disso.

Sabine franze os lábios.

— Está vendo? — cantarola ela para a mulher nos seus braços. — Ela não te ama.

— Isso não é verdade. — Charlotte ofega. — Giada, olhe para mim.

Ela olha, o medo brilhando em seus olhos.

— Carlotta... — sussurra ela.

— Se a amasse, sairia do apartamento. — Sabine mantém os olhos fixos em Charlotte, mas as palavras são pressionadas como uma faca no rosto de Giada. — Se a amasse, teria mantido você segura. Teria tornado você igual a ela. Igual a mim.

— *Sabine* — rosna Charlotte. — *Solte-a.*

— Mas aqui está você, tão macia e frágil. — A mão de Sabine deve ter puxado mais o cabelo de Giada, porque ela choraminga, a cabeça forçada para trás, o pescoço exposto. — Nada além de um brinquedinho. Uma distração. — Os dentes de Sabine pousam na curva do pescoço de Giada, que estremece, e Charlotte finca as unhas na moldura da porta.

— Não faça isso.

— Ainda há tempo — alerta Sabine. — Ela pode salvar você. Tudo que precisa fazer é dar um passo para fora do apartamento. Tudo que tem de fazer é sair ou nos deixar entrar.

Charlotte é tomada pelo ódio. Os dedos fazem sulcos na madeira. Ela é covarde, mas não é estúpida. Conhece Sabine melhor do que ninguém, sabe que não há salvação para a garota lá fora. Que se ela se mover, só vai condenar as duas.

— O que você acha, Giada? — provoca Sabine. — Será que ela vai sair se você implorar?

Sabine afrouxa a mão para que Giada volte a olhar nos olhos de Charlotte.

— *Mia Carlotta* — suplica a moça suavemente. — Você poderia...

Sabine quebra o pescoço dela.

O som ecoa pelas escadas.

— Tarde demais.

Charlotte cerra os dentes para não gritar, mas um soluço rouco ainda escapa pela boca quando o corpo sem vida de Giada cai no chão. Algo dentro dela se rasga, sente uma dor e uma fúria tão intensas quanto os raios de sol e tem vontade de avançar porta afora e arrancar o coração de Sabine do peito.

Mas não pode fazer isso. *Não consegue.*

Charlotte sabe que suas mãos serão impedidas antes mesmo de tocar a pele, paralisadas pelas palavras que proferiu, toda a raiva se tornando impotente pela promessa que fez oitenta anos antes.

Sabine olha para o corpo de Giada. O cabelo louro espalhado no assoalho de madeira. As pernas e braços tão imóveis, como se ela estivesse apenas posando.

— Você deveria ter voltado para a cama.

Charlotte afasta o olhar da morta e olha para a própria morte.

— Como foi que você me encontrou?

— Como eu poderia perdê-la? — Sabine passa por cima de Giada. — Você é a batida do meu coração. Minha rosa impetuosa. Eu a plantei à meia-noite. Eu a reguei até que florescesse. É meu dever cuidar do nosso terreno e podar as ervas daninhas que tentarem crescer.

Enquanto fala, Sabine se aproxima até que apenas o espaço da soleira fique entre as duas. Charlotte mantém sua posição, lembrando silenciosamente ao chão e às paredes de que esta é a casa *dela*, que caminhou por cada tábua do chão, por cada aposento, sussurrando seu nome para as paredes e declarando o espaço como seu.

Exatamente como Sabine lhe ensinou, tantos anos antes.

Ainda assim, não sabe se vai aguentar, até Sabine parar diante da soleira. O batente de madeira, uma fronteira fina como o vidro.

— Senti saudade, Charlotte. — Ela se inclina, como se quisesse embaçar a vidraça. — Por que não me deixa entrar?

De perto, consegue ver como os olhos de Sabine piscam do avelã para o preto e vice-versa, como em mau contato elétrico. Consegue sentir o cheiro do cabelo, terroso e doce. Consegue vislumbrar a antiga amante dançando como a luz sob a superfície de um poço fundo e escuro.

Seria tão fácil deixar seus olhos perderem o foco, acreditar que a mulher diante dela na porta é a *sua* Sabine. A mesma que a fazia se sentir segura. Amada. Livre.

Mas ela não é mais aquela mulher. Já faz muitos anos.

— Você não é bem-vinda — rosna Charlotte. — Não pode entrar aqui.

Sabine sorri, e a ilusão se desfaz, a mulher que um dia amou se derrete como cera, revelando a estranha de olhos mortos, que inclina a cabeça e diz:

— Tem alguma coisa queimando.

Charlotte se empertiga, sente o cheiro também.

Ela se vira, corre pelo corredor e entra na cozinha. A fumaça sobe do fogão, junto com o cheiro rançoso de carne chamuscada e molho queimado. Apaga o fogo, olha para os restos carbonizados do jantar que estava preparando. Para Giada, cujo riso sempre chegava antes dela. Para Giada, que nunca conseguia ficar parada, a não ser que estivesse trabalhando. Para Giada, que...

Ela derruba as panelas e frigideiras do fogão, o metal ressoando ao atingir o chão, o conteúdo respingando nos armários e, por fim, a raiva suplanta o medo, e pensa: *Não, que se foda, que ela se foda,* sai da cozinha para o corredor e volta à porta da frente, que continua aberta.

Sabine sumiu.

Mas Giada, não.

Seu corpo está caído no chão, uma confusão de braços e pernas, a cabeça virada em um ângulo que nem a própria Giada conseguiria manter. Charlotte passa pelo batente, sabendo que Sabine não vai surgir das sombras agora porque não seria divertido, porque tudo não passa de um jogo para ela.

Xeque.

Não xeque-mate.

Charlotte se ajoelha ao lado de Giada.

Ela a ergue com o máximo de cuidado e a leva para dentro de casa. Ao caminhar da porta para o quarto, Charlotte se descontrola e começa a chorar. Soluços ofegantes chacoalham seu corpo, as lágrimas de sangue escorrem pelo rosto. Não consegue mais parar, e as duas mulheres ficam todas manchadas, Charlotte sangrando como se estivesse mortalmente ferida enquanto carrega Giada para a cama, coloca o corpo dela no meio do ninho de lençóis que sempre parecem deixar para trás.

Charlotte se deita ao lado dela, sente o calor se esvair, segundo a segundo, enquanto o corpo esfria. O rosto de Giada está virado para o outro lado. Poderia estar dormindo, mas não é esse o caso, e Charlotte afunda o rosto manchado de sangue no travesseiro e grita. Grita até o pulmão não aguentar mais. Até o coração se partir no peito. Até não lhe restar mais nada.

Queria ficar ali, chorando até cair no sono, mas não pode.

— Sinto muito — sussurra ela com a voz rouca no cabelo de Giada.

Então se levanta.

Não faz as malas. De nada adiantaria.

A única coisa que valeria a pena salvar já está morta.

Deixa a porta da frente aberta para que alguém entre.

E, mais uma vez, Charlotte foge.

V

Charlotte sabe que está sendo caçada.

Não pode parar. Não pode descansar.

Por meses a fio, vaga em transe, sentindo-se vazia pela morte e, ainda assim, impelida a viver. Portanto, vive em constante movimento, sem nunca parar para conhecer a planta de um lugar, muito menos criar raízes, exceto nos refúgios noturnos que a mantêm em segurança. Não importa para onde vá — Oslo, Praga, Berlim —, tem certeza de que sente Sabine em seu encalço.

Minha tola Charlotte, me deixe entrar.

Há noites em que imagina o que aconteceria se deixasse. Se Sabine a mataria rápida ou lentamente, embora imagine qual opção seria. Nunca desejou a morte, mas o que Charlotte mais teme é que a intenção de Sabine não seja matá-la. Afinal, há coisas piores. Ainda se lembra do aniversário das duas em Londres, como Sabine cravou os dentes nela até o osso. A dor excruciante de ser esvaziada. Repetidas vezes.

Ainda assim, não é a dor o que mais a assusta.

É o fato de não poder se defender.

Aquela violência é uma via de mão única, graças à promessa que fez. Se colocar as mãos em Charlotte, Sabine pode descascá-la como uma fruta. E Charlotte não poderá erguer nem um dedo para impedi-la.

Então, ela vaga.

Por meses. Por *anos*.

Fica em constante movimento, a promessa de Sabine pairando sobre sua cabeça como uma guilhotina.

É o suficiente para deixar qualquer um louco.

E talvez ela esteja louca.

Sente-se estilhaçada por dentro, as pontas afiadas arranhando o coração, os pulmões, todos os sentimentos escorrendo e se misturando uns com os outros. A visão de casais felizes faz as farpas se fincarem ainda mais.

Charlotte vê os anos 1950 terminarem, uma nova década começar, e não suporta mais.

Nunca se sentiu tão sozinha.

Tão solitária.

Deseja companhia, *consolo*, o simples calor de ser abraçada, vista, conhecida. Pensa em voltar para Londres, mas não se atreve a retornar para Antonia e Jack, por mais que precise de amigos, temendo levar Sabine até eles como uma doença.

Então, bem no começo de 1961, Charlotte Hastings sobe a bordo de um navio e parte para Boston.

Vê a costa inglesa ficando para trás e se lembra do quanto Sabine detestava a ideia de atravessar o oceano. Como sempre declarava que tudo que poderia querer ou precisar estava ali, na Europa.

Charlotte anseia tanto partir.

Ainda assim, a viagem não é fácil. Uma semana no mar, a sede cravando os dentes em seus ossos, a sutil estranheza de estar cercada de água por todos os lados. Passa os dias trancada na própria cabine, o sol cruzando o barco. As noites, vagando pelo navio, contando as batidas dos corações e se apegando à lembrança da relutância de Sabine, do seu desdém. A promessa de um lugar onde ela não estará à espreita.

Charlotte segura o cartão de visita preto que Jack lhe deu, passa o polegar pelo emblema até começar a desbotar. Decora cada uma das letras impressas do nome da cidade e diz a si mesma que é ali que a sua história vai começar.

E, então, por fim, a visão de terra firme.

O navio seguindo lentamente até o porto.

Charlotte quase se atira para a costa, dá alguns passos vacilantes antes de cair de joelhos, com as palmas no chão do ancoradouro deste novo país, desta nova vida.

— Você está bem, senhorita? — pergunta um estranho.

Outro:

— Está passando mal, senhorita?

Mas já está escurecendo, e ela treme não de medo ou por se sentir mal, mas de alívio e esperança.

E *frio.*

Charlotte achava que conhecia o inverno, mas ali é tão brutal que até mesmo ela consegue sentir a queimação gélida. As ruas estão cobertas de gelo e lama, os parques, tomados de neve.

Seus documentos declaram que ela é a sra. Charlotte Hastings. Uma *viúva,* uma palavra que parece liberá-la de diversas perguntas quando aluga um quarto numa pensão. Contudo, perguntam o que a trouxera a Boston, por que tinha atravessado o oceano sozinha, se tem família ali. E ela responde que não, mas que tem um *amigo.*

Ezra.

Ela passa o dedo pelas letras, segue as linhas da caligrafia inclinada de Antonia, desejando que o cartão tivesse mais que um nome, uma cidade, um símbolo. Leva quase uma semana, perguntando para pedestres, garçons e recepcionistas de hotéis, antes que alguém lhe indique o caminho para um bar com o emblema igual ao que está no cartão.

Uma fachada estreita de tijolos, uma escada que leva a uma porta no subsolo, uma placa de bronze onde se lê: WHITE THORN CLUB.

Charlotte estremece de alívio e entra.

Não é bem o que esperava. Tinha imaginado algo parecido com o Way Down, com sua atmosfera onírica e elegância atemporal, mas o bar é pequeno, parecendo ainda menor pelas cortinas que abafam a luz das velas em cada mesa. Ainda assim, há uma energia que reconhece, um ar que tranquiliza seu coração ansioso.

Um humano bonito e de terno a recebe na porta.

— Ezra? — arrisca ela, e o homem solta uma gargalhada.

Charlotte franze a testa, confusa, mas ele apenas balança a cabeça e faz um gesto para uma mesa no canto.

— Pode se sentar aqui — oferece ele. — Vou procurar o chefe.

Ela se senta e aguarda, alisa a saia e fica olhando o porta-copo na mesa, passa os dedos sob as curvas côncavas da rosa, os dois espinhos brancos no caule.

Suaves e rubras pétalas camuflando afiados e alvos dentes.

Um homem pigarreia, e ela ergue o olhar.

Charlotte não sabe o que esperava de Ezra: alguém com a elegância de Antonia, talvez, ou o charme de Jack. Mas o homem não tem uma coisa nem outra. É levemente desgrenhado, com as mangas arregaçadas até os cotovelos e o colarinho aberto, o cabelo é um emaranhado de fios castanhos que parece precisar desesperadamente de um corte. Ele nem a cumprimenta, apenas puxa uma cadeira, a vira de costas, senta e cruza os braços no encosto.

Charlotte desconfiaria, com bastante convicção, de que tinha encontrado o homem errado, não fosse o silêncio absoluto do ar à sua volta e o tênue brilho em seus olhos.

— Posso ajudar? — pergunta ele. Uma expressão que os estadunidenses parecem dizer tão casualmente quanto "Olá", mas ele parece de fato interessado.

E Charlotte, que passou duas semanas pensando no que dizer, percebe que sua mente está em branco. Os olhos começam a arder. O estranho fica sentado ali, esperando que ela fale, um ar de divertimento no canto da boca, enquanto os segundos passam até ela finalmente recuperar a voz e dizer:

— Antonia.

Ele arqueia as sobrancelhas, genuinamente surpreso.

— Ela me mandou aqui — explica Charlotte. — Ou melhor, ela me disse onde eu poderia te encontrar se viesse para Boston e precisasse de um amigo.

Amigo, por que a palavra fica presa na sua garganta? Por que sente uma dor no peito? Talvez não saiba como aquilo é verdade, o quanto precisa de um amigo, até finalmente pronunciar a palavra.

Ezra se inclina para a frente e apoia o queixo nos braços.

— É bem a cara dela. Como vai a nossa querida Antonia? — acrescenta ele, assumindo um sotaque sulista ao dizer isso, e Charlotte é obrigada a admitir que não sabe, que já faz quase vinte anos que ela lhe deu o cartão com o nome de Ezra.

— Eu não sabia se você ainda estaria aqui.

— Ah, você não precisava ter se preocupado com isso. — Ele passa a mão pelo cabelo, só para cair de novo pela testa, ainda mais bagunçado do que antes. — Boston e eu andamos de mãos dadas. Estou aqui desde a Revolução. E já sei o que você vai dizer — acrescenta ele, erguendo uma das mãos para que ela não diga nada. — Eu *estou* conservado para a minha idade.

Quando Charlotte não ri, Ezra solta um suspiro dramático.

— Sabe de uma coisa? Sempre fico surpreso quando vampiros se levam muito a sério.

Vampiro. É uma palavra estranha, da qual Sabine sempre desdenhou, mesmo antes do ator Bela Lugosi com seu bico de viúva e fala afetada.

Como se sentisse seu desagrado, Ezra diz:

— Deixe-me adivinhar: você prefere a metáfora dos jardins e das rosas.

Ela lança um olhar significativo para o porta-copo com o emblema do bar, e Ezra ergue a mão.

— Está bem. Mas você tem de admitir que chamar o bar de Sede de Sangue talvez fosse me deixar com pouquíssimos clientes.

Charlotte *quase* sorri. Parece uma pedra se partindo ao meio. Quase como se seu corpo tivesse se esquecido de como fazer isso.

Um garçom aparece e coloca duas xícaras e um bule de porcelana cheio de café sobre a mesa. Ele sai sem servir, o que ela acha estranho, até Ezra tomar a frente e, embora o líquido seja ralo e escuro, o aroma dos grãos tostados não é suficiente para encobrir o cheiro inconfundível de ferro.

Ela pega uma xícara e a envolve com os dedos como se buscasse seu calor.

— Então, Charlotte — prossegue ele, que é quando ela percebe que nunca disse o próprio nome para Ezra. — Ah, mostrei as cartas que tenho na mão! O mundo não é mais tão grande. Antonia me ligou. — Ele faz um gesto para o telefone no bar. — Para dizer que você talvez aparecesse por aqui.

Charlotte coloca a xícara na mesa.

— Ela contou o motivo? — pergunta, sem saber o que é pior: ele saber sobre Sabine ou ela ter de contar.

Ezra nega com a cabeça.

— A história não era dela para contar.

E Charlotte percebe que ele está lhe oferecendo uma escolha. Contar ou não contar. Compartilhar o fardo ou guardá-lo para si.

Mas já está cansada de carregar tanto o peso sozinha.

E o que é um amigo, senão alguém disposto a carregá-lo com ela?

É difícil no início, cada palavra arranca algo dela, mas, depois, é como correr ladeira abaixo, ela não consegue mais parar. A expressão de Ezra fica sombria apenas uma vez, quando Charlotte conta sobre a noite que tentou e não conseguiu matar Sabine, embora não saiba se o que o incomoda é o ato em si ou o fato de não conseguir levá-lo até o fim. Ele não diz.

Quando termina, todas as outras mesas estão vazias, os garçons já se foram e as portas do White Thorn Club estão fechadas.

Ezra fica um tempo em silêncio e, então, questiona:

— Por que você não a transformou?

A pergunta fica no ar, da mesma forma que sempre ficou na cabeça de Charlotte, desde aquela noite. Sabine, prendendo Giada contra si. Tão frágil. Tão humana.

— Você poderia tê-la tornado igual a você. Mas não fez isso.

Charlotte morde o lábio e fica olhando para a xícara vazia. Poderia dizer que queria se cercar de vida, não de morte. Ou que não conseguia suportar a ideia de alguém amá-la do mesmo modo que ela amou Sabine, só para ser obrigada a vê-la definhar.

As duas coisas eram verdade. Mas, no fim das contas, ela meneia a cabeça e responde:

— Eu a amava exatamente como ela era. Além disso — acrescenta ela —, não a teria salvado de Sabine.

— Provavelmente não. — Ezra se levanta. — Mas teria dado a ela uma chance de lutar.

Charlotte franze a testa, lembrando-se de Sabine na soleira da porta. O sorriso de um gato brincando com a comida.

— Não — responde ela, também se levantando. — Não teria.

Ezra assente, pensativo. E, em seguida, faz algo surpreendente. Ele a abraça. Coloca os braços frouxamente em volta dos ombros dela, seu peso simples e sólido mais bem-vindo do que um coração, uma pulsação.

— Sinto muito, Lottie — diz ele, e o apelido, o jeito casual com que o diz, a faz sorrir. Uma parte do seu antigo eu, talvez a única que sobreviveu à Sabine.

Ele a leva até a porta. Abre-a para ela, deixando o vento do inverno entrar. Charlotte fica parada ali, olhando para o escuro.

— E se o oceano não for o suficiente? — sussurra ela, como se dizer em voz alta tornasse tudo mais real. — E se ela me seguir?

Ezra se apoia na porta.

— É bem improvável — argumenta ele, pegando um cartão e uma caneta no bolso e rabiscando algo no verso. — Mas vou ficar de olhos e ouvidos abertos.

Entrega o novo cartão para ela, com o número do bar escrito com sua letra garranchada.

— Se ficar preocupada, é só me ligar — avisa ele. — Mas tenho certeza de que você vai ficar bem.

Ela pega o cartão e sai para a escuridão, torcendo para que ele esteja certo.

VI

1961 – 1969

Sessenta minutos em uma hora.

Vinte e quatro horas em um dia.

São medidas mortais, para vidas mortais.

Mas quando se vive para sempre, o tempo é algo bem menos constante.

Quando você está feliz, uma década passa voando.

Quando está triste, um minuto se arrasta.

Quando está solitária e aterrorizada, o tempo parece perder todo o significado.

Pisque, e um ano já se passou.

Pisque, e só se passou uma noite.

Só que isso não é vida.

É uma sentença de prisão.

Charlotte observa, espera, os sentidos em alerta e os nervos à flor da pele toda vez que alguém olha para ela. Sempre que algum estranho bate à sua porta ou um vizinho diz seu nome, ela se prepara para uma catástrofe. E sempre que vislumbra alguém que se parece com Sabine, o cabelo, o jeito de andar, as cores, sempre que acorda de algum sonho vívido demais, ela liga para Ezra. Ele é a única forma de marcar o tempo, pelo que ouve ao fundo da ligação.

— Alguma notícia? — pergunta ela, a fala se sobrepondo à música dos Beatles, de The Byrds ou The Supremes.

Mas a resposta é sempre a mesma.

Nem sinal dela.

Nenhuma palavra.

Ainda nada.

E a cada mês, a cada "não" paciente de Ezra, algo se solta na sua vigilância prolongada.

Sabine é um fantasma que assombra apenas Charlotte.

E fantasmas, assim como as lembranças, têm um jeito de perder a força.

Não é que vá se esquecer. Jamais.

Mas o tempo desgasta todas as coisas. Inclusive a vigilância.

E, no fim daquela década solitária e sofrida, Charlotte finalmente começa a pensar, a ter esperança, de que Sabine perdeu o interesse no jogo.

Que conseguiu fugir para longe o suficiente.

Que finalmente está *livre*.

VII

1971-1979

Charlotte compra um fusca amarelo.

Está farta de se manter cativa, presa a Boston, como se, ao manter o mar à vista, pudesse saber quando o perigo chegasse. Então, coloca suas coisas no carro e começa a dirigir para o oeste.

Algumas pessoas olham para o céu à noite e se sentem tão pequenas que ficam amedrontadas.

Mas a imensidão do céu, tão cheio de estrelas, faz Charlotte se sentir pequena o suficiente para desaparecer.

E isso a faz se sentir segura.

Ela dirige com as janelas abertas e enche os pulmões de ar, pisa no acelerador e grita enquanto o ar da noite zune como som de fundo. E, pela primeira vez em anos, não sente que está fugindo. Mantém o foco firme na estrada adiante.

Quilômetro a quilômetro, Charlotte sente que está voltando à vida.

É a solidão que a alcança no fim.

A necessidade de sentir algo mais do que medo, cansaço.

Talvez se pudesse apodrecer de um jeito diferente...

Tornar-se uma caçadora fria e calculista, como Sabine...

Mas Charlotte não foi feita para isso. O coração dela é sedento demais.

Para deixar registrado: não é ela quem sai em busca de companhia, são as garotas que a encontram. São elas que batem à sua porta.

E ela as deixa entrar.

Em Nashville, conhece Grace, que sai de uma lanchonete com um grupo de amigos depois do show da sua banda e acaba levando Charlotte para casa.

Em St. Louis, Renée fica olhando para ela em um bar e lhe oferece um drinque.

Em Chicago, Luce, que vem até ela, toda corajosa e querendo dançar, que se debruça na ponte da rua Clark e declara que não tem medo de morrer. Que a verdadeira maldição seria viver para sempre.

Uma fileira de garotas que enfiam os dedos no cós dos jeans de Charlotte para puxá-la para si. Que a convidam para a casa, para o coração e para a cama delas.

E, pela primeira vez em anos, Charlotte passa as noites cercada pela energia da juventude, pelo ardor alegre, pelos corpos quentes contra o seu. Ela sorri e ri e começa a relaxar com a esperança, e se pergunta como conseguiu sobreviver por tantos anos sozinha. Percebe que foi uma tola ao desperdiçar décadas se escondendo, em vez de viver.

Como é óbvio quando se olha em retrospecto.

Sabine não precisava segui-la pelo oceano. Só precisou convencê-la de que *poderia* fazer isso para que Charlotte se sentisse caçada, assombrada pelo espectro da destruição iminente.

Não era Sabine que assombrava Charlotte nos últimos anos.

Charlotte tinha feito isso sozinha.

Então, por fim, decide deixar tudo para trás.

E as garotas começam a desaparecer.

Na primeira vez, ela se convence de que não é nada.

Que a banda de Grace resolveu voltar para a estrada e é por isso que não consegue falar com ela, por isso que ninguém atende o telefone. Afinal de contas, ela era um espírito livre.

Mas, então, a segunda, Hannah, a convida para sair e não aparece. Sem avisar antes nem depois, nenhum bilhete ou ligação.

E, depois, a terceira — Luce, a destemida Luce, que ficou ao seu lado na ponte e falou da vida como algo breve e bonito — é retirada morta do rio.

Charlotte vê as fitas de isolamento.

Encontra os amigos e a família em vigília.

E sabe.

Ela liga para Ezra de um orelhão próximo à Union Station, a voz trêmula ao dizer:

— É ela.

— Tem certeza? — pergunta ele sobre o som de um violão. — As cidades são grandes, Lottie. Não somos os únicos monstros que andam por aí. Às vezes, coisas ruins acontecem.

Ela quer que Ezra esteja certo. De verdade.

Mas volta para a ponte naquela noite. Um memorial foi improvisado em volta de uma das vigas, com flores, velas e bilhetes, mas passa por tudo aquilo, entra na ponte em si e segue até o meio, até o ponto aonde ela e Luce foram juntas.

E é ali que vê.

Uma única rosa vermelha, presa à viga metálica.

Xeque.

Charlotte abandona o fusca amarelo.

Pega um avião para o oeste. Seu primeiro voo. Enfrenta o sol reluzente por um momento, apesar de se sentir mal, só para olhar pela janelinha redonda, observar o vasto mundo lá embaixo. Como o avião é rápido, seu ritmo acelerado levando-a para bem longe.

Nunca mais, diz a si mesma quando o avião pousa em São Francisco.

Nunca mais, diz ela por semanas, meses e anos.

Enquanto a escuridão a envolve de novo.

Uma vida sem vida.

Um coração solitário.

Certa noite em Seattle, passa por um expositor de cartões.

Coisas frágeis de papel, com impressões de mensagens banais. Um deles chama sua atenção na seção de *condolências*: a imagem de um relógio abraçando uma garota, os dizeres *O tempo cura tudo.*

E Charlotte pensa, *eles entenderam tudo errado.*

O tempo não *cura.*

Apenas desgasta você.

Engana você até achar que, à medida que o presente substitui o passado, ficará para trás.

Enterrado em segurança em algum lugar pelo caminho.

VIII

Nova York, Nova York
1994

E, então, ela conhece Penny.

Charlotte não *quer* se apaixonar por ela, nem por ninguém, mas não consegue negar como é bom ser amada, como estava solitária. E talvez, para ser sincera, uma parte dela ache que mereça isso, depois de tantos anos vigilante.

Ela merece ser vista, desejada e abraçada.

Além disso, há algo de especial em Penny.

Penny, que trabalha à noite em uma pequena loja de conveniência e devora os livros mais rápido do que consegue comprar no sebo da esquina, livros que lotam todas as estantes do pequeno apartamento no Queens porque não suporta a ideia de vendê-los de volta.

Penny, que tira seu fôlego, com o cabelo preto e olhos verdes (como Joss e, ao mesmo tempo, totalmente diferente), o riso contagiante e a mente insaciável.

Penny, que a chama de Char, dorme esparramada pela cama e tem gosto de curiosidade, esperança e bebidas energéticas que toma para ficar acordada.

Penny, que não desaparece.

Nem depois de um mês nem dois nem três.

Charlotte marca a passagem das semanas com muito alívio e, então, quando fazem quatro meses juntas, Penny a convida para morar com ela. Dá a chave com um pingente na forma de uma gota de sangue desenhada que ganhou quando ela fez uma doação na primavera, e é uma coisa tão boba, mas faz Charlotte sorrir toda vez que tira o chaveiro do bolso.

Toda vez que enfia a chave na fechadura.

Até que uma noite ela volta para casa e encontra Penny recostada na cama, a cabeça pendendo para a frente como se tivesse pegado no sono enquanto esperava Charlotte chegar. Só que a frente da camiseta do Eagles que ela usa para dormir está manchada de vermelho-ferrugem.

Charlotte paralisa na porta do quarto, como se não conseguisse cruzar o batente. Olha para a cena, a negação girando na mente, como se para tentar entender o que estava vendo ali, porque aquilo não podia estar acontecendo.

De novo não.

De novo não.

De novo não.

Só que está, sim.

E Charlotte se obriga a entrar no quarto, um passo de cada vez, está quase chegando na cama quando Penny estremece e acorda.

As pernas de Charlotte ficam bambas de alívio, e ela afunda na cama. Porque Penny está bem, não está? Deve ser tinta, não sangue, e ela está bem, está tudo bem.

Até a hora que Penny olha direto para ela, seus olhos verdes agora iluminados por uma estranha luz, e sorri, revelando os dentes afiados.

— Oi, Char — cumprimenta ela, sem parecer assustada ou confusa, nem mesmo quando vê o choque no rosto de Charlotte. — Ei, ei, está tudo bem. — Penny pega a mão dela. — Eu estou bem.

Mas ela não está, não mesmo, os dedos já estão frios, e Charlotte não consegue ouvir seu coração.

— Está tudo bem — murmura Penny do jeito que costuma fazer depois de Charlotte ter um pesadelo. — Está tudo bem. Sabine me disse que isso ia acontecer.

O som daquele nome na boca de Penny faz o ar congelar nos pulmões de Charlotte.

— O quê? — pergunta ela. — Eu não...

Penny agarra a mão dela com tanta força — com força demais —, sem noção ainda da força que tem.

— Ela me disse que você tinha medo de fazer isso, então ela precisava fazer. Porque não queria que você ficasse sozinha. E agora não vai ficar. Viu só? Foi um presente. De nós duas. Para você.

O quarto parece girar.

As rachaduras dentro de Charlotte ficam mais profundas, e ela luta contra o impulso de gritar. Porque Sabine sabe... ela *tem* que saber... porque Charlotte nunca transformou nenhuma de suas namoradas ao longo dos anos. Porque não consegue suportar a possibilidade de ser a Sabine *delas*. De terem de ficar com ela e testemunhar quando as partes que amam começarem a apodrecer, até que tudo que reste seja uma estranha, ou um monstro, ou ambas as coisas.

Sabine sabe, e foi exatamente por isso que fez aquilo.

E Charlotte se esforça para esconder o horror, mas não deve estar conseguindo, pois a expressão de Penny fica triste.

— Você não parece feliz — observa ela, os olhos verdes repletos de preocupação.

Charlotte balança a cabeça enquanto se obriga a sorrir e dizer que sim, claro que está feliz. Está *tão* feliz por Penny estar bem. Ela a abraça e tenta não ouvir o silêncio onde a pulsação deveria existir, não sentir o cheiro de Sabine na pele dela.

Penny dá uma risada de alívio e se afasta, dizendo que deveriam sair.

— Para comemorar! — anuncia ela, levantando-se da cama com uma alegria repentina e frenética. — E eu estou com tanta sede. Tipo, sedenta.

Ela vai até o cabideiro que fica junto à parede do quarto e começa a escolher uma roupa.

— Não se preocupe — diz Charlotte, se levantando da cama. — Vou te mostrar como fazer isso. — Ela passa pela cômoda, fechando os dedos em torno de uma escova de prata de cabo longo. — Vou te ensinar tudo.

Penny pega um suéter bordado no cabideiro.

— Ah! — exclama ela, as pedras do bordado brilhando quando o levanta. — Pense só em todos os...

Mas a palavra morre em seus lábios.

O suéter cai.

Não há grito nem soluço, nenhum último suspiro da morte. Penny apenas se retesa quando o cabo de prata atravessa suas costas, costelas e então o coração. E logo a vida se esvai dela. A garota cambaleia para trás contra Charlotte, tão leve e, ainda assim, tão pesada que Charlotte sente os joelhos cederem sob o peso e cai no chão, acaricia o cabelo de Penny e se pergunta se está começando a definhar também. Se alguma coisa *está* morrendo dentro dela no fim das contas. A parte que sabe das coisas. A parte que já deveria ter aprendido.

De que outra maneira teria deixado que isso acontecesse?

É então que algo se inflama dentro de Charlotte, algo que começa a incendiar a culpa e a tristeza.

Raiva. Ela se levanta e atravessa o apartamento, pega o chaveiro com a gota de sangue na mesa da cozinha e sobe até o terraço.

São três da manhã, e não há ninguém ali, a não ser por um fio de luzes de Natal queimadas, meia dúzia de garrafas vazias e Manhattan, toda iluminada ao longe.

— Já chega — sibila ela no terraço vazio para a noite do Queens.

A palavra não vai a lugar algum, a escuridão parece abafá-la, então ela começa a repeti-la cada vez mais alto, até virar um mantra, um grito, um berro.

— ESTÁ ME OUVINDO, SABINE? — grita ela na escuridão. — EU DISSE QUE JÁ CHEGA.

Uma luz se acende nas proximidades. Uma das janelas se abre. Um vizinho grita "Para com isso".

Charlotte se encolhe, solta um último grito gutural.

O som ecoa e morre.

E ninguém aparece.

IX

Charlotte fica sentada no terraço até quase amanhecer.

Até toda a raiva esfriar, deixando um vazio.

Ela se levanta e se obriga a descer, tomada de exaustão enquanto o sol nasce, mas não vai descansar. Em vez disso, limpa o apartamento, lava a louça e coloca tudo no seu devido lugar. Os livros. As roupas. A escova de prata (apaga as impressões digitais do cabo, pois ouviu dizer que agora são utilizadas para solucionar crimes).

Arruma tudo, menos Penny, que jaz encolhida como uma criança no chão do quarto, a pele já esticada sobre os ossos.

Charlotte se deita no sofá e fica ali até anoitecer.

Então se senta e pega o telefone.

Que toca, toca e toca, mas finalmente, ele atende:

— White Thorn Black Roast, pois não?

— O que aconteceu com o White Thorn Club? — pergunta ela.

A voz de Ezra relaxa, mas só um pouco.

— Passou por uma transformação. Não ficou sabendo? O grunge saiu de moda e agora é a vez da cafeína.

As batidas inebriantes de música não ressoam mais atrás dele. No seu lugar, ouve apenas a alternância de notas altas e baixas de Debussy. Charlotte tenta rir, mas não consegue. Ela tosse e sente as lágrimas brotarem nos olhos.

— O que houve, Lottie?

Ela fecha os olhos, imagina Ezra bem ali, sentado diante dela, recostando--se na cadeira de braços cruzados, um dos joelhos se movendo, agitado, sob a mesa. Ela fala, e Ezra ouve. Ele sempre ouve, mas, quando ela termina, não diz que vai ficar tudo bem. Não diz nada. Na sua mente, Charlotte o imagina com a boca contraída, as sobrancelhas franzidas.

— Eu cometi um erro? — pergunta, sabendo que Ezra não seria bonzinho com ela.

E não é.

— Por tê-la matado ou amado? — retruca ele.

Charlotte faz uma careta.

— Você me disse que eu estava sendo paranoica.

— Sim, parece que nós dois estávamos errados.

Alguém chama por Ezra. Ela ouve uma cadeira arranhar o chão, um "Já vou" abafado.

Charlotte se inclina para a frente e pressiona a testa nos joelhos.

— O que devo fazer?

— Ficar sozinha — responde ele, e a simples ideia é suficiente para deixá-la arrasada.

— É difícil demais — sussurra ela. — Eu tento, eu me esforço, mas...

— Tenha a santa paciência, Lottie — esbraveja Ezra. — Ou a vida dessas garotas importa mais do que a sua necessidade por amor ou não.

E eis a verdade brutal, pairando na linha telefônica, acompanhada pelos acordes suaves de *Clair de lune*. Ele está certo. Ela sabe que está. É o seu coração. Foi dele que Sabine tomou posse.

— É assim que você vive? — pergunta ela. — Sozinho?

— Bem, *eu* não tenho uma ex homicida — retruca ele. — Mas, sim. A vida dos humanos é curta e frágil demais. É por isso que nós tomamos aqueles que amamos e os tornamos iguais a nós ou aproveitamos sua companhia e os deixamos. Vá para a cama com elas, se quiser, mas não as deixe entrar no seu coração, e *talvez* elas sobrevivam.

Ela engole em seco.

— Não é solitário?

— Não precisa ser. Afinal, a solidão é exatamente como nós — diz Ezra. — Precisa ser convidada para entrar.

X

Então, é isso que Charlotte faz.

Aprende a diferença entre estar só e se sentir solitária.

Não se apaixona por ninguém.

Entrega-se somente aos encontros mais breves, escapadelas que terminam tão rápido quanto começam, uma oportunidade de aquecer as mãos e alimentar o coração, encontros de apenas uma noite, registrados nas páginas em branco de um romance de bolso que pegou no apartamento de Penny.

A história secreta, esse é o título. Que cai como uma luva.

Ela mantém as anotações simples, breves.

Maddie. Os olhos mais azuis que já vi.

Jess. Sardas iguais a estrelas nas bochechas.

Chloe. Anéis em cada um dos dedos.

Nomes, comentários, fragmentos de lembranças, cada registro como um dos suvenires de Sabine, ainda assim, o exato oposto, pois não está registrando o número de vidas que tirou, mas as que salvou, que protegeu com a sua diligência. Sua capacidade de tomar e partir, em vez de ficar.

Por anos, Charlotte retorna só para se certificar de que todas estão *seguras*.

Por anos, ela volta pelo mesmo caminho e sempre é recompensada pelo próprio sacrifício, pois as garotas cujas vidas apenas tocou de leve continuam vivas. Continuam bem. E é isso que importa, não é?

Não o seu conforto. Não o seu anseio. Não a sua necessidade por amor.

O que importa é que elas estejam bem.

Por anos, vê que estão. Então, em algum momento ao longo do caminho, Charlotte para de voltar, para de verificar cada um dos nomes. Porque é difícil, machuca e não há necessidade.

Sabine obviamente se cansou da caçada.

Partiu atrás de outro jogo.

Ela não sabia. Como poderia saber?

Então, por favor, acredite quando ela diz:

— Sinto muito, Alice. Pensei mesmo que você estivesse segura.

ALICE

(*ANNO DOMINI* 2019)

I

As palavras ecoam pelo quarto.

E, por um instante, ninguém se move.

Em algum momento, Ezra foi até a janela, onde está de pé, de costas para a noite, ao passo que Lottie continua sentada na beira da cama, os braços em volta do tronco, e Alice está no chão entre o sofá e a mesinha de centro em mármore, agarrando a borda de pedra até os dedos doerem enquanto um grito tenta encontrar o caminho pela garganta.

Porque a questão é que existem boas maneiras de se morrer.

A morte por idade avançada está no topo da lista, claro, mas também há o sacrifício, salvar a vida de alguém, por exemplo, de um ente querido ou um estranho. Algumas mortes têm valor, significado ou, pelo menos, um *propósito*. Existem acidentes trágicos e suicídios, atos de violência e vingança, e se rastrearmos a linha do tempo dos acontecimentos, há um motivo, uma causa para tal efeito.

Mas Alice fica sentada ali, tentando processar o fato de que sua morte não foi parte de algo grandioso, de um plano elaborado. Não foi nem um ato da sede desenfreada da Lottie. Não foi por necessidade nem desejo, e a pergunta que vinha martelando na cabeça de Alice como um tambor — *Por que eu? Por que eu? Por que eu?* — não tem uma resposta, a não ser: *Por que não?*

Porque não era sobre ela.

Foi um tiro disparado por uma ex ciumenta. Ela era apenas uma vítima da guerra de outra pessoa, Sabine a matou por estar ali, porque Lottie não conseguiu se segurar, só fez isso para provar seu ponto de vista, para jogar com a ex, ou seja, não significou nada, sua morte não teve *nenhum sentido*, e ela não se dá conta da força com que está segurando a superfície de mármore até a mesa finalmente quebrar. Um som agudo, uma fissura que atravessa a pedra e ecoa de volta para ela com uma dor que mal sente.

— Alice — chama Ezra com a voz gentil que usaria se ela fosse um cachorrinho arisco, como se a cadência suave da sua voz fosse tornar tudo melhor e consertar os cacos que era a vida dela.

— Eu morri à toa — sussurra ela porque tem medo de que, se começar a gritar, nunca mais vá parar. Mas então pensa, *que se foda*, e ergue a voz ao dizer: — Eu morri À TOA.

— Alice, sinto m... — começa Lottie, mas Alice se levanta e a empurra com tanta força que ela cambaleia até chegar à parede.

— Não se atreva a dizer que sente muito.

— Eu fiz tudo o que podia.

— Lógico que não fez — rebate Alice. — Você poderia ter ficado bem longe de mim.

Ela a empurra de novo, mas, dessa vez, Lottie segura os punhos dela, a puxa para si e a abraça. Alice começa a chorar, a visão avermelhada, e Lottie diz: "Está tudo bem, vai ficar tudo bem", como se as palavras fossem um feitiço, como se tivessem o poder de consertar alguma coisa, mas não têm como consertar porque não há como voltar atrás.

Alice se esforça para se desvencilhar e cambaleia para trás.

(E, no fim das contas, é *possível* ter um ataque de pânico sem o coração batendo ou pulmões, pois o quarto começa a girar, e Ezra a segura pelos ombros, olha nos olhos dela e a manda *respirar* ou é o que ela acha que ele está dizendo, mas não consegue ouvir a palavra por cima do zunido que soa cada vez mais alto na sua cabeça.)

Alice tenta inspirar, mas o ar não está entrando desta vez, os pulmões não inflam porque estão mortos (*ela* está morta) e tudo que quer é voltar no tempo, de volta ao fim de semana, à festa e à parede, quer desenrolar a própria vida segundo a segundo e costurá-la de um jeito diferente, mas *não pode* e não é justo (não é justo, não é justo, não é justo), e pensa que talvez não esteja conseguindo respirar porque está gritando, e é nessa hora que Ezra aparece de novo e leva um copo aos lábios dela e diz "Beba", e o cheiro é diferente, contaminado, estranho, mas Alice não se importa mais (está tão cansada e tão zangada, e mesmo em meio à névoa do pânico, a sede continua presente, a única coisa nítida no quarto embaçado), então bebe e nota, no momento que o sangue toca sua língua, que estava certa, o gosto está estranho, mas não se importa, contanto que faça a dor sumir.

Então ela bebe e, quando o copo fica vazio, sua cabeça começa a girar ou é o quarto que gira, e é como se alguém cortasse as cordas que a seguravam de pé, porque suas pernas cedem, e Ezra a segura e a deita no chão, e ela se encolhe ali, do jeito que quis fazer no cemitério na lateral da igreja.

Só que dessa vez não luta para se manter na superfície...

Ela deixa o chão se abrir e puxá-la para baixo...

Para baixo...

Para baixo...

Para a escuridão.

II

Alice está na cozinha quando ouve o barulho.

Eloise está comprando enfeites numa loja, e ela está preparando o bolo de aniversário de Catty. O pequeno Finn sentado na bancada enquanto Alice pesa, mistura e acrescenta ingredientes, e ela adora esta parte — cozinhar é muito arriscado, tanta coisa pode dar errado, mas a confeitaria é matemática e química, as matérias em que tirou as notas mais altas neste ano —, acabou de deixar Finn adicionar o leite quando o barulho soa pela casa, e ela tem o bom senso de colocar o irmãozinho no chão, antes de correr para a sala.

E encontrar Catty.

Catty, que trocou Derrick por um cara chamado Malcolm, que tem dezenove anos e não é de Hoxburn, só está de passagem, pois tem o tipo de trabalho que o faz viajar para vários lugares.

Catty, que está indo aos trancos e barrancos no ensino médio e parece decidida a confundir o orientador designado para ajudá-la a encontrar o próprio caminho porque não entende que ela só quer ser descoberta, ser *vista*.

Catty, que encontrou uma das fotos da nossa mãe em uma caixa, em vez de na estante, e acertou o taco de beisebol na foto do casamento na cornija.

(Todo aquele treino no estacionamento de cascalhos atrás do pub veio a calhar.)

E isso já é bem ruim, mas o chão está cheio de cacos de vidro e o pequeno Finn entra ali antes que Alice tenha a chance de varrer e ele acaba cortando o calcanhar. Nada que um curativo não possa resolver, mas os pés sangram tanto quanto a cabeça e as mãos e, quando El volta, diz para Catty "crescer ou dar o fora".

No dia seguinte, Catty sopra as velas do bolo de dezessete anos.

E, no dia seguinte, ela desaparece.

Não deixa um bilhete, não liga o celular, e já é velha demais para ser considerada uma garota fugindo de casa, então não há nada que possam fazer, a não ser esperar e ter esperanças.

El se culpa (mesmo que papai diga que Catty já estava colocando lenha na fogueira há anos, com os braços cheios de gravetos, só esperando um motivo para acender o fósforo), a expressão do meu pai é de preocupação, e Finn é novo demais para entender, então começa a procurar atrás das portas e embaixo da mesa, como se Catty estivesse só brincando de pique-esconde, e, pela primeira vez, Alice tira nota baixa porque não consegue dormir, fica acordada a noite toda, tentando ouvir o barulho da irmã se esgueirando de volta para casa.

Por uma semana, as paredes da casa parecem grossas demais, o ar tenso demais, como se o mundo estivesse prendendo a respiração.

E, então, Catty liga.

— Fala, Magrela — diz ela, como se fosse um dia qualquer.

Alice está sozinha em casa e tem vontade de gritar, chorar, se jogar nos braços da irmã, mas não pode fazer isso porque ela não está *ali*, então apenas pergunta:

— Onde é que você está, Catty?

E a irmã *ri*.

Ela ri como se não houvesse nada de errado.

— Agora, *agora*? York.

Isso deixa Alice sem fôlego. Já tão longe. Certa vez, Catty lhe disse que havia um fio entre as duas, "De coração para coração", dissera ela, cutucando Alice na altura das costelas, e que sempre que uma se movesse, a outra saberia, então Alice pediu a Catty que fugisse e se escondesse, e ela usaria o fio para encontrá-la.

Mas não funcionou.

Alice não sentia o fio e não conseguiu encontrá-la, e finalmente Catty apareceu por si só, deu de ombros, como se o mundo não tivesse acabado de desabar sob seus pés, e disse: "Acho que é mais fácil para irmãs mais velhas."

— York? — pergunta Alice, pegando um mapa para ver os quilômetros, as rotas de trem, o caminho como uma corda vermelha descendo para o sul.

— Isso. E adivinha só? É tão assombrado quanto a mamãe disse que era. Todas as vielas cheias de fantasmas e...

— Por favor, volte para casa — pede Alice, mas quase consegue ouvir pelo telefone Catty negando com a cabeça.

— E por que eu faria isso? — pergunta ela, um risinho tenso na voz.

Porque eu estou aqui, Alice tem vontade de dizer. *Porque você prometeu que nós duas iríamos embora juntas.*

— Olha só, um dia você vai entender — argumenta Catty. — O mundo é grande e cheio de oportunidades. Hoxburn não é.

Os olhos de Alice começam a arder. Lágrimas escorrem pelo rosto.

— Você deveria ter esperado por mim.

("Devagar.")

("Acelera você.")

— Eu não consegui.

Catty não pede desculpas (nunca pede), mas Alice nota a pontada de tristeza em sua voz antes de ela continuar:

— Mas termine a escola, tire notas boas e vá para uma daquelas universidades chiques, e eu vou te encontrar. Até lá, já vou estar acomodada e ter economizado um dinheirinho. Aí vamos ser só nós duas.

— E o Malcolm? — resmunga Alice.

— Ah, ele já era. Foi só uma carona. Um jeito de ir embora.

O estômago de Alice se revira; o alívio dá lugar à preocupação.

— Você está sozinha?

Só que não está, pois Alice consegue ouvir a voz de alguém falando com ela, e então Catty diz:

— Tenho que desligar agora. Aguenta firme aí, Alice.

— Catty, espera — diz ela.

— Catty, por favor — diz ela.

— Catty, só me diz... — diz ela.

Mas é tarde demais. A irmã já desligou.

— Que desmiolada — diz meu pai quando descobre, e ele parece furioso, mas, naquela noite, tenta ligar centenas de vezes para aquele número.

Claro que, àquela altura, o celular está desligado.

Alice fica deitada na cama, segurando o pingente junto ao peito até sentir a própria pulsação batendo no metal, finge estar na outra ponta do fio que as une, que não vai se romper, não importa o quanto Catty se afaste.

De coração para coração, sussurra no escuro enquanto a pulsação desacelera...

E desacelera...

E...

Alice acorda quando está começando a escurecer.

Não aos poucos, mas de repente, com um sobressalto, uma das mãos ainda segurando o cordão por cima da camisa. Por um momento, não sabe onde está ou, na verdade, *acha* que sabe, de volta à cama de solteiro no quarto do dormitório, e deve ter se enfiado debaixo das cobertas e cochilado depois da aula porque é isso que faz quando está doente.

Mas então engole em seco e sente o resquício de cobre na garganta. Ela não está doente, porque a doença é algo que pode ser resolvido, e quando se vira, percebe que não está na própria cama, mas em um sofá, com um cobertor do qual não precisa sobre os ombros.

Então ela se lembra.

Pensei mesmo que você estivesse segura.

Alice se senta, vê a mancha de sangue na almofada debaixo do rosto, tem um segundo de pânico crescente antes de sentir a crosta de lágrimas sob os olhos. Ela fita a mesinha de centro de mármore com uma rachadura enorme, o lembrete vívido de uma raiva que tenta invocar em vão.

Ela olha para o celular e vê várias mensagens cada vez mais preocupadas no grupo do quarto, perguntando onde ela está, se está bem, pedindo para entrar em contato, dizer alguma coisa, não obrigá-las a ligar para a polícia do campus. Alice não sabe como responder, então mente e digita: *Foi mal, estou bem, na casa de uma amiga,* mesmo que as garotas saibam que ela não tem nenhum amigo que não sejam elas e que mal conhece alguém das aulas.

Alice guarda o celular no bolso e olha em volta.

Nenhum sinal de Ezra nem de Lottie.

O quarto está vazio, as cortinas fechadas, o crepúsculo entrando por uma brecha estreita, e talvez tenha sido a história de Lottie ou o sonho que teve, a lembrança, mas ela se vê erguendo a correntinha de ouro e tirando o pingente de baixo do moletom.

O pingente que não é um pingente, mas um relicário, um frasco.

Um pedacinho de casa.

Um montinho de terra, foi como Catty chamou — terra, mas não uma terra *qualquer.*

A terra da mãe, tirada do seu túmulo, um presente de Eloise no dia azul celeste do seu casamento.

Ela abre a tampa escondida e derrama um pouquinho na palma da mão e, no momento que a terra toca sua pele, volta ao cemitério e parece perder todas as suas forças, como se a vida se esvaísse, os membros se encolhessem, o coração ressecasse e...

Alice puxa a mão tão depressa que os grãos de terra caem na mesinha quebrada de mármore.

— Não, não, não — sussurra ela, caindo de joelhos ao lado da mesinha, tentando recuperar a terra, embora seja pouco mais do que uma tampinha cheia, uma moeda, e toda vez que a toca, a sensação de mal-estar a toma por inteiro.

Por fim, desiste e fecha o frasco de ouro e o que ainda resta da terra lá dentro, enfiando o pingente por baixo do moletom de novo. Ela se inclina para a frente, enche os pulmões de ar e sopra, espalhando a terra pela superfície de mármore, está prestes a se enfiar debaixo das cobertas de novo, em uma tentativa de desaparecer, quando vê uma bolsa que deve ser de Lottie entre os pés da mesa. Mas não é a bolsa que chama sua atenção.

E sim o livro que escapa pela abertura.

Uma brochura gasta, que ela já leu duas vezes e reconheceria a capa em qualquer lugar. O rosto de mármore ligeiramente inclinado e o fundo escuro: *A história secreta*.

O livro de Penny.

Alice pega o livro da bolsa e o abre, indo até as páginas em branco no final, em que Lottie registrava a litania das suas conquistas, a lista de nomes, não muito diferente dos suvenires que Sabine usava em volta do pescoço. Alice não lê todos, a não ser para notar que foram várias, os nomes preenchendo não uma, mas duas páginas, antes de os olhos pararem na linha mais recente. Breve como a epígrafe em uma lápide, escrita em tinta roxa:

Alice. Escocesa. Gentil. Sabor de tristeza.

Ela lê duas vezes, três, até as linhas se tornarem palavras e as palavras se tornarem letras e as letras se desfazerem, até não conseguir entender como a sua vida inteira foi reduzida a seis palavras escritas naquela letra pequena e inclinada.

E, ah... aí está a raiva que Alice não conseguiu encontrar quando acordou.

As páginas se amassam sob suas mãos, e ela está prestes a rasgá-las quando a fechadura apita e a porta se abre, deixando Lottie entrar, com roupas limpas e a sacola de uma loja elegante, com papel de seda saindo do topo, pendurada no braço como se tivesse ido *fazer compras*.

Lottie vê Alice segurando o livro, e Alice *quer* que ela avance e diga: *Não, não faça isso*. Que tente puxar sua preciosa lista para que Alice também possa tirar algo dela.

Mas Lottie fica parada ali, observando, esperando e, de repente, as palavras são só palavras, um posfácio idiota no fim de um livro velho, e Alice o deixa de lado e volta para o sofá, abraçando os joelhos junto ao peito, enquanto Lottie passa por cima do livro e coloca a sacola de lado.

— Que bom que você está acordada.

Alice a fulmina com o olhar, e ela acrescenta:

— Sinto muito por tê-la drogado. Foi ideia do Ezra. Ele tem mais experiência com esse tipo de coisa do que eu.

— Esse tipo de coisa — repete Alice em tom sombrio.

— No início, somos... — ela parece procurar a palavra certa — ... instáveis. Todos os sentimentos, todas as necessidades, tudo é exacerbado, tanto o bom quanto o ruim. Ele achou que você pudesse se ferir. Ou, no mínimo, acabar com o quarto.

Essa última parte foi dita para dar uma leveza à situação, como uma piada.

Alice cerra os dentes e Lottie se senta em uma cadeira próxima, afunda os dedos nos cachos e suspira, o ar à sua volta repleto de tensão, e Alice faz a pergunta que mais a incomoda.

— Por que você não me matou?

É claro que, até as primeiras horas da madrugada, Alice estava convencida de que tinha sido *ela* que a matara — que aquela garota estranha tinha entrado na sua vida e a roubado dela. Agora sabe que Lottie não é culpada por *aquela* parte, pelo menos não foi ela que fez seu coração parar de bater, embora seja o motivo disso ter acontecido.

— Eu gostei de você — responde Lottie, hesitante. — A gente se divertiu e...

— Não naquela noite — explica Alice. — Depois. Quando você descobriu o que eu era. Que *ela* me criou. — Alice engole em seco. — Sabine. — O nome, como uma bebida amarga na boca. — Quando eu apareci aqui. Transformada. Como a Penny.

A expressão de Lottie se torna mais sombria.

— Eu não quis fazer isso.

— Então você *quis* matar a Penny?

Ela contrai o rosto ao ouvir o nome.

— Não. Fiquei com o coração partido.

— Mas você a matou.

Um sussurro:

— Sim.

E é quando ocorre a Alice que, só porque Lottie ainda não a matou, não significa que não vá tentar, que o único motivo de ter esperado tenha sido uma possível reprovação de Ezra. Alice olha para a porta, imaginando quando e se ele vai...

— Eu o mandei voltar para casa — revela Lottie. — Não é problema dele. É meu.

E Alice não gosta de ser chamada de problema, mas se concentra no fato de Lottie saber exatamente no que estava pensando.

— Como foi que você...

— A sua mente é alta demais. É como se você estivesse gritando.

Alice franze a testa.

— E como eu posso pensar mais baixo?

Lottie se aproxima e se senta diante dela, na beira da mesinha quebrada, perto o suficiente para os joelhos se tocarem, para Alice ver os fios dourados, como filamentos de luz, em seus olhos castanhos. E mesmo agora, apesar de tudo, Alice tem dificuldade de desviar o olhar. Continua sentindo uma sombra do desejo que a envolveu naquela noite, a força que a impeliu para a outra, e imagina o que poderia acontecer se as coisas fossem diferentes, se tivesse acordado na manhã seguinte e não estivesse sozinha na cama.

O rosto em formato de coração de Lottie pousado no seu ombro, os cachos violeta fazendo cócegas no queixo, os braços frios a abraçando pela cintura, os lábios aproximando-se do ouvido enquanto ela sussurrava algo sobre o café da manhã.

Mas então Alice se lembra da lista no fim do livro e sabe exatamente o que era para Charlotte Hastings e tudo que sempre seria: *Alice. Escocesa. Gentil. Sabor de tristeza.*

Lottie coloca a mão no joelho dela, chamando a sua atenção, e a expressão em seu rosto diz que compreende. Alice vê pena nos olhos dela e não quer nada disso.

— Me mostre como funciona — pede ela.

— É preciso treino para erguer as barreiras. Para guardar seus pensamentos para si mesma. Mas, nesse meio-tempo, você pode tentar disfarçá-los ao pensar de forma mais consciente. Se concentre nas coisas que *quer* que eu ouça, em vez de nas coisas que não quer. Não se trata de palavras, então não tente pensar em um número ou algo do tipo. São os sentimentos. Emoções, desejos, esse tipo de coisa.

Alice encara Lottie e se concentra ao máximo na sua *desconfiança*.

Lottie assente.

— Justo. Não fiz nada para merecer a sua confiança.

Alice não acredita que conseguiu e quase sorri antes de se lembrar de que é tudo culpa de Lottie, e esse pensamento deve ter sido bem alto, ou pelo menos a parte da culpa, porque ela parece exausta, esgotada. Ainda assim, as barreiras da sua mente foram erguidas de novo, e, por mais que Alice se esforce, não consegue vislumbrar nem um vestígio dos pensamentos de *Lottie*.

— Quer saber por que não matei você? — pergunta ela, olhando para as próprias mãos. — Gostaria de dizer que foi por bondade ou porque sei que você já passou por maus bocados. Mas não foi nada disso. É porque eu estou cansada, Alice. — Ela ergue o olhar. — Estou cansada de fugir. Cansada de viver com medo. Cansada desse jogo de gato e rato, de saber que é só uma questão de tempo até Sabine chegar até mim de novo. Eu não te matei porque *alguém* precisa deter Sabine, e eu não posso. Mas talvez você possa.

Alice quase ri da cara dela.

Ela quer que Sabine pague pelo que fez, quer segurá-la no chão, enfiar uma estaca no seu coração e ver a luz se apagar dos olhos dela até o corpo virar pó.

Quer que Sabine olhe para Alice antes de morrer, que entenda que é culpa dela.

Que ela transformou a própria assassina.

Ela *quer* isso, claro que quer, mas não é idiota. Pode até ser uma novata, mas suspeita que há uma discrepância de poder, que alguém, ou *alguma coisa*, tão velha quanto Sabine seja *muito mais* forte do que ela, e que o que Lottie está propondo pode muito bem ser uma missão suicida. Mas então Lottie diz:

— Você recuperaria a sua vida.

A mente de Alice para de girar tão de repente que ela quase consegue ouvir as engrenagens.

— Como é que é?

Lottie morde o lábio inferior e assente.

— Foi a Sabine que a transformou. Ela tirou a sua vida. Mas você pode recuperá-la.

— Do que você está falando? — pergunta Alice.

— Eu não sabia disso quando encontrei a Penny. Gostaria de saber. E não daria certo se já tivesse se passado um ano, um mês ou até mesmo uma semana, mas você é *recém-transformada* — explica Lottie com os olhos faiscando. — Isso significa que ainda está vinculada a ela. O seu sangue. A sua vida. É como uma corda que une vocês duas.

Alice leva a mão ao cordão, ao pingente frio na pele.

— Se matar Sabine, você vai romper a corda. E voltar a ser o que era antes.

Alice meneia a cabeça, insegura.

— O que eu era?

— Uma pessoa viva — responde Lottie.

As palavras acendem uma chama no peito de Alice. *Viva. Viva. Viva?*

A dúvida surge porque não é assim que funciona nas histórias, nos bons livros nem nas séries ruins de TV, nunca há como voltar atrás, mas, pensando bem, não se trata de uma história qualquer, mas da história *dela*. Alice contra a crença popular, e, se Lottie estiver certa, se houver uma maneira de consertar as coisas, se houver uma chance ínfima de aquilo funcionar...

O que ela tem a perder?

Alice olha para o livro e pensa naquela linha, naquelas seis palavras tristes: *Alice. Escocesa. Gentil. Sabor de tristeza.* E decide, naquele exato momento, que não será o último registro da sua vida. A soma total da sua história.

Ela olha para Lottie, esquadrinha seu rosto, mas tudo que vê é esperança, e é como um espelho que capta o sol e reflete a luz. Alice sente-se aquecer por dentro.

— Está bem — diz ela. — E o que eu tenho que fazer?

III

As roupas caem da sacola de compras quando Lottie a vira na cama.

Uma pilha de tecido brilhante na forma de minivestidos, todos da cor do outono — esmeralda, dourado, violeta —, e maquiagem e um par de botas de salto alto do tamanho de Alice, como se soubesse que ela aceitaria.

— Pode se vestir — diz ela. — Nós vamos sair.

Alice passa a mão pelas roupas novas, franze a testa para o tecido, ou, na verdade, para a falta de tecido, lembrando-se do que Ezra tinha dito sobre o frio e se misturar à multidão.

— Para *onde*?

Lottie não responde, só agarra a mão dela e a puxa na direção do banheiro. A garota triste que Alice conheceu na noite anterior desapareceu, foi substituída por alguém feliz, efervescente. Ela leva Alice até um banco diante do espelho do banheiro e começa a passar uma escova pelo cabelo, desembaraçando as mechas loiras até as cerdas deslizarem.

— Não precisamos procurar a Sabine — explica ela. — Ela vai vir até nós. — Joga a escova na cama e começa a enrolar as mechas nos próprios dedos até fazer um coque frouxo. — Na verdade, ela deve estar te seguindo esse tempo todo.

— Por quê? — pergunta Alice, encontrando os olhos de Lottie no espelho.

Seus olhos castanhos estão iluminados com aquela estranha luz, mas, quando olha para si mesma, também vê aquele tipo de brilho iluminado ao fundo. Aquele pedacinho delas, nada natural e, com isso, compreende tudo.

— Porque você não me matou.

Lottie franze os lábios e assente.

— Para ela, tudo isso é um jogo. O jogo *dela*, ou seja, são as regras dela. Fique e morra, ou fuja e viva, e perca. — A expressão dela fica sombria. — Sabine tinha consciência do que estava fazendo quando enterrou a Penny no solo à meia-noite. Sabia que eu preferiria matar a garota que amava a permitir que ela seguisse nesse caminho comigo, sabendo onde vai dar. Sabine sabia disso e me obrigou a provar.

Pela primeira vez, Alice imagina se houve outras entre Penny e ela. Outras garotas que Sabine pegou, transformou e matou. A lista de nomes no fim de *A história secreta* era longa, mais longa do que achou que seria. Será que todas sobreviveram ao seu encontro único e breve com Lottie?

Lottie gira o banco em direção a ela, e o espelho desaparece; as duas ficam cara a cara enquanto ela se ajoelha.

— Mas agora, com você, parei de seguir as regras dela. E ela quer saber o motivo. Fique parada — acrescenta ela, e a boca de Alice se contrai porque é uma ordem a que pode obedecer.

Lottie chega tão perto que seu hálito roçaria no rosto de Alice se ainda respirasse, e traça duas linhas pretas de delineador no canto das pálpebras enquanto os dedos gelados da outra mão firmam o queixo.

— E como posso matá-la? — pergunta Alice enquanto Lottie passa um batom cor de ameixa nos lábios dela.

Algo surge na expressão dela, e Alice imagina se é a lembrança da tentativa fracassada ou a ideia do sucesso de Alice que a incomoda. Se, não importa o quanto Lottie odeie Sabine, uma parte dela ainda a ame também.

Mas então a sombra se dissipa. E talvez tenha sido apenas uma ilusão da luz forte do banheiro, pois Lottie pega a máscara de cílios e a empunha como uma estaca, colocando-a no meio do peito de Alice.

— Você tem que matar o coração. A luz do sol nos enfraquece, a terra do cemitério nos deixa doentes. Mas só o nosso coração permanece mortal.

Ela afasta a arma imaginária, mas Alice leva os dedos ao local, tocando a pele macia entre os ossos, e é quando o absurdo de tudo aquilo a atinge: no que é que estava pensando? Sabine tinha quinhentos anos, ela só tem dezoito, não há como se aproximar o suficiente para tentar, e mesmo se conseguisse...

Lottie toca a testa dela com o pincel.

— Alto demais — alerta ela. — Não pode deixar que ela te ouça pensando assim ou nunca vai conseguir.

— Então, eu nunca vou conseguir — vocifera Alice, tomada pelo pânico. — Isso é loucura. Não sei como você espera que eu faça isso, ainda mais sem mostrar as cartas que tenho na manga... ou na minha mente. Ela vai saber que estou morrendo de medo.

Alice gostaria que Ezra ainda estivesse ali, de ter a presença dele para acalmá-la, mas ele não está, e é Lottie quem estende a mão para aninhar o rosto dela.

— Você pode sentir medo de Sabine. Ela sempre gostou disso, e seria estranho, considerando o que sabe, se não ficasse apavorada. Apenas se lembre do que eu disse. Se não conseguir impedir que sua mente comece a se fixar em alguma coisa, certifique-se de pensar em outra. E, se ficar em dúvida — acrescenta ela —, pense em *mim*.

Alice se permite levantar a cabeça e olhar nos olhos de Lottie, desejando poder enxergar além deles, sentir a forma da mente dela, mas o ar está parado, estável, e talvez seja a loucura do que está prestes a fazer ou apenas o jeito que Lottie paira sobre ela, mas a pergunta escapole:

— Por que eu?

Lottie a encara e uma ruga se forma entre as sobrancelhas.

— Hã?

— Sei o que você escreveu sobre mim depois — revela Alice. — Mas, naquela noite, por que você me escolheu? Foi só por que eu estava ali? E você achou que eu era uma presa fácil? Uma garota triste e solitária, encostada na parede, esperando...

— Não. — A voz de Lottie é baixa, mas séria. — Eu te escolhi porque você era especial.

Alice solta um ruído suave e debochado, mas Lottie insiste:

— Você se lembra do que eu te disse sobre a Sabine e do que ela contou que a atraiu para mim na escadaria naquela noite? Que os meus pensamentos eram altos e cheios de desejo. Que o que quer que eu sentisse, não conseguia guardar para mim. Meus sentimentos enchiam o espaço, mesmo quando eu não ocupava. Aquela sede de ser vista. — Lottie acaricia o rosto de Alice com o polegar. — Foi por isso que eu te escolhi também. Porque olhei para você e *me* enxerguei. Vi a pessoa que eu era. — Lágrimas vermelhas brilham no canto dos olhos dela. — E apesar de tudo que aconteceu depois, de tudo que ela fez comigo, ainda lembro como foi ser notada, ser desejada, ser vista. Eu queria que você sentisse isso também. — Ela se afasta, enxugando os olhos. — Só que, mais do que tudo isso — acrescenta ela em tom alegre —, eu te achei muito gata.

Alice ri, um som baixo e triste que escapa do seu peito. Ela balança a cabeça quando Lottie se vira para sair.

— Vou deixar você se vestir — anuncia ela, fechando a porta do banheiro ao sair.

No final, Alice escolhe o vestido verde. Um tom intenso de esmeralda, como musgo depois da chuva, que faz sua pele parecer ainda mais branca, as veias dos pulsos e do pescoço finas, azuladas e imóveis. Ela estuda a própria imagem no espelho.

A Nova Alice, pensa ela. *Só por uma noite.*

Mas não é a Alice que está olhando para ela.

A garota do espelho é outra pessoa; com o vestido indo até a coxa, as pernas parecendo mais longas com as botas de salto, o cabelo louro preso para cima, a cor escura nos lábios, ela espera parecer uma estranha, mas não...

Parece a *Catty.*

Alice engole em seco e apaga a luz.

Sai do banheiro.

— Eu estou parecendo uma isca — solta ela em tom de brincadeira, mas Lottie não ri.

Apenas dá um sorriso e diz:

— E eu morderia de novo.

O coração de Alice, por mais silencioso que esteja, parece dar um salto. Do mesmo jeito que aconteceu quando passou por ela no escuro. Quando ela a puxou da parede. Quando as duas caíram na cama.

Lottie sorri, mostrando a covinha na bochecha.

— Bem assim — diz ela, lendo seus pensamentos. E Alice fica feliz por Lottie não perguntar se ela está pronta, por só pegar a sua mão e dizer: — Vamos lá.

O riso de Lottie ecoa pela rua.

A noite se abre em volta delas, cheia de movimento, luz e vida, e caminham juntas, de braços dados, Alice aninhada ao seu lado. Um pouco antes de saírem da segurança do Taj, Lottie a puxou para si e sussurrou no seu ouvido:

— Quando sairmos, você tem de *querer* estar comigo. Tem de fazê-la pensar que você é *minha*.

Alice ficou tensa. A maior parte dela queria se rebelar, se afastar, mas uma parte pequena queria ficar colada nela e foi essa parte que venceu quando saíam para a rua.

— Aonde nós vamos? — pergunta Alice agora.

Mas Lottie apenas dá um sorriso.

— Não se preocupe com isso. — A voz é baixa, embriagada de prazer, irradiando a mesma autoconfiança que atraiu Alice para ela na festa, como uma mariposa é atraída para a luz.

Alice nunca vai perdoá-la pelo papel que desempenhou em levar Sabine até ela, mas não adianta ficar pensando nisso agora, não quando há tanta coisa em jogo.

Ela apoia a cabeça no ombro de Lottie sempre que param e precisam esperar o sinal para atravessar. Não resiste quando os lábios de Lottie roçam os dela nem quando diz que Alice tem sabor de inverno.

— Não de tristeza? — retruca Alice em um sussurro.

Lottie silencia a pergunta com um beijo.

— Não, não de tristeza — diz ela, as palavras presas entre as duas.

É uma performance de duas pessoas para a plateia de uma pessoa só. Sabine, que poderia estar em algum lugar, observando-as.

Mas toda vez que os pensamentos dela se dirigem para essa palavra, esse nome, a mulher que evoca, onde ela está e onde poderia estar, Lottie dá um leve apertão em seu braço, e Alice se esforça para silenciar a mente, ou pelo menos colocar os pensamentos em outro lugar.

"Pense em mim", disse Lottie, e Alice tenta, se esforça de verdade, tenta se concentrar na forma como os cachos balançam a cada passo, a pele queimada de sol, o fato de parecer cheia de vida, mas então tenta imaginar a garota que ela foi antes de tudo aquilo, a garota na escadaria do baile, a garota que ela poderia ter sido, e é um caminho escorregadio dali até Sabine, e assim que pensa no nome é como uma areia movediça, sua mente se debate contra o pensamento do que tem que fazer, das camadas de defesa que cercam um coração, e tem que se libertar e pensar em outra coisa.

Outra coisa, que poderia ser qualquer coisa, mas não é. Porque a mente dela só vai para um lugar quando está vazia, e ela já consegue sentir o passado se arrastando, olhando por cima do ombro, e eis uma coisa que pode surpreender você, mas Alice não *quer* pensar em Catty.

Não quer, mas não consegue evitar...

É o fio que a impede de escapar...

O fio que sempre a puxa de volta.

Catty liga de Sheffield, de Leicester, de Cambridge.

Sempre um pouco mais ao sul.

E todas as vezes, Alice a lembra de que pode voltar para casa.

E todas as vezes, Catty pergunta: "Por que eu faria isso?"

Os dias se transformam em semanas e, de certa forma, a vida para e, de uma outra forma, continua, e a pior parte não é a saudade, mas o fato de que as coisas ficam mais fáceis. Ainda se preocupa, óbvio, se preocupa muito, mas o medo se dissolve em algo pior:

Alívio.

Porque aquelas semanas são, de um jeito terrível, mais fáceis na lembrança, sem ter de pisar em ovos ou vidro quebrado, o veneno das palavras e o campo minado do temperamento da irmã.

Alice está fazendo pipoca quando o celular vibra no bolso.

(Ela aprendeu a deixar o aparelho sempre no modo silencioso, para o pai não tentar arrancá-lo de suas mãos.)

Ele e El estão diante da TV, procurando um filme para assistir, e Finn está brincando por ali, pegando almofadas para construir um forte, e a casa está com cheiro de manteiga e parece suave e acolhedora quando Alice atende.

— Oi, Magrela. — A voz de Catty soa no seu ouvido. — Adivinha só onde estou.

— Espere um pouco — pede ela, puxando o saco de pipoca do micro-ondas e sibilando quando o vapor queima os dedos. Larga o saco na bancada e sai pela porta lateral para o escuro.

Catty não para de falar.

— Consegui chegar em Londres. Acredita? Estou nos degraus daquela grande fonte na praça Trafalgar, exatamente como a mamãe naquela foto.

("Você se lembra?")

Às vezes, Catty soa meio grogue, em outras, fala tão depressa que Alice quase não consegue acompanhar. Esta noite, a voz dela está sonhadora e distante. Mas tem algo de estranho. Distante como se a distância entre elas estivesse cheia de lã embolada.

Alice franze a testa.

— Você está bem?

Está congelando ali fora, e ela gostaria de ter vestido um casaco enquanto se obriga a avançar e se afastar da casa, para que não a ouçam no telefone.

— Eu? Estou ótima — responde Catty. — Só queria que você estivesse aqui para ver também.

Por que não esperou por mim? Alice tem vontade de perguntar com irritação. Mas o que diz é:

— A gente pode voltar. Você pode me mostrar tudo.

— É tão grande — diz Catty com a voz arrastada. — O mundo é tão grande.

Bem nessa hora, a porta se abre. A luz amarelada ilumina o lado de fora, e Finn aparece ali, com seu pijama de pezinho e o travesseiro favorito junto ao peito.

— Alice? — chama ele, procurando-a no escuro.

E, pela primeira vez na vida, ela sente o fio sobre o qual Catty sempre falou, puxando-a de volta para ele.

— Ei, Catty... — começa ela, mas a irmã se adianta.

— Tenho que ir. Estou quase sem crédito. Tô com saudade, Magrela.

E, então, desliga.

— Alice? — chama Finn, parecendo preocupado.

— Estou indo! — avisa ela, tremendo um pouco ao se apressar...

De volta para casa...

Ansiosa para sair do frio.

Quando chegam ao lugar de destino, Alice quase tinha se esquecido de que a simpatia e o charme de Lottie não passam de um artifício. Ela é muito boa em atuar, mas só porque já atua há muito tempo.

E o destino delas parece ser uma boate.

Não igual à que ela foi na noite anterior (que parece ter sido uma vida atrás e, ao mesmo tempo, há poucas horas). Tem uma fila para entrar, um cordão de veludo, mais de vinte pessoas jovens e bonitas esperando, todas vestidas com o mesmo tipo de roupa de Alice, apesar do frio, mas as duas não entram na fila.

Em vez disso, Lottie a segura pela mão e a puxa para a porta, até a mulher com uma prancheta parada ali, e se a persuasão é um resultado da confiança, ela faz isso como ninguém. A segurança nem hesita quando Lottie a encara e diz:

— Você estava esperando por nós, não estava?

E, simples assim, elas entram, e o amplo espaço, que deve ter sido um armazém ou uma igreja em algum momento no passado, agora é uma caverna, com luzes brilhando no teto abobadado, as pessoas aglomeradas dançando no piso de concreto.

O ar está tomado de música eletrônica animada. Escadas de aço levam a mezaninos e a um DJ em uma galeria com a silhueta destacada em neon, e o som é alto, alto demais, não apenas a batida da música, mas as batidas frenéticas de duzentos corações, os pensamentos de duzentas mentes e duzentos corpos ocupando o espaço, e tudo é tão intenso que Alice tem vontade de tapar os ouvidos, fugir pela porta e sair noite afora, mas Lottie está ali, puxando-a para a multidão.

E Alice pensa que não tem como Sabine encontrá-las ali, cercadas por tanta gente, e começa a olhar em volta, mas a mão de Lottie a aperta e puxa com força suficiente para girá-la em seus braços.

— Não se preocupe com ela — pede Lottie. — Só dança comigo.

Alice tem vontade de dizer que não consegue pensar, não consegue respirar, que é difícil demais, que tem muita coisa acontecendo ao mesmo tempo, mas Lottie a segura pela cintura e a puxa para si, e Alice olha nos olhos dela, que dizem: *Você está comigo, comigo*, e, de alguma maneira, o barulho da boate começa a diminuir, e Lottie sorri e cola ainda mais seus corpos, criando um pequeno oásis silencioso em meio às batidas.

As duas se movem juntas, quadril contra quadril, braços entrelaçados, e logo o mundo parece estar voltando atrás, o tempo rebobinando, e é sábado à noite, e Alice Moore está encostada na parede verde da república, e Lottie está ali, chamando-a para dançar, e elas estão grudadas, juntas no centro do salão, e o alarme de incêndio nunca dispara, e a festa nunca vai para a rua, e Alice nunca fica parada debaixo de chuva e elas não saem correndo de mãos dadas até o dormitório, não tropeçam subindo as escadas com as roupas encharcadas pelo temporal nem cambaleiam na escuridão e caem na sua cama, e Lottie nunca vai embora e Sabine nunca aparece.

São apenas duas garotas dançando.

E têm a vida toda pela frente.

IV

Se pudessem continuar ali, preservadas em âmbar naquele momento, talvez tudo ficasse bem. A boate pulsando à sua volta, as mãos de Lottie na sua cintura.

Mas, quando a música fica mais lenta, Lottie puxa Alice para perto o suficiente para um beijo, e avisa:

— Vou beber alguma coisa. É melhor você ir também.

E então se afasta.

Em um instante, ela é uma âncora na tempestade e, no seguinte, suas mãos estão se afastando, e Alice pede:

— Espere...

E Alice diz:

— Não...

E Alice insiste:

— Não vá...

Porque não conversaram sobre esta parte, e Alice está agarrando as mãos de Lottie, implorando para que ela não vá, para que não a deixe ali, sozinha e desprotegida.

Porque está com medo.

Está apavorada, e Lottie deveria saber, sentir sua mente a mil, mas tem tanta gente fazendo tanto barulho ali, que talvez não consiga, pois faz Alice girar, como se tudo fosse parte de um jogo, coloca uma mecha de cabelo loiro atrás da orelha dela em um gesto tão carinhoso, e depois se afasta, até ser engolida pela multidão.

E Alice quer ir atrás dela, agarrá-la pelo braço e puxá-la de volta, mas antes que consiga se aproximar, as pessoas já estão preenchendo o espaço. Ela se sente à deriva no mar, cercada por duzentos estranhos, pessoas vivas e respirando, e a realidade a atinge com toda a força, e sua garganta fica seca, o maxilar começa a doer, e ela se afasta, ou é o que tenta fazer, mas seus ombros esbarram imediatamente nos de outra pessoa, e ela diz: "Desculpe" (a palavra sai estranha por causa dos dentes afiados e do espaço que ocupam na boca).

Alice se vira, procurando uma brecha na multidão, mas não consegue encontrar, então abre passagem, os corpos se chocando contra o dela, as pulsações aceleradas como marteladas na pele, a cabeça ficando tonta de sede, até que, por fim, ela está do outro lado, e tem espaço para se mexer (não muito, só o suficiente), um vão entre as pessoas e a parede.

Segue uma placa que indica o banheiro, diz a si mesma que só precisa de um segundo de pausa para pensar, controlar o pânico, mas acaba em uma alcova estreita, um corredor improvisado com um monte de portas, e acha que deve ter se perdido, mas logo encontra a porta certa, e está prestes a entrar quando uma garota sai cambaleando e dá de cara com ela.

Alice segura a garota, que se desculpa, as bochechas coradas de tanto dançar e beber ou uma mistura das duas coisas, e ela ainda está se apoiando em Alice, que consegue sentir o cheiro de suor, spray de cabelo e cerveja, junto do cheiro forte e metálico que agora a faz piscar e a cabeça ficar leve.

"Vou beber alguma coisa. É melhor você ir também."

Alice sente a pulsação pela palma da mão da garota, a vê correndo no pescoço, e a garota aperta os olhos e se inclina para ela, as pupilas dilatadas como dois pires e uma fina íris azul em volta.

— *Você* — diz ela e, por um segundo, Alice teme que a conheça da faculdade, mas a garota só fica olhando e continua: — Você parece feita de estrelas.

É bobo, ela está claramente bêbada ou drogada, mas é o tipo de coisa que faz Alice enrubescer por dentro, mesmo enquanto ri.

— Foi mal — desculpa-se a garota, balançando a cabeça. — Eu tive uma noite péssima.

— Eu também — admite Alice.

Porque é péssima de paquera, sempre foi, mas talvez haja alguma verdade nisso, ou talvez seja a luz por trás dos seus olhos, um brilho da estranha magia que possui agora, pois a garota morde o lábio inferior, o sangue corando a superfície da pele, o ar à sua volta carregado de desejo, e diz:

— Que tal a gente melhorar juntas?

A Velha Alice teria ficado vermelha e gaguejado.

A Nova Alice apenas inclina a cabeça para o lado e responde:

— A gente pode tentar.

E quando dá por si, a garota está se encostando na parede, puxando Alice com ela e, então, sua boca está na dela, e a Velha Alice teria parado bem ali, deixado o beijo ser apenas um beijo.

Mas a Nova Alice está tão sedenta.

A boca vai descendo, deslizando pelo maxilar, pelo pescoço, e ela poderia ter parado, se realmente quisesse, mas o que *quer* é sentir algo além daquele pânico vazio, aquele medo retumbante, então crava os dentes no pescoço da garota, do jeito mais delicado possível, e decide, mesmo enquanto o sangue invade sua língua e desce pela garganta, que vai parar antes da hora, que vai ser como Lottie, não como Sabine, que vai aprender a tomar apenas o que precisa, nunca o que deseja.

Então, mesmo que as batidas tenham apenas começado a bater no seu coração, mesmo que o pulso da garota nem tenha começado a falhar, Alice se afasta e ergue o queixo da garota, feliz por ver que ela está com olhar vidrado e um pouco tonta, mas bem no geral.

Alice abre um sorriso triunfal e abre a boca para dizer que ela vai ficar bem, mas alguém fala primeiro.

— Ora, Alice — diz uma voz bem no seu ouvido. — Charlotte não te ensinou?

Até aquele momento, Alice não sabia que já tinha ouvido aquela voz antes (a lembrança daquela noite totalmente apagada, um espaço vazio na memória). Mas agora, o som desperta algo dentro dela.

A mão de alguém a pressionando contra os lençóis.

A mesma mão que passa por ela e se fecha no pescoço da garota.

— Você deve sempre terminar o que começou.

Um estalo seco ressoa e a garota cai, como peso morto no piso escuro. E Alice se vira e se vê cara a cara com um pesadelo. Com um sonho.

As batidas roubadas desaparecem dentro do peito quando ela pronuncia o nome.

— Sabine.

Uma garota vê uma viúva desmontar do cavalo e se pergunta quem ela é.

— Pode me chamar de Sabine — dirá ela, o nome brilhando como um prêmio.

Uma mulher assassina o marido na cama e abandona a antiga vida como se fosse um casaco.

— Pode me chamar de Sabine — dirá ela quando ele cair.

Uma garota é resgatada por uma estranha no seu primeiro baile.

— Pode me chamar de Sabine — dirá ela, como se já fossem amigas.

Alice se vira, sem dar um passo sequer, com uma garota morta aos seus pés e, diante dela, Sabine.

Enquanto ouvia a história de Lottie, construiu a ideia de um monstro real. Imaginou-a como uma deusa, como uma diaba, como uma força da natureza.

E a Sabine de verdade *é* todas essas coisas.

Mas, de alguma maneira, é uma mulher também. De carne e osso, ao mesmo tempo menos adorável e mais encantadora. Um metro e oitenta de altura, com um vestido violeta de camadas rendadas, mechas de cabelo em cobre derretido e olhos que outrora ardiam como fósforos acesos, mas agora não tinham luz. Estão pretos.

E, quando ela fala, a voz desliza como dedos pelo seu cabelo. Sedutora. Calma.

— Olá, Alice.

Lottie a alertou sobre a força da persuasão de Sabine, a forma como fazia as mentes cederem ao seu desejo, mas deveria ter avisado a Alice sobre o poder de sua *voz*, a atração que exercia, o perigo silencioso entremeado em cada som que faz Alice pensar em morrer congelada, como o frio supostamente chega devagar e, quando você menos espera, já desistiu e se enfiou na própria cova.

Alice se liberta da voz de Sabine, mas é ainda pior, o ar de calma é substituído pelo pânico, pois mesmo que os batimentos da garota tenham desaparecido no seu peito, sente o terror dominá-la como um coelho saltitante.

"Você pode sentir medo de Sabine. Ela sempre gostou disso."

Alice não sabe como esconder a sensação, então nem tenta, permite que transborde, e Sabine deve ter sentido porque abre um sorriso perfeito e horrível, ao mesmo tempo lupino e felino, os dentes afiados e brancos de um predador, e no que é que Alice estava pensando? Como é que poderia... *Não, não, não,* ela luta contra os pensamentos, enterra cada um deles sob a mesma palavra. *Lottie. Lottie. Lottie.* E, enquanto isso, tenta se afastar, espiar pelo corredor escuro para além de Sabine em direção à boate e à multidão, esperando encontrar...

Mas os dedos frios de Sabine erguem seu queixo. Os mesmos dedos que quebraram o pescoço humano da garota com tanta facilidade quanto um estalar de dedos. Ela vira o rosto de Alice, que fica sem escolha além de encarar aqueles olhos assombrados, quinhentos anos de sede olhando para ela.

— Vamos encontrar Charlotte depois — afirma ela, as palavras soam como uma promessa e, ao mesmo tempo, uma ameaça. — Agora, você e eu temos algumas coisas para resolver.

Antes que Alice possa dizer *não*, antes que possa oferecer algum tipo de resistência, Sabine diz:

— *Venha comigo.*

E, dessa vez, a voz não é apenas uma voz, é uma ordem que domina Alice por inteiro, e os sons e as luzes da boate simplesmente se apagam, como se alguém tivesse puxado um fio da tomada... Não, é como se alguém tivesse tirado *todos* os fios de *todas* as tomadas de *todos* os prédios. Depois disso, o chão da boate poderia muito bem ter se aberto sob seus pés, porque ela não consegue ver nem ouvir nem sentir nada.

Todo o mundo de Alice fica escuro.

V

Quando volta para o próprio corpo, Alice está dentro de um elevador.

O corredor escuro da boate desapareceu e foi substituído por paredes e portas de cobre batido, centenas de pedaços de reflexo turvo olhando de volta para ela. A visão de Alice está manchada de vermelho, como se ela tivesse sangue nos olhos, mas não importa quantas vezes pisque, a cor continua ali, até que finalmente percebe que a lâmpada do elevador é diferente, substituindo a luz branca normal por outra *vermelha,* tingindo o mundo dentro do elevador de carmesim.

Não está sozinha. Sabine está encostada no outro lado, cantarolando baixinho, enquanto o elevador não para de subir.

O pânico inunda a boca de Alice como bile, porque não se lembra do que aconteceu nesse meio-tempo, não se lembra de ter deixado a boate, não se lembra de andar pelas ruas de Boston — e deve ter percorrido esse caminho porque consegue sentir o cheiro da noite na pele —, não se lembra de chegar ali, mas aqui está ela, com Sabine cantarolando ao seu lado como se não houvesse nada de errado.

Alice se encolhe contra a parede e tenta acalmar a mente, os pensamentos frenéticos, diz a si mesma, bem baixinho, que isso é o que queria ou, pelo menos, o que precisava.

O elevador apita quando chega ao último andar, e as portas se abrem para uma cobertura com paredes de tijolos expostos e janelas do chão ao teto exibindo a vista de Boston, o piso é de concreto preto polido que chega a brilhar, e Alice se lembra do que Lottie disse sobre o amor de Sabine pelo luxo e sua insistência em terem coisas requintadas.

Sabine entra no vestíbulo da cobertura como se fosse dela, e deve ser mesmo, mas claramente era de outra pessoa antes. Alguns porta-retratos estão virados para baixo em todas as prateleiras, e vê marcas no chão onde os móveis baixos foram arrastados para uma nova configuração. No ar, sente cheiro de couro, colônia e almíscar.

Sabine lança um olhar para Alice, que ainda está encostada nas paredes do elevador, à espera de que seja seguida. Alice desencosta da superfície de cobre e começa a avançar, mas algo acontece na porta do elevador. Uma força repentina, pesada como pedra, a impede de continuar, e ela acha que deve ser reação do próprio corpo tentando protegê-la, até Sabine dar uma risada.

— Ah, lógico. Queira me perdoar. *Pode entrar.*

E, de repente, o ar se solta, o obstáculo se dissolve, e Alice entra na cobertura. As portas do elevador se fecham atrás dela com uma gravidade enervante enquanto ela se obriga a seguir em frente.

Sabine se senta na beira de um sofá baixo de camurça e se abaixa para tirar os sapatos, e, enquanto ela está de cabeça baixa, Alice dá uma olhada em volta da sala imensa em busca de qualquer coisa que pudesse servir como uma arma improvisada, mas aparentemente o empresário de quem Sabine roubou aquele lugar se importava mais com obras de arte e livros do que com armas.

— Relaxe — comenta Sabine sem erguer o olhar. — Se eu quisesse te matar, você já estaria morta.

Alice fica tensa e tenta guardar os pensamentos para si ao responder:

— Estou relaxada.

Sabine estala a língua em desaprovação.

— A morte é a podridão e a ruína. Morte são ossos e terra. Você é uma rosa que brotou disso. — Ela ergue o olhar, e Alice percebe que a luz nos olhos dela ainda estava ali, distante. Oscilante, escura e clara de uma vez só, como o carvão em brasas. — Você deveria estar grata.

Alice cerra os dentes para engolir as palavras que gostaria de usar para responder. Mas uma delas sai de forma sibilante:

— *Grata?*

Sabine franze os lábios e se levanta. Os pés descalços caminham pelo piso de concreto enquanto ela se aproxima, e Alice pelo menos não recua, mesmo que precise de cada partícula da sua força para permitir que a distância entre as duas diminua.

Sabine está quase a alcançando quando ordena:

— Sente-se.

As palavras pousam no seu ombro como um toque firme e os joelhos se dobram antes que a mente consiga raciocinar, uma poltrona a apoiando antes que caia no chão. E ela não sabe como vai fazer isso, como vai fazer qualquer coisa, quando o próprio corpo obedece a Sabine em vez de a própria Alice.

Por que Lottie não avisou que isso aconteceria?

Por que a deixou acreditar que tinha alguma chance?

Sabine se move atrás de Alice, que ouve o som suave dos pés descalços no chão enquanto procura por alguma coisa, qualquer coisa que possa usar.

Mas não havia objetos espalhados ali, Sabine retirou a maior parte deles.

Na mesa diante dela há um livro de fotografias, a capa mostrando justamente as Terras Altas da Escócia, de todos os lugares que poderia retratar.

Na ilha da cozinha o suporte de facas está vazio, mas, ao seu lado, flores dentro de um vaso começam a murchar.

Em um carrinho de bar perto da parede ela vê algo que nitidamente não pertencia à casa: um decantador de vidro acima de um prato de aquecimento, o conteúdo espesso e carmesim.

A garganta de Alice se fecha diante da visão, e ela nota que os passos pararam, um silêncio inebriante paira atrás dela um pouco antes de uma das mãos frias de Sabine acariciarem sua clavícula e os braços envolverem seus ombros. Uma mecha ruiva serpenteia diante dela.

— Me diga, Alice — sussurra ela naquela voz de areia e seda —, por que você está aqui?

Alice franze a testa e se obriga a dizer uma das verdades na sua cabeça em vez da outra.

— Você me obrigou a segui-la.

Sente a boca de Sabine se contrair contra sua bochecha.

— Obriguei?

Alice pisca, e está de volta à boate. O mundo mergulhando na escuridão.

— Você me persuadiu.

Sabine cantarola, pensativa.

— Quando você empurra um corpo, sabe para que lado vai cair? — Ela afasta os braços e contorna a cadeira a fim de olhar para Alice. — Cai para o lado que está inclinado. A persuasão é uma mentira que você conta para si mesma. A verdade é que está aqui porque uma parte de você queria vir comigo.

Alice poderia negar. Mas ela está certa.

De alguma maneira, para ser sincera consigo mesma, ela queria isso, *precisava* disso, não só para o plano funcionar e não só por causa do que Sabine fez, do que Lottie fez, do que Alice precisa arranjar um jeito de fazer.

Não, desde que acordou no dia depois da festa, o mundo fora do próprio eixo, sem chão sob os próprios pés, Alice sente que está caindo. Acreditou que quando encontrasse Lottie, a sensação passaria, mas não, porque não era Lottie que estava lá embaixo.

É Sabine.

Ela é o chão no fim de uma longa queda.

E agora que Alice está aqui, a queda chegou ao fim.

Sabine meneia a cabeça.

— Exatamente. Agora, o que vamos fazer com a nossa Charlotte?

Nossa Charlotte.

Alice tenta evocar a sensação calorosa que teve quando estavam passeando pela rua, quando Lottie se virou e a beijou na esquina, mas, em vez disso, sua mente volta para a boate, para o momento que Lottie a soltou e desapareceu.

Deixando-a sozinha.

Para ser pega.

— Ela te matou — declara Sabine, e as palavras a trazem de volta.

— *Você* me matou — corrige Alice, sem conseguir impedir que a raiva cresça, quase pode senti-la transbordando dela.

Mas Sabine balança a cabeça.

— Não — nega ela, sentando-se no sofá.

Ela estende os braços ao longo do encosto, o cabelo cascateando pelas costas. Há mais de uma dezena de pingentes em colares frágeis em volta do pescoço, lembranças das últimas mortes, e Alice procura, perguntando-se se há algo seu ali, roubado junto do resto, ou se ela não conta.

— Charlotte *sabia* o que aconteceria se a levasse para a cama — argumenta Sabine —, e a levou assim mesmo. Exatamente como fez com todas as outras garotas. — Ela recosta a cabeça, o pescoço exposto ao olhar para o teto alto. — Até mesmo Penny. — O nome paira entre elas, até Sabine baixar a cabeça e seus olhos estranhos encontrarem os de Alice. — Já ouviu falar da coitadinha da Penny?

Ela assente, e Sabine se inclina, as mãos e o cabelo pousando no sofá com o movimento.

— Então me diga, querida Alice — continua ela, os olhos esquadrinhando-a como se fosse um quebra-cabeça a ser resolvido —, por que a nossa Charlotte não fez o mesmo com você?

Alice pisca e, em uma fração de segundo, está de volta ao hotel, Lottie encontrando o olhar dela no espelho e dizendo as palavras antes que ela as repita.

— Ela me disse que eu era especial.

Ao ouvir isso, Sabine ri. E é um som horrível, não por causa do tom, alegre e agudo como o badalar dos sinos, mas por ser vazio.

A indignação toma conta de Alice, e é melhor ter essa sensação do que medo, por isso não tenta se controlar.

— Talvez você só esteja com raiva porque ela finalmente te superou — resmunga Alice. — Talvez não consiga suportar o fato de ela ter encontrado outra pessoa.

A risada de Sabine desaparece, mas o sorriso permanece, só que agora é tão frio e duro quanto o gelo.

— Ah, Alice, doce Alice — ronrona ela. — Charlotte não se *importa* com você. Ela te odeia. Odeia o que você é. O que *nós* somos. Ela olha para você e tudo o que sente é culpa.

Alice estremece.

— Você não passa de outro brinquedo quebrado e descartado que ficou no rastro dela. Mas não se preocupe. Não vou permitir que você seja um desperdício.

Alice não sabe o que Sabine pretende fazer, mas sabe que o tempo está se esgotando e se obriga a respirar, inspirando e expirando, enquanto tenta pensar e não pensar ao mesmo tempo, à procura de uma forma de sair daquela situação ou passar por ela. O cheiro de sangue chega do carrinho perto da parede, invadindo o nariz e a garganta. E isso lhe dá uma ideia.

Ela engole em seco e olha para Sabine.

— Estou com sede.

Sabine meneia a cabeça, achando graça.

— Claro que está. — Ela aponta para o carrinho. — Pode se servir.

Alice sente o corpo se erguer da poltrona e precisa obrigar as pernas a não a traírem ao se apressarem demais. Então se levanta e tenta imaginar que o ar é feito de calda doce. Caminha devagar até o carrinho, os dedos trêmulos quando pega o decantador com uma das mãos e seu cordão com a outra.

Não se atreve a olhar para trás por cima do ombro, mas se atenta ao máximo a qualquer sinal de que Sabine se mexeu. Mesmo sem um batimento cardíaco, sem o movimento constante da respiração, corpos emitem sons. O sofá de camurça range sob o menor movimento. O cabelo sussurra quando ela se levanta, a renda roça na pele, e mesmo enquanto pensa nisso, tenta não pensar, enchendo a mente de Lottie.

Pense nela.

(E em como ela te beijou.)

Pense nela.

(E no que ela te prometeu.)

Pense nela.

(E em como ela te abandonou *de novo*.)

O medo e o pânico começam a crescer, mas em vez de reprimi-los, Alice permite que fervilhem, que transbordem para o ar à sua volta enquanto derrama o restinho da terra do túmulo da mãe em uma das taças e serve o sangue por cima. A cada milésimo de segundo, espera se virar e ver que Sabine está bem atrás dela, sabe que o rosto da mulher será a última coisa que vai ver antes de o mundo se apagar.

Mas o momento passa, e Sabine não se aproxima, o frasco está fechado e o cordão enfiado por baixo do vestido de Alice, que pega as taças e se vira, e Sabine está ali, no sofá, a cabeça inclinada para trás, mas os olhos fixos em Alice, como um gato observando um rato.

Alice quase vacila, mas carrega as taças até a mesinha de centro, coloca uma diante de Sabine e, então, em vez de voltar para a poltrona, senta no sofá ao lado dela, bem ao seu alcance. Se Sabine se incomoda com a proximidade, não demonstra.

Alice leva a própria taça aos lábios e bebe, sentindo o poço se abrir dentro dela, o sangue escorrendo, mas fora do alcance, sem sequer tocar as laterais. Esvazia a taça e a coloca na mesinha.

Em um movimento lânguido, Sabine se inclina para ela.

— Você e eu — diz ela — vamos ajudar uma à outra.

Alice fica tensa ao ver a mão de Sabine se estender em direção à taça.

— Como?

— Você vai me ajudar a capturar a Charlotte.

Alice quase ri a contragosto, apesar de tudo, do absurdo da situação, do fato de que, de alguma maneira, depois de tudo que as duas a fizeram passar, não passa de um peão para elas, uma peça do jogo, para ser usada em uma jogada ou descartada.

— É mesmo? — diz ela entre dentes, lutando para controlar a própria raiva enquanto volta a atenção para a taça diante de Sabine, observando enquanto seus dedos roçam a borda e erguem a taça para Alice.

— Pode beber — diz Sabine.

Alice fica tensa.

— Não está com sede? — pergunta ela, tentando impedir que a voz, assim como a mente, demonstre qualquer coisa.

Sabine franze os lábios.

— Sempre. Mas não bebo nada que tenha sido decantado. — Ela aponta para o carrinho de bar. — Tudo isso é para você.

A decepção toma conta de Alice, mas ela se obriga a se controlar, sabendo que não pode pensar alto demais. Em vez disso, pensa na sede, olha para a sua taça vazia e para a cheia de Sabine, e pensa em como é difícil, como é horrível, mesmo sabendo que o sangue está envenenado, que tenha de lutar contra o impulso de estender a mão, pegar a taça e beber, a sede dentro dela tão desconectada da razão, e não é de admirar que seja isso que os torna imprudentes, como Ezra bem disse, a sede que os destrói, quando todo o resto já apodreceu.

Sabine se recosta e, dessa vez, a luz cintila em algo sob seu vestido. A princípio, Alice acha que é algum tipo de joia, como os pingentes em volta do pescoço, mas então vê o brilho prateado de uma rede e percebe com terror crescente...

Que Sabine está usando a porra de uma armadura, uma cota de malha.

Alice sente a esperança escorrer pelo ralo naquele exato momento, porque como é que ela vai... *Não.*

Ela obriga seu pânico a mudar de curso, sua atenção volta para o sofá, para Sabine, e se lembra de algo que Lottie disse, que tudo que restava a ela era a caça.

A necessidade de rastrear, capturar, matar.

Alice se aproxima um pouco mais dela no sofá e pergunta:

— E o que vai acontecer quando a gente a encontrar?

Sabine pressiona os lábios, em uma expressão sombria.

— Acho que já está na hora de o nosso joguinho acabar.

Um jogo. Mesmo agora. A porra de um jogo. Alice permite que a irritação contamine o ar à sua volta. Não dá a mínima.

— Nunca pedi para fazer parte desse jogo.

Sabine inclina a cabeça, estende a mão fria para o rosto de Alice.

— Eu sei.

Alice não recua, embora quisesse. Afinal, só há uma maneira de se safar disso e, se tivesse um coração humano, talvez o órgão a denunciasse, mas não tem. Não mais. Então, estende a mão e coloca os dedos sobre os de Sabine.

— Vou te ajudar, contanto que *ela* pague pelo que fez.

Sabine olha para ela de novo, só que, dessa vez, não mais como se ela fosse um problema ou um quebra-cabeça, mas um bichinho de estimação. Sua mão desliza pelo cabelo de Alice e a pega pela nuca.

— Talvez realmente haja algo de especial em você, no fim das contas.

Alice sorri, sente-se derreter quando a boca de Sabine paira próxima da sua, pois Lottie estava certa, há um poder nela, um calor ao receber a sua atenção, como se todas as luzes da casa estivessem acesas, como o sol surgindo por entre as nuvens.

Mas, quando Sabine se inclina para beijá-la, Alice se afasta.

Sabine estreita os olhos de irritação, mas Alice apenas abaixa cabeça.

— Desculpe — diz ela com um risinho leve. — É que tive umas noites bem difíceis. — Ergue o olhar. — Você se importa se eu tomar um banho primeiro?

Primeiro, a palavra paira como uma promessa no ar.

A mão de Sabine escorrega do cabelo de Alice e desce como uma lágrima pela bochecha antes de se afastar.

— Como queira — diz ela, a anfitriã benevolente, fazendo um gesto com a cabeça para a porta aberta à direita.

Alice se levanta devagar do sofá e atravessa a sala como se tivesse todo o tempo do mundo.

Ela olha para trás uma vez, para se certificar de que Sabine a está observando, depois entra no quarto principal e no banheiro principal, deixando as portas entreabertas. Abre o chuveiro bem quente e tira as roupas, deixando ressoar em sua mente uma música que sabe de cor:

Quando eu era criança / fiquei perdida na floresta
As árvores se abriram para mim / deixando uma trilha perfeita
Só para se fechar atrás de mim / e agora que dei meia-volta
Há tanto tempo venho tentando / encontrar a saída

E quando chega ao fim do primeiro verso, o vapor já tomou todo o aposento ladrilhado, tão denso que até mesmo o espelho fica embaçado, mas, quando Alice para diante da pia, não procura o próprio reflexo. Em vez disso, começa a cantar, com voz suave, mas alta e doce, enquanto pressiona as mãos abertas na bancada de pedra.

— *A floresta quer me manter ali, o solo quer me devorar.*

A voz alta o suficiente para encobrir o som da pedra quebrando.

Alice se afasta da pia e entra no chuveiro enquanto canta o último verso, aquele que Catty nunca deixava tocar.

— *A floresta agora é o meu lar, as árvores me abraçam.*

·

Catty deixa uma mensagem de voz na segunda-feira.

(Não foi uma ligação; se tivesse sido, Alice teria atendido, dia ou noite, algo que a irmã deveria saber.)

— E aí, Magrela? — É como começa.

Da forma que todas as conversas entre as duas começam, e, quando Alice a ouve mais tarde, a primeira coisa que repara é em como a voz da irmã parece exausta, ligeiramente embriagada, do jeito que acontecia quando dividiam a cama e ficavam acordadas até tarde conversando embaixo das cobertas até os pensamentos ficarem lentos e pesados pelo sono.

— Você já pensou que loucura é a gente ter só uma vida?

O som de um isqueiro acendendo. Uma longa tragada.

— Tem tanta coisa que eu quero fazer. Pessoas que quero ser. E, às vezes, dói meu coração saber que estou presa a esta vida e só.

Uma pausa, do jeito que ela adora fazer, e Alice até consegue vê-la, não é? Fazendo uma pose.

Esperando ser notada.

— Não seria melhor se fosse um jogo? Se pudéssemos jogar até perdermos para depois começar tudo de novo? Ser uma Nova Alice. Uma Nova Catty. Talvez a morte seja isso, e a gente só não saiba. Uma chance de começar uma outra vez.

Uma risada, que não é bem uma risada. Um som engasgado na garganta.

— Desculpe, é que estou cansada... O que a mamãe costumava dizer mesmo? — Um suspiro. — Sei que você não se lembra... é algo sobre mentes vazias serem casa de pensamentos ruins. Que o melhor a fazer é ir dormir. Aposto que vou acordar amanhã e me sentir novinha em folha.

Catty deixa essa mensagem na segunda-feira.

E, na terça, o mundo de Alice simplesmente... para de girar.

O celular toca (acontece que, como ela vai descobrir, o número dela é o único salvo no aparelho de Catty), e mesmo que não reconheça quem está ligando, ela atende e já sabe.

Sabe por causa do silêncio antes de o homem começar a falar, pelo jeito de respirar fundo.

Sabe antes que ele peça para falar com um responsável, um tutor, *qualquer um*, menos ela.

Sabe antes de entregar o aparelho para o pai, antes de ver o rosto dele ficar arrasado e os joelhos cederem...

Sabe que a irmã está morta.

A brilhante, assustadora, irritada e cansada Catty, atropelada por um carro em Glasgow, e Alice descobre que ela nunca escapou, que nunca chegou a Londres. A enlouquecedora, bela, sofrida e orgulhosa Catty, que não ligou da praça Trafalgar, não viajou para o sul, que ficou, na verdade, a uma hora ao norte de Hoxburn, sem nada a não ser uma nota de dez libras no bolso da calça jeans, e um celular barato pré-pago no bolso do casaco, que, de algum jeito, sobreviveu ao acidente.

Catty, que, de acordo com o motorista, entrou bem na frente do carro.

O motorista, que ficou com ela até a ambulância chegar, mesmo que já fosse tarde demais. Que não houvesse nada que pudesse fazer.

E Alice não consegue entender como não *sentiu* isso acontecer.

Não sentiu o momento que o metal se chocou contra o corpo de Catty, o momento que ela desabou como um castelo de cartas sob o carro, o tipo de violência que deveria fazer o fio vibrar, o tipo de ausência que se escancara como um buraco, o ralo de uma pia.

Deveria ter sentido no instante que Catty parou, não uma hora depois, quando o celular tocou e estava lavando a louça, com sabão até os cotovelos, fazendo com que levasse mais alguns segundos para enxugar as mãos e atender a ligação. Segundos que não significavam nada porque, a essa altura, Catty já estava morta.

Foi rápido, assegura o homem para o seu pai, e tudo o que Alice consegue ver é Catty correndo pela rua na frente dela.

Devagar.

Volta.

VI

Na Escócia há diferentes tipos de chuva.

Chuviscos fracos e tempestades fortes, e dias enevoados, quando o ar está úmido, mas a água parece se recusar a cair.

Mas, no dia do enterro de Catty, a chuva chega forte, encharcando a terra e empapando a grama, transformando o cemitério em um canteiro de lama e batendo sem parar no guarda-chuva de Alice, parada diante da lápide nova ao lado do túmulo da mãe.

CATHERINE ABIGAIL MOORE.

O nome parece errado ali. Um nome do qual ela nem gostava, agora entalhado na pedra. Sua vida, congelada aos dezessete anos.

— Garota desmiolada — sussurra o pai, enquanto o avô aperta o ombro dele, e ele aperta o de Alice, e El está com uma das mãos em Alice e a outra em Finn, todos se segurando uns nos outros, como se fossem cair caso se soltassem, todos menos Alice, cujas mãos seguram firme o cabo do guarda-chuva. Cujas botas estão afundando na terra enlameada, como se tentassem criar raízes.

Depois, a cidade se reúne como corvos molhados nas mesas do pub do avô, conversando baixinho como se o mundo fosse feito de vidro, e Alice não suporta os olhares solidários, os comentários gentis, o jeito que aquele salão a faz querer pegar um taco e quebrar tudo, tem medo de ficar lá dentro por mais um instante sequer e começar a gritar, então se levanta e sai para a chuva.

E, no início, o choque do frio a faz ofegar, do mesmo jeito que aconteceu na primavera em que mergulharam em White Loch, mas então a sensação passa e, pela primeira vez desde que soube da morte de Catty, Alice sente que consegue respirar de novo.

Fecha os olhos, abre os braços e espera, enquanto a chuva a molha, encharca a camisa, a pele e os ossos...

Espera, enquanto a água cai nas mãos abertas...

E consegue fingir...

Que sente os dedos da irmã se fechando em volta dos dela.

Agora Alice está embaixo da água, esperando.

Esperando até ouvir o farfalhar do vestido de renda sendo tirado. O tilintar metálico da cota de malha deslizando para o chão ladrilhado.

Esperando os pés descalços de Sabine andarem pelo banheiro, o vapor tão denso que a impede de ver a pia quebrada, a linha irregular de onde um pedaço de mármore do tamanho da mão foi partido. Arrancado.

E então Sabine está ali, atrás de Alice no boxe.

Ela abraça Alice, os cordões espetando sua pele entre as escápulas, e, naquele momento, ela se lembra.

Ela se lembra de estar prestes a cair no sono.

Ela se lembra do peso gelado do corpo de Sabine pressionando-a contra a cama.

Ela se lembra de como o cabelo envolveu seu pescoço como uma erva-daninha.

Ela se lembra do cheiro de ferro, terra molhada e flores mortas.

Ela se lembra do som que seu coração fez quando parou de bater.

Ela se lembra, e agora se vira nos braços de Sabine, a olha nos olhos e crava o fragmento que arrancou da bancada no peito dela.

Bem fundo no coração.

Sabine não grita.

Nem luta, apenas olha para Alice e franze a testa, perplexa, abre a boca para dizer alguma coisa que nunca sai porque já está ruindo, virando cinzas e podridão e o que quer que tenha restado depois de quinhentos anos.

Em um instante, Sabine está abraçada a Alice e, no seguinte, ela se foi.

Alice larga o fragmento arrancado da pia, que cai no chão do chuveiro enquanto as cinzas escorrem pelo ralo.

Ela fica parada ali, observando, até não restar mais nada de Sabine além dos pingentes nos cordões gastos e embolados no ladrilho. Os dedos tremem de leve quando ela fecha o chuveiro. O ligeiro tremor do medo abandona seu corpo ao pegar uma toalha na parede, enxugar o corpo e se vestir de novo, as botas penduradas no dedo ao seguir descalça de volta à sala principal, o calor úmido dos pés deixando pegadas no piso de concreto.

Alice chega ao sofá e os joelhos cedem.

Senta-se na camurça, inspira e depois expira, uma única respiração trêmula, enquanto tomba a cabeça para trás e fecha os olhos e espera... e espera... e espera se sentir viva de novo, a água escorrendo pelo cabelo com o ritmo constante das batidas de um coração.

VII

Três anos separavam Alice e Catty Moore.

Três anos que se tornaram dois, depois um, e então, de repente, Alice tem dezessete anos e meio, mais velha do que Catty chegou a ser. Alice passou aqueles três anos sendo exatamente a filha que deveria ser, o tipo que não discute, não grita, não foge, e agora é a melhor aluna de toda a escola, ainda que seja pequena, e tem a vida toda pela frente.

(É o que o orientador lhe diz quando ela se senta e ele lhe apresenta o futuro do outro lado da mesa, como se fosse um caminho.)

Ela poderia ir para Glasgow ou Edimburgo, naturalmente, mas ele acha que também se qualificaria para Oxbridge, por isso ela se candidata a essas universidades, e então, num impulso que não é um impulso *de fato*, mas um pedido de desculpas, ou talvez uma oferenda, se inscreve para mais uma faculdade. Não conta nada para os pais porque sabe que não vai entrar, mas não é essa a questão. Além disso, não está fazendo isso por eles. Nem mesmo por ela, na verdade.

Ela segura o pingente de ouro que carrega no pescoço...

(Foi até o cemitério depois que a chuva parou e a terra secou, pegou um pouquinho de terra do túmulo de Catty e colocou no frasco.)

... e olha para a foto pendurada acima da escrivaninha, a da mãe debaixo da árvore de bordo em Boston, e pressiona "Enviar". E, quando a carta chega alguns meses depois, seus pais riem, choram e a abraçam apertado, dizendo que estão muito orgulhosos.

— A escolha é sua, claro — diz El.

— Mas Harvard? — pergunta o pai. — É tão longe de casa.

Alice sabe disso, tem vontade de dizer que esse é o objetivo, que o mundo é tão grande e Hoxburn não é. Que Catty nunca conseguiu sair dali, mas que *ela* vai conseguir. Que ama a família, ama de verdade, mas que há uma foto na cornija, tirada anos antes, com papai, El, ela e Finn, os quatro nas margens de White Loch, sorrindo feito bobos depois de um mergulho no início de abril, parecendo uma família feliz.

(E eles são, são mesmo. Ainda assim...)

Alice nunca vai conseguir se livrar da sensação de que são três mais um.

Que eles têm tudo de que precisam bem ali, mas ela, não. Que a sua vida está lá fora...

Esperando para ser vivida.

Alice espera e espera e espera.

Não sabe por quanto tempo fica sentada na cobertura, sozinha, os olhos fechados e a cabeça apoiada no sofá, o cabelo molhado estragando a camurça. Só sabe que, em algum momento, ouve o elevador entrar em movimento e começar a subir os andares. Ouve as portas rangerem e se abrirem, o tilintar suave de botas de salto cruzando o apartamento, passando pelo quarto e pelo banheiro, antes de voltarem e pararem ao lado do sofá, o som baixo de uma bolsa largada no piso de concreto, e então um corpo afundando no assento ao seu lado.

Alice abre os olhos, mas não se vira para Lottie.

Em vez disso, olha para cima, do jeito que Sabine fez, para o teto alto, e nota pela primeira vez que as vigas não são de aço, mas de madeira, os veios como olhos encarando-a de volta.

— Você me disse que, se eu a matasse, voltaria a viver — diz Alice.

— Eu sei — confirma Lottie baixinho.

— Não funcionou.

— Eu sei — repete ela.

Então Alice olha para Lottie, o ressentimento inflamando dentro dela, mas Lottie a encara com os olhos castanhos e sua luz interna, um olhar que diz que a culpa é de Alice por acreditar, uma expressão que diz que ela já deveria saber.

E talvez Alice soubesse. Talvez soubesse o tempo todo, lá no fundo, que era mentira. Que algumas coisas não têm volta.

Mas Lottie *mentiu.*

As duas permanecem em silêncio por um minuto, talvez dois, e então Lottie se inclina para a frente e afunda os dedos nos cachos bagunçados, os ombros trêmulos, como se estivesse prestes a chorar.

— Pensei que sentiria alguma coisa quando ela morresse. Uma leveza. Ou um peso. Um sinal de que tudo acabou de vez. Mas não senti. Não senti nada.

Alice olha para Lottie, sem conseguir acreditar que, mesmo agora, ela só está triste por si mesma.

— Você mentiu para mim — diz Alice.

Dessa vez, Lottie suspira.

— Na verdade, não. Eu disse que você teria a sua vida de volta. E agora você tem.

— Essa não é a minha vida — murmura ela.

— É *uma* vida — argumenta Lottie. Como se fosse apenas uma questão de semântica.

Como se uma vida fosse uma vida e nada mais...

— Você não vai ficar sozinha — assegura Lottie. — Vou te ajudar. Eu prometo.

— Você promete — repete Alice secamente.

— Nós duas estamos livres agora. Graças a você.

— Graças a mim...

Alice não consegue nem olhar para ela. Em vez disso, olha para a bolsa que Lottie deixou no chão e que viu pela primeira vez no quarto de hotel. Lá dentro, ela vê o livro surrado e mais uma coisa: o brilho de metal de algo fino e prateado. Um abridor de carta, uma faca ou uma escova de cabelo de cabo longo.

"Já ouviu falar da coitadinha da Penny?"

— Tudo vai ficar bem — afirma Lottie, meio que para si mesma. — O pior já passou.

E é engraçado, ela diz aquelas palavras, e Alice as ouve, mas, ao mesmo tempo, também ouve a voz baixa de Sabine, soando como chuva.

"Então me diga, querida Alice, por que a nossa Charlotte não fez o mesmo com você?"

Ela se ouve fazendo a mesma pergunta no quarto de hotel.

"Por que você não me matou?"

"Porque eu olhei para você e *me* enxerguei."

"Ela olha para você e tudo o que sente é culpa."

As vozes se misturam na sua cabeça, até que ela não sabe mais a quem ouvir. Mas de uma coisa tem certeza: Lottie *mentiu*.

Talvez seja por isso que Alice não a impede quando ela pega a taça de sangue que serviu para Sabine e que ainda estava na mesinha de centro.

Por isso que fica sentada ali, observando Lottie levar o veneno aos lábios, virar a taça e beber, o pescoço se contraindo enquanto engole tudo. Vê quando ela identifica o gosto estranho e tenta cuspir.

Lógico que, a essa altura, já é tarde demais.

Lottie começa a ofegar, a engasgar, o rosto ficando naquele tom horrível de cinza que subiu pelos braços de Alice no cemitério, a palidez de um cadáver morto há pouco tempo, e então escorrega do sofá e cai no chão, agarrando o pescoço, abrindo e fechando a boca enquanto tenta falar:

— O que... Por favor... me ajuda.

Alice se levanta.

Gostaria de sentir raiva, seria tão mais fácil se estivesse com raiva. Mas a verdade é que já gastou toda a sua raiva, restando apenas o cansaço e o vazio.

Lottie se deita de costas e pergunta:

— Por quê?

Enquanto Alice pega a arma na bolsa, e é uma escova de cabelo de prata, no fim das contas. E, ao ver o objeto, Charlotte arregala os olhos de pânico.

Ela tosse, tenta explicar, mas os pulmões estão murchando no peito, a terra do túmulo a arrasta consigo, tornando as veias pretas sob a sua pele, o sangue empoçado nos olhos.

Mas Alice se lembra do que ela disse.

Que a terra do túmulo adoece, mas não mata.

Que acabar com o coração é a única forma de morrer.

Então, Alice se ajoelha em cima de Lottie.

— Tudo vai ficar bem — diz ela, repetindo as mesmas palavras que lhe foram ditas instantes atrás. — O pior já passou.

Ela encaixa o cabo de prata da escova entre as costelas inferiores e, naquele momento, Lottie se *transforma*. Todo o seu fingimento — de confusão, bondade, compaixão — desaparece, assim como a imagem da garota bonita sentada na cama no escuro, os cachos tingidos de violeta.

No seu lugar, Alice vê aquela que dançou com Sabine em salões roubados.

Aquela que exterminou famílias inteiras na própria casa.

Aquela que deixa garotas inocentes morrerem porque não suporta dormir sozinha.

Lottie começa a lutar, se debatendo como um gato arisco, e consegue derrubar Alice, consegue até se arrastar pelo piso polido, mas não estão em um cemitério, em uma terra contaminada da qual pode escapar. A ruína está dentro dela. Ainda assim, continua cheia de vida, ou de vontade de viver. Então se vira de bruços e finca as unhas no concreto enquanto se arrasta para longe, mas Alice a alcança e a vira de costas no chão de novo, prendendo-a ali.

Alice, que não é mais suave, gentil e cheia de tristeza, enfia a arma improvisada no peito dela até atingir o coração.

A luz falha nos olhos dela.

Até se apagar de vez.

O corpo de Lottie se retesa antes de ceder, virando pó sob o peso de Alice, fragmentos no contorno de uma garota, pedacinhos de ossos e cinza úmida.

Alice relaxa e se apoia nos próprios calcanhares. Limpa as mãos no vestido verde e olha para o lugar onde Lottie estava, e talvez seja porque ela não estivesse morta havia tanto tempo quanto Sabine ou simplesmente porque ainda não tinha apodrecido até o fim, mas há *mais* sobras dela. Como um montinho de terra molhada, a escova de prata se destacando como uma flor petrificada.

— Enterrem meus ossos — sussurra Alice para si mesma, um som horrível como uma risada subindo pela garganta.

Pressiona as palmas das mãos nos olhos até que a visão fique escura e, depois, clara.

Levante-se, levante-se, pensa ela. Conta até dez, pisca e se põe de pé, contorna as cinzas de Lottie enquanto se encaminha para a porta do elevador, obrigando-se a seguir em frente, um passo de cada vez.

Porque se tem uma coisa que aprendeu foi:

Não dá para voltar atrás.

VIII

Alice sai do elevador.

Cruza o vestíbulo que ela não estava consciente para ver quando chegou, abre as portas por onde não se lembra de ter entrado e sai para as ruas de Boston.

Leva um instante para identificar onde está e tomar a direção certa.

Começa a caminhar, arrastando as botas um pouco a cada passo. Agora tudo é tão silencioso dentro dela, sem pulsação, mas, mesmo àquela hora, a cidade à sua volta ainda ressoa. O som de um baixo em um carro que passa. O sussurro de uma televisão ligada em algum apartamento próximo. Os bartenders avisando que vão fechar. Os faxineiros limpando as cozinhas. As pessoas que ficaram até tarde na rua retornando às suas casas para dormir.

Leva a mão ao pingente, agora vazio, no pescoço.

Catty se foi.

A mãe se foi.

Mas Alice ainda está aqui.

Ela tira o celular do bolso e coloca a mensagem de voz de Catty para ouvir enquanto caminha, segurando-se à voz dela como se fosse uma corda.

— E aí, Magrela?

— Você já pensou que loucura é a gente ter só uma vida?

(“É mentira”, disse Sabine para Lottie, que disse para Alice, “que você só tem uma história.”)

— Talvez a morte seja isso, e a gente só não saiba. Uma chance de começar uma outra vez.

Deve estar frio, pensa Alice ao ver um grupo de pessoas saindo de um bar que está fechando puxar a gola para cima. Ela se lembra de que não está usando nada além de um vestido verde, passa os braços sobre o peito e sopra o ar de que não precisa até eles passarem por ela.

Até ficar sozinha de novo com a voz de Catty.

— O que a mamãe costumava dizer mesmo? Sei que você não se lembra... é algo sobre mentes vazias serem casa de pensamentos ruins. Que o melhor a fazer é ir dormir. Aposto que vou acordar amanhã e me sentir novinha...

Alice não deixa a mensagem chegar ao fim.

Toca na tela para começar a ouvir de novo, quando o celular vibra com uma chamada.

Casa.

Alice hesita e atende. A voz do pai a cumprimenta, alegre do jeito que costuma estar no início da manhã. Ele sempre foi do tipo que acorda cedo.

— E aí, Al? Ih, merda, acabei de ver a hora. Eu te acordei?

Uma risada cansada escapa dela.

— Não, pai.

— Eu esqueço que você fica acordada até tarde estudando. Todas as vezes que eu entrava e via a sua cabeça enfiada nos livros. — Um carro passa por ela, e Alice quase consegue ouvi-lo franzindo a testa. — Você está na rua? Sozinha?

— Eu estava na biblioteca — mente ela. — Estou voltando para o meu dormitório.

Um murmúrio de reprovação e então:

— Vou te fazer companhia até você chegar.

E Alice não diz para ele o quanto está longe, não diz que não vale a pena ou que vai mandar uma mensagem para dizer que chegou bem.

Só diz:

— Tá, valeu.

E passa a próxima meia hora andando e ouvindo-o falar sobre o início das aulas de Finn, as aulas de pintura que El começou a fazer e algum drama no pub por causa das marcas de gim. Alice ouve enquanto ele fala sobre tudo e nada, sobre a vida continuar como sempre, até atravessar a ponte, e os prédios familiares do campus aparecerem logo adiante.

— Ei, Al — diz ele.

— Oi, pai?

— Sei que a faculdade pode ser difícil. Tudo é novidade. Mas você consegue. Sabe disso, não sabe?

Alice olha para o céu, para as estrelas, mais brilhantes do já tinha visto em toda a vida.

— Eu sei.

Ela diz que chegou em segurança, ele diz que a ama, que sempre amou e sempre vai amar, e ela diz que também o ama e eles desligam.

O prédio dela está ali, à sua espera, na ponta do pátio, mas Alice ainda não está pronta para entrar. Em vez disso, dá meia-volta e começa a caminhar de novo. Afinal de contas, ainda é cedo, a noite é longa. Uma estrada sem fim.

(Que assustador. Que libertador.)

E quanto à imobilidade — o silêncio perturbador no peito, um lembrete do que ela é e do que não é —, o que é que importa?

Alice vai ficar bem. Vai encontrar seu caminho na escuridão.

Ela inclina a cabeça para trás enquanto caminha, puxando o ar de que não precisa para os pulmões várias vezes, até sentir que está respirando.

Até o som dos seus passos baterem como um tambor dentro do peito, fazendo-a se lembrar de que está viva.

Viva.

Viva.

E de que está com sede.

AGRADECIMENTOS

Tenho uma confissão a fazer: eu esqueço.

É uma velha piada entre meus amigos, familiares e equipes que, quando estou mergulhada no meu processo criativo, sou uma narradora não confiável. Mas é verdade.

Fico tão assombrada pela tarefa que, depois de sobreviver ao trabalho de um livro, a transferência do cérebro para a página, começo a apagá-lo mentalmente. Reviso minhas lembranças da experiência, suavizando o caminho. É bastante inconveniente. Tenho certeza de que a minha mente faz isso para que eu possa começar de novo. Infelizmente, também significa que sempre tento me enganar, acreditando que é a primeira e única vez que tive dificuldades e que, quando termino de trabalhar em uma história, eu acabo esquecendo.

Posso me esquecer de grandes partes da minha dificuldade criativa, mas ainda bem que não me esqueço de quem esteve ao meu lado. As pessoas sem as quais este livro não estaria aqui nas suas mãos.

Minha editora, Miriam, que me ajudou a moldar não apenas esta história, mas tantas outras, quando ainda era pedra bruta.

Minha agente, Holly, que sempre esteve ao meu lado, ano após ano e livro após livro, para me lembrar gentilmente de que estou no caminho certo, não importa como esteja me sentindo.

Meus pais, que riem e me dão tapinhas na cabeça quando digo que nunca foi tão difícil assim, porque eles sabem muito bem que *sempre é*.

Minha assessora de imprensa, Kristin, que já testemunhou esta loucura tantas vezes que passou a guardar as provas.

Minha irmã de alma, Jenna, que faz o mundo parecer firme, mesmo quando parece que estou em alto-mar.

Minhas amigas que viraram família, Cat e Caro, que sempre sabem do que preciso, mesmo quando eu não sei.

Toda a minha equipe na Tor, que confia em mim desde as minhas primeiras ideias até as últimas palavras, e cuida do meu trabalho com tanto amor que me deixa extasiada.

Meus leitores, com quem sempre tento ser sincera. Sempre que confesso meus medos, minhas dúvidas e inseguranças, vocês estão lá para segurar um espelho e mostrar a melhor parte de mim, não a pior.

Também estou em dívida.

Com meus copidesques, revisores e minha guia por Harvard, Halima, por me ajudar com todos os detalhes. Se houver algum erro, fui eu que cometi.

Com os livreiros e bibliotecários, que pegam a história das minhas mãos assim que está pronta e ajudam a fazê-la chegar às mãos de vocês.

E com você, seja este o seu primeiro contato comigo ou seja fã de longa data. Seu apoio permite que eu embarque nesta jornada, livro após livro, ano após ano, por mais estranha e aventureira que seja a estrada.

Agora, lá vamos nós de novo.

Este livro foi composto na tipografia Arno Pro,
em corpo 11,5/16 e impresso em papel off-white
no Sistema Cameron da Divisão Gráfica
da Distribuidora Record.